教育部人文社会科学研究一般项目（11YJA751086）

绍兴文理学院出版基金资助

《燕丹子》研究

叶 岗 著

中华书局

图书在版编目（CIP）数据

《燕丹子》研究/叶岗著. —北京:中华书局,2021. 11
ISBN 978-7-101-15408-5

Ⅰ.燕… Ⅱ.叶… Ⅲ.古典小说-小说研究-中国
Ⅳ.I207.419

中国版本图书馆 CIP 数据核字（2021）第 210801 号

书　　名	《燕丹子》研究
著　　者	叶　岗
责任编辑	高　天
出版发行	中华书局
	（北京市丰台区太平桥西里 38 号　100073）
	http://www.zhbc.com.cn
	E-mail:zhbc@zhbc.com.cn
印　　刷	北京瑞古冠中印刷厂
版　　次	2021 年 11 月北京第 1 版
	2021 年 11 月北京第 1 次印刷
规　　格	开本/920×1250 毫米　1/32
	印张 19¼　插页 2　字数 520 千字
国际书号	ISBN 978-7-101-15408-5
定　　价	98.00 元

目　录

序

李剑国

　　《燕丹子》一书，《汉书·艺文志》无目，最早著录于《隋书·经籍志》小说类，一卷，不著撰人，注云："丹，燕王喜太子。"《新唐书·艺文志》小说家类同，注"燕太子"。《旧唐书·经籍志》小说家类题燕太子撰，大误，卷数作三卷，当是一卷之分。唐马总所编《意林》卷二摘录《燕丹子》四节，注明原书三卷，可证唐世确有三卷本行世。

　　《燕丹子》流传不广，宋人书目如《遂初堂书目》《直斋书录解题》均无著录，《宋史·艺文志》小说类著录三卷，盖据宋代官修书目。《文献通考·经籍考》小说家亦著录三卷，引录《中兴艺文志》、周氏《涉笔》及晁公武《郡斋读书志》（今本脱载）。元末陶宗仪《说郛》未有摘录。明人书目罕见著录，唯陈第《世善堂书目》卷上有目，余嘉锡《四库提要辨证》卷一九称："则当明之中叶，犹未佚也。"

　　今本是编修《四库全书》的馆臣从《永乐大典》辑出，馆臣因"多鄙诞不可信，殊无足采"，故而未收入《四库全书》，只著录于《四库全书总目》卷一四三小说家类存目一。原为一卷，而实作三篇，馆臣著录作三卷。孙星衍从纪昀处得抄本，亦以三篇为三卷，先后刻入《岱南阁丛书》《问经堂丛书》《平津馆丛书》，《平津馆丛书》本有详细校勘，乃与洪颐煊共校（见孙星衍《燕丹子叙》）。中华书局1985年出版程毅中点校《燕丹子》（与《西京杂记》合编），亦据《平津馆丛书》，但以《永乐大典》本覆校，改正了孙校本的一些讹误。

　　《燕丹子》是继《穆天子传》之后出现的又一部杂传小说,具有重要的小说史价值,明人胡应麟称其为"当是古今小说杂传之祖"(《少室山房笔丛》卷三二《四部正讹下》),清人谭献说它"文古而丽密,非由伪造,小说家之初祖"(《复堂日记》卷五),都肯定了它在小说史上的重要地位。

　　这一事实使得《燕丹子》引起研究者一定关注。经文献检索,自20世纪80年代迄今,期刊论文有25篇,收在论文集中的尚不计算在内,我十多年前亦发表过《〈燕丹子〉考论》。《燕丹子》是重要作品,但问题相当复杂,涉及史学、主题学、古小说史等,实需要下大功夫予以深入研究,目前的研究成果还远远不够。叶岗教授的《〈燕丹子〉研究》是第一部专著,是《燕丹子》研究的最新最重要成果,论述老道而透彻,应予以充分关注。

　　燕丹子故事有多种记载,除《燕丹子》,主要还有《战国策·燕太子丹质于秦》《史记·刺客列传》中的荆轲传。《战国策》所记,有学者认为是抄自《史记》,姑且不论,《燕丹子》和《史记》的关系乃是大关键,学者多从此入手自在情理之中。我曾粗浅地分析说,《燕丹子》所记,基本情节与《史记》大体相同,但记事有许多差别,而在文字上除极少数地方如"左手把其袖,右手揕其胸"与《史记》相同外,再难找到多少相同的文句,可以说是事文皆异。记事的不同比比皆是,最显著的如:太子丹自秦逃归的一段描写,《史记》只有"故丹怨而亡归"的简略记述;太子丹与麴武(《史记》作鞠武,《战国策》作鞫武)书及麴武的报书,《史记》无,麴武和太子丹的对话也完全不同;田光与太子相见的描写远比《史记》为详,文句无一相合,田光是"吞舌而死",而《史记》是"自刎而死";太子优待荆轲之事描写极为夸饰详赡,诸如黄金投龟、进千里马肝、断美人手等描写《史记》亦无,只是几句概括性的记述;易水之别,有宋意之人,《史记》无此人;荆轲和武阳(《史记》作秦舞阳,《战国策》作秦武阳)过阳翟一段,《史记》未置一

词;荆轲刺秦王一段,与《史记》迥异,没有侍医夏无且援救秦王之事,
而有秦王召姬人鼓琴的情节。总之《燕丹子》许多重要情节为《史
记》所无,或记述完全不同;而《史记》的一些记述,如荆轲入燕前的
经历,太子得徐夫人匕首,则为《燕丹子》所无。由此可见,《燕丹子》
和《史记》明显不是相互因袭的关系,它是完全不同的另一种作品。
过去有人认为《史记》是对《燕丹子》的删削,其实都是误解。如《文
献通考·经籍考》引周氏《涉笔》云:"今观《燕丹子》三篇,与《史记》
所载皆相合,似是《史记》事本也。然乌头白,马生角,机桥不发,《史
记》则以怪诞削之;进金掷蛙、脍千里马肝,截美人手,《史记》则以过
当削之;听琴姬得隐语,《史记》则以征所闻削之。"明人宋濂《诸子
辨》赞同其说,以为"周氏谓迁削而去之,理或然也"。孙星衍《燕丹
子叙》亦云:"《国策》《史记》取此为文,削其乌白头、马生角及乞听琴
声之事,而增徐夫人匕首、夏无且药囊,足证此书作在史迁、刘向之
前。或以为后人割裂诸书,杂缀成之,未必然矣。"这些误断显然没有
认真对照二者差别,纯为想当然之词。

　　叶岗《〈燕丹子〉研究》一书,正是从考辨论证这三者关系若何入
手,不过要比其他研究者论述精到翔实得多。第一章《〈燕丹子〉与
〈战国策〉〈史记〉关系之考论》,第二章《〈燕丹子〉与历史文本的对
读比较》,分别从史料关系和文本差异方面,各用三节文字作了详备
周全的讨论。作者通过对《史记》材料来源和修史方法的论证,对
《荆轲传》编纂情况的分析,对《战国策》与《史记》关系的讨论,以及
文本的细致比对——通过列表、对读和分析,详细说明三个文本的差
异。结论是三者不存在互为因袭的关系,只是因为"源材料"相同或
相近,故而存在某些共同性。此间,叶岗还驰骋思绪,特别举出马王
堆帛书《战国纵横家书》,对之作了精细分析,从而为这三者关系提供
新的证据和视角。——顺便说,叶岗此书精于此道,总是由此及彼,
放纵而不失主脑,此为一例焉。

　　第三章研究《燕丹子》的成书问题,包括成书时间和过程。关于成书时间,作者详细罗列了从战国、秦汉到唐前种种说法。我曾主秦汉说,叶岗则主汉初说,认为其成书过程经历了官方记载、故事传播、文本编作三个阶段。这大体是符合一般规律的。就早期小说形成过程看,往往不是成于一手或一时,如《山海经》《穆天子传》就是如此。

　　汉初说不是泛泛而言,叶岗将编作者考为邹阳。这绝非凭空臆想,而是列出种种证据,显得相当周密充分。叶岗举证说明邹阳《狱中上梁王书》的人物及细节几乎贯通了《燕丹子》的整体结构,而且邹阳作品与《燕丹子》在文意和形式上亦多有暗合相通。除此,进而从邹阳所处时代状况及其性格品质方面,从邹阳游仕吴国和梁国的经历,论证邹阳编作《燕丹子》的可能性,等等。应当说这是叶岗《〈燕丹子〉研究》的重要成果,发前人之所未发。自然如叶岗所说"所作的结论只是一种可能性而已",但无疑可备一说,足以引起研究者的高度注意。

　　依一般文献研究通例,叶岗还对《燕丹子》的历代著录及流传情况作了详尽梳理。此间特别肯定了《燕丹子》作为"古今小说杂传之祖"的性质。另外,还就《燕丹子》的文本整理、佚文考索和异文甄录作出考述,指出孙星衍辑本之《平津馆丛书》辑本最佳,并讨论了孙星衍校勘《燕丹子》的方法及得失。叶岗还对《燕丹子》的佚文作出清理,对诸家的辑佚成果作出甄别和重要补充。

　　最后两章论述《燕丹子》的文学成就和小说史地位。前者包括主题、人物形象、艺术风格,后者论证其为杂传小说的典范、民族化小说文体的确立及题材类型化小说的开创。前者我很欣赏的是对《燕丹子》复仇主题的揭示和论证,指出是以公羊学的复仇观念作为其思想基础的。复仇是战国流行的普遍而深刻的思想观念,有关故事和传说在《战国策》等文献中随处可见。叶岗的论述加深和拓展了我们对复仇观念及风气的认识。另外对于士的论述也颇精彩。后者则表达了叶岗的小说观、小说文体观、小说价值观,并高度评价了《燕丹子》的小说史地位。《燕丹子》确实是杂传小说的典范,它和战国《穆天子传》等早期杂传小说成为此类小说的源头,对后世具有示范性,并成为唐传奇的先声。而从叙事文体上看,《燕丹子》有明确的主题意识,注意描写人物,表现人物的情感和性格,叙事清晰而曲折,具备鲜明的悲剧风格,显然要比《穆天子传》成熟得多。

读罢叶岗《〈燕丹子〉研究》,我的感觉是此书将文本研究和历史、文献、考据结合起来,视野开阔,联想丰富,纵横捭阖,收放有度,且考证翔实,论述精到。学术研究以创新为贵,此书大大扩展了已有的思路和眼界,将《燕丹子》研究提升到新高度。

叶岗是绍兴文理学院教授,我与他认识已久。2004年他曾来南开文学院开会,遂得结学术之缘。2011年他作为高级访问学者来南开,相处日久,每忆隔案长谈于书室,情景历历如在目前。2018年我携家人游绍兴,又得相会。叶岗小我20余岁,诚亦可谓忘年交。他的这本书稿,本是教育部人文社会科学研究项目,前年结项时我就读过,钦佩不已。时过三秋,打磨益精,今将在中华书局出版,索序于我,喜而从允,草成此文,所以为贺也。

2020年7月书于钓雪斋

绪　言

中国古小说中,《燕丹子》和《穆天子传》值得高度关注,其因有四:

一是它们与史官文化、民间文化之间的关系错综复杂,为我们深入考察中国小说的源头在于包含了神话、传说和史书的综合体,提供了内涵丰富的基础样本,开启了或可通达思考结论的阶梯。

二是小说形态较为成熟,尤其是《燕丹子》,已突破了后世所谓古小说篇幅短小、粗陈梗概、艺术性稚拙等传统观念;同时,《燕丹子》具备了中国小说文体特征的民族性。这种民族性因何而成? 基础在哪里? 与西方小说成熟之后的标准有何差别? 类似这些问题的中国化阐释,都可从全面深入地研究这两部作品导源而出。如此,对中国小说民族性方面的研究,才是立足中国古代自身的小说存在而出发的。

三是两部作品成书较早。有关中国小说的发生期存在着各种不同议论,其中占据主流的是包括各种分期的"晚出说"。如果我们对"古小说"与"古代小说"有一通贯式的理解,如果我们在"目录学小说"与文学性小说之间能够达成某种联系和共识,如果我们认可《燕丹子》的文本形态为中国小说,那么,在我们考虑小说发生问题上,它们将给我们提供一个分析的样板。

四是它们的成书和影响问题极其复杂。中国古小说以及早期的章回体长篇小说,如同这两部作品一样,可能都存在着一个由历代积淀而成的过程,最终出现的文本,大多源于编作而非个人独自创作。

在文本被编作出来之前,史官记载下来的历史文献和在此基础上繁衍而成的民间口传资料,成为推动和促成文本编作的胚料。文本被编作而面世,有可能就被作为无名氏作品混同于在此之前被视之为胚料的其他文献资料而广为传播,对之后的其他史家的编纂或编校行为甚至对于一般文人的撰述行为,产生隐微、复杂而曲折的影响。研究这两部作品的成书问题,对于还原中国早期小说乃至某些史籍作品的真实的成书场景、梳理早期小说与史籍作品之间的关系、廓清堆积在类似这些问题上的种种古今疑问,均有裨益。

目前小说史研究界注重小说史观念的梳理,正在逐渐修正和突破一些基于西方小说观念的误解和认识,关注以《汉志》小说理论为代表的中国小说的历史传统,开拓出未经深耕的学术天地,本书对中国古代早期小说《燕丹子》的研究,正是受学界的这种启迪和影响而成的。

毋庸讳言,对于早期小说作品的研究,还有待加强。学界关于《穆天子传》的研究,清代有洪颐煊《竹书穆天子传》校本,今人也有些专著①。相形之下,《燕丹子》自清代孙星衍以《永乐大典》本为底本进行辑校而成《平津馆丛书》本之后,20世纪80年代中期程毅中先生的整理本后出转精,给学界提供了一个较为可靠的校定本,然而整体上尚缺专题性研究成果,即使单篇论文,数量也不多。

研究《燕丹子》,必须针对其特殊性,它们表现在:

---

① 《穆天子传》的文本性质古人认识不一,《隋志》列于"史部起居注"类,新旧《唐志》并同,《宋志》属之"别史",《四库全书总目提要》将其归于"子部小说家"。今人的认识,与古人类似,也有分歧。研究性和解释性著作有:顾实编:《穆天子传西征讲疏》,商务印书馆1934年版;卫挺生:《穆天子传今考》(第一册《外篇》、第二册《内篇》、第三册《时地篇》),(台北)中华学术院1970年印行;郑杰文:《穆天子传通解》,山东文艺出版社1992年版。上述研究之方向,取决于作者对该书性质的认定,不特限于小说研究范围。

　　首先,《燕丹子》与《战国策》《史记》之间的关系错综复杂,对此,前贤时俊说法颇多,观点不一,显示出这一问题的难度。同时,三者文本之间的同异现象,如果不作整体对比研究而只抽取某些个别段落,则有可能将三者关系之辨析导入歧途。事实上,迄今为止所出现的几篇研究《燕丹子》的比较性论文,可能出于篇幅方面的考虑,往往以段落对比代替文本整体的对比,其结论或正确或错误带有一定的随机性,可靠性不强。

　　其次,《燕丹子》成书诸问题史料无多,渺茫难求,但与其小说史地位密切相关,故而不可回避。历代学者对此也多有探求,但结论不尽一致,故须在细加辨析基础上,寻找相对确凿的证据以求解决或接近于解决这个问题。与探讨其他古籍的成书问题类似,《燕丹子》的成书问题也涉及它的编作时代、编作者、历代著录及其他相关命题。此外,由于《燕丹子》的题材是一个重要的历史题材,因此在探讨其成书问题时又要考虑这一层因素。

　　最后,《燕丹子》的文学成就及其小说史地位问题。作品的文学成就与其主题的复杂性、人物塑造的多样化、风格的多侧面有着深刻的联系,而且与编作者所取用的材料和自身文化观念的潜在表达也有一定的关系。只有将这些方面综合起来作系统研究,才能凸显出它的整体成就及其对后世小说的深远影响从而确定其小说史地位。而对其小说史地位的衡定,又与我们的小说史观念紧密相连。

　　本书在上述几个相对特殊的问题上都设置专章予以探索,希望以此专题性的个案撰述,为学界研究古小说与历史文本之间的关系问题、成书问题以及对古小说的文学性的把握问题等,提供一个有益的尝试。若能以此进一步唤起学界对小说史观念和中国小说文体特征的民族性等问题的思考,则不枉作者一番苦心。

　　本书的研究思路和方法,除了高度关注作品的特殊性之外,还力求以如下几个方面贯彻之:第一,注重系统性。将有关《燕丹子》的学术性问题,整合为三个方面:与《战国策》《史记》的关系问题、成书问题、文学性问题,以此对涉及《燕丹子》研究领域的内、外诸问题,作穷尽式的系统研究。第二,注重科学性。通过资料汇集与理论准备相结合、历史梳理与逻辑分析相结合、理论阐释与文献考证相结合,保证研究过程与最后结论的科学性。第三,注重问题意识。全书五章十五节,提炼和解决了许多相关问题,从而保证了在问题意识引导下的深入研究。第四,注重宏观与微观。将宏观的理论探索建立在微观的考证基础上,做到考论结合,既有坚实的实证,又具备相应的理论视野。

有关《燕丹子》研究,前期文献稀少,给研究工作带来了一定的难度。本书所得出的结论,有些是探索性的,如能在学界起到抛砖引玉的作用,则于愿足矣。

第一章 《燕丹子》与《战国策》《史记》关系之考论

《燕丹子》是一文学文本,其题材是荆轲刺秦。作为战国末期一件真实的历史事件,《战国策》《史记》也予以了记载,两个文本大同小异,相似度高。学术界在以下两个问题上有所争议:一是《战国策》与《史记》在这一事件的记载上,有着怎样的关系? 二是《燕丹子》与这两个历史文本的关系如何? 这些问题的解答,直接影响着我们对《燕丹子》成书问题的看法和《燕丹子》文学地位的确立。

第一节 《史记·荆轲传》出自创作还是来自编纂

一、关于《史记·荆轲传》

《史记》卷八十六《刺客列传》是关于五位刺客的类传①,分别是春秋时期的鲁之曹沫、吴之专诸与战国时期的晋之豫让、轵之聂政及

---

① 在《史记》七十列传中,根据其内容和性质,约可分为四类:单传、合传、类传、四夷传(又称"蛮夷传")。所谓类传,"是将许多人物,按照他们的学术、技艺或治术,行为相类似的人物,顺着时间先后的次序记叙在同一篇传里的"。见赖明德:《司马迁之学术思想》,(台北)洪氏出版社1983年版,第199页。

燕之荆轲。全篇 5657 字,其中曹沫之事 206 字,专诸之事 546 字,豫让之事 675 字,聂政之事 1017 字,荆轲之事 3123 字,"太史公曰"90字。从篇幅上看,《史记》作者并非平均着墨,而是按照传主年代的排序,古者简略,近者详尽,呈现出递进式蔓延的态势。同时,传主故事的紧张度、复杂度以及情感的激烈度,亦呈现出同样变化。

该篇主题,《史记》卷一百三十《太史公自序》所说"曹子匕首,鲁获其田,齐明其信;豫让义不为二心。作刺客列传第二十六",显然只针对曹沫、豫让而发议论,并未涉及专诸、聂政、荆轲之事,可见,作为主题的概括并不合适。而篇末"太史公曰"则谓"自曹沫至荆轲五人,此其义或成或不成,然其立意较然,不欺其志,名垂后世,岂妄也哉"①,在此,太史公对刺客们行义之举之成败未作置论,却突出了五位传主所共有之"立意较然,不欺其志",认为他们立意明白,既可告慰于己,亦可推展于世,符合天下公义;更重要的是,他们以艰难曲折之行动,去努力实践自己的意志。这里的赞语,就是太史公对本传主题的一种集中概括,它强调了刺客们所立志愿以及为之所奋斗的过程这两方面的结合。

前人对《刺客列传》的态度十分复杂,大多恶其主题旨意而赏其篇章文字。针对主题而言,由于刺客的历史作用具有两面性,在天下无道之时以个体之殊死奋争而维护了天下公义,在承平之际则对现成社会秩序有不同程度的冲击和挑战;再加上,历史上"立意较然,不欺其志"的顶尖刺客毕竟是少数,大量的则是一些欺世盗名的末流刺客,所以,部分评论者大多怀疑刺客的人品道德并进而斥责太史公的作史旨意。王安石认为"聂政售于严仲子,荆轲豢于燕太子丹,此两人者,污隐困约之时,自贵其身,不妄愿知,亦曰有待焉。彼挟道德以

---

① 司马迁:《史记·刺客列传》,中华书局 1982 年版,第 2538 页。

待世者何如哉"①；苏辙认为太史公传刺客凡五人并称之不容口，"失
《春秋》之意矣"②；王应麟认为"以贼礼贼义贼仁贼信之人并列于传，
又从而嗟叹其志，不亦缪哉"③；何孟春认为"《刺客》传让（按：指豫
让），吾无用议子长之失矣"④；梁玉绳在转述王应麟之言后对刺客的
作为也表示了不屑，"余谓刺客本不当立传，各附入吴、济、燕、赵、韩
世家可也。且表称聂政为盗，足见书法。专、轲亦政之类，而传刺客
皆称之不容口，何哉？况曹沫事之诬妄者也"⑤。这些代表性言论，除
了少数针对太史公所依据的材料提出质疑而有部分合理性，其他大多
失之于对刺客历史作用的客观认识以及对刺客队伍的细心分辨。

　　针对《刺客列传》的艺术特点，前人尤其是清代桐城派学者，则多
有赞赏。焦竑认为"《刺客传》序聂政事极其形容，殆其抒其激愤云
耳；于年表则书盗杀韩相侠累，盖太史公之权衡申矣……然则后人之
讥迁者悉眯语也"⑥；吴见思认为"刺客，是天壤间第一种激烈人。
《刺客传》，是《史记》中第一种激烈文字。故至今浅读之，而须眉四
照；深读之，则刻骨十分。史公遇一种题，便成一种文字，所以独雄千
古。此文逐段脱卸，如鳞之次，如羽之压，故论事则一人胜一人，论文
则一节更深一节"⑦；李景星认为"此五人者，在天地之间，别具一种

①韩兆琦编注：《史记选注汇评》，中州古籍出版社1990年版，第350页。
②杨燕起、陈可青、赖长扬编：《历代名家评〈史记〉》，北京师范大学出版社1986
　年版，第623页。
③杨燕起、陈可青、赖长扬编：《历代名家评〈史记〉》，北京师范大学出版社1986
　年版，第624页。
④韩兆琦编注：《史记选注汇评》，中州古籍出版社1990年版，第350页。
⑤梁玉绳撰，贺次君点校：《史记志疑》，中华书局1981年版，第1317页。
⑥杨燕起、陈可青、赖长扬编：《历代名家评〈史记〉》，北京师范大学出版社1986
　年版，第624页。
⑦吴见思、李景星著，陆永品点校整理：《史记论文　史记评议》，东北师范大学
　出版社1985年版，第45页。

激烈心情,故太史公汇归一处,别成一种激烈文字。文用阶级法,一步高一步。刺君刺相,至于刺不可一世之王者,刺客之能事尽亦。是以篇中叙次,于最后荆轲一传,独加详焉。其操纵得手处,尤在每传之末,用钩连之笔……遂使一篇数千言大文,直如一笔写出"①。上述议论,涉及《刺客列传》的风格、结构和表现手法等方面,誉之为"激烈文字""独雄千古",推崇之意自不待说。事实上,自中唐韩柳发起古文运动倡导"古文"之后,上古秦汉散文包括《史记》的优秀传统,一直是后人祛除浮靡文风、归正效道的榜样。

对于在《刺客列传》中占取了大半篇幅的荆轲之事的叙述,今人多以《荆轲传》命之。曹沫、专诸、豫让、聂政四位传主之事的合计字数为 2444 字,而《荆轲传》独得 3123 字,篇幅远超四事之和。在吴见思和李景星看来,《荆轲传》是整篇《刺客列传》的结穴之处,传主的行为、故事的紧张度、作者的情感寄托、文字的声响,在此均达到了高潮。甚至有学者极端性地认为,太史公只是为了表现荆轲之事,才铺垫性地预置了前面四人。晚清郭嵩焘曰:"史公之传刺客,为荆卿也,而深惜其事不成。其文迷离开合,寄意无穷。荆卿胸中尽有抱负,尽有感发,与游侠者不同。"②在他看来,有了荆轲才有了太史公之《刺客列传》;在《荆轲传》中,寄寓着太史公太多的感慨和惋惜,为太史公所正面肯定的刺客的精神价值,也在荆轲身上得到了集中体现;《荆轲传》"迷离开合",有着很深意蕴,艺术上也十分出色。

《荆轲传》是一篇相对完整的传记。其背景是秦国加紧并吞东方六国的步伐,其时燕国处于风雨飘摇而天下则是血雨腥风。太史公在首尾处记载了荆轲的身世、籍贯、交游以及高渐离击筑的详细经

①吴见思、李景星著,陆永品点校整理:《史记论文　史记评议》,东北师范大学出版社 1985 年版,第 89 页。
②韩兆琦编注:《史记选注汇评》,中州古籍出版社 1990 年版,第 351 页。

过、世人的评价。除了这些可能更多地出于纪传体例所要求的记载之外,主体部分则是关于太子丹如何筹划和荆轲出使秦廷等经过;同时为如实地赋予刺秦行为的历史正义性,故事中客观地穿插了燕秦之间的紧张对峙以及韩、赵被灭的史实,还有荆轲、燕太子丹、秦叛将樊於期的个人遭遇。这篇传记以刺秦为主线,由此辐射而出的秦国之强横、列国之危殆和抗争、各种家国个人之艰难选择均一一得到展现,构成一幅以燕国为主要个案的战国末期画卷,达到了以少驭多的艺术表现力。文章既具史著之深邃沉厚,复兼文学之变化多端,把历史叙述提升到文学写作的境界,故有学者认为此篇"代表了《史记》叙事艺术的最高成就"①。

二、"太史公曰"留下的疑窦

有关《荆轲传》的成文经过,自古以来一直有不少议论。这些议论的主要生发点,其中之一便是传末的"太史公曰":

> 世言荆轲,其称太子丹之命,"天雨粟,马生角"也,太过。又言荆轲伤秦王,皆非也。始公孙季功、董生与夏无且游,具知其事,为余道之如是。②

这有点类似于"编纂后记"或"创作后记"。但是,到底是哪一种"后记",还是存在着争议、有待辨析的。这段话里,给后人留下的疑窦主要有三个方面:一是对天佑太子丹与刺伤秦王这两个细节问题的态度与取舍;二是《荆轲传》的材料是太史公直接访求得到的口说材料抑或别有所本? 三是《荆轲传》成于司马谈还是司马迁? 以下逐一

①[美]王靖宇:《中国早期叙事文研究》,上海古籍出版社2003年版,第140页。
②司马迁:《史记·刺客列传》,中华书局1982年版,第2538页。

分述。

　　先来看第一个问题。

　　在荆轲刺秦事件中,太子丹的命运是否受到天意的眷顾? 荆轲在秦廷上是否刺伤过秦王? 裹挟在这一惊天动地大事件中的这两个细节,在事件过后的一长段时间里①,仍然层出不穷地滋生着各种不同的说法和文字材料。其中,较有代表性的说法,就是"天佑说"与"伤秦王说"。

　　关于"天佑说",即称道燕国太子丹在秦王阻拦和刁难其返回祖国之时的殊异表现——能够使天上降下粟米,能够使马匹生出角——以此满足秦王苛刻的、匪夷所思的要求,只得允诺其结束"质子"生涯而回国。这两个细节说明天意站在太子丹这一边,并且护佑着他回应秦王的要求。它们尽管以传说的形式在传播,但已经具备了神话的性质:只有受到神助,凡人才能达己意于天,才能改变天象和物种的结构。对于这一神话般的传说,太史公认为"太过"而没有吸收在《荆轲传》之中。事实上,《史记》成书前后,正是"天人感应说"被汉朝官方正式接受并被用以阐释多种国运异象的时代,《史记》中亦不乏对此持肯定性态度的宏论和人事记载,"《史记》对黄帝用兵、汤武革命直至秦崩楚亡的易代战争,相关叙述都带有天命论的色彩,即所谓'易姓受命',甚至秦灭周、统一六国亦然"②。要说《史记》作者是从抽象意义上来反对"天佑说"从而予以"太过"的评判,则与整部史著所体现出来的思想倾向并不一致;如此,则只能解释为作者是从针对具体人、事方面的角度所下的结论。简言之,这里隐含

────────────

①荆轲刺秦发生在公元前 227 年,距《荆轲传》完成的时间长度,难以确定。但若以司马迁生年为标准来看,亦属邈远。关于司马迁生年,有两种说法。若其生年为景帝中元五年(前 145),则相距八十二年;若其生年为武帝建元六年(前 135),则相距九十二年。

②李霖:从《〈五帝本纪〉取裁看太史公之述作》,《文史》2020 年第 1 辑。

着太史公对于太子丹的历史作用的否定性评价,在一定程度上,也可延展为是针对由太子丹所筹谋组织的荆轲刺秦活动的否定性评价。正因为太史公对"世言"持这种态度,故而《史记》中就不见"天雨粟,马生角"①之类的民间传言和文字材料。此外,与太史公舍弃"不雅驯"之言的篇章追求有关系,"如《刺客列传·豫让传》,基本采用《战国策·赵策》的成文,但删去了其中荒诞不经的描写"②。所谓"荒诞不经的描写",指的是古本《战国策》中"衣尽出血。襄子回车,车轮未周而亡"的文字,《索隐》云"太史公恐涉怪妄,故略之耳"③。对于不用"天雨粟,马生角"之类的材料,太史公也有着同样的考虑。

至于"伤秦王说",太史公认为不真实。关于发生在秦廷上的刺杀现场,《史记》的记载是这样的:

> 轲既取图奏之,秦王发图,图穷而匕首见。因左手把秦王之袖,而右手持匕首揕之。未至身,秦王惊,自引而起,袖绝。拔剑,剑长,操其室。时惶急,剑坚,故不可立拔。荆轲逐秦王,秦王环柱而走。群臣皆愕,卒起不意,尽失其度。而秦法,群臣侍殿上者不得持尺寸之兵;诸郎中执兵皆陈殿下,非有诏召不得上。方急时,不及召下兵,以故荆轲乃逐秦王。而卒惶急,无以击轲,而以手共搏之。是时,侍医夏无且以其所奉药囊提荆轲也。秦王方坏柱走,卒惶急,不知所为,左右乃曰:"王负剑!"负剑,遂拔以击荆轲,断其左股。荆轲废,乃引其匕首以擿秦王,不

①"马生角"见于《燕丹子》,"天雨粟"则不见。事实上,有关与太子出逃之际的"天佑之"的细节,在《燕丹子》以及其他汉时典籍中还有许多,这都是由不同的传说所致。
②孙钦善:《中国古文献学史》,中华书局 1994 年版,第 98 页。
③司马迁:《史记·刺客列传》,中华书局 1982 年版,第 2521 页。

中,中桐柱。秦王复击轲,轲被八创。①

引文意思可分几个层次:一是荆轲图穷执匕首,二是秦王环柱而逃,三是群臣助阵,四是秦王伤荆轲,五是荆轲还击。在此确无秦王受伤的任何笔触,荆轲攻击秦王的片段,主要在场面展开的头尾处。起头处,荆轲虽然曾经拉住了秦王"衣袖",但是,绝没有伤到秦王,而是在匕首触及之前,被他扯断衣袖逃脱了;结尾处,荆轲向秦王投出了匕首,但没有投中。在荆轲发起的最关键的两处进攻中,秦王都没有受伤。

这段文字,以事带人,错落有致;起承转合,不失毫厘,向被称道。清人牛运震评曰:

> 荆轲逐秦王一段,本可整齐叙之,偏用极历乱之笔;亦本可简约叙之,偏用极详细之笔。盖不历乱则情景之仓皇扰乱不见,不详细则事迹之节次曲折不出,节次曲折出,则情景之仓遽见矣。极详细处,正其极历乱处;极历乱处,正其极整齐处也。此中摹画叙次,有绝大神通。②

评者是将这篇文字看作了创作性文字,这姑且不论。不过,场面描写的优胜之处,倒确实被点评了出来。

"太史公曰"所指的夏无且,指的就是上述场面中的秦王"侍医"。他在刺秦现场"以其所奉药囊提荆轲也",事后获赐"黄金二百溢",并蒙秦王"无且爱我"的夸奖。他在世之时,与公孙季功、董生

---

① 司马迁:《史记·刺客列传》,中华书局 1982 年版,第 2534—2535 页。
② 牛运震撰,魏耕原、张亚玲整理点校:《史记评注》,三秦出版社 2011 年版,第 219 页。

有交往,故而公孙季功、董生"具知其事",并向太史公"道之如是"。

太史公在此特提一笔,就上下文字面意思来看,是以夏无且之亲历,来提供他何以下此"又言荆轲伤秦王,皆非也"之论断的依据。有了这个依据,他才能在世上所流传的各种版本和说法中,剔除并且不采纳有关"伤秦王说"的材料。正如同他凭理智判断,得出太子丹亡秦归燕之时的所谓"天雨粟,马生角"之天佑说法为"太过"一样。这是针对不同的史料而作出的审核、判断和甄选,是一项史家应该引起高度重视的工作。得自隔代相传的夏无且的证据,在关键细节上为太史公甄别材料提供了重要依据,他能不郑重道之? 同样在《刺客列传》里面,《索隐》针对"濮阳严仲子事韩哀侯"一句指出:"表(按:指《六国年表》)聂政杀侠累在列侯三年。列侯生文侯,文后生哀侯,凡更三代,哀侯六年为韩严所杀。今言仲子事哀侯,恐非其实。且太史公闻疑传疑,事难旳据,欲使两存,故表、传各异。"①可见,当难以对材料的准确性作出判断之时,太史公闻疑传疑、闻信传信,极为审慎地使之"两存"而绝不妄断,这显示了史家极好的修养。

据"太史公曰"可知,在荆轲刺秦之后直到西汉前期,广泛流传着针对该事件的不同材料和说法,"天佑说"和"伤秦王说"只是两种较有代表性的说法而已。"伤秦王说"太史公在此辩说已明,而世上则更有秦王被伤的其他说法,归根结底都与荆轲刺秦这一历史性大事件联系在一起。之后王充《论衡》对此有所驳议:

> 传书言:燕太子丹朝于秦,不得去,从秦王求归。秦王执留之,与之誓曰:"使日再中、天雨粟,令乌白头、马牛角、厨门木象生肉足,乃得归。"当此之时,天地祐之,日为再中,天雨粟,乌白

---

① 司马迁:《史记·刺客列传》,中华书局 1982 年版,第 2523 页。

头，马生角，厨门木象生肉足，秦王以为圣，乃归之。此言虚也。
燕太子丹何人，而能动天？……夫天能祐太子，生诸瑞以免其
身，则能和秦王之意，以解其难。见拘，一事而易；生瑞，五事而
难。舍一事之易，为五事之难，何天之不惮劳也？……太史公
曰："世称太子丹之令天雨粟、马生角，大抵皆虚言也。"太史公，
书汉世实事之人，而云虚言，近非实也。①

　　传书又言：燕太子丹使刺客荆轲刺秦王，不得，诛死。后高
渐丽复以击筑见秦王，秦王说之，知燕太子之客，乃冒其眼，使之
击筑。渐丽乃置铅于筑中以为重，当击筑，秦王膝进，不能自禁，
渐丽以筑击秦王额。秦王病伤，三月而死。夫言高渐丽以筑击
秦王，实也；言中秦王，病伤三月而死，虚也。②

我们于各种文献中拈出这两条驳议，直接目的在于说明当初太史公
所下"太过""皆非也"的判断，在后代所引发的高度认同。对于前
者，王充是按逻辑来推定，以一事易而五事难为依据来肯定太史公的
判断。事实上，《史记》有《天官书》和《日者列传》，有些"天应""天
佑""神助"之情节和细节也时出全书各篇章间；而且古代巫史难分，
"司马氏世主天官"③，太史之职与处理各种天文、星历、灾禳等事务
交错纠缠；再加上，《史记》成书时代，谶纬神学亦不时地影响着时人
的各种思维活动。在这种背景下，太史公不取流传已久的太子丹"天
佑说"，足以显示其史家识力，也隐含着对太子丹谋刺之举的曲折评
价。对于后者，王充则以事实为依据来驳斥秦王为荆轲之友高渐离
（按："离"，王文为"丽"）所伤的"传书之言"。秦始皇平定列国后周

①黄晖：《论衡校释》，中华书局1990年版，第235—236页。
②黄晖：《论衡校释》，中华书局1990年版，第200页。
③司马迁：《史记·太史公自序》，中华书局1982年版，第3319页。

游天下,足以说明其健康情况。实际上,无论是荆轲还是高渐离,他们的抗秦行为在当初一定程度上代表了东方六国百姓对暴秦的愤恨之情,也在一定意义上迎合了汉初经过改朝换代之后的民意。因此,尽管"多失其实",但无论是"世言"还是"传书"都乐见秦王为荆轲、高渐离所伤,舆论纷纷之下,太史公以夏无且之在场的经历,来证实这种说法之非,从而传信于后。

再来说第二个问题。

《荆轲传》材料来自何处,是作者直接访求获得的口说材料,抑或别有所本?这个问题在《史记》学界亦一直众说纷纭。

有学者认为,"司马迁用'世言'而不是'书言'或'传言',表明他针对的是民间关于荆轲刺秦事的传言,而非见诸文字的记录……若司马迁真的看到过一篇如今本《荆轲传》大半文字的战国文献,当不会如此行文"①。我们认为,这个说法欠缺实证和理据,不免有望文生义之嫌,在此提出四方面的驳议证据:

第一,《史记》全书,两处使用"世言",一处为这里的"太史公曰",另一处为"世言苏秦多异,异时事有类之者皆附之苏秦"②。太史公所面对和采录的苏秦之事或依附于苏秦的言论,尽管不排除有少量比例的口说言辞,但绝大多数一定为载于竹帛的"文字记录"。这一点,从《战国策》和《史记》所载可知,从马王堆出土的《战国纵横家书》亦能得到证实。更何况,《汉书·艺文志》著录十二家纵横家的文献,《苏子》三十一篇赫然在首。可见,这里所谓的"世言苏秦多异",指的是有关苏秦的著作和各类文献,面貌多样,不尽相同。《刺客列传》里的"世言",其辨析之语境,与《苏秦列传》一致,文意也

---

① 张海明:《〈史记·荆轲传〉与〈战国策·燕太子丹质于秦〉关系考论》,《清华大学学报》(哲学社会科学版)2013年第1期。

② 司马迁:《史记·苏秦列传》,中华书局1982年版,第2277页。

相同。

第二,司马贞《史记索隐》对"世言荆轲"等等的解释是:

> 《燕丹子》曰:"丹求归,秦王曰'乌头白,马生角,乃许耳'。丹乃仰天叹,乌头即白,马亦生角。"《风俗通》及《论衡》皆有此说,仍云"厩门木乌生肉足"。①

这里,《索隐》直接举证的是《燕丹子》,一定程度上认为太史公所说即为如《燕丹子》之类的文献中的说法,这代表了唐代学者对"世言"的看法。在这篇文学文献中,秦王设阻于太子丹的条件"乌头白,马生角"显然与"太史公曰"之"天雨粟,马生角"有出入,并且后世之《风俗通》及《论衡》中的说法亦不尽一致,但所指均为同一性质的事。互有出入的现象之存在,可以说明关于荆轲刺秦一事,流传甚广。此事从战国末年流传到《史记》编纂之时,百年时长,若仅凭口说相传而无文字材料流播,或者主要不是凭借文字材料流播,是很难想象的。

第三,太史公《六国年表序》有言:

> 秦既得意,烧天下《诗》《书》,诸侯史记尤甚,为其有所刺讥也。《诗》《书》所以复见者,多藏人家,而史记独藏周室,以故灭。惜哉,惜哉!独有《秦记》,又不载日月,其文略不具。然战国之权变亦有可颇采者,何必上古。②

对于秦一统天下之后,是否尽毁列国史记,学术界尽管有不同的理

---

① 司马迁:《史记·刺客列传》,中华书局1982年版,第2538页。
② 司马迁:《史记·六国年表》,中华书局1982年版,第686页。

解,然而,对于太史公编纂战国《史记》"颇采""战国之权变"资料,却不见异议。所谓"战国之权变",即"战国时代相互攻伐时的游说词"①,是一类书面文字文献,即"战国策"文。太史公在完成苏秦、张仪等纵横策士的传记时,所倚重者即是他们的论著,包括同时为《汉书》所著录之《苏子》《张子》等史料。这些"世言"中的史料,当然主要是书面文献。

第四,所谓"司马迁用'世言'而不是'书言'或'传言'",这里作者认为"世言"即口说,而"书言"和"传言"为"见诸文字的记录"。检索《史记》全书,"世言"有两条,非为口说,前已辨析;"书言"除了"上书言某事""著书言某事""遗札书言封禅事"之外,作为"见诸文字的记录"有两条;"传言"总计五条,分别是:

1."以三代世传言之,后稷有父名高辛;高辛,黄帝曾孙。"(《三代世表》)

2."于是上乃使使持节诏将军:'吾欲入劳军。'亚夫乃传言开壁门。"(《绛侯周勃世家》)

3."居顷,复从北方来传言曰:'赵王猎耳,非为寇也。'"(《魏公子列传》)

4."汉七年,长乐宫成,诸侯群臣皆朝十月。仪:先平明,谒者治礼,引以次入殿门,廷中陈车骑步卒卫宫,设兵张旗志。传言'趋'。"(《刘敬叔孙通列传》)

5."塞下传言单于已引去。"(《韩长孺列传》)

上面,第一条非为这里所讨论之"传言"范围,第二、四条为口信,第三、五条未知是口信还是书信。如此,没有一条可明确为"见诸文字的记录"。作者信笔由之,却疏于查证。推测其想法,或有可能与

---

①张正男:《战国策初探》,(台北)台湾商务印书馆1984年版,第59页。

王充《论衡》之"传书"一词①，混到了一起。

　　以上四点，或可说明"太史公曰"之"世言"为书面资料，如此，则作者行文中的推定即"若司马迁真的看到过一篇如今本《荆轲传》大半文字的战国文献，当不会如此行文"，就不攻自破。《史记索隐》谓《荆轲传》"虽约《战国策》而亦别记异闻"②的判断，就主要部分而言，依然成立。据此，我们可以说，太史公所面对的有关太子丹的事迹和传闻包括为其所剔除的"天佑之"的一些说法，基本部分乃为载之于竹帛并为国家档案馆以及类似机构所收集和保存下来的文字材料。

　　至于"太史公曰"中的后半句"又言荆轲伤秦王"云云，并非指整个荆轲刺秦之事均得自隔代相传的夏无且的亲历和所见，而是指其在面对有关"刺伤秦王"一事上的各种材料时，夏无且的证词帮助他辨别了事情的真相。这里所指的"具知其事"，就夏无且所知所感最真实的部分，当不会出于案发现场的秦廷或者秦国范围之外。而针对《荆轲传》文中所叙述的荆轲游历和交游，太子丹归燕后的义愤和筹谋，鞠武、田光、荆轲和樊於期诸人在燕国的言行，荆轲在燕国东宫三年多的活动，太子丹与荆轲之间的交往和情谊，准备赴秦的礼物和行刺的匕首，正副使之间的分工和演练，易水河畔的壮别，等等，以上种种长达五六年之久的事件筹划情况，属于燕国上层最机密的情况，哪里是一个秦宫中的"侍医"事后所能了解、打探得清楚的？而当行刺事发之后，各种谣言、传言和材料逐渐披露甚或喧嚣于尘之时，

---

①王充"传书"，意指流传之不可靠著述。《论衡·书虚》言："世信虚妄之书，以为载于竹帛上者，皆圣贤所传，无不然之事，故信而是之，讽而读之；睹真是之传，与虚妄之书相违，则并谓短书不可信用。……夫世间传书诸子之语，多欲立奇造异，作惊目之论，以骇信世俗之人；为谲诡之书，以著殊异之名。"见黄晖：《论衡校释》，中华书局1990年版，第167页。
②司马迁：《史记·刺客列传》，中华书局1982年版，第2527页。

对事件真相的把握以及对不实之词的祛除,这又哪里是一个"侍医"所能分析、判断得了的?上述反映在文本中的大小不等的情况,只有经过近百年岁月的淘洗,由口说而趋于文录,由虚妄而趋于近实,由单篇只言而趋于丰厚累积,在此之时,职业史官接触到由官府或民间所保存下来的大量材料,放出其职业眼光和手段,才能在各种不同说法和材料之间,择取其中精当和真实的部分,补全疏略,剔除抵牾,方能将整个事件条贯起来。所谓"百年之间,天下遗文古事靡不毕集太史公。太史公仍父子相续纂其职。……以拾遗补艺,成一家之言,厥协六经异传,整齐百家杂语"①,即此也。因此,我们有理由推断说,有关荆轲刺秦主体部分的材料,太史公所依凭的,也主要是文字材料。一部分的口说传播,丰富了太史公的现场感,并对其甄别和判断这些文字材料起到了作用。我们知道,古代语境里的"文献",本身就包含了"文"与"献"这两部分。所谓"文",指文字材料;所谓"献",指多闻且熟悉掌故之人。文献是历史著作的基础,"文"与"献"的结合,史著方有坚实的基础。

一般来说,太史公既为史官,收集和掌握文字材料,并非头等难事;而面对浩如烟海的材料,并且有些材料的观点和说法互有牵扯甚至互相矛盾之时,判断何种材料该舍弃而何种材料该入史,倒是最难之事,并且最显其识力。在此之时,访谈而得之"献",有时或有出人意料之外的佐助之功。

最后说第三个问题。

太史公曰:"又言荆轲伤秦王,皆非也。始公孙季功、董生与夏无且游,具知其事,为余道之如是。"这里的"余",指的是司马迁还是其父司马谈?这个问题牵涉到《荆轲传》的编者或作者问题,一直以来也存在着分歧。

———————

①司马迁:《史记·太史公自序》,中华书局1982年版,第3319—3320页。

荆轲刺秦的发生,时在公元前 227 年,夏无且在场;《荆轲传》作于何时,不得而知。但据《太史公自序》,知司马迁受父命作《史记》在"太初元年"①,即公元前 104 年,两者相差 123 年。即便考虑到司马迁在作《史记》之前,在其青少年的准备阶段,已与公孙季功、董生交游并闻知夏无且所述,但这之间的时间跨度也实在过远。如果要相对准确地推断,就牵涉到一个关于司马迁的生年问题。

有关这个问题的原始材料,众所周知的主要有两条:

一、《太史公自序》:"(司马谈)卒三岁而迁为太史令"句下,司马贞《索隐》云:"《博物志》:'太史令茂陵显武里大夫司马迁,年二十八,三年六月乙卯除,六百石。'"

二、《太史公自序》:"五年而当太初元年"句下,张守节《正义》云:"案:迁年四十二岁。"

前一条正文连同材料,司马谈卒于元封元年即公元前 110 年,"三年"指元封三年即公元前 108 年,可推知司马迁生年为武帝建元六年,即公元前 135 年。这里的《博物志》为西晋张华所作;后一条材料中,太初元年是公元前 104 年,推知司马迁生年为景帝中元五年,即公元前 145 年。两者误差 10 年。

这两说必有一误。百年来,以郭沫若、顾颉刚为代表的一派,持建元六年说②;以王国维为代表的一派,持景帝中元五年说③。这两派之中,各有一批昔贤时俊,尤其在"史记热"兴盛的 20 世纪 50、80 年代。

这两派考证分别依据《索隐》和《正义》,但因为它们互有抵牾,

---

① 裴骃《史记集解》:"李奇曰:'迁为太史后五年,适当于武帝太初元年,此时述《史记》。'"见司马迁:《史记·太史公自序》,中华书局 1982 年版,第 3296 页。
② 郭沫若:《〈太史公行年考〉有问题》,《历史研究》1955 年第 6 期;顾颉刚:《顾颉刚全集》第 31 卷《史林杂识初编·司马谈作史》,中华书局 2010 年版。
③ 王国维:《观堂集林》卷十一《太史公行年考》,商务印书馆 1940 年版。

而在当时又无其他旁征,故考证结论难有一致。对于《索隐》《正义》
的材料,孰正孰误,这两派多以司马迁的行年事状来印证,但往往陷
入自相循环的陷阱。司马贞和张守节均为唐代人,《索隐》先出,《正
义》稍后。在上述材料中,两书所依据的材料是同源的,即不见于现
时十卷的《博物志》佚文。有学者怀疑《正义》"迁年四十二岁"非完
整原文。

在南宋黄善夫刻本《史记集解索隐正义》一百三十卷即现存最早
的《史记》三家注本出现之后,历代学者普遍认为《集解》《索隐》《正
义》已不复原本,其因盖出于合刻之需要或转抄误传,即《四库》所谓
"刊除点窜"①。其中,《正义》被删节、削落尤多。《四库全书总目提
要》云:

"《史记集解》一百三十卷,江苏巡抚采进本……自明代监本以
《索隐》《正义》附入,其后又妄加删削,讹舛遂多。……凡此之类,当
由古注简质,后人以意为增益,已失其旧。至坊本流传,脱误
尤甚。"②

"《史记索隐》三十卷,江苏巡抚采进本……此书本于《史记》之
外别行,及明代刊刻监本,合裴骃、张守节及此书散入句下,恣意
删削。"③

"《史记正义》一百三十卷,兵部侍郎纪昀家藏本……盖其标字
列注,亦必如《索隐》,后人散入句下,已非其旧。至明代监本,采附
《集解》《索隐》之后,更多所删节,失其本旨。……守节征引故实,颇

①永瑢、纪昀主编,周仁等整理:《四库全书总目提要》,海南出版社1999年版,第
　256页。
②永瑢、纪昀主编,周仁等整理:《四库全书总目提要》,海南出版社1999年版,第
　257页。
③永瑢、纪昀主编,周仁等整理:《四库全书总目提要》,海南出版社1999年版,第
　257页。

为骇博。故《自序》曰:'古典幽微,窃探其美。'……苟非震泽王氏刊本俱存,无由知监本妄删也。"之间列举了大量脱文,并谓:"其他一两字之出入,殆千有余条,尤不可毛举。"①

上述所谓之"明监本",指的是以黄善夫本为基础的明代官方刊刻本。上引四库馆臣诸说,晓示我们以流行下来的三家注合刻本中的记载为依据,来推断司马迁生年,存在着多种不确定性,这其中也应包括张大可先生所凭恃之材料:"日本学者水泽利忠《史记会注考证校补》校录了日南化本《史记》的《索隐》文,正作'年三十八',这一证据给王国维说提供了极有价值的版本依据。日南化本是日人所藏中国《史记》善本南宋黄善夫汇刻的三家注本,具有很高的学术价值。"②

在学界因缺乏第三方可靠的材料而各执一说之际,赵生群先生发动研究生从事《集解》《索隐》《正义》的辑佚工作,竟意外地发现《玉海》所载《正义》《索隐》征引《博物志》的资料,计两条:

一、《玉海》卷四十六载:"《史记正义》:《博物志》云迁年二十八,三年六月乙卯除,六百石。"

二、《玉海》卷一百二十三载:"《索隐》曰:《博物志》:太史令司马迁年二十八,三年六月乙卯除,六百石。"

在司马迁生年问题上,这真是石破天惊的新材料!"这两条资料所载司马迁年岁,与今本《史记》中司马贞引《博物志》之文完全一致,这说明《索隐》引文准确无误。王国维'三讹为二'的推测不能成立。同时也证实,张守节推算司马迁生年的依据也是《博物志》。如此看来,《博物志》确实是考定司马迁生年的唯一的也是最为可靠的

①永瑢、纪昀主编,周仁等整理:《四库全书总目提要》,海南出版社1999年版,第257—258页。
②张大可:《司马迁评传》,南京大学出版社1994年版,第25页。

原始资料。张守节云太初元年'迁年四十二岁',比司马迁实际年龄多出十岁,肯定有误。这究竟是张氏推算有误,还是后人传写不慎而致误,现已不得而知。"①据此确证,司马迁生年应该是建元六年。

南宋王应麟《玉海》是一部类书,虽出于黄善夫本之后,但编书所依凭的,其中之一当是单行本《史记正义》,因为其所征引《史记正义》之文而不见于标点本《史记》者,达50余条。而张守节征引《博物志》,并非仅限如上一条佚文,其他的见于《秦本纪》《赵世家》《留侯世家》《司马相如列传》诸篇之注释。推测《正义》在"五年而当太初元年"句下的完整注释,当如:"《博物志》云迁年二十八,三年六月乙卯除,六百石。案:迁年四十二岁。"这条完整的注释,在三家注本中,其征引部分"或因《正义》中与《索隐》相同之内容"②而被删;其保留下来的案语部分,所出现的十年之差的错误,则有可能是张守节计算错误所致或转抄生误。

如此,回到本题,生于武帝建元六年即公元前135年的司马迁,上距发生荆轲刺秦事件的公元前227年,间隔92年。考虑到一个人只有到相应的年龄才可能保留日后的记忆,那么,即便是"少负不羁之才"的司马迁,其通过公孙季功、董生闻知夏无且之语的时间间隔,实际上当在100年之上。在时局动荡的战国末年、秦汉、汉初这三个历史阶段,某个人如医者夏无且长寿业已不易,又怎能保证公孙季功、董生亦长寿到"七十来岁把这一段故事告诉司马迁"③? 这真是天不假寿而后人枉增。

①赵生群:《从〈正义〉佚文考定司马迁生年》,《光明日报》2000年3月3日;此文收录于赵生群:《〈史记〉文献学丛稿》,江苏古籍出版社2000年版。在该义基础上,作者撰《司马迁生年及相关问题考辨》,《南京师大学报》(社会科学版)2001年第4期。
②应三玉:《〈史记〉三家注研究》,凤凰出版社2008年版,第288页。
③徐朔方:《史汉论稿》,江苏古籍出版社1984年版,第49页。

　　即便持景帝中元五年说的王国维,在《太史公行年考》一文中也觉得"太史公曰"中的"余"应为司马谈,而"太史公曰"的一段话当为"史公或追记父谈语也";而顾颉刚《司马谈作史》一文则明确论断为《荆轲传》"成于谈手无疑"。可以说,《荆轲传》即便不完全由司马谈完成,也当是司马迁在其父旧稿的基础上总纂而成的。

　　其实,有关司马谈作史这一事实,在迁之《太史公自序》①中,已有陈述:

　　1. 司马谈对诸子百家深具识力,《自序》洋洋洒洒载其《论六家之要指》,这成为《史记》论列百家思想的重要标准。

　　2. 司马谈对两周历史之大要,有清晰的概括:"夫天下称诵周公,言其能论歌文武之德,宣周邵之风,达太王王季之思虑,爰及公刘,以尊后稷也。幽厉之后,王道缺,礼乐衰,孔子修旧起废,论《诗》《书》,作《春秋》,则学者至今则之。"

　　3. 司马谈对史著有通史的考虑,并视春秋之后的历史为重点,同时形成了成熟的历史观:"自获麟以来四百有余岁,而诸侯相兼,史记放绝。今汉兴,海内一统,明主贤君忠臣死义之士,余为太史而弗论载,废天下之史文,余甚惧焉","自周公卒五百岁而有孔子。孔子卒后至于今五百岁,有能绍明世,正《易传》,继《春秋》,本《诗》《书》《礼》《乐》之际?"

　　4. 司马谈对史著有创设纪传体的史体考虑:"明主贤君忠臣死义之士,余为太史而弗论载,废天下之史文,余甚惧焉。"

　　5. 司马谈对史料来源有概括性交代:"废天下之史文,余甚惧焉。"

　　6. 司马谈对历史著作的惩恶扬善作用,有重要的论述:"伏羲至

————————

①司马迁:《史记·太史公自序》,中华书局 1982 年版,第 3285—3322 页。下面引用该篇之内容,不再一一出注。

纯厚,作《易八卦》。尧舜之盛,《尚书》载之,礼乐作焉。汤武之隆,诗人歌之。《春秋》采善贬恶,推三代之德,褒周室,非独刺讥而已也。"

7. 司马谈对史著的断限有初步的设想:"卒述陶唐以来,至于麟止,自黄帝始。"

8. 司马谈告白史著已在进行中:"为太史,无忘吾所欲论著矣。"

同时,司马迁子承父业并进而发扬光大最终完成《史记》的情况,在《自序》中也有所反映,这既是阐扬先美,也从侧面反映了司马谈作史的情况:

1. 司马迁接受父亲遗命,立志完成史著:"小子何敢让焉","小子不敏,请悉论先人所次旧闻,弗敢阙"。

2. 司马迁接受并完善纪传体的史体创设:"余尝掌其官,废明圣盛德不载,灭功臣世家贤大夫之业不述,堕先人所言,罪莫大焉。余所谓述故事,整齐其世传,非所谓作也。"

3. 司马迁对史著断限的补充和完善:"余述历黄帝以来至太初而讫,百三十篇。"这是《史记》的实际断限,"太初改历的象征意义远超出了获麟,这应是司马迁改变此书原初计划的原因之一"①。

4. 司马迁的"叙志"说和"发愤作史"说,既是对其父"惩恶扬善"说的理论补充,更是对历史上撰史动机的理论总结:"夫《诗》《书》隐约者,欲遂其志之思也。昔西伯拘羑里,演《周易》;孔子厄陈蔡,作《春秋》;屈原放逐,著《离骚》;左丘失明,厥有《国语》;孙子膑脚,而论兵法;不韦迁蜀,世传《吕览》;韩非囚秦,《说难》《孤愤》;《诗》三百篇,大抵贤圣发愤之所为作也。此人皆意有所郁结,不得通其道也,故述往事,思来者。"

---

① 徐建委:《〈史记〉春秋历史的写作实践与文本结构》,《文学遗产》2020 年第 1 期。

5. 司马迁交代史料来源和编史方法："卒三岁而迁为太史令,紬史记石室金匮之书","百年之间,天下遗文古事靡不毕集太史公","罔罗天下放失旧闻","以拾遗补艺,成一家之言,厥协六经异传,整齐百家杂语"。

6. 司马迁交代自己撰史过程中的两个重要时间节点："五年而当太初元年,十一月甲子朔旦冬至,天历始改,建于明堂,诸神受纪。"《集解》于此句下作案语:"韦昭曰'告于百神,与天下更始,著纪于是'。"可知司马迁正式作史始于太初元年即公元前104年。"于是论次其文。七年而太史公遭李陵之祸,幽于缧绁。"《正义》案:"从太初元年至天汉三年,乃七年也。"此时《史记》尚未完成。《自序》是全书最后完成的,作于何时已难考,但写于太始四年即公元前93年的《报任安书》已云"凡百三十篇",即基本完成。为此,顾颉刚先生曰:"以如此究天人、通古今之空前著作,在当时物质条件限制之下,又为私史,纂于公余,十年即成,无乃太速? 知其父作之于先,迁特增损其成稿,并补入元封以后事,即可晓其易于毕工之故。"①这里,"私史"或公史,学界自有争论;"十年"当然是概数,准确地说以"基本完成"来算,也有十一二年,如若以司马迁正式担任太史令来计,还得加上三年,如此则为十四五年。然而,顾先生的总体判断是正确的,这样一部宏大的著作,仅靠迁之一人,在十几年中独立完成,确是难以想象的。司马迁"元封三年(前108)到太始四年(前93),为发愤著书阶段,其间十六年,基本完成《史记》。征和元年(前92)到武帝之末后元二年(前87)或昭帝之初,约六年时间,司马迁编定《史记》,仍在继续修订。司马谈作史,准备在建元、元光间,正式述史在元狩元年(前122)。司马谈卒于元封元年(前110)。从元狩元年到元封元年,司

---

①顾颉刚:《顾颉刚全集》第31卷《史林杂识初编·司马谈作史》,中华书局2010年版,第447页。

马谈作史草创经营了十二年。司马迁发愤著书阶段十六年。就这样,《史记》写作基本完成就经历了前后二十八年,凝聚着司马谈、司马迁父子两代人的心血结晶,方能成为一部体大思精的著作"①。上面结合《太史公自序》所梳理的谈、迁父子共同作史的情况,可印证张先生这一结论。

从历史上看,有关司马谈作史的事实,迁固已自显,前人亦不回避。《隋书·经籍志》序云"司马谈父子,世居太史,探采前代,断自轩皇,逮于孝武,作《史记》一百三十篇"②,"至汉武帝时,始置太史公,命司马谈为之,以掌其职。时天下计书,皆先上太史,副上丞相,遗文古事,靡不毕臻。谈乃据《左氏》《国语》《世本》《战国策》《楚汉春秋》,接其后事,成一家之言。谈卒,其子迁又为太史令,嗣成其志"③;《史记索隐序》曰"《史记》者,汉太史司马迁父子之所述也"④。刘知幾《史通·古今正史》也有类似的议论,唐宋以后讨论益加深入,并且多举《荆轲传》为例证。

然而今有学者却以"'司马谈作史'之事,隋唐以前未闻有人议论"⑤为据,质疑甚至否定这一日渐清晰的事实。其实,古代常有将合作之书、师生共纂之书、学派共有之书归于一人的情况,这当属章学诚在《文史通义》中所谓"言公"传统之一脉。这一传统或常习,愈古愈深。实际上,署名是一回事,而实际创作者或纂录者又是另一回事,不笔之于楮墨,古人的心里还是了然的。所谓"著作权",时代越往后,其正相对应的标准就越严格。《史记》虽为谈、迁父子共同参

---

① 张大可:《司马迁评传》,南京大学出版社 1994 年版,第 387 页。
② 魏徵等:《隋书·经籍一》,中华书局 1973 年版,第 905 页。
③ 魏徵等:《隋书·经籍二》,中华书局 1973 年版,第 956 页。
④ 司马迁:《史记·史记索隐序》,中华书局 1982 年版,第 7 页。
⑤ 易宁、易平:《"司马谈作史"说质疑》,《北京师范大学学报》(社会科学版)
  2004 年第 1 期。

与,但最后完成者为迁之一人,故古人称名或著录为迁著。前引《隋书》经籍一、二之序,均在具体论述中揭明司马氏父子共同作史的历史真相,甚至经籍二之序还暗示《史记》更多地由谈父所作,所谓谈"成一家之言"即此也。无论这结论是否正确,作为官修目录中的重要观点,这当有所据。唐代统治者从立国开始就十分重视典籍的收聚和整理,秘书省、弘文馆、集贤院、史馆、崇文馆等组成了丰富的官府藏书体系,如此兴盛之文事养育了一批出色的文献学家,《经籍志》序言中的观点应是集体研究后的结果。尽管如此,但在具体著录《史记》时,依旧例或按《隋大业正御书目》,还是署名司马迁。这是一个著录之名与实际纂作者不尽统一的显例,但所谓"不尽统一",也仅仅是我们这些后人被"著作权"观念所左右而滋生出来的印象而已。再有一例,张守节《史记正义序》曰"《史记》者,汉太史公司马迁作"[1],但在为裴骃《史记集解序》所作的注释里,却说"司马迁引父致意,班固父修而蔽之,优劣可知矣"[2],这分明是以班固之"丑事"来衬托司马迁在陈述父亲作史实情、保留父亲作史痕迹方面所展现出来的光明与磊落。

鉴于以上所论,《史记》出于谈、迁父子之手,故本书涉及撰者,概以《太史公自序》所指称其父子共同官名之"太史公"而命之。

三、《荆轲传》成于编纂

前面讨论之"太史公曰"的第二个问题,即《荆轲传》的材料来源,其实已隐含着关于《荆轲传》是如何成文的问题,也就是说,此文成于太史公之自作抑或编纂?

这个问题,诸说观点对立,迄今没有结论,但正是缘于类似这样

---

①司马迁:《史记·史记正义序》,中华书局 1982 年版,第 11 页。
②司马迁:《史记·史记集解序》,中华书局 1982 年版,第 3 页。

的问题,学界逐步推进着《史记》研究的深入。

司马贞在《荆轲传》的第一条《索隐》里,就开宗明义地下了按语:

> 赞论称"公孙季功、董生为余道之",则此传虽约《战国策》而亦别记异闻。①

这里的"约"字,当为"省约其言"之义;至于"《战国策》",他在针对《史记集解序》的《索隐》里,指出"取其后名而书之,非迁时已名《战国策》也"②。很明显,在司马贞看来,《荆轲传》自作的成分较少,而主要是通过对"战国策"材料的"省约其言"而编纂出来的。

《史记》与《战国策》之间的关系容后再议,在此专就《史记》之材料来源、修史方法和《荆轲传》的编纂情况作一正面讨论。

(一)关于《史记》材料来源

1. 前引《六国年表序》中太史公明确指出的"战国之权变亦有可颇采者"。

2. 前引《太史公自序》中谈、迁父子对所据史料来源的集中交代:"废天下之史文,余甚惧焉""小子不敏,请悉论先人所次旧闻,弗敢阙""䌷史记石室金匮之书""天下遗文古事靡不毕集太史公"。其中,关于"石室金匮",《史记索隐》谓"皆国家藏书之处"③,储藏着可能是一些政府档案。

3. "上古"之后的诸侯史籍包括《秦记》。这里的"上古",指的是春秋之前,尤指导致西周覆亡的"厉王之乱"之前。西周时,"天子之

---

①司马迁:《史记·刺客列传》,中华书局 1982 年版,第 2527 页。
②司马迁:《史记·史记集解序》,中华书局 1982 年版,第 2 页。
③司马迁:《史记·太史公自序》,中华书局 1982 年版,第 3296 页。

史,凡有五焉(按:指太史、小史、内史、外史、御史)。诸侯亦各有国史,分掌其职"①。周天子权力架空之后,诸侯撰"国史"的旧习,当依然延续,且有可能因周太史的"缺席"而各有发展。赵生群先生指出:"厉王之前,周王朝对各国诸侯尚有较强的统治力,周太史保存着较多的诸侯史料,当在情理之中。这些资料,很可能由于'独藏周室',随着周朝的覆灭而散亡,太史公无法见到,故深表惋惜。诸侯各国记事,厉王之前或不详备,或出于后世追书,所以《史记》载三代之事,颇为简略;而各国记载厉王以下至春秋战国时事,则颇为详赡,这为《史记》提供了丰富的原始资料。"②考诸《史记》载录春秋战国时各国历史如本纪、世家、年表等等,多用第一人称"我",可判定所据史料归属于各国而不是周室;多用趋向动词"来",可进一步印证诸侯史记归属的痕迹;《燕召公世家》两次出现"今王",不合《史记》作于汉代之史例,明显可见太史公沿袭燕史旧文而一时失于改削的错误。清人梁玉绳指出《史记》所载战国诸侯各国历史的材料来源:

　　史公言秦尽灭史记,固也。然考《汉书·律历志》引六国《春秋》,《艺文志》载《世本》十五篇、《青史子》五十七篇。又《天官书》云"余观史记考行事",《自序传》云"缀史记石室金匮之书",其余历谍尚多,史公尝读而著之,则诸侯之史,当时犹有存者,安得以为尽灭不见耶!③

上述诸例说明,战国诸侯史籍,不仅西汉太史公得见,东汉班固亦引

①魏徵等:《隋书·经籍一》,中华书局1973年版,第904页。
②赵生群:《〈史记〉取材于诸侯史记》,见《太史公书研究》,陕西人民出版社1994年版,第155页。
③梁玉绳撰,贺次君点校:《史记志疑》,中华书局1981年版,第387页。

用和著录。当然,班固之著录,不一定为亲见,有可能是对刘向《别录》、刘歆《七略》"删其要"而成。

4. 其他"旧闻"和"古文"。"司马迁写《史记》所根据的材料是'先人所次旧闻''罔罗天下放失旧闻'和'盖取之谱牒旧闻'的'旧闻',以及'余读春秋古文''不离古文'和'为成学治古文者'的'古文'。这些旧闻和古文,是指'会《诗》《书》《左传》《国语》《世本》《楚汉春秋》之言,通黄帝、尧、舜,至于秦汉之世'等经传典籍而言的。司马迁在处理和熔铸这些材料时,有的全录原文,有的部分摘要,有的增加解说。但是最有成绩和最精彩的部分,却是翻译字句和改写原文。"①所谓"司马迁写《史记》"的问题,这里不再辨析,但论者所总结出来的太史公所依据的历史材料中,相当部分是"旧闻"和"古文",乃为有识之见。

5. 班固所梳理的太史公所见书。"司马迁据《左氏》《国语》,采《世本》《战国策》,述《楚汉春秋》,接其后事,讫于天汉"②,这一观点为后世沿承,洵为确论。《隋志》曰:"谈乃据《左氏》《国语》《世本》《战国策》《楚汉春秋》,接其后事,成一家之言。谈卒,其子迁又为太史令,嗣成其志。"③《隋志》所言,尽管强调了司马谈的编史贡献,但对《史记》所依据的史料来源则与《汉书》一致。当然,这些书名,也仅仅是一个代表性书目而已,太史公撰史所掌握的材料,要远为丰富和复杂得多。

6. 太史公职位所应见到的资料,包括各类中外图书和档案。除《太史公自序》所言之"石室金匮之书"以外,如淳曰:"《汉仪注》:太史公,武帝置,位在丞相上。天下计书先上太史公,副上丞相,序事如

---

① 赖明德:《司马迁之学术思想》,(台北)洪氏出版社1983年版,第151页。
② 班固撰,颜师古注:《汉书·司马迁传》,中华书局1962年版,第2737页。
③ 魏徵等:《隋书·经籍二》,中华书局1973年版,第956页。

古《春秋》。迁死后,宣帝以其官为令,行太史公文书而已。"①按:东汉卫宏所作《汉旧仪》,又称《汉旧仪注》或《汉官仪注》,为一部载述西汉典章制度的专著,史料价值较高,"《史记》三家注称引《汉旧仪》(或称《汉仪注》)于今尚可考见者达四十处之多,《汉书》《后汉书》两书注释引用更多"②。在此,据卫宏所言,太史公缘于记事之职责所在,受天下计书。计者,事之机要也。所谓"天下计书",即是汉代除秦时挟书之律、求遗书于天下之际所涌现出来的事关治国理政的图书。《太史公自序》所言之"罔罗天下放失旧闻",《史记索隐序》所谓"贯穿经传,驰骋古今,错综隐括"③,《史记索隐后序》指明太史公之书"或得自于名山坏壁,或取自于旧俗风谣"④,《史记正义序》推崇《史记》"贯绅经传,旁搜子史"⑤,无不表明太史公掌握材料之丰富与《史记》取材之广博。

　　就太史公职位而言,其所掌握的图书为外书。《汉书·司马迁传》曰:"迁既被刑之后,为中书令,尊宠任职。"⑥这表明被刑之后的司马迁以太史公身份兼任中书令,这为他保管和浏览各种中书提供了职位上的方便。桓谭曰:"太史公不典掌书记,则不能条悉古今。"⑦如此,《隋志》在《汉旧仪》的基础上,进一步扩充了太史公所掌握图书资料的范围,"武帝置太史公,命天下计书,先上太史,副上丞相,开献书之路,置写书之官,外有太常、太史、博士之藏,内有延

---

① 司马迁:《史记·太史公自序》,中华书局1982年版,第3287—3288页。
② 赵生群:《太史公新证》,见《〈史记〉文献学丛稿》,江苏古籍出版社2000年版,第125页。
③ 司马迁:《史记·史记索隐序》,中华书局1982年版,第7页。
④ 司马迁:《史记·史记索隐后序》,中华书局1982年版,第9页。
⑤ 司马迁:《史记·史记正义序》,中华书局1982年版,第11页。
⑥ 班固撰,颜师古注:《汉书·司马迁传》,中华书局1962年版,第2725页。
⑦ 桓谭撰,朱谦之校辑:《新辑本桓谭新论》,中华书局2009年版,第2页。

阁、广内、秘室之府"①。这里的内书即中书。中外书并举而"先上太史",这自然是司马迁被刑之后的情况,其时《史记》尚未完工。

综合以上六点,谈、迁父子为完成《史记》这项浩大工程,收集和运用了大量资料。如果没有丰富的资料储备,《史记》无疑就成了无源之水、无本之木。当然,父子相继而任的太史公职位以及子迁所兼任的中书令职位,为《史记》资料准备工作提供了极大的便利,但若不是他们父子共同拥有以修史为己任的巨大热情②和对社会历史的高度责任感,这种职位上的便利也并不一定能够保证催生出这株史林中的奇葩。更何况,司马谈有意识地对早年的司马迁进行人格培养和学术训练,司马迁有意识地深入社会访老问故、旁搜异闻,进一步说明《史记》完成之不易。《史记》所依据的图书资料,虽然有的因后世古籍的损毁消散而失去了比对呈现的可能性,但是,相当一部分在具体篇章中作了明文交代,有些还通过前后行文的依违两可作出了暗示,更重要的是,《太史公自序》针对资料的收集和整理,在几处作了集中而概括的自陈;后代史书如《隋志》也说太史公在资料收集上做到了"遗文古事,靡不毕臻"③"善恶之事,靡不毕集"④的程度,这些都充分说明了《史记》运用历史资料的广博度。

(二)关于《史记》的修史方法

在前引的《太史公自序》中,对编史方法有如下自陈:

1. "请悉论先人所次旧闻,弗敢阙。"

由语意知,"先人所次旧闻"在前,"悉论"在后。何为"次"?《说文》谓"不前不精",小徐本释曰:"不前是次于上也,不精是其次

---

① 魏徵等:《隋书·经籍二》,中华书局1973年版,第905页。
② 汉代史官与历官不分,故谈、迁父子以掌天官之太史,而负修史之任。
③ 魏徵等:《隋书·经籍一》,中华书局1973年版,第956页。
④ 魏徵等:《隋书·经籍二》,中华书局1973年版,第981页。

也。"①"先人所次旧闻"指的是司马谈排比、编列所收集的历史资料，其中蕴含着针对原始资料所做的质量提升工作，包括去伪存真、正确排序、理清关系等等。"次"之词义，不在于原始创作，而在于对原始资料的加工处理，使之趋"上"趋"精"。《自序》中所谓"周道废，秦拨去古文，焚灭《诗》《书》，故明堂石室金匮玉版图籍散乱。于是汉兴，萧何次律令……"②，所用之"次"义，即针对"散乱"而言。

　　所谓"论"，《说文》指"议也"，段注曰"凡言语循其理、得其宜谓之论"。这里的"理"和"宜"当为"议"之标准。《论语注疏解经序·序解》对此标准有所引申，"论者，纶也，轮也，理也，次也，撰也。以此书可经纶世务，故曰纶，圆转无穷故曰轮，蕴含万理故曰理，篇章有序故曰次，群贤集定故曰撰"③。当然，一般性的"议"很难与圣人之"议"达到同一个标准，但将"论"引申为"纶也，轮也，理也，次也，撰也"，确实能启人深思，告诉我们："论"指向两个方向：一是义理上的，须达臻有益于世道人心、抉发真理、涵盖普遍之目的，否则，史著就成了撮钞旧书之作；二是文献上的，要使文本趋于有序而无误。段注之"理"和"宜"，亦庶几近之。若将此词义覆之于"请悉论先人所次旧闻"之句，其内在含义就了然如揭。司马迁对于父亲所整理的史料，在文献学意义上进行了再整理的工作，这类似于"次"和"撰"；同时，更为重要的是，针对史料无论是新写的文字还是再排比、编列，都以史学价值原则为准绳，这类似于"纶""轮"和"理"。具体来说，史料的用或弃、史料排比的前或后、史料存留篇幅之大或小，以及新写文字对史料意义的揭示和阐发，都是《自序》的"论"义所应包含的工作。

①徐锴：《说文解字系传·通释》，中华书局1987年版，第177页。
②司马迁：《史记·太史公自序》，中华书局1982年版，第3319页。
③阮元校刻：《十三经注疏》（下），上海古籍出版社1997年版，第2454页。

当然,太史公父子的分工,不可机械地理解为父"次"子"论"。太史公在日积月累地承担着编次文献的过程中,对于文献的甄别和存取,本身就包含着一定的价值判断;同样,太史公在创作自己的"太史公曰"以抉发篇章意义以及对于文献作各种叙述处理之时,不仅是在做"论"的工作,也包含着"次"的工作。从这角度而言,《自序》中也有合用的,如"于是论次其文"。"论次"的词语结构是同义反复,"论"涵括了"次"。至于清人姚苎田对"请悉论先人所次旧闻"所作的评点"要见一部《史记》,俱太史公谈收集古文系本,但迁始裁择润色,勒为成书耳"①,其理解则近乎刻舟求剑了。

由"次""论"的词义以及司马迁自述的"请悉论先人所次旧闻,弗敢阙"来看,《史记》的材料以及在各种材料基础上所构成的具体篇章,是在一定的理路引导下排比和编列而成的;至于承担起一部分明确的理义阐发任务的"太史公曰",则为太史公所创作,当然具体篇章叙述里亦潜伏着大量隐义,"太史公曰"不可能完全阐发尽净。

2."余所谓述故事,整齐其世传,非所谓作也。"

现代汉语中,"述"指讲话、陈述、叙述,有着更多的"创作"意味,而古义则有别。《说文》曰"循也",凡纂人之言,皆曰述,其义近似于"修""缵""撰",故《论语》有"述而不作"、《中庸》有"父作之,子述之"的说法。所谓"述故事",即遵循旧事,也就是合理地利用原始资料。在这句话之前,司马迁曰"且余尝掌其官,废明圣盛德不载,灭功臣世家贤大夫之业不述,堕先人所言,罪莫大焉"②,可见,在这语境里,"述"是针对"废""灭""堕"而言的,即惧怕历史著述的断绝。

至于"整齐其世传",就是在"述故事"的基础上,对于"明圣""功臣世家贤大夫"等世传资料,加以编纂处理,使其完整、齐备而归于

①姚苎田选评:《史记菁华录》,中华书局 2010 年版,第 171 页。
②司马迁:《史记·太史公自序》,中华书局 1982 年版,第 3299 页。

正。这里的"正",与前析之"论"可谓近义。

　　无论是"述"和"整齐",在修史活动中,均指向对于原始资料的继承和利用,并非指在一无借鉴的基础上的所谓新创。因此,在此意义上,太史公明确地表白"非所谓作也"。与"述"的传承之义不同,这里的"作",有着创作的含义。

　　3."绌史记石室金匮之书。"

　　对本论题而言,须重点解释的是"绌"字。《史记索隐》沿用《汉书》颜注,曰:"如淳云:'抽彻旧书故事而次述之。'……小颜云:'绌谓缀集之也。'"①这是两种不同的解法,司马贞显然同意颜师古的观点。如淳是三国曹魏时人,其解法以汉末刘熙《释名》为基础。《释名》曰:"绌,抽也,抽引丝端出细绪也。"若按此解释,则《史记》的修史方法,接近于对"旧书故事"在尊重原意基础上的改写或重写,在这过程中,与主线或主脉的联系不是很紧密的原始材料,就有可能被弃用,史料的完整性庶几不复存在。反之,颜师古和司马贞则持"缀集"的解法,即连缀聚集之意,指的是将散乱的篇章按照一定的顺序或关系联结起来。这种解法,正确地理解了《太史公自序》的原意,也触摸到《史记》真实的修史方法即编纂而非新创或接近于新创的改写或重写。

　　至于这种编纂方法的材料来源,则出自"史记石室金匮之书",即国家藏书中的"旧书故事"。这必然只是太史公父子所依据的主要的史料来源,也就是前面所解释过的"外书"。遭受过巨创之后的司马迁,在其之后的《史记》修史活动中,还利用所兼任的中书令职位,资傍过中书。

　　4."罔罗天下放失旧闻,王迹所兴,原始察终,见盛观衰,论考之行事,略推三代,录秦汉,上记轩辕,下至于兹,著十二本纪,既科条

――――――――――

①司马迁:《史记·太史公自序》,中华书局1982年版,第3296页。

之矣。"

这一段《自序》针对《本纪》的修撰而言,按类旁通,其原则亦可说明同样以传人为指向的《世家》和《列传》诸篇。

按:"罔罗",《汉书》作"网罗"。对于"罔罗天下放失旧闻"的解释,《史记索隐》谓"旧闻有遗失放逸者,网罗而考论之也"①。这一解释,顾及了后文的意思。在《史记》中,有相对明确纪年的叙述,始自《周本纪》,之前的《五帝本纪》《夏本纪》和《殷本纪》则无,从中可见在最基本的史实方面,太史公也留下了不确定性。如何"罔罗天下放失旧闻",在《五帝本纪》的"太史公曰"中有具体的阐述:

> 学者多称五帝,尚矣。然《尚书》独载尧以来;而百家言黄帝,其文不雅驯,荐绅先生难言之。孔子所传宰予问《五帝德》及《帝系姓》,儒者或不传。余尝西至空桐,北过涿鹿,东渐于海,南浮江淮矣,至长老皆各往往称黄帝、尧、舜之处,风教固殊焉,总之不离古文者近是。予观《春秋》《国语》,其发明《五帝德》《帝系姓》章矣,顾弟弗深考,其所表见皆不虚。《书》缺有间矣,其轶乃时时见于他说。非好学深思,心知其意,固难为浅见寡闻道也。余并论次,择其言尤雅者,故著为本纪书首。②

在这里,太史公辨析说:一般学者都喜欢高谈远古,其实《尚书》也只从尧的时代说起,百家讲的黄帝,所记之文不正当不可靠,士子们也弄不清楚。只有古文《五帝德》及《帝系姓》近于圣人之说,但为儒者所不传,《尚书》《春秋》《国语》也没有清楚地将它们保留下来。为此,他远赴各地进行实地考察以印证《五帝德》及《帝系姓》中的一些

---

①司马迁:《史记·太史公自序》,中华书局 1982 年版,第 3320 页。
②司马迁:《史记·五帝本纪》,中华书局 1982 年版,第 46 页。

残存记载,并且从"他说"中采录遗事,最后将各种材料"并论次"才得以完成此篇。《史记正义》总结说:"太史公据古文并诸子百家论次,择其言语典雅者,故著为《五帝本纪》。"①由此可见,即便是"罔罗天下放失旧闻",也主要是搜集整理各种文字记载,采风自作的成分即便有也不会太多,其作用更多的是为判断材料的真实性而培植感性印象。所以,对于《本纪》的修撰方法,太史公用了"科条"一词,即分类整理成条款、纲目之意。

5."以拾遗补艺,成一家之言,厥协六经异传,整齐百家杂语,藏之名山,副在京师,俟后世圣人君子。"

这是《自序》的篇末语,是对《史记》修史方法的总结。"拾遗"之意,与"罔罗天下放失旧闻"相同,指材料的收集;"补艺",是指补全六艺之学即经学。六艺有残缺,或分散于诸说,故太史公搜集辑录,以全圣人之学,因此,其方法是一种编纂而非假托圣人之名的新创;"厥协六经异传,整齐百家杂语",《史记正义》解释为"太史公撰《史记》,言其协于《六经》异文,整齐诸子百家杂说之语,谦不敢比经艺也。异传,谓如丘明《春秋外传》《国语》、子夏《易传》、毛公《诗传》、《韩诗外传》、伏生《尚书大传》之流也"②。可见,正因为有"《六经》异文"和"诸子百家杂说之语"的存在,太史公的修史方法才主要以综合贯通、择别统一为主,绝对不可能在诸传、诸说之外别立一家新说。在这种编纂活动之中,太史公的价值观必然起着引导作用,它决定着对于各种"异传""杂语"的甄别和取舍,左右着对于历史真相和学问原义的探究。在此意义上,方得有"成一家之言"的可能,也才能"俟后世圣人君子"的历史性检验。

上述《自序》之语,其大意与《报任安书》的篇中语近似,"仆窃不

---

①司马迁:《史记·五帝本纪》,中华书局1982年版,第48页。
②司马迁:《史记·太史公自序》,中华书局1982年版,第3321页。

逊,近自托于无能之辞,网罗天下放失旧闻,考之行事,稽其成败兴坏之理,凡百三十篇,亦欲以究天人之际,通古今之变,成一家之言"①。太史公在"网罗天下放失旧闻"基础上,熔铸百家,以"究天人之际,通古今之变"为价值观,考行事,计义理,从而"成一家之言"。

6.《汉书·司马迁传》赞曰:"至于采经摭传,分散数家之事,甚多疏略,或有抵梧。亦其涉猎者广博,贯穿经传,驰骋古今,上下数千载间,斯以勤矣。……自刘向、扬雄博极群书,皆称迁有良史之材,服其善序事理,辨而不华,质而不俚,其文直,其事核,不虚美,不隐恶,故谓之实录。"②

《史记》纪传部分以传人为目的,故"分散数家之事",不复以叙事之完整性为首务,但"互见法"或可对疏略、抵梧有所弥补。班固之微词,虽然客观上难以避免但不乏强人所难之嫌。不过,他对太史公之修史方法和修史实绩,却不吝赞美,这是值得肯定的。

所谓"采经摭传",是指太史公采拾经传,这既有文献学上的辑录和整理,又有述史之依傍和立场;所谓"涉猎者广博,贯穿经传",是指太史公之述史,建立在广泛"涉猎"的基础上,各种经传固然需要纳入眼底,其他"百家杂语"和"放失旧闻"自然也不放过;所谓"善序事理",既指事理叙述得宜,又指前后事件、前因后果排列清楚;所谓"实录",除了赞扬《史记》文直事核、褒贬得当之外,从更贴近修史方法而言,颜注谓其"录事实"。而"录"之字义,《康熙字典》释曰"《说文》借钞写字也""《正字通》誊写曰录""《集韵》一曰采也""又《集韵》记也"。《正字通》和《集韵》,成书远在东汉之后,它们的释义,由《说文》"钞写字"而来。当然,《史记》之成,并非全部缘于"钞写字",面对具体材料,钞与不钞之间,深有讲穷。

---

① 班固撰,颜师古注:《汉书·司马迁传》,中华书局 1962 年版,第 2735 页。
② 班固撰,颜师古注:《汉书·司马迁传》,中华书局 1962 年版,第 2737—2738 页。

《史记》述史,植根于既往可见的全部资料,对于资料作文献学意义上的搜集、补缀、甄别和整理,本属述史工作的一部分。信史之誉和"良史之材",是高度重视文献的结果。

7.《隋志》:"司马谈父子,世居太史,探采前代,断自轩皇,逮于孝武,作《史记》一百三十篇。详其体制,盖史官之旧也。"①

《隋志》推崇史书,认为经籍出于史官,故将史书由《汉志》之经书附庸独立为史部。这里,它对《史记》成书情况作了简明扼要的解释,指出谈、迁父子"世居太史,探采前代",以修史为己任,并以太史身份之便,充分利用官家图籍藏书,对自轩皇以来的历史,作了积极的探索,从而成就其伟业。接着,辨章学术,考镜源流,强调《史记》的工作体制,因仍前代,即"详其体制,盖史官之旧"。下面,针对"史官之旧"作些解释:

> 　　太史掌建邦之六典、八法、八则,以诏王治;小史掌邦国之志,定世系,辨昭穆;内史掌王之八柄,策命而贰之;外史掌王之外令及四方之志,三皇、五帝之书;御史掌邦国都鄙万民之治令,以赞冢宰。此则天子之史,凡有五焉。诸侯亦各有国史,分掌其职……诸侯史官,亦非一人而已,皆以记言书事,太史总而裁之,以成国家之典。②

史官制度,渊源已久。天子有五史,即太史、小史、内史、外史、御史,均赋有职能,分工不一。自从周室道衰、纪纲散乱之后,"诸侯亦各有国史,分掌其职"。也就是说,诸侯史官与天子之史,在设官种类和职能分工方面,一脉相承。在五史之中,太史之职能为"掌建邦之六典、

---

①魏徵等:《隋书·经籍一》,中华书局1973年版,第905页。
②魏徵等:《隋书·经籍一》,中华书局1973年版,第904页。

八法、八则,以诏王治",修史方法为"总而裁之"。这两方面,就是"史官之旧"的内涵。

太史在"总而裁之"的过程中,对诸史官所做的工作成果即各类档案和书籍,先加以收集和总汇,然后按照有利于"王治"的原则,对档案和书籍加以鉴别、判断和利用,以成国家之"六典、八法、八则"。

经周秦之世,入汉以后,武帝置太史公,对太史公的职能有所调整,并且其他"天子之史"的设官或有缩略,但特置了"写书之官"①。书成之后以及"天下计书",先予太史公,供其使用。谈、迁父子自觉地以古代太史为榜样,以编修《史记》为己任,在方法上"述故事",既"次"又"论",从而成就"厥协六经异传,整齐百家杂语"的集大成之作。"详其体制,盖史官之旧也",亦即"总而裁之",此为《史记》编纂方法之总结。

(三)形成《荆轲传》的文献条件和编纂情况

前面第二节中的第二个问题,我们从四个方面,推论《荆轲传》中有关荆轲刺秦主体部分的材料,太史公所依凭的,主要是文字材料。一部分的口说传播,丰富了太史公的现场感,并对其甄别和判断这些文字材料起到了作用。

前引清人李景星评语,谓《刺客列传》"此五人者,在天地之间,别具一种激烈心情,故太史公汇归一处,别成一种激烈文字。……遂使一篇数千言大文,直如一笔写出"②。这里,他表达了两层意思:一、此篇得自太史公所收集的包括荆轲在内的五人事迹的书面材料,是"汇归一处"而不是新创。先有各种书面材料,"汇归"方有可能;二、太史公对材料进行整理加工的艺术非常出色,所谓"别成

①魏徵等:《隋书·经籍一》,中华书局1973年版,第905页。
②吴见思、李景星著,陆永品点校整理:《史记论文 史记评议》,东北师范大学出版社1985年版,第89页。

一种激烈文字"是也。这种文字是推陈出新的结果,与作家创作毕竟不是同一个概念,故而"直如一笔写出"。此段评语,深具识眼,对《刺客列传》的成书情况作出了本质性的分析,既客观中肯而又富有分寸感。

在太史公之前或之际,荆轲刺秦故事早有记载并广为传播,其直接被反映于各类文献之中的,主要有如下一些:

1.《秦零陵令上书》:"荆轲挟匕首,卒刺陛下,陛下以神武,扶揄长剑以自救。"①

此上书内容见于《文选·吴都赋》注引,全文今已失传。其篇名在《汉志》被著录,与《文选》注引稍异,作"《秦零陵令信》一篇",注云"难秦相李斯"②。关于注文,余嘉锡谓"因与李斯相难,故上书言之,篇中引及荆轲之事。洪亮吉以为零陵令有上始皇书,又有难李斯书,非是"③。严可均辑文改篇名为《上始皇帝书》④。文中所称"陛下"为秦始皇,"扶揄"为扬举。"这是当时人所言见之于公牍的,距离荆轲之事很近。其所言与《燕策》荆轲逐秦王,秦王负长剑,拔击荆轲的记载符合。"⑤从咸阳到零陵,相距甚远。零陵令在上书中都能对刺秦之事作出相对准确的描述,可见此事在当时全国盛传的程度。口传虽然很有可能,但易于变异走样,其总的趋势是渐离本真,相信此事至少在秦朝已有书面文字记载。这种记载,从粗陈梗概到出现艺术程度较高的文本,可能会经历一个长时段,文本也应有可观的数

---

①萧统编,李善注:《文选》,上海古籍出版社1986年版,第220页。
②班固撰,颜师古注:《汉书·艺文志》,中华书局1962年版,第1739页。
③余嘉锡:《古书通例》,上海古籍出版社1985年版,第58页。
④严可均辑,许少峰、苑育新审订:《全上古三代文　全秦文》,商务印书馆1999年版,第233页。
⑤范祥雍:《〈战国策·燕策〉荆轲刺秦王章辨疑——附辩〈战国策〉存佚》,见尹达等主编:《纪念顾颉刚学术论文集》(上),巴蜀书社1990年版,第359页。

量。另外，这一秦朝文献，不仅为《汉志》所著录，甚且为唐人引用，可见其重要性。

此上书内容《汉志》注云"难秦相李斯"，可见是针对秦相某些政策的驳难和商榷，乃一驳议文，其奏知和希求改变政策的对象实为秦皇，这从文中言称"陛下"可知。所遗"荆轲"云云之残句，当为借古喻今之例句，并非全篇以此为主题。若能推测当时零陵令制作上书之时的心理，则荆轲刺秦事必已载之于中央政府文告，并遍示全国。试想，如果零陵令凭借民间传闻或书文，即使自以为真实可靠，也未必能把握阅读上书者秦皇的心理；何况，上书涉及之内容，一旦分寸拿捏失当，于秦皇威仪有损，零陵令怎敢以项上之头为代价而作此上书？如此，则只有一种可能，即引用之荆轲刺秦事甚且所用之文字，均来源于中央发布之文告。上面所说之"书面文字记载"，其实就是政府文告，而且，从所用文字的情感倾向来看，也偏向于秦国。所谓"荆轲挟匕首，卒刺陛下"，此"挟"为偷藏之意，虽符合史实，但与光明磊落之举大相径庭；"卒"同"猝"，有突然、仓猝、狼狈之意味，这与"陛下以神武，扶揄长剑以自救"之镇定、从容和必胜之态，大有云泥之别。尽管《燕丹子》《战国策》和《史记》所记载的秦廷之战，秦王呈现的是一副诡计多端、狼狈不堪而又仓皇应对的形象。

如果能结合战国末年之历史，那么，我们可以估计这份有关荆轲刺秦之事的中央政府文告的面世时间，当在此事余波尽消、燕国被灭、主事者燕太子丹被杀之后。毕竟，对秦王来讲，被人行刺，并非一件光彩之事；而且，从影响来看，如果处理不好，也将给天下人一个不好的示例，难保不会再有人以荆轲为榜样，再度铤而走险前来行刺。如果能做掩盖，则当时的秦国一定会千方百计予以掩盖。出具这样一份政府文告，必有难以再掩盖、回避甚至否定的原因。这个原因，只能是荆轲刺秦事，由于它所具有的历史正义性，不胫而走，已然跨越秦国之境而广传宇内。公元前226年，太子丹被燕王喜斩首；前

222年,秦破燕王喜和代王嘉,灭燕、赵;前221年,秦王完成统一,称始皇帝。在这三个年份中,最有可能颁示文告的时间,当在前222年与前221年之间。至于文告内容,必包含事件、对事件的处理、对刺客之流以及六国余孽之痛斥,以此正天下、清视听、平巷议。《史记》所记秦始皇"终身不复近诸侯之人"①,虽针对高渐离事件而言,但其为荆轲好友且出于为友复仇,故渐离行刺,乃为荆轲刺秦一事之余响。文告内容,当亦包含这种对"诸侯之人"的敌视态度。

如果以上推测近理,那么,刺秦之事,既有秦国之政府文告,沿及汉代,则各种各样的政府档案、书面记载和口头传闻,其数量当十分惊人。这份文告,即使刘邦军攻破咸阳之际未被萧何率人抢救出来,谅也早已深入人心而广布民间。荆轲刺秦事作为"信史"且其主要内容不被后人志疑,传及古代各历史朝代并被载于各种史籍和其他途径,势必与这份被秦国正式承认此事为实有之文告,有着莫大关系。

2. 贾谊《新书·淮难》:"阖闾富故,然使鱄诸刺吴王僚;燕太子丹富故,然使荆轲杀秦王政。……此非有白公、子胥之报于广都之中者,即疑有鱄诸、荆轲起两柱之间。"②

《汉书》载《谏立淮南王诸子疏》:"予之众,积之财,此非有子胥、白公报于广都之中,即疑有剸诸、荆轲起于两柱之间,所谓假贼兵为虎翼者也。愿陛下少留计!"③颜注曰:"剸诸刺吴王,荆轲刺秦皇。

①司马迁:《史记·刺客列传》,中华书局1982年版,第2537页。
②贾谊撰,阎振益、钟夏校注:《新书校注》,中华书局2000年版,第157页;又见卢文弨校:《贾子新书》,《丛书集成新编》(第八册),(台北)新文丰出版公司1985年版,第44页。关于这一条,时见不少论文错讹为"燕太子丹篇,然故荆轲杀秦王政",为此,笔者寻找几种权威性的《新书》版本进行核对。这一错讹,直接影响到对《燕丹子》成书年代的考证,故附辨于此。
③班固撰,颜师古注:《汉书·贾谊传》,中华书局1962年版,第2263页。

事见《春秋传》及《燕丹子》也。"①

上述两条，"鱄诸""剸诸"与"专诸"，音近而义同。贾谊为汉初被文帝任用的文人，在其篇章中引用荆轲事略，可以想见此事在汉时官员和文人中的影响。太史公对贾谊十分景仰，并对其死生去就抱有同感，《史记》有传，并在《秦始皇本纪》中载录其《过秦论》三篇。从保证统治者安全与维护社会稳定起见，汉代不少官员和文人，对荆轲刺秦事有着较为复杂的态度：一方面，肯定"刺秦"的历史作用；另一方面，对"刺客"乃至游侠，则有着反感情绪，将其视为凌驾于正常的社会法治秩序的不稳定因素。贾谊"假贼兵为虎翼者"之语，即为这一群体心理之反映。这种复杂的心态，我们在下面的引文中，还会体味到一二。

此外，颜师古对于"剸诸刺吴王，荆轲刺秦皇"的注言，值得关注。对于前事，他指明事见《春秋传》；对于荆轲刺秦事，则揭示事见《燕丹子》。注家出注，当注以早出者。颜师古不注《战国策》《史记》而径注《燕丹子》，可见，他认为《燕丹子》为早出之书，如同剸诸刺吴王事最早出于《春秋传》。这对我们考察《燕丹子》的成书年代，当有帮助。

3. 邹阳：《狱中上梁王书》有数处谈及荆轲刺秦事：

"昔荆轲慕燕丹之义，白虹贯日，太子畏之；卫先生为秦画长平之事，太白食昂，昭王疑之。……是使荆轲、卫先生复起，而燕、秦不寤也。愿大土熟察之。"②

"故樊於期逃秦之燕，藉荆轲首以奉丹事；王奢去齐之魏，临城自刭以却齐而存魏。夫王奢、樊於期非新于齐、秦而故于燕、魏也，所以

---

①班固撰，颜师古注：《汉书·贾谊传》，中华书局1962年版，第2264页。
②班固撰，颜师古注：《汉书·贾邹枚路传》，中华书局1962年版，第2343—2344页。

去二国死两君者,行合于志,慕义无穷也。"①

"然则荆轲湛七族,要离燔妻子,岂足为大王道哉!"②李善注"应劭曰:'荆轲为燕刺秦王,不成而死,其七族坐死。'"③按:应劭《风俗通义·正失》在"事败而荆轲立死"之后并未提及秦王诛族之事④。秦王报复之烈,当可想见,而且历史上也有荆轲被诛七族的传闻,《风俗通义》校语曰:"《南齐书·崔慧景传》载偃上疏,亦云:'轲沉七族。'《论衡·语增》篇:'秦王诛轲九族,复灭其一里。'"⑤诛七族抑或九族,传闻不一,这当是口语传播过程中的痕迹。不过,也有学者认为并无其事,颜师古曰:"寻诸史籍,荆轲无湛族之事。"⑥如此,邹阳不过甚其辞以明秦酷,"充在后汉,亦是因阳此言造之,未足为据"⑦。

"故秦皇帝任中庶子蒙〔嘉〕之言,以信荆轲,而匕首窃发;周文王猎泾渭,载吕尚归,以王天下。秦信左右而亡,周用乌集而王。何则?以其能越挛拘之语,驰域外之议,独观乎昭旷之道也。"⑧这里,秦中庶子原本为"蒙",颜注于此条下曰:"蒙者,庶子名也。"可见,在唐代颜师古所见本子,还是为"蒙"而非"蒙嘉"。蒙,与《燕丹子》同;蒙嘉,则与《战国策》《史记》同⑨。邹阳谓"蒙",深有来历,显示与

①班固撰,颜师古注:《汉书·贾邹枚路传》,中华书局 1962 年版,第 2345 页。
②班固撰,颜师古注:《汉书·贾邹枚路传》,中华书局 1962 年版,第 2349 页。
③萧统编,李善注:《文选》,上海古籍出版社 1986 年版,第 1770 页。
④应劭撰,王利器校注:《风俗通义校注》,中华书局 1981 年版,第 92 页。
⑤应劭撰,王利器校注:《风俗通义校注》,中华书局 1981 年版,第 93 页。
⑥班固撰,颜师古注:《汉书·贾邹枚路传》,中华书局 1962 年版,第 2350 页。
⑦刘向撰,赵仲邑注:《新序详注》,中华书局 1997 年版,第 103 页。
⑧班固撰,颜师古注:《汉书·贾邹枚路传》,中华书局 1962 年版,第 2351 页。
⑨太史公在《刺客列传》和《鲁仲连邹阳列传》中均用"蒙嘉",显示与《汉书》的不一致。今《汉书》中华书局本,整理者在"蒙"之后补"嘉",并加六角括号,但显然错误,与颜注不符。

《燕丹子》不平常的关系。

此篇上书,列举史实,借古喻今,所举荆轲刺秦"古事"共计 4 次。其中,涉及人物计有荆轲、燕太子丹、樊於期以及秦国阵营中的秦皇帝、蒙等 4 人;涉及细节计有"白虹贯日"、樊於期自刭、"荆轲湛七族"、收买蒙、图穷匕首见等 5 则,第一、三则不见于《史记》。作为汉初吴王和梁孝王所器重的文士,邹阳与事关荆轲的文献,或许有着更深的关系。

4.枚乘:《上书重谏吴王》:"六国乘信陵之籍,明苏秦之约,厉荆轲之威,并力一心以备秦。"①

枚乘为汉初文人,为吴王濞郎中,后去吴,从梁孝王游。他谏吴王,列举荆轲,推崇其抗秦之意义。但在后文,还是正视历史的进步趋势,肯定了秦国之统一天下的意义。枚乘的身份,若在战国之际,当也是一位游走于各国上层的纵横之士,他于苏秦、荆轲之事迹脱口道来,谅与其身份有着一定的联系。在情感态度上,在社会与纵横家之间,枚乘是站在苏秦、荆轲这一阵营的。其实,若论太史公父子尤其是子迁,其立场也与枚乘相仿佛。

5.《汉志》:"《荆轲论》五篇。"注:"轲为燕刺秦王,不成而死,司马相如等论之。"②

司马相如,在公元前 179—118 年,历文、景、武诸帝之世,为武帝所重,为之立乐府、造诗赋,出使巴蜀,《史记》《汉书》皆有传。其早年,曾经"从游说之士齐人邹阳、淮阴枚乘、吴庄忌夫子之徒"而客游于梁孝王,"梁孝王令与诸生同舍,相如得与诸生游士居数岁"③。《荆轲论》五篇,有可能作于此时;《汉志》注称之"司马相如等论之",

---

① 班固撰,颜师古注:《汉书·贾邹枚路传》,中华书局 1962 年版,第 2362 页。
② 班固撰,颜师古注:《汉书·艺文志》,中华书局 1962 年版,第 1741 页。
③ 司马迁:《史记·司马相如列传》,中华书局 1982 年版,第 2999 页。

亦有可能为上述"诸生游士"。析其原因,大致有二:

一是"诸生游士"此时年轻有豪气,引为同党,且游走于梁孝王刘武之诸侯国,慨然有建功立业之念。战国之际,英杰辈出,多少动人心魄之事,汉初文人对此嗟叹不已。论道荆轲之辈,多在年轻有志者,司马相如等"诸生游士",恰逢其时;

二是"《荆轲论》五篇",大约是刘向、歆父子在整理国家文献之时集而归之成为一书的,并非先有一书而成五篇。整理过后,由刘向父子分别著录于《别录》《七略》,《汉书·艺文志》再行移录。所以,此五篇作者,应为五人。作者之中,《汉志》明标司马相如参与其中,因其后世名高,故标之。其余四人,很大程度上即为这批"诸生游士"。上面已列举,邹阳、枚乘都有事涉荆轲刺秦的篇章。至于庄忌是否有作,另一作者为何人,已不可考。但在《史记》《汉书》都明确提及的司马相如此时朋辈之中,已有两人对荆轲之事极感兴趣,再加上相如本人,我们不妨作一推测:由这些寄身于汉代梁国的"诸生游士"所组成的志同道合之小集团,一定程度上,是为荆轲精神所感召起来的。在酬吟、唱和之际,他们共议荆轲,共同收集和整理有关荆轲之事的文献,甚至共同以此为题材而分别写作,当是最令他们心神感发之事。

太史公在《司马相如列传》结尾说:"余采其语可论者著于篇。"①篇中所采未见《荆轲论》,若非刘向父子及班固之著录,则相如诸士倾心于荆轲事迹的一段史实,也将湮没不闻。他们所作之为何,可从篇名上推及一二。按前述,所谓"论",衡理而说事,既在义理阐发,也在文献整理,其标准为段注之"循其理、得其宜",其目的是对旧有文献达致"纶也,轮也,理也,次也,撰也"的程度。在字义与内涵上,古今之间用"论"有着差异。如果我们的理解接近古人原义,则《荆轲论》五

---

① 司马迁:《史记·司马相如列传》,中华书局 1982 年版,第 3073 页。

篇的内容，或许不仅仅是对荆轲其人其事单纯地发表议论，当亦应包括"篇章有序"之"次"、"群贤集定"之"撰"的内容。由这些内容所组成的《荆轲论》五篇，由梁国而进入长安宫内，日后既被刘向父子整理出来并著录于目，那么，以"罔罗天下放失旧闻"为修史之重要一环的太史公，在此之前绝无可能放过这一文献的可能。退一步，即便按照今人之"论"义来推想，则既然有论，必先存记载事件始末的文献资料，它们当亦在太史公的资料收集范围。

6. 中山王胜言于汉武帝："高渐离击筑易水之上，荆轲为之低而不食。"①

时在建元三年。《汉书》载："代王登、长沙王发、中山王胜、济川王明来朝，天子置酒，胜闻乐声而泣。"当时武帝初即位，欲削平诸侯王。中山王胜念及骨肉至亲，悲思不已，遂以易水送别的故实来答复武帝的询问。从中山王所用故实来看，既说明荆轲刺秦之事为汉时诸侯王所熟悉，甚至于已成为常用谈资，同时，又说明易水送别的故实，在细节上已有不同的说法。所谓"荆轲为之低而不食"，就既不见于《燕丹子》，亦不见于《战国策》《史记》。对此，颜注谓："应劭曰：'燕太子丹遣荆轲刺秦王，宾客祖于易水之上，渐离击筑，士皆垂涕，荆卿不能复食也。'"②考《风俗通义》所记易水送别一条③，不同于颜注，更不见"荆轲为之低而不食"，当有失佚的可能。

7. 刘安《淮南子·泰族训》："荆轲西刺秦王，高渐离、宋意击筑而歌于易水之上，闻者莫不瞋目裂眦，发植穿冠。"④

易水悲歌场景，《战国策》《史记》只出现荆轲、高渐离，《燕丹子》

---

①班固撰，颜师古注：《汉书·景十三王传》，中华书局1962年版，第2422—2423页。
②班固撰，颜师古注：《汉书·景十三王传》，中华书局1962年版，第2423页。
③应劭撰，王利器校注：《风俗通义校注》，中华书局1981年版，第300页。
④何宁：《淮南子集释》，中华书局1998年，第1425页。

则出现三人。依附于淮南王刘安的文人,在易水悲歌场景所持的记忆或观点,与《燕丹子》作者相近。刘安生卒年在前179—前122年,生前《淮南子》已成,其中所出现的荆轲刺秦之事的相对准确的具体细节,令人回味。这种细节,一般而言,只能依靠文字材料才能被转述得如此具体传神和正确。淮南不在首都之域,已能传播这种文字材料,而身在首都的太史公,获取类似材料则更为容易。

8.桓宽《盐铁论》:"荆轲怀数年之谋而事不就者,尺八匕首不足恃也。秦王操于不意,列断贲、育者,介七尺之利也。"①又:"荆轲提匕首入不测之强秦,秦王惶恐失守备,卫者皆惧;专诸手剑摩万乘,刺吴王,尸孽立正,镐冠千里;聂政自卫,由韩廷刺其主,功成求得,退自刑于朝,暴尸于市。今诚得勇士,乘强汉之威,凌无义之匈奴,制其死命,责以其过,若曹刿之胁齐桓公,遂其求;推锋折锐,穿庐扰乱,上下相遁,因以轻锐随其后。匈奴必交臂不敢格也。"②

《盐铁论》前一条为裴骃《史记集解》所引用,分析荆轲失败之因;后一条则从保家卫国的角度赞扬了刺客的勇武。此著尽管成于昭帝始元六年(前81)之后,距离太史公父谈之死约30年,距离子迁之死③近6年,均可谓相距无差。在盐铁会议上,尽管子迁因故世已被尊称为"司马子",但发端于集体会议之中的对荆轲事迹的熟悉以及评价,可引为太史公同代人的观点。荆轲刺秦事之资料,不仅太史公修史能见到,而且其同代人不必为出于修史之念而专意搜集也能见到。

---

①司马迁:《史记·刺客列传》,中华书局1982年版,第2536页。
②桓宽著,王利器校注:《盐铁论校注》(增订本),天津古籍出版社1983年版,第549页。
③张大可先生将其卒年系于前86年(昭帝始元元年乙未),见张大可:《司马迁评传》,南京大学出版社1994年版,第496页。

9. 扬雄《法言》曰:"聂政、荆轲,刺客之靡。"①

扬雄生卒年在宣帝至王莽时期,博通群籍,仿《论语》而作《法言》。他"称迁有良史之材,服其善序事理",但对《史记》"是非颇谬于经"有所訾议,故为之缀续。《法言》所言,视刺客为细小之靡草而不足倚重,并隐含了对其行为之失正的批评,这当为扬雄思想之反映。扬雄《法言》,虽出于《史记》之后,但结合汉代朝政对刺客、游侠人士的批判、围剿和惩处,其所言实际上代表了当时的意识形态,且其形成和发展当经历了一段时期,相信太史公对此不仅不会感到陌生,而且十分清楚,故在《刺客列传》所作刺客评价中,对其历史价值隐而未发,仅标举道德评价,谓"立意较然,不欺其志"②。太史公在个人之"论"与群体思想之间,把握着一种绝非依违两可的分寸。

上述九条,反映着时人对荆轲刺秦之事的历史反响。由于时距遥远,文献存留不易,故而只能被视为浪潮叠涌之时所激发出来的几朵浪花而已。这九条,或出自诸侯王,或出自地方和中央的官员,或出自文献学家,或出自名动一时的文人,他们身份不一,所处地域和环境不一,所用文体也不一,但是,他们都熟悉荆轲故事,谈论着荆轲故事,同时也在进一步演化和创造着荆轲故事。文献保存有着自身的规律,上层社会的文献有可能被保存而下层社会的文献则易被遗失,故而,在被我们论及的九条文献之外,可以想见,那些敷演和谈论荆轲故事的民间文本,其数量应不在少数。它们被笔之于书,寄托着人们对于英雄的绵长情思。可以说,至少在汉代前期,荆轲刺秦是一个全国性话题,文字材料与活动口传互生互长,交相辉映。

两代太史公,从其活动年限上看,都应与上述九条文献中的存留者共享着荆轲故事的源头性材料,也就是说,他们能看到的有关荆轲

---

①萧统编,李善注:《文选》,上海古籍出版社1986年版,第218页。
②司马迁:《史记·刺客列传》,中华书局1982年版,第2538页。

故事的材料,太史公都有可能看到,甚且他们看不到的材料,而有着强烈修史欲望的太史公则势必会千方百计地加以搜集和整理。在这种人人谈说着荆轲、上层社会各种身份的官员和文人用笔叙述和评议着荆轲的大背景之下,若说太史公没有掌握一份或数份最起码的荆轲故事的文本,而仅凭秦国御医夏无且之遗说来创作《荆轲传》,则几乎是对太史公修史态度的一种污蔑。这种说法,既脱离当时的舆论和著述环境,也不谙修史的工作规律。

下面,我们再从《刺客列传》中其他几位传主事迹的来源问题,来进一步探讨《荆轲传》的编纂情况:

这个问题比较重要,搁置于此,盖因《史记》众注对此已有涉及,不过,在讨论《史记》修史情况时,学术界对此未予过多关注。除荆轲之外,《刺客列传》中的四位传主分别是曹沫、专诸、豫让和聂政,其事迹来源,均各有所本。太史公是在占据丰富文献的基础上,对所据的主要资料,参酌其他史料以及依据己意,作了编纂处理而完成的。

曹沫事迹,太史公取自《春秋》"三传"。《索隐》谓:"沫音亡葛反。《左传》《穀梁》并作'曹刿'……此作'曹沫',事约《公羊》为说,然彼无其名,直云'曹子'而已。"①

专诸事迹,亦多取《左传》和《公羊》,这在《索隐》有关此篇的人名和事件注解之中,可以反映出来。

豫让事迹,本于《战国策》及他书。《索隐》曰:"此传所说,皆约《战国策》文。"②对于太史公的编纂方法,《索隐》也有提示,如:"《战国策曰》:'衣尽出血。襄子回车,车轮未周而亡。'此不言衣出血者,太史公恐涉怪妄,故略之耳。"③清代梁玉绳则对来源书有所发挥,

①司马迁:《史记·刺客列传》,中华书局1982年版,第2515页。
②司马迁:《史记·刺客列传》,中华书局1982年版,第2519页。
③司马迁:《史记·刺客列传》,中华书局1982年版,第2521页。

如:"《晋语》伯宗得士毕阳以庇州犁,而毕阳之孙为豫让,见《国策》,祖孙皆以义烈著,而史公不书于《传》,何也? 其序豫让事亦与《策》小异。"①在此,梁先生指出两点:一是豫让事迹也见于《国语·晋语》,二是太史公对《国语》《战国策》有取舍。

聂政事迹,亦本于"战国策"材料,这同样反映在《集解》《索隐》对于篇章的原文引用、文字及人名订正、事件前因后果的解释。这两家注释的依据,都明确说明出于《战国策》及其高诱注。如对于《史记》原文"聂政直入,上阶刺杀侠累"的解释,《集解》引用徐广的注释说"韩烈侯三年三月,盗杀韩相侠累。侠累名傀。《战国策》曰'有东孟之会',又云'聂政刺韩傀,兼中哀侯'"②。《索隐》则进而补释:"《战国策》曰:'政直入,上阶刺韩傀,傀走而抱哀侯,聂政刺之,兼中哀侯。'高诱曰:'东孟,地名也。'"③裴骃、司马贞这两位注家连同作有《史记音义》的徐广,其注解依据一致指向《战国策》。

由上可知,对于春秋时期的曹沫、专诸事迹,太史公主要依据《左传》《穀梁传》《公羊传》,对于战国时期的豫让、聂政事迹,则主要取诸"战国策"材料。当然,《史记》"三家注"以及后出之注的探原和判断,是否一定准确得当,未敢遽而下结论。但是,注家们以极端认真、高度负责的态度来从事注解工作,其痕迹也斑斑可见。裴骃在《集解序》中称:"聊以愚管,增演徐氏。采经传百家并先儒之说,豫是有益,悉皆抄内。"④司马贞《索隐序》谓;"探求异闻,采摭典故,解其所未解,申其所未申者,释文演注,又重为述赞。"⑤张守节《正义序》则曰:"涉学三十余年,六籍九流地里苍雅锐心观采……郡国城邑委曲申

①梁玉绳撰,贺次君点校:《史记志疑》,中华书局 1981 年版,第 1313 页。
②司马迁:《史记·刺客列传》,中华书局 1982 年版,第 2524 页。
③司马迁:《史记·刺客列传》,中华书局 1982 年版,第 2524 页。
④司马迁:《史记·史记集解序》,中华书局 1982 年版,第 4 页。
⑤司马迁:《史记·史记索隐序》,中华书局 1982 年版,第 8 页。

明,古典幽微窃探其美。"①正因如此,"三家注"虽各有倾向,但整体质量和学术水准一直得到历代的好评,通过跨代的集体努力,庶几可接近太史公修史的材料来源,这对我们判断《刺客列传》的编纂和成书工作,不无助益。

　　《荆轲传》是《刺客列传》中的一个部分、一个篇章,其修史方法,一般而言,总是与整体篇章带着共通性。《刺客列传》中的其他四位传主事迹,太史公是在依据某一或某些确定的文本,再参酌其他资料而编纂出来的。《荆轲传》的修史方法,不可能另起炉灶,与同一篇章中的其他部分相异。更何况,前面已述,两代太史公所生活的年代,有关荆轲刺秦之事的文字材料几乎可以说遍及全国,上层社会之中更是普遍,所以,太史公要想抛开围绕在自己身边的荆轲材料,几乎不可能,更是没有必要。之前讨论过《燕召公世家》的材料问题,指出用"今王"两次,其他还有用"我""来"的字眼,这表明太史公千方百计收集并运用"上古"之后的燕国史记。对比荆轲事迹材料,那算是难找的。如此不易的材料都设法找了,太史公怎有可能不利用容易找到的材料呢? 在篇末之"太史公曰"中,倒也给我们的判断提供了依据,"世言""又言"云云,说明太史公收集了太多的荆轲刺秦材料,具备了充分的拣选材料、甄别真假、择取雅驯的余地,从而为自己确立底本、参酌旁证的编纂工作奠定了基础。

　　与钩稽前四位传主事迹来源一样,注家们也关注荆轲事迹之所本。《索隐》曰:"按:赞论称'公孙季功、董生为余道之',则此传虽约《战国策》而亦别记异闻。"②这里指出《荆轲传》的文献依据主要是《战国策》,"约"义为遵守、遵照。如果按照具体编纂流程而言,则《荆轲传》是由对"战国策"材料的大幅度抄录而成的。这种抄录,并

①司马迁:《史记·史记正义序》,中华书局1982年版,第11页。
②司马迁:《史记·刺客列传》,中华书局1982年版,第2527页。

不排除太史公必然会做的编辑工作。由于《荆轲传》在思想倾向上推崇刺客,引起后人訾议,所以,梁玉绳在《索隐》基础上,针对篇章所蕴含的思想来源,指出"《荆轲传》载燕丹语,仍《国策》并及其事,盖本《公羊》也"①。这里所言,当然并非指《荆轲传》的直接材料来源是《公羊传》,而是指太史公在构想整个《刺客列传》的章目设立、入传人物、材料增删、文字处理之时,大约受到过公羊学派"复仇说"的思想影响,故而在立场上偏向于刺客及其募集、感召者如燕太子丹。这种对《荆轲传》思想倾向的准确领悟和把握,有助于我们进一步体认太史公编纂工作的复杂性和艰巨性,也对"成一家之言"的说法有了更深刻的认识。

史书编纂者,并非是搬书匠。得自大量丰富材料的历史知识和历史见闻,只是修史工作的基础和开端。知识不是智慧,不是见识,尽管智慧和见识的养成离不开知识的熏陶。衡量修史者的水平,不仅要看其在材料收集方面所体现出来的勤奋度,更要看其史识和史才。我们判断《荆轲传》成于编纂而非出于创作,这绝非新见,仅仅是道出了史书修撰的一般性规律,只不过太史公具有丰富的文学家气质,而且"太史公曰"语焉不详,后人更在这些基础上增殖了不少误解性认识,才增加了问题探讨的复杂性。

第二节 《战国策·燕太子丹质于秦》是否源于《史记》

一、《战国策》《史记》关系问题的不同观点

叙写燕太子丹招募荆轲入秦行刺秦王的故事,目前所知早期完

---

① 梁玉绳撰,贺次君点校:《史记志疑》,中华书局 1981 年版,第 1311 页。

整的本子,历史类是《战国策·燕太子丹质于秦》《史记·荆轲传》,
文学类是《燕丹子》。它们之间的关系,仅就前两者来讲,实为错综复
杂,历史上各有说法,甚且由探讨这两个篇章之关系者,进而深入到
探讨这两部史书之间的关系;反过来,凡是探讨《战国策》与《史记》
之关系者,亦必提这两个篇章。下面,我们针对几类代表性观点,逐
一作些简单分析。

(一)《史记》采录《战国策》

《战国策》成书晚于《史记》,书名也是刘向所取,但作为反映战
国历史的文献资料的"战国策"则早已存在。所谓"《史记》采录《战
国策》"云云,概依学术界之表述成例,实指《史记》采录"战国策"。

提出这个观点的是《汉书》,后为《隋志》等沿用。班固《司马迁
传》赞曰:

> 自古书契之作而有史官,其载籍博矣。至孔氏籑之,上断唐
> 尧,下讫秦缪。唐虞以前虽有遗文,其语不经,故言黄帝、颛顼之
> 事未可明也。及孔子因鲁史记而作《春秋》,而左丘明论辑其本
> 事以为之传,又籑异同为《国语》。又有《世本》,录黄帝以来至
> 春秋时帝王公侯卿大夫祖世所出。春秋之后,七国并争,秦兼诸
> 侯,有《战国策》。汉兴伐秦定天下,有《楚汉春秋》。故司马迁
> 据《左氏》《国语》,采《世本》《战国策》,述《楚汉春秋》,接其后
> 事,讫于天汉。其言秦汉,详矣。至于采经摭传,分散数家之事,
> 甚多疏略,或有抵梧。亦其涉猎者广博,贯穿经传,驰骋古今,上
> 下数千载间,斯以勤矣。①

这是传末赞语的一部分。在文字方面,"籑"是"撰""纂"的异体字,

---

① 班固撰,颜师古注:《汉书·司马迁传》,中华书局 1962 年版,第 2737 页。

古人往往用修、录、撰、纂等字，来表示编纂或纂录之意；"采"和"采撷"，意为采集、拾取。在内容方面，可注意者并引起后人广泛讨论的有三点：

一是列举重要书籍，分别针对具体历史阶段或主要内容，它们分别是《春秋》《左传》《国语》《世本》《战国策》《楚汉春秋》。后世对《战国策》的历史价值大加挞伐，而班固却将其列为反映战国历史的最重要书籍，肯定其价值。叶适《习学记言》云："刘向叙此书，上止文武，最后谓诈伪不能比王德，大意虽不差，尚浅而未究。……其设权立计，有系当时利害之大者，学者将以观事变，固不宜略，然十才二三耳，其余纤碎反覆，徒竞锥刀之细，市井小人之所羞称，所谓不足以挂牙颊者也，又乌在乎'亦可喜、皆可观'哉？"①这是针对文本内容而发的议论而非针对文献本身的历史价值。这种非议着眼于守经正礼，其来自远。而重校《战国策》的曾巩则与班固意见一致，他说："或曰，邪说之害正也，宜放而绝之。则此书之不泯，不泯其可乎？对曰，君子之禁邪说也，固将明其说于天下。使当世之人，皆知其说之不可从，然后以禁则齐；使后世之人，皆知其说之不可为，然后以戒则明。岂必灭其籍哉？放而绝之，莫善于是。故孟子之书，有为神农之言者，有为墨子之言者，皆著而非之。至于此书之作，则上继春秋，下至秦、汉之起，二百四五十年之间，载其行事，固不得而废也。"②曾巩从两个方面肯定《战国策》价值：一是内容不可禁，利于后人吸取历史教训；二是文献不可废，是记载"二百四五十年之间"珍贵的历史资料。

二是这些书籍成为太史公编纂《史记》的底本，其中，战国阶段的

①叶适：《习学记言序目》，中华书局1977年版，第249页。
②曾巩：《重校战国策序》，见何建章注释：《战国策注释》，中华书局1990年版，第1359页。

历史,主要取自《战国策》。在讨论《战国策》《史记》之关系问题中,班固所言,成为主导性的观点,除了正史多从班固之说以外,古今学术界也多有呼应和引证。南宋耿延禧谓"此先秦古书,其叙事之备,太史公取以著《史记》,而文辞高古,子长实取法焉"①,不仅指《史记》采《战国策》,甚而说《战国策》语言为太史公所取法。又如上引叶适之言,也肯定"《战国策》本迁所凭依"②。清代治《战国策》学者关修龄说"窃谓《策》多战国杂说,夫太史公采焉次《史》。盖由《左》《国》之后,欲征兴废之迹,而莫可他求矣"③。洪迈《容斋四笔》则进一步说"向博极群书,但择焉不精,不止于文字脱误而已。惟太史公《史记》所采之事九十有三,则明白光艳,悉可稽考,视向为有间矣"④。这里的"间",解为"差别",语意指太史公识见高过刘向。他认为《战国策》大抵不可读,惟余太史公所采之"九十有三"事。尽管贬抑了《战国策》之价值,但肯定《史记》采录《战国策》。所谓"所采之事九十有三"之类的说法,据笔者所见,最早出自南宋姚宏⑤,说"余萃诸本,校定离(厘)次之,总四百八十余条。太史公所采,九十余条,其事异者,止五六条"⑥,而今人郭预衡先生统计为 103 件事,

---

① 耿延禧:《战国策刮苍刊本序》,见何建章注释:《战国策注释》,中华书局 1990 年版,第 1362 页。
② 叶适:《习学记言序目》,中华书局 1977 年版,第 249 页。
③ 关修龄:《战国策高注补正序》,见何建章注释:《战国策注释》,中华书局 1990 年版,第 1384 页。
④ 洪迈著,穆公校点:《容斋随笔》,上海古籍出版社 2015 年版,第 425 页。
⑤ 姚宏《题战国策》作于 1146 年。姚宽作于 1160 年的《战国策后序》谓"太史公所采九十三事",对此,黄丕烈《战国策札记》订正说"以下所列事数,今数之,多不合者,未详姚意何云也"。俱见何建章注释:《战国策注释》,中华书局 1990 年版,第 1366—1367 页。洪迈所言,直接传之于姚宽。
⑥ 姚宏:《题战国策》,见何建章注释:《战国策注释》,中华书局 1990 年版,第 1363 页。

"今本《战国策》文字之见于《史记》者,计有《东周策》五事,《西周策》七事,《秦策》十八事,《齐策》十四事,《楚策》五事,《赵策》十三事,《魏策》十二事,《韩策》十一事,《燕策》十六事,《宋卫策》二事"①。持相同观点的还有很多,具体以《荆轲传》为例来作附和的,也有一些,如清人姚苎田谓"《国策》荆轲刺秦王一篇,文章固妙绝千古,然其写荆轲处,可议实多。……史公想爱其文之奇,又不可妄为点窜,故特于前后自出手眼,写得荆卿沉沉儒雅,迥绝恒流,并高渐离隐约精灵,双峙千古,遂使其疏莽无成处,俱藏却许多疑案,令人不忍多訾矣"②。他认为《荆轲传》所成乃是太史公取《战国策》"荆轲刺秦王一篇"而另增前后之文。

三是由于《史记》所构筑的由本纪、表、书、世家、列传五个部分所组成的"纪传体",在史书体例上与这些书籍并不一致,所以太史公在编纂活动中采取了"分散数家之事"的方法,客观上造成了某些疏略和抵牾之不足。这一说法后人也有不少讨论,但与这里所欲讨论的主题距离较远,故不作具体论述。

在《战国策》与《史记》之间的关系问题上,《汉书》的观点出现最早,也很有代表性,所述三个层面的意思,成为后人不断展开讨论的中心议题。刘向所整理的《战国策》虽然是反映战国历史的重要文献,但并不是唯一的文献,舍此当还有其他资料,比如刘向整理《战国策》所依据的底本就不止一种,所整理的《新序》《说苑》中也有丰富的战国史料,等等。《史记》采《战国策》,并不说明太史公放弃了旁搜别材的工作,恰恰相反,正如前面所讨论过的,谈、迁父子对材料的收集和整理几乎可达竭泽而渔的程度,《史记》的编纂工作,除了以班固所列的书单为底本或参考书之外,太史公还势必别有所录,并在对

①郭预衡:《中国散文史》,上海古籍出版社1986年版,第101页。
②姚苎田选评:《史记菁华录》,中华书局2010年版,第93页。

多种材料加以拣选的基础上作出自己的判断。类似这些大题下的小题,都告诉我们在面对某些复杂问题时要作出一个周全的判断是如何地困难。

(二)《战国策》采录《史记》

这种议论,多在明清两代,沿袭至今。虽然议论大都针对两书共有之荆轲刺秦之事,但词锋所指,涉及两书关系。

方苞《书刺客传后》的说法较有代表性:

> 余少读《燕策·荆轲刺秦王》篇,怪其序事类太史公,秦以前无此,及见《刺客传·赞》,乃知果太史公文也。彼自称得之公孙季功、董生所口道,则非《国策》之旧文决矣,盖荆轲之事虽奇,而于《策》则疏,意《国策》本无是文,或以《史记》之文入焉,而削高渐离后事,以事在六国既亡后耳。①

方氏所论之依据,在于篇末的"太史公曰"。继起而持此论者不少,如牛运震谓"《史记》摹写荆轲刺秦王一段,极酣肆生动。《国策》亦全载此文,窃意此太史公之文,非《国策》之文也。《国策》他处记叙文字,不见有此等笔法,况太史公自称得之公孙季功等所口道,则非《国策》之旧文,决矣。方望溪苞以为后人以《史记》文窜入《国策》,当是也"②。不过,牛氏在具体细节上误会了方苞。方氏所言,并非指"后人"窜入,所谓"秦以前无此""《国策》之旧文",均指刘向整理之前的"战国策"史料,其意在于说明刘向揽入《史记》之文。

---

① 杨燕起、陈可青、赖长扬编:《历代名家评〈史记〉》,北京师范大学出版社 1986 年版,第 625—626 页。

② 牛运震撰,魏耕原、张亚玲整理点校:《史记评注》,三秦出版社 2011 年版,第 220 页。

今人缪文远在其著作中引录方苞之文并作附会，"方苞说是也，此篇盖自《史记》抄入"①。诸祖耿则云"此章见《史记·刺客列传》。《史记》较此为详，荆轲高渐离始末具备，此无之。盖此采司马迁作，而去其首尾也"②，所议依据似在于《史记》较《战国策》更为详备。如果按其逻辑，我们难不成都要将两书中内容相同而篇幅较详者，均归于《史记》？

关于对《荆轲传》"太史公曰"如何理解，前文已具，此不详赘。这一观点，似乎言之凿凿，但无论从太史公的编纂活动还是从刘向整理"战国策"资料的目的而言，都令人难以信服。

（三）原本《战国策》散佚，今本则以《史记》文补入

这里的第三类观点，就其本质而言，接近第二类，只不过为"采录《史记》"另寻了原因，也避免了过分唐突和亵渎刘向。为此观点提供客观依据的是，在北宋曾巩重校《战国策》之前，当时国家图书馆的崇文院所藏之《战国策》并非足本。

较早发此议论的是清人吴见思，"据史公云，荆轲之事亲得之公孙季功、董生，而此文反若从《战国策》中改出，何也？岂《国策》既缺，而刘向之徒摭史公之文以附益之欤？请以俟博雅君子"③。这里的语气较温和，但意思还是明确的。之后，吴汝纶助推此议，其说法更有代表性。《记太史公所录左氏义后》载：

> 昔者尝怪子长点窜《易》《尚书》及《五帝德》《帝系姓》之文，成一家言，独至《战国策》则一因仍旧文，多至九十余事，何自

---

① 缪文远：《战国策考辨》，中华书局1984年版，第313页。
② 诸祖耿：《战国策集注汇考》，江苏古籍出版社1985年版，第1822—1823页。
③ 吴见思、李景星著，陆永品点校整理：《史记论文 史记评议》，东北师范大学出版社1985年版，第45页。

乖异如是？及细察《国策》中，若赵武灵王、平原君、春申君、范雎、蔡泽、鲁仲连、苏秦、荆轲诸篇，皆取太史公叙论之语而并载之，而曾子固亦称《崇文总目》有高诱注者仅八篇，乃知刘向所校《战国策》亡久矣，后之人反取《太史公书》充入之，非史公尽取材于《战国策》，决也。①

上述说法，并不直接反驳班固的说法，而是认为今本《战国策》，不复是刘向所编定的原本，其散佚部分被人用《史记》篇章充入。其推理过程分三步：一、《史记》因仍《战国策》多达九十余事，与《史记》"点窜《易》《尚书》及《五帝德》《帝系姓》之文"不类，这显得乖异反常；二、通过具体举例，谓包括《燕太子丹质于秦》在内的诸篇，均载有《史记》"叙论之语"；三、决断刘向所编定之《战国策》亡后，有人取《史记》"充入之"，故造成九十余事相同。

　　吴氏推论的漏洞是明显的，他所找的依据"曾子固亦称《崇文总目》有高诱注者仅八篇"，是从曾巩《重校战国策序》中截取一语而来的，但意思却被歪曲了。类似这样的质疑较盛，后人亦不绝如缕，问题未曾彻底解决。

　　(四)《战国策》《史记》采录的"源材料"，既同且异

　　这里所谓的"源材料"，是指源头性的第三方材料。源头性，指《战国策》《史记》未编集和成书之前的材料；第三方，相对于《战国策》《史记》而言。

　　这类观点，随着 1973 年马王堆汉墓帛书《战国纵横家书》被发现整理而获得了理论上的启示和文献上的支撑。这批材料虽然出土于汉墓，抄写于汉初，但编集在秦代，记录在战国，是战国时代的文献，

──────────

① 吴汝纶撰，施培毅、徐寿凯校点：《吴汝纶全集》(一)，黄山书社 2002 年版，第 299 页。

远在太史公、刘向之前。

就笔者所见,古人未曾提出这类观点,而大多纠缠在所谓此抄彼抄后人抄一类的议论之中。地不爱宝,新材料的发现大大拓展了今人的学术视野,王国维的"二重证据法"日益深入到学人的思维,从而推动了学术事业的发展,

当代赵生群、范祥雍和何晋,在这方面观点相近。下面以赵先生说法为例,来作简要说明。他通过《战国策》《史记》两书比对,认为《史记》取材并未完全依赖于《战国策》,但两书确实存在着某种渊源关系,"《史记》《国策》共同记载的九十余事中,有两类不同的情况:一是两书记载基本相同的,共二十一条,数量不到总数的四分之一;一是两书记载存在明显不同的,约七十余条,占总数的四分之三以上","在司马迁采取的战国史料中,有一部分和刘向校书时所用的材料相同(司马迁取之在前而刘向用之在后),这是《史记》《国策》两书部分篇章惊人相似的原因;同时,《史记》所依据的大部分资料又与《国策》存在着差别,这便是两书记言叙事有着诸多不同的答案"①。

两书相同九十余事,这说法由来已久,但罕见后人对此作细致比对。这篇文章的贡献,其中之一就是对此熟焉不察的现象进行考察。除了指出两书大约二十多例记载相同或大致相同的情况以外,针对两书所载不同的情况,区别出叙事不同、详略不同、文辞不同、国名不同、人名不同、《史记》同于他书而与《国策》不同等六种情况,从而有力地推导出两书依据第三方同中有异的"源材料"而成的结论,廓清了在两书关系问题上似是而非的一些成见。

---

① 赵生群:《论〈史记〉与〈战国策〉的关系》,《南京师大学报》(社会科学版)1990年第 1 期。该文又收录于作者的《太史公书研究》,陕西人民出版社 1994 年版,第 157—173 页;《〈史记〉文献学丛稿》,江苏古籍出版社 2000 年版,第 148—163 页。

此文虽未直接引用《战国纵横家书》材料,但其各有所据之结论,能有效地将学人的思路,引导到以《战国纵横家书》为代表的战国"源材料"之上。

(五)《战国策·燕太子丹质于秦》《史记·荆轲传》关系之代表性观点

由于篇题太长,下面径以"《策》篇""《史》篇"分别指代《战国策·燕太子丹质于秦》《史记·荆轲传》。

上面在讨论两部书关系问题时,有些观点其实已经涉及两篇章的关系问题。下面的讨论,不再涉及认为《策》篇全然抄自《史》篇的观点。除此之外,某些今人的议论,或有启发价值,将有针对性地作些讨论:

1. 杨宽认为:"《燕策三》第五章所载燕太子丹使荆轲刺秦王之事,当采自纵横家之原有记载,《刺客列传》则采自《策》文而略有增饰,如鞠武对答太子丹之言。惟有末端所叙殿上行刺经过,则依据公孙季功等所述夏无且所说。今本《战国策》所以与《刺客列传》全相同者,盖后人又据《史记》以增补《战国策》。"①

杨先生的说法尽管最终还是落脚在"后人"采《史记》补《战国策》上,就其议论中心,与前面第三类观点相同。但是,关于这种关系的形成,其说法层次丰富,饶有兴味。第一层,《策》篇源于战国史料而成;第二层,《史》篇大部分采自《策》篇;第三层,荆轲廷刺这一段,《策》篇本无,《史》篇依夏无且遗说而创作;第四层,后人以《史》篇的创作部分,"增补"进《策》篇。

这个说法尽管很周全,但是,杨先生从大处肯定《史》篇采《策》篇,而在局部意义上承认今本《策》篇被补入廷刺一段,这两者之间的矛盾显然是难以调和的。再加上,要想"增补",在《战国策》传播史

---

①杨宽:《战国史料编年辑证》,上海人民出版社2001年版,第1137页。

上,也只有曾巩才有这个条件,但曾巩在《重校战国策序》中对自己所做的工作已说得明明白白,他只是在"复完""刘向所定著《战国策》三十三篇"。如果《策》篇本无,难道他能不知道《史》篇为太史公作?知道而去"增补",他不是在作伪吗? 如此,杨先生难道要我们去怀疑曾巩的人品吗?

2. 赵生群的观点是:"刘向所采用的资料虽有各种名目,但无一不是纵横家所次旧闻。刘向之所以名其书为《战国策》,是因为其文实'战国时游士辅所用之国,为之策谋'之底稿,倘于荆轲事独采《史记》,未免不伦不类。况且,《史记》与《战国策》相关的共有九十余事,我们也不应把它们割裂开来看。盖太史公闻公孙季功、董生之言而知'田雨粟,马生角'为虚妄之言,而'荆轲伤秦王'亦实无其事,从而确认了有关文献(当时尚无《战国策》之名)记事的可靠性,因而采入《史记》,不过作者没有说清,以致后人产生疑惑。"[①]

赵先生在这里讲了几个意思:一是刘向在整体上没有必要采《史记》,此篇也不可能单独去采;二是不要将此篇与两书共有之九十余事割裂开来,要整体对待,即指两书有着第三方"源材料"而不存在互采的问题;三是《史》篇"太史公曰"所指,仅仅是确认了某些"源材料"的可靠性,而这些"源材料"也为刘向所用。

这种说法,既客观全面而又有针对性,尤其是关于"太史公曰"的"确认说",建立在对于太史公编纂活动规律的正确认识的基础上,这一点在文中也有揭示,"从总体上来看,《史记》作者对于战国史料基本上是照抄而不是删改"。我们认为,在现有各种观点中,赵先生的说法可能接近于历史真相。

3. 范祥雍指出:"刘向编《战国策》在几种原始资料中选取一篇

_____

①赵生群:《论〈史记〉与〈战国策〉的关系》,《南京师大学报》(社会科学版)1990年第1期。

入之《燕策》。同样,此文也是《史记·荆轲传》所据部分材料之一";"《荆轲传》是综合各种记载(包括《燕策》所据资料在内)和夏无且的口述记录而成的";"今所见的《燕策》则为后人采太史公文而增饰","非抄《史记》全文而改易其首尾","《燕策》此文不采之《史记》"①。

范先生的观点分三点:一是认为《策》篇、《史》篇有共同的第三方"源材料";二是认为《史》篇所据的材料更多,包括夏无且遗说,廷刺事件的记录由此而来;三是今本《策》篇为后人无心附益而成。

其说法的前两点,直接来源于《史记索隐》"此传虽约《战国策》而亦别记异闻",文中他也明确表态"司马贞的旧说还是比较合理"。最后一点,不免与其所驳斥的吴汝纶观点相接近,尽管范先生以章学诚《文史通义》中的"言公"理论为自己的附益说提供支撑,再三申明与吴汝纶观点有着先后之别、主次之分,但两者之间,难以分割。

在提出这一观点时,范先生显然穷尽了办法,试图将《汉书》观点与《索隐》说法调和起来,但附益说的效果显然没有太大说服力。问题的症结在于对"别记异闻"的理解。司马贞指的是太史公记夏无且遗说从而形成廷刺一节文字。如果这样理解,那么《策》篇中的那段几乎相同的文字,则只有两个来源:不是刘向抄入,就是后人抄入。而实际情况又告诉我们,刘向没有必要抄,曾巩不想抄,其他人更没有机会抄。如此说来,在这一点上,司马贞或许错了,一些学者包括范先生也就跟着错了。

我们对"别记异闻"的理解是:在《荆轲传》中,太史公在"战国策"材料之外,确实记载了一些符合其传记体例所要求的人物塑造须首尾完整等之类的内容,因此利用其他"异闻"材料,充入了《史》篇开头部分荆轲的祖籍、称呼变化、性格特长、游历经过,尤其是从卫地

①范祥雍:《〈战国策·燕策〉荆轲刺秦王章辨疑——附辩〈战国策〉存佚》,见尹达等主编:《纪念顾颉刚学术论文集》(上),巴蜀书社1990年版,第359—361页。

赴榆次、邯郸、燕国的交往情况以及结尾部分的高渐离矐己目而筑击秦皇的详情、鲁句践的叹息等情节。所谓"别记异闻",就是这些内容,而非廷刺一节。

上述"别记异闻"的内容,本不在《策》篇、《史》篇所凭依的共同的第三方"源材料"范围之内,故刘向编定之后的《策》篇,相应地亦无这少部分内容。

二、刘向编校《战国策》

刘向(前77—前6),字子政,楚元王刘交四世孙,历事宣、元、成诸帝。前26年①,率其子等人奉旨校中秘书,全面整理宫内藏书,长达20年,殁在任上。刘向亡后,刘歆接踵父业。"每一书已,向辄条其篇目,撮其指意,录而奏之"②,其中,《战国策书录》对文献整理和书籍情况作了介绍:

> 护左都水使者、光禄大夫臣向言:所校中《战国策》书,中书余卷,错乱相糅莒。又有国别者八篇,少不足。臣向因国别者,略以时次之;分别不以序者以相补,除复重,得三十三篇。本字多误脱为半字,以"赵"为"肖",以"齐"为"立",如此字者多。中书本号或曰《国策》,或曰《国事》,或曰《短长》,或曰《事语》,或曰《长书》,或曰《修书》。臣向以为,战国时游士辅所用之国,为之策谋,宜为《战国策》。其事继春秋以后,讫楚、汉之起,二百四十五年间之事,皆定以杀青,书可缮写。
>
> 叙曰:周室自文、武始兴,崇道德,隆礼义,设辟雍、泮宫、庠

---

① 上距司马谈卒75年,距《史记》修订完成(张大可《司马迁传》系于昭帝之初)62年。

② 班固撰,颜师古注:《汉书·艺文志》,中华书局1962年版,第1701页。

序之教,陈礼乐、弦歌移风之化,叙人伦,正夫妇。天下莫不晓然论孝悌之义,惇笃之行。故仁义之道,满乎天下,卒致之刑错四十余年。远方慕义,莫不宾服,《雅》《颂》歌咏,以思其德。下及康、昭之后,虽有衰德,其纲纪尚明。

及春秋时,已四五百载矣,然其余业遗烈,流而未灭。五伯之起,尊事周室。五伯之后,时君虽无德,人臣辅其君者,若郑之子产,晋之叔向,齐之晏婴,挟君辅政,以并立于中国,犹以义相支持,歌说以相感,聘觐以相交,期会以相一,盟誓以相救。天子之命,犹有所行;会享之国,犹有所耻。小国得有所依,百姓得有所息。故孔子曰:"能以礼让为国乎?何有?"周之流化,岂不大哉!

及春秋之后,众贤辅国者既没,而礼义衰矣。孔子虽论《诗》《书》,定《礼》《乐》,王道粲然分明;以匹夫无势,化之者七十二人而已,皆天下之俊也,时君莫尚之,是以王道遂用不兴。故曰:"非威不立,非势不行。"仲尼既没之后,田氏取齐,六卿分晋,道德大废,上下失序。至秦孝公,捐礼让而贵战争,弃仁义而用诈谲,苟以取强而已矣。夫篡盗之人,列为侯王;诈谲之国,兴立为强。是以传相放效,后生师之,遂相吞灭,并大兼小,暴师经岁,流血满野;父子不相亲,兄弟不相安,夫妇离散,莫保其命,潜然道德绝矣。晚世益甚,万乘之国七,千乘之国五,敌侔争权,盖为战国。贪饕无耻,竞进无厌;国异政教,各自制断;上无天子,下无方伯;力功争强,胜者为右;兵革不休,诈伪并起。当此之时,虽有道德,不得施谋;有设之强,负阻而恃固;连与交质,重约结誓,以守其国。故孟子、孙卿儒术之士,弃捐于世,而游说权谋之徒,见贵于俗。是以苏秦、张仪、公孙衍、陈轸、代、厉之属,生从横短长之说,左右倾侧。苏秦为从,张仪为横;横则秦帝,从则楚王;所在国重,所去国轻。然当此之时,秦国最雄,诸侯方弱,苏秦结之,时六国为一,以傧背秦。秦人恐惧,不敢窥兵于关中,天下不交兵者二十有九年。然秦国势便形利,权谋之士,咸先驰之。苏秦初欲横,秦弗用,故东合从。及苏秦死后,张仪连横,诸侯听之,西向事秦。是故始皇因四塞之固,据崤、函之阻,跨陇、蜀之饶,听众人之策,乘六世之烈,以蚕食六国,兼诸侯,并有天下。杖于谋诈之弊,终于(按:疑为"无")信笃之诚,无道德之教,仁义之化,以缀天下之心。任刑罚以为治,信小术以为道。遂燔烧诗书,坑杀儒士,上小尧、舜,下邈三王。二世愈甚,惠不下施,情不上达;君臣相疑,骨肉相疏;化道浅薄,纲纪坏败;民不见义,而悬于不宁。抚天下十四岁,天下大溃,诈伪之弊也。其比王德,岂不远哉? 孔子曰:"道之以政,齐之以刑,民免而无耻;道之以德,齐之以礼,有耻且格。"夫使天下有所耻,故化可致也。苟以诈伪偷活取容,自上为之,何以率下? 秦之败也,不亦宜乎!

战国之时,君德浅薄,为之谋策者,不得不因势而为资,据时而为□(按:缺字疑为"画"),故其谋,扶急持倾,为一切之权,虽不可以临国教化,兵革救急之势也。皆高才秀士,度时君之所能行,出奇策异智,转危为安,运亡为存,亦可喜,皆可观。护左都水使者、光禄大夫臣向所校《战国策》书录。①

在刘向上奏的《书录》中,该篇是唯一保存完整的,而且比较可靠,故弥足珍贵。我们据此先对《战国策》文献整理情况作些概述。

从《书录》中可以知道,这些战国时期的文献来源于中书余卷,它们是零散的若干批材料,并且错乱糅莒。总体上没有书名,《战国策》是刘向在整理以后所加的。材料整体上可分为两大类:国别者与非

———————

① 刘向:《战国策序》,见何建章注释:《战国策注释》,中华书局 1990 年版,第 1355—1357 页。

国别者。其中,国别者材料有八篇,分量既少,亦非完篇;非国别者材料各有其名:《国策》《国事》《短长》《事语》《长书》《修书》。在整理工作中,他首先针对国别者材料,按年代先后大致作了编次;再用未经整理的非国别者材料,增补到已经编次过的国别者材料之中;在增补之时,注意删除重复的内容;由于文字错误很多,有的误脱为半字,就作了相应的文字校正。经过编校之后的新书,有三十三篇。书籍内容,是战国时游士为所用之国而提供的策谋,宜于定名为《战国策》;它们的时间起讫,从春秋以后一直到楚汉相争事,大约二百多年。中书材料和整理本都写在竹简上,只待皇上审定过后,可以另行缮写。

以上概述,只是就文献整理本身而言,但与之相关的问题,尤其是联系到我们前面所罗列的有关《战国策》与《史记》的关系问题,依据《书录》,可以作些深入讨论:

(一)整理时没有改动基本内容

文献学界对于刘向的整理工作,作过系统探讨,总结出二十多条编校方法,足资借鉴。至于《战国策》的整理方法,就我们所讨论的问题来看,主要在于刘向对源文献的内容处理。

《书录》写得很清楚,《战国策》编校工作中,刘向先是对"错乱相糅莒"的"中书余卷"作了内容上的分类,对其中的八篇国别者材料按时间顺序作了大致的编排,并以此为框架和基础,将未经整理的具有六个不同名号的非国别者材料,增补到已经作过时序编排的国别者材料之中,并对内容重复者,作了删除以及文字上的校正。刘向涉及内容处理方面的,主要就是这些步骤和过程。对此,我们提出三个问题:

1. 为什么非国别者材料"不以序者",也就是不加整理? 主要原因在于这些"中书余卷"错乱杂糅,非成于一时一人,也不按国别、时间排列,只由抄写者集录起来而已。除了一些诸侯史官所录之外,它们中的相当部分为策士们的事语①,以策谋为主题,组织起一些历史情境,再提供相应的对策,从事后的结果再来比较对策之优劣。记载这些事语的目的,是用以培养游士们揣情摩意的能力和口舌之辩的才华。就材料中的部分内容而言,类似于现今学校中的"题库"。对于这些内容,无论它们原先的名号如何,很难用某一线索来对之进行整理。因此,尽管刘向交代在书籍整体上作过"除复重"②的工作,但是今本《战国策》还是免不了有些"抵牾""重复""错乱""淆杂"的现象③,可见对于非国别者材料"不以序者",其影响确实存在。

2. 文字处理上是否有可能影响到内容? 这要区别不同情况。针对坏缺字和错字,《书录》中,刘向说材料中"本字多误脱为半字",如以"赵"为"肖",以"齐"为"立",如此之类,数量众多。无论古今,订正坏缺字和错字,都是书籍整理工作的应有之义。而且,既然刘向特意在这篇呈给成帝的书奏里提出这个问题,那么,当务尽消除它们。这方面,今人所用的"本校法"即独自校对和"校雠法"均得自刘向发明,后者记录在刘向已佚的《别录》中,其辑文为"雠校者,一人持本,一人读析,若怨家相对,故曰雠也"④。刘向编校中书,想必对坏缺字和错字处理一定非常在意,因为不仅要面对后世读者,而且要直接呈

---

① 杨宽说"《战国策》主要是纵横家所编选的游说故事和游说辞,原是供游士作为榜样而揣摩和学习的。许多游说辞是用作练习游说的脚本的,许多献策的信札也是供游士模仿的",见《战国史》(增订本),上海人民出版社1998年版,第13页。徐中舒谓《国策》是游说之士在递相传受中随时编录的总集,来源不一,其中又杂有纵横说士悬梁刺股、简练揣摩的拟说、拟作",见《论战国策的编写及有关苏秦诸问题》,《徐中舒历史论文选辑》,中华书局1998年版,第1180页。

② 刘向珍惜史料,篇章之间每有异而必录,故一事两说现象在今本《战国策》中多有。

③ 齐思和:《中国史探研》,中华书局1981年版,第234页。

④ 李昉等:《太平御览》(影印本),中华书局1960年版,第2776页。

给皇帝。针对古字,今本《战国策》中多有古字存焉,而在《史记》中,相同内容的文字太史公已用当时文字作了替代或改写。但是,刘向整理前人资料包括"战国策",是要供当时人阅读的,对于实在难读的古字和异体字,他势必从"疏理语气,使适合当代口语""校正不合理的部分用语"等方面也作了处理,并且有可能"增加了说明背景的文字"①。如果说这部分文字的处理丝毫不会影响到内容,不太可能,但是,于内容的根本方面,则不会受到太大影响。对于这种文字处理和编辑方法,后人自有不同议论,而段玉裁则将此总结为"汉人法",并予以相对肯定:"夫校经者,将以求其是也。审知经字有讹则改之,此汉人法也。汉人求诸义而当改则改之,不必其有左证。自汉而下,多述汉人,不敢立说擅改,故博稽古本及他引经之文,可以正流俗经本之字者,则改之。"②当然,文献整理并非史书编纂,改字当出于不得已而为之。

　　3.增补非国别者材料到国别者材料中,是否会影响到内容?将乙移到甲,这是文献整理中最难处理的,需要编校者对文献所涉及内容领域有深湛的研究。一般而言,同样一则材料,随着语境的变化,其内容的迁移意义也会发生变化。对于"中书余卷"中的"战国策"材料,刘向指其"错乱相糅莒",一语道尽其零乱、错杂、互有参次之状。要使其成为相对完整、可阅读的一本书,实际上也只能这样处理。后人责备《战国策》篇章之间有相似的内容,记载的内容人名和时间互相难以印证,同一章之内的不同节次内容衔接不合理,类似这些说法③,其实大半要归诸材料本身以及材料的内容性质并非系统

---

①姚福申:《对刘向编校工作的再认识——〈战国策〉与〈战国纵横家书〉比较研究》,《复旦学报》(社会科学版)1987年第6期。
②段玉裁撰,钟敬华校点:《经韵楼集》,上海古籍出版社2007年版,第298页。
③如《战国策·燕策一》"人有恶苏秦于燕王者"章与"苏代谓燕昭王"章多有相合。

的历史资料,其余则可归结于这种对材料的处理方式。

上述讨论,其目的是想尽量反映刘向编校《战国策》的客观情况,从而说明这种编校方式,就大处而言,保持了材料基本内容的真实。尽管刘向所整理的原始材料原本不是史著而是资料汇编,但是,"与此同时,他也看到了其中所包含的弥足珍惜的战国史料价值。他的整理工作最主要的目的就是彰显、保存这批史料"①。有关《战国策》中的荆轲刺秦事的篇章,在整体上刘向也作过类似处理。

(二)取材于"中书余卷"

中书者,皇家藏书、宫廷秘藏之书也。书录谓"所校中《战国策》书,中书余卷,错乱相糅莒""中书本号或曰",三次强调《战国策》书源自对中书材料的整理。

针对中书进行图书整理活动,这是成帝下达给刘向的谕旨,或者说是给这次整理活动划定的范围。"上方精于《诗》《书》,观古文,诏向领校中《五经》秘书"②,这最初或起于整理成帝所好之《诗》《书》《礼》《易》《春秋》五经及诸传,但随着实际整理工作的展开,就遍及宫内所藏全部图书,而远不止于五经文献。这一点,《汉志》所载"六略三十八种,五百九十六家,万三千二百六十九卷"③书目,可得证明。

"中秘书",或称秘书,意同中书,颜注谓"言中者以别于外"④,指与"外书"相对。中书藏在内廷,又被称为内书,而外书则指外廷政府机构的藏书,即所谓"外则有太常、太史、博士之藏,内则有延阁、广内、秘室之府"⑤。刘歆自是概略言之,《隋志》沿用。这里的延阁、广

①陈一风:《论刘向对〈战国策〉的部属归类》,《史学史研究》2015年第2期。
②班固撰,颜师古注:《汉书·楚元王传》,中华书局1962年版,第1950页。
③班固撰,颜师古注:《汉书·艺文志》,中华书局1962年版,第1781页。
④班固撰,颜师古注:《汉书·楚元王传》,中华书局1962年版,第1950页。
⑤如淳注引刘歆《七略》语,见班固撰,颜师古注:《汉书·艺文志》,中华书局1962年版,第1702页。

内、秘室,均指供皇室所用的内廷藏书处或帝王书库,而不是指宫室名;太常寺、太史令署、太学府以及其他机构则藏外书。这大概是西汉图书分藏的情况。

刘向组织的图书整理,固然针对简脱帛烂、伏而未发的中书,但在具体工作时,常广求异本,这自然包括外书和私人藏书。《列子书录》云:"所校中书《列子》五篇,臣向谨与长社尉臣参校雠太常书三篇,太史书四篇,臣向书六篇,臣参书二篇,内外书凡二十篇,以校除复重十二篇,定著八篇。中书多,外书少。章乱布在诸篇中,或字误以尽为进,以贤为形,如此者众。及在新书有栈。校雠从中书以定,皆以杀青,书可缮写。"①由于一书多本现象的存在,故流传的《列子》篇章,中外书中都有。为校中书《列子》,刘向搜集太常书、太史书、自己藏书、臣参(按:指杜参)书等外书总计三十篇。尽管如此,最后所呈现的还是"中书多,外书少"且章乱字误,中书重复和讹谬的现象不言自明。

太史公编纂《史记》,前期所依靠的主要是外书。子迁受刑以后,"尊宠任职"为中书令,兼管中书,时年 39 岁,43 岁时作《报任安书》,据所述,《史记》已基本完稿。《荆轲传》"成于谈手无疑",而太史公主掌太史书即外书之一部分,则司马谈主要凭据外书而编纂《荆轲传》。尽管子迁后期可能会作些精微的判断与编辑加工,可能也会借助于中书,不过《荆轲传》主体所依据的材料来源不会产生较大变动。

那么,是否存在着一种可能性,即司马谈编纂《荆轲传》之时借阅和参考中书? 历史上,西汉对中书管控甚严,武帝"建藏书之策,置写书之官,下及诸子传说,皆充秘府"②,且"时书不布"③。《汉书·霍

---

① 杨伯峻:《列子集释》附录二,中华书局 1979 年版,第 277—278 页。
② 班固撰,颜师古注:《汉书·艺文志》,中华书局 1962 年版,第 1701 页。
③ 班固撰,颜师古注:《汉书·叙传》,中华书局 1962 年版,第 4203 页。

光传》记载霍山因私写秘书而获罪,《东平王传》记载成帝叔父上疏求诸子书及《太史公书》而不与。从制度和案例来看,一般而言,上述可能性不会存在。至于《太史公自序》所言"卒三岁而迁为太史令,䌷史记石室金匮之书""百年之间,天下遗文古事靡不毕集太史公""罔罗天下放失旧闻"等语,乃是笼统地就其父子为编纂《史记》而共同依据和参考过的材料总汇而言。其中,"石室金匮之书"也是外书,《高帝纪》载高祖"又与功臣剖符作誓,丹书铁契,金匮石室,藏之宗庙"[1],则由太常管理。总之,如果细分太史公所述材料之具体来源,则不妨就这些方面作些深入思考:谈任太史公时期(掌外书)、迁任太史公时期(掌外书)、迁后期兼任中书令时期(掌中外书),再核以《荆轲传》编就的大致时期,那么,该篇所依大致为外书的结论,就在推论的逻辑之中。

依《书录》言,刘向编校《战国策》甚至没有参校外书,而仅仅利用了"中书余卷"。在今存的刘向《管子书录》《晏子书录》《列子书录》《邓析子书录》《孙卿书录》《说苑书录》以及刘歆《山海经书录》这七篇文献中,我们找不到类似"余卷"的表述。如果不是上述《书录》失佚了相应的文字,那么只能理解为"余卷"中的"战国策"材料,是在整理过其他更为重要的书籍之后余留下来的,这一点,从《书录》对其内容评述上也可得到印证。如此,刘向没有参校外书,其中之因,或在于余卷本身的数量和内容足够丰富而无须外求,或在于"战国策"材料的价值没有引起刘向的高度重视,或在于刘向仅仅是想把余卷整理出来而已,因为他是一个珍惜文献材料的人,等等。无论怎样,他只是就中书余卷整理了《战国策》。

面对今本《战国策》的各种错误,我们会倾向于责备刘向为何不

---

[1] 班固撰,颜师古注:《汉书·高帝纪》,中华书局 1962 年版,第 81 页。

找外书参校。刘向主持整理"从横十二家,百七篇"①以及其他战国时期的文献,而且太史公主要据以外书及其他材料而编纂《史记》中的战国部分,他很清楚外书中就有丰富的战国文献,因为据《史通·正义》记载,写过《史记》续篇的人就有刘向、刘歆、冯商、扬雄等十多人。在当时独尊儒术的文化氛围下,刘向被桓谭誉为"通人"②,班固赞其"博物洽闻,通达古今"③,他重视经学而又关注诸子学,不以其所学而废天下百家,故此会去整理"战国策"文献。然而,面对宫廷秘府二百年来所积累下来的分置各府、堆如丘山、简脱帛烂的大量藏书,作为一个组织者兼具体工作者,对整理工作和文献属性作些孰轻孰重的区别对待,自在情理之中。这种区别对待,一方面源于文献本身的价值有高低,另一方面出于贵古贱今的普遍心理。这正如我们在1949年以后,不会马上想到要去搜集、抢救清朝史料甚至民国史料一样。以今律古,对于刘向仅仅利用"中书余卷"而整理《战国策》这一选择,我们不应有太多的苛责。事实上,战国史材料之极度匮乏④,这只是中古以后包括我们今人的感觉,而对于西汉刘向这一代人,尽管之前有过秦火之焚和项羽烧秦宫室,但各种战国文献较之春秋以及上古文献而言,应该还是较为丰裕的⑤,其历史价值也无法显示出来,因此,他们主观上不会迫在眉睫地去抢救战国文献,倒是面

---

①班固撰,颜师古注:《汉书·艺文志》,中华书局1962年版,第1739页。

②桓谭撰,朱谦之校辑:《新辑本桓谭新论》,中华书局2009年版,第38页。

③班固撰,颜师古注:《汉书·楚元王传》,中华书局1962年版,第1972页。

④钱存训谓"在现存无几的先秦文献中,《战国策》可能是唯一有关战国时代所有诸侯国历史的文献",见《〈战国策〉析评》,《中国古代书籍纸墨及印刷术》,北京图书馆出版社2002年版,第57页。

⑤太史公谓"战国之权变亦有可颇采者",见《史记·六国年表》,中华书局1982年版,第686页。徐中舒说"中秘以外民间流传的写本,仍当不少,如蒯通所论,主父偃、边通所学,都应是出于中秘以外的书",见《论战国策的编写及有关苏秦诸问题》,《徐中舒历史论文选辑》,中华书局1998年版,第1182页。

临着消失命运的春秋文献以及更早时代的文献,亟待他们去打捞和整理。而他们也正是这样做了,由刘向《别录》、刘歆《七略》以及在它们基础上"删其要"而成的《汉书·艺文志》,在保存"六略三十八种,五百九十六家"古代典籍与"剖判艺文,总百家之绪"①方面,作出了杰出贡献。正是因为有了他们的工作成果,我们才有较之战国史料、秦朝史料而更为丰富的各类春秋历史文献。

如此一来,对刘向而言,半个多世纪甚至更长时期之前就存放在太史令署、为司马谈编纂《荆轲传》以及其他篇章所使用过的"战国策"材料,刘向就没有采用。至于说他利用《荆轲传》而充入《战国策》之中,这无疑是后人的无稽之谈了。这一点,《书录》本身写得很清楚。刘向没有必要拿太史公编纂过后的成形书籍,去冒充从中书中整理出来的新书;何况,《太史公书》是官书而非私修之"秘书",是以父子两代相续连任的太史令之职而编纂出来的著作,其正本藏于国家书府,之前武帝即作部分抽览而削除景纪、武纪,沿至成帝,没有不熟悉《太史公书》的理由,如此,退一万步言,即便刘向对于截取《太史公书》而在内心没有违和之感,亦决无冒欺君罪而行此等之事。我们在这里所说的《战国策书录》,是刘向呈奏于成帝的报告,经过整理的《战国策》亦应一并呈上。持刘向取《史记》之说者,既欺成帝,复欺刘向,更欺历史。

至于在外书和民间藏书中,存在着"战国策"材料,有的内容甚至可能与中书一致或者接近,这不应感到奇怪。前引"时天下计书,皆先上太史,副上丞相,遗文古事,靡不毕臻"②,发生在武帝之时,是官方文字对"同书异本的最早记载"③;太史公利用外书编纂《荆轲传》

①班固撰,颜师古注:《汉书·楚元王传》,中华书局1962年版,第1972—1973页。
②魏徵等:《隋书·经籍二》,中华书局1973年版,第956页。
③李瑞良:《中国古代图书流通史》,上海人民出版社2000年版,第92页。

以及"太史公曰"所讲到的滋生于民间的各种"世言"和"又言"等文献;刘向父子利用外书,编校《管子》《晏子》《列子》《邓析子》《说苑》《山海经》(《荀子》整理亦没有参校外书);楚汉相争及汉初纵横之说仍十分流行,亦有相应材料之收集传播。上述情况,都说明中外书包括民间书在内,在西汉就存在着一书多传、一书多本的现象。

(三)刘向没有可能因事逸战国之外而删去《荆轲传》结尾部分

前引方苞所谓"意《国策》本无是文,或以《史记》之文入焉,而削高渐离后事,以事在六国既亡后耳"①,类似这样的言论在后代不断沉渣泛起。按:《战国策·燕太子丹质于秦》最后一段为"其后荆轲客高渐离以击筑见秦皇帝,而以筑击秦皇帝,为燕报仇,不中而死"②,而《史记》相应部分则长达 177 字。对于这样明显的不一致而无法硬塞进"以《史记》之文入焉"的逻辑之中,方苞则用"削高渐离后事,以事在六国既亡后耳"来作自己的说辞。对此,我们感到奇怪:方苞是个文章高手,难道他在下结论之前,没有去读一下《战国策书录》,或者读了而竟然不懂?

事实上,在这篇《书录》中,刘向对于"战国"这个概念,有过几次明确点题,蕴含着自己特殊的理解:

1."臣向以为,战国时游士辅所用之国,为之策谋,宜为《战国策》。其事继春秋以后,讫楚、汉之起,二百四十五年间之事。"

按:今本《战国策》已佚失少量文字,但"基本保持了刘向本的原貌"③。在今本中不见"楚、汉之起"事,但在《史记·淮阴侯列传》中有关于蒯通说韩信以"倍汉"自立的记载,其中针对"(韩信)谢蒯通。

①杨燕起、陈可青、赖长扬编:《历代名家评〈史记〉》,北京师范大学出版社 1986 年版,第 626 页。

②何建章注释:《战国策注释》,中华书局 1990 年版,第 1195 页。

③何晋:《〈战国策〉研究》,北京大学出版社 2001 年版,第 132 页。

蒯通说不听,已详狂为巫"之原文,《集解》引徐广曰:"一本'遂不用蒯通,蒯通曰:夫迫于细苛者,不可与图大事;拘于臣虏者,固无君王之意。说不听,因去详狂'也。"其意在于另有一种说法如何如何,也可见当时一事多传的现象,这类似于荆轲刺秦事在汉代的各种记载和传闻。《索隐》对于徐广这一段与原文相异的文字,下按语曰:"《汉书》及《战国策》皆有此文。"①

这一事件正是发生在"楚、汉之起",唐代司马贞所见《战国策》,尚有楚汉相争事,这可与刘向《书录》所言互资印证。估计这一部分少量记载的亡佚,当在曾巩重校《战国策》之前。

从上观知,刘向观念中的"战国",其时间下限不在方苞所说的"六国既亡",而是跨越了秦朝延伸至楚汉争霸。若以西楚霸王项羽战死②于公元前202年来作为楚汉段和"战国"时期的结束,那么整个"战国"时期则包括了"春秋以后"、秦朝十四年、楚汉相争五年。这就是刘向版的"战国"内涵,比方苞和今人的"战国"概念多出了十九年。

2."及春秋之后,众贤辅国者既没,而礼义衰矣。……仲尼既没之后,田氏取齐,六卿分晋。……至秦孝公,捐礼让而贵战争,弃仁义而用诈谲,苟以取强而已矣。……晚世益甚,万乘之国七,千乘之国五,敌侔争权,盖为战国。……始皇因四塞之固,据崤、函之阻,跨陇、蜀之饶,听众人之策,乘六世之烈,以蚕食六国、兼诸侯、并有天下。……二世愈甚,惠不下施,情不上达;君臣相疑,骨肉相疏;化道浅薄,纲纪坏败;民不见义,而悬于不宁。抚天下十四岁,天下大溃,

---

① 所引原文、《集解》文、《索隐》文,俱见司马迁:《史记·淮阴侯列传》,中华书局1982年版,第2626页。

② 《史记·项羽本纪》中关于"项王已死"一条,《集解》引徐广曰:"汉五年之十二月也。"《史记·秦楚之际月表》曰"五年之间,号令三嬗",《索隐》云"三嬗,谓陈涉、项氏、汉高祖也"。由此,项羽之死,代表着楚汉五年相争历史的终结。

诈伪之弊也。"

《书录》突出和强调了几个时间段,即"春秋之后""仲尼既没之后""至秦孝公""晚世""始皇""二世",它们是"战国"坐标上的重要刻度,延绵地构成了刘向心目中的战国时期。

据刘向分析,每个时间段各有其特定的历史内涵。进入东周,"礼义衰矣";孔子之后,"道德大废",三家分晋;秦孝公"弃仁义"取霸道,秦国崛起;战国后期,列国争雄,"滑然道德绝矣";秦始皇并有天下,"无道德之教,仁义之化";秦二世"化道浅薄,纲纪坏败","天下大溃"而不宁。在这里,刘向对历史有个深刻的理解,即以道德的逐次衰落和泯灭,作为"战国"时期的主要历史标志。伴随着道德失却,诸侯之间、君臣之间、游士与所在国之间、天下百姓之间,都发生了一系列令人痛心和叹息的变化,推动着历史无序的进展。对于狭义的"战国",刘向下了一个定义,即"万乘之国七,千乘之国五,敌侔争权,盖为战国",这是针对七国驱动战争机器相互争霸之时期而言,它是"春秋之后""仲尼既没之后""至秦孝公"这三个坐标刻度包含的历史内涵所产生的变化的一个总结,又是使得历史沿袭到"晚世""始皇""二世"这三个时段的历史枢纽。

3."高才秀士,度时君之所能行,出奇策异智,转危为安,运亡为存,亦可喜,皆可观。"

这段话限于篇题,尽管是对纵横之士在经权虑思之下所起作用的概括,并含整理这部战国文献的意义,但实际上是针对为了结束这个道德衰竭的无序"战国"时期而对所有反抗暴政、振衰起弊之历史事件和个人行动的一种认定与褒扬,"使天下有所耻,故化可致也"。这些事件和行动,包括了荆轲刺秦事,也相应地包括了楚汉相争事。故此,在刘向《战国策》中,载录了中书材料本已有之的荆轲刺秦事、楚汉相争事。

那么,刘向"战国"概念是否具有历史合理性? 为什么要将秦朝

和推翻秦朝的楚汉相争岁月并含到"战国"时期？后两个时期与秦
"并有天下"之前,有何内在的历史一致性？这三个问题均统束到刘
向"战国"概念的探讨。

首先,刘向视以秦孝公、嬴政为代表的七世秦王为无道之君,即
从篇中所指之秦孝公到中间阙如之惠文王、武王、昭襄王、孝文王、庄
襄王再到始皇帝,这着眼于秦政权的历史结构即弃王道取霸道的本
质如一。这个观点,与贾谊《过秦论》之"及至始皇,奋六世之余烈"①
适相一致,但与《史记·六国年表序》之分析"秦取天下多暴,然世异
变,成功大"②稍有不同。这针对历史人物各有所据而意见不一,亦
属正常。由此,刘向进一步视秦朝为霸世诸侯,虽"抚天下十四岁",
但缺乏作为一个稳定的王朝应该具备的道德和政治基础,普天之下
仍然存在着与之前的乱世相一致的社会结构。也就是说,政权组织
形式变了,但道德和政治基础没有变。两方面的结合,刘向否认了秦
朝十四年政权的历史合理性。所谓"杖于谋诈之弊,终无信笃之诚,
无道德之教,仁义之化,以缀天下之心",所谓"化道浅薄,纲纪坏败;
民不见义,而悬于不宁",所谓"其比王德,岂不远哉",均指向揭示秦
政权无道暴逆之本质,从而将之与战国时期诸侯国归为一类,将战国
时期下延至秦朝以及为结束秦政权统治而出现的陈涉举义和楚汉
战争。

其次,作为战国时期的一个重要历史表征是诸侯王以及诸侯国
的出现。在楚汉战争中,真实的一幕重新出现,从而为刘向的"战国"
概念提供了来自客观历史的自身依据。

太史公在《秦楚之际月表》中,与秦并列,分列各诸侯王与诸侯国
有:楚、项、赵、齐、汉、燕、魏、韩。尽管将楚、项分列是否妥当,历史上

---

①班固撰,颜师古注:《汉书·陈胜项籍传》,中华书局1962年版,第1823页。
②司马迁:《史记·六国年表》,中华书局1982年版,第686页。

有过不同意见。但是,楚汉相争这5年群雄逐鹿的场景,还是大致呈现了出来。《索隐述赞》总结说:"秦失其地,群雄竞逐。狐鸣楚祠,龙兴沛谷。武臣自王,魏豹必复。田儋据齐,英布据六。项王主命,义帝见戮。"①其中,对与楚方以及项羽相关的"义帝"的情况,在此作些分析:

战国时期,楚怀王被扣秦地而亡,"(昭襄王)十年,楚怀王入朝秦,秦留之。……楚怀王走之赵,赵不受,还之秦,即死,归葬"②。值楚汉相争时,秦二世二年六月,范增出奇计为项梁谋,曰:"陈胜败固当。夫秦灭六国,楚最无罪。自怀王入秦不反,楚人怜之至今,故楚南公曰'楚虽三户,亡秦必楚'也。今陈胜首事,不立楚后而自立,其势不长。今君起江东,楚蜂午之将皆争附君者,以君世世楚将,为能复立楚之后也。"③于是项梁从民间寻找楚怀王之孙,立以为楚怀王,以从民所望,项梁自号为武信君。之后,项羽佯尊怀王为义帝。

立楚怀王或者尊之为义帝,在战争时期无非都是一种手段,重要的是楚怀王的复立表明项梁、项羽之起延续着历史上楚国对秦国的仇恨,如此,则抗秦战争也就被视为战国战争的一部分。另外,傀儡义帝、楚怀王的存在,意味着战国诸侯的复起,由此,二世之秦,亦降格为诸侯之秦国。

最后,刘向《书录》之所以指斥秦政权并将"战国"概念延及楚汉战争结束,真正目的是为了尊汉,同时将汉朝建立作为从无道历史进入到王道历史的一个重要标志,从而建太平之基、开万世之利。这不仅出于刘向为汉家骨肉这一皇族后裔的身份,更多的是出于经学之"春秋大义"观念。事实上,这种对楚汉战争的认识,可能并非仅出于

①司马迁:《史记·秦楚之际月表》,中华书局1982年版,第800页。
②司马迁:《史记·秦本纪》,中华书局1982年版,第210页。
③司马迁:《史记·项羽本纪》,中华书局1982年版,第300页。

刘向。太史公在《史记》中设《项羽本纪》《陈涉世家》，将项羽、陈涉的历史地位定位于王、诸侯，在某种意义上，表明楚汉战争乃战国战争之一部分；又在《六国年表》与《汉兴以来诸侯王年表》之间单独设置《秦楚之际月表》，将这段时期不归于秦末也不归于汉初，而是独立出来。同时，在《秦楚之际月表》中，太史公对刘邦之起，感叹曰："此乃传之所谓大圣乎？岂非天哉，岂非天哉！非大圣孰能当此受命而帝者乎？"①将高祖视为受天命而兴的大圣。太史公认为历史新的篇章要从楚汉战争结束算起，这说明刘向之"战国"观念，在西汉并非个别，至少是当时知识阶层的有着共同呼应的一种声音。

综此，刘向的"战国"概念确实囊括了"六国亡后"的历史并沿至五年楚汉相争的结束。在其大历史观念中，这中间十四年秦政权的存在，仅为战国时期的一部分。刘向建立了由战国到汉朝的历史序列，其目的是为了尊汉，并将施行仁义王道作为汉之起、汉之兴的重要基石。这种"战国"概念，在西汉有着一定的代表性。正因为有着这样一种历史观念，刘向才将整理过后的包含着"楚、汉之起，二百四十五年间之事"的中书材料，命名为《战国策》。这里面的荆轲刺秦事及其余声，也必然被视作整个战国事件的一部分，高渐离筑击事之所以与《荆轲传》不一，实乃出于中书材料的本相呈现。刘向整理"战国策"材料，无意外求，更不必截取已成形多年的他人著作。

三、曾巩重校《战国策》

刘向编校之《战国策》，流传至北宋几无善本，东汉高诱所作注本亦无全书。在《战国策》传播史上，若论篇章内容之散佚，此为大劫。曾巩重校，"复完"三十三篇之旧，为刘向之功臣。然亦遭后世无妄之评，讥其为"刘向之徒"，"反取《太史公书》充入之"，所记荆轲刺秦事

①司马迁：《史记·秦楚之际月表》，中华书局 1982 年版，第 760 页。

"采摭自《荆轲传》"等等。对此前面已有评列,现就曾巩重校之事,作一探讨。

(一)从著录和佚文看《战国策》之佚失

关于刘向编定《战国策》史志著录的情况,早期见于《汉志》和《隋志》。《汉志》在"六艺略"之《春秋》类下著录"《战国策》三十三篇。注:记春秋后"①;《隋志》在"史部"之"杂史"类下著录"《战国策》三十二卷。注:刘向录。《战国策》二十一卷。注:高诱撰注"②。《隋书》十志,作于贞观三年(629)至十八年(644)。

两《志》著录的差异有这样几点:一是注言有别。《汉志》承《别录》《七略》而来,不必自注编者名,故注书籍内容之时代;《隋志》则按著录体例注编者名和注者名;二是高诱注本被《隋志》著录,表明至少从梁、陈、齐、周、隋到唐初,《战国策》版本系统,除刘向无注本之外,尚有高诱注本。至于其卷数二十一,说明注本与无注本在分卷上并不一致。《隋志》紧接着还有一条:"《战国策论》一卷。注:汉京兆尹延笃撰。"因《战国策论》无关刘向编定本,故在此不予论列;三是篇卷和数量不一,这当是最值得关心的。"篇""卷"作为计量单位词出现在同一部《艺文志》或《经籍志》之中,《汉志》可以说既是开创者也是终结者,自《隋书·经籍志》始,则基本上以"卷"来计③。班固对书目著录作这样特殊的处理,究欲何在?笔者为此作过专题研讨,并对学界三种解释提出不同意见,但最终只能感叹这"一定有着对他当时而言是常识而对千载之后的我们来说是难题的原因"④。若将

①班固撰,颜师古注:《汉书·艺文志》,中华书局1962年版,第1714页。

②魏徵等:《隋书·经籍二》,中华书局1973年版,第959页。

③"嗣是以后,讫于隋、唐,书之计卷者多,计篇者少。"见章学诚著,叶瑛校注:《文史通义校注》,中华书局1994年版,第305页。

④叶岗:《〈汉书·艺文志〉中的"篇""卷"问题》,《绍兴文理学院学报》(哲学社会科学)2008年第6期。

"篇""卷"问题暂且存疑,则"三十三"与"三十二"之间的数量之别,亦令人费解。但刘知幾成于景龙四年(710)的《史通》,所记《战国策》为三十三卷;另外,包括《隋志》在内的唐代文献亦无提及《战国策》散佚情况。如此,则数量之别只能归结于刘向编定本在被转抄时已有些分合之变。退一步说,也可能出于字形之误。

后晋修《旧唐书》,始于天福六年(941)至开运二年(945)。其《经籍志》在"史部"之"杂史"类下著录:"《战国策》三十二卷。注:刘向撰。《战国策》三十二卷。注:高诱注。"①其著录之所据,为唐代的政府藏书目录《古今书录》,所反映的是唐代书籍收藏的情况。此时,刘向无注本的著录卷数与《隋志》所著录的卷数一致,无佚;而高诱注本则由《隋志》之"二十一卷"变化为"三十二卷",显示高诱注分散到各篇之中,所著录之本并非单行之注本。

北宋政府的藏书中心,集中于昭文、史馆、集贤、秘阁这四馆。以四馆所藏为依据,于景祐元年(1034)闰六月至庆历元年(1041)十二月编定《崇文总目》。书名之"崇文",盖得自昭文、史馆、集贤之三馆新修书院"崇文院",实际上三馆均在崇文院中。其书"载籍浩繁,抵忤诚所难保。然数千年著作之目总汇于斯,百世而下,藉以验存佚、辨真赝、核同异,固不失为册府之骊渊、艺林之玉圃也"②。此书南宋已残缺不全,后代更甚,但仍为史家所重。关于《战国策》之条文,谓"《战国策》篇卷亡阙,第二至第十,第三十一至第三十三阙。又有后汉高诱汪本二十卷,今阙第一、第五、第十一至二十,止存八卷"③。这条记载说明:一是北宋前、中期的《战国策》官府藏本,刘向无注本

---

①刘昫等:《旧唐书·经籍上》,中华书局1975年版,第1994页。
②永瑢、纪昀主编,周仁等整理:《四库全书总目提要》,海南出版社1999年版,第447页。
③《四库提要》引马端临《文献通考》转引《崇文总目》语,见永瑢、纪昀主编,周仁等整理:《四库全书总目提要》,海南出版社1999年版,第293页。

为三十三卷,高诱注本为二十卷;二是无注本阙十二卷存二十一卷,注本阙十二卷存八卷;三是由于高诱注本为二十卷,无注本为三十三卷,表明在篇卷分合上并不一致,因此两书尽管均阙十二卷,但内容上既有重合也有缺漏,难以互相补全。

同样在北宋,《新唐书》成于庆历四年(1044)至嘉祐五年(1060),编目年代稍后于《崇文总目》,其《艺文志》在“史部”之“杂史”类下著录:“刘向《战国策》三十二卷。高诱注《战国策》三十二卷。”[①]著录内容与《旧唐志》全然相同,而与《崇文总目》大相径庭。说起来奇怪,《新唐书》是由欧阳修、宋祁等奉敕编修的,而在《崇文总目》的编纂人员中,欧阳修亦名列其中,任馆阁校勘。在《崇文总目》与《新唐志》之间,学界普遍认为,前者所著录者相对接近真实,因有曾巩所言作印证,而《新唐志》则沿袭《旧唐志》乃至于唐官藏书目《古今书录》之所记,失于及时反映书籍存佚的最新情况。其实,《新唐书》之抵牾参差,所在多有。书甫出,吴缜即撰《新唐书纠谬》,谓“欧、宋之作新书,意主文章,而疏于考证”[②]。至于该志著录情况的另一种解释,容后再议。

曾巩于1060年左右重校《战国策》,说“刘向所定著《战国策》三十三篇,《崇文总目》称十一篇者阙”,“此书有高诱注者二十一篇,或曰三十二篇。《崇文总目》存者八篇”[③]。所言来自《崇文总目》,但与其所记之无注本的存佚情况有差异。或以曾巩之言为是,盖因其为重校而必亲核之故也。相反,《崇文总目》该条原文已佚,也不见于自《永乐大典》所得之今本辑文,或因《文献通考》转抄致误。

---

① 欧阳修、宋祁:《新唐书·艺文二》,中华书局1975年版,第1463页。

② 永瑢、纪昀主编,周仁等整理:《四库全书总目提要》,海南出版社1999年版,第264页。

③ 曾巩:《重校战国策序》,见何建章注释:《战国策注释》,中华书局1990年版,第1358—1359页。

　　截止北宋前中期曾巩重校之前,《战国策》两个版本系统在史志、官本书目和史论著作中的著录或记载情况,已如上述。为求清晰呈示篇卷变化,制表如下:

史志/书目/论著	时期/年代	主要内容	备注
《汉志》	东汉	《战国策》三十三篇	
《隋志》	629—644	《战国策》三十二卷。注:刘向录 《战国策》二十一卷。注:高诱撰注	无注本、注本两个版本系统
《史通》	710	《战国策》三十三卷	
《旧唐志》	941—945	《战国策》三十二卷。注:刘向撰 《战国策》三十二卷。注:高诱注	据《古今书录》
《崇文总目》	1034—1041	《战国策》篇卷亡阙,第二至第十,第三十一至第三十三阙,又有后汉高诱注本二十卷,今阙第一、第五、第十一至二十,止存八卷	或有误
《新唐志》	1044—1060	刘向《战国策》三十二卷 高诱注《战国策》三十二卷	因仍《旧唐志》或《古今书录》
曾《序》	1060	刘向所定著《战国策》三十三篇,《崇文总目》称十一篇者阙……此书有高诱注者二十一篇,或曰三十二篇。《崇文总目》存者八篇	

　　总而言之,《战国策》刘向编定本在后代出现了无注本、高诱注本这两个版本系统;在《崇文总目》之前,无注本和高诱注本在篇卷数量上的微细差异,只能说明转抄时的分合情况不一,而无关篇卷亡佚;《新唐志》不能反映《战国策》存佚的真实情况;《崇义总目》所记与曾巩《序》言,说明至少在北宋前中期、在中央政府的藏书中,《战国策》的无注本和高诱注本,都出现了较大程度的佚失。两者所述情况很接近,其中的差异,当以曾巩所言为准。

　　下面,简单讨论一下《战国策》佚文情况。

　　在今人对此问题作出统计和论述之前,历代序跋中古人已有发现。北宋王觉说:"治平初(按:1065—1067),始得钱塘颜氏印本读之,爱其文辞之辩博,而字句脱误,尤失其真。"①所述时间,接近于曾巩重校之时,在其所看到的民间印本中,已出现字句脱误现象。尽管没有明确发现佚文,但"脱"即佚也。

　　到南宋,1146 年姚宏校《战国策》时,指出:"正文遗逸,如司马贞引'马犯谓周君'、徐广引'韩兵入西周'、李善引'吕不韦言周三十七王'、欧阳询引'苏秦谓元戎以铁为矢'、《史记正义》'碣石九门本有宫室以居'、《春秋后语》'武灵王游大陵梦处女鼓瑟'之类,略可见者如此,今本所无也。"②姚宏精细,总计六条,所指确凿,有存古之功。后来其弟姚宽列出佚文二十六条③,但不可靠。

　　在《史记》三家注中,《索隐》引《战国策》为多。我们前面所举《索隐》两例,亦未见于今本《战国策》。一是《刺客列传》中《索隐》谓《战国策》曰:'衣尽出血。襄子回车,车轮未周而亡。'此不言衣出血者,太史公恐涉怪妄,故略之耳"④;二是《淮阴侯列传》载蒯通说韩信之文,《索隐》云"《汉书》及《战国策》皆有此文"。唐本有之而今本无,说明曾巩重校之后,仍存在着佚文。

　　今人诸祖耿、郑良树在辑录《战国策》佚文方面用力甚勤,共得一百零八条、二万四千多字,何晋《战国策研究》对此作了详细分析和比

①王觉:《题战国策》,见何建章注释:《战国策注释》,中华书局 1990 年版,第 1361 页。
②姚宏:《题战国策》,见何建章注释:《战国策注释》,中华书局 1990 年版,第 1363 页。
③姚宽:《战国策后序》,见何建章注释:《战国策注释》,中华书局 1990 年版,第 1366 页。
④司马迁:《史记·刺客列传》,中华书局 1982 年版,第 2521 页。

对,认为这些佚文"并不全部都真正是《战国策》的佚文,其中有很大一部分是被误辑为佚文,真正能被确定为《战国策》佚文的,数量并不太多"①。据此,可以说,经过曾巩重校,《战国策》虽仍有少量佚文,但基本"复完"刘向编定本的原貌。

曾巩重校的"复完"本,南宋姚宏校注即以此为基础并搜罗众本,《四库全书总目》著录衍圣公孔昭焕家藏《战国策注》三十三卷,即姚宏注本。在今本《战国策》中,姚宏本从刘向本系统而来,传本线索清楚,不再有疑误。姚宏本以后,《战国策》少有佚文,内容和文字基本稳定下来,不再剧烈变动。客观原因在于雕版印刷使得书籍的代际传授不再依靠官府孤本或少数藏本之间的抄写转录,从而走向传本渠道更为广阔的图书世界。具体说到《战国策·燕策三》中的《燕太子丹质于秦》章,就排除了经曾巩重校之后,佚失并被补入的可能性。如果怀疑此章并非是刘向编定本中的原有内容而有改易,或怀疑此章原先并非在刘向编定本之中而为"后人充入",那么,此类议论所怀疑的对象即为曾巩。如此,研究曾巩重校《战国策》以厘清事实,就很有必要。

(二)曾巩的重校工作

曾巩(1019—1083),建昌南丰人,北宋属于江南西路。字子固,唐宋古文八大家之一,官至中书舍人。既没,后人集其遗稿为《元丰类稿》五十卷,《宋史》有传。

关于其重校《战国策》的大致时间,何晋认为在 1058 年或稍后②,日本学者推断其时曾巩尚未任职,"在嘉祐二年春的省试中进士及第(知贡举为欧阳修)。及第后暂时归乡,离开京师之际,欧阳修和梅尧臣曾为他和王安石(知常州赴任)设宴,赋诗送别。嘉祐三年,

---

① 何晋:《〈战国策〉研究》,北京大学出版社 2001 年版,第 132 页。
② 何晋:《〈战国策〉研究》,北京大学出版社 2001 年版,第 89 页。

赴其初任地太平州(安徽省当涂)任司法参军,直到嘉祐五年冬都在太平州。然后,于同年冬得到欧阳修的推荐,到京编校史馆书籍,任馆阁校勘"①。嘉祐五年为公元 1060 年,重校《战国策》时间当为该年或其后;所任"馆阁校勘","馆"指昭文、史馆、集贤"三馆","阁"指秘阁,供职三馆秘阁的文职,即为馆阁校勘,又称"馆职",此为通往翰林学士和中书舍人的进步台阶,"自祖宗以来,所用两府大臣多矣,其间名臣贤相,出于馆阁者十常八九也"②。在编纂《崇文总目》的二十多年之前,欧阳修亦任此职。

　　曾巩的工作任务,是编校"三馆"之一的史馆所藏的书籍。其时,"三馆"都在崇文院中,"崇文院三馆藏书分贮两廊,以东廊为昭文书库,南廊为集贤书库,西廊为史馆书库,和秘阁合称四馆,各馆藏书自成体系。到真宗朝,国家藏书达到三万卷,这是宋前期的最高数字"③,此为当时国家藏书的概况。到大中祥符年间,宫中失火延及崇文院和秘阁,书多煨尽。此后根据内府底本重新抄录校勘,馆阁藏书不断添补,仁宗时编《崇文总目》,又复三万卷之旧。可以想见,书焚后抄录添补后的馆阁藏书,定有诸多遗憾。

　　曾巩校勘史馆中的《战国策》之后,写有一篇《重校战国策序》。所谓"重校",非指针对刘向所编定之《战国策》而言,乃是针对二十年前撰《崇文总目》的馆阁人员在查核《战国策》存佚情况时之校理工作。关于重校工作的始末,《重校战国策序》(以下简称《序》)曰:

①内山精也著,朱刚等译:《王安石〈明妃曲〉考——围绕北宋中期士大夫的意识形态》,见《传媒与真相——苏轼及其周围士大夫的文学》,上海古籍出版社2013 年版,第 87 页。
②欧阳修:《又论馆阁取士札子》,见欧阳修著,李逸安点校:《欧阳修全集》,中华书局 2001 年版,第 1727 页。
③李瑞良:《中国古代图书流通史》,上海人民出版社 2000 年版,第 315 页。

刘向所定著《战国策》三十三篇,《崇文总目》称十一篇者阙。臣访之士大夫家,始尽得其书,正其误谬,而疑其不可考者,然后《战国策》三十三篇复完。

叙曰:向叙此书,言周之先,明教化,修法度,所以大治。及其后,诈谋用而仁义之路塞,所以大乱。其说既美矣。率以为此书,战国之谋士,度时君之所能行,不得不然,则可谓惑于流俗而不笃于自信者也。

夫孔、孟之时,去周之初,已数百岁,其旧法已亡,其旧俗已熄久矣。二子乃独明先王之道,以为不可改者,岂将强天下之主以后世之所不可为哉?亦将因其所遇之时,所遭之变,而为当世之法,使不失乎先王之意而已也。二帝三王之治,其变固殊,其法固异,而其为国家天下之意,本末先后未尝不同也。二子之道,如是而已。盖法者所以适变也,不必尽同;道者所以立本也,不可不一。此理之不易者也。故二子者守此,岂好为异论哉?能勿苟而已矣。可谓不惑于流俗而笃于自信者也。

战国之游士则不然,不知道之可信,而乐于说之易合。其设心注意,偷为一切之计而已。故论诈之便而讳其败,言战之善而蔽其患。其相率而为之者,莫不有利焉而不胜其害也,有得焉而不胜其失也。卒至苏秦、商鞅、孙膑、吴起、李斯之徒以亡其身,而诸侯及秦用之,亦灭其国。其为世之大祸明矣,而俗犹莫之悟也。惟先王之道,因时适变,法不同而考之无疵,用之无敝,故古之圣贤,未有以此而易彼也。

或曰:邪说之害正也,宜放而绝之。则此书之不泯,不泯其可乎?对曰:君子之禁邪说也,固将明其说于天下。使当世之人,皆知其说之不可从,然后以禁则齐;使后世之人,皆知其说之不可为,然后以戒则明。岂必灭其籍哉?放而绝之,莫善于是。故孟子之书,有为神农之言者,有为墨子之言者,皆著而非之。

至于此书之作,则上继春秋,下至秦、汉之起,二百四五十年之间,载其行事,固不得而废也。

　　此书有高诱注者二十一篇,或曰三十二篇。《崇文总目》存者八篇,今存者十篇云。编校史馆书籍臣曾巩序。①

此《序》两处称"臣",似为曾巩上奏给皇帝的书录。下面,据此讨论几个问题:

　　一是曾巩如何"复完"《战国策》。

　　首先是"复完"的对象。《序》中写得很清楚,重校对象是"复完"刘向编定本即无注本,并不包括高诱注本。并且,《序》文开篇即述刘向定本存佚情况,中间则是有关内容的大篇叙论,只于末尾才提一句高诱注本的情况,这表明了重校工作的轻重之别。清代四库馆臣曰"巩不言校诱注,则所取惟正文矣","至宋而诱注残阙,曾巩始合诸家之本校之,而于注文无所增损"②。实际上,两者缺失都很严重,如果能够"复完"无注本与注本,谅每位整理者都会全力以赴的。《序》是事后所作,整理工作已经结束,无注本能够"复完",这说明在曾巩所能收罗到的馆阁之外的本子中,有能够补齐史馆《战国策》全部缺佚内容的篇章;注本不能"复完",只能尽量补辑,不是曾巩不用心,而是通过众本也难以集齐已缺佚的那些部分。这说明高诱注本价值的有限性③。尽管《隋志》已对它作了著录,相信起码在唐前期已有一定数量的抄本在流行,但由于为人轻忽,到北宋中期之前,公私藏书中已无全帙。

──────────

① 曾巩:《重校战国策序》,见何建章注释:《战国策注释》,中华书局 1990 年版,第 1358—1359 页。

② 永瑢、纪昀主编,周仁等整理:《四库全书总目提要》,海南出版社 1999 年版,第 293 页。

③ 鲍彪《战国策注序》谓"旧有高诱注,既疏略无所稽据,注又不全,浸微浸灭,殆于不存",见何建章注释:《战国策注释》,中华书局 1990 年版,第 1365 页。

其次是收集众本。《序》称"臣访之士大夫家,始尽得其书",曾巩是通过收集士大夫家的私人藏书,来补全史馆《战国策》的缺佚部分。所谓"尽得其书"之"其",指"士大夫家",但曾巩收罗众书的意图不在于与史馆底本相重复的部分,而在于所缺的那些部分;并且,幸运的是,史馆所藏刘向无注本《战国策》所缺部分都集齐了,才会用"尽"来表达。曾巩所校理的《战国策》底本来自史馆,出于整理工作的需要,他向外求书,说明在昭文馆、集贤馆、秘阁和内府太清楼等均无《战国策》异本,或者原先就不存在,否则《崇文总目》也不会记载缺佚情况。《崇文总目》所记是宫内和政府的藏书情况,其所记缺佚者,仅为宫内和政府藏书之所缺佚而非世上之书所真正缺佚者。宋代,公私编书、刻书、藏书都很兴盛,其中,私人藏书家大量出现,尤其是在名宦巨卿阶层。如欧阳修家藏书万卷,与曾巩生卒年和经历都相仿,《唐大诏令》的撰者宋敏求家藏书三万卷,史称"与秘阁等"。士大夫阶层重斯文,校理古籍乃一雅事,不要说曾巩为史馆校书,有一馆阁校勘的清贵身份压着,即使没有这些,曾巩的访书想必也会一帆风顺,不必出具官方行文。再说,访书目的是为校理《战国策》借阅异本,而非索取,故不应有夺人所好、为人所难之嫌。另外,在政坛和文坛领袖人物欧阳修周围,有一批志同道合的馆职与翰林学士,他们义兼师友,往来频繁,切磋经学,诗词唱和。如王安石创作《明妃曲》,唱和者就有欧阳修、梅尧臣、刘敞、曾巩、司马光;前述曾巩及第后暂时归乡,欧阳修和梅尧臣为他和王安石设宴并赋诗送别;再如曾巩自述馆阁之士"有出使于外者,则其僚必相告语,择都城中之广宇丰堂、游观之胜,约日皆会,饮酒赋诗,以叙去处之情,而致绸缪之意。历世寝久,以为故常。其从容道义之乐,盖他可所无"[1],可见师友、同僚

---

[1] 曾巩:《馆阁送钱纯老知婺州诗序》,见曾巩撰,陈杏珍、晁继周点校:《曾巩集》卷十三,中华书局1984年版,第214页。

间关系甚为融洽,书籍借阅往来,当为乐事和雅事;而且即便曾巩一人访书不顺,诸同僚也当出谋划策、力促其成。因此,对《序》中"臣访之士大夫家,始尽得其书"之语,今日论者常嫌语简而意难明,其实就曾巩那时而言,实属平常。与曾巩同时代的王觉,校理《战国策》也采用类似的向外访书办法,"丁未岁,予在京师,因借馆阁诸公家藏数本参校之,盖十正其六七"①。时在 1067 年,约后于曾巩重校。

最后是订正存疑。此为案头校勘,是文献整理中核心部分,《序》称"正其误谬,而疑其不可考者",即其谓也。曾巩以史馆所藏刘向无注本《战国策》为底本,参以从士大夫家所收集来的其他本子,详加考察和审定,然后汇为一本。在这过程中,他于"误谬"之处和"不可考者"尤为留意。对于"误谬",他参核底本和众本,先予识别,再予订正。这一步,凡有文献整理经验者,必定知道识别误谬是工作核心,"从众"即服从多个本子的意见是必有的一种前提。对于明显误谬者,可能会轻易识别和订正;对于误谬不明显的,则小心地从众并加以考证和订正;对于"不可考者",即对于是非去留难以识别、苟有别义而又无从考证清楚者,也就是一般所说的疑似部分,则予以存疑,此可谓慎之至也。若整理者挟一隅之见,必不如此也,此可见曾巩作为校书者的公心和素养。在这里,我们可以清楚地看到,曾巩重校《战国策》,在重视底本和各种参本的基础上,重点在于对文字和内容的订正、考证。他对于这项工作,颇费心血。后于曾巩入馆任职二十六年的孙朴说"臣自元祐元年十二月入馆,即取曾巩三次所校定本"②,可见,曾巩三次校理,才得定本。这些,都不见于曾《序》,而于

---

① 王觉:《题战国策》,见何建章注释:《战国策注释》,中华书局 1990 年版,第 1361 页。
② 孙朴:《书阁本战国策后》,见何建章注释:《战国策注释》,中华书局 1990 年版,第 1361 页。

后人记载中见出。

曾巩的校理工作,使《战国策》得以在很大程度上按古本的面貌保存下来。"北宋年间,为《战国策》恢复旧貌与传播方面竭尽其力的士大夫知识分子是很多的,有如刘敞、苏颂、钱藻、王觉、孙朴、孙觉、曾巩、苏东坡、晁以道等,经他们手校、修写和刊刻的本子多种,可谓一时盛况。在这些人和诸校本中,特别使我们重视的是曾巩的重校工作和经过他三次手校定本"①,曾巩所校定者,成为今本《战国策》之祖。

二是所记阙失笔法之寓意的简单推测。

《序》言"刘向所定著《战国策》三十三篇,《崇文总目》称十一篇者阙","此书有高诱注者二十一篇,或曰三十二篇。《崇文总目》存者八篇"。笔者初读之时,稍有不适和奇怪。如按正常笔法,当遵自己寓目之实来落笔,似不必征引《崇文总目》所言,更不必前后两次征引;并且,征引《崇文总目》而不提后出的《新唐志》,亦介于合理与不合理之间。曾巩是一文章高手,文风简古而曲折,如此行文,莫非有所寓意?

首先,最简单的解释是:《崇文总目》对于皇家和政府藏书情况的记录最为权威,故据以引录。这种解释,也应该是一般人的理解。相比之下,《新唐志》的著录并非实际藏书情况的反映;

其次,两书欧阳修均参与,《序》中没有记录自己翻检统计史馆所藏刘向无注本和高诱注本的阙失情况而以《崇文总目》所言为是,一则致敬于自己的伯乐,二则竭力淡化和退逊自己的付出,这从《序》里仅提两句自己的文献整理工作,亦可见一斑。但是,欧阳修在《新唐书》中所起作用更大,曾巩于此尊《崇文总目》而隐《新唐志》,原因可能在于《新唐书》的署名问题在曾公亮、欧阳修、宋祁三人间原本比较

①邓廷爵:《〈战国策〉研究的历史评述》,《历史教学》1985 年第 10 期。

复杂,而且纪表志传四部分水准不一,《四库提要》解释说"一代史书,网罗浩博,门分类别,端绪纷拿,出一手则精力难周,出众手则体裁互异"①。还有就是考虑到《新唐志》著录的有效性相对滞后,故隐而未提。

最后,于记载之准确性而言,《崇文总目》所记只涉及皇家和官家所藏,这在当时应为共识。曾巩在此两次提及《崇文总目》所记,更深的寓意在于说明刘向所编无注本和高诱注本的佚失,只限于史馆所藏之《战国策》。它们佚于崇文院和宫内,但或存于私家藏书,并非书真失佚。故在开首一段,提过《崇文总目》之后,紧接着述及"臣访之士大夫家"。这种举证于《崇文总目》的表达方法,蕴含三层意思,语简而意丰,远比单一地叙述自己寓目之实有意义得多,深得古人叙述之法。

三是曾巩对刘向编定本有无改动和增入。

对于重校工作的结果,《序》称:"刘向所定著《战国策》三十三篇……然后《战国策》三十三篇复完","此书有高诱注者……《崇文总目》存者八篇,今存者十篇"。其意清楚,对无注本,他"复完"到刘向编定之初的三十三篇;对高诱注本,他亦经过努力,补齐到十篇,比1041年《崇文总目》撰定之时的八篇,多出两篇。也就是说,对于无注本和高诱注本,曾巩通过三次校定,均有收获,尤其是复原了刘向编定《战国策》无注本之完本。可以看出,曾巩这项工作之目的,并非编纂一个将所有战国史料集于一帙的全新《战国策》,而是复刘向本之旧、葆刘向本之真、完刘向本之原貌。其工作性质,不是新编,而是恢复书籍的原有内容、形制和文字,是"复完"。故此,对佚失的部分,他尽力搜集;对明显讹误的,他予以订正;对"不可考者",他疑而存

①永瑢、纪昀主编,周仁等整理:《四库全书总目提要》,海南出版社1999年版,第264页。

留。他主观上没有必要去做无妄的改动,更无心去增入其他内容。

对于这一"复完"工作,历代《战国策》序跋都表示信任和肯定,而绝无质疑。前引孙朴即取之为"修写黄本入秘阁"的底本;南宋姚宏则在比较中肯定曾巩重校本的价值,谓"旧本有未经曾南丰校定者,舛误尤不可读。南丰所校,乃今所行。都下建阳刻本,皆祖南丰,互有失得"①,并取之为自己"校定离次之"的底本;清人黄丕烈也说:"今本在首,鲍本在刘向《序录》下。吴氏识此《序》后云:'《国策》刘向校定本,高诱注,曾巩重校,凡浙、建、刮苍本,皆据曾所定。'"②由此可见历代注家们的态度,同时各地开板所印,也是曾巩校定本。注家们多有摩研编削之才,心细如发,熟悉篇章文字以及各种文本痕迹,若曾巩重校本有所阙失或增益,尤其是"充入"其他文献的内容从而失却刘向编定本之原貌,他们焉能不察?

改动和增入,这并非重校旧籍的应有之义,客观上也不允许曾巩这样做。按其所述当时之情形,史馆所佚且为《崇文总目》记"阙"的刘向无注本《战国策》,能"尽得"于"士大夫家"所藏,则宫外以及崇文院之外的士大夫阶层和民间社会,保存《战国策》书籍者,所在多有,绝不止于一二孤本。若曾巩好大喜功,行瞒天过海之实,则家有原帙者,比对之下即可发觉。若曾巩如此这般地去重校,则不仅无益于声名、绝意于仕进,反添笑料与耻辱耳。曾巩所置身的前辈、师友和同僚,如欧阳修、梅尧臣、王安石、"三苏"、司马光、张载、程颢、吕惠卿等,均为严正有识、直言不讳的饱读之士,于各种古籍旧书包括《战国策》了然于心。"自欧阳子出,天下争自濯磨,以通经学古为高,以

①姚宏:《题战国策》,见何建章注释:《战国策注释》,中华书局 1990 年版,第1363 页。
②黄丕烈:《战国策札记》,见何建章注释:《战国策注释》,中华书局 1990 年版,第 1359 页。

救时行道为贤,以犯颜纳说为忠"①,馆阁翰苑风气如此,他们势必关注和关心曾巩重校《战国策》工作,若曾巩作伪或于不慎之际揽入不应有的内容和文字,则不待外人识破,他们亦当及时点醒制止。当然,这都是假设,曾巩绝非作伪之人。故此,有议曾巩采《史记》《吕氏春秋》《韩非子》等入《战国策》者,除了吹瘢索垢、厚诬古人之外,便是好为议论、强做文章了。

对于崇文院所藏《战国策》之佚,另有一种解释,谓院中对于书籍外借和催还管理不严,至编《崇文总目》时仍未归还借出的册数,因此在《崇文总目》中记载存佚而在《新唐志》中按"三十二卷"之原册数来计。这种解释当然更有利于证明曾巩能轻易"复完"《战国策》,只需按借出之旧账访求并催还即可,但这种可能性较小,而且与《序》中所言"误谬"和"不可考者"不符。

四是曾巩对刘向的态度。

此与论题稍远而与《战国策》的评价有关,故略述之。

曾巩除重校《战国策》之外,刘向所编《新序》《说苑》亦得其整理。《说苑序》曰:"刘向所序《说苑》二十篇。《崇文总目》云:'今存者五篇,余皆亡。'臣从士大夫间得之者十有五篇,与旧为二十篇,正其脱谬,疑者阙之。"②其叙书籍阙失、访书和校勘诸事,语句结构和用语与《重校战国策序》类似。《新序》在隋、唐《志》著录为三十卷,到北宋已残缺不全,经过曾巩的搜集和整理,"今可见者十卷"③。今本《新序》《说苑》,均脉沿于曾巩所校理过的宋本。曾巩于刘向之书

---

① 苏轼撰,茅维编,孔凡礼点校:《苏轼文集》卷十,中华书局1986年版,第316页。
② 曾巩:《说苑序》,见刘向撰、向宗鲁校证:《说苑校证》,中华书局1987年版,第1页。以下引《说苑序》文,不再出注。
③ 永瑢、纪昀主编,周仁等整理:《四库全书总目提要》,海南出版社1999年版,第473页。

的整理实绩,历代无出其右,且经其订正过的本子,在复刘向本之旧方面,很少为后人评议,当得起"自负要似刘向"①的心愿。

选择整理刘向书,既为"编校史馆书籍臣"之分内事又是平素兴趣使然。曾巩少年慕学,喜模拟古作,多仿西汉文字,后世称其文最近刘向,亦以其长于序录也。尤其重要的是,曾巩与刘向一样,矢志于经学,服膺于儒者道义,故而趣途一致,但也略有分歧。在《重校战国策序》中,他结合对战国游士的分析,评议了刘向思想:

刘向《战国策书录》所阐述的义理主脉为"仁义之道"的流变,曾巩也围绕着对于"先王之道"的思考来展开讨论,"二帝三王之治,其变固殊,其法固异,而其为国家天下之意,本末先后未尝不同也"。而对战国游士,他认为,他们对"道"缺乏坚守而陷于游说之弊,"不知道之可信,而乐于说之易合","其为世之大祸明矣,而俗犹莫之悟也。惟先王之道,因时适变,法不同而考之无疵,用之无敝,故古之圣贤,未有以此而易彼也"。故此,他肯定"向叙此书,言周之先,明教化,修法度,所以大治。及其后,诈谋用而仁义之路塞,所以大乱。其说既美矣",而对于刘向"率以为此书,战国之谋士,度时君之所能行,不得不然"的观点,他评为"惑于流俗而不笃于自信者也",既表达了对于儒家之道的乐观和自信,同时也流露了对刘向观点的不满。

《战国策》之所以值得重校和重刊,曾巩认为"君子之禁邪说也,固将明其说于天下。使当世之人,皆知其说之不可从,然后以禁则齐;使后世之人,皆知其说之不可为,然后以戒则明。岂必灭其籍哉?放而绝之,莫善于是"。此外,认为此书具有历史文献价值,"至于此书之作,则上继春秋,下至秦、汉之起,二百四五十年之间,载其行事,固不得而废也"。

在《说苑序》中,针对书籍内容之博杂,曾巩对刘向的治学,提出

---

① 王震:《南丰先生文集序》,《曾巩集》附录,中华书局 1984 年版,第 810 页。

了批评。"夫学者之于道,非知其大略之难也,知其精微之际固难矣。"这一点,似乎有强人所难之嫌。余嘉锡说:"夫一书有一书之宗旨,向固儒者,其书亦儒家者流,但求其合乎儒术无悖于义理足矣,至于其中事迹皆采自古书,苟可以发明其意,虽有违失,固所不废。"①另外,儒家在"为己之学"与"为人之学"之间,推崇前者,曾巩也从这个角度论议了刘向学问:"向之学博矣,其著书及建言,尤欲有为于世,忘其枉己而为之者有矣,何其徇物者多而自为者少也?"也正是从这个角度,他尊扬雄而贬刘向,引发后世议论。

上述这些对刘向的评议,都是知其深、爱其烈、责之切的表现,在很大程度上,曾巩实为刘向的隔代知音和信徒。对于刘向之气节,同样在《说苑序》中,他谓"向数困于谗,而不改其操,与夫患失者异矣,可谓有志者也";对于刘向之天赋,他谓"以彼其志,能择其所学,以尽其精微,则其所至未可量也"。评价和期许之隆,与班固可为同调,"仲尼称'材难不其然与!'自孔子后,缀文之士众矣,唯孟轲、孙况、董仲舒、司马迁、刘向、扬雄。此数公者,皆博物洽闻,通达古今,其言有补于世"②,几与圣人同列。曾巩之倾尽心血校理包括《战国策》在内的刘向书,不为无因。

第三节　《燕丹子》与《战国策》《史记》"荆轲刺秦"事之关系

一、三者相同之处的分析

针对"荆轲刺秦"事,三书之间的全本比较对读,限于篇幅,我们

①余嘉锡:《四库提要辨证》,中华书局1980年版,第553—554页。
②班固撰,颜师古注:《汉书·楚元王传》,中华书局1962年版,第1972页。

置于第二章。在本节有关相同和相异之处的分析，只列梗概，不作充分展开。

严格区分三书的相同和相异，会带来简单化地解读文本的危险。事实上，除了个别的部分如《燕丹子》开篇"天佑"情节之外，它们之间呈现出同中有异、异中有同的复杂关系。因此，本节一、二部分所言之"相同"和"相异"，仅相对而言，不能过分穿凿。

（一）故事主体和主要人物基本相同

由于《燕丹子》的编作，其文献来源一部分是来自诸侯史记，有关这方面的情况我们在探讨成书问题时将作详尽分析。因此，在刺秦故事的主体部分，它与主要以汉代朝廷所征集的文献资料为依据而编校或编纂而成之《战国策》《史记》中的相应部分，存在着较多的相同或相近。然而，在它们所依据的文献资料中，编作于汉初的《燕丹子》或类似文本，辗转相抄，也可能在参考范围之内；或者，《燕丹子》的编作，除了战国诸侯史记之外，也参考与《战国策》《史记》所依据之在民间广泛流传的"源材料"。这两种可能性，孰是孰非，我们在本节第三部分加以进一步探讨。如若不然，那么，我们就很难解释三个文本主体部分的字、词、句方面相同或相近的现象，如三书共有之易水送别场景，关于送行者，《燕丹子》谓"太子与知谋者"，《战国策》《史记》则均曰"太子及宾客知其事者"。这个细节的提示非常重要，说明行刺计划自太子丹于逃归之后萌生，此后数年在燕国包括太子所居之燕下都，一直处于高度机密的状态，而对此的提示，三书均只一次，而且均出现于送别场景，并且从展示出来的例句来看，虽未完全相同，但相近度很高，均以"太子"起首，缀以"知谋者"或"宾客知其事者"，它们文字微别，而含义相同，均指太子客中极少数知情者。而之所以《战国策》《史记》要强调"宾客"的定语或范围，盖因两书前文部分没有涉及对太子客这一群体的叙写，而在《燕丹子》中，则于荆轲初入燕之时太子丹所设酒宴中，已有述及。类似于这些相同或相近之处,在三书中数量不少,除了"源材料"的相同相近或类似于《燕丹子》这样的文本曾为汉朝有关机构所收集之外,很难有其他解释。对于涉及字句相同或相近的情况,下面将不再提及。

关于故事主体,三书围绕着在战国末期惊天动地之大事即刺秦事件而展开。对此,《燕丹子》的主要情节由三个部分组成,即逃归、摹士、刺秦;而在《战国策》《史记》中,逃归情节虽然存在但被弱化,这一点我们放到相异处去分析;摹士情节,相同处在于均由太子丹问计于麹武①,而逐次引申出田光、荆轲,并将主要篇幅用于反映太子丹与荆轲互结知己关系以及荆轲在燕国的活动,不过,同中相异之处在于《燕丹子》对摹士各环节反映得更为详尽,借此所塑造的英雄人物也更为具体生动,这显然与《燕丹子》的主题有关;刺秦情节,相同处均有两个环节组成,即交结秦中庶子蒙②和廷刺秦王。同中之异较多,主要在于两个方面:《燕丹子》谓荆轲所投出之匕首"决秦王",指伤及秦王,而《战国策》《史记》则明言"不中";《燕丹子》有荆轲数落秦王、秦王"乞听琴声而死"的告饶以及姬人鼓琴传导暗语等情节,而《战国策》《史记》则均付之阙如。

由上观知,三书相关文本部分的故事主体,呈现出这样一种复杂关系:叙述线索和情节梗概,相同处多;但是,一旦深入到情节或细节层次,则相异处较多。

关于主要人物,三书均出现太子丹、荆轲、田光、麹武、樊於期、秦王诸人,他们的活动及其关系串起了各自故事的主要情节,而且,就个别人物如田光、麹武、樊於期,从形象的轮廓即粗线条来看,所呈现

①《燕丹子》为"麹武",《战国策》作"鞠武",《史记》则是"鞠武"。三者无实质性差异,或因传抄所致。仔细辨析见第二章相关部分。
②《燕丹子》为"蒙",《战国策》《史记》均作"蒙嘉"。古本《汉书》载邹阳《狱中上梁王书》,与《燕丹子》一致,作"蒙";颜师古注《汉书》,亦作"蒙",这或能说明一些问题。对此,第二、三章也有讨论。

出来的面貌也有相同之处。三书相异的地方在于，《燕丹子》还设置了一些比《战国策》《史记》多得多的次要人物和背景式人物。而在《战国策》《史记》中，次要人物中太子客有秦舞阳①而不见夏扶、宋意，但增以廷刺现场的秦侍医夏无且，背景式人物中也没有美人能琴者、鼓琴之姬人、屠者。次要人物或背景式人物的设置，是一种文学手法，他们便于映衬和刻画主要人物，同时能丰富情节和细节。《燕丹子》的文学意味比《战国策》《史记》更为强烈，部分地体现在人物设置上。

（二）题材和主题，多有接近

尽管三书体裁不一，在《隋书·经籍志》中，《燕丹子》位居史部"小说"类之首，而《战国策》居于"杂史"类，《史记》则居于"正史"类即纪传体之首，实际上也是此类史体的首创。在《隋志》编者看来，鉴于史料的可信与否，它们有不同的归类，但是，均为四部分类中的"史部"。当然，这仅是唐人的图书分类观念的体现，与后代侧重于文本特性而将小说视为文学体裁之一的观念，有着很大区别。然而，"小说"自史部独立出来并不等于小说没有历史类作品记事的特征，恰恰相反，叙述事件或曰讲述故事，一直是小说文体的重要特征。

就三书共有之叙述事件的特征而言，在其内容要素中，应均有"题材"要素。无论是文学题材还是历史题材，所谓题材，都是由素材转化而来的，是一种主客体的合成物。三书在题材方面，都以战国时期的刺秦故事为基本素材，这是它们的相同点。然而，《燕丹子》融合了一定成分的民间传说，进入到内容层面；有所区别的是，尽管太史公也了解并熟悉这些民间传说，但针对刺秦故事主体，他舍弃了这些来自民间的传说，并在"太史公曰"中予以指斥，不过，针对荆轲生平的叙写，相信在刺秦事件发生之前，没有一位诸侯史官会给一个无名

---

①《战国策》为"秦武阳"，《史记》作"秦舞阳"。

人物记载生平资料,故而,这部分材料应该是事件发生之后的民间传说,当然,它们可靠与否,太史公是作过判断的。《战国策》则出于刘向对朝廷所收藏之中书材料的编校,起码在其整理过程中,就素材而言,没有予以增添的成分,除非这些中书材料在被收藏之前,采撷自各方面的文献,包括之前已经编作而成的类似于《燕丹子》这样的文本材料。

　　对于这些素材,《燕丹子》的编作者经过主观改造和处理,在历史题材的基础上,开掘出谋略题材和英雄题材并结合对历史事件的叙述,予以充分表现;而《战国策》则基本上依据中书材料,"略以时次之;分别不以序者以相补,除复重"①,在将素材转化为题材过程中,立足于文献整理的立场,不作内容上的处理,以至于呈现出来的题材类型,是事件反映类的历史题材。但是,在他据以整理的中书材料,原本就有结合事件的反映,兼杂描写荆轲这一事件主角的倾向,以及叙述在行刺与合纵这两种方案之间的考量、国际形势的判断,故而,在《战国策》中的相应部分,也有英雄、谋略题材的成分;《史记》则将刺秦部分置于《刺客列传》中,并在内容层面,增添了荆轲入燕之前的生平资料,使得人物传记的意味更为浓郁。类似于荆轲这样的刺客,兼之又有"太史公曰"所谓"立意较然,不欺其志"的肯定性评价,后人一般以"英雄"视之。另外,因《战国策》《史记》基于相近的"源材料",故在反映谋略题材方面,也与《燕丹子》相同。所以,三书在表现历史、英雄和谋略题材方面,存在着共同性。当然,至于这几方面在各自篇章中的比重如何,则不属于在此讨论的范围。

　　就反映的主题而言,三书相当接近,均表现了太子丹和荆轲等人为了复个人之辱和燕国之仇甚且为了维护天下之公义而行刺秦王的

①刘向:《战国策序》,见何建章注释:《战国策注释》,中华书局1990年版,第1355页。

主题。《燕丹子》中针对太子丹所欲刺秦的动机,尽管强调了太子丹"质于秦"时所受的侮辱,但这绝非个人之辱,一是质子代表着国家使者的身份,二是作品借"天佑"情节表达了秦王"反戾天常"的暴行,故而,作品在表达主题方面,多有类似于"丹以社稷干长者""解燕国之耻""燕国见陵雪"等语句,指明复仇当有挽救燕国危亡的因素在内;更为明显的是,荆轲在廷刺现场,痛斥秦王所言之"足下负燕日久,贪暴海内",可见刺秦之动机,当是三层因素的结合,即太子丹个人之辱、燕国行将被灭、天下危亡。

《战国策》《史记》则于相关部分的开篇,分别言"见秦且灭六国,兵以临易水,恐其祸至""秦日出兵山东以伐齐、楚、三晋,稍蚕食诸侯,且至于燕,燕君臣皆恐祸之至",语句有差,但语意却同,均指明太子丹所组织之刺秦活动,针对的是秦祸所带给燕国和天下诸侯的灾难。这两层意思,再结合开篇首句之"燕太子丹质于秦,亡归""燕太子丹质秦亡归燕"所传达出来的欲复个人之辱的意思,则两书的主题也在于三方面因素的汇集。当然,《燕丹子》是文学作品,而文学作品与历史作品在内容层面的主要区别,在于前者较多地倾向于结合个人的遭遇和心理动机来展开故事和铺叙情节,故而,在表现太子丹欲复个人之辱这层主题因素方面,较之《战国策》《史记》用了更多的笔墨,但在表现为天下主持公道和正义方面,则比两书要明显,证据是点明田光、荆轲、樊於期甚至是太傅麹武均来自燕国之外,故而抗秦是一群天下之士所共同发起和组织的正义之举。而在《战国策》《史记》中,鞠武或鞫武、田光都是燕国人,荆轲则已久居燕国,可说是燕国的侨民。因此,即便在相同主题的表达方面,三书也未必全同。

(三)叙述方法及其所呈现出来的风格,大体相近

无论是小说还是史书,均为叙事作品,故而基本方法都是叙述。在叙述这个层面上,三书的相近处表现在如下几点:

1.叙述逻辑按照时间顺序来处理。三书主体部分均自太子丹逃

归作为叙述之起,时在公元前 232 年;《燕丹子》接下来的时间演进,
则通过人物活动,予以交代:田光居太子东宫"如是三月",荆轲居燕
"侍太子,三年于斯矣",再"居五月,太子恐轲悔",直至荆轲出发赴
秦,时在公元前 227 年。这条时间线索链,基本上与历史事件的真实
时间相吻合,而作品对情节的叙述,也是按照这条时间链来推进的。

　　《战国策》《史记》则通过两种方法来标示时间:一是展示国际形
势的变化,二是强调几个时间刻度。关于前者,太傅与太子丹两次商
议对策时,谈到"秦地遍天下,威胁韩、魏、赵氏""请西约三晋",此时
韩国尚未被灭,按诸历史时间,当在公元前 232—前 230 年之间;之后
太子丹向荆轲介绍秦军推进之急时,述及"今秦已虏韩王,尽纳其地。
又举兵南伐楚,北临赵;王翦将数十万之众距漳、邺,而李信出太原、
云中",对照史实,韩国灭亡在公元前 230 年,秦派诸将攻赵在次年;
后面讲到荆轲未有行意时,插叙当时的时局变化,"秦将王翦破赵,虏
赵王,尽收入其地",时已至赵国被灭之公元前 228 年。关于后者,在
太子丹与太傅两次谈话中间的樊於期入燕之前,加进了一个时间提
示语"居之有间"(按:《史记》为"居顷之");在太子丹与荆轲第一、
二次谈话中间,插入时间提示语"久之",在第二、三次谈话中间同样
标"久之",再在荆轲出发前,强调"顷之"。以上两种时间标示方法,
说明《战国策》《史记》对时间进程的异乎寻常的关注,它们的史书性
质要强于《燕丹子》,尽管《燕丹子》的时间线索也是清楚的,其进程
大致与历史时间相接近,具有历史小说的基本品格。

　　2. 在空间范围处理上,也存在着一致性。三书所反映内容的空
间范围,基本上以燕国为主,行刺部分则由燕国边境易水河畔进入到
秦国,这也是《战国策》《史记》事件发生的全部空间范围。

　　相形之下,《燕丹子》的空间范围,则于上述两个范围之外,存在
着变化,也给叙述增添了复杂性和丰富度。这表现在几处:太子丹逃
归情节发生之秦国以及秦国边境;田光远程奔赴而见荆轲之卫国故

地;荆轲所述之"出卫都,望燕路,历险不以为勤,望远不以为遐"的燕国之外的行程所经;荆轲刺秦之途所经过的赵地阳翟。这些空间的存在与变化,增加了作品的叙述趣味,使得一味以时间线索来推进的情节发展,呈现出一种立体化的存在。这种与《战国策》《史记》的相异之处,显然与《燕丹子》的小说性质有关。《燕丹子》空间变化的多彩多姿,还表现在有关燕国范围内的多处场景的描写,如东宫、"华阳之台"和"易水之上"等等。

3.风格特征同中有异。由于三书情节梗概和主要人物基本相同,兼之故事来源之历史事件本身具有壮烈而慷慨的情感特征,因此,它们在文本风格方面,呈现出以相同性为主、相异性为辅的特点。

《燕丹子》的风格特点,融壮怀激烈和沉郁悲慨于一体。这一特点,既表现于情节和细节的叙写,也体现于人物形象塑造,更发散于长短交错、骈散结合的语言之中。相较于《战国策》《史记》的急促而平直的叙述节奏,《燕丹子》叙述节奏方面的快慢、强弱处理得当,驾驭有度,这主要体现在注重对场景的描写。

《战国策》《史记》也描写了一些场景,如田光见荆轲、荆轲见樊於期、易水送别、秦廷行刺以及太子丹及太傅和荆轲之间的几次对话。然而,上述场景中,除了前面三个之外,其他均重在表现事件或故事的变化,笔墨趣味在反映而不在表现。如三书共有之秦廷行刺场景,《战国策》《史记》分别写了秦王见使者、武阳(舞阳)色变、荆轲回护、图穷匕首见、秦王惊起、荆轲逐秦王、群臣惊愕而以手共搏、夏无且以药囊提轲、秦王废荆轲、荆轲掷匕首并笑骂秦王、群臣斩荆轲、秦王论功行赏等过程,如风车旋转,令人目眩,而阅读者的注意力却被分散四处。此一场景描写,古人多有称好者,但以叙述学角度而言,却抓不住主次。其中,更有秦廷之上不得佩带兵器的一段制度规定的补叙,于史实提供虽为紧要,但对于叙述而言却是一种伤害。相反,《燕丹子》则以虚实结合、详略错杂的方法,将场景描写的焦点集中于荆轲之大义凛然和秦王之怯懦阴诈,印象深刻,过目难忘,并且很好地渲染出悲壮激越的风格特征。像这样能够有效地凸显风格特征的场景描写,在《燕丹子》中则相对较多,表明编作者有着明确的文学意识。再如荆轲入燕之初的太子丹所设置的酒宴场景,通过夏扶问难、荆轲答难,体现出荆轲的远大志向和卓绝才华,塑造出一个慷慨激昂而又胸怀天下仁义的志士形象,从而给作品营造出壮丽的风格特征。

《战国策》《史记》始终保持着一种快节奏叙述的语势,即使在停顿叙述的场景描写中,也重在说事比如研判国际大势和勾勒场景变化,相对忽视了对人物和情感的表现,致使其风格特征深隐其中,缺少变化。值得一提的是,易水送别场景,则有口皆碑,千古传颂,主要是其写法摆脱了"物累"而专注于人、情这两端的表现。而这种写法,却是文学的而非史学的;《燕丹子》中的这一场景,同样写得情感饱满。如果《战国策·燕太子丹质于秦》《史记·荆轲传》没有此段场景描写,即使秦廷行刺场景如何富有传奇性,也很有可能将会淹没于其他篇章之中而不会显出其"杰作"地位。从这一角度而言,史实提供了文本的骨肉,而文学则给文本输入了血液和生气。

二、三者相异之处的分析

如同前面所探讨的情况一样,三书呈现出同异交杂的现象,绝对区分相同或相异之处,难免会有刻舟求剑之嫌。故此,下面对相异之处的分析,也仅仅是针对相异之处大于相同之处而言。

(一)在对太子丹和荆轲两位主要人物的塑造方面,差异性较大

太子丹形象的特征,《燕丹子》所体现出来的有这样几个方面:

1.临危赴难,勇敢而坚定。他之复仇于秦王秦国,不随劝阻而改变初衷,不因困难而消极退却,显示了一种难能可贵的以国家安危、天下兴亡为己任的担当和勇气。尽管对其行刺动机,后人尤其是格外关注专制统治稳定的部分学者,多有非难,几近污蔑地认为其纯出于复个人之辱。但实际上,篇中数次提示我们,其组织行刺的目的在于个人、燕国、天下三者因素的结合。尽管由于小说叙述会更多地以个人遭遇为情感和故事的生发点,但是,结合作品所述之全部以及历史真实情况,我们对其行刺动机仍可给出正确的解释和理解。

2. 礼贤下士,厚养勇士。在小说中,这固然有吸纳民间有关战国四公子之事迹加以改造和融化的成分以及编作者出于汉初游士环境之现实需要而加以充分表现的考虑,但是,太子丹这方面的形象特征还是基本可靠的,可能在当时历史真实背景下,他实际所做的,更胜出篇中所言之许多。小说只是艺术化地通过他对鞠武、田光、荆轲尤其是后者的厚养情节,反映了这方面情况,而对他冒着巨大风险和来自秦王的死亡威胁收留款待樊於期之详细情况,几乎不置一词。但是,实际上,作为后代读者,我们可以想见这其间太子丹之真情付出。篇中对于他对待士子的态度,有一逐步变化发展的过程并作专门描述。作为一国之王储和贵公子,尽管理性上会认识到人才之于燕国及其胸中计划的重要性,但是,真正要与士子达成打破阶层隔阂的知己关系,确实需要一个艰难的磨合过程。

3. 既有谋略,又有仁心和真情。后人时常议论,太子丹之结交游士,目的是为收买和利用。无论真实情况如何,在《燕丹子》中,我们看到了他于精心募士之外,对于士子的一片仁心和真情,篇中对此也有详细刻画和描写。我们注意到,小说在秦廷行刺情节发生之前,已然反映了田光、樊於期、夏扶之死。尽管此三士之“吞舌而死”、扼腕执刀“自刭”和“当车前刎颈以送”或有来自其他因素的考虑,但是,若无太子丹对待他们的仁心、真情及其所策划活动之正当和大义,必不会效忠而赴死。这些死士之壮烈,适足于说明行刺大举当为天下之士的共同心愿以及太子丹对士子们的恩义之重。

与《燕丹子》中所表现出来的太子丹上述三方面特征有所差异的

是,《战国策》《史记》所展现出来的太子丹形象,面貌要模糊得多,甚且有相异之处。两书在表现他与荆轲关系时,均出现了这样一段几乎相同的文字:

> 久之,荆轲曰:"此国之大事,臣驽下,恐不足任使。"太子前顿首,固请无让(按:《史记》为"毋让"),然后许诺。于是尊荆轲(按:《史记》为"荆卿")为上卿,舍上舍,太子日日造问(按:《史记》为"日造门下"),供太牢(按:《史记》为"供太牢具"),异物间进,车骑美女恣荆轲所欲,以顺适其意。……太子丹恐惧,乃请荆卿(按:《史记》为"荆轲")曰:"秦兵旦暮渡易水,则虽欲长侍足下,岂可得哉?"①

这一段,两书反映了荆轲对刺士之任的拒绝和勉强、太子丹对荆轲之收买和施加压力。这些情况,不可能来自诸侯史记,并且与《燕丹子》中所表现出来的形象特征,大相径庭。其中之"供太牢,异物间进,车骑美女恣荆轲所欲",在源材料中有可能化用自《燕丹子》之相关情节,但是,在小说中用于反映两人互相考验以结知己之交以及描写荆轲豪情远志的情节,在两书中却沦落为丑化两人关系的细节,有损于荆轲的英雄气质、太子丹的君主风范和刺秦的历史正当性。

　　再来看三书之荆轲形象特征。在《燕丹子》中,荆轲入燕便已先存仁义治国、反抗暴政、心系天下的形象基础,这在所言之"将令燕继召公之迹,追甘棠之化。高欲令四三王,下欲令六五霸"中有所体现。随着情节的发展,逐渐与太子丹发展出互为知己的良好关系,最后主动请缨,承担起刺秦大任。对此,篇中有荆轲之言"今天下强国,莫强于秦。今太子力不能威诸侯,诸侯未肯为太子用也。太子率燕国之

---

① 何建章注释:《战国策注释》,中华书局 1990 年版,第 1192 页。

众而当之,犹使羊将狼,使狼追虎耳""闻烈士之节,死有重于太山,有轻于鸿毛者,但问用之所在耳"表现了这种情形。在《燕丹子》中,荆轲的形象特征体现在三个方面:策士所具有的谋略之才、壮士所具有的赴难天下的心志、游士所具有的以信义处世的立场。

在《战国策》《史记》中,于荆轲的谋略之才,几乎没有什么表现;抗击强秦、维护天下的公道正义之态,也被弱化成经收买和几次催促之后的勉强之举;以信义交人、以信义托命的特征,虽有但很稀薄。这一荆轲形象,与高歌"风萧萧兮易水寒,壮士一去兮不复还"的壮士形象,几乎截然两分。若无在此对荆轲的描写,则两书中的荆轲形象,远逊于田光和樊於期形象。从对三书文本的解读中,我们认为,易水送别场景,无论从荆轲形象的统一性、场景描写的前后对应关系还是从语言风格所饱含的情感性来看,置于《燕丹子》中,则浑然而融为一体;而置于《战国策》《史记》中,则荆轲形象前后割裂,叙述和语言风格与全篇大不类。由于《燕丹子》场景描写的出色,包括田光见荆轲、太子丹欢迎荆轲之酒宴、荆轲见樊於期和这里所议论之易水送别,故而自作品编作之后,便流传开来,而为各种文献相继袭用以至于流进朝廷所征集的文献资料之中。当然,在此仅为初步推测。

(二)针对刺秦计划,三书说法不一

刺秦计划如何形成、详情到底如何、具体有哪些步骤,随着其时少数几位当事人的牺牲以及燕国被灭,这些真实的具体情况绝无可能流传于后。当时诸国史官所记,仅为梗概而已。

无论是《燕丹子》所言,还是《战国策》《史记》所示,均出于以最终结局来逆推的结果。这些通过逆推而产生的形形色色各种说法,在事发之初的战国末年被短暂地热议,但随着秦一统天下而迅速冷却和中断。而在秦朝被推翻之际或之后,因为刺秦故事本身正与当时抗秦的时代大背景相合,故而势必成为全天下再度复议的中心话题。于此演绎出来的各种说法,有的载于文人文本,有的化为民间传说而被记录下来，它们中的相当部分，被征集进宫内或政府部门，成为中书或外书，继而成为太史公编纂《史记》、刘向编校《战国策》的基础。

汉时如何征集文献资料，对此我们已不知详情。是逢纸必收、遇字辄录还是有所拣选？这个问题其实很重要。按诸《荆轲传》"太史公曰"中的"世言"如何、"又言"如何，以及刘向《战国策书录》所言之"中书余卷，错乱相糅莒""除复重""本字多误脱为半字"等等，我们认为，拣选之关可能不存在，当时对于征集之初的文献资料没有经过挑选、删汰和验证真伪的步骤。逢纸或遇字必收，倒有可能是真实的情况。或许，今人所谓之战国史料，除了少数诸侯国史记之外，大量的便是以上所说的文人文本和民间传说这两类。

具体涉及行刺计划，《燕丹子》经历了一个太子丹初萌、麹武反驳、田光折中、荆轲提出计划和方案的过程。对此，篇中有言："秦贪我略，而信我辞，则一剑之任，可当百万之师"，此为太子丹之初念；"太子贵匹夫之勇，信一剑之任，而欲望功，臣以为疏"，这是麹武的反对意见；"欲为太子良谋，则太子不能""太子欲图事，非此人莫可"，田光之意当非为行刺，或与麹武接近，但猜度太子丹所持之行刺念头，遂提出执行人选；"今天下强国，莫强于秦。今太子力不能威诸侯，诸侯未肯为太子用也。太子率燕国之众而当之，犹使羊将狼，使狼追虎耳""樊於期得罪于秦，秦求之急。又督亢之地，秦所贪也。今得樊於期首、督亢地图，则事可成也"，以上两句是荆轲所言，前者提出无论是施行合纵还是正面抗秦，鉴于当时的局势和燕国国力，均非良策，只有采取行刺计划，方得奏效，为此，必须保证能够近距离见到秦王，而樊於期首、督亢地图为秦王之所欲，以此为出使秦国之信物，能保证见到秦王从而实施行刺。荆轲居燕三年，得出行刺的具体计划和步骤。太子丹之初衷，篇中只对麹武道及，一直秘而未宣，田光和荆轲触及此念，盖源于两人的深思熟虑。他们尤其是荆轲所言，证实并丰富了太子丹的行刺愿望。

在《战国策》《史记》中,行刺之计和方案的形成也经历了一个过程:先有太子丹亡归后的报仇之念,请太傅出策;随着樊於期入燕,秦燕关系将随之趋于紧张,太傅提议合纵,太子丹否定,原因是"旷日弥久,心惛然,恐不能须臾";太傅计划被否决之后,《史记》中有对太子丹痛加斥责之语,可能太史公之公共立场,也不站在行刺一端,而《战国策》则无此段。按诸"不顾国家之大害"云云之语气,当非合于太傅身份之语;太傅引荐田光,田光知晓太子丹心意后,引荐荆轲并自杀以激轲;最后,则是太子丹与荆轲之交谈,显示计划的形成。篇中曰:

> 赵不能支秦,必入臣,入臣则祸至燕。燕小弱,数困于兵,今计举国不足以当秦。诸侯服秦,莫敢合从。丹之私计,愚以为诚得天下之勇士,使于秦,窥以重利;秦王贪其贽,必得所愿矣(按:《史记》为"秦王贪,其势必得所愿矣")。诚得劫秦王,使悉反诸侯之侵地,若曹沫之与齐桓公,则大善矣;则不可,因而刺杀之。彼大将擅兵于外,而内有大乱(按:《史记》无"大"字),则君臣相疑。以其间诸侯,诸侯得合从(按:《史记》为"以其间诸侯得合从"),其偿破秦必矣(按:《史记》无"偿"字)。此丹之上愿,而不知所以委命(按:《史记》无"以"字),唯荆卿留意焉。①

在此有几层意思:1.秦相继灭韩、赵,兵火即将祸及燕;2.燕国无法正面挡敌;3.诸侯惧秦而不敢合纵;4.若能得勇士,则带厚礼入秦,秦王必见,趁势劫持秦王使其返还侵占各国的土地,此为上策;5.若秦王不服从,则刺杀之;6.秦王被刺后,军队和朝廷必定生变,各国可合纵

①何建章注释:《战国策注释》,中华书局1990年版,第1192页。

破秦;7.目前暂无入秦之人选,盼荆轲来承担。

　　细按其意,太子丹并未绝对排斥合纵,此与《燕丹子》中太子丹和荆轲的想法一致,至于待行刺后再谋合纵,此与《燕丹子》相异;对于入秦后如何处置秦王,《燕丹子》有挟持秦王入燕、不成则行刺的两种方案,与《战国策》《史记》异中有同;三书最根本的差异在于荆轲对行刺计划的态度。在《燕丹子》中,荆轲向太子丹否决正面挡敌和合纵的可能性,并进而提出入秦想法以及实施的方案,从而与太子丹达成一致,同时荆轲勇于牺牲自我,承担天下大任。我们认为,由荆轲提出方案并自任,这对其形象塑造和主题确立,起到了关键作用。相形之下,《战国策》《史记》依据中书材料所编入的后人想法,实有损于太子丹形象。

　　谴责太子丹速祸于燕国,在历史上其来有自。最早的文献可能出自燕国史官,"二十九年,秦攻拔我蓟,燕王亡,徙居辽东,斩丹以献秦"①,这里用"我"字,显见所用材料是燕国史记。燕国史记在首都蓟城失守而徙居辽东之后,仍在继续记载。太史公将此材料编入《史记》时,对"我"字不遑修正。至于燕王喜何故杀丹献秦,太史公在《荆轲传》中则给出了具体解释:"秦王大怒,益发兵诣赵,诏王翦军以伐燕。十月而拔蓟城。燕王喜、太子丹等尽率其精兵东保于辽东。秦将李信追击燕王急,代王嘉乃遗燕王喜书曰:'秦所以尤追燕急者,以太子丹故也。今王诚杀丹献之秦王,秦王必解,而社稷幸得血食。'其后李信追丹,丹匿衍水中,燕王乃使使斩太子丹,欲献之秦。"②在此,太史公指出,"速祸燕国论"的始作俑者为避难于燕国的赵代王嘉,并且太子丹被燕王喜斩于辽东。

　　当然,这里所记是否正确,还可存疑。《史记·六国年表》载"秦

---

① 司马迁:《史记·燕召公世家》,中华书局 1982 年版,第 1561 页。
② 司马迁:《史记·刺客列传》,中华书局 1982 年版,第 2536 页。

拔我蓟,得太子丹。王徙辽东"①;《秦始皇本纪》曰"二十一年,王贲
攻荆。乃益发卒诣王翦军,遂破燕太子军,取燕蓟城,得太子丹之首。
燕王东收辽东而王之"②。这两条所指,太子丹当死于蓟城保卫战,
"速祸燕国论"没有在其生前出现。

以上两种不同记载,太史公难以判断真伪,故而两存。

谴责太子丹的文献,第二种则来自秦王初定天下后的御令:"燕
王昏乱,其太子丹乃阴令荆轲为贼,兵吏诛,灭其国。"③这一文献,来
自秦朝史官所载。

之后,一直到汉代中期之前的文人记载中,均有谴责太子丹、非议
刺秦正当性的言论。估计在沸反盈天的非议太子丹的议论声浪中,有
些记载则被收藏于中书或外书,成为《战国策》《史记》围绕着行刺计划
的形成而立说的基础。当然,两书立说应该有着相同或相近的文献依据。

(三)某些重要情节或细节的不一致

《燕丹子》在编作之时,为了表达抗秦主题、塑造太子丹和以荆轲
为代表的诸士形象,采用或虚构了一些重要情节或细节,而这些,往
往为《战国策》《史记》所不取或改造。下面,按照《燕丹子》篇中所叙
的顺序,对这些具有表现力的情节或细节作些归纳:

1."天佑"情节,主要有乌白头、马生角、机发之桥不发、众鸡皆鸣
这四个细节组成,其作用有三:一是说明秦王的无道和阴诈;二是以
此为象征,揭示太子丹在秦国为质时所受到的"无礼"和伤害;三是这
些异象事类的出现,说明天佑太子丹而谴责秦王,为太子丹逃归后的
复仇之举,支撑起来自天意方面的理由,故而后文太子丹谓"秦王反
戾天常,虎狼其行"。这四个细节,或采自民间传说,这在《史记》"太

---

①司马迁:《史记·六国年表》,中华书局 1982 年版,第 756 页。
②司马迁:《史记·秦始皇本纪》,中华书局 1982 年版,第 233 页。
③司马迁:《史记·秦始皇本纪》,中华书局 1982 年版,第 235—236 页。

史公曰"和后代王充《论衡》、应劭《风俗通义》中也有提及；或提取战国"四公子"的传说材料加以改编而成。

2. 田光论太子客，"窃观太子客，无可用者。夏扶，血勇之人，怒而面赤；宋意，脉勇之人，怒而面青；武阳，骨勇之人，怒而面白。光所知荆轲，神勇之人，怒而色不变。为人博闻强记，体烈骨壮，不拘小节，欲立大功。尝家于卫，脱贤士大夫之急十有余人，其余庸庸不可称。太子欲图事，非此人莫可"。上述议论的作用有三：一是在比较中凸显荆轲的性格特征；二是表明田光作为策士之识人鉴人的才能；三是为后文夏扶、宋意和武阳的出场及表现作铺垫；四是说明抗秦并非纯出自太子丹个体之念和行为，而是包括了太子客以及麹武、田光、荆轲、樊於期诸士的集体意志和共同行为，他们是天下士人的象征。

3. 荆轲入燕之初太子丹所设的欢迎酒宴，通过夏扶的两次问难和荆轲的前后回应，起到了四个作用：一是反映荆轲的义士和策士形象。作为义士，荆轲有仁心，希望帮助太子丹建立起"继召公之迹，追甘棠之化"的仁义之国、为民之国；作为策士，荆轲为燕国的强大和发展提供了远大目标，"高欲令四三王，下欲令六五霸"。二是表现了荆轲对于自己的人生定位，即"士有超世之行者"和"千里马"。三是隐含了荆轲对于太子丹能够识人、成为伯乐的希望。四是反映了荆轲的口才和酒量，这当是战国游士的共性。

4. 太子丹厚养荆轲的情节，主要由"黄金投龟①，千里马肝，姬人好手"这三个细节所构成，此外还有"太子常与轲同案而食，同床而寝"。作用有三：一是太子丹为与荆轲达成知己关系而在所不惜；二

---

① 关于"龟"或"蛙"，目前所见各本不一。程毅中整理本据《永乐大典》本而取"龟"，清代孙星衍整理的平津馆本以及据其而出的《四部备要》本、《丛书集成初编》本均为"蛙"。前人相关摘引和论述，亦未尽统一。为此，本书针对有出处的则按出处，没有出处的则按程本取"龟"字。

是塑造荆轲视金钱、宝物、美女如无物的义士和英雄形象;三是说明在行刺之前的三年时间里,荆轲与太子丹为互结可以托付生命与大业的知己关系,所经历的相互观察和考验的过程。这些细节有可能来自民间的相关传说,《战国策》《史记》所据材料也有梗概,但意思全然颠倒,将两人关系降到收买与被收买的关系。

5. 易水送别之际,"夏扶当车前刎颈以送"。夏扶自杀的意义,如同田光"吞舌而死"一样,既是为了激励荆轲和作为荆轲助手的武阳,也是表明自己在抗秦大业中所确立的死志及对太子丹的忠诚。另外,从文本风格的营造来看,也使得壮怀激烈复又沉郁悲慨的送别场面,显得更为悲壮。

6. 买肉细节,"二子行过阳翟,轲买肉争轻重,屠者辱之。武阳欲击,轲止之"。主要目的在于预写武阳之匹夫之勇,为其秦廷之上的变态失色埋下伏线;同时,在比较中进一步强化荆轲沉稳而专注于大事的性格特征;此外,在前有易水送别后有秦廷行刺这两个激烈场景中间,插入此一类似于"闲笔"的细节,能够起到缓和叙述强度的效果,使作品更显张弛有度。

7. 刺伤秦王,"轲拔匕首擿之,决秦王,刀入铜柱,火出"。这一细节,当选择自民间传说,它反映了编作者和其时其后天下百姓的共同愿望,非为历史客观之真实,但具有情理所需之艺术真实性。对此,"太史公曰"竭力予以否定,作为历史学家固然有其自身道理。

上述出现在《燕丹子》中并被予以重点表现的情节细节,往往以场景描写的手法出之。这些场景描写,放慢了叙述节奏,调节了节奏力度,较好地表现了作品的思想、主题和形象特征。它们大多不见于《战国策》《史记》,这与上述情节细节所具有的文学化、民间性和虚构性色彩有关。

《战国策》《史记》有三方面内容,与《燕丹子》有所差异:一是对于当时燕国所处国际环境和秦军战况的介绍,这方面的笔墨相当多,在太子丹与"鞠武"或"鞫武"、荆轲交谈之际,均有所强调。《燕丹子》这部分内容也有，但笔墨要克制和收敛得多。二是所重点描写的徐夫人匕首之细节，不见于《燕丹子》。三是对秦廷行刺的描写和刻画，显得更为质实，可能这部分有秦国史官留下来的文献记录，但是，从文学性角度而言，显然逊色于《燕丹子》。

三、《战国纵横家书》的启示

《燕丹子》与《战国策·燕太子丹质于秦》《史记·荆轲传》之同异现象，晓示我们这三书之间并不存在着彼此互为因袭的关系，古今论者所谓"因仍""割取""充入""增益"乃至"抄袭"等观点，不为无因，但猜测成分居多。马王堆帛书《战国纵横家书》的发现和整理，类似文本所代表的战国文献的丰富度展现在世人面前，为我们思考三者关系提供了新的证据和视角。

《战国纵横家书》是长沙马王堆汉墓三号所出帛书中的一部分，11000多字，书名与篇章名均为整理者所加①。埋藏时间在文帝初元十二年（前168）；抄写时间由避"邦"字讳可推断为前195年左右；编作时间则更早。关于其书性质、价值、时序、主名等问题，学界争议较大。限于论题，在此讨论三个方面的问题：

（一）关于抄写问题

关于此书与抄写方面有关的情况，最新的编纂者有如下说明：

本帛书宽约23厘米，长约192厘米，文字共计325行。全书主要用三种书风明显不同的笔迹抄写（第一种笔迹从第1行

①对于书名和篇章名，从帛书甫一整理发表至今，学界一直有不同意见，相关讨论文章如诸祖耿《关于马王堆汉墓帛书类似〈战国策〉部分的名称问题》〔《南京师大学报》（社会科学版）1978年第4期〕、裴登峰《〈战国纵横家书〉〈战国策〉文相关辞主问题考论》（《文献》2013年第6期）等。

抄到第 235 行第 9 字以前，第三种笔迹主要抄写的是第 27 章；
其余部分用第二种笔迹抄写），每行抄写三四十字不等。帛书首
尾基本完整，最后留有余帛。

……原帛折叠状态是对折三次，然后三折，叠为二十四层，出土
时已断裂为二十四片。

……全书可分 27 章，章与章之间用小圆点隔开，不提行。
27 章中见于《史记》《战国策》著录的有 11 章，此外 16 章为佚
书。全书大致由三个部分汇集在一起。第一部分为第一章至第
十四章，除第十三章外，都和苏秦直接有关，只有第五章见于《史
记》和《战国策》；第四章的一部分见于《战国策》，但脱误很多。
第二部分为第十五章至第十九章，应有另一个来源，其中仅第十
七章不见于《战国策》。这五章的每一章后都记有字数，最后还
记有总字数。第三部分为第二十至二十七章，其中第二十五、二
十六和二十七章不见于传世文献。①

此处所言之"第 235 行第 9 字以前"，依整理者所标注的每章所在行
数来判断，可定为第二十二章以前。帛书有三位抄写者，字体为古
隶，但风格不一，他们分别抄写开头 22 章、中间 4 章、最后 1 章。全
书抄写于连续性长帛，最后折叠成 24 层，可见以"篇"对应竹简木牍、
以"卷"对应缣帛的观点难以成立，而在这个观点基础上所引申出来
的以"篇""卷"为简策、帛书的计量单位词的结论，也经不起推敲。
全书所分三部分，并非由书风和内容而定，而是根据中间 5 章均于章
末所记之字数以及 5 章之末所记之总字数来划分，之前的 14 章为第
一部分，之后的 8 章为第三部分，中间的 5 章则为第二部分，总计 2/

---

① 裘锡圭主编，湖南省博物馆、复旦大学出土文献与古文字研究中心编纂：《长
沙马王堆汉墓简帛集成》（第三册），中华书局 2014 年版，第 201 页。

章。这三部分各有来源,是从三份不同的材料中抄录下来的。第一部分抄写中出现错简,从这情况看,起码第一部分的原本为竹简书。三号汉墓总计出土 20 多种帛书,计 12 万多字数,属于诸侯王一级的大墓,墓葬主人轪侯利仓的经济实力和学术爱好可见一斑。

古籍的抄写,影响到古籍成书问题,余嘉锡先生《古书通例》总结了一些原则性意见,很有价值,但缺少从古人抄写层面论及对古书的影响①。故此,我们不妨以此论议古籍的抄写现象,以便于在对《燕丹子》与《战国策》《史记》作文本比对之时多一个比较的角度。为使行文流畅,下面或以"帛书"指称《战国纵横家书》。

一是文字方面,因抄写不当而出现的问题有三:

1. 文字增多,表现为多字、衍字、重出。例如:

帛书第十一章:"臣已好处于齐,齐王终臣之身不谋燕燕。"②误多一"燕"字。

第十二章:"臣以为不利于足不下。"误多一"不"字。

第十二章:"攻秦,寡人之上计,讲,最寡人之太下也。""最"字疑因与"寡"字形近而衍。

第二十四章:"夫轻绝强秦而强〔信〕楚之谋臣,王必悔之。"后之"强"字当是误衍,抄写者出现误衍的心理与前一"强"字有关,正字应为"信"。

第二十四章:"是我困秦、韩之兵,免楚国楚国之患也。"俩"楚国",误重出。

第二十六章:"臣请为将军言秦之可可破之理,愿将军察听之

①余先生只在《绪论》中谈及"古书皆不免阙佚"时提过一句:"盖传写之际,钞胥畏其烦难,则意为删并;校刻之时,手民恣其颠顶,则妄为刊落。"见余嘉锡:《古书通例》,上海古籍出版社 1985 年版,第 5 页。

②马王堆汉墓帛书整理小组编:《马王堆汉墓帛书 战国纵横家书》,文物出版社 1976 年版,第 35 页。因引文较多,下面引用该书正文之例,不再一一出注。

［也］。"俩"可",误重出。

2. 文字缺少,表现为脱字、缺字。例如:

第十二章:"今王弃三晋而收秦、返虿也。"根据之前的文意,后半句前疑脱"弃彗而"三字。

第十五章:"今又走孟卯,入北宅,此非敢梁也。""敢"字下疑缺"攻"字。

3. 文字错误,表现为错字、误倒。例如:

第十二章:"韦非以梁王之命,欲以平陵贻薛,以陶封君。""陵"为错字,正字应为"陆"。平陆在宋地,与薛公封地相近,符合文意。"陵"字与"陆"字,古书多乱。

第十四章:"夏后坚欲为先薛公得平陵,愿王之勿听也。"除了"陵"应为"陆"之外,"为先"俩字疑误倒,应作"先为"。

第十七章:"一死生于赵,毁齐,不敢怨魏。""毁齐"两字疑误倒,应作"齐毁"。

以上文字方面的错误主要出现在 7 章之中;前 10 章、中间第十八至二十三章计 6 章,整体无错。

二是句子方面,出现脱落现象,判断标准为《战国策》《史记》之文,例如:

第二十章:"夫以宋加之淮北,强万乘之国也,而齐兼之,是益齐也。"在"夫以宋"之前疑有脱落,《战国策·燕策一》多 80 余字,《史记·苏秦列传》多 50 余字。

第二十一章:"臣闻甘露降,时雨至,禾谷丰盈,众人喜之,贤君恶之。""臣闻"下疑有脱落,《战国策·赵策一》和《史记·赵世家》并多 30 余字。

第二十一章:"恐天下之疑己,故出质以为信。"此句前后疑有脱落,《战国策·赵策一》和《史记·赵世家》或前或后都有征兵于韩事。

第二十三章:"乃谓魏王曰。"此下疑有脱略,《战国策》中《楚策四》《韩策一》均有相同内容。

第二十四章："因兴师言救韩,此必陈轸之谋也。"此下疑有脱略,《战国策·韩策一》《史记·韩世家》并多16字(文字上有微细差异)。

句子脱落现象,既可能出自抄写时的无意脱简,也可能来自编简时的删落。如果是后一方面的原因,则是由编作者造成的而不是抄写者的责任。为此,我们上举五例,已排除了两种情况:一是有明显脱落但核以章末所记字数无差者;二是《战国策》《史记》文有一显示为脱落而另一与帛文相同者。事实上,如果附上被排除了的这两种情况,帛书的脱落更为严重。

三是涉及句子和篇章方面,出现错简现象。这出现在第十一、十二章,唐兰先生介绍说:"第98行'而功'下脱96字,前49字误入95行'恶燕者'下,后47字误入101行'寡人'下。说明原本写在竹简上,每简约23至25字。后来编简的绳子断了,有四条错简,两简误在前,两简误在后,编此书的人没有发现,照抄下来了。"①核以全书,由于错简而形成的抄写错误,唯此四简。

从上述三个方面可以看出,抄写影响到古书的质量和面貌,也影响到后人的释读。成书年代越早的古籍,其传写时间也越久,出现错误的几率也越高,给我们判断古书关系、鉴别古书真伪带来不少困惑。甚至,抄写者遇到看不懂或难理解的古字而径以别字来替代,如此,若我们简单地从文字史或词汇史的角度来认定古书的成书年代,则容易发生错误。

(二)关于底本编作问题

《战国纵横家书》的底本是独立的三本书,尽管它们内容互有联

①唐兰:《司马迁所没有见过的珍贵史料——长沙马王堆帛书〈战国纵横家书〉》,见马王堆汉墓帛书整理小组编:《马王堆汉墓帛书　战国纵横家书》,文物出版社1976年版,第124页。

系。因此，我们讨论它们的编作问题，有可能只是涉及这三本书中的某一二本而并非全部。如果能涉及全部三本书，则是我们的幸运。之所以用"编作"而不是其他的用语，是想涵盖"创作"和"编纂"这两个方面。因为从具体篇章来看，这两个方面的因素都存在，难以区分。此外，在此讨论的现象或问题，有可能并非针对《战国纵横家书》的直接底本，而会涉及其祖本。

从帛书现有的面貌里，存在着几点与底本编作有关系的现象：

一是前面所讲到过的，对源材料作过编纂处理，表现在脱简上，如：

第十九章："诚为邻世世无患。"按《战国策·秦策》文，"诚"字下疑脱一简，19 字。从章末所记字数来看，抄写时底本已脱漏了，是为编作者之因。

在这里，我们不是一味地认定《战国策·秦策》无错，更直接的理由在于帛书该句子不通。至于该篇甚至这一部分——也就是三本书中的第二本书——与《战国策》之间的关系，我们下面再议。这条脱简，至少说明了这第二本书的编作者主要的身份是编纂者而不是创作者，他所依据的源材料接近于"战国策"材料，尽管有可能不是在宫廷秘藏中而是散在内廷之外。

二是年份和地点的记载不很准确，编作者的身份可能不是出于诸侯史官，如：

第八章："薛公相齐也，伐楚九岁。"这里的"九"，疑为"五"。《战国策·燕策一》"苏秦死"章，记齐攻楚只有五年；《史记·楚世家》记齐、韩、魏三国共同伐楚的时间是自公元前 303 年开始的五年。这两条材料可证帛书之误。

至于地点记载方面的错误，前面所例举的第十二、十四章的"平陵"应为"平陆"的现象，出错方既有可能在抄写者也有可能在编作者，如果仔细推敲，两个错误都雷同，则很有可能是底本的问题，即编作者的问题。

　　这三个错误集中在第八、十二、十四章,在第一本书里面。所谓"编作者的身份可能不是出于诸侯史官",主要指的是第一本书的编作者。

　　三是编作帛书的意图,这流露在三个篇章的篇末语中:

　　第十八章:"子义闻之曰:'人主子也,骨肉之亲也,犹不能持无功之尊,不劳之奉,而守金玉之重也,然况人臣乎。'"

　　这是篇末垂诫的格式,多出现于诸子论议文之中,见出此章并非写史,而是借史料来说理,属于先秦"教""论"之类的文体。这里的议论者"子义"不必实有其人,可能是赵之贤人,也不妨是天下贤人的代称。《战国策》《史记》也保留了这一篇末语,显出与此章在史料上的同源性。《史记》将此事系于赵孝成王元年(前265),只是针对触龙见赵太后这一事件而言,其实文章的编写之年,当远在此事广为传播之后。

　　第二十四章:"故韩氏之兵非弱也,其民非愚蒙也,兵为秦擒,智为楚笑者,过听于陈轸,失计韩倗,故曰:'计听知顺逆,虽王可。'"

　　这篇末评语由两部分组成:一是直接的对篇章所记之事的总结和提炼;二是以"故曰"提起的一句当时的谚语或成语,将此故事意义推到更大范围,进一步提升其价值。与该章之编作有着几乎相同史料来源的《战国策》和《史记》,在编校和编纂之时作了不同的处理。《韩策一》保留了"故曰"之前的总结语,鉴于刘向编《战国策》时对文本内容基本不作编辑处理而保留原本,因此,有可能帛书的编作时间要迟于"战国策"材料被收集进汉代内廷的时间。《韩世家》不载全部评语,太史公可能见出这种"讲故事,提教训"的议论文体式明显与史传体式相违碍,故在编纂之时,截去了这两部分评语。

　　第二十七章:"若由是观之,楚国之口虽□□,其实未必。故□□应。且曾闻其音以知其心。夫颣然见于左耳,麛皮已计之矣。"

　　该章的麛皮之对,发生在前354年,较之《战国纵横家书》各章所述事件之时间，当属最早。然而，由此篇末评语观之，其编作年代应较晚；篇章的性质，也由此反映出非为写史而为论议。

以上三例，流露出编作者的意图和旨趣在于从历史背景、事件设置和策士应对中总结出胜败得失的道理。即便在没有明显地安排"外挂式"篇末评语的其他篇章中，胜败得失的态势以及策士的言对价值，也灼然可见。如果将这种编作模式推及现在，则属于一种典型的案例教学的制作方法。它们固然含有若干真实的历史成分，但其史料价值势必受到这种文体体式和编作旨趣的限制。鉴于所举三例分别在帛书的第二、三部分，因此，我们可以说作为《战国纵横家书》底本的第二、三本书非为历史书。如果再联系到前面所讲的对源材料作过编纂处理、所记年份和地点不很准确等现象，那么，上述结论不仅可以被进一步予以强化，还可以推及包括第一本书在内的《战国纵横家书》全部底本。

四是编作帛书的大致时代，可从第二十六章见出：

学界一般认为，帛书中记事较晚的为第二十五、二十六章。第二十五章所记吕不韦、蒙骜、王齮及其文内之事，当在公元前235年，距离秦统一还有十五年。第二十六章所记秦拔鄢陵、进攻大梁城之事，参考《史记·魏世家》"（王假）三年，秦灌大梁，虏王假，遂灭魏以为郡县"①，约在魏王假三年（前225）之前。如此，若按篇章主要历史事件发生时间来计，则第二十六章为最晚。如将上面第三点的因素考虑在内，那么编作年代当会更迟。然而，这一"更迟"的概念，当大致定于何时呢？我们暂以第二十六章为例，作一大致推测。

此章展开方式是某一谋士游说魏将和魏王，主要内容是谋士所提出的面对秦军的进攻魏王应离开首都大梁城而出居东边的单父城，如此，不但可以救魏甚且可以寄希望于齐、楚之军合攻秦军，从而

————————

①司马迁：《史记·魏世家》，中华书局1982年版，第1864页。

"可以转祸为福矣"。谋士从正面和负面反复演义的中心点即在于篇中所言之"梁王出梁",这其实是在"秦灌大梁"、魏国被灭之后所设想出来的避免亡国的虚拟对策,很有可能出于魏人后代在被灭国之后的沉痛反思和对魏王的缅念,"二十二年,王贲攻魏,引河沟灌大梁,大梁城坏,其王请降,尽取其地"①。如果再稽以六国灭后纵横之术再度复兴的历史时代,那么,此篇的编作年代或可推迟到楚汉争霸结束之后。

　　其实,此篇编作者的缅怀对象除了魏王之外,还应包括信陵君。对于史家所概括的"秦灌大梁"这一历史悲剧,信陵君无忌在对魏王的陈言中早就作了预警:"夫韩亡之后,兵出之日,非魏无攻已。秦固有怀、茅、邢丘,城垝津以临河内,河内共、汲必危;有郑地,得垣雍,决荥泽水灌大梁,大梁必亡。"②对于这一"水可以亡人之国"的道理,当时魏王并没有吸纳和重视。只有在事件过去、教训变得极其惨痛之后,后人才铭心刻骨地回想起它。时隔多年的太史公走访故墟大梁,还能听到魏国后人的叙说:"吾适故大梁之墟,墟中人曰:'秦之破梁,引河沟而灌大梁,三月城坏,王请降,遂灭魏。'说者皆曰魏以不用信陵君故,国削弱至于亡。"③太史公时代,远在楚汉争霸结束之后。帛书中的该篇,编作者当出于三种复杂的心理:一是缅怀故国、魏王和信陵君;二是在虚拟中展现信陵君之策的神威;三是以信陵君作为一代策士的典范,在其躯体中吹进隔代魏人对于纵横之士的无尽向往。篇中不具名的谋士,如信陵君之隔代复现,拯其"以毁废,乃谢病不朝"④之命运于国势危急之际。

---

①司马迁:《史记·秦始皇本纪》,中华书局1982年版,第234页。
②司马迁:《史记·魏世家》,中华书局1982年版,第1858页。
③司马迁:《史记·魏世家》,中华书局1982年版,第1864页。
④司马迁:《史记·魏公子列传》,中华书局1982年版,第2384页。

楚汉战事结束之际,借分析汉朝之建立进而延伸到以探讨秦起、秦兴、秦亡为主题的历史回顾思潮,激活了天下士人的政治热情和文化情怀。这种思潮一直延续到太史公编纂《史记》的汉武年间。在这过程中,出现了许多彪炳于史的政论作品,也涌现出数量更多的春秋战国故事。这里的《战国纵横家书》为此类作品,刘向所编校的《战国策》和被吸收进《史记》的"战国之权变"资料也近似于此类作品,这同样也包括《燕丹子》。

值得一提的是,帛书第一部分、第十六章"朱己谓魏王章"所记正是信陵君预警"决荥泽,大梁必亡"的部分,这成为《战国策·魏策三》《史记·魏世家》的底本和史料,也与帛书第二十六章遥相呼应。尽管这两章在帛书中分属于来自两个不同的底本即第二和第三本书,但我们有理由相信,这两章的编作年代,或均在楚汉战争之后。由此,帛书底本的编作之年或在前202年左右,距离抄写之年(前195)、埋葬之年(前168),时隔实不远矣。

(三)与《战国策》《史记》之关系

帛书有10章见于《战国策》、8章见于《史记》,除去重复,共著录11章。这11章见于帛书三个部分,第二部分著录为多,但第十七章不见于两书。这说明如果认定帛书来源于三本不同的书,那么,没有任何一本书被汉代皇家和中央政府机关书库所收藏,除非太史公舍弃了类似帛书第十七章的内容,而刘向除了"复重"材料之外不可能作舍弃处埋,很明显这第十七章不在"复重"之列。我们可以进一步说,帛书所源自之三本书,绝非祖本而同样是传抄本,传抄本所载之内容,作为单篇别行的材料或某本书中的一部分,散于各处,并被各种官方机构和民间所收藏。古书不题撰人和书名,因此有关帛书的底本的情况我们所知甚少,它们中的一部分则被著录进《战国策》和《史记》。

延续着前面最后一部分的内容,有些未尽之语其实与本论题相关，即《战国纵横家书》来源书之流传情况，这是构成它们与《战国策》《史记》关系的基础。约而言之，有三种方式或渠道：

第一种是民间编作和流传。第二十六章与第十六章的内容，就信陵君"预警"大梁城被灌、魏国将灭的核心内容来看，实际上来自同一种题材，是有着紧密联系的，不妨将它们视作出自同一个编者。第十六章不仅见于《战国策》，而且被太史公糅进《魏世家》；相比之下，第二十六章内容因太过于虚拟故而未被两书著录，甚至它就没有被官方收藏，否则刘向是很有可能将此编进《战国策》的。以上说法，是假定这两篇作于民间并通过民间流传。

第二种是官方保存并辗转传递。如果将第十六章视作信陵君向魏王之上书，它作为真实的史料而被魏国官方所收藏，魏灭之后被秦国、再被汉朝收藏，并被作为中外书来对待。这种通过官方机构的代际收藏或递次流转，也不是没有可能。这方面可以举证的是太史公编纂《魏世家》，存留着许多未及改削的痕迹，比如用"'我'四十三次、'来'五次"①，这说明在编纂之时大量采用了韩国史官当初记载下来的类似于"韩史记"之类的史料。

第三种较为复杂。若仍将此视作信陵君向魏王之上书，它作为官方史料随着魏国被灭而消失，但通过信陵君私下备份的形式或由门客追记而留存，后外传直到被汉家收藏，最终被太史公和刘向所用。

解剖这两章的三种流传方式，是想说明帛书其他部分大致相同的流传方式。通过这些流传渠道，它们中的一部分被《战国策》《史记》所著录，从而建立起与两书的关系。下面我们所讨论的内容，限定在帛书被著录的十一章，主要情况有这样几类：

———————
① 赵生群：《〈史记〉取材于诸侯史记》，见《太史公书研究》，陕西人民出版社1994年版，第154页。

1. 国名、地名、人名、数字等不一致,如:

帛书第十六章"又不攻燕与齐矣""燕、齐甚卑",《战国策》《史记》作"又不攻卫与齐矣""卫、齐甚畏"。显然,两书所据材料如此,不仅国名由"燕"变"卫",而且"卑"字也错讹为形近之"畏",盖由传抄致误。国名不一致的情况,在第二十一章也出现,"齐"字在《战国策》变为"韩",但《史记》没变。可见,刘向所整理的中书材料与太史公所接触到的材料,也不一样。

帛书第五章"楚将不出沮、漳,秦将不出商於,齐不出吕隧",《战国策》作"秦不出崤塞,齐不出营丘,楚不出疏、章",盖由音近、形近致误;帛书第十五章"北宅",《战国策》作"北地",《史记》没变;帛书第十六章"涉谷""冥戹""茅""垝津""许""叶"等地名,《战国策》《史记》均出现不一致的情况,甚而将地名作为动词来用。

帛书第五章,篇中对话双方的人名被《战国策》《史记》著录时,分别被作为"苏秦""苏代"以及"燕易王""燕昭王";帛书第十五章"孟卯",《战国策》《史记》均作"芒卯";"子之",《史记》作"子良",《战国策》没变;"暴子",《战国策》作"睾子",《史记》没变;帛书第十六章"朱己",《战国策》作"朱巳",《史记》作"无忌",盖由音近、形近致误。作为战国四公子并被汉高祖所推重的信陵君之名,尚且写法不一,更遑论其他人了;帛书第二十章"句浅",考古发现的越王剑即作"浅",可印证帛书之确,而《战国策》作"勾践",《史记》作"句践"。传抄者有可能将"浅"与"践"视作异体字,帛书第二十三章"浅乱燕国",《战国策》则作"践乱燕"。如此,"勾"与"句"则只能解释为形近而误。

帛书第十五章"七仞之城",《战国策》作"十仞之城",形近而误,《史记》则没变;"七"与"十"的不一致,也出现在《战国策》所编帛书第十六章的内容中;同样在第十六章,"大县数十,名部数百",《战国策》作"大县数百,名都数十",《史记》作"大县数十,名都数百";"伐楚,道涉谷,行三千里而攻冥厄之塞",《战国策》作"伐楚,道涉而谷行三十里,而攻危隘之塞",《史记》作"伐楚,道涉山谷,行三千里,而攻冥阸之塞"。

国名、地名、人名、数字等一般被认为是古书中比较重要的表述内容,但是,依靠手写的传抄方式而形成的文本,同样会在这些重要之处出现错误。上述这些错误,有一些或是在《战国策》《史记》成书以后形成的,但更多的是在成书过程中产生的。导致这些不一致甚至错误的现象,与太史公、刘向所面对的材料有关。《战国纵横家书》,也类似于这些材料。

2. 文字及一般表述方面的不一致,如:

帛书第十五章,引《周书》"唯命不为常",《战国策》《史记》均作"唯命不于常",引用时文字有歧异;"胜甲"一词,《战国策》作"胜兵",《史记》则没有变化;"陶启两畿,近故宋"一句,《战国策》作"阴启两机,近故宋",《史记》作"陶开两道,几近故宋",盖因对"畿"义理解不一、"陶""阴"形近,造成句子错讹,这里既有字误也有义误。帛书第十六章"王之使者大过",《史记》作"王之使者出过",《战国策》没有变化,可见太史公改字致误;帛书第十八章"太后盛气而胥之",《战国策》作"太后盛气而揖之",《史记》没有变化;帛书第十九章"陶为廉监而莫之据",《战国策》作"陶为邻恤,而莫之据也",分别由声近、形近而生误;帛书第二十一章"众人喜之,贤君恶之",《史记》作"众人善之,然而贤主图之";"以秦为忧赵而憎齐",《战国策》作"以秦为爱赵而憎韩",《史记》作"非爱赵而憎齐也",可能是两书所据底本不一而致;"燕尽齐之河南"一句,《战国策》作"燕尽韩之河南",《史记》作"燕尽齐之北地",或出于不同底本,衡以史实,当以《史记》所言为是;"代马、胡狗不东"一句,《战国策》作"代马、胡驹不东",《史记》作"代马、胡犬不东下";"详计某言"一语,《战国策》作"卒计而重谋",疑为传抄致误;帛书第二十二章"寡人弗能支",《史记》作

"寡人弗能拔",形近而误;"魏氏转,韩氏从",《史记》作"魏氏转,韩从秦",改动致误;帛书第二十三章"所以言之",《战国策》作"所以信之",形近而误;"关甲于燕",《战国策》作"斗兵于燕",或因底本不一而致;帛书第二十四章"韩之德王也,必不为逆以来",《战国策》《史记》均作"韩必德王也,必不为雁行以来",或因底本不一。

3. 少句子,这种情况有两例:

帛书第五章被《战国策》中的《燕策一》"人有恶苏秦于燕王者""苏代谓燕昭王"以及《史记·苏秦列传》著录。篇章中"今日愿藉于王前"一句,各本均无;帛书第二十一章"昔者,楚久伐,中山亡"一句之后,《史记》尚有40多字,而帛书与《战国策》均无,或因《史记》所据材料与帛书、《战国策》不一。

4. 缺段落。帛书只以残篇形式被收录,且次序、文字也有出入,如:

这主要体现在第四章,献书者也由"臣秦"变为苏代。这篇被编在《战国策·燕策二》中的帛书材料,明显是被多次传抄而流进内廷中的。传抄过程便是原件逐渐散佚并被改变面貌的过程,内容只余37%;句子有缺漏,如:帛书"以孥自信,可;与言去燕之齐,可;甚者,与谋燕,可。期于成事而已"句,《燕策二》作"以女自信,可也。与之言曰:去燕之齐,可也。期于成事而已";文字有错讹,如:帛书"臣之所处者,重卵也"句,《燕策二》作"臣之所重处,重卵也"。刘向即使有造化之工,面对这样的缺件,亦无回天之力,只是难为了历代注家和读者。

此外,帛书第二十三章,《战国策》中《楚策四》收录帛书全篇,但人名、国名和句子有变化;《韩策一》则收录帛书后半部分,占帛书全篇的30%,前面残缺了,句子也有变。可见,与此篇内容相似或相同的传抄本,被作为中书收藏时,既有全篇也有残篇,且被安置在不同名目的主题之下。因为里面句子等方面有不一致处,刘向难以甄别,故不作舍弃而一事两录。

　　上述例子,说明《战国纵横家书》的原本并非是《战国策》《史记》所著录的直接材料,但与原本相似的传抄材料为《战国策》《史记》所著录;这些材料有可能是以篇章集束、捆扎为书的形式被官方收藏,也可能是以散乱单篇的形式;《战国策》与《史记》在很多地方都显示相同而又不尽相同、相异而又不尽相异的同异互杂的情况,进一步印证它们之间不存在互为"借鉴"成书的可能,而只能说明它们中的相近部分是来源于那些出自同一祖本的不同传抄本,而且也并不全然相同。《战国纵横家书》也是由这样的传抄本编集起来的,只不过其原本中的十六章在那时可能已经散佚,只见于民间抄本而没有被官方收藏。至于有专家认为这批帛书是为太史公所"唾弃的材料"①,未免言过其实,因为哪怕是有关"臣秦"的篇章,出自不同传抄本的同类内容太史公也用了不少甚至还有原封不动予以照抄的,更何况,以"编校"中书为目的并对原始文献视之如命的刘向,没有理由来"唾弃"这批材料,尽管有可能他所见到的材料形式与太史公不一样。但是,几乎相同的内容,即与《战国纵横家书》的原本联系紧密的传抄本,他们都先后看到并作了著录。

　　承续着战国诸子的余烈和楚汉相争的历史动荡,汉前期是一个言说腾涌的时代;再加上诸侯分封、复设博士制、废挟书律、开献书之路、书出壁中等等,各种古书新作杂出于世。其时人才辈出,长安城活跃着一批论议天下、善说会写的贵阁之臣,而在梁国、淮南国和长沙国等处,亦文事兴盛,著作宏富。探讨经术大端、秦政之失和帝国新制等,固然是学术世界的主流,但是文人墨客的豪兴逸志、政治热情和淑世情怀则每每丛聚在那个"王道既微"、游士借助诸侯之力干

①安平秋、赵生群:《如何对待〈史记〉中的抵牾与疏略》,《重庆教育学院学报》2002年第4期。

预天下的战国时代,从而演化出许多话题并塑造出众多形象。后世所津津乐道的意在突出游士治政能力的"纵横之说"、意在强调士子独立品格的"礼贤下士说"、意在构筑霸道失天下之理的秦王形象、意在延续养贤传统的"四公子"形象、意在表现反抗暴政的刺客和侠士形象,所有种种,汉初文人均倾注了大量心血,在真实的战国历史的基础上,他们给我们营造了另一个"希望如此"的战国世界,从而构成了后人世界观中的战国图景。帛书所载材料,正出于这一时代,它所涵纳的主题和所塑造的游说之士的形象烙印着时代的痕迹;它被官方收藏、被民间传抄,正说明与时代需求的契合度。与其相关材料的抄本,在武帝和成帝年间还被太史公、刘向诸人著录,并通过《战国策》和《史记》,继续向后代传诵着战国故事。

汉初到汉中期,文字方面由秦篆到隶书,其定型尚在逐渐演进之中,所谓"《苍颉》多古字,俗师失其读,宣帝时征齐人能正读者"①,正道出了汉前中期古书读解困难的客观情况。无论是古书还是新作,其传播主要依靠抄写。抄写者的识字能力和文化水平,影响着这些作品的面貌,而且抄写频次越高,出现错误的可能性也就越大。如此,则传世越久的作品,在印刷术没有被发明、书籍难以定型的漫长历史时期中,不仅存在着佚失的多种可能,而且还隐藏着字句变异、段落缺失、内容变动的危险。帛书《战国纵横家书》在汉初即已抄写并沉土,它比《战国策》《史记》所据材料较早地摆脱了可能进一步失真的命运。我们不仅可以据此发现并校正两书之失,还可以通过帛书的存在,了解它们的成书情况。《战国策》《史记》中许多相似或相同的篇章,正来源于类似帛书的各种传抄异本。

以战国史料和故事为题材,在那个时代有着众多的传抄本,帛书《战国纵横家书》只是其中之一。它的出土,证明民间对于战国题材

---

① 班固撰,颜师古注:《汉书·艺文志》,中华书局 1962 年版,第 1721 页。

作品的热衷,暗示同类传抄本的广泛存在。《燕丹子》内容尽管没有见于《战国纵横家书》,但不能说没有被传抄,因为在反映战国时事、表现时代性主题、塑造抗暴形象等方面,它与《战国纵横家书》所代表的同类传抄本可属同调。甚至,在语言风格和用词方面,也比较接近,如帛书有"臣之德王,深于骨髓"①,《燕丹子》则有"丹每念之,痛入骨髓"②。更有意味的是,《战国策》有类似的"吾每念,常痛于骨髓"③,《史记》也有"每念之,常痛于骨髓"④。这些蛛丝马迹,都在向我们昭示一个迹象,即《燕丹子》与帛书之间、帛书与《战国策》和《史记》之间,存在着很强的相关性。《战国策》和《史记》尽管所据并不完全相同,但它们从与传抄本相接近的材料来源里,著录了相当多的同异互杂的记载,其中帛书里的某些篇章,就被两书几乎一模一样地著录了。"荆轲刺秦"事同见于《战国策》《史记》,其材料来源很大程度上就是像《战国纵横家书》之类的传抄本。

①马王堆汉墓帛书整理小组编:《马王堆汉墓帛书　战国纵横家书》,文物出版社 1976 年版,第 11 页。
②无名氏撰,程毅中点校:《燕丹子》,中华书局 1985 年版,第 4 页。
③何建章注释:《战国策注释》,中华书局 1990 年版,第 1193 页。
④司马迁:《史记》,中华书局 1982 年版,第 2532 页。

第二章 《燕丹子》与历史文本的对读比较

战国末年,荆轲刺秦是一重要历史事件,《燕丹子》与两部史著《战国策》《史记》均有所反映和记载。针对同一事件而作的记载,比较和分析其间的异同,是饶有兴味的,或可揭示一些文献所阙略或难详的问题,并避免宏观性议论所带来的空疏之弊,同时为前一章的考论提供文本方面的切实依据。

第一节 "荆轲刺秦"事件编年述略和讨论

依据陈平先生《燕史纪事编年会按》的梳理①,参稽《战国策》和《史记》的有关记载,我们对"荆轲刺秦"事件作一编年述略,既方便以时间为线索来呈现基本史实,亦可为本章的其他分析设立一个讨论的基础。

1. 燕王喜二十三年(前232),太子丹入质于秦,于当年离秦亡归燕。

《史记·六国年表》:燕王喜二十三年,当秦始皇十五年、魏景缗王十一年、韩王安七年、赵王迁四年、楚幽王六年、齐王建三十三年。

———————————

①陈平:《燕史纪事编年会按》(下册),北京大学出版社1995年版,第306—333页。

秦表:"兴军至邺。军至太原,取狼孟。"赵表:"秦拔我狼孟、鄱吾,军邺。"燕表:"太子丹质于秦,亡来归。"(陈按:时当前232年。)

《史记·秦始皇本纪》:"十五年,大兴兵,一军至邺,一军至太原,取狼孟。地动。"

《史记·燕召公世家》:"二十三年,太子丹质于秦,亡归燕。"

《战国策·燕策三》:"燕太子丹质于秦,亡归。"(陈按:据《燕世家》,此乃王喜二十三年之事。)

《燕丹子》:"燕太子丹质于秦,秦王遇之无礼,不得意,欲求归。"

2. 燕王喜二十七年(前228),秦攻赵,虏赵王,坑杀秦王生赵时与其母家有仇怨者,灭赵,赵公子嘉自立为代王。秦欲攻燕,屯中山,代王与燕合兵,军上谷。秦太后崩。

《史记·秦始皇本纪》:"十八年,大兴兵攻赵,王翦将上地,下井陉,端和将河内,羌瘣伐赵,端和围邯郸城。十九年,王翦、羌瘣尽定取赵地东阳,得赵王。引兵欲攻燕,屯中山。秦王之邯郸,诸尝与王生赵时母家有仇怨,皆坑之。秦王还,从太原、上郡归。始皇帝母太后崩。赵公子嘉率其宗数百人之代,自立为代王,东与燕合兵,军上谷。大饥。"

《史记·燕召公世家》:"二十七年,秦虏赵王迁,灭赵。赵公子嘉自立为代王。"

3. 燕王喜二十八年(前227),燕太子丹使荆轲刺秦王,秦派王翦、辛胜攻燕。燕、代发兵击秦军,秦军破燕易水之西。

《史记·六国年表》:燕王喜二十八年,当秦始皇二十年,魏王假元年、代王嘉元年、楚王刍驾元年、齐王建三十八年。秦表:"燕太子使荆轲刺王,觉之。王翦将击燕。"燕表:"太子丹使荆轲刺秦王,秦伐我。"(陈按:时当前227年。)

《史记·秦始皇本纪》:"二十年,燕太子丹患秦兵至国,恐,使荆轲刺秦王。秦王觉之,体解轲以徇,而使王翦、辛胜攻燕。燕、代发兵击秦军,秦军破燕易水之西。"

《史记·燕召公世家》:"燕见秦且灭六国,秦兵临易水,祸且至燕。太子丹阴养壮士二十人,使荆轲献督亢地图于秦,因袭刺秦王。秦王觉,杀轲,使将军王翦击燕。"

《史记·魏世家》:"王假元年,燕太子丹使荆轲刺秦王,秦王觉之。"

《史记·田敬仲完世家》:王建三十八年,"燕使荆轲刺秦王,秦王觉,杀轲。"

《史记·楚世家》:"王负刍元年,燕太子丹使荆轲刺秦王。"

《史记·白起王翦列传》:"明年(陈按:指王翦拔赵、赵王降、尽定赵地为郡之明年也,即始皇二十年也),燕使荆轲为贼于秦,秦王使王翦攻燕。"

《战国策·燕策三》:"秦大怒燕,益发兵诣赵,诏王翦军以伐燕。"

4. 燕王喜二十九年(前226),秦派王翦,破燕太子军,取燕蓟城。燕王、太子丹率精兵徙辽东。秦将李信逐丹至于衍水中,燕王用代王嘉之计,斩丹之首欲以献秦,秦复进兵攻之。

《史记·六国年表》:燕王喜二十九年,当秦始皇二十一年、魏王假二年、代王嘉二年、齐王建三十九年。秦表:"王贲击楚。"楚表:"秦大破我,取十城。"燕表:"秦拔我蓟,得太子丹。王徙辽东。"(陈按:时当前226年。)

《史记·秦始皇本纪》:"二十一年,王贲攻(蓟)[荆]。(陈按:此句蓟、荆似不明,以《年表》观之,似以"荆"为近是。)乃益发卒诣王翦军,遂破燕太子军,取燕蓟城,得太子丹之首。燕王东收辽东而王之。王翦谢病老归。新郑反。昌平君徒于郢。"

《史记·燕召公世家》:"秦攻拔我蓟,燕王亡,徙居辽东,斩丹以献秦。"

《史记·田敬仲完世家》：“明年（陈按：即齐王建三十八年），秦破燕，燕王亡走辽东。”

《史记·刺客列传》：“于是秦王大怒，益发兵诣赵，诏王翦军以伐燕。十月（陈按：此“十月”紧接燕王喜二十八年荆轲刺秦王不成被杀，“于是秦王大怒，益发兵诣赵，诏王翦军以伐燕”语之后，极易令人产生该“十月”为燕王喜二十八年第十月之错觉。但据《年表》《秦始皇本纪》《燕世家》《田齐世家》，下文所言“拔蓟城”事，均应在燕王喜二十九年。故此“十月”，当为该年之“十月”。此外，“十月”还可另有一解，即自始攻至拔取，共历时“十月”之久。则其始攻可在王喜二十八年秋、冬，攻克则可在二十九年夏秋也。）而拔蓟城。燕王喜、太子丹等尽率其精兵东保于辽东。秦将李信追击燕王急，代王嘉乃遗燕王喜书曰：‘秦所以尤追燕急者，以太子丹故也。今王诚杀丹献之秦王，秦王必解，而社稷幸得血食。’其后李信追丹，丹匿衍水中，燕王乃使使斩太子丹，欲献之秦。秦复进兵攻之。”

《史记·白起王翦列传》：“燕王喜走辽东，翦遂定燕蓟而还。”（陈按：“秦王使王翦攻燕”，初始攻时盖在燕王喜二十八年；而取燕蓟城及“燕王喜走辽东”与“翦遂定燕蓟而还”，则均在燕王喜二十九年也。）

《史记·白起王翦列传》：“秦将李信者，年少壮勇，尝以兵数千逐燕太子丹至于衍水中，卒破得丹，始皇以为贤勇。……王翦子王贲，与李信破定燕、齐地。”

《史记·李将军列传》：“李将军广者，陇西成纪人也。其先曰李信，秦时为将，逐得燕太子丹者也。”

《战国策·燕策三》：“燕太子丹质于秦，亡归。……左右既前斩荆轲，秦王目眩良久。……于是秦大怒燕，益发兵诣赵，诏王翦军以伐燕。十月而拔燕蓟城。燕王喜、太子丹等皆率其精兵东保于辽东。秦将李信追击燕王，王急，用代王嘉计，杀太子丹，欲献之秦。秦复进兵攻之。”

5. 燕王喜三十三年（前222），秦派王贲，破燕王喜和代王嘉，灭燕、赵。

《史记·六国年表》：燕王喜三十三年，当秦始皇二十五年、代王嘉六年、齐王建四十三年。秦表：“王贲击燕，虏王喜。又击得代王嘉。五月，天下大酺。”赵表：“秦将王贲虏王嘉，秦灭赵。”燕表：“秦虏王喜，拔辽东，秦灭燕。”（陈按：时当前222年。自燕王喜三十年到三十二年这三年，燕王喜实与秦兵仍在辽东作负隅顽抗，苦苦周旋。其间，秦对燕这股残余势力的追剿呈时紧时松状态。当秦将攻击的重点放在中原，志在扫灭魏、楚时，对燕在辽东之残余就可能暂时放松追击；当魏、楚既灭，秦军倾全力围歼燕在辽东残余时，燕王喜便难于再作支撑，而终于成了秦军的俘虏，燕也便彻底覆灭了。）

《史记·秦始皇本纪》：“二十五年，大兴兵，使王贲将，攻燕辽东，得燕王喜。还攻代，虏代王嘉。王翦遂定荆江南地；降越君，置会稽郡。五月，天下大酺。”

《史记·燕召公世家》：“三十三年，秦拔辽东，虏燕王喜，卒灭燕。是岁，秦将王贲亦虏代王嘉。太史公曰：‘召公奭可谓仁矣！甘棠且思之，况其人乎？燕外迫蛮貉，内措齐、晋，崎岖强国之间，最为弱小，几灭者数矣。然社稷血食者八九百岁，于姬姓独后亡，岂非召公之烈邪！’”

《史记·刺客列传》：“后五年（陈按：指燕王喜二十九年燕斩太子丹献秦后之五年，即燕王喜三十三年也），秦卒灭燕，虏燕王喜。”

《史记·秦始皇本纪》：“二十六年，齐王建与其相后胜发兵守其西界，不通秦。秦使将军王贲从燕南攻齐，得齐王建。秦初并天下，令丞相、御史曰：‘异日韩王纳地效玺，请为藩臣，已而倍约，与赵、魏合从畔秦，故兴兵诛之，虏其王。寡人以为善，庶几息兵革。赵王使其相李牧来约盟，故归其质子。已而倍盟，反我太原，故兴兵诛之，得其王。赵公子嘉乃自立为代王,故举兵击灭之。魏王始约服入秦,已而与韩、赵谋袭秦,秦兵吏诛,遂破之。荆王献青阳以西,已而畔约,击我南郡,故发兵诛,得其王,遂定其荆地。燕王昏乱,其太子丹乃阴令荆轲为贼,兵吏诛,灭某国。齐王用后胜计,绝秦使,欲为乱,兵吏诛,虏其王,平齐地。寡人以眇眇之身,兴兵诛暴乱,赖宗庙之灵,六王咸伏其辜,天下大定。"(按:始皇诏令,充斥着伪善、诈饰之言,对燕王、太子丹、荆轲之痛斥,尤为严厉。)

兹就以上述略作些讨论:

一、分裂与统一,都是历史的必然过程和结果,"秦人初创中国统一之新局,其所努力,亦均为当时事势所需,实未可一一深非也"[1]。割据的列国之与统一的天下,在战国后期,其局势已日益趋向于后者。

二、秦的强势统一,有其必然之因。与六国相比,秦地处西土,文化落后,但自公元前246年秦王政即位至前221年,以吕不韦为相,二十余年间,秦陆续灭韩、赵、魏、楚、燕、齐,"二周之地,尽入于秦,天下不复思周也"[2]。在秦与六国并立之时,荀子对于秦的强大,就已总结了几方面原因:"其固塞险,形势便,山林川谷美,天材之利多,是形胜也。入境,观其风俗,其百姓朴,其声乐不流污,其服不佻,甚畏有司而顺,古之民也。及都邑官府,其百吏肃然,莫不恭俭、敦敬、忠信而不楛,古之吏也。入其国,观其士大夫,出于其门,入于公门,出于公门,归于其家,无有私事也;不比周,不朋党,偶然莫不明通而公也,古之士大夫也。观其朝廷,其朝闲,听决百事不留,恬然如无治者,古之朝也。故四世有胜,非幸也,数也。是所见也。故曰:佚而

[1]钱穆:《秦汉史》,三联书店2004年版,第20页。
[2]柳诒徵:《中国文化史》(上册),中国大百科全书出版社1988年版,第288页。

治,约而详,不烦而功,治之至也,秦类之矣。"①除了荀子所概括的地利之便与民风、吏风、士风、治风之优良以外,还有李斯《谏逐客书》所提及的几任国君任用四方客卿,以及因与夷狄为邻而"崇尚阳刚武德"②等等因素。对此,吕思勉先生总结说:"秦取天下多暴,固也。然世岂有专行无道,而可以取天下者哉?"③

三、关于秦取天下"有道"与"无道"的问题。秦取法家之术,以致国富强为目标,"田肥美,民殷富,战车万乘,奋击百万。沃野千里,蓄积绕多,地势形便。此所谓'天府',天下之雄国也"④。就治理国家而言,秦国道术兼备,不可谓"无道";但当它统一天下的征途中出现了难以尽数的征伐与杀戮之时,当历史的逻辑进程中充斥了罄竹难书的欺诈与罪恶之时,对于其时身经血海煎熬的六国上下以及后代百姓而言,则是暴行和"无道"之举,在邪恶和血腥面前,历史自有其道义准则。孟子"何必曰利?亦有仁义而已矣"⑤的儒家观念自然为秦王所不取,但秦政速亡,却与其"无道"有关,贾谊的结论是"仁义不施而攻守之势异也"⑥。

四、荆轲刺秦,就挽救燕国命运和阻挡秦统一天下的步伐而言,其历史逻辑的意义几乎为无,但是,此举无异于刺破战国末年黑暗天幕的六国君臣和民众的反抗侵略的呐喊之声,接踵者不仅有高渐离,而且有韩国贵族张良。同时,它还体现了历史的道义准则和人性的正义与反抗,激励着一代又一代的后人为维护天道公义和抗拒罪恶

①北京大学《荀子》注释组注释:《荀子新注》,中华书局1979年版,第263页。
②[英]崔瑞德、[英]鲁惟一编:《剑桥中国秦汉史》,中国社会科学出版社1992年版,第63页。
③吕思勉:《先秦史》,上海古籍出版社1982年版,第243页。
④何建章注释:《战国策注释·秦策一》,中华书局1990年版,第74页。
⑤杨伯峻译注:《孟子译注·梁惠王章句上》,中华书局1960年版,第1页。
⑥司马迁:《史记·秦始皇本纪》,中华书局1982年版,第282页。

而不惜牺牲自己的生命。

　　五、燕国崎岖于强国之间,最为弱小,却在周室姬姓众封国中独后亡,存世八九百年,太史公在《史记·燕召公世家》中归因于"召公之烈",即得益于先人遗泽的护佑。但从历史地理环境而言,它与地处西北内境的秦国之间,隔了赵魏韩三国这些"挡箭牌"的因素,也有莫大关系。燕国之亡,原因复杂,是一个历史渐变的过程。远的如燕王哙的禅让乱国,近的如攻齐乱赵以失去阻秦之屏障,自乱六国联盟的阵脚。太子丹逃秦归国之际,燕国局势已危若累卵。荆轲刺秦之与燕亡的关系,可能连一根导火索都算不上。对秦国而言,兴兵诛六国而统一天下,远在公元前227年之前,早已是既定之策,其大局难为个别事变所左右,这正如箭搭弦上,势所必发。

第二节　三个文本的对读分析(上)

　　《燕丹子》与《战国策·燕策三》《史记·刺客列传》之间,显而易见的一个差别在于,前者的中心人物是燕太子丹和荆轲,而后两者的中心人物则是荆轲,因此,围绕着人物的活动,三个文本便有了不同的文字处理方式包括详略不等的差异。以下对读分析,因篇长而分上、下两个部分。如有相同性较多的情节或文字,则排列到一起,以裨比较;如差别较大,则按文本顺序排列,使文本之间自然显出各自的不同。此外,我们对这三个文本,围绕着荆轲刺秦故事,不作剪辑和删略,使用的是全本比较①。

---

①三书的版本分别为:无名氏撰,程毅中点校:《燕丹子》,中华书局1985年版;何建章注释:《战国策注释》,中华书局1990年版;司马迁:《史记》,中华书局1982年版。

一

《燕丹子》	《战国策·燕策三》	《史记·刺客列传》
		荆轲者,卫人也。其先乃齐人,徙于卫,卫人谓之庆卿。而之燕,燕人谓之荆卿。 荆卿好读书击剑,以术说卫元君,卫元君不用。其后秦伐魏,置东郡,徙卫元君之支属于野王。 荆轲尝游过榆次,与盖聂论剑,盖聂怒而目之。荆轲出,人或言复召荆卿。盖聂曰:"曩者吾与论剑有不称者,吾目之;试往,是宜去,不敢留。"使使往之主人,荆卿则已驾而去榆次矣。使者还报,盖聂曰:"固去也,吾曩者目摄之!" 荆轲游于邯郸,鲁句践与荆轲博,争道,鲁句践怒而叱之,荆轲嘿而逃去,遂不复会。 荆轲既至燕,爱燕之狗屠及善击筑者高渐离。荆轲嗜酒,日与狗屠及高渐离饮于燕市,酒酣以往,高渐离击筑,荆轲和而歌于市中,相乐也,已而相泣,旁若无人者。荆轲虽游于酒人乎,然其为人沈深好书;其所游诸侯,尽与其贤豪长者相结。其之燕,燕之处士田光先生亦善待之,知其非庸人也。

《史记》这部分内容,介绍了荆轲的祖籍、称呼变化、性格特长、游历经过,尤其是从卫地赴榆次、邯郸、燕国的交往情况,所出现的人物分别是卫元君、榆次的盖聂、邯郸的鲁句践、燕国的高渐离和田光。这些内容,《燕丹子》和《战国策》均无。《史记》所记,可能主要出于两个原因:一是列传的体例所限,通常须钩稽传主籍贯身世等方面的情况;二是主要人物的定位与《燕丹子》《战国策》有别,是荆轲而非其他角色,故有此"导言"式的对荆轲的专题介绍。

先对"庆卿"与"荆卿"作个解释。唐司马贞《史记索隐》曰:"轲先齐人,齐有庆氏,则或本姓庆。春秋庆封,其后改姓贺。此下亦至卫而改姓荆。荆庆声相近,故随在国而异其号耳。卿者,时人尊重之号,犹如相尊美亦称'子'然也。"①这里,"至卫"疑"至燕"
之误。据其解释,卫人称呼荆轲为"庆卿",盖因其祖先为齐人,而
"庆"为齐国大姓,荆轲或祖出庆氏,或卫人以此漫称之;而燕人称
呼荆轲为"荆卿",则被解释为"荆庆声相近",此说或可通。但有
专家认为,"楚国亦称荆国,居燕之南。荆轲曾居卫,卫虽非楚,亦
在燕之南。呼之曰'荆卿'者,疑与后世北方人之呼南人为'蛮子'
者同"②。

　　在这部分,值得注意的有如下几点:

　　一是关于卫元君及其与荆轲的关系。据《史记·卫康叔世家》
记载,公元前252年卫怀君前往魏国,觐见魏安厘王,被执杀。魏
灭卫,卫亡。安厘王"更立嗣君弟,是为元君。元君为魏婿,故魏立
之"③。又据《史记·秦始皇本纪》记载,"(秦始皇)六年,韩、魏、
赵、卫、楚共击秦,取寿陵。秦出兵,五国兵罢。拔卫,迫东郡,其君
角率其支属徙居野王,阻其山以保魏之河内"④,即指前241年,秦
国攻下魏国东部领土,开始在这一带设置东郡。秦国废掉元君之
后再杀之。所谓"徙卫元君之支属于野王",即废元君⑤。可见,卫
国自入战国以来,由公贬称侯,由侯贬称君,且被魏所灭,卫元君是
魏国的傀儡;卫地最终被秦吞并,在荆轲刺秦十五年前;荆轲"以术
说卫元君,卫元君不用",更在此之前。作为"卫人",荆轲在卫怀君
被杀之后,以剑术游说卫元君以图一用,未始不含有报国殉国之
志。卫元君之"不用",荆轲心情如何,《史记》没有提及,想必他至

①司马迁:《史记·刺客列传》,中华书局1982年版,第2527页。
②韩兆琦编注:《史记选注汇评》,中州古籍出版社1990年版,第341页。
③司马迁:《史记·卫康叔世家》,中华书局1982年版,第1604页。
④司马迁:《史记·秦始皇本纪》,中华书局1982年版,第224页。
⑤"徙野王者即元君,岂惟支属哉",见梁玉绳撰,贺次君点校:《史记志疑》,中华
　书局1981年版,第1315页。

少会有明珠暗投之憾。

二是与榆次盖聂论剑。榆次一地，属国多有反复。春秋时属晋，为魏榆；战国时三分晋地，先属魏，称榆次；魏惠成王十年（前361），赵与魏易地，"魏将榆次、阳邑二地给了赵国"①，之后属赵。依照《史记》文本的记载顺序，荆轲"游过榆次，与盖聂论剑"的上限时间当在卫元君继位即公元前252年之后，此时的榆次在赵国。荆轲闻盖聂以剑术著称，由魏入赵，至榆次与盖聂探讨剑术，话不投机，盖聂怒目而视，荆轲不加理会，扬长而去。盖聂，有可能是"蒯聩"②的异文，或与司马家族有联系③；依传世文本，其名则似乎含有超越战国初著名刺客聂政的意思，较为狂妄，与其对待荆轲的态度正相吻合。《史记》描摹这一场景，意在反映荆轲的胸襟气度和坦荡磊落。

三是与邯郸鲁句践的交往。邯郸，春秋时为卫地，后属晋，战国时为赵国国都。在那里，"鲁句践与荆轲博"，为争棋道"怒而叱之"，荆轲同样未予理会而离去。有意思的是，在《刺客列传》结尾，太史公写其闻荆轲刺秦后的感慨与觉悟："嗟乎，惜哉其不讲于刺剑之术也！甚矣吾不知人也！曩者吾叱之，彼乃以我为非人也！"从中可知，鲁句践也是一名剑术家，荆轲与其交往，意在讲求剑术，下棋只是两人交往过程中的一个插曲；荆轲"沈深好书"，不轻易表现，故鲁句践才懊悔"不知人"；荆轲志向远大，沉着冷静，不在小事上与人争执，甚且认为不值得争执，鲁句践才有"彼乃以我为非人

①李晓杰：《战国时期魏国疆域变迁考》，《历史地理》2003年第1期。
②张宗品：《〈史记·刺客列传〉"盖聂"当为"蒯聩"说补考》，《文献》2019年第2期。
③"自司马氏去周适晋，分散，或在卫，或在赵，或在秦。其在卫者，相中山。在赵者，以传剑论显，蒯聩其后也。"见司马迁：《史记·太史公自序》，中华书局1982年版，第3286页。

也"之惭。如果说鲁句践其名隐含某种深意的话,那么一旦与卧薪
尝胆、励精图治的越王句践联系起来,可以见出其非凡志向;同时,
越地有铸剑传统,各地至今还能见到"越王剑",与此相联系,鲁句
践之精通剑术亦可想见;不过,他失之于"鲁莽"。在与鲁句践和盖
聂等人的比较中,《史记》反衬出荆轲的英雄本色;再进一步分析,
太史公通过编纂荆轲在与包括鲁句践等人的游历交往中所受到的
轻慢,为后文突出表现太子丹及其燕国所给予以荆轲之信任、厚待
和倚重,设下了对比的空间。

四是与燕国高渐离、田光等人的契合与交游。如果说前几处是
反衬的话,那么此处便是正衬。荆轲至燕,在与高渐离和田光等人的
交游中,其性格进一步展现出来:豪放、嗜酒、喜爱音乐、歌哭于市中
的至人性情、"沈深好书"等等。此外,《史记》在此介绍高渐离与田
光,也为下文进一步铺叙荆轲在燕国的行状提供了方便,同时,也与
篇尾叙述高渐离筑击秦王形成呼应。

总而言之,《史记》编纂者独置这一部分,主要在于介绍传主荆轲
的生平情况和性格志向。如作进一步梳理,我们可知荆轲在刺秦之
前,作为卫人,他不甘心做亡国奴,游历了魏国、赵国和燕国。每经一
地,便与其地的"贤豪长者相结"。这些人物,固然已是当地芸芸众生
中的豪杰,一旦与荆轲交往,盖聂和鲁句践的分量就轻了下去。通过
这些闲笔,编纂者的用意,似乎在昭告读者:荆轲乃是真正的天下英
雄。为此,编纂者在称呼时,多以"荆卿"出之,较之《燕丹子》《战国
策》直称"荆轲",蕴含敬意。

然而,这一英雄,就《史记》此段所记,其时在故乡卫国无声名,剑
术亦不十分出色,故在诸侯国中既无誉也不被相中,这真是做刺客的
先决条件。不妨设想,如若燕太子丹找个声名远扬且剑术为世所知
之人赴秦殿,则挨近秦王身边绝不可能。

据《史记索隐》推测,"此传虽约《战国策》而亦别记异闻"①。我们撇开"约《战国策》"的问题,专就《史记·刺客列传》这部分内容而言,它们不见于《燕丹子》和《战国策》,原因可能在于太史公出于塑造传主形象的需要和贴合于列传体例的要求,故广采当时的文献,"别记异闻",遂成就了这部分内容。其实,有关荆轲的生平事迹,迟至曹魏和西晋时期的张华,在其编纂《博物志》时,仍有流传,如"荆轲字次非,渡,鲛夹船,次非不走,断其头,而风波静除"②。对此,宋代周日用注曰:"余尝行经荆将军墓,墓与羊角哀冢邻,若安伯施云:为荆将军所伐,乃在此也。其地在苑陵之源,求见其墓碑,将军名乃作次飞字也。"③在太史公前后,野史和民间传说中广泛流传着有关荆轲的故事。这里,就给我们提供了部分荆轲的民间形象:第一,其字为次非或次飞;第二,荆轲剑术神勇,力能斩鲛、平风波;第三,荆轲墓地在"苑陵之源",苑陵,秦统一之前,属韩国之地;第四,荆轲死后精灵不散,致使左伯桃魂灵受到胁迫,需羊角哀化为鬼魂,一起抗争。这些传说,如关于荆轲墓地的情况,虚诞多于实情,但反映了荆轲在历史上的民意。

尽管司马贞所推测的太史公所采之"异闻",是否真实可靠,文献已无以印证,但太史公在此所传达出的种种关于荆轲的精神气概和性格气度,与此篇后文以及《燕丹子》和《战国策》中的荆轲事迹,非常贴近。

---

① 司马迁:《史记·刺客列传》,中华书局 1982 年版,第 2527 页。
② 张华:《博物志》卷七,见王根林等校点:《汉魏六朝笔记小说大观》,上海古籍出版社 1999 年版,第 214 页。
③ 张华:《博物志》卷七,见王根林等校点:《汉魏六朝笔记小说大观》,上海古籍出版社 1999 年版,第 214 页。

二

《燕丹子》	《战国策·燕策三》	《史记·刺客列传》
燕太子丹质于秦,秦王遇之无礼,不得意,欲求归。秦王不听,谬言曰令乌白头、马生角,乃可许耳。丹仰天叹,乌即白头,马生角。秦王不得已而遣之,为机发之桥,欲陷丹。丹过之,桥为不发。夜到关,关门未开。丹为鸡鸣,众鸡皆鸣,遂得逃归。深怨于秦,求欲复之。奉养勇士,无所不至。	燕太子丹质于秦,亡归。见秦且灭六国,兵以临易水,恐其祸至。	居顷之,会燕太子丹质秦亡归燕。燕太子丹者,故尝质于赵,而秦王政生于赵,其少时与丹欢。及政立为秦王,而丹质于秦。秦王之遇燕太子丹不善,故丹怨而亡归。归而求为报秦王者,国小,力不能。其后秦日出兵山东以伐齐、楚、三晋,稍蚕食诸侯,且至于燕,燕君臣皆恐祸之至。

　　三段文字,分别是《燕丹子》的开篇、《战国策·燕策三》"燕太子丹质于秦"的开篇、《史记·刺客列传》"荆轲传"的第二部分。

　　三者字数有多寡,其共同内容是太子离秦归燕。此事发生时间,据《史记·六国年表》《史记·燕召公世家》记载,在秦始皇十五年、燕王喜二十三年,即公元前232年。之前,太子丹质赵以后回到燕国,接着又被送往秦国当人质。质秦的理由,《战国策·秦策五》云"文信侯欲攻赵以广河间,使刚成君蔡泽事燕,三年而燕太子质于秦"[①]。也就是说,蔡泽至燕,乃为秦之外交活动而奔走,即联合燕国以夹击赵国;蔡泽的外交使命完成得相当出色,燕国答应结盟,并使"燕太子质于秦"以明"燕不欺秦也"。秦归太子的理由,在于秦使甘罗说合赵王以离间秦燕的结果:"甘罗说赵王曰:'王闻燕太子丹入质秦欤?'曰:'闻之。'曰:'闻张唐相燕欤?'曰:'闻之。''燕太子丹入秦者,燕不欺秦也;张唐相燕者,秦不欺燕也。燕、秦不相欺者,伐赵,

---

①何建章注释:《战国策注释·秦策五》,中华书局1990年版,第275页。

危矣。燕、秦不相欺无异故,欲攻赵而广河间。王不如赍臣五城以广河间,请归燕太子,与强赵攻弱燕。'赵王立自割五城以广河间。秦归燕太子。赵攻燕,得上谷三十城,令秦有十一。"①由此而论,太子归燕,主要是秦赵弱燕的结果,但是,秦王政性格反复无常,有可能思欲除丹以绝后患,故对太子离秦,《燕丹子》谓"逃归",《战国策》和《史记》均用"亡归"。不过,对于甘罗使赵之事,古今学术界争议大,部分学者认为是依托之词,并非事实②,但也不可全然否定。

　　三个文本的不同点在于《燕丹子》以场面描写手法,辅以对话,重点刻画了秦王的百般刁难、太子逃归的过程与其复仇心理,是一种侧重于人物形象塑造的文学性写法;《战国策》则以简短的记叙手法,介绍亡归与燕国所处形势;《史记》亦为记叙手法,但笔调细致而复杂,除简短介绍亡归和详细介绍燕国所处形势之外,还补叙了太子与秦王政在少时同处赵国的经历与关系。相对而言,《战国策》和《史记》是一种侧重于叙述事件的历史笔法,《史记》尤显详尽。

　　这节文字中的三个文本之间的关系,《战国策》与《史记》较为接近,而《燕丹子》距它们较远。如介绍亡归,《战国策》"燕太子丹质于秦,亡归",接近于《史记》"燕太子丹质秦亡归燕";又如介绍燕国所处形势,《战国策》为"秦且灭六国,兵以临易水",《史记》则是"秦日出兵山东以伐齐、楚、三晋,稍蚕食诸侯,且至于燕",两者意思全同,只不过《战国策》的笔调倾向于概括,而《史记》的笔调则倾向于记叙,营造出迫近感和严峻性;再如介绍对形势的反应,《战国策》为"恐其祸至",主语是省略掉的太子,而《史记》则是"燕君臣皆恐祸之至",主语是"燕君臣",但是它们的中心词却是非常接近的。

　　至于《史记》介绍秦王政与太子丹之间关系的文字,《战国策》

①司马迁:《史记·樗里子甘茂列传》,中华书局1982年版,第2320页。
②缪文远:《战国策考辨》,中华书局1984年版,第73—74页。

无,这可归结于《史记》常用的"互见法",其目的有二:一是进一步丰富《秦始皇本纪》中所难以安排的有关秦王的材料,以利于塑造形象。在《本纪》中,关于秦王在赵国的早年生涯,正面交代的只有这一段:"秦始皇帝者,秦庄襄王子也。庄襄王为秦质子于赵,见吕不韦姬,悦而取之,生始皇。以秦昭王四十八年正月生于邯郸。及生,名为政,姓赵氏。"①在篇中简笔插叙的有另一段:"十九年,王翦、羌瘣尽定取赵地东阳,得赵王。引兵欲攻燕,屯中山。秦王之邯郸,诸尝与王生赵时母家有仇怨,皆坑之。"②而本节文字"秦王政生于赵,其少时与丹欢。及政立为秦王,而丹质于秦。秦王之遇燕太子丹不善",如同前面所引的插叙一样,不仅对秦王政当初在赵国的情况给予了尽可能多的说明,而且指出其刻薄寡恩的性格。二是通过这段文字,为太子丹的亡归提供了事实基础。太史公的编纂工作,在史料缝隙之间,虽无关乎整体情节,但还是善于贴"补丁",这是其笔法高明之处。

　　《燕丹子》中围绕着太子亡归所呈现出来的奇异细节,主要元素为乌白头、马生角、机发之桥为不发、众鸡夜鸣。这四个元素组成了三个关节:第一关,即由乌白头、马生角两个细节组成,目的是破除秦王的刁难,天示祥瑞之后,太子才得以动身离开;第二关,是机发之桥为不发,以克服亡归路上的障碍,也是天佑的表现;第三关,是众鸡夜鸣,既出于人的智慧亦出于天助,进一步扫清前行的曲折。总体而言,它们受汉初谶纬之学的影响,留有时代的烙印,但形象地反映了秦王"反戾天常,虎狼其行"的罪行。这些细节,《史记》正文虽未出现,但篇末太史公曰:"世言荆轲,其称太子丹之命,'天雨粟,马生角'也,太过。"可见,当时流传着许多有关荆轲和太子的传说和故事,

①司马迁:《史记·秦始皇本纪》,中华书局1982年版,第223页。
②司马迁:《史记·秦始皇本纪》,中华书局1982年版,第233页。

有些为太史公所经眼或闻听,但认为"太过"而不取。这些所谓的"世言",经百年之后,可能大部分存留于文字记载。它们有的虽然源出于同一个人物或故事,但互相之间的出入还是不可避免,这也正是民间故事的原生形态。"太史公曰"中提及的两个元素,"马生角"与之相符,"天雨粟"则不合。

在汉代及之后,有关太子亡归的不同细节,仍见于各种文献。如"传书言:燕太子丹朝于秦,不得去,从秦王求归。秦王执留之,与之誓曰:'使日再中、天雨粟,令乌白头、马生角、厨门木象生肉足,乃得归'。当此之时,天地祐之,日为再中,天雨粟,乌白头,马生角,厨门木象生肉足。秦王以为圣,乃归之之"①;再如"燕太子丹仰叹,天为雨粟,乌白头,马生角,厨中木象生肉足,井上株木跳度渎"②;又如"《燕丹子》曰:燕太子丹质于秦,秦王遇之无礼,乃求归。秦王为机发之桥,欲以陷丹。丹过之,桥不为发。又一说:交龙扶舆而机不发"③;等等。上述《风俗通义》《论衡》《水经注》所载太子丹亡归的细节元素,综合起来,主要有几个:天雨粟、乌白头、马生角、厨中木象生肉足、井上株木跳度渎、交(按:即"蛟")龙扶舆而机不发。这些元素,出自不同文献,大同小异,属于同一故事的不同异说,可以想见在历史的某一时段或跨时段里,有关燕丹子和荆轲的故事,在民间和文人那里,是如何旺盛多样、生机蓬勃地口传和抄写着。在这些细节里,传播较少的是"众鸡夜鸣",推测其因,可能在于这并非燕丹子和荆轲故事的首创,而是移植于秦昭王时孟尝君逃出函谷关的故事。所谓鸡鸣狗盗、尊贤重士,传播久远,而为《燕丹子》所取。

其实,通过"太史公曰"所提及的细节来钩稽文献中的同类材料

①黄晖:《论衡校释》,中华书局1990年版,第235页。
②应劭撰,王利器校注:《风俗通义校注》,中华书局1981年版,第90页。
③郦道元著,谭属春、陈爱平点校:《水经注》,岳麓书社1995年版,第279页。

《燕丹子》研究

以与《燕丹子》作比较，无非是想说明在《燕丹子》与《史记》之间存在着一堆由众多民间故事和文人记载所积累下来的丰厚材料。尽管在这一节里的两个文本，文字差异较大，那些奇异的细节元素因太史公认为过分或虚诞而不取，但我们倾向于认为，在太史公编纂《荆轲传》之时，不仅看到和审察过同类的这些材料，而且在这些同类材料里，一旦认为可以取信者，如同他编纂《史记》其他篇章时的通常做法一样，无疑会径直选用或改写这些材料以入篇章。

值得注意的是，《燕丹子》以秦王遇丹不善与太子得天之助这方面的细节描写，"连系起天人交感的思维"①从而为太子归燕后筹划谋刺之举，奠定了行为依据。这个依据，来自受到上天的承诺及许可的正当性。

关于人物的称谓，三个文本起首均用"燕太子丹"，然后，《燕丹子》和《史记》在接下来的叙述里，顺势转称为"丹"。我们对三个文本这方面的情况作一统计，具体如下：

《燕丹子》对太子丹称呼情况：

称呼语	次数	例　句	备　注
燕太子丹	2	1.燕太子丹质于秦，秦王遇之无礼。 2.燕太子丹畏大王之威，今奉樊於期首与督亢地图，愿为北蕃臣妾。	国名+身份+人名，介绍完备；前一个是开篇的完整称呼，后一个是荆轲在外交场合对太子的完整介绍
太子丹	2	1.田光见太子……坐定，太子丹曰。 2.太子丹曰："丹之忧计久，不知安出？"	分别出现在太子见田光、荆轲的场合

①黄东阳：《失落的英雄——由"英雄历程"解析〈燕丹子〉之文化意涵及士人心理》，(台北)《东吴中文学报》第20期(2010年11月)。

称呼语	次数	例　句	备　注
太子	66	略	用于叙述者的称呼、谈话时的尊称
丹	25	1. 丹仰天叹。 2. 秦王不得已而遣之……欲陷丹。 3. 丹过之，桥为不发。 4. 丹为鸡鸣，众鸡皆鸣，遂得逃归。 5. 丹与其傅麹武书。 其余用于自称者，略	大多用于太子自称；4例出现在开头"逃亡"部分，1例"丹与其傅麹武书"出现在紧接着开头的一段

《战国策》对太子丹称呼情况：

称呼语	次数	例　句	备　注
燕太子丹	1	燕太子丹质于秦，亡归。	出现在开篇
太子丹	5	1. 太子丹患之，谓其太傅鞠武。 2. 太子丹曰："太傅之计，旷日弥久。" 3. 太子丹恐惧，乃请荆卿曰。 4. 燕王喜、太子丹等皆率其精兵东保于辽东。 5. 王急，用代王嘉计，杀太子丹，欲献之秦。	出现在太子见太傅2例，见荆轲1例，荆轲刺秦之后的余波2例
太子	32	略	用于叙述者的称呼、谈话时的尊称
丹	12	略	用于太子自称

《史记》对太子丹称呼情况：

称呼语	次数	例　句	备　注
燕太子丹	3	1. 居顷之，会燕太子丹质秦亡归燕。 2. 燕太子丹者，故尝质于赵。 3. 秦王之遇燕太子丹不善，故丹怨而亡归。	集中出现在太子出场的一段

续表

称呼语	次数	例　句	备　注
太子丹	7	1. 太子丹患之,问其傅鞠武。 2. 太子丹恐惧,乃请荆轲曰。 3. 燕王喜、太子丹等尽率其精兵东保于辽东。 4. 代王嘉乃遗燕王喜书曰:"秦所以尤追燕急者,以太子丹故也。" 5. 燕王乃使使斩太子丹,欲献之秦。 6. 秦逐太子丹、荆轲之客,皆亡。 7. 太史公曰:世言荆轲,其称太子丹之命,"天雨粟,马生角"也,太过。	前2例出现在太子见太傅、荆轲的场合;后5例出现在荆轲刺秦之后的余波和太史公的议论
太子	32	略	用于叙述者的称呼、谈话时的尊称
丹	19	1. 及政立为秦王,而丹质于秦。 2. 故丹怨而亡归。 3. 丹曰:"然则何由?"对曰:"请入图之。" 4. 代王嘉乃遗燕王喜书曰:"今王诚杀丹献之秦王,秦王必解,而社稷幸得血食。" 5. 其后李信追丹,丹匿衍水中。 其余用于自称者,略	除了5例用于叙述者的指称之外,大多用于太子自称

以上,三书对于太子的称呼,有几个共同点:(一)篇首起句称呼均用"燕太子丹";(二)叙述者对于人物的指称与第三者对于人物的尊称,以称呼"太子"者为多;(三)人物自称,以"丹"者为多;(四)都出现了四种不同的称呼,即"燕太子丹""太子丹""太子""丹"。

不同点有几种情况:(一)针对"燕太子丹",这一国名+身份+人名的称呼,分别出现2、1、3次,出现在《燕丹子》的第二例,是荆轲见秦中庶子蒙之时关于太子的完整称呼,符合外交语境的需要;《史记》的第二例,紧承第一例而来,不为无因,而第三例虽也是承接第一、二例而来,但既无必要也显得累赘,与整篇的主要称呼"太子"不相类,

缺乏整体上的统一,这或与《史记》此段所依据之材料有关。(二)
在四种人物称呼中,"太子丹"最为零乱,毫无规律性,三书出现分
别有 2、5、7 次,这是身份+人名的称呼,燕国当时只有一个太子即
丹,如果以现代叙述学来观察,这个称呼其实是多余的,因为无论
是称"太子"或"丹",均指向同一个人而不会出现歧义。如果从文
本之间的因袭来看,《燕丹子》的例句不见于另两本,而《战国策》
《史记》计有 4 例类似。(三)关于"丹",毫无疑问主要应该用于太
子自称,《战国策》全部 12 例未见例外,而《燕丹子》《史记》则各有
5 例还用于叙述者的指称,语意等同于"太子",但这 5 例两个文本
之间没有可比性。

　　总之,各类称呼语用于指称和自称,《燕丹子》共计 95 次,《战国
策》50 次,《史记》61 次,基本用语应为"太子""丹"。称谓表达的不
一,显示出原始材料辗转相传而文本糅合了历史记载、故事传播、文
人整理或编作的痕迹。

　　对于另一主要人物荆轲的称谓,三个文本的具体情况又是如何
呢? 我们对此也一并作个分析:

	"荆轲"	"轲"	"荆君"	"足下"	"荆卿"
《燕丹子》	8	48	4	4(5)	0
《战国策》	23	9	0	5	6
《史记》	38	7	0	5	12

《燕丹子》的主要指称是"荆轲""轲""荆君""足下",而以"轲"
为主;《战国策》和《史记》的主要指称是"荆轲""轲""荆卿""足下",
而以"荆轲"为主。文本之间,从主要指称而言,《战国策》与《史记》
较为接近。至于三书共有之"足下",一致性较多,主要的出入仅为
《燕丹子》中的 1 例,指秦王。情况如表:

《燕丹子》	《战国策》	《史记》
1. 光不自度不肖,达足下于太子。 2. 夫燕太子,真天下之士也,倾心于足下。 3. 愿足下勿疑焉。 4. 今秦已破赵国,兵临燕,事已迫急。虽欲足下计,安施之? ＊5. 足下负燕日久,贪暴海内,不知厌足。	1. 光窃不自外,言足下于太子。 2. 愿足下过太子于宫。 3. 愿足下急过太子,言光已死,明不言也。 4. 秦兵旦暮渡易水,则虽欲长侍足下,岂可得哉! 5. 樊将军以穷困来归丹,丹不忍以己之私而伤长者之意,愿足下更虑之。	1. 光窃不自外,言足下于太子也。 2. 愿足下过太子于宫。 3. 愿足下急过太子,言光已死,明不言也。 4. 秦兵旦暮渡易水,则虽欲长侍足下,岂可得哉! 5. 樊将军穷困来归丹,丹不忍以己之私而伤长者之意,愿足下更虑之。

　　由表可知,《燕丹子》出现"足下",3 例是田光对荆轲的尊称,1 例是太子对荆轲的尊称,1 例是荆轲对秦王的称呼(这非常特殊);《战国策》《史记》例句全然相同,前 3 例是田光对荆轲的尊称,后 2 例是太子对荆轲的尊称。从"足下"的主要使用语境和语意来看,三个文本之间不可谓全无关系。这种关系体现在:一是《战国策》与《史记》之间主要部分的雷同,二是《燕丹子》与《战国策》《史记》也存在着影响关系。

　　《燕丹子》的"荆君",相当于《战国策》与《史记》的"荆卿",是对荆轲的尊称。具体情况如下:

《燕丹子》"荆君"	《战国策》"荆卿"	《史记》"荆卿"
1. 若因先生之灵,得交于荆君,则燕国社稷长为不灭,唯先生成之。 2. 今荆君远至,将何以教太子? 3. 今荆君不以丹不肖,降辱小国。 4. 常念之,日夜饮	1. 此丹之上愿,而不知所以委命,唯荆卿留意焉。 2. 于是尊荆卿为上卿,舍上舍。 3. 久之,荆卿未有行意。 4. 太子丹恐惧,乃请荆卿曰:	1. 而之燕,燕人谓之荆卿。 2. 荆卿好读书击剑。 3. 荆轲出,人或言复召荆卿。 4. 荆卿则已驾而去榆次矣。 5. 虽然,光不敢以图国事,所善荆卿可使也。 6. 愿因先生得结交于荆卿,可乎? 7. 偻行见荆卿。 8. 欲自杀以激荆卿。

《燕丹子》"荆君"	《战国策》"荆卿"	《史记》"荆卿"
泪,不知所出。荆君幸教,愿闻命矣!	5. 荆卿曰:"微太子言,臣愿得谒之。" 6. 日以尽矣,荆卿岂无意哉?	9. 此丹之上愿,而不知所委命,唯荆卿留意焉。 10. 于是尊荆卿为上卿,舍上舍。 11. 乃装为遣荆卿。 12. 日已尽矣,荆卿岂有意哉?

尽管同为尊称,但《燕丹子》的4例与《战国策》《史记》没有可比性。《燕丹子》"荆君",第一、三例出于太子之口,第二例出于太子客夏扶之口,第四例出于秦叛将樊於期之口。《战国策》《史记》的"荆卿",相同者为3例;《战国策》另3例即第三、四、五例在《史记》中均以"荆轲"出之;而《史记》中的五例即第五、六、七、八、十一例,在《战国策》中均以"荆轲"出之。可见,这两个文本所依据之材料有相似性,但并未尽同。此外,《史记》中的前四例,因整体内容不见于《战国策》,故无以比较。

以上内容可知,两个主要人物的称呼变化,可以为我们推敲三个文本之间的关系,开启一个分析的角度。

三

《燕丹子》	《战国策·燕策三》	《史记·刺客列传》
丹与其傅鞠武书,曰:"丹不肖,生于僻陋之国,长于不毛之地,未尝得睹君子雅训、达人之道也。然鄙意欲有所陈,幸傅垂览之。丹闻丈夫所耻,耻受辱以生于世也;贞女所羞,羞见劫以亏其节也。故有刎喉不顾、据鼎不避者,斯岂乐死而忘生哉,其心有所守也。今秦王反戾天常,虎狼其行,遇丹无礼,为诸侯最。丹每念之,痛入骨髓。计燕国之众不能敌之,旷年相守,力固	太子丹患之,谓其太傅鞠武曰:"燕、秦不两立,愿太傅幸而图之。"	太子丹患之,问其傅鞠武。

《燕丹子》	《战国策·燕策三》	《史记·刺客列传》
不足。欲收天下之勇士,集海内之英雄,破国空藏,以奉养之,重币甘辞以事于秦。秦贪我赂,而信我辞,则一剑之任,可当百万之师;须臾之间,可解丹万世之耻。若其不然,令丹生无面目于天下,死怀恨于九泉。必令诸侯无以为叹,易水之北,未知谁有。此盖亦子大夫之耻也。谨遗书,愿熟思之。"		

三段内容,均为太子问计。关于人名写法,三书音近形近却各异,《燕丹子》为"麴武",而《战国策》为"鞫武",《史记》为"鞠武"。

事实上,《燕丹子》中的这一人名,历来写法也不统一。收录此书的《永乐大典》为"鞠武"①,《太平御览》皇亲部引《燕丹子》为"麴武"②。清代孙星衍依据《永乐大典》本校辑《燕丹子》,其本子收于岱南阁、问经堂、平津馆诸丛书。其中,岱南最先,平津最后,但后出转精,《丛书集成初编》与《四部备要》所收《燕丹子》均据平津本,程毅中先生点校本亦以此为底本。对于《燕丹子》"鞠武"与"麴武"之歧,孙星衍谓:"《史记·刺客列传》作鞠武。《索隐》云:'鞠,音麴。'正据此书以作音耳。"③在此,孙氏认为司马贞《史记索隐》以《燕丹子》之"麴"来校勘《史记》之"鞠",故其《燕丹子》校辑本从《太平御览》所引而改《永乐大典》本。事实上,更完整一点的《史记索隐》是这样出校的:"上音麴,又如字,人姓名也。"④认为"鞠"不仅音同"麴",而且字亦应如"麴"。

---

①解缙等编:《永乐大典》卷四九〇八,中华书局1986年版,第8805页。
②李昉等编:《太平御览·皇亲部十三》,中华书局1960年版,第718页。
③无名氏撰,程毅中点校:《燕丹子》,中华书局1985年版,第3页。
④司马迁:《史记·刺客列传》,中华书局1982年版,第2528页。

　　三书均有对这一人名的记载,可见历史上确实存在过这个人物,但其名却在口耳相传和笔墨传抄中渐失其真。虽然,为尊重古书原貌而不能径改,然而,根据司马贞的理解,我们倾向于认为,正确的写法应该在"麹武"与"鞫武"之间,"鞠武"则应基本认定为错。

　　关于麹武之身份,《战国策》为"太傅",而《燕丹子》《史记》在此段均为"傅"。实际上,这一身份的称谓在三个文本中出现了一些颇有意味的现象,下面作个统计:

《燕丹子》	《战国策·燕策三》	《史记·刺客列传》
1. 丹与其傅麹武书。 2. 幸傅垂览之。 3. 傅不以蛮域而丹不肖。	1. 谓其太傅鞫武曰。 2. 愿太傅幸而图之。 3. 太傅曰:"请入图之。" 4. 太傅鞫武谏曰。 5. 太傅之计,旷日弥久。 6. 愿太傅更虑之。 7. 愿因太傅交于田先生。	1. 问其傅鞫武。 2. 太傅之计,旷日弥久。 3. 愿太傅更虑之。 4. 愿因太傅而得交于田先生。
"傅"3次	"太傅"7次	"傅"1次,"太傅"3次

　　有关《史记》和《战国策》的用词情况,《史记》中一次使用"傅",实指"太傅",指鞫武;而三次使用"太傅",均出现在对话之中,出自太子丹之口,含有对鞫武的敬意。对比之下,《战国策》则统一使用"太傅",非常明确,绝不省略,而《史记》则有趋向文本整饬和简省的意味。更值得注意的是,两个文本中"太傅之计,旷日弥久""愿太傅更虑之"这两句完全一致,而"愿因太傅交于田先生"与"愿因太傅而得交于田先生"意思相同而后者补足了语气,显示出改写的痕迹。《燕丹子》单一而明确地使用"傅",同时出现在对话和叙述之中。就"傅""太傅"用法来看,《燕丹子》与《战国策》《史记》的差异性较大。

　　"太傅"是个官名,含义有二:第一,三公之一。周代始置,辅弼天子治理天下。《尚书·周官》云:"立太师、太傅、太保,兹惟三公,论道经邦,燮理阴阳。"①春秋战国时期诸国有的设太傅,秦朝废止,西汉曾两度短暂复置,东汉则长期设立。第二,辅导太子的东宫官,太子太师的地位高于太子太傅,这一制度商、周两代已有。"太傅"简称作"傅",《大戴礼》有"傅之德义"②的用语,太傅一般由德高望重、文化素养较高者担任,所谓立傅之道有六,即"知虑不躁达于变,身行宽惠达于礼,威严不足以易于位,重利不足以变其心,恭于教而不快,和于下而不危"③。

"太傅"之外还有"少傅"。"少傅"为"三公九卿"中"九卿"之一,由夏朝始设,至周以少师、少傅、少保、冢宰、司徒、宗伯、司马、司寇、司空为九卿,历代多沿置。

下面,对全本《战国策》《史记》中出现"太傅""傅"作一统计。情况如下:

	"太傅"出现次数	"傅"出现次数	备　注
《战国策》	8	26	"太傅",除了上引7次之外,另一次出现在《齐策四·齐人有冯谖者》
《史记》	33	131	"太傅",除上引3次和1次在《楚世家》外,其余29次内容均涉及汉代

不计汉代出现"太傅"一词,《史记》出现"太傅"主要在燕、楚;《战国策》主要出现在燕、齐。以"傅"简称"太傅"的情况,两者均有。如:《战国策·秦策一》"商君治秦,法令至行,公平无私,罚不讳强大,赏不私亲近,法及太子,黥劓其傅"④;《史记·秦本纪》"法之不行,自于贵

①李民、王健译注:《尚书译注》,上海古籍出版社2004年版,第358页。
②王聘珍撰,王文锦点校:《大戴礼记解诂》卷三《保傅》,中华书局1983年版,第50页。
③何建章注释:《战国策注释·赵策二》,中华书局1990年版,第698页。
④何建章注释:《战国策注释·秦策一》,中华书局1990年版,第71页。

戚。君必欲行法,先于太子。太子不可黥,黥其傅师"①;等等。后者的
"傅师",同于《战国策·赵策二》的"师傅"②,指太师、太傅或少师、少
傅的合称。可见,战国时设"太傅"制度并不局限于燕、楚、齐,那么,在
《战国策》和《史记》中,为何有的篇章中集中出现"太傅"全称?而有的
则集中出现简称"傅"?我们认为,《战国策》是刘向汇聚多种国别材料
而成的,在原始材料中,不同作者的写作习惯留下了这种未经统一整理
过的痕迹。《史记》在事涉汉代的篇章中29次出现"太傅"全称,显示
出在编纂时可供太史公驱遣和确认的汉代材料的详尽与可靠,而对于
战国时期乃至更早时期的历史叙述,对材料的单向依赖则更多一些。

　　在史书和文学作品里,作者的意见和态度,有时可以通过详略来
表示。本段中,《战国策》里太子丹向鞠武问计,只以一句话带过,而
《史记》则干脆省略。不同的是,《燕丹子》则以太子丹书信于鞠武的
形式,以245个字的篇幅,详尽地表达了自己复杂的心理活动和初步
的对策。书信分四个层次:

　　一为写信缘起。虽有客套陈言,但吻合于师生之间的问计主题,
也反映了太子对其傅的尊重。而语言上的"生于僻陋之国,长于不毛
之地"与"君子雅训、达人之道"则富艳骈偶,有战国纵横家的习气。
此外,还透露鞠武的外国人身份。

　　二为受辱之痛。"秦王反戾天常,虎狼其行,遇丹无礼,为诸侯
最",这自然激起太子"痛入骨髓"之感。他是燕国的太子,出质于
秦,所代表的不仅是其个人形象,而且是国家形象。故此,秦王对他
的羞辱、欺诈和暴行,这种"万世之耻",不仅是针对他个人,而且更是
施诸整个国家。有此之痛,故太子表达了以死抗争的愿望,决计"刎
喉不顾、据鼎不避"。这段中"丈夫所耻,耻受辱以生于世也;贞女所

────────────

①司马迁:《史记·秦本纪》,中华书局1982年版,第205页。
②何建章注释:《战国策注释·赵策二》,中华书局1990年版,第673页。

羞,羞见劫以亏其节也",虽出于太子之"闻",但经过了他的语言组织,是工整的骈俪句,四八句式,前后言对,有议论倾向。不仅如此,这一层次的语言,长短交错,互为抑扬,适足于传达沉痛而激越的情绪。此外,从太子的痛愤之情来看,开篇部分秦王对他的刁难和欺诈,只是太子在秦国所受耻辱的缩影和片段,许多受辱情况实在难以道尽。编作者截住既往,以"逃归"开篇,利于营造作品的整体感和紧张感,可见艺术手段之高明。

三为复仇之计。当时列国上空,乌云密布,战号嘶吼,韩、赵、魏岌岌可危,其他三国也饱经秦之战车的蹂躏,割城削地以求和者不少。在大战将临的紧张情况下,太子认为"计燕国之众,不能敌之;旷年相守,力固不足"不可谓无据;他把对秦的抗争立足于依靠自己国家的实力上,不可谓不清醒。其时,列国之间,均以自身的利益相尚,乐见燕国趋危者亦不少。据《史记·燕召公世家》记载,燕王喜十二年,赵使庞煖率军,取燕军二万,杀其大将剧辛,此事发生在太子丹离秦之前十一年。在这国势危弱、与秦难以久峙的背景下,太子准备采取的复仇措施有二:一是养士,"欲收天下之勇士,集海内之英雄,破国空藏,以奉养之",所招对象要求极高,待遇亦甚厚;二是行刺,"重币甘辞,以事于秦。秦贪我赂,而信我辞,则一剑之任,可当百万之师。须臾之间,可解丹万世之耻",谋划以重币甘辞接近秦王,趁机行刺或以匕首胁迫秦王妥协。太子这一腹中计划,属于高度军事机密,难为外人道,但在东宫老师面前,一泻千里,顺流而下,实在是不吐不快啊。此段表达,以短句为主,气势淋漓,语调铿锵,同样不乏战国策士之遗风。

四为坐等灭国之哀叹。燕国此际正如隆隆战车碾压下的一粒危卵,情势危急,起而拯救,或有一线生存之可能,否则,"若其不然,令丹生无面目于天下,死怀恨于九泉,必令诸侯无以为叹,易水之北,未知谁有?此盖亦子大夫之耻也"。坐而待毙的结果自然是"易水之北"为秦所侵占,国将不国。这不仅是太子一人之耻,文中强调了同样是燕国"子大夫之耻也"。此段语气,从高昂一转而为低沉,流露出太子的不甘与不安。

小说中的尺牍"既可以做到'客观'叙述复杂的人与事,也能够抒发小说人物强烈的思想感情"①。这篇书信既顺接了前文"逃归"的内容,又是《燕丹子》此后各种人物和情节接踵出场的基础,同时还确立了作品的复仇主题,设置了"养士"和"行刺"两大内容的伏笔,故编作者以重笔出之,语言风格尤为瑰丽多彩。

四

《燕丹子》	《战国策·燕策三》	《史记·刺客列传》
麴武报书曰:"臣闻快于意者亏于行,甘于心者伤于性。今太子欲灭悁悁之耻,除久久之恨,此实臣所当糜躯碎首而不避也。私以为智者不冀侥幸以要功,明者不苟从志以顺心。事必成然后举,身必安而后行。故发无失举之尤,动无蹉跌之愧也。太子贵匹夫之勇,信一剑之任,而欲望功,臣以为疏。臣愿合从于楚,并势于赵,连横于韩、魏,然后图秦,秦可破也。且韩、魏与秦,外亲内疏。若有倡兵,楚乃来应,韩、魏必从,其势可见。今臣计从,太子之耻除,愚鄙之累解矣。太子虑之。"太子得书,不说,召麴武而问之。武曰:"臣以为太子行臣言,则易水之北,永无秦忧,四邻诸侯必有求我者矣。"	武对曰:"秦地遍天下,威胁韩、魏、赵氏,则易水以北,未有所定也。奈何以见陵之怨,欲排其逆鳞哉?"太子曰:"然则何由?"太傅曰:"请入图之。"	武对曰:"秦地遍天下,威胁韩、魏、赵氏,北有甘泉、谷口之固,南有泾、渭之沃,擅巴、汉之饶,右陇、蜀之山,左关、淆之险,民众而士厉,兵革有余。意有所出,则长城之南,易水以北,未有所定也。奈何以见陵之怨,欲批其逆鳞哉!丹曰:"然则何由?"对曰:"请入图之。"

本节中,《燕丹子》写了麴武的回信、太子的不悦及麴武的回应;《战国策》与《史记》均写了武之对答及两人的进一步讨论,因此,基本内容接近一致。

————————

① 陆学松:《中国古代小说中的尺牍》,《南通大学学报》(社会科学版)2016 年第 4 期。

　　《燕丹子》里麴武的回信有三层意思：一是劝太子从长计议，并分析行刺的不当。有趣的是，前信里撇开客套陈言，太子以"丹闻"作为正式起言，而这里麴武也是以"臣闻快于意者亏于行，甘于心者伤于性"的骈句作为开场白，并顺势转递到劝说太子以"智者"和"明者"而谋动。二是建议太子采用联合政策，即"合纵于楚，并势于赵，连横于韩、魏"，然后破秦。三是此计之效，师生的耻与累，可除可解。分析起来，麴武的计策，理论上很美好，联合众国，以多胜少，然而，其弊还是明显的。浪费制胜的时间已不消说得，关键是几乎没有可行性，燕国不具备号召和联合四国的实力，况且四国之间，矛盾复杂，难以同心。因此，太子不悦，召问麴武以证其说，麴武再次作了强调。本节里麴武的回信是重点，其计代表了当时燕国内部抗争秦国的另一种声音，它被太子否决，从某种程度上说明了其时燕国国势的迫急和危险以及国际形势的复杂性。

　　《战国策》以"武对"之言，分析了秦国的强大与当时的形势，并劝太子打消主意。《史记》的基本内容相同。值得注意的是，两者在几乎一致的文字框架中，《史记》多出了这样一段："北有甘泉、谷口之固，南有泾、渭之沃，擅巴、汉之饶，右陇、蜀之山，左关、淆之险，民众而士厉，兵革有余。意有所出，则长城之南。"学者们分析较多，争议很大，对此，我们认为，《战国策》所据材料可能此段有缺失，而《史记》起码这一段的所据材料与《战国策》并不一致，太史公所见，为完整材料。

　　《战国策》《史记》在这里都写到了"见陵之怨"，后文荆轲与樊於期对话中也有类似表述。"见陵之怨"的主语是谁？两书有不一致之处。

　　对于《战国策》而言，由于开头部分没有交代太子在秦国的遭遇，只以"亡归"两字隐约出之，而紧随其后的文字，则是"见秦且灭六国，兵以临易水，恐其祸至"，因此，《战国策》的"见陵之怨"的主语有两种可能性：一是指太子，二是指燕国。如果仔细研读，就会发现，在太子与鞠武、田光、荆轲三人的讲谈中，丝毫没有提及个人之事，而屡屡出之于燕国在其时危如累卵的国运。因此，在上述两种可能性中，指燕国的可能性更大一些。如此,则太子抗击秦国、"欲排其逆鳞"的出发点,在《战国策》中主要出于爱国之念。

而《史记》则在前文补叙了"秦王之遇燕太子丹不善,故丹怨而亡归"的文字,从而使"见陵之怨"的主语明确为太子。如此,太子之抗秦,兼含了个人复仇的意图。

很有可能,对于太子抗秦的动机,在《燕丹子》《战国策》《史记》成文之前,当时不乏各种议论,故而三个文本的表述略有出入。

五

《燕丹子》	《战国策·燕策三》	《史记·刺客列传》
	居之有间,樊将军亡秦之燕,太子容之。太傅鞠武谏曰:"不可,夫秦王之暴,而积怨于燕,足为寒心,又况闻樊将军之在乎!是以委肉当饿虎之蹊,祸必不振矣!虽有管、晏,不能为谋。愿太子急遣樊将军入匈奴以灭口。请西约三晋,南连齐、楚,北讲于单于,然后乃可图也。"	居有间,秦将樊於期得罪于秦王,亡之燕,太子受而舍之。鞠武谏曰:"不可。夫以秦王之暴而积怒于燕,足为寒心;又况闻樊将军之所在乎?是谓'委肉当饿虎之蹊'也,祸必不振矣!虽有管、晏,不能为之谋也。愿太子疾遣樊将军入匈奴以灭口。请西约三晋,南连齐、楚,北购于单于,其后乃可图也。"

《战国策》与《史记》的主旨,在于对此际突然发生的事件——秦将樊於期叛逃至燕——师生之间所作的探讨。《燕丹子》对这一突发事件则在此未予记载,而移置于之后的太子送美人于荆轲的补叙之中。对同一事件作不同文字处理,其因在于《战国策》与《史记》是按照时间顺序来记,而《燕丹子》则更倾向于保全燕丹子与鞠武在商讨中心话题之际语气的承接度与一致性,故将这横生之波作了移后的艺术化处理。另外一层因素,在《燕丹子》编作者看来,针对强秦之侵略行径所欲横加的借口,燕国收留樊於期之有无,可以忽略不计;针对太子之复仇之心,亦不受此等偶发事件之影响。以见识而论,

《燕丹子》在此的处理高于《战国策》与《史记》。

在《战国策》《史记》的这段文字中，樊於期叛秦到燕，师生有不同的意见。太子收留他，而太傅则认为，燕国收容并厚待樊将军，只会进一步激怒秦王，致祸于燕，倒不如以曾经率军打过匈奴的樊将军为送给匈奴的礼物，以消除秦国觊觎燕国的借口，再从容地联合三晋、齐楚和匈奴，共同对抗秦国。值得指出的是，太傅这里所提之计，与《燕丹子》前一段鞫武回信中所提之策即"合纵于楚，并势于赵，连横于韩、魏"，大致相同，只少了其中一个联合对象匈奴。

而在两个文本之间，文字几乎接近，《史记》多出了一些补全内容和语气的文字，如"秦将樊於期得罪于秦王，亡之燕，太子受而舍之"之与"樊将军亡秦之燕，太子容之"，显示出后期加工的痕迹。

六

《燕丹子》	《战国策·燕策三》	《史记·刺客列传》
太子曰："此引日缦缦，心不能须也！"鞫武曰："臣为太子计熟矣。夫有秦，疾不如徐，走不如坐。今合楚、赵，并韩、魏，虽引岁月，其事必成。臣以为良。"太子睡卧不听。鞫武曰："臣不能为太子计，臣所知田光，其人深中有谋。愿令见太子。"太子曰："敬诺！"	太子丹曰："太傅之计，旷日弥久，心惛然，恐不能须臾。且非独于此也。夫樊将军困穷于天下，归身于丹，丹终不迫于强秦，而弃所哀怜之交置之匈奴，是丹命固卒之时也。愿太傅更虑之。"鞫武曰："燕有田光先生者，其智深，其勇沉，可与之谋也。"太子曰："愿因太傅交于田先生，可乎？"鞫武曰："敬诺。"	太子曰："太傅之计，旷日弥久。心惛然，恐不能须臾。且非独于此也，夫樊将军穷困于天下，归身于丹；丹终不以迫于强秦而弃所哀怜之交，置之匈奴，是固丹命卒之时也。愿太傅更虑之。"鞫武曰："夫行危欲求安，造祸而求福，计浅而怨深，连结一人之后交，不顾国家之大害，此所谓'资怨而助祸'矣。夫以鸿毛燎于炉炭之上，必无事矣。且以雕鸷之秦，行怨暴之怒，岂足道哉！燕有田光先生，其为人智深而勇沈，可与谋。"太子曰："愿因太傅而得交于田先生，可乎？"鞫武曰："敬诺。"

《燕丹子》承接着师生之间的对策之议。

《燕丹子》与《战国策》《史记》之间，此段文字差异较大，但内容还是比较接近，从太子否定太傅之计到太傅转荐田光于太子。

在这一段中，《燕丹子》与《战国策》所据材料相似度高，如《战国策》"太傅之计，旷日弥久，心惽然，恐不能须臾"，《燕丹子》则为"此引日缦缦，心不能须也……太子睡卧不听"。这里，"惽"古通"闷"，"惽然"指忧思烦闷貌。

《战国策》和《史记》，有一内容即太子丹排除遣送樊将军于匈奴的提议，不出现于本段《燕丹子》。然而，《战国策》《史记》在几乎接近的内容中，后者多出了一段太傅厉声责备太子之语："夫行危欲求安，造祸而求福，计浅而怨深，连结一人之后交，不顾国家之大害，此所谓'资怨而助祸'矣。夫以鸿毛燎于炉炭之上，必无事矣。且以雕鸷之秦，行怨暴之怒，岂足道哉！"尽管从世俗眼光来看，太子容留樊将军是因小失大之举，但是，从道德角度说，太子拒绝落井下石，是值得敬佩的。因此，以太傅身份责备太子，口气严厉甚至到"不顾国家之大害"的程度，事实上不太可能，而且《史记》中与此语紧接其下的"燕有田光先生"，在内容与语气之间，也难以自然弥合。可以说，这一段文字，是太史公在"战国策"材料的基础上，补加上去的。补加的内容，之所以忽视了太子和太傅两者的身份而达到严厉至谴责的程度，盖因太史公虽认同荆轲之义但在汉代已趋于稳定的社会环境下不认同甚至否定行刺之举。故此，太史公借太傅之口，亮出了自己的观点，道出了自己的谴责之意。或许有一种可能，太史公是为整篇《刺客列传》制造一层保护色，以免在当时贻人口实，落下赞许行刺之举的把柄。总之，太史公针对刺客和行刺，感情上在历史与现实之间存在着一定的张力。

宋代鲍彪曰："鞫武初谋似矣，太子不用，不能力争，妾妇之明也。

数士之死,燕国之亡,皆武实为之。"①此评无论从太子还是从鞠武角度来说,都过于苛刻。事实上,在《战国策》文本中,太傅之策尽管迂阔,但他已作两次力争。

关于太傅所荐之田光的评价,三文表述略有不同。《燕丹子》谓"深中有谋",主要是一介智士的形象;而《战国策》与《史记》则相对近似,前者谓"其智深,其勇沉,可与之谋也",后者曰"其为人智深而勇沈,可与谋"。可见,两文的评价中不仅有"智",而且有"勇",是兼具大智与大勇的人物。这里,《史记》的语言显然更为整饬,有加工痕迹。

七

《燕丹子》	《战国策·燕策三》	《史记·刺客列传》
	出见田光,道:"太子(曰)愿图国事于先生。"田光曰:"敬奉教。"乃造焉。	出见田先生,道:"太子愿图国事于先生也。"田光曰:"敬奉教。"乃造焉。

此为过渡段,太傅退场,田光登台,《战国策》与《史记》所示文字几乎一致。《战国策》吴师道注曰:"衍'曰'字。"②《史记》则删去。

《燕丹子》无此段,或许在于这种人物递接式的段落,容易使行文变得松散,气场转弱,冲淡故事的紧张度;或许在于编作者的笔墨焦点,在荆轲出场之前始终围绕着太子,故略去了无太子出场的太傅与田光对话之场景。

八

《燕丹子》	《战国策·燕策三》	《史记·刺客列传》
田光见太子,太子侧阶而迎,迎而再拜。	太子跪而逢迎,却行为道,跪而拂席。	太子逢迎,却行为导,跪而蔽席。

①鲍彪:《战国策注》卷九,宋绍熙二年刻本,第239页。
②吴师道:《战国策校注》卷九,《四部丛刊》景元至正本,第335页。

　　此句写出了太子对田光的恭敬态度。

　　三个文本中,《燕丹子》文字与其他两者有差异,意思亦小异。所谓"侧阶而迎,迎而再拜",指的是在宫殿台阶前太子让出正道,侧身迎接再礼拜,而无《战国策》《史记》中太子迎上前去、徐徐后退、引导田光并拂拭座席之动作。

　　《战国策》文本里,一句中出现两个"跪",《史记》删其一。《战国策》的"道"通"导","拂席"与"蔽席"同义,在全本《战国策》与《史记》中仅此一见。

九

《燕丹子》	《战国策·燕策三》	《史记·刺客列传》
坐定,太子丹曰:"傅不以蛮域而丹不肖,乃使先生来降敝邑。今燕国僻在北陲,比于蛮域,而先生不羞之。丹得侍左右,睹见玉颜,斯乃上世神灵保佑燕国,令先生设降辱焉。"田光曰:"结发立身,以至于今,徒慕太子之高行,美太子之令名耳。太子将何以教之?"太子膝行而前,涕泪横流曰:"丹尝质于秦,秦遇丹无礼,日夜焦心,思欲复之。论众则秦多,计强则燕弱。欲曰合从,心复不能。常食不识位,寝不安席。纵令燕秦同日而亡,则为死灰复燃,白骨更生,愿先生图之。"田光曰:"此国事也,请得思之。"于是舍光上馆。太子二时进食,存问不绝,如是三月。太子怪其无说,就光辟左右,问曰:"先生既垂哀恤,许惠嘉谋。侧身倾听,三月于斯,先生岂有意欤?"田光曰:"微太子言,固将竭之。臣闻骐骥之少,力轻千里,及其罢朽,不能取道。太子闻臣时已老矣。欲为太子良谋,则太子不能;欲奋筋力,则臣不能。然窃观太子客,无可用者。夏扶,血勇之人,怒而面赤;宋意,脉勇之人,怒	田先生坐定,左右无人,太子避席而请曰:"燕、秦不两立,愿先生留意也。"田光曰:"臣闻骐骥盛壮之时,一日而驰千里;至其衰也,驽马先之。今太子闻光壮盛之时,不知吾精已消亡矣。虽然,光不敢以乏国事也。所善荆轲可使也。"太子曰:"愿因先生得愿交于荆轲,	田光坐定,左右无人,太子避席而请曰:"燕秦不两立,愿先生留意也。"田光曰:"臣闻骐骥盛壮之时,一日而驰千里;至其衰老,驽马先之。今太子闻光盛壮之时,不知臣精已消亡矣。虽然,光不敢以图国事,所善荆卿可使也。"太子曰:"愿因先生得结交于荆卿,可乎?"

《燕丹子》	《战国策·燕策三》	《史记·刺客列传》
而面青;武阳,骨勇之人,怒而面白。光所知荆轲,神勇之人,怒而色不变。为人博闻强记,体烈骨壮,不拘小节,欲立大功。尝家于卫,脱贤士大夫之急十有余人,其余庸庸不可称。太子欲图事,非此人莫可。"太子下席再拜曰:"若因先生之灵,得交于荆君,则燕国社稷长为不灭。唯先生成之。"田光遂行。太子自送,执光手曰:"此国事,愿勿泄之!"光笑曰:"诺。"	可乎?"田光曰:"敬诺。"即起,趋出。太子送之至门,曰:"丹所报,先生所言者,国大事也,愿先生勿泄也。"田光俛而笑曰:"诺。"	田 光 曰:"敬诺。"即起,趋出。太子送至门,戒曰:"丹所报,先生所言者,国之大事也,愿先生勿泄也!"田光俛而笑曰:"诺。"

  此段中,主角是田光。从文意看,《燕丹子》中的田光是他国人,故太子自称"蛮域"和"敝邑",并推重田光"斯乃上世神灵保佑燕国,令先生设降辱焉"。太子丹写给麹武书信中,也有类似语句。而相反,《战国策》《史记》中的田光是本国人,这从前文太傅之口"燕有田光先生(者)"中就可得知,而《史记》的田光出场更早,在第一段介绍荆轲时就捎带上了"燕之处士田光先生",指其有才德而不仕,并谓其知荆轲"非庸人也",乃为荆轲在燕国的知音。《燕丹子》之前称赞他"深中有谋",这里的"深中",并非指思虑深重,而是指内心廉正,裴骃《史记集解》释"壶遂之深中隐厚"的"深中隐厚"为"一云'廉正忠厚'"①。《战国策》《史记》称赞他"智深""勇沉",与《燕丹子》侧重点有所不同。三书均着意渲染太子对田光的恭敬之态,其因可能在于两方面:一是尊田光为贤者,这从太傅介绍中可知;二是田光年长于太子。但田光又不会年长许多,《燕丹子》所谓"结发立身,以至于今,徒慕太子之高行,美太子之令名耳",也就是说在田光20岁成年之时,即已闻知太子,而在其时谅太子已经有所作为,年龄也不会小。

---

①司马迁:《史记·韩长孺列传》,中华书局1982年版,第2865页。

如此，田光年岁应介于太傅与太子之间，或与太傅相近。

《燕丹子》与《战国策》《史记》所叙田光与太子之交往过程也不尽一致。前者铺叙了三个场景：一、田光进东宫之时两人的交谈；二、田光在宫中三个月之后两人的定计；三、田光出宫之时太子的嘱告。这些场景吻合田光他国人的身份。而后两书则为两场景，进宫交谈定计与出宫嘱告保密，内容相同。这两场景发生在一天、一次交谈之中，谈毕之后"即起趋出"。三书之间的这种不一致，其因在于《燕丹子》的主角之一为太子，故涉及他的情节，笔调不简省，甚至有铺叙和重点描写的倾向，通过三月问计凸显太子丹对人才的重视：这是三书之间的一个明显区别；再者，在《燕丹子》中，太子所托于田光之事殊为重大，交谈时"太子膝行而前，涕泪横流"，田光决无起身就走的道理，再加上身为他国人的角色，路远迢迢，来与去想必有许多不便；此外，对于太子所托之事，他得有一个妥当的交代。田光是魏武推荐给太子的刺士，太子与他相见，也甚为满意。但是，对于刺士这一角色及其所要承担的重任，可能魏武在请田光之时，未必会挑明。田光之所以赴燕国，亦未必会把自己的使命与刺士联系起来。只有见了太子之后，才能明白太子所觅所需为何人。鉴于自己年龄已大，故在宫内三月，他便对太子所蓄养的勇士，一一作了考量。

在《燕丹子》中，太子再度强调了他之所以不用太傅之计的原因，显示出他的深思熟虑："论众则秦多，计强则燕弱。欲曰合纵，心复不能。"可以看出，单打独斗抗击秦国不可取，合纵之计虽理想却亦不现实。这是对抗秦国的两种正常的战争方式，排除了它们，势必要走上非正常的战争方式之路，即行刺。为此，太子对田光寄予了莫大希望，礼贤下士，"舍光上馆。太子三时进食，存问不绝，如是三月"，这也正呼应了前文"欲收天下之勇士，集海内之英雄，破国空藏，以奉养之"的意思，而在厚待荆轲之际趋向极端化表现。从后人来看，太子是在玩弄权术、收买人心，而站在他的立场，养士目的在于复仇，乃一真诚的行为。

在这段时间，田光既考虑了太子的计策也观察了燕国的宾客。关于如何抗秦，田光的想法其实与太傅接近，但合纵之计已遭否决，他便从如何实施行刺之计角度来作考虑。首先，自己年岁已偏大，由于体力损耗已不适于担当刺客重任，故有"臣闻骐骥之少，力轻千里，及其罢朽，不能取道。太子闻臣时已老矣。欲为太子良谋，则太子不能；欲奋筋力，则臣不能"之语。这里的"轻"，为"轻忽"义；其次，刺客角色对心理素质要求非常高，泰山压顶而不变于色，以此相衡，他认为太子所招致的宾客游士，无可用者："夏扶，血勇之人，怒而面赤；宋意，脉勇之人，怒而面青；武阳，骨勇之人，怒而面白。"所谓"血勇""脉勇""骨勇"，在田光看来，喜怒形于色，均非勇士之态。在太子的期待之下，他推荐了荆轲。荆轲的英雄本色，在田光气势淋漓的言语烘托下，初步呈现出来："光所知荆轲，神勇之人，怒而色不变。为人博闻强记，体烈骨壮，不拘小节，欲立大功。尝家于卫，脱贤士大夫之急十有余人，其余庸庸不可称。太子欲图事，非此人莫可。"这里，田光把荆轲定位为"神勇之人"而超拔于现有的太子客卿。

行刺秦王，具有极大的风险，九死一生，生途渺茫，对此，太子清楚，田光清楚，任何一个知情者亦清楚。故推荐他人做刺客，推荐者势必负有苟全己身而累及他人之嫌。故此，廉正如田光者，欲不背负这一嫌疑，其实已做有一死之打算，这是有着很高的道德自律者必然会有的决心。

对太子而言，与人谋划复仇，从太傅被转到田光，再由田光被转到荆轲，层层推卸，对此他其实是心有腹诽的，故在此段的最后一个场景，当他稍显冷淡和不放心地嘱告田光"此国事，愿勿泄之"，田光则笑曰"诺"，其反应就显得别具深意。

相较于《燕丹子》以大段对话来描述场景和推进叙事，《战国策》和《史记》则简练许多，对话简明，过程紧凑，这当然与田光是本国人有关系，而田光的角色也只是被派来作为咨询人员，这似乎再次显示了这两部史书与《燕丹子》的差异之所在。在《燕丹子》中，复仇刺秦大举是包括太子、荆轲和田光等人在内的集体性行为,是多国人士的统一意志,故作品中对所涉人员尤其是太子和荆轲进行浓墨重彩的刻画,对话详尽,场景细腻,艺术作品的色彩显得非常浓郁。而两部史书则以刻画荆轲个人的英勇行为为主,包括太子和田光诸人只是引入荆轲和交代故事的串线人物,故在有关这些人物的段落中只以简笔出之。

在这一段中,《战国策》《史记》如同前两段一样,语言方面显示出较高的一致性,但尚有几处差异:如"壮盛"之与"盛壮"、"荆轲"之与"荆卿"、"吾精"之与"臣精"、"国大事"之与"国之大事"等,这些差异主要出于语言习惯不同、敬称不一、修饰用意、音节奇偶等。下面两例,一字之别,却显示出意义之不同:

《战国策》之"虽然,光不敢以乏国事也。所善荆轲,可使也",在《史记》里则为"虽然,光不敢以图国事也;所善荆卿,可使也"。两相比较,"乏"与"图"之别,意思全然相反。据孙钦善先生的解释:《战国策》的"乏"字,解为"废"。此义又见《庄子·天地》"无乏吾事",王先谦引陆德明《经典释文》云:"乏,废也。"①因为"乏"字此义不习见,故太史公采用这段史料时,把"乏"字改为"图"。"图"是"谋"的意思,与"乏"义相反。在此,太史公不是严格的对译,而是改字,主要依据上文"太子愿图国事于先生也",虽非凭空臆改,但以"图"易"乏",既改动了原意,又使语气不顺。"虽然"就与前后文不协调了,因为已是顺承,而不再是转折,这是太史公在译释中的疏失之处②。对比之下,《战国策》原文则文从字顺。

《战国策》之"太子送之至门,曰",在《史记》里则为"太子送至门,戒曰"。两相比较,《史记》删"之",省略宾语,因为"送"的宾语已自明,故可删,删后语气紧凑。但是,《史记》添加"戒"字,突出了太

①王先谦撰,沈啸寰点校:《庄子集解》,中华书局1987年版,第106页。
②孙钦善:《中国古文献学史》,中华书局1994年版,第101页。

子对田光临别讲话时的用意和情态。其实,"戒"之含义,不言自明地体现在讲话内容中,"丹所报、先生所言者,国之大事也,愿先生勿泄也"。所谓"愿先生勿泄也",已表明了太子丹的嘱告、不放心和戒备,再来添加"戒"字,语义重复,文字累赘。除此之外,太史公的用意还在于贬斥太子,以为用"戒"字就能刻画出其心胸狭窄的鄙陋之态,同时将下文之田光自刎简单地归因于他,并与田光"俛(俯)而笑曰"的潇洒情态形成对比。说到底,太史公不赞成行刺的行为,而太子是行刺的主倡者,故以春秋笔法而贬之。殊不知,《史记》用意过深而反受其害,不如《战国策》原文显得自然而含蓄。

　　另外,对于《燕丹子》之"食不识位,寝不安席",有学者认为"'位',有可能是'味'之误"①,于意较通,可备一说。

十

《燕丹子》	《战国策·燕策三》	《史记·刺客列传》
遂见荆轲,曰:"光不自度不肖,达足下于太子。夫燕太子,真天下之士也,倾心于足下,愿足下勿疑焉。"荆轲曰:"有鄙志,常谓心向意投身不顾,情有异一毛不拔。今先生令交于太子,敬诺不违。"田光谓荆轲曰:"盖闻士不为人所疑。太子送光之时,言此国事,愿勿泄,此疑光也。是疑	僂行见荆轲曰:"光与子相善,燕国莫不知,今太子闻光壮盛之时,不知吾形已不逮矣,幸而教之曰:'燕、秦不两立,愿先生留意也。'光窃不自外,言足下于太子,愿足下过太子于宫。"荆轲曰:"谨奉教。"田光曰:"光闻长者之行,不使人疑之,今太子约光曰:'所言者国之大事也,愿先生勿泄也。'是太子疑光也。夫为行使人疑之,非节侠士也。"欲自杀以激荆	僂行见荆卿,曰:"光与子相善,燕国莫不知。今太子闻光壮盛之时,不知吾形已不逮也,幸而教之曰'燕秦不两立,愿先生留意也'。光窃不自外,言足下于太子也,愿足下过太子于宫。"荆轲曰:"谨奉教。"田光曰:"吾闻之,长者为行,不使人疑之。今太子告光曰'所言者,国之大事也,愿先生勿泄',是太子疑光也。夫为行而使人疑之,非节侠也。"欲自杀以

①曹海东:《新译燕丹子》,(台北)三民书局1995年版,第17页。

《燕丹子》	《战国策·燕策三》	《史记·刺客列传》
而生于世,光所羞也。"向轲吞舌而死。轲遂之燕。	轲,曰:"愿足下急过太子,言光已死,明不言也。"遂自刭而死。	激荆卿,曰:"愿足下急过太子,言光已死,明不言也。"因遂自刎而死。

这一段落三书均写田光力劝荆轲赴太子宫,文字之间的差异在于《燕丹子》凝练而骈化,《战国策》《史记》则偏于过程叙述,文字两者基本雷同。在前段中,《史记》将史料中的"壮盛"改为"盛壮",而此段则疏忽,保留了"壮盛",使得同一个词语,有了两种不统一的表达:

《战国策·燕策三》	《史记·刺客列传》	备 注
闻骐骥盛壮之时,一日而驰千里;至其衰也,驽马先之。	闻骐骥盛壮之时,一日而驰千里;至其衰老,驽马先之。	引用当时的成语,出以"盛壮"
今太子闻光壮盛之时,不知吾精已消亡矣。	今太子闻光盛壮之时,不知吾精已消亡矣。	《战国策》两次始终用"壮盛";《史记》则一改"盛壮",一沿用"壮盛"
今太子闻光壮盛之时,不知吾形已不逮矣。	今太子闻光壮盛之时,不知吾形已不逮也。	

《燕丹子》将麹武、田光和荆轲均设置为他国人,其寓意在于揭示秦政暴逆失却天下人心。他们为燕国危亡而奔走献身,不仅仅出于对太子的知遇之恩,更重要的是为了天下公义。田光对荆轲介绍说"夫燕太子,真天下之士也",所强调的即是太子扶持大下正义、兼济天下的胸襟和抱负。古人谓:"才高卓绝,竦峙于众,多筹大略,能图世建功者,天下之士也。"[1]士人之间,惺惺相惜,荆轲亦正是此等人物,看重的是志向一致、心意相投,故答应远赴燕国。在文本中,荆轲的话语虽不长,分量却重于田光。

---

① 桓谭撰,朱谦之校辑:《新辑本桓谭新论》,中华书局 2009 年版,第 7 页。

　　关于田光吞舌而死的原因,按其自己的话来讲,主要出于"士不为人所疑",以死打消太子的疑虑,看重的还是士人应具的精神品格。除此之外,另有几端:一是以死来激励荆轲破釜沉舟,为正义而献身;二是表明太子所托之事,事关天下,意义重大,不可外泄,故"吞舌而死";三是以死来主动洗却推荐荆轲、苟全自己的嫌疑。明代钟惺曰:"光以死激荆轲,明己之所以不入秦,非爱其死,恐精亡而无济于事也。"①这些原因,既出于道义和廉正品格,也有用智的成分,之前太傅评价他"深中有谋",委实不虚。

　　《战国策》《史记》的主要场面也是田光、荆轲的对谈,但主讲一方是田光,荆轲仅只"谨奉教"三字而已,这一点与《燕丹子》有差别。另外,田光"偻行"显老态、自刭(刎)而死却非吞舌而死,亦与《燕丹子》有异。整体来看,本段田光话语意思,有的地方与前文重复,如"今太子闻光壮盛之时,不知吾形已不逮也";有的地方过分直白不够含蓄,失掉了行动的多义性,如"欲自杀以激荆轲(卿)"。另外,《战国策》中"今太子约光曰",《史记》译写为"今太子告光曰",将"约定""叮嘱"之"约"转换成更直接的"告",似乎不尽妥当。可见,《史记》在对"战国策"材料的沿用过程中,改动和修饰了个别字句。

十一

《燕丹子》	《战国策·燕策三》	《史记·刺客列传》
荆轲之燕,太子自御,虚左,轲援绥不让。至,坐定,宾客满座。轲言曰:"田光襃扬太子仁爱之风,说太子不世之器,高行厉天,	轲见太子,言田光已死,明不言也。太子再拜而	荆轲遂见太子,言田光已死,致光之言。太子再

<hr>

①程馀庆撰,高益荣、赵光勇、张新科编撰:《历代名家评注史记集说》(第四册),三秦出版社 2011 年版,第 1044 页。

《燕丹子》	《战国策·燕策三》	《史记·刺客列传》
美声盈耳。轲出卫都,望燕路,历险不以为勤,望远不以为遐。今太子礼之以旧故之恩,接之以新人之敬,所以不复让者,士信于知己也。"太子曰:"田先生今无恙乎?"轲曰:"光临送轲之时,言太子戒以国事,耻以丈夫而不见信,向轲吞舌而死矣。"太子惊愕失色,歔欷饮泪曰:"丹所以戒先生,岂疑先生哉?今先生自杀,亦令丹自弃于世矣!"茫然良久,不怡民氏曰。	跪,膝(下)行流涕。有顷,而后言曰:"丹所请田先生无言者,欲以成大事之谋。今田先生以死明不泄言,岂丹之心哉?"	拜而跪,膝行流涕,有顷而后言曰:"丹所以诫田先生毋言,欲以成大事之谋也。今田先生以死明不言,岂丹之心哉!"

在《四库全书》本,《燕丹子》至此已进入到"卷下",太子丹、麴武和田光的面目已刻画得眉目可辨。而在《战国策》《史记》文本中,由于把人物塑造的重点放在荆轲,所以之前的叙写就像过场,感觉还未入戏。

这三段文字,虽说讲的差不多是同一件事,即荆轲见太子并与言田光之死,但是,语言的情感色彩和修辞风格,《燕丹子》与《战国策》《史记》之间,差别却甚大。

《燕丹子》内容有三点:一是太子给予荆轲的礼遇,二是荆轲自叙来燕理由,三是荆轲交代田光死况。后两点,作品是通过设置一个主宾言谈的场面来完成的。主宾言谈之际的话语,情感高亢、真挚而浓烈,讲究对偶和骈俪,如"田光褒扬太子仁爱之风,说太子不世之器,高行厉天,美声盈耳""出卫都,望燕路,历险不以为勤,望远不以为遐""礼之以旧故之恩,接之以新人之敬",均朗朗上口,文字整饬、华美和典雅。可注意的是,荆轲借陈述田光之语以颂扬太子品质和才干,不仅是主宾之间的客套语,而且是奠定荆轲为燕国复仇事业而献身的基础。在战国乱世之际,各国君主尔虞我诈,欺骗与阴谋大行其道,诈术兴而仁义亡。荆轲赞扬太子有"仁爱之风",这是儒家学说所确立的道德品质,是为天下之烈士所共同尊奉的价值原则,也是沟通主宾之间的情感桥梁,以至最后荆轲表白说之所以远赴燕国、对太子的礼遇不复推让的原因是"士信于知己也"。这里,荆轲将自己的身份定位于"士"。儒家对"士"有种种历史责任和道德品质的规定性,其中为大家耳熟能详的是:"士不可以不弘毅,任重而道远,仁以为己任,不亦重乎? 死而后已,不亦远乎?"①儒家提倡"士"要有历史责任感和时代使命感,要把实现仁德作为自己的任务。所谓人生难得有知己,在太子与荆轲之间,知己互信的基础便是"仁"。另外,早在公元前252年魏已灭卫;前241年,秦国攻占魏国东部,卫地最终被秦吞并,时在荆轲赴燕国十多年前。但是,荆轲说自己"出卫都,望燕路",念念不忘的是其卫国人的国别身份。我们不难想见,对于魏国与秦国施诸卫国的侵占和欺凌,荆轲蓄积了多么强烈的愤恨! 因此,他"历险不以为勤,望远不以为退",克服关山险隘和遍地战火,远赴燕国,替天行道,反抗秦国的侵略。这是正义之举,是天下公义之所在,是烈士所应承担起来的时代使命。因此,本段虽只有一席话,但荆轲的形象塑造,已见出其主要品格。还有,作品对太子形象的刻画也较为成功,一是通过荆轲的话语作了间接刻画,二是通过直接描写太子"惊愕失色,歔欷饮泪""茫然良久,不怡民氏日(昏昏)"的神态,反映出他痛惜田光之死的真实感情和难以言表的自责。所谓"令丹自弃于世矣",已见出其为燕国之复仇而将自己生命置之度外的态度。

至于太子给予荆轲的礼遇,从"荆轲之燕,太子自御,虚左,轲援绥不让"来看,太子自驾马车,出宫远迎荆轲,并且空出了左边的尊位。这份礼遇,既是对远道而来的贵宾的安慰和倚重,同时反映了太子求士的心情,这种心情在作品后文还有更为集中的表现。

相形之下,《战国策》《史记》从表达上来说,仍属过渡段,多的是简单描述性语言,忽于对荆轲性格的刻画,并且以常人之见来组织太

①朱熹:《四书章句集注·论语集注》,中华书局1983年版,第104页。

子的自责之语,文字与前也有重复的痕迹。值得注意的是,两篇文字相同之处甚多,几处个别地方,如《战国策》之"轲见太子,言田光已死,明不言也""丹所请田先生无言者""今田先生以死明不泄言",《史记》则分别改写为"荆轲遂见太子,言田光已死,致光之言""丹所以诚田先生毋言者""今田先生以死明不言",避免了"战国策"材料中的上下句之间的重复,并使语意更为明确。

十二

《燕丹子》	《战国策·燕策三》	《史记·刺客列传》
太子置酒请轲,酒酣,太子起为寿。夏扶前曰:"闻士无乡曲之誉,则未可与论行;马无服舆之伎,则未可与决良。今荆君远至,将何以教太子?"欲微感之。轲曰:"士有超世之行者,不必合于乡曲;马有千里之相者,何必出于服舆。昔吕望当屠钓之时,天下之贱丈夫也;其遇文王,则为周师。骐骥之在盐车,驾之下也;及遇伯乐,则有千里之功。如此,在乡曲而后发善,服舆而后别良哉!"夏扶问荆轲:"何以教太子?"轲曰:"将令燕继召公之迹,追甘	荆轲坐定,太子避席顿首曰:"田先生不知丹不肖,使得至前,愿有所道,此天所以哀燕不弃其孤也。今秦有贪饕之心,而欲不可足也。非尽天下之地,臣海内之王者,其意不餍。今秦已虏韩王,尽纳其地,又举兵南伐楚,北临赵。王翦将数十万之众临漳、邺,而李信出太原、云中。赵不能支秦,必入臣,入臣则祸至燕。燕小弱,数困于兵,今计举国不足以当秦。诸侯服秦,莫敢合从。丹之私计,愚以为诚得天下之勇士,使于秦,窥以重利;秦王贪其贽,必得所愿矣。诚得劫秦王,使悉反诸侯之侵地,若曹沫之与齐桓公,则大善矣;则不可,因而刺杀之。彼大将擅兵于外,而内有大乱,则君臣相疑。以其间诸侯,诸	荆轲坐定,太子避席顿首曰:"田先生不知丹之不肖,使得至前,敢有所道,此天之所以哀燕而不弃其孤也。今秦有贪利之心,而欲不可足。非尽天下之地,臣海内之王者,其意不厌。今秦已虏韩王,尽纳其地。又举兵南伐楚,北临赵;王翦将数十万之众距漳、邺,而李信出太原、云中。赵不能支秦,必入臣,入臣则祸至燕。燕小弱,数困于兵,今计举国不足以当秦。诸侯服秦,莫敢合从。丹之私计愚,以为诚得天下之勇士使于秦,阙以重利;秦王贪,其势必得所愿矣。诚得劫秦王,使悉反诸侯侵地,若曹沫之与齐桓公,则大善矣;则不可,因而刺杀之。彼秦大将擅兵于外而内有乱,则君臣相疑,以其间诸侯得合从,其

《燕丹子》	《战国策·燕策三》	《史记·刺客列传》
棠之化,高欲令四三王,下欲令六五霸。于君何如也?"坐皆称善。竟酒,无能屈。太子甚喜,自以得轲,永无秦忧。	侯得合从,其偿破秦必矣。此丹之上愿,而不知所以委命,唯荆卿留意焉。"久之,荆轲曰:"此国之大事,臣驽下,恐不足任使。"太子前顿首,固请无让,然后许诺。	破秦必矣。此丹之上愿,而不知所委命,唯荆卿留意焉。"久之,荆轲曰:"此国之大事也,臣驽下,恐不足任使。"太子前顿首,固请毋让,然后许诺。

此段中,《燕丹子》与《战国策》《史记》在内容上相差甚大。《燕丹子》是把酒论英雄,通过太子身边的策士夏扶向荆轲论难而逐渐展现荆轲的才略和宏愿,其中荆轲答难时运用了许多比喻和典故,以增强说服力,且语势磅礴,英雄之气一发而不可收;而《战国策》《史记》则是平实叙述,太子向荆轲详细介绍燕国所面临的战争困境并求助于荆轲,荆轲辞让,太子固请。三者虽内容有别,但均已切近太子招募荆轲以御外侮的题意。

在《燕丹子》中,有趣的是夏扶开腔起调就用"闻",后面便是一句骈语"士无乡曲之誉,则未可与论行;马无服舆之伎,则未可与决良",然后再转到论题"今荆君远至,将何以教太子"。这种论谈方式,我们在《左传》《国语》中时常能见到,在《战国策》其他篇章里,亦屡见不鲜。可见,这是一种上古尤其是春秋战国时期坐而论道的常见方式,在外交、主宾、君臣之间的场合用得极为频繁。在这种方式中,"闻"是个特殊的文字符号,后接之语,不外乎古语、格言、训典、俗语等,也有经过语言组织之后的行为、事件、掌故、风俗、典故等,讲究对偶骈整,适于口诵和讲说。《燕丹子》承接了这种论谈方式,之前的"丹与其傅麹武书"中有"丹闻丈夫所耻,耻受辱以生于世也;贞女所羞,羞见劫以亏其节也","麹武报书"中有"臣闻快于意者亏于行,甘于心者伤于性","田光回太子言"中有"臣闻骐骥之少,力轻千里,及其罢朽,不能取道",而"荆轲答田光言"中的"常谓心向意投身不顾,情有异一毛不拔"，则可算是一种变体，"闻"字变成了"谓"字。段玉裁《说文解字注》曰："谓者，论人论事得其实也。"①我们说《燕丹子》成书较早，有点来历，这是其中一个痕迹。

夏扶论难的问题，非常现实，一是荆轲的本事，二是对燕国的益处。对此，荆轲以赏识于周文王的太公望和被伯乐发现的千里马来自比，并发愿使燕国成为并夏商周三王而成四、并齐宋晋秦楚五霸而成六的强国，即所谓"高欲令四三王，下欲令六五霸"是也。至于"将令燕继召公之迹，追甘棠之化"，是说荆轲将通过使燕国君臣像其始祖召公奭那样实现仁政来实现上述目标。关于召公奭事迹，《诗经·国风·甘棠》"蔽芾甘棠，勿翦勿伐，召伯所茇"②嗟叹其事，《史记·燕召公世家》谓"召公之治西方，甚得兆民和。召公巡行乡邑，有棠树，决狱政事其下，自侯伯至庶人各得其所，无失职者。召公卒，而民人思召公之政，怀棠树不敢伐，哥咏之，作甘棠之诗"③，又赞曰"召公奭可谓仁矣！甘棠且思之，况其人乎"④。此外，《韩诗外传》《说苑》和《风俗通义》也有记载。荆轲举燕国先君"甘棠之化"的典故，不仅指召公所开创的事业，而重在强调召公惜民于时、怀仁于民的执政风格，这也晓示出荆轲至燕的初始愿望在于从政治上治理燕国。上述荆轲的驳难，纵横捭阖，立足点高，为知己所用和替燕国解危这两层意思兼具。吐语如珠，气势淋漓，流露出战国策士议论风生的神采。

此段有两个细节亦可注意：一是夏扶的性格特征已初步展现。之前田光说他"血勇之人，怒而面赤"，这里由他首先向荆轲提问，符合其爽直而易激动的性格。后文中当荆轲易水辞别之际，"夏扶当车

---

①许慎撰，段玉裁注：《说文解字注》，上海古籍出版社1988年版，第89页。
②孟子等：《四书五经·诗经》，中华书局2009年版，第136页。
③司马迁：《史记·燕召公世家》，中华书局1982年版，第1550页。
④司马迁：《史记·燕召公世家》，中华书局1982年版，第1561页。

前刎颈以送"。虽然夏扶是一次要人物，但编作者塑造其性格，是完整而统一的。二是作为考察和论难环节的一部分，战国时期可能也要看对方的酒量，这或与常人所谓的英雄气概有关系，在这里，荆轲"竟酒，无能屈"，大概其酒量是太子身边的策士中最好的。可见，做一个为君主所用的策士，不仅要有识见、胆量、口才，还须善饮。

夏扶发问，期以暗中打动荆轲，自有其理。《燕丹子》在田光推荐荆轲之前，从结构上来说，没有介绍荆轲的必要。而从战国时期的士阶层来说，良莠互杂，"处士亦有纯盗虚声者"①。因此，荆轲至燕，从实际情况看，必经盘查考验这一关。从文学作品的创作角度，论难场面可以展现人物的言谈、气胸和性格，而且可以让次要人物也有出场机会，主宾对答之际作品可以写得花团锦簇，因此，编作者自然不会轻易略过这一施展笔墨的机会。

这一论难场景，对后代的文学作品影响很大。《三国演义》第四十三回《诸葛亮舌战群儒，鲁子敬力排众议》，其中为大家所喜欢的张昭发难诸葛亮、诸葛亮驳难张昭的场景，似乎就远承于此。

《战国策》《史记》这一段，以对话形式来描述事态，重点在于事而不在于人物塑造。所描述事态，除与之前太子和太傅所剖析的一般形势稍显重复之外，另有五点意思。下面暂以《战国策》文本，来作些分析：

一是介绍秦军新动态。此时，秦军已步步紧逼，事态严重，"今秦已虏韩王，尽纳其地，又举兵南伐楚，北临赵。王翦将数十万之众临漳、邺，而李信出太原、云中。赵不能支秦，必入臣，入臣则祸至燕。燕小弱，数困于兵，今计举国不足以当秦"。至此，秦军已占韩围赵。太子丹的介绍和分析，除了秦灭赵之后，赵公子嘉自立为代王并与燕合兵这一点没有估计到之外，其他的判断，从日后来看，都非常准确。

_____

①钱锺书：《管锥编》（第一册），中华书局1986年版，第283页。

可见,太子丹有头脑和眼光,所思所虑均很成熟。

这里,借助于太子所介绍的秦军动向,我们对整个大事件中的几个时间点作一梳理:公元前232年,太子亡归;公元前230年,秦虏韩王安,纳韩地为颍川郡;公元前229年,王翦兴兵攻赵,逼近赵国南境;李信从已占据的赵国西境要地出兵,大约亦在此际。《战国策》《史记》文本中,太子与荆轲商谈绝密之事,就在此年;后文"久之,荆卿未有行意。秦将王翦破赵,虏赵王,尽收其地,进兵北略地,至燕南界",时在公元前228年。从上述时间点来看,从太子丹亡归到对话的此时,已有三四年光景。

在《战国策》《史记》中,对于这一事件的经过,缺少明显的时间交代;再加上文本讲述田光为本国人,亦无在东宫居三月的记载,并且《史记》开头明言荆轲已在燕,而《战国策》虽未明言荆轲的国籍和居住地,但前文中田光说"光与子相善,燕国莫不知",可知,荆轲亦应在燕。这些表述,都让读者误以为太子找两个居住在本国的贤士交谈,是须臾之间的事情,自"逃归"而下顺承一气。实际上,只有通过战场变化情况,才有助于我们把握事件的时间线索。而在《燕丹子》文本里,时间刻度则相对明晰一些。太子与太傅交谈之后,田光居燕三月。如此,考虑作为外国士人的田光和荆轲长途奔波所耗时日,待太子与荆轲见面,至少也得有一长段时间。

二是对采用合纵之术的思考。从上面所述情况来看,此时秦军攻势,摧枯拉朽,势如破竹,强大而迅疾;诸侯各国,无力阻挡,难以自保。在这间不容发之际,"诸侯服秦,莫敢合从"。若不先扼住秦军一波又一波的强劲攻势,而施以合纵之术,真是迂阔而不切实际。

三是吐露扼秦良计。主要对策是行刺,计划分两步实施:第一步,劫持秦王,使其妥协,"诚得劫秦王,使悉反诸侯之侵地,若曹沫之与齐桓公,则大善矣"。历史上,鲁国将领曹沫手执匕首,劫持了齐桓公,既要回了土地,又全身而退,可谓绩效显著;赵国大夫蔺相如以其忠诚勇气和不烂之舌,完璧归赵,渑池会盟,数次使秦王屈服,答应条件。因此,太子设想的第一个步骤,在历史上是有迹可循的。第二步,"则不可,因而刺杀之",也就是在变起意外之时,果断采取刺杀秦王的步骤。

四是分析刺秦的结果和影响。若采取刺杀秦王的步骤,在太子看来,会出现两种结果:第一,秦国发生内乱,互相猜疑,"彼大将擅兵于外,而内有大乱,则君臣相疑"。这里的"大将"指王翦和李信,他们此时掌握重兵在国外,一旦出现秦王被刺而引起的动乱,则国内的疑虑势必部分地指向他们两人,认为刺客为"大将"所使,以趁秦王被刺而篡夺权力。如此,在内乱之中的秦国,则自顾不暇,锋锐顿挫。第二,在秦国内乱之际,诸侯各国的紧急情势得以缓冲,相互间的联合抗秦即合纵之举才有可能得以实现,并且有可能彻底遏制秦国的侵略活动,即"以其间诸侯,诸侯得合从,其偿破秦必矣"。可见,太子起初否定太傅的合纵之策,只是因为时机不成熟;而当秦国内乱出现之时,诸侯国之间的合纵才有可能。太子并非抽象地否定合纵之策,他知道,只有联合抗秦,才是击溃秦国的真正途径,这就是"丹之上愿"。

五是荆轲对赴秦的态度。听太子良计之后,对此使命,荆轲婉拒,"此国之大事,臣驽下,恐不足任使"。表态之前,文本还特意强调了一个时间副词"久之",以示荆轲对这一表态,是经过郑重的考虑。此前,在《战国策》文本,没有介绍荆轲才德武艺之类的专门文字,只有田光向太子的推荐之语:"所善荆轲可使也。"荆轲婉拒之后,太子的反应是"前顿首,固请无让,然后许诺"。也就是说,荆轲后来赴秦,是太子"固请无让"的结果。至于太子之"许诺",并非针对荆轲之要求,何况荆轲不会提亦不必提要求。对于贤士之种种厚待,当时各国都在那么做,更不必说正处于急需用人之际的燕国。问题在于,荆轲赴秦,是出于太子执意而请并且不允推卸的结果。这一点,与《燕丹子》形成了根本区别。

至于语言方面,《史记》则多见锤炼功夫,比如:《战国策》"田先生不知丹不肖,使得至前,愿有所道"之与《史记》"田先生不知丹之不肖,使得至前,敢有所道",两句中的其他文字未变,只是《史记》将能愿动词"愿"换成表敬副词"敢"。用"愿"虽也比较客气,但在表达敬意的程度上,不如"敢"。此句为太子对荆轲所言,对荆轲出于求贤若渴的至诚之心,故抑己尊彼,势所必然。类似于这种修饰或改写过的句子,在本段中还有这样一些:

《战国策》	《史记》	备 注
此天所以哀燕不弃其孤也。	此天之所以哀燕而不弃其孤也。	《史记》补足语气
今秦有贪饕之心。	今秦有贪利之心。	《史记》译写
丹之私计,愚以为诚得天下之勇士,使于秦,窥以重利,秦王贪其贽,必得所愿矣。	丹之私计愚,以为诚得天下之勇士使于秦,阚以重利;秦王贪,其势必得所愿矣。	《史记》以"阚"易"窥",不当。一般认为,"阚"同"窥",但在特定含义上,两者不同。《说文解字注》曰:"阚,闪也。此与'窥'义别。窥,小视也。"①
彼大将擅兵于外,而内有大乱,则君臣相疑。	彼秦大将擅兵于外而内有乱,则君臣相疑。	《史记》补一"秦"字,指意更明确
以其间诸侯,诸侯得合从,其偿破秦必矣。	以其间诸侯得合从,其破秦必矣。	《战国策》多一"诸侯",为衍字;"偿""破"二字,或衍其一。《史记》删除得当
此丹之上愿,而不知所以委命。	此丹之上愿,而不知所委命。	《史记》删"以"字

① 许慎撰,段玉裁注:《说文解字注》,上海古籍出版社1988年版,第590页。

续表

《战国策》	《史记》	备　注
太子前顿首,固请无让。	太子前顿首,固请毋让。	《史记》以"毋"易"无",当为汉人书写习惯。《说文解字注》曰:"古文'毋'为'无'。是古文《礼》作'无',今文《礼》作'毋'也。汉人多用'毋',故《小戴礼记》《今文尚书》皆用'毋'。《史记》则竟用'毋'为有'无'字。"①

　　上述数例,除一例以外,《史记》改动均称得当。最后一例,则留下了《战国策》与《史记》各自文字使用习惯上的时代特点。

　　另有一例,即"此天(之)所以哀燕(而)不弃其孤也"之"孤"的解释。司马贞《史记索隐》曰:"无父称孤。时燕王尚在,而丹称孤者,或记者失辞,或诸侯嫡子时亦僭称孤也。"②今人何建章同样释为"丹为太子,或为僭称耳"③。这里,古今注家均认为"孤"指称太子本人,并且是僭称。这种解释,与前半句的"哀燕"文意不符。也就是说,"孤"的指向应是"燕",根本不存在太子丹僭称为"孤"的问题。段玉裁《说文解字注》曰:"孤,无父也。孟子曰'幼而无父曰孤'。引申之,凡单独皆曰孤。"④针对本句,应以引申义释之,译文当为"(您的到来),这是上天用来哀怜燕国、不抛弃孤弱的燕国啊"。事实上,以引申义来使用"孤"字,在《战国策》《史记》里俯拾皆是,如《战国策》卷一中就有数例:"三国不败,将兴赵、宋合于东方以孤秦""兵弊于周,而合天下于齐,则秦孤而不王矣""荆、赵之志绝则赵危,赵危而荆孤"等等,显然,注家们失于查检。

---

①许慎撰,段玉裁注:《说文解字注》,上海古籍出版社1988年版,第626页。
②司马迁:《史记·刺客列传》,中华书局1982年版,第2531页。
③何建章注释:《战国策注释》,中华书局1990年版,第1199页。
④许慎撰,段玉裁注:《说文解字注》,上海古籍出版社1988年版,第743页。

十三

《燕丹子》	《战国策·燕策三》	《史记·刺客列传》
后日与轲之东宫,临池而观。轲拾瓦投龟,太子令人奉槃金。轲用抵,抵尽复进。轲曰:"非为太子爱金也,但臂痛耳。"后复共乘千里马。轲曰:"闻千里马肝美。"太子即杀马进肝。暨樊将军得罪于秦,秦求之急,乃来归太子。太子为置酒华阳之台。酒中,太子出美人能琴者。轲曰:"好手琴者!"太子即进之。轲曰:"但爱其手耳。"太子即断其手,盛以玉槃奉之。太子常与轲同案而食,同床而寝。	于是尊荆轲为上卿,舍上舍,太子日日造问,供太牢,异物间进,车骑、美女恣荆轲所欲,以顺适其意。	于是尊荆卿为上卿,舍上舍。太子日造门下,供太牢具,异物间进,车骑美女恣荆轲所欲,以顺适其意。

　　三个段落中的文字,主要内容是说明太子厚待荆轲,而写法有差异。《燕丹子》是具体形象地进行描写,而《战国策》《史记》则是概括列举。

　　《燕丹子》以情节和细节来进行刻画,画面感很强。主要情节是太子礼贤荆轲并具体问策;采用三个细节,即黄金投龟、千里马肝、断姬人手,它们分别指向金钱、宝物、美女,表明太子对荆轲的器重和尊养,从中凸显"太子遇轲甚厚"的含义。

　　但是,对于这些细节尤其是对于断姬人手,议论和指责历来就有,认为这主宾两人太过残忍,缺乏生命意识。对此,我们认为,所谓"黄金投龟",即太子令人用盆装着黄金以便荆轲用之来投击池水中的龟,这不是在显示太子和荆轲那种挥金如土的豪门生活,而是一方面表明太子对荆轲的态度,另一方面包含了荆轲以黄金的弃舍来试探太子诚心的意图;再加上黄金是投掷于池中而并非为荆轲所占有和掠取,故而又兼有表现荆轲视金如土的率气、豪情的一面。所谓"千里马肝",即太子杀千里马进其肝于荆轲,对主宾两人而言,其行为意图如同"黄金投龟",同样是以世上之珍品来表现和试探人心之真伪。所谓断姬人手,即太子丹断奏琴美人之手以奉荆轲,主宾均以血腥、极端化的行为表现互为知己的感情。从现实真实性来讲,这个细节,大体不可信,但从文学角度来分析,其编造细节的心理背景则可信。退一步而言,以伤害个体生命来服务集体和国家之大局,只要目的性正当,在推崇群体价值的古代中国一般无可非议。不能以牺牲和伤害个体生命来换取集团的利益,不能以目的之正当来无视手段之非正义,国家和集体只有为个人提供生存基础才具有合法性,这些是现代民主法治观念出现以后才有的思想认识。

说到其时的心理背景,这无疑要涉及战国时期君主与游士之间的关系问题。当时周室衰微,王命不行,出现列国恃强、诸侯兼并的局面。游士"入楚楚重,出齐齐轻,为赵赵完,畔魏魏伤"[1],人才问题显得非常重要。游士无国界,不被体制所束缚,朝秦暮楚,唯用为重,合则留,不合则去,通过三寸不烂之舌,出其金玉锦绣,取卿相之尊。因此,各国统治者都设法延揽游士以为己用,"非君臣致密坚固,割心相信,动无间疑,若伊、吕之见用,傅说通梦,管、鲍之信任,则难以遂功竟意矣"[2]。君王养贤,"始于魏文侯之于子夏、田子方、段干木之伦,而极盛于齐之稷下制度,为尚贤观念代亲亲贵贵而起之征象。……公子养贤,以孟尝、平原、信陵、春申四人为著"[3]。君王大多希望通过蓄养游士,尊君而荣国,安人而免祸。

游士阶层,其时良莠混杂,真士少,伪士多,即使在著名的四公子门下,也只见游士气焰之高张,享无功之尊,受无劳之奉,而少见他们的真贡献,以至于被后人讥为"市道交":君有势,则从君;君无

①黄晖:《论衡校释》,中华书局1990年版,第586页。
②桓谭撰,朱谦之校辑:《新辑本桓谭新论》,中华书局2009年版,第10页
③钱穆:《国史大纲》(上册),商务印书馆1996年版,第84—110页。

势,则去君。当然,那时也出现了像鲁仲连那样光明俊伟的真士,他们当理不避其难,临患忘利,遗生行义,视死如归,"傲小物而志属于大,似无勇而未可恐狼,执固横敢而不可辱害,临患涉难而处义不越"①。他们弃利而从义,反抗侵略与掠夺,致使所在国重,所去国轻。

蓄士养士之所以成为一时之风气,关键因素自然是游士所发挥出来的作用,其他原因有这样三点:第一,囤积人才,以备不时之需;第二,即使人才易得而难用,也防止外流而为他国所用;第三,在蓄养阶段,君主与游士之间通过互相交往、试探和考察,熟悉彼此,培养感情。这一点,对游士来讲尤其重要。荆轲之前谓"士信于知己",说明合作双方需要有一个基础。除了大多数游士所信奉的利益基础之外,类似鲁仲连和荆轲这样的真士,他们与对方君主合作的基础,则在于道义和信任。如何让对方呈现出道义和信任?这取决于君主对待他们的态度。"厨中有臭肉,则门下无死士。……且夫财者,君之所轻也;死者,士之所重也。君不能用所轻之财,而欲使士致所重之死,岂不难乎哉?"②在此,财物不是关键,鲁仲连最后辞赏而遁隐,荆轲不染索取色彩的三个试探性细节,都说明了这一点。真士所要的,关键是在君主割爱其黄金和心爱之物时所给予游士的孰轻孰重的态度。

太子尊养荆轲,还在于燕国有尊重人才、奉养游士的历史传统。燕王哙禅让王位于国相子之,燕昭王于易水河畔筑黄金台师事郭隗,"卑身厚币以招贤者",遂致"乐毅自魏往,邹衍自齐往,剧辛自赵往。士争趋燕"③,以得报仇雪耻。太子继承先祖遗风,厚待太子傅、田

①许维遹撰,梁运华整理:《吕氏春秋集释》,中华书局2009年版,第676—677页。
②刘向撰,向宗鲁校证:《说苑校证》,中华书局1987年版,第191页。
③司马迁:《史记·燕召公世家》,中华书局1982年版,第1558页。

光、荆轲以及包括夏扶、宋意和武阳在内的一批客卿,作品在表现这些方面,大事不虚,小事不拘,一笔两用,既凸显了他与荆轲诸人的遇合关系,同时也塑造了他求贤若渴的形象。

《燕丹子》文本中,在此穿插了樊於期从秦国叛逃至燕国的情节。这个情节,在《战国策》《史记》中,发生在太子问计于太傅的情节之中,即远远地处于整个事件的前半段。至于《燕丹子》与《战国策》《史记》,在这问题上,哪个更接近于历史真实,目前尚不可考。杨宽《战国史》认为樊於期就是桓齮,证据为人名之间"音近通假"①,但亦难以确证。太子宴请荆轲、樊於期等宾客的华阳台,位于燕下都,今河北涿州城内西北角。这一宴请场景,由于《燕丹子》的影响,古代一直流传。

相对于《燕丹子》在这方面的细致刻画,《战国策》《史记》则要简约得多。不过,即便是概括性的介绍,含意也很丰富。

首先是太子尊荆轲为"上卿",给予一个身份和地位,这与《燕丹子》有别。上卿是古代官名,春秋时周朝及诸侯国都有卿,是高级长官,分为上卿、中卿、下卿三级。战国时作为爵位的称谓,一般授予劳苦功高的大臣或贵族,相当于丞相的位置,并且得到王侯们的青睐。这里,《战国策》《史记》有可能是虚写,原因有二:第一,荆轲为太子客卿,是否为燕王喜所知,两书没有提及。如此,则由太子授予荆轲以"上卿"身份,事实上不可能。第二,燕昭王时代的乐毅,率领五国之兵而攻齐,为燕国立下竟天之功,昭王起初授予他亚卿即中卿的身份,后才封他为昌国君,比肩于上卿。荆轲初至燕国,即便燕国国势非常紧急,即便太子曾预先知会燕王喜,对一个未立尺寸之功的客卿,授予上卿之爵,似乎不太可能。不过,尽管两书在此有可能是虚写,但在情理上,确实表达了太子对荆轲的器重。

---

①杨宽:《战国史》(增订本),上海人民出版社1998年版,第429页。

其次，是对于荆轲的各种厚遇，即"舍上舍，太子日日造问（日造门下），供太牢（具），异物间进，车骑、美女恣荆轲所欲，以顺适其意"。这里，所谓"上舍"，是指上等的馆舍。太子招待荆轲居住于此，自在情理之中，《燕丹子》没有提及，但亦可想象得见。所谓"太牢"，指祭祀或宴会时并用牛羊豕三牲，亦有专指牛为太牢者。《战国策》全书出现 3 次"太牢"，无"太牢具"；《史记》全书出现"太牢""太牢具"，则各为 7 次。从意思与用法上来看，没有差别。对于"太牢具"，个别研究者解释为"特备的丰盛筵席"①，以示与祭祀之"太牢"的区别，似乎失当。事实上，在《史记》中，在祭祀或宴会之时，"太牢"与"太牢具"混用，不作区别。之所以内涵一致的意思，表述时出现两个不同的词语，最合理的解释，可能是《史记》编纂使用了不同的材料，它们的用语习惯不同。至于《战国策》的"日日造问"与《史记》的"日造门下"之间的差异，均为每天登门问候的意思，只是用语不一致而已。

最后，《战国策》《史记》所述之太子奉养荆轲之基本内容，与《燕丹子》相比较，几无差异。"日日造问（日造门下）"可对应于"后日与轲之东宫"，"供太牢（具），异物间进，车骑、美女恣荆轲所欲"亦可对应于"黄金投龟，千里马肝，姬人好手"，只不过前者概括而叙，后者则予以具象化描写。但是，《战国策》《史记》笔触的方向全部在于施予者即太子一边，而疏于对荆轲真士形象的刻画。荆轲对于这些厚遇乃至对"车骑美女"等的取舍态度和心理感受，两书则没有提及，"在太子虽不得不如此，其实荆轲之心，原不是者些物件买得"②，这使荆轲那种不以身份、地位、黄金、宝物、美女为念的高大形象，在此方面与其他游士的旧习和故态无从区别开来。这其实分明就是真士与伪

①司马迁著，王伯祥选注：《史记选》，人民文学出版社 1957 年版，第 56 页。
②程馀庆撰，高益荣、赵光勇、张新科编撰：《历代名家评注史记集说》（第四册），
　三秦出版社 2011 年版，第 1045 页。

士、义士或志士与一般游士之间的重大区别。

十四

《燕丹子》	《战国策·燕策三》	《史记·刺客列传》
后日,轲从容曰:"轲侍太子,三年于斯矣,而太子遇轲甚厚,黄金投龟,千里马肝,姬人好手,盛以玉槃。凡庸人当之,犹尚乐出尺寸之长,当犬马之用。今轲常侍君子之侧,闻烈士之节,死有重于太山,有轻于鸿毛者,但问用之所在耳。太子幸教之。"太子敛袂,正色而言曰:"丹尝游秦,秦遇丹不道,丹耻与之俱生。今荆君不以丹不肖,降辱小国。今丹以社稷干长者,不知所谓。"轲曰:"今天下强国莫强于秦。今太子力不能威诸侯,诸侯未肯为太子用也。太子率燕国之众而当之,犹使羊将狼,使狼追虎耳。"太子曰:"丹之忧计久,不知安出?"轲曰:"樊於期得罪于秦,秦求之急。又督亢之地,秦所贪也。今得樊於期首、督亢地图,则事可成也。"太子曰:"若事可成,举燕国而献之,丹甘心焉。樊将军以穷归我,而丹卖之,心不忍也。"轲默然不应。		

《燕丹子》此段由主宾一问一答的三组对话组成:第一组,荆轲询问募士之意,太子答以报秦之耻,但不知所为;第二组,荆轲指出秦、燕局势与燕国所面临的绝境,太子问计;第三组,荆轲设计出赴秦之计,太子整体上同意但对以樊於期之首为饵持"不忍"之态。这一整段,是太子厚养荆轲与荆轲刺秦这两个重大情节之间的衔接与转折,起到了承上启下的作用。

下面,集中探讨三个问题:一、时间问题;二、太子为何长久不透露行刺计划? 三、提出行刺计划的为何是荆轲?

第一个问题,从文本来看,荆轲谓"轲侍太子,三年于斯矣",可见其进东宫时间之久,已达"三年",这是否可能?

我们知道,从真实的历史来看,太子逃亡至荆轲刺秦,是公元前232—前227年之间的事情,时为五六年。在《燕丹子》文本中,事件发展至此,已经历了这样一些过程:第一,太子"深怨于秦,求欲复之,奉养勇士,无所不至";第二,太子与麹武的书信往来以及"召麹武而问之";第三,麹武联系田光;第四,田光从外国赴燕,太子"舍光上馆"达"三月";第五,田光"见荆轲";第六,"荆轲之燕"并且居燕"三年"。在此之后,故事还有这样一些演进过程:第一,"居五月,太子恐轲悔,见轲曰:'今秦已破赵国,兵临燕,事已迫急。'"第二,"荆轲入秦,不择日而发"。第三,"西入秦,至咸阳"。这之后三个过程,第一个过程有两个时间刻度:首先,荆轲居燕"三年"之后又过了"五月",也就是说,接近或超过三年半;其次,荆轲居燕三年半,"秦已破赵国"。这里的"已破"虽说可理解为"刚被破"或"已被破",但从后半句"兵临燕,事已迫急"来看,只能理解为"刚被破"。史载秦攻赵、虏赵王、灭赵的时间为公元前228年,而赵公子嘉自立为代王组织流亡政权也在此年。

如此来推定时间,我们认为荆轲入燕的时间约为公元前231年或稍后,即太子逃归的次年。在公元前232—前231年之间的一年或一年多时间里,根据《燕丹子》文本,要走完上面所梳理出来的前五个过程甚至包括田光居燕的"三月",从时间容量来看,基本上安纳得进,是有可能的;从公元前231年开始到秦灭赵的前228年,时间容量为四年或四年多,这样,荆轲居燕"三年"又"五月",是完全有可能的。由此看来,《燕丹子》文本在时间刻度或时间轴的交代上,可靠性较强。

第二个问题,在荆轲居燕长达"三年"的时间里,太子为何长久不透露行刺计划?

在《燕丹子》之前一些段落里,尤其是太子与麹武、田光议策中,程度不一地透露出燕秦抗争的主要方式即行刺,如对麹武所言:"欲收天下之勇士,集海内之英雄,破国空藏,以奉养之,重币甘辞,以事于秦。秦贪我赂,而信我辞,则一剑之任,可当百万之师。"麹武对此也有所议论:"太子贵匹夫之勇,信一剑之任,而欲望功,臣以为疏。"可见师生间争议的焦点在于是否要采取行刺之策。太子对田光,可能考虑到田光的外国人身份以及并非宫内的股肱之臣的因素,在文本中虽非十分明了地指出希望采取的行刺方法,但语意指向还是清楚的,如"论众则秦多,计强则燕弱。欲曰合纵,心复不能。常食不识位,寝不安席。纵令燕、秦同日而亡,则为死灰复燃,白骨更生,愿先生图之"。而田光在言语应答中也显示他明白太子希望他能去做的事即行刺,故有"欲为太子良谋,则太子不能;欲奋筋力,则臣不能。然窃观太子客,无可用者"之言,并转而郑重推荐荆轲来承担使命。太子对荆轲,则完全不同于与麹武、田光的议策风格,将行刺之计"闷"了三年,理由可能在于这样一些:

1. 身份和交情不一。麹武为太子"傅",兼有老师与谋臣双重合一的身份,实为太子心腹,故其行刺之计不仅可以写在书信中,字迹昭昭而不惧泄密和招祸,而且这一计策也可以通过招麹武进宫来当面商讨;田光为麹武所荐,太子由对"其傅"的完全信任而移植于对田光的信任。尽管如此,但田光是外国人,并非太子原有心腹,因此太子对田光的信任,只能说是不充分的,含有一定程度的保留,故也不难理解田光出宫之时太子的嘱告。因为这种不充分的信任,所以太子在与田光商议时,对燕国所能采取的有效之策,他只使用了排除法,"论众则秦多,计强则燕弱。欲曰合纵,心复不能",即排除了燕秦之间的正面战争与联合诸国抗秦的合纵之策,而没有出现"一剑之任"之类的确切明示。当然,这种语意之下的谜底,田光自当领会。不仅如此,太子与田光的商讨,仅出现在当面会晤,而不通过书信,也不留文字。这一些,显然不同于与麹武之间的议事;至于荆轲,对于太子而言,简直可为一介陌生人。他既非太子旧时相识,亦非鞠武所荐,而只是由不完全信任的田光所推荐过来的域外之人。田光说他是"神勇之人",但这只是就其才能而言,至于品德如何、对太子和燕国的忠诚度如何、牺牲和奉献精神如何,这一些,其实都是有待考量的。说到这里,田光的自杀,我们推测,可能不仅是出于"士不为人所疑"之举,亦非简单地激励荆轲赴燕,更有可能,在于以己之死来向太子保证荆轲的信任度,实际上是对荆轲的保荐乃至死荐。当然,这后面一层意思,只能靠太子去体悟和领会了。虽说田光以死来推荐荆轲,但对太子而言,对秦国的行动毕竟事关燕国社稷,容不得出现任何一丝闪失,更不能所托非人,因此,必要的接近、交往、考察,虽然耗费时日达"三年"之久,但在所难免。分析至此,我们可以看出,在《燕丹子》文本中,太子对鞠武、田光和荆轲的态度,逐渐趋向于谨慎,这是由议事对方的身份不同、感情亲密度的递降而产生的正常反应。

2.必要的考察。太子邀荆轲东宫观池、共乘千里马、置酒华阳台,在"三年"之中无所不用其极地予以厚养,其目的,除了打动对方之外,可能还有试探、观察、品鉴之意。战国英雄,大都有一掷千金之豪气,如果荆轲图财、贪宝、慕色,则其在太子心目中的地位,势必一落千丈,哪怕有田光之死荐,亦绝非能够承担起太子大计之英雄。故此,在没有充分信任荆轲之前,太子不可能将绝密计划向荆轲和盘托出。

3.继续物色人选。由于地理环境的因素,在秦国尚未灭掉三晋尤其是战斗力相对强悍的赵国之前,燕国的危机,还不到间不容发之地,尚有喘息之机。在这时段,太子一方面厚养与考察荆轲,另一方面不排除网罗、物色与等待在他看来更为合适的赴秦人选。要保证计划的实施,而且这个计划只有唯一的实施机会,物色到合适的人选确实非常重要。

第三个问题,在对谈中,明确提出赴秦行刺计划和实施步骤的,是荆轲而并非此事件的始作俑者太子，为什么？

蹊跷的是，明确提出行刺之计的，居然是荆轲！在三组对话中，第一组荆轲说"闻烈士之节，死有重于太山，有轻于鸿毛者，但问用之所在耳。太子幸教之"，太子回答"今丹以社稷干长者，不知所谓"。可见，荆轲原本是把自己放在了行动者而非方案决策者的地位，这符合他作为太子客卿的身份。因此，他希望太子"幸教之"，能够对他布置任务下命令。而太子则答非所问，以"不知所谓"的设问句，把问题抛回给荆轲，引导荆轲接下去谈自己的想法。第二组荆轲说"今天下强国莫强于秦。今太子力不能威诸侯，诸侯未肯为太子用也。太子率燕国之众而当之，犹使羊将狼，使狼追虎耳"，太子答"丹之忧计久，不知安出"。这里，荆轲通过分析燕秦两国的军事实力和太子在诸侯之中的号召力，否定了燕秦之间正面武力对决和合纵抗秦这两种策略的可能性，而太子则自我示弱式地进一步启发荆轲开拓思路，提出具体的抗秦方案。第三组荆轲明确提出"得樊於期首、督亢地图"出使秦国，太子答"若事可成，举燕国而献之，丹甘心焉"，但对取樊於期首表达了"不忍"之情。到这里，太子成功地使荆轲和盘托出平日里所沉淀的所思所想。在文本所写到的几次两人对话中，就内容而言，这一次是相当坦率的。但是，在恍然之中，我们发现，荆轲在此所言，几乎等同于太子在与麹武和田光商讨之时的言论，而只不过借助荆轲之口把他自己的真实想法说了出来。这里，太子是深有用意的。

我们相信，在此之前，荆轲是不清楚自己的具体任务的，让我们对之前的情况做个回顾。

荆轲至燕做太子客，对他而言，是出于田光的邀请；对太子而言，是出于田光的推荐。田光在邀请荆轲时，并未明确指出其任务，只是说"光不自度不肖，达足下于太子。夫燕太子，真天下之士也，倾心于足下，愿足下勿疑焉"。这里的意思有两个：一是不自量力地把您推荐给了太子，希望不要怪罪；二是太子确为天下之士，"倾心"于您，希望不要有疑虑。从荆轲看来,不排除只是简单的招募,如同当时诸国募士一般,所以,只要是"心向意投"便"身不顾"。如果要说有所讶异,便在于田光的当面自杀,这推动他赴燕的代价也太过沉重了啊!但田光"吞舌而死"之前,有言在先,是出于"士不为人所疑"之故。在《燕丹子》产生的时代,尚未注意人物心理的刻画,因此我们无从得知荆轲在面对田光自杀那一刻的确切想法。当然,作为后人,可以捉摸出多种意味。有趣的是,在太子、田光、荆轲这三方,前两方知道请荆轲赴燕的真实目的,而独独作为主角的一方,荆轲却不知其确切使命。当初,太子向田光隐约透露行刺设想,田光在度量自身条件和太子客的才能之后,推荐了荆轲并保证其可承担刺客使命,说"太子欲图事,非此人莫可"。但是,田光作为这两方的中间人,推荐之时与邀请之时的话语则不一。那么,他为什么没有明确地告诉荆轲赴秦的任务? 难道仅仅是出于保密? 其实这里玄机很深,实出于多种复杂理由。

再看初到燕国时,"太子置酒请轲"的交谈内容。太子向荆轲祝酒毕,代表主人一方与荆轲对谈的并非太子,而是其客卿夏扶。夏扶使用激将法,文本的用词是"欲微感之",并且两次询问荆轲"何以教太子"。荆轲的回答则避实就虚,一是陈述个人志向和才能,二是将使燕国得以复兴和强盛。至于如何去实施这个宏愿,主宾双方均无涉及。对太子来讲,座客太多,也不是谈论绝密计划的合适场合;对荆轲而言,初到燕国,不了解实际,应无明确的设想,但士为知己所用,报效太子的志向还是有的。

可以明确,文本在之前的两个场面中,荆轲的认识可能只到这一步:做太子客卿,为燕国效力。至于如何效力与具体的策略,他当初并未知情,直到"三年"之后。

我们进一步要问的是:太子为什么要这样做? 通过"三年"的"文火熬汤药",荆轲的想法怎么与太子达成了一致、形成了默契?

在文本的第一、二部分即卷上、卷中,太子的行刺计划并未得到
麹武、田光的认可与赞同。由于文本缺少对人物心理世界的表现,因
此我们无从得知太子在接连遭到两次反对意见之后的心理活动和心
理状态。但是,从他对荆轲的态度上,似乎反映出前两次遭挫推动了
他思虑方面的深化和成熟。合纵有无可能? 行刺是否有效? 类似这
些问题势必盘旋在太子心头,影响到他对荆轲的态度。再有,自己手
下的客卿已为田光全数否决,除了荆轲之外,文本中再无述及其他胜
过荆轲的客卿进宫。如此,荆轲就成为他采取行刺之策的唯一人选。
对这个人选,太子事实上必须高度重视,谨慎对待。如果自己先端出
行刺之计,万一荆轲的心思也如同麹武、田光一样,他还能到哪儿再
寻觅合适的人选? 再进一步,如果荆轲得知行刺之计后辞燕,这个秘
密是否会泄露出去? 还有,荆轲入宫之时曾经许下的拯燕宏愿,到底
如何实施? 万一荆轲的宏愿与自己的行刺之计达成一致,并且要让
荆轲来承担实施这个计划,那么,这个计划最好应该由荆轲自己说出
来而不必出自他的嘴。事实上,要让一个行动者实施好一件计划,莫
过于让这计划看起来是由行动者自己提出来的。正因为太子心胸间
有这许多想法和顾虑,所以在对谈中,他才反复采用设问和引导从而
让荆轲把这计划说出口。

荆轲入燕由田光推荐,两人间势必有许多共同语言,也包括对于
天下大势和国际关系处理的看法。田光对于燕国的抗秦政策,是持
合纵看法而并不看好行刺之计。那么,作为之前的好友,荆轲的看法
有无可能与田光一致? 真相难知,而荆轲的文学形象和历史形象早
已被框定为刺客类型。尽管田光推许他为"神勇之人",但这绝非意
味着荆轲只是一介刺客,哪怕是心理稳定度超常的刺客。那么,田光
有无可能跟他交过底,谈及自己的想法和太子的真实意图? 无论从
文本还是从历史的真实性上来看,我们倾向于未必。尽管如此,但荆
轲居燕三年,这三年里天下大势变化很快,无论荆轲原初想法如何,

他都得面对当时发展了的客观形势,来考虑燕国的对策。

　　自秦王政十七年(前231),大概那时候荆轲已入燕,秦国开始了统一中国的战争,后历时十年左右。灭韩国在公元前230年,虏赵王在公元前228年,每灭一国,都有数场惊心动魄的大战。秦国越战越强,而对阵国则土崩瓦解,其他诸侯国也风声鹤唳,形同一盘散沙。此时,再加上诸国之间固有的历史互伤,要重拾当年苏秦或春申君组织东方国家的合纵大计,已势不可能。况且,从历史上看,燕与齐赵结怨很深。燕国力弱,曾经借助秦国抗衡强大的齐国和赵国;秦国意在天下,同样要借助燕国削弱和制衡齐赵。如果时势异变要合纵抗秦,即使是在麴武明确提出此计的三年之前,大概无论是燕王喜还是太子丹,均无领袖群伦的号召力和在诸国间化干戈为玉帛的感召力。

　　如此情况摆在荆轲面前,除了冒险赴秦,难道他还能对太子提出其他良策吗?故此,太子的三年厚养、两次设问、层层引导,由不得荆轲不倾囊而出平素的所思所虑,捅破了"行刺"这层窗户纸,从而与太子的策略达成了高度一致。

第三节　三个文本的对读分析(下)

十五

《燕丹子》	《战国策·燕策三》	《史记·刺客列传》
居五月,太子恐轲悔,见轲曰:"今秦已破赵国,兵临燕,事已迫急。虽欲足下计,安施之?今	久之,荆卿未有行意。秦将王翦破赵,虏赵王,尽收其地,进兵北略地,至燕南界。太子丹恐惧,乃请荆卿曰:"秦兵旦暮渡易水,则虽欲长侍足下,岂可得哉?"荆卿曰:"微太子言,臣愿得谒之。今行而无信,则秦	久之,荆轲未有行意。秦将王翦破赵,虏赵王,尽收入其地,进兵北略地至燕南界。太子丹恐惧,乃请荆轲曰:"秦兵旦暮渡易水,则虽欲长侍足下,岂可得哉!"荆轲曰:"微太子言,臣愿谒之。今行而毋信,

《燕丹子》	《战国策·燕策三》	《史记·刺客列传》
欲先遣武阳，何如?"轲怒曰:"何太子所遣，往而不返者，竖子也! 轲所以未行者，待吾客耳。"	未可亲也。夫今樊将军，秦王购之金千斤，邑万家。诚能得樊将军首，与燕督亢之地图献秦王，秦王必说见臣，臣乃得有以报太子。"太子曰:"樊将军以穷困来归丹，丹不忍以己之私而伤长者之意，愿足下更虑之。"	则秦未可亲也。夫樊将军，秦王购之金千斤，邑万家。诚得樊将军首与燕督亢之地图，奉献秦王，秦王必说见臣，臣乃得有以报。"太子曰:"樊将军穷困来归丹，丹不忍以己之私而伤长者之意，愿足下更虑之!"

　　这里，《燕丹子》有几个要点:燕国国势危急，刺秦迫在眉睫;太子未见荆轲行动，唯恐其萌生悔意，"欲先遣武阳"，激将荆轲，意在催促;荆轲被激怒，其之所以"未行"，是在等待助手。此段引人注目的焦点，在于太子与荆轲之间的冲突。

　　《战国策》《史记》同样写到了两人之间的冲突，不过内容在后一段。为了与《燕丹子》的相应内容作比较，暂将它们先列举出来。

　　《战国策》曰:"顷之，未发。太子迟之，疑其有改悔，乃复请之曰:'日以尽矣，荆卿岂无意哉? 丹请先遣秦武阳。'荆轲怒，叱太子曰:'今日往而不反者，竖子也! 今提一匕首，入不测之强秦。仆所以留者，待吾客与俱。今太子迟之，请辞决矣!'"

　　《史记》曰:"顷之，未发。太子迟之，疑其改悔，乃复请曰:'日已尽矣，荆卿岂有意哉? 丹请得先遣秦舞阳。'荆轲怒，叱太子曰:'何太子之遣? 往而不返者，竖子也! 且提一匕首入不测之强秦，仆所以留者，待吾客与俱。今太子迟之，请辞决矣!'"

　　两段引文内容相同，文句亦基本一致，来自相似源材料的痕迹很明显。不过，个别文字之间有差异，如《史记》作过修改的有:"乃复请之曰"改为"乃复请曰"，"日以尽矣"改为"日已尽矣"，"丹请先遣秦武阳"改为"丹请得先遣秦舞阳"，"今日往而不反者"改为"往而不返者"，"今提一匕首"改为"且提一匕首"。上述五处，改动不可谓无因,尤其是将《战国策》荆轲回答一句中的三处"今(日)",改动两处,而保留一处,避免了重复。另外,还在荆轲的回答中加进一句"何太子之遣",更为出色,上下文之间的语意承接紧密,并且刻绘了荆轲的反感情绪。不过,也有改动失败的,如"荆卿岂无意哉"改为"荆卿岂有意哉",意思完全相反,显见是个错误。

上述《战国策》《史记》这两段与《燕丹子》之间有所呼应,甚至有因袭,明显处如太子"欲先遣武阳"以及荆轲迟滞原因在于"待吾客耳",这两个方面就内容而言,是相同的。至于文中的荆轲回答"何太子所遣,往而不返者,竖子也",《史记》亦几乎如此,尤其是"何太子所遣",为《战国策》所无。从三个文本的对照比较来看,它们之间的关系可能是《史记》为集大成者,有的章节采用了众本包括《燕丹子》、"战国策"材料等,然后加工而成。

我们再来关注一个词语:竖子。它意指童子,实际是一个骂人的词。这个词语,就检索结果来看,《战国策》全书仅此一见,《史记》全书则有十五处。

针对在此分析的三段内容而言,可关注的尚有战国时代的游士与君主之间的关系。我们知道,这里的君主是太子。太子养贤,对荆轲固然有情义,这一点,三个文本都浓墨重彩地予以表现。然而,对荆轲而言,之所以愿为太子驱遣,主要在于太子的信义,更在于天下的大义。至于奇物、珍宝和美女等等,均是附丽之物。如若信义和大义之不存,任何东西都难以约束荆轲的身心,更不要说为君主抛却生命。对于真正的士而言,君主与客卿之间的关系,绝非主子之与奴才、妾妇之间的关系,这一幕,我们在中国历史上,也只有在"邦无定交,士无定主"的东周和汉初才仅得一见。有怒要呐喊,有不平要抗议,有委屈要申诉,这应是此际游士与君主相处之道。故而,在这里,我们见到了荆轲的怒喝,感觉到了太子对于荆轲的不理解。荆轲之迟滞,在于等待助手,目的是为了最终完成赴秦之使命,往而能返。

而太子之使用激将法"欲先遣武阳",或因对秦军逼境的焦灼,或因未曾考虑荆轲助手之资质,或因心中对荆轲助手已有人选,或按照《战国策》《史记》之说法"疑其有改悔",等等。我们认为,对于以上四种原因,《战国策》《史记》之"疑其有改悔",几乎要摧毁太子对于荆轲的信任,荡涤君主与客卿相处的感情基础。在《燕丹子》中,则无此笔墨,因为它实际上抹黑了太子之为国而礼贤下士的形象。这种不同,当可见出《燕丹子》之与《战国策》《史记》之重大差别。我们认为,《燕丹子》之歌颂的主人公,不仅有荆轲,而且有太子,而《战国策》《史记》对太子,则别有微词。如果按照《燕丹子》的写法,按照我们所设想的前三种原因,那么,太子之激将法和荆轲之发怒,其根本在于对赴秦的具体策略上缺乏沟通和理解,而为燕国纾难、为天下主持公义之大目标,两人的认识则是完全一致的。故此,荆轲尽管发怒,但还是没有离开燕国,没有推卸使命,尽管他的生命并非属于燕国和太子。在这一点上,我们看到了树立起来的荆轲的真正形象,那种只见气焰之高涨而不见真贡献的伪士,是无法与荆轲并列而论的。

此外,另有一个细微处见出文本之间的不同,即:《燕丹子》之"武阳",在《战国策》中则为"秦武阳",在《史记》中另为"秦舞阳"。尽管写法不一,但从三个文本的角色行为来看,当为一人。

关于其人,三书介绍有别。《燕丹子》借助田光口吻曰:"窃观太子客,无可用者……武阳,骨勇之人,怒而面白。"明确其身份是"太子客",其勇敢程度高于"血勇之人"夏扶和"脉勇之人"宋意,但就担纲行刺任务而言,仍是属于"无可用者"。《战国策》介绍说:"燕国有勇士秦武阳,年十二杀人,人不敢与忤视。"而在《史记》中则有所变动:"燕国有勇士秦舞阳,年十三,杀人,人不敢忤视。"可见,两书中其身份是"燕国"的勇士而非"太子客",其勇敢程度是少年时即杀人,并且眼中还时露杀气,令人畏惧,不敢与之"忤视"①。

针对此人,我们对两个问题略作探讨:一是姓名,二是少年杀人时的年龄。

关于姓名,"武阳""秦武阳""秦舞阳",何者为是,客观上确实难以作判断。后代古籍对此亦表述不一,如:

(1)相传为西汉焦延寿所作《焦氏易林》中出现"舞阳";

(2)东汉应劭《风俗通义》在辨正燕太子丹之事时,引《太史记》即《史记》,出现"秦武阳";

(3)宋人胡曾《咏史诗·易水》注引西晋孔衍《春秋后语》,作"武阳";

(4)南朝梁元帝萧绎《金楼子·杂记下》记荆轲事,有"武阳";

(5)李白《结客少年场行》,《全唐诗》卷二十四为"舞阳",《乐府诗集》卷第六十六则为"武阳"。

上述几条古人在著述和创作中的表述,"武阳""舞阳"都有,显得比较随意。值得注意的是,应劭引用《史记》的材料却径称"秦武阳"。我们感觉,古人在称呼这个人名之时,看似有分歧,而实质无分歧,心意里都明白指的是同一个人。

写法上的差别,原因何在? 在此,我们提出一个观点而非结论,供读者参考。

太子丹筹谋复仇之事,所居很有可能在燕下都。燕下都在河北易县,战国中后期燕昭王在易水旁营建武阳城为燕下都。此城位于今河北省易县城东南,战国时这一带属武阳邑,故又名武阳城。燕下都建成后,燕国形成了"三都"体制,即上都蓟城(今北京)、中都(今北京房山窦店古城)和卜都武阳城。下都西倚太行山,南临易水,介

———————————

①司马贞《史记索隐》曰"不敢逆视,言人畏之甚也",见司马迁:《史记·刺客列传》,中华书局1982年版,第2534页。

于北易水和中易水之间；东部迤逦于河北平原，地势险要，便于防守，是燕上都通向齐、赵等国的咽喉要地，为燕国南部的政治、经济和军事重镇。《战国策》和《史记》记载，燕昭王曾在这里"筑宫而师事"贤者，使燕国很快强盛起来，大败齐国。太子丹之时，继续在此营建自己的天地，《燕丹子》文中所称"东宫"和"华阳之台"，当在下都。因此，《水经注》曰"燕昭创之于前，子丹踵之于后"①。

　　如此，"武阳"既为人名，又为城名，而且在战国后期，作为城名的"武阳"，影响当为更大。我们推测，为避免重名，《史记》对当时所用的材料作了订正和加工，根据"武""舞"字通的原则②，有可能改《战国策》之"秦武阳"为"秦舞阳"。如此，也就不难理解应劭的引用与原书之间的差别了。

　　《燕丹子》中所称"武阳"，出于田光之口："然窃观太子客，无可用者。夏扶，血勇之人，怒而面赤；宋意，脉勇之人，怒而面青；武阳，骨勇之人，怒而面白。"这里，夏扶、宋意，都是联名带姓。根据语境中的语义顺承，我们认为很有可能"武"为姓而"阳"为名。以"武"为姓，古今都有，北方为多。但是，这还是一种推测。也有可能，在田光口中，为了迁就骈句的整齐，为了求得与"夏扶""宋意"的对称，略去了"武阳"之姓。如果这样理解，那么，"武阳"即为名而缺少姓。而在《战国策》《史记》中，就是这种用法，前面冠上了姓氏"秦"字。甚至，在《史记》别章中，还溯源了"秦舞阳"的祖先：

　　　　其后燕有贤将秦开，为质于胡，胡甚信之。归而袭破走东

____

① 郦道元著，谭属春、陈爱平点校：《水经注》，岳麓书社1995年版，第172页。
② 如《吕氏春秋》："溺者，非不笑也；罪人，非不歌也；狂者，非不武也。"见许维遹撰、梁运华整理：《吕氏春秋集释》，中华书局2009年版，第110页。

胡,东胡却千余里。与荆轲刺秦王秦舞阳者,开之孙也。①

这条记载,遍考诸史,不见旁证,正确性如何,仍可存疑。后为《汉书》卷九十四《匈奴传》所照录,只不过班固删掉了"袭破走东胡"之"走"字。看来,历史学家对所用材料在语言上的加工和改造,本身就是分内的工作,不特太史公为然。

《燕丹子》之"武阳",在《战国策》《史记》冠上了"秦"姓,是耶非耶,由于缺乏更多的历史文献,已无从揭明。

关于少年杀人时的年龄问题。在《燕丹子》中,作品不涉及有关其年少时的作为,更无"杀人"的表述。但在《战国策》《史记》中,明确为燕国勇士,并为佐证其"勇"之程度,述及他少年时杀人。当时其年龄,《战国策》为"十二",《史记》为"十三",两者有一年之差。这个问题,本不值得深究,但如果我们由此问题而能进一步探究《战国策》《史记》何者为原本、何者作了改动,并且,这一类的蛛丝马迹汇集多了以后,对于弄清楚这两部著作的关系将会起到一定的作用,在此意义上,对这个问题叩击一二,或不无裨益。

先说结论:我们认为,《史记》的"年十三",当是对《战国策》改动了以后的陈述。证据是:在太史公的观念里,一个人只有到"年十三",才能独立做事。在《史记》其他篇章中,有三处均涉及"年十三"之人的作为:

及生,名为政,姓赵氏。年十三岁,庄襄王死,政代立为秦王。(《秦始皇本纪》)

外黄不下。数日,已降,项王怒,悉令男子年十五已上诣城东,欲坑之。外黄令舍人儿年十三,往说项王曰……项王然其言,

①司马迁:《史记·匈奴列传》,中华书局1982年版,第2885—2886页。

乃赦外黄当坑者。东至睢阳，闻之皆争下项王。（《项羽本纪》）

　　于是以东郭咸阳、孔仅为大农丞，领盐铁事；桑弘羊以计算用事，侍中。咸阳，齐之大煮盐，孔仅，南阳大冶，皆致生累千金，故郑当时进言之。弘羊，洛阳贾人子，以心计，年十三侍中。故三人言利事析秋毫矣。（《平准书》）

上述三例，赵正，"年十三"，代立为秦王；外黄令舍人儿，"年十三"，为全城百姓请命于项羽，避免了屠城之灾；汉代桑弘羊，"年十三"，任为侍中，承担起政事。由这些例子延伸到秦舞阳"年十三，杀人，人不敢忤视"，我们感觉到太史公观念中的一致性，体会到太史公改动《战国策》之"年十二"或不为无因，亦非随意之举。

　　当然，通过检索，我们还找到了仅一例的"年十二"：

　　甘罗者，甘茂孙也。茂既死后，甘罗年十二，事秦相文信侯吕不韦。（《樗里子甘茂列传》）

这里没有改动到"年十三"，可能有比较确凿的依据，比如秦国官方有档案记载，比如甘罗事迹在战国年间广为流传。相比之下，秦舞阳之名声远甚于甘罗之下，何时杀人可能连当事人也不一定能准确地记得。故而，太史公按情理推测并依据自己的年龄观念，径改为"年十三"。

　　再回到《战国策》《史记》本段的内容。所述秦破赵国并向北推进逼近燕国南界，时在公元前228年。之前，韩国已被灭，东方六国已剩齐、楚、魏、燕四国，各国局势，形同一盘散沙。据《秦始皇本纪》记载："大梁人尉缭来，说秦王曰：'以秦之强，诸侯譬如郡县之君，臣但恐诸侯合从，翕而出不意，此乃智伯、夫差、湣王之所以亡也。愿大王毋爱财物，赂其豪臣，以乱其谋，不过亡三十万金，则诸侯可尽。'秦王从其计,见尉缭亢礼,衣服食饮与缭同。……以为秦国尉,卒用其计策。而李斯用事。"①秦王成年,清除嫪毐、吕不韦之后,在其吞并六国的战略中,尉缭的瓦解六国团结甚或使用收买、反间六国内部之人促使其钩心斗角、互为用兵的计谋,起了很大作用。秦王布局,尉缭出计,李斯实施,遂加速了六国之亡。

这里,所谓"进兵北略地,至燕南界……'秦兵旦暮渡易水,则虽欲长侍足下,岂可得哉'",对于我们进一步明确当时太子所居且与谋士筹划赴秦大计之地,很有帮助。显然,在燕国南境、易水附近的燕国重镇,当为燕下都。

《战国策》中荆轲所言:"微太子言,臣愿得谒之。今行而无信,则秦未可亲也。"《史记》意思全同,改动了两个字:删去"得",改"无"为"毋"。前者似为衍字,改动利于语气紧凑;后者的原因,前面段落已指出,以"毋"易"无",当为汉人书写习惯。

下面一段,涉及行刺计划,《战国策》曰:

> 荆卿曰:"……夫今樊将军,秦王购之金千斤,邑万家。诚能得樊将军首,与燕督亢之地图献秦王,秦王必说见臣,臣乃得有以报太子。"太子曰:"樊将军以穷困来归丹,丹不忍以己之私而伤长者之意,愿足下更虑之。"

文字方面,《史记》删削四处:"今""能""太子""以"。这几处,太史公删削在理。"今"字用意不明,如果是指樊於期目前的状况,那么,在前面鞠武与太子的对话中已明确,在此显得多余;"能"字较累赘,语气松散;"太子"是"报"的宾语,省略它无碍语意,而且避免了与下文之"太子曰"的重复;"以(穷困来归丹)"字在此表原因,删之并不

---

①司马迁:《史记·秦始皇本纪》,中华书局1982年版,第230页。

妨碍对原义的理解,并且如此处理以后,"穷困"由原因转化为状态,语意更为准确,同时还避开了与下半句"以己之私"的重复。这样的文字修正,表明太史公的语言修辞能力,同时还证明,《史记》的编纂确实建立在"网罗天下放失旧闻"①的基础上,针对《刺客列传》而言,"战国策"材料当为其著述的母本之一。从语言方面的修正和改造来看,不可能出现相反的情况,即好的文句在被抄录之后,反而冒出了一些疙疙瘩瘩的累赘。因此,《战国策·燕策三》不可能是抄自《史记·刺客列传》而成的。

　　另外,《史记》增加了一字:"奉"。"奉"或"奉献",语意一致,难判何者更高明,或由太史公之用语习惯所左右。

　　这一段透露了赴秦计划的关键性细节,即以何种手段接近秦王。此际秦国国势高涨,碾平其余四国,势如破竹。燕国的使者到秦,秦王怎么会屈尊去面见? 哪怕按照太子前文所言以重利引诱秦王,秦王亦未必会动心而上当。这样,如果不能当面见到秦王,那么,实施太子复仇计划,即先"劫"后"刺杀",就缺少必要的前提。

　　在此,荆轲进一步完善了太子的计划,将其"窥以重利"具体化为"樊将军首,与燕督亢之地图"。这两个见面礼或曰信物,为何能保证秦王"必说(同"悦")"而面见燕国使者呢?

　　樊於期在秦国的地位及其"亡秦之燕"的原因,详情已不可考②。学术界尽管有各种说法,但难以取信。根据《燕丹子》《战国策》《史记》下一段的共同说法,秦王对于樊於期的叛逃,采取了严厉而残酷

---

①司马迁:《史记·太史公自叙》,中华书局1982年版,第3319页。
②樊於期之人是否存在,这个问题也困扰史学界。但汉初邹阳从狱中上书梁孝
　王曰:"谚曰:'有白头如新,倾盖如故。'何则? 知与不知也。故昔樊於期逃秦
　之燕,藉荆轲首以奉丹之事;王奢去齐之魏,临城自刭以却齐而存魏。夫王奢、
　樊於期非新于齐、秦而故于燕、魏也,所以去二国死两君者,行合于志而慕义无
　穷也。"见司马迁:《史记·鲁仲连邹阳列传》,中华书局1982年版,第2471页。

的对策:杀其父母,灭其宗族,并用一千斤金和一万户人口的封地作赏格,购取其头颅,可见,樊於期对于秦国之重要以及秦王对他的仇恨。以其首级为出使之信物,确可保证秦王面见使者。

再说"督亢之地图"。督亢的地望在燕国南部,位于今涿州市、固安、定兴、高碑店一带,是燕国的膏腴地区。这里之所以富饶,就是督亢陌的土地可以得到易水的浇灌。刘向《别录》对此有解释,《史记》"三家注"对其方位和重要性也有详细的引述。荆轲之所以建议以此伴献给秦王,推测其意,或在两个方面:其一,引发秦王的重视,因为督亢之地不仅肥沃,而且在燕下都界内,献督亢在某种程度上就意味着献出燕国的南部;其二,给行刺提供方便,献地先献图,战国时地图以丝帛绘制,卷曲起来就可以暗藏短小的兵器。

这两份礼物,对于秦王来说,一是其心腹大患的首级,二是不战而获的"臣地",的确是"重利",由不得他不上钩。然而,对于太子而言,尽管荆轲所提督亢地图之设想很妙,也完全在他心理可承受的范围之内,《燕丹子》中说"若事可成,举燕国而献之,丹甘心焉"。然而,樊於期首级却出乎其意外,故曰"不忍以己之私而伤长者之意",显见其厚道和忠善。这里的"己之私"包含两个层面:一是太子为报质子之仇,另一是指拯救燕国,这相对于樊於期的外国人身份而言。为此,他要求荆轲"更虑之",这已经是他第二次针对置樊於期于险境时的提法了,前一次是其傅麴武建议"愿太子急遣樊将军入匈奴以灭口"之时。约而言之,任何对樊於期不利的做法,从朋友的角度而言,是一种失信的背叛;从对方"困穷于天下"的境遇而言,是一种失却公义的落井下石;从其得罪于秦王并被追索之急的情况而言,是一种阿谀于强权的出卖行为。因而,之前他曾经对麴武表态"置之匈奴,是丹命固卒之时也",也就是说,如置樊於期于死地,太子自己也就到了该死之时了,这已是一种同生共死的决绝之态。

十六

《燕丹子》	《战国策·燕策三》	《史记·刺客列传》
于是轲潜见樊於期曰："闻将军得罪于秦，父母妻子皆见焚烧，求将军邑万户、金千斤。轲为将军痛之。今有一言，除将军之辱，解燕国之耻，将军岂有意乎？"於期曰："常念之，日夜饮泪，不知所出。荆君幸教，愿闻命矣！"轲曰："今愿得将军之首，与燕督亢地图进之，秦王必喜。喜必见轲，轲因左手把其袖，右手揕其胸，数以负燕之罪，责以将军之仇。期起，扼腕执刀曰："是於期日夜所欲，而今闻命矣！"于是自刭，头坠背后，两目不瞑。	荆轲知太子不忍，乃遂私见樊於期曰："秦之遇将军可谓深矣，父母宗族皆为戮没。今闻购将军之首，金千斤，邑万家，将奈何？"樊将军仰天太息，流涕曰："吾每念，常痛于骨髓，顾计不知所出耳。"轲曰："今有一言，可以解燕国之患，而报将军之仇者，何如？"樊於期乃前曰："为之奈何？"荆轲曰："愿得将军之首以献秦，秦王必喜而善见臣。臣左手把其袖，而右手揕（抗）其胸，然则将军之仇报，而燕国见陵之耻除矣。将军岂有意乎？"樊於期偏袒而燕国见陵雪，将军积忿之怒除矣。於扼腕而进曰："此臣日夜切齿拊心也，乃今得闻教。"遂自刎。	荆轲知太子不忍，乃遂私见樊於期曰："秦之遇将军可谓深矣，父母宗族皆为戮没。今闻购将军首金千斤，邑万家，将奈何？"於期仰天太息流涕曰："於期每念之，常痛于骨髓，顾计不知所出耳！"荆轲曰："今有一言可以解燕国之患，报将军之仇者，何如？"於期乃前曰："为之奈何？"荆轲曰："愿得将军之首以献秦王，秦王必喜而见臣，臣左手把其袖，右手揕其匈，然则将军之仇报而燕见陵之愧除矣。将军岂有意乎？"樊於期偏袒搤捥而进曰："此臣之日夜切齿腐心也，乃今得闻教！"遂自刭。

　　这一节，《燕丹子》与《战国策》《史记》之间，文字或有出入，但文意却属一致，主要内容是荆轲出计于樊於期，樊於期自刭。这里先要解决一个问题：太子既已阻劝，荆轲为何坚持以樊於期之首为出使信物？

　　严格地讲，督亢之地无论从政治、军事和经济等方面，对秦、燕两国而言，意义重大。然而，秦军已连续破韩、赵，挡在进军燕国之前的屏障已然消失，攻占燕国全境包括处于燕南的督亢，已指日可待。无论燕国献还是不献，督亢之地永远都在那里，随着战争风云的逼近，迟早都将是秦王的囊中之物。要说献与不献的差别，只不过献了就表示燕国的臣服态度，秦国获取战争的最后胜利可以少付出一些军事代价。再说，秦国到这阶段，已掠夺和侵占了各诸侯国的大量土地和城池，在战争状态中，对它们大都来不及行使有效的行政和经济管理，督亢之地尽管为农业丰产区，但对秦国而言，所获之喜可能更多的是在账面意义而非实际产出。故此，督亢之地，虽是一份礼，却未必是能够保证获得秦王欢喜之"重利"。另外，如果只有这份礼物而再无其他，如果退一步秦王出乎意外地喜欢这份礼物并且允肯面见使者，那么，一份礼物只能一人赴廷了。谁能保证一人赴廷就能完成太子所谋划的任务呢？

在此意义上，樊於期之首确为完成行刺任务的不二礼物。如果说，督亢之地意味着一种利益、一份态度，可能会打动秦王理智上的博利心态，那么，樊於期之首，毫无疑问将打动秦王的情感。对于秦王而言，杀人本不足惜，但樊於期之死或不死，他是绝对看重的。虽然由于文献之阙如，我们已难以明白樊於期对秦国、秦王到底犯下了何种滔天之罪，招致秦王对其如此刻毒的态度。但就从这种态度上，已表明了樊於期之死在秦王心头的分量。所以，为了完成阻秦之大业，为了确保能够当面见到秦王，荆轲就不顾太子的感受与正告，以私人的身份"潜见樊於期"。

荆轲的坚持是否有道理？这个问题涉及樊於期的反应。在《燕丹子》中，荆轲述及秦王对他的刻毒和不堪，"轲为将军痛之。今有一言，除将军之辱，解燕国之耻，将军岂有意乎"，在此，荆轲是站在樊於期的立场讲这一番话的，并表示为其"痛之"以及将要做的事情之目的是"除将军之辱，解燕国之耻"。对此，樊於期表达了痛入骨髓的心情，"常念之，日夜饮泪，不知所出。荆君幸教，愿闻命矣"。这里所说的"念"，真是重如千钧！指其时时想到父母宗族的戮没之惨，亦时时想到要报仇以及报仇不得而带来的另一层痛苦。所以，对荆轲将为其出计，他用"幸教""闻命"表示了由衷的肯定。接下来，荆轲就和盘托出行刺计划："今愿得将军之首，与燕督亢地图进之，秦王必喜。喜必见轲，轲因左手把其袖，右手揕其胸，数以负燕之罪，责以将军之仇。而燕国见陵雪，将军积忿之怒除矣。"这是谈话的重点，要义有三：一是须以樊於期的自我牺牲为沉重代价，二是这个牺牲所能起到的作用和意义，三是计划实现的两重效果，即"燕国见陵雪，将军积忿之怒除"。对于这个计划，樊於期的反应如何？文本以"扼腕执刀"的动作，显示了他的忿激之态；以"是於期日夜所欲，而今闻命矣"的言辞，表达了他的高度认同和欣慰。樊於期"自刭"以后，"头坠背后，两目不瞑"，这既是文学化的描写，一介死士的激昂之态跃然纸上；同时也是写实，是一种死不瞑目的神态，激励着荆轲为其报仇雪恨。

　　《战国策》《史记》在编织这一场景时，对樊於期的神态和心情多有具体的刻绘，与《燕丹子》相比，呈现出各有千秋、同工异曲之妙。如以"仰天太息，流涕曰"状写樊於期的痛苦，以"偏袒扼腕（搤捥）"表现其奋下决心之态①，以"此臣之日夜切齿拊（腐）心也"形容其对秦王的仇恨。这些笔力劲健的描写，同样展示了樊於期对于荆轲计划的深切认同。

　　其实，樊於期之死，并非死于荆轲的计划，而是死于秦王的追逼，死于其时的形势，死于他的境遇。当时，不要说是秦王钦定的罪犯，哪怕只是秦国的敌人，各诸侯国的收容都要担起莫大的干系，冒天大的风险，也正因为如此，在《战国策》《史记》中，鞠武之前才说"祸必不振矣"，惶惶不安地阻止太子容留樊於期。试想，一旦秦国大举进攻燕国，樊於期又能寄居何方？以太子之厚道和担当，给樊於期提供

---

①司马贞《史记索隐》谓："勇者奋厉，必先以左手扼右捥也。捥，古'腕'字。"见司马迁：《史记·刺客列传》，中华书局1982年版，第2533页。

优渥的生活保障自然不在话下,然而,他的灵魂又怎能平静得下来?尤其是在家庭和宗族惨遭深重不测之后,熊熊复仇之火时时刻刻烧灼着他的心。再加上,秦王向全天下开出"邑万户、金千斤"的赏格,不排除会有刺客前来要他的命,哪怕太子增派护卫的人手,也只能报他一时而无法护他一世。这种种痛苦、纠葛和焦虑,平心而论,对樊於期来讲,每度过的一天,都是苟活的一日。于曾经叱咤疆场的将军而言,这种日子真是生不如死!所以,一旦闻荆轲之命,一旦觉得项上之头还能发挥作用,一旦感觉复仇在望,他便毫不犹豫地在激愤中自刭,这对他而言,其实是另外一种活法——借荆轲之躯而去报仇,同时也是对于自身痛苦的最好解脱。在这意义上,我们说,正是荆轲最后成全了樊於期。

三个文本之间的文字关系,《燕丹子》与《战国策》《史记》相同或相似之处比较明显,如:"潜见樊於期"之与"私见樊於期","邑万户、金千斤"之与"金千斤,邑万家","除将军之辱,解燕国之耻"之与"解燕国之患,报将军之仇","常念之,日夜饮泪,不知所出"之与"每念之,常痛于骨髓,顾计不知所出","左手把其袖,右手揕其胸"之与"左手把其袖,右手揕其匈","燕国见陵雪,将军积忿之怒除矣"之与"将军之仇报,而燕国见陵之耻除矣",等等。上述对比,有的接近相同,而有的相似度较高,这显示了《燕丹子》在传播过程中为他本所吸收的情况。

《燕丹子》中的"自刭",孙星衍谓:"'刭'本作'刎',从《太平御览》人事部引改。"①

至于《战国策》与《史记》之间的文字对照情况,可以说,接近相同。稍异的地方有十一处,大都无关紧要,如:"购将军之首"之与"购将军首","樊将军仰天太息"之与"於期仰天太息","吾每念"之与"於期每念之","轲曰"之与"荆轲曰","樊於期乃前曰"之与

---

①无名氏撰,程毅中点校:《燕丹子》,中华书局1985年版,第14页。

“於期乃前曰”，“愿得将军之首以献秦”之与“愿得将军之首以献秦王”，“秦王必喜而善见臣”之与“秦王必喜而见臣”，“燕国见陵之耻除矣”之与“燕见陵之愧除矣”，“偏袒扼腕”之与“偏袒搤捥”，“切齿拊心”之与“切齿腐心”，“遂自刎”之与“遂自刭”。这些不同处，多出于后者对前者所据材料的改动所致。这些改动，有的是出于文气需要，有的是补足语言成分，有的是用语习惯的不同。改动比较好的是第七处，删去一个“善”字，既使语气变得紧凑，也避免了歧义。这些文字上的证据，均表明太史公是在“战国策”材料的基础上，进行编纂的。

十七

《燕丹子》	《战国策·燕策三》	《史记·刺客列传》
太子闻之，自驾驰往，伏於期尸而哭，悲不自胜。良久，无奈何，遂函盛於期首与燕督亢地图以献秦，武阳为副。荆轲入秦，不择日而发。	太子闻之，驰往伏尸而哭，极哀。既已，无可奈何，乃遂收盛樊於期之首，函封之。于是，太子预求天下之利匕首，得赵人徐夫人之匕首，取之百金，使工以药淬之，以试人，血濡缕，人无不立死者。乃为装，遣荆轲。燕国有勇士秦武阳，年十二杀人，人不敢与忤视。乃令秦武阳为副。荆轲有所待，欲与俱，其人居远，未来，而为留待。顷之，未发。太子迟之，疑其有改悔，乃复请之曰：“日以尽矣，荆卿岂无意哉？丹请先遣秦武阳。”荆轲怒，叱太子曰：“今日往而不反者，竖子也！今提一匕首，入不测之强秦，仆所以留者，待吾客与俱。今太子迟之，请辞决矣！”遂发。	太子闻之，驰往，伏尸而哭，极哀。既已不可奈何，乃遂盛樊於期首函封之。于是太子豫求天下之利匕首，得赵人徐夫人匕首，取之百金，使工以药焠之，以试人，血濡缕，人无不立死者。乃装为遣荆卿。燕国有勇士秦舞阳，年十三，杀人，人不敢忤视。乃令秦舞阳为副。荆轲有所待，欲与俱；其人居远未来，而为治行。顷之，未发。太子迟之，疑其改悔，乃复请曰：“日已尽矣，荆卿岂有意哉？丹请得先遣秦舞阳。”荆轲怒，叱太子曰：“何太子之遣？往而不返者，竖子也！且提一匕首入不测之强秦，仆所以留者，待吾客与俱。今太子迟之，请辞决矣！”遂发。

这一节,《燕丹子》与《战国策》《史记》的文字数量虽然相差较大,但基本内容还是较为接近的,主要有三:

一是太子悲悼樊於期。《燕丹子》写得较为细致,尤其是以"自驾"的细节凸出太子的情急不择,显示出樊於期在其心目中的地位以及事起猝然之际的惶恐难宁。在三个文本中,对太子的悲痛之状都极尽铺叙,《燕丹子》谓"伏於期尸而哭,悲不自胜",《战国策》和《史记》则曰"伏尸而哭,极哀",以几乎相似的笔触描写了太子之于樊於期的自责、悲痛和无奈,在那嘶吼和呜咽交替的哭声中,令人感受到太子血与泪的迸发,体会到太子剑指秦王般的复仇火焰。如果读者之前尚存有太子默认荆轲私见樊於期的些微疑虑,那么太子之前有"心不忍也""愿足下更虑之"的心情表达和严正劝阻,在此有哀恸欲绝的伏尸哀哭,疑虑足以打消。况且,对于太子的心情和做法,三个文本均以正笔出之,丝毫没有夹带含讽隐嘲的意味。可以说,太子的复仇心志是坚定的,容存樊於期的愿望是真诚的,在他看来,这两者之间不存在冲突。及至荆轲提出"樊於期首、督亢地图"建议之时,他对于前者还是反对和劝阻的。或许在其心目中,作为面见秦王的信物,"督亢地图"已经足够分量,荆轲再加一个"樊於期首"是为了确保秦王面见的万无一失;或许他还能想出其他妥当的替代信物。太子的这些考虑,我们相信都是存在的。而对于荆轲来讲,他是为了信义走近太子身边的,为了卫国被灭的仇恨与替天下包括燕国主持公义来担当重任的,既然要赴秦廷做刺客,那么,刺客所必备的条件则是需要周全地考虑妥当的。所提两个信物,按三个文本表达的顺序,均是"樊於期首"在前而"督亢地图"在后,可见荆轲认为"樊於期首"是必备的而"督亢地图"倒是选项。为了任务的完成,荆轲对于太子之语,合适的就听从,不合适的就独断。《燕丹子》中荆轲曾借太子酒宴所说"士有超世之行者,不必合于乡曲",在此得到了印证。同时,另外两个文本对荆轲之于太子的态度,在这方面,也是清楚的,荆轲从未对太子表现出言听计从般的顺从,甚至还出现了"怒叱"太子的字眼。因此,樊於期之自到,确与太子没有直接关系,而是时势、荆轲、樊於期自身之行为和选择的结果。

二是做赴秦的准备。《燕丹子》相对简略,"良久,无奈何,遂函盛於期首与燕督亢地图以献秦,武阳为副",强调了赴秦的两大准备,即信物与助手。前者是由荆轲建议的,后者当是由太子委派的。前面当太子激将时,荆轲曾解释"所以未行者,待吾客耳",也就是说,在等待自己的助手,而对太子门下的游士宾客,他并不满意,这一点与田光的看法一致。对照后文,在秦廷武阳怯场引起秦王的怀疑,最后的功亏一篑是否与此有关,我们不得而知,但至少文本暗示了有这方面的因素。燕太子丹与荆轲故事的传播者与《燕丹子》的编作者,是否为了维护荆轲形象而委过于武阳呢?武阳是否是一个箭垛式的人物呢?荆轲在最后关头,劫持与行刺秦王的失败,真实情形又是如何呢?这些只能作为千古疑问而长久地闪回于人们心底了。如果这些疑问被证实,那么荆轲的"待吾客"实在是太重要了,他的等待是有道理的,而太子迫于形势紧急所做的激将显得轻率了些。透过这些分析,我们感觉,在《燕丹子》的两个主要人物之间,编作者在荆轲身上,投注的感情倾向稍多一些。再来说《战国策》《史记》,对于赴秦的准备,它们的行文比较详细,除了之前同样见于《燕丹子》文本中的荆轲等待助手、太子使用激将法以及对武阳情况的简单介绍之外,尚有未见于整本《燕丹子》的求取和淬炼匕首的细节。《战国策》曰:"于是,太子预求天下之利匕首,得赵人徐夫人之匕首,取之百金,使工以药淬之,以试人,血濡缕,人无不立死者。乃为装,遣荆轲。"《史记》内容相同,文字有几处稍异:改"预求"为"豫求",出于文字运用习惯不同,"豫"通"预";省略"赵人徐夫人之匕首"的"之",盖因避免与前半句"之"字的重复,语气更为紧凑;改"淬"为"焠",字义更准确,"金属器械烧后放入水中浸叫焠"①；改"乃为装，遣荆轲"为"乃装为遣荆卿"，改后的"装"为动词，指整治行装，句意更顺达。这些改动，无疑是成立的，有的甚至比较出色，为后人研究《史记》与《战国策》之间的关系保留了珍贵的语言素材。在这个细节中，说明太子提前在为行刺做准备。他事先在各处访求锋利的短剑，最后求到了一个赵人收藏的"徐夫人匕首"，并且花费百金，用毒药炼染在匕首的锋刃上，同时做了人体实验，见证了匕首见血即死的效果。对于这一细节，可以提出这样两个问题：一是从文本上看，荆轲提出"督亢地图"以夹带匕首的建议，距离这个细节的出现，时间很短，《战国策》《史记》文本中的"预（豫）求"，是否成立？我们认为，无论荆轲是否提出带去地图之建议，对于劫持和行刺的行为而言，匕首都是最基本的武器和行装，"匕首，其头类匕，故曰匕首，短而便用也"②。至于匕首如何夹带或藏身，倒是一件破费踌躇的事。因此，太子的确有可能事先准备好匕首，甚至在秦国灭赵之前。二是太子和荆轲所居在燕下都，而此地素有制造焠火钢剑的传统。考古学家曾经对武阳城的丛葬坑进行发掘，发现在燕下都存在的时代，燕国工匠就能制造高碳钢，并懂得了焠火技术。如此，文本中所谓"预求天下之利匕首"，有何必要？是否编者为了夸张太子所做准备之周全与详尽，而作了文字上的渲染？我们认为，燕人之钢剑固然好用，但在以冷兵器为主要作战武器的战国时代，哪个国家不会制造兵器呢？因此，太子为保万无一失，出于精益求精的心理，命人在各地访求，也是有可能的。这些，都只能证明太子务求劫持或行刺成功所付出的用心。至于《燕丹子》缺失这个细节，可能并非无意，而是为了减少枝蔓并且自从荆轲出场之后，需要将笔墨的重心集中于荆轲。

①周振甫：《周振甫文集》（第九卷），中国青年出版社1999年版，第154页。
②应劭撰，王利器校注：《风俗通义校注》，中华书局1981年版，第615页。

　　三是整装待发。《燕丹子》在此有一个细节，"荆轲入秦,不择日而发",而《战国策》《史记》均只"遂发"两字。所谓"不择日",推敲文意,应有两层:一是秦军在诸国间攻势凌厉,间不容发,不能再有任何耽搁。此前,"十九年,王翦、羌瘣尽定取赵地东阳,得赵王。引兵欲攻燕,屯中山"①。秦王早已对燕国虎视眈眈,攻破赵国以后就布置在燕国南部附近屯兵,前面太子所谓"秦兵旦暮渡易水",即指此也。如果燕国告急,他所策划的这次行动就将失去意义,所以,一旦赴秦信物备齐,荆轲就得上路。二是古时出行,无论是国家层面的军队出征、使者起程、质子就国甚至民间层面的商贾货利、求师访亲、远嫁近结等等,为求庄敬和平安,大多需要择日。所谓时也,即势也。"不择日而发",意味着一丝不祥。《燕丹子》特于此重笔提之,不知是因为形势之紧压倒了择日的心理需求,还是为篇末之功亏一篑在文学结构上预先设伏。

　　三部作品推进至此,已见层云密布,惊雷遥响。

十八

《燕丹子》	《战国策·燕策三》	《史记·刺客列传》
太子与知谋者皆素衣冠送之,于易水之上。荆轲起为寿,歌曰:"风萧萧兮易水寒,壮士一去兮不复还。"高渐离击筑,宋意和之。为壮声则发怒冲冠,为哀声则士皆流涕。二人皆升车,终已不顾也。二子行过,夏扶当车前刎颈以送。	太子及宾客知其事者,皆白衣冠以送之。至易水上,既祖,取道。高渐离击筑,荆轲和而歌,为变徵之声,士皆垂泪涕泣。又前而为歌曰:"风萧萧兮易水寒,壮士一去兮不复还!"复为忼慨羽声,士皆瞋目,发尽上指冠。于是荆轲遂就车而去,终已不顾。	太子及宾客知其事者,皆白衣冠以送之。至易水之上,既祖,取道,高渐离击筑,荆轲和而歌,为变徵之声,士皆垂泪涕泣。又前而为歌曰:"风萧萧兮易水寒,壮士一去兮不复还!"复为羽声忼慨,士皆瞋目,发尽上指冠。于是荆轲就车而去,终已不顾。

---

①司马迁:《史记·秦始皇本纪》,中华书局1982年版,第233页。

千古传唱的易水壮歌,就出自这一节。三个文本的共同性是很明显的,都相对完整地描绘了易水送别的场景,重点也都设置在荆轲《易水歌》。不同处互有参差,《燕丹子》有宋意、夏扶的出场而其他两个文本则无;《战国策》《史记》有"既祖,取道"的情节而《燕丹子》无;《战国策》《史记》对于音乐变化有比较确切的描写而《燕丹子》则相对笼统。再就《战国策》与《史记》之间的文字差异,主要有三:一是《战国策》"至易水上",《史记》为"至易水之上",多出了一个"之"字,不知是否出于语气徐纡之需? 二是《战国策》"忼慨羽声",《史记》为"羽声忼慨",两者词序虽不一,但表达均无误;三是《战国策》"遂就车而去",《史记》为"就车而去",省略"遂"字。

下面分三个层次,对送别场景作些分析:

第一层,送行。送行者为哪些人?《燕丹子》谓"太子与知谋者",《战国策》《史记》则曰"太子及宾客知其事者",前者范围大而后者范围小,局限于"太子客"中的知情者,应该不包括荆轲在燕国的朋友高渐离,而在前者则可以算。如此看来,此处《燕丹子》叙述周密,而《战国策》《史记》则有所疏漏。在这整个送别场景里,三个文本共同提到的人物有太子、荆轲、高渐离,《燕丹子》里还有宋意和夏扶。这俩人,作为"太子客",已被之前的田光作过介绍。值得进一步推敲的是高渐离,《燕丹子》和《战国策》之前均未提及,《战国策》只于篇末补充为"荆轲客",而《史记》则于篇首介绍了其姓名、性格和才艺。从《燕丹子》未曾介绍高渐离而在此突兀出现的情况来看,可能的解释是:在战国末期至秦汉这一历史阶段,高渐离也是一个类似于荆轲那样名动天下的人物,因此《燕丹子》编作者认为没有介绍的必要而作了省略。在此基础上,我们不妨作进一步推测:类似于《燕丹子》那样专题颂扬荆轲和太子丹的作品,在那个历史阶段,也应该曾经出现过有关高渐离的专题作品。至于后来的失传,则是另外一回事。

再来看送行者的着装。《燕丹子》谓"皆素衣冠",《战国策》《史记》则曰"皆白衣冠"。严格说来,白色、灰色和玄青色这几种古人常用的颜色都可划为素色,而《战国策》《史记》坐实为白色,又缩小了范围。就内容而言,我们认为《燕丹子》所写较为妥当,送行者一律素色衣冠,足够营造出庄重肃穆的氛围,于情于理都该如此。而所谓的"白衣冠",在古代却是凶丧之服,尽管有多种卫护性的解释①,但一群穿戴白衣白帽者为两个出征的大活人送行,这场面实在有点不吉祥。未曾远行而先送丧,是鼓气呢还是泄气? 即便送行活动中安排了祭神环节,但是,祭服与丧服应该是有差别的。

最后看送别的地点。三部作品都明确提到"易水",无论易水曾经代表过何种地理界隔的意义②,此际只是秦燕战场的分隔线。《燕丹子》之前曰"易水之北永无秦忧",《战国策》曾云"秦且灭六国,兵以临易水""秦地遍天下,威胁韩、魏、赵氏,则易水以北,未有所定也""秦兵旦暮渡易水",《史记》亦谓"长城之南,易水以北,未有所定也"。太子及送行者能够至此,因为此地属于燕下都的范围;也只能送行至此,由于隔河便是秦军的布防之地。但是,易水应为一条流域,流经非止一地③,具体的"既祖,取道"地点,到底在

---

① "知其凶多吉少而难返,故穿丧服送行;同时也有激励之意",见何建章注释:《战国策注释》,中华书局 1990 年版,第 1203 页;"知其难还,故像送丧那样的送他;同时也存在着激励的意义",见司马迁著,王伯祥选注:《史记选》,人民文学出版社 1957 年版,第 327 页。

② 易水在今河北西部,发源于易县,在定兴汇入南拒马河,即古武水,当时为燕南巨川,与滹沱并称。战国时易水为燕国的南界,与赵国毗邻,是燕赵两国的分界线。《战国策·燕策一》《史记·苏秦列传》:"燕东有朝鲜、辽东,北有林胡、楼烦,西有云中、九原,南有滹沱、易水……夫燕之所以不犯寇被兵者,以赵之为蔽于南也。……今赵之攻燕也,发兴号令,不至十日,而数十万之众,军于东垣矣。度滹沱,涉易水,不至四五日距国都矣。"

③ 张守节《史记正义》注以易水流经之"易州",见司马迁:《史记·刺客列传》,中华书局 1982 年版,第 2534 页。

何处？我们推测，应该为三种因素的交集：一是距离《燕丹子》所提到过的太子所居燕下都之"东宫"不应过远；二是河面狭窄之处，便于渡河；三是对岸秦军未曾驻扎或布防稀疏之处。这个地点应该经过选择，因为在此需要祭道路之神，然后出行者上路，送行者返回。祭路神之时，众人饮酒饯行。下面荆轲起歌的场景，就发生在饯行过程中。

第二层，起歌。相信读过作品的读者，都会对这一节的音乐描写感受至深，我们推测原创者应该具有较高的音乐素养。三个文本相较，《燕丹子》的写法比较清晰，脉络不乱，以荆轲的起歌为中心线索而展开过程，分三个步骤：祝寿——起歌——歌声打动众人。

文本中"荆轲起为寿"，意思是奉酒祝众人长寿，也包括祝福燕国，祈祷天下和平，这当为起歌的导语和前奏。

被后人冠以《易水歌》的歌词只有两句："风萧萧兮易水寒，壮士一去兮不复还。"有人会怀疑其完整性，但怀疑归怀疑，《史记》所记载之汉高祖《大风歌》、项羽《垓下歌》亦分别只有三、四句。歌词以"兴"的手法起头，以风的拂动之声引出长逝不洄的易水，带出"不复还"的主题，并写出乱云腾涌下天寒地冻的肃杀环境以及与此环境相对应的肃穆情感。歌词抒情性强，哀婉而壮烈，抒发了壮士慷慨激昂的情怀，也喻示着赴秦使命的艰难和曲折。写法上，从叠字、"兮"字的用法来看，明显受到楚调的影响。在文学史上，北方地区的诗歌创作，自觉地被楚地骚体所引导，当在汉初。在荆轲歌唱过程中，"高渐离击筑，宋意和之"。筑是一种竹制的打击乐器①，高渐离应为一位出色的击筑乐手，在歌声里他以筑定调和伴奏，"太子客"宋意则应和着一同歌唱。古人评曰："写渐离击筑，荆轲和歌……方知前写燕市

---

① 司马贞《史记索隐》曰："筑似琴，有弦，用竹击之，取以为名。"见司马迁：《史记·刺客列传》，中华书局1982年版，第2528页。

悲歌,不为空设,正为此处引照耳。"①在这环境中,三人能组合起来歌唱,可能并非是一种即兴的行为。在《燕丹子》中,估计荆轲到燕国之后,出于声气相投,他们应时常在一起聚会和引吭高歌。在这文本背后,似乎有许多故事,为我们所未知。

与歌词内容一样,歌声跌宕起伏,抑扬顿挫,富有感染力。随着荆轲歌声的起止,这群有着共同命运的送行者被深深地感染了,"为壮声则发怒冲冠,为哀声则士皆流涕"。在"壮声"里他们捕捉到了不甘屈服的灵魂和天崩地裂来临之际的英勇抗争,在"哀声"里他们感受到了人生的无常、敌国的蹂躏和生灵的涂炭。这两句描写,工整洗练,表情达意恰到好处,既塑造了送行者的群体形象,营造了壮士诀别的氛围,同时进一步点化了歌词内容。

《战国策》《史记》这里的写法不如《燕丹子》之单纯、清楚和明朗。"高渐离击筑,荆轲和而歌,为变徵之声,士皆垂泪涕泣",这一句里有三个主语或施为者,先是高渐离,再是荆轲,最后是作为众人的"士"。荆轲的角色行为开始只是作为高渐离击筑之声的吟和者,再进而提升到歌唱者。实际的音乐活动确实是这样演进的,先是器乐声,然后是唱声,再是听众的感受。这种拘泥于实际的写法,不利于突出歌唱者,较为板滞。中间一句"为变徵之声",是否指的是荆轲的歌声?当然作为伴奏的击筑之声也应转调。按音律的高下,宫、商、角、变徵、徵、羽、变宫,为古代的"七音"。变徵是其一,声调悲凉,适于悲歌②,故引发众人伤感。接下去是那两句《易水歌》,紧承其后的是"复为忼慨羽声"或"复为羽声忼慨",不知主语是

---

① 牛运震撰,魏耕原、张亚玲整理点校:《史记评注》,三秦出版社 2011 年版,第218 页。

② "变徵即是商音"亦即哀音,引自张海明:《司马迁作〈易水歌〉献疑》,《文艺研究》2013 年第 4 期。

谁？这里的"羽声"也为"七音"之一，其调比变徵更高，故其声激昂慷慨。再写众人的反应，由之前的"垂泪涕泣"一变而为"皆瞋目，发尽上指冠"。

通过梳理，这种写法可能会产生的歧义在于：无论是"为变徵之声"还是"复为忼慨羽声"，都指的是高渐离的击筑之声，由此，送行者的反应，无论是哀婉还是愤激，都源于筑声。如此，荆轲的两句《易水歌》，就仅仅是无人行阵中的歌词而已，不见其变调，不见众人的感受，只是其自娱自乐的歌唱而已。当然，这仅仅是完全按照文句的排列而得出的一种解读①。实际上，更为变通的解释是大家所乐见的，即无论是变调还是众人的反应，都是围绕着荆轲的歌声而写的。这种解释的正确写法其实就应该是《燕丹子》的写法。针对这一节，幸亏历史把《燕丹子》文本保存了下来，得以让我们见到比《战国策》《史记》更为畅达、更有逻辑、更显力度的出色创作。

《史记》中"高渐离击筑"的细节，则与篇首所述荆轲与其在燕市旁若无人地饮酒高歌的情节互为呼应。

第三层，壮别。在这小节里，还是要推崇《燕丹子》文本。在这个单元段落里，临近尾声，而力度不减，反有出乎意外之神笔。先来对比一下：

《燕丹子》："二人皆升车，终已不顾也。二子行过，夏扶当车前刎颈以送。"

《战国策》《史记》："于是荆轲（遂）就车而去，终已不顾。"

三个文本之间的互文性是很明显的，主要体现在《燕丹子》的前半句，尤其是"升车"与"就车"以及完全相同的"终已不顾"。文本之间到底是怎样的影响关系，在此不再作阐述，只点出现象。

在《燕丹子》的后半句里，让人心头为之一紧。荆轲与武阳登车

①周振甫：《周振甫文集》（第九卷），中国青年出版社1999年版，第155—156页。

而去,始终不曾回头,而夏扶却于车前"刎颈以送"。田光口中的三位"太子客",至此全都出现了。先有伏笔,后有回应,显示出文本的整体构思与具体编作的统一性。夏扶此举,是一种壮怀激烈的极端化表现,正与其"血勇之人"的性格相吻合。

荆轲此去,前程难测。易水对岸,秦军整装待发。燕国大厦将倾,家园或有不保。一个国家的命运,无数百姓的生死,或将系于赴秦行刺一举。此时此际,虽不见刀剑和溅血,却有着比战场厮杀更重的责任。这场送别,既是壮别,亦是死别。歌声未歇,而夏扶已然化为随行的精魂,与田光、与樊於期,直达秦廷。

如果《燕丹子》就此结束,也已是一篇出色的杰作。

<h2 style="text-align:center">十九</h2>

《燕丹子》	《战国策·燕策三》	《史记·刺客列传》
二子行过阳翟,轲买肉争轻重,屠者辱之,武阳欲击,轲止之。		

此段为《燕丹子》所独有,《战国策》《史记》均无。这个细节作用有三:

一是提示荆轲一行赴秦路线。阳翟为韩国都城,今河南省禹县。据《史记·吕不韦列传》记载,吕不韦便是阳翟人。要到咸阳,中经阳翟,是一条方便之路。即使韩国已为秦国所占,但外交使者的通关文书,还是管用的。从线路上看,此前荆轲的队伍已渡过易水,并穿越了赵国,接下来便是折而向西。

二是点化人物性格,这个作用应是主要的。"行过阳翟",打尖造炊,在"买肉"过程中,可能是处于战后不久,"屠者"的价格明显不公道,荆轲便与其论理"争轻重"。可能荆轲身上是一副外交使者的行头,比不得街头寒酸褴褛之人,又风尘仆仆明显是一个外地人,便遭到了"屠者"的侮辱。这事说大不大,说小不小,但仍属寻常,在可以理解的范围之内。但是,"武阳欲击",荆轲便劝阻了他。这么一件杂碎事儿,于群情汹汹的时代大变局之际,在文本中又处于"易水送别"与"秦廷行刺"这两件大事之间,特于此详细记之却不作任何议论,编作者所欲何为呢?

在小说创作中,这种笔法属于"闲笔",擅长于不经意处刻画各种人物性格。我们知道,有大格局之人,心意间所倾心关注的,是大目标;为了实现目标,善于管理和控制自我的情绪,不会轻易动怒发脾气。这种人,方向明确,意志坚定,自控力强,临山崩海倾而不变于色。这种人,小事或与目标无关之事,可以放过,并且心中不留芥蒂。上述这件以闲笔述及之事,就进一步强化了荆轲这种性格和气质。我们在《燕丹子》文本中,从荆轲不顾太子劝阻而坚持"潜见樊於期"之事,也已对其性格有了认识。在大事与小事之间,一收一放,荆轲的人物形象就完整地被塑造出来了。此外,这个细节,与《史记》篇首所述荆轲在列国间遭盖聂、鲁句践怠慢而做出的应对,意义正同,而写法却略胜一筹。

武阳的性格在荆轲的反衬之下,显得低矮了许多。这类人,或有目标但目标不坚定意志不坚强,或有一技之长但不善于控制自己的情绪,或有匹夫之勇但不足以成大事。武阳性格特点在这件事上得到了反映,既与田光所议相呼应,亦为秦廷之变色预埋伏笔。

三是舒缓作品的叙述节奏。作品中之前的送别场面与接下来的深入虎穴,情感饱满,情节紧张,节奏感强,可谓"正笔"。文本于此闲闲地记上一件无关血雨腥风的日常小事,舒缓读者的紧张心理,并对下面的情节抱有期待,显得张弛有度、急缓得当,见出编作者控制节奏的笔法之齐备。

在古代小说发展早期,出现如此生动而富于表现力的细节,真是我们民族小说史的瑰宝。

二十

《燕丹子》	《战国策·燕策三》	《史记·刺客列传》
西入秦,至咸阳,因中庶子蒙白曰:"燕太子丹畏大王之威,今奉樊於期首与督亢地图,愿为北蕃臣妾。"	既至秦,持千金之资币物,厚遗秦王宠臣中庶子蒙嘉。嘉为先言于秦王曰:"燕王诚振畏慕大王之威,不敢兴兵以拒大王,愿举国为内臣,比诸侯之列,给贡职如郡县,而得奉守先王之宗庙。恐惧不敢自陈,谨斩樊於期头,及献燕之督亢之地图,函封,燕王拜送于庭,使使以闻大王。唯大王命之。"	遂至秦,持千金之资币物,厚遗秦王宠臣中庶子蒙嘉。嘉为先言于秦王曰:"燕王诚振怖大王之威,不敢举兵以逆军吏,愿举国为内臣,比诸侯之列,给贡职如郡县,而得奉守先王之宗庙。恐惧不敢自陈,谨斩樊於期之头,及献燕督亢之地图,函封,燕王拜送于庭,使使以闻大王,唯大王命之。"

这一节的主要内容是荆轲在秦国为面见秦王而做准备工作,主要是通过秦臣向秦王表达燕国准备臣服的态度。

三个文本,《燕丹子》较为简略,但于叙述中抓住了重点。一是"西入秦,至咸阳";二是"因中庶子蒙",也就是以在秦国担任中庶子之职的蒙为中介;三是通过蒙向秦王转达出使意图,这里涉及主事者("燕太子丹")、原因("畏大王之威")、信物("樊於期首与督亢地图")、目的("愿为北蕃臣妾")。此语观点清楚,要言不烦,简洁明了。

《战国策》《史记》则相对详细,并于重要史实上与《燕丹子》有别:一是贿赂秦臣中庶子,"持千金之资币物"而"厚遗";二是中庶子姓名为"蒙嘉",与《燕丹子》有别;三是出使的主事者为"燕王",并两次提及。两个文本之间的文字差异有这样几处:《战国策》之"既至秦",《史记》改为"遂至秦",于文意无碍,或出于语感之不同;《战国策》之"振畏慕",《史记》改为"振怖",这里的"振"通"震",表惊惧之意,易"畏慕"为"怖",消除了歧义,改动恰当;《战国策》之"兴兵以拒大王",《史记》改为"举兵以逆军吏",意思几乎相同,但消除了挑衅意味,减少了锋芒和敌意,并且以"逆"表示一旦出兵之不当,透视出尊秦之意,改动相当成功;《战国策》之"燕之督亢之地图",《史记》改为"燕督亢之地图",语气更紧凑,语感更佳。这些文字上的加工和改造,显示了太史公文字锻造能力,应成为史书编纂方面的范例。

《战国策》是一部训练纵横家口舌之辩能力的教科书,故而以口说辞章见长。于"战国策"史料采撷为多的《史记》编纂,也承继了这方面特色。如《燕丹子》之"畏大王之威",《战国策》《史记》则有所铺叙,"诚振畏慕(怖)大王之威,不敢兴兵以拒大王(举兵以逆军吏)";《燕丹子》之"愿为北蕃臣妾",《战国策》《史记》则洋洋洒洒,"愿举国为内臣,比诸侯之列,给贡职如郡县,而得奉守先王之宗庙"。此外,于外交场合应答之际的口吻之肖,《战国策》《史记》也比较擅长,本节之"恐惧不敢自陈""使使以闻大王,唯大王命之"等,既表达了希望秦王能够接见使者的意思,也是得体的外交应酬语言。

最后,关注一下秦臣中庶子的问题。在《燕丹子》里,其名为"蒙",而在《战国策》《史记》中则为"蒙嘉"。班固《汉书·贾邹枚路传》,所载《狱中上梁王书》里有"秦皇帝任中庶子蒙之言,以信荆轲,而匕首窃发"①一句,取其为"蒙",不知是否与《燕丹子》有联系? 而《新序》《文选》则用"蒙嘉",与《战国策》《史记》一致。中庶子是掌公族事务之官,"战国时代,封君、官僚的家臣多称庶子,这其实也是一种徒,只不过地位比一般的徒为高而已。……'中'指明庶子在主人宫室之中……这种称为庶子的家臣大都由出身于上层阶级的'庶孽之子'充当,'庶子'的得名原因与'弟子'极为相类"②。

---

①班固撰,颜师古注:《汉书·贾邹枚路传》,中华书局 1962 年版,第 2351 页。
②裘锡圭:《战国时代社会性质试探》,见《古代文史研究新探》,江苏古籍出版社 1992 年版,第 404 页。

二十一

《燕丹子》	《战国策·燕策三》	《史记·刺客列传》
秦王喜。百官陪位，陛戟数百，见燕使者。	秦王闻之，大喜。乃朝服，设九宾，见燕使者咸阳宫。	秦王闻之，大喜，乃朝服，设九宾，见燕使者咸阳宫。

此段开始，直接写秦王。燕国卑词厚礼，并愿臣服，特别是信物中的樊於期之人头，稍解秦王心腹之患，满足了其虚荣，故而高兴之下，赐见燕国使者。

三个文本于秦王心情和秦廷排场之处，都作了大致相同的交代。在排场方面，《燕丹子》是"百官陪位，陛戟数百"；《战国策》《史记》则是"乃朝服，设九宾"，并点明了地点是处于渭北的"咸阳宫"，于此较《燕丹子》为细。

推敲文意，文本之间仍有着同中之异，显示出不同的用意。《燕丹子》所叙之排场，在于强调秦廷之威。表现在官员和侍卫的人数之多，气氛森然，直接与下文武阳之"大恐"相呼应。文中所谓"陛戟"，是指卫士持戟夹着殿阶侍立。官员的人数为"百"，而"陛戟"者为"数百"，如果要说有所夸张，按情理推，那也是存在的。之所以在人数上特意做夸张，文本主要是为了营造森严和惊惧之气象，呈现出艺术作品的特点。

《战国策》《史记》中的排场之重点，在于显示秦廷之盛大隆重。秦王和群臣都穿上正规的朝服，并且备大礼相迎，由傧相九人依次传呼、接引荆轲和副手上殿，乃外交上隆重的礼仪①。这是秦王"大喜"之后的结果，也应是太子之信物与荆轲之外交言辞所共同发挥出来

①张守节《史记正义》转注曰"设文物大备，即谓九宾，不得以《周礼》九宾义为释"，见司马迁：《史记·刺客列传》，中华书局1982年版，第2535页。

的效果。此外,也可见出,在秦国吞并列国的过程中,燕国之兵不血刃臣服如妾,对秦王之重要性。《战国策》《史记》之语意重心在此,或许是针对秦王之此种心情,或许是对比后文秦王之狼狈以构成讽刺。

可见,同样一个接见场面,由于文体属性不一、编作者所欲表达的关键点不一,便会生出两种文字。

二十二

《燕丹子》	《战国策·燕策三》	《史记·刺客列传》
轲奉於期首,武阳奉地图。钟鼓并发,群臣皆呼万岁。武阳大恐,两足不能相过,面如死灰色。秦王怪之。轲顾武阳前,谢曰:"北蕃蛮夷之鄙人,未见天子。愿陛下少假借之,使得毕事于前。"	荆轲奉樊於期头函,而秦武阳奉地图匣以次进。至陛下,秦武阳色变振恐,群臣怪之。荆轲顾笑武阳,前为谢曰:"北蛮夷之鄙人,未尝见天子,故振慑。愿大王少假借之,使毕使于前。"	荆轲奉樊於期头函,而秦舞阳奉地图柙,以次进。至陛,秦舞阳色变振恐,群臣怪之。荆轲顾笑舞阳,前谢曰:"北蕃蛮夷之鄙人,未尝见天子,故振慑。愿大王少假借之,使得毕使于前。"

这个段落,三个文本都围绕着武阳在秦廷惊恐一事,表现其懦弱与荆轲的智勇。

作为主副使,应各有分工。荆轲除了承担应答之外,在这里,还负责捧内盛樊於期之首的匣子,武阳则捧内装地图的匣子。这个分工甚有讲究。一是两件信物,於期首为主而督亢地图为辅;二是卷起来的地图中藏着匕首。按文中所叙,隐含着在劫持或行刺之时,主副使两人也有分工。这一行动中的分工,离开燕国之前,太子应参与其事,做过指导,并负责指派专人对他们进行过严格而专门的训练。在实际行刺中,其过程可能只是在一瞬之间,而之前,则须对每个步骤和动作进行详细的设计、模拟和训练。由所捧之匣,可以看出,一旦劫持不成而施以刺杀,武阳应是行动者。篇末荆轲行刺不成,是否与出于分工不同而所经受之不同的训练有关?

　　然而,有些事情不是依靠训练就能得到解决的,比如人的心理素质和勇敢程度。在三个文本中,《燕丹子》对这个场面作了有意识的铺叙:"钟鼓并发,群臣皆呼万岁。武阳大恐,两足不能相过,面如死灰色。"前面段落是"百官陪位,陛戟数百"的森严景象,冲击着武阳的视觉;这里的钟鼓声和群呼声,则冲击其听觉。如此,只会逞一时之勇的武阳被压垮了,他害怕得发抖变色,简直不能移步。对这场面,《战国策》《史记》则相对简略,只以一句话带过:"至陛下,秦武(舞)阳色变振恐。"这里的"振",与前一样,通"震"。文本之间的差异,取决于编者的意图。《燕丹子》是文学作品,侧重于写人;而《战国策》《史记》是历史作品,侧重于叙事。

　　事情发展至此,若加以概括,可套用一句流行的句子:"不怕事情艰难,就怕猪一样的队友。"半途掉链子,彻底打乱了应有的分工和步骤,之前的设计和训练也都毁于一旦。更为严重的是,还产生了致命的副作用,引起了对方的诧异和警觉。对此,《燕丹子》曰"秦王怪之",《战国策》《史记》则谓"群臣怪之"。如果不是有所图谋,如果不是单纯地为完成出使任务而来,何至于如此紧张怪异呢?对于"怪之"的主角,我们认为与下文的发声者来衔接并且从荆轲的眼中看过去,只能是"秦王"。尽管实际上朝廷中的百官也必然会"怪之",但在意识高度集中之时,荆轲的视野里只会关注秦王的反应而无法顾及"群臣"。故而,《燕丹子》的叙述更为准确。

　　为了打消疑虑,走在前面的荆轲回头看看武阳或笑着看武阳,以帮助放松其心情,并示意其任务在身。同时,趋前向秦王道歉,既为武阳开脱,消除其疑虑,又请求秦王让武阳完成其使命。荆轲为什么坚持要让武阳捧着地图匣子继续向前呢?因为匕首卷在地图之中,同时,劫持或行刺也无法独自完成。荆轲在此所展现出来的处变不惊的气魄，的确够得起田光所称"神勇之人"的内涵，《史记》中"盖聂怒而目之""鲁句践怒而叱之"的铺垫，于此也得到了呼应。

《燕丹子》与《战国策》《史记》，文字上的相同或相似处很多，表现出较强的互文关系。但是，清人孙星衍认为《燕丹子》之"毕事于前"较之《战国策》《史记》之"毕使于前"，显然更为古雅，"毕事"之"事"为"使"的古字①，可见其成书在两书之前。而《战国策》与《史记》之间，明显呈现为后者对前者的编纂关系，如"柙"之与"匣"，"前谢"之与"前为谢"，"北蕃蛮夷"之与"北蛮夷"，"使得毕使于前"之与"使毕使于前"，均处理得比较成功，音节安排上注意奇偶变化。

二十三

《燕丹子》	《战国策·燕策三》	《史记·刺客列传》
秦王曰："轲起，督亢图进之。"秦王发图，图穷而匕首出。	秦王谓轲曰："起，取武阳所持图。"轲既取图奉之，发图，图穷而匕首见。	秦王谓轲曰："取舞阳所持地图。"轲既取图奏之，秦王发图，图穷而匕首见。

仅此两句话，三个文本之间还是有些差别。

《燕丹子》第一句话是："秦王曰：'轲起，督亢图进之。'"《战国策》《史记》则为："秦王谓轲曰：'起，取武阳（舞阳）所持（地）图。'"秦臣中庶子曾事先向秦王作过汇报，可能提及过主副使的姓名，但在朝廷大殿上，以秦王高高在上之威严，从其口吻中，不太可能说出荆轲之名，更不可能喊出副使武阳（舞阳）之名。与两个使者之名相比，在这种场合，他说出"督亢图"更妥当。甚至，以其一

①孙星衍：《〈燕丹子〉叙》，见丁锡根编著：《中国历代小说序跋集》（上），人民文学出版社 1996 年版，第 529 页。

言九鼎、金口难开之王者说话风格,直接说"图",似乎更在理。事实上,被程毅中先生所不取的孙星衍刻本之原文即为"秦王谓轲曰:'取图来进'"①,根本没有提及主副使、督亢这些词,像极了王者口吻。而目前通行本的这句话,程先生是依据《意林》所引而改的。

那么,《战国策》《史记》为什么要强调"武阳(舞阳)所持(地)图"呢?我们推测,历史文本的编写要求是务求清楚,便于读者理解。在清楚与表现力之间,可能更倾向于追求清楚。如此强调之后,读者就清楚地明白两件事:一、武阳不再上前了,被换掉了,甚至有可能被传令下殿了;二、目前匕首在荆轲手中了。而事实上,不用如此讲大白话式地强调,我们也清楚这两件事。"取图来进",不是更有表现力吗?而且也是清楚的。

第二句话,《燕丹子》是"秦王发图,图穷而匕首出",而《战国策》《史记》则为"轲既取图奉(奏)之,(秦王)发图,图穷而匕首见"。相形之下,后两个文本多出了"轲既取图奉(奏)之"的文字,这也当是出于历史文本的编写方式,要把过程讲清楚。而《燕丹子》则运用了文学写作方式,在前后文之间不至于产生歧义的情况下,该省略的就省略。

上述两句话,在一定意义上,也能说明《燕丹子》的文类性质。它是文学,进一步地说,它是小说。

至于《战国策》与《史记》之间文字上的差别,还是呈现出《史记》以"战国策"材料为基础而进行改编的痕迹。改动的情况,有前面分析过的"舞阳"之与"武阳";有相对次要的"地图"之与"图",这是为了追求清楚无误所致;有比较重要的"秦王发图"之与"发图",增加了主语,这是为了避免产生文句上的歧义而做出的改动,语意更明

①无名氏撰,程毅中点校:《燕丹子》,中华书局1985年版,第15页。

确;至于改"奉"为"奏",则属于两可之间,因为此句之"奉",已应是
"献"义,不再是"奉地图匣"之"奉"(按:释为"捧")。

二十四

《燕丹子》	《战国策·燕策三》	《史记·刺客列传》
轲左手把秦王袖,右手揕其胸,数之曰:"足下负燕日久,贪暴海内,不知厌足。於期无罪而夷其族。轲将海内报仇。今燕王母病,与轲促期,从吾计则生,不从则死。"秦王曰:"今日之事,从子计耳!乞听琴声而死。"召姬人鼓琴,琴声曰:"罗縠单衣,可掣而绝。八尺屏风,可超而越。鹿卢之剑,可负而拔。"轲不解音。	因左手把秦王之袖,而右手持匕首揕之。	因左手把秦王之袖,而右手持匕首揕之。

《燕丹子》较之两个历史文本多出来的一长段文字,目的是为了
塑造文学人物形象,这是文学作品的主要着力点。

先说相同处。《燕丹子》谓"轲左手把秦王袖,右手揕其胸",
《战国策》《史记》则为"因左手把秦王之袖,而右手持匕首揕之"。
这意思在荆轲见樊於期时已出现过,之前荆轲所设计的步骤,可能
有过反复训练,在这里得到了重现。《战国策》《史记》在此与之前
所不一致的"右手持匕首揕之"与"右手揕其胸"之间,文意无别,
因为"揕"义按《史记索隐》所言,指的就是以剑刺胸①。其实,太子
已令工匠在匕首之刃上焠炼进毒药,不要说"揕其胸",一旦刺到秦
王任何部位,都足以致其死。然而,计划并非如此,而是先劫持,劫
持不成,再行刺。

《燕丹子》有所不同的是接下来出现的大段说辞,内容之一,主要

---

① 司马贞《史记索隐》曰"揕谓以剑刺其胸也",见司马迁:《史记·刺客列传》,中
华书局 1982 年版,第 2533 页。

是荆轲数落秦王对燕国以及樊於期所犯下的滔天之罪,"足下负燕日久,贪暴海内,不知厌足。於期无罪而夷其族。轲将海内报仇"。在此,见出荆轲与一般刺客不同之处。他不仅有大勇,表现为敢于在秦廷上劫持和行刺秦王,那可是谈虎色变的所在和人人畏之的暴君;而且他有大义,表现在敢于公开谴责秦王的罪行,其罪行不仅针对燕国、太子、樊於期、卫国,更重要的是,还针对"海内"即天下。所以,荆轲所言之"报仇",绝非私仇,而是天下之公仇。千载之下,犹有荆轲之名,原因之一,在于荆轲所秉持的大义。这段谴责之辞,大致内容之前也出现过,"数以负燕之罪,责以将军之仇。而燕国见陵雪,将军积忿之怒除矣",那是他对樊於期的郑重许诺,而在秦廷,荆轲果真做到了,实现了承诺。不轻易许诺,一旦承诺,便要做到,这当为义士之品格。

说辞的内容之二,针对劫持秦王,"今燕王母病,与轲促期,从吾计则生,不从则死",其意是想将秦王劫持到燕国。所谓"燕王母病"云云,疑有脱误,不可解。难道太子丹与秦王少时同在赵国为质时互约为兄弟?按照字面解释,当是燕王母生病,自己得赶回去,要求秦王一起走,如果不走,就得死。这个内容,《战国策》《史记》大致也有,所谓"诚得劫秦王,使悉反诸侯之侵地……则不可,因而刺杀之",也是先劫持后刺杀的两步计划。

荆轲说辞之后,便是秦王的应对。荆轲有匕首在握,抵着秦王胸口,并且抓着其衣袖,大殿之上,百官阵中,要取秦王性命,实可易得。而且,秦王不会不知道,历史上也曾有过这种取人性命的先例。权衡之下,他选择了死,只是要求"乞听琴声而死"。不少研究文章,对此都归结到秦王在要诡计。不过,平心而论,秦王倒是确实有此爱好。在接下来的《战国策》《史记》文本中,都写到了天下一统之后,秦王独独对太子、荆轲客之高渐离网开一面,"重赦"他,并令其为己击筑。说秦王贪嗜音乐,珍惜音乐人才,当不为过。在此意义上,说秦王是一位"音乐迷",也在情理之中。死前满足一下音乐爱好,应与所谓的"诡计"无关。如果说真还有一丝侥幸心理在焉,那么,也只能是希冀拖延时间以等待不虞之变的来临。

荆轲于危机重重、千钧一发之际,之所以允肯秦王此一"临终"要求,固然出于其作为君子的正大之风,另外还有一个因素,多为世人所未察,即我们在此所谈之音乐。荆轲自己也喜爱音乐,秦王尽管有大恶,但"乞听琴声而死"却无恶,反使其由暴君复原为"人"。出于共同的音乐爱好,荆轲未始没有声气互闻、惺惺相惜之心。

这个情节有可能仅仅是出于文学化的虚构,但它立足于秦王喜爱音乐这一历史基础之上,故而虽出乎意外,却不失情理。《燕丹子》就是抓住某些符合历史真实的要素,进行合理的艺术加工。

再回到文本。秦王为满足嗜好提要求,倒是姬人通过琴语为他提供了逃脱之计,所谓"罗縠单衣,可掣而绝。八尺屏风,可超而越。鹿卢之剑,可负而拔",其意是衣袖易断,屏风可绕,佩剑在身。照此三法,可脱险境。秦王之音乐素养当有一定层次,能听懂琴语;或者说,听惯了,也就懂了。不知是方言的缘故还是荆轲不晓琴,对这几句琴词,文本说"轲不解音"。

让人饶有兴味的是,在这一篇以复仇为主题的小说中,满篇都充斥着英雄的豪情和鲜血,风格壮美。但是,编作者恰恰两次安排了音乐场景,如果算上太子东宫之"姬人好手"的情节,应该是三次;同时,其间也活跃着一些音乐人物,比如荆轲、高渐离。如此,使得小说同时具备了些许凄美情调。在这意义上,《燕丹子》可说是一篇中国早期的表现音乐生活题材的小说。

不同于历史文本,这一节写得真是风生水起。可能不尽符合历史实际,但是,在文学人物的塑造和性格的刻画等方面,确是成功的。

二十五

《燕丹子》	《战国策·燕策三》	《史记·刺客列传》
秦王从琴声负剑拔之,于是奋袖超屏风而走。轲拔匕首擿之,决秦王,刃入铜柱,火出。秦王还断轲两手。	未至身,秦王惊,自引而起,绝袖。拔剑,剑长,掺其室。时怨急,剑坚,故不可立拔。荆轲逐秦王,秦王还柱而走。群臣惊愕,卒起不意,尽失其度。而秦法:群臣侍殿上者,不得持尺兵;诸郎中执兵皆陈殿下,非有诏不得上。方急时,不及召下兵,以故荆轲逐秦王。而卒惶急,无以击轲,而乃以手共搏之。是时侍医夏无且以其所奉药囊提轲。秦王之方还柱走,卒惶急,不知所为。左右乃曰:"王负剑! 王负剑!"遂拔,以击荆轲,断其左股。荆轲废,乃引其匕首提秦王,不中,中柱。秦王复击轲,被八创。	未至身,秦王惊,自引而起,袖绝。拔剑,剑长,操其室。时惶急,剑坚,故不可立拔。荆轲逐秦王,秦王环柱而走。群臣皆愕,卒起不意,尽失其度。而秦法,群臣侍殿上者不得持尺寸之兵;诸郎中执兵皆陈殿下,非有诏召不得上。方急时,不及召下兵,以故荆轲乃逐秦王。而卒惶急,无以击轲,而以手共搏之。是时,侍医夏无且以其所奉药囊提荆轲也。秦王方环柱走,卒惶急,不知所为。左右乃曰:"王负剑!"负剑,遂拔以击荆轲,断其左股。荆轲废,乃引其匕首以擿秦王,不中,中桐柱。秦王复击轲,轲被八创。

　　这一段落写秦廷之战。《燕丹子》与两个历史文本在文字上相差太大,兹分别论之。

　　《燕丹子》只写荆轲与秦王两人之间的争斗,没有掺入百官们的群斗。秦王依琴语三法,"负剑拔之"并且"奋袖超屏风而走"。荆轲投掷匕首,惜不中,但力道足,"刃入铜柱,火出"。最后,秦王转身斩断荆轲两手。在此,事起仓猝,由于没有助手,荆轲行刺不成,但勇毅和豪迈仍在,作品以细节作了刻画。

　　《战国策》《史记》的段落内容复杂,可分四层:

　　第一层,写秦王被动地环柱而跑。"未至身,秦王惊,自引而起,绝袖。拔剑,剑长,掺其室。时怨急,剑坚,故不可立拔。荆轲逐秦王,秦王还柱而走。"在此,如果按照《燕丹子》的文意来分析,使用了琴语三法中的前两法,只因为佩剑太长,一时无法拔出。这里的引文按照《战国策》的文字,《史记》则对个别文字作了改动,如"袖绝"之与"绝袖","操"之与"摲","惶急"之与"怨急","环"之与"还"。这四处改动,或调整了词序,或易古奥为通俗,较为得当。

第二层,写群臣助战。"群臣惊愕,卒起不意,尽失其度。而秦法:群臣侍殿上者,不得持尺兵;诸郎中执兵皆陈殿下,非有诏不得上。方急时,不及召下兵,以故荆轲逐秦王。而卒惶急,无以击轲,而乃以手共搏之。是时侍医夏无且以其所奉药囊提轲。"这里既写了群臣初时的一筹莫展,再解释了秦法,最后叙述了群臣醒悟过后的手搏,特别提到了侍医夏无且掷药囊的行为。事实上,为写夏无且举动,就衍出这一层疙疙瘩瘩的文字。这些"帮斗"虽无益,但毕竟助长了秦王气势,干扰了荆轲追击秦王。与《战国策》相比,《史记》改动之处有:"皆愕"之与"惊愕","尺寸之兵"之与"尺兵",删去"而乃以手共搏之"的"乃"。改动的方法与前类似。

第三层,写秦王占据上风。"秦王之方还柱走,卒惶急,不知所为。左右乃曰:'王负剑!王负剑!'遂拔,以击荆轲,断其左股。"这里,群臣不仅手搏,而且还提示秦王拔剑,才使得秦王占据主动,斩荆轲"左股"。这个细节,与《燕丹子》有别。值得注意的是,这两个文本,至此用了三个同样的"卒(时)惶急",充分表现了秦王与群臣之惊慌失措,与荆轲之颜色不变、气度如故,迥然有别。英雄与肖小之高下,立马可辨。这里,《史记》的文字变动有两处:删"秦王之方还柱走"的衍字"之";针对第二个"王负剑",删去"王"字,改喊声为动作。

第四层,写荆轲还击。"荆轲废,乃引其匕首提秦王,不中,中柱。秦王复击轲,被八创。"在此,充分表现了荆轲的顽强,左腿被斩断之后,仍手掷匕首。最后,秦王"八创"荆轲。《史记》在这里,以"以摘"易"提",既换用了容易理解的"摘",又增加了连词"以",语感更好。

　　以上可见,对于事件的记载,《战国策》《史记》总是不厌其详,不过,由于它们的具体性,以事带人,所以,荆轲的英雄形象还是表现了出来。相反地,作为小说的《燕丹子》,重在写人,事随人转,故而对于同一事件的描述,还是有不尽相同之处,体现在详略的处理、次序的调整、重点的把握以及用词遣句等方面。

　　关于"决秦王,刃入铜柱"句,程毅中先生校语曰:"'刃'原作'耳',属上读,据《大典》本改。孙本作'耳',不知何据。"①此处,程本"决秦王,刃入铜柱"与孙本"决秦王耳,入铜柱",尽管不知孙本所据,但从文意上来看,孙本为是。"决"字,《说文解字》释为"行流也",段注解曰"决水之义引伸为决断"②。在孙本中,"断秦王耳",可通;在程本(依《永乐大典》本)中,"断秦王",似不通。《史记正义》有"《燕丹子》云:'荆轲拔匕首擿秦王,决耳,入铜柱,火出'"③。可见,在张守节所见之唐代《燕丹子》版本,为"决耳",明代《大典》本与之有别。在唐本与明本之间,前者的可信度为高,"通过把古书的流传之本、类书引文和敦煌写本等跟竹书、帛书本对照,可以看出比起宋以后的刻本来,唐代类书用的本子以及敦煌唐写本跟竹书、帛书本要接近得多。这说明印刷术的兴起一方面减少了古书失传的可能性,另一方面却增加了比较剧烈地改变古书面貌的危险性"④。可见,宋之后的刻本会有错误,有的唐抄本接近原貌。

---

①无名氏撰,程毅中点校:《燕丹子》,中华书局1985年版,第18页。
②许慎撰,段玉裁注:《说文解字注》,上海古籍出版社1988年版,第555页。
③司马迁:《史记·刺客列传》,中华书局1982年版,第2536页。
④裘锡圭:《中国出土古文献十论》,复旦大学出版社2004年版,第161—162页。

关于"提""擿"字,均有两例:《策》文"是时侍医夏无且以其所奉药囊提轲""乃引其匕首提秦王";《史记》"是时,侍医夏无且以其所奉药囊提荆轲也""乃引其匕首以擿秦王"。这里,在字面上,"提即擿,今字用掷",然而,"擿乃本字","提乃擿之假借字","掷乃擿之后起字"①。推敲《史记》分别用"提""擿"字而表同一"掷"义,盖因避免在同一段中的文字重复。如此而论,《史记》文字,大多经过推敲。

二十六

《燕丹子》	《战国策·燕策三》	《史记·刺客列传》
轲因倚柱而笑,箕踞而骂,曰:"吾坐轻易,为竖子所欺。燕国之不报,我事之不立哉!"	轲自知事不就,倚柱而笑,箕踞以骂曰:"事所以不成者,乃欲以生劫之,必得约契以报太子也。"	轲自知事不就,倚柱而笑,箕踞以骂曰:"事所以不成者,以欲生劫之,必得约契以报太子也。"

这一段是《燕丹子》现今版本的尾声,古今整理者疑有阙文。它凸显了荆轲豪迈依然的英雄风姿,"倚柱而笑,箕踞而骂",这八个字极其生动,富有感染力。引人注意的是,《战国策》《史记》所写基本相同,"倚柱而笑,箕踞以骂"。尽管有关荆轲故事的"战国策"材料可能并不一定采用《燕丹子》,然而,相信其时已经存在着相对定型的这一类故事写本,无论它是否以《燕丹子》命名。

借助于荆轲临终所言,对于失败的原因,《燕丹子》与《战国策》《史记》所记不一。前者谓:"吾坐轻易,为竖子所欺。"失之于"轻易"、被秦王"所欺",指的是秦王听懂琴语之后的逃窜与反扑,因为之前秦王已表态说"今日之事,从了计耳! 乞听琴声而死",即已准备赴死。对此,荆轲确实轻信了秦王,在警戒心松懈的情况下被其"奋

①王泗原:《古语文例释》(修订本),中华书局2014年版,第314页。

袖"挣脱,然后"负剑拔之"并"超屏风而走"。这在事实上欺骗了荆轲,违背了表态中的约定。如果说"为竖子所欺",指的是秦王所提之"听琴声",那也过分高估了秦王对于姬人的期待和智慧水平。平心而论,在朝廷大殿上实施行刺,在秦王朝历史上,可真是百年一遇之事,稀罕至极。之前,闻所未闻,想所未想。秦王在平时的"听琴声"活动中,绝无可能与姬人预先排演,嘱其在万一之时你们该如何如何提醒我,那真是天大的笑话了。所以,在提要求之前,匕首顶其胸,任其拥有千军万马,都帮不了忙,确实只能待死。那时说"死"、说"乞听琴声",都是真实的。

行刺不成之际,荆轲并未想到自己的死亡,那已是置之度外之事了,并已早有心理准备,他所想到的是"燕国之不报,我事之不立哉",表明他所昭告于天下的行刺目的,乃正义之举。如果在此要有所解释的话,就是针对"我事之不立"。其实,那也是公正之事。荆轲之家乡卫国,现被秦国占据着;推荐他的田光,为了使他义无反顾,吞舌而死;秦叛将樊於期,为了他的出使顺利,甘愿以自己头颅为信物;太子客夏扶,为了激励他出征,当车前自杀;还有,太子为了整个计划,殚精竭虑,对他付出无限的信任,把国家的生死存亡系于他的赴秦之行。种种寄托、信任和激励以及为洗刷祖国的耻辱而战之决心,决定了荆轲早就将劫持和行刺作为自己应做之事、分内之责。

惜哉!千古之义士,已成绝响,唯余《燕丹子》文本,供后人缅怀与纪念。如不嫌绝对,可以说,《燕丹子》之后,再无荆轲的英姿和神魂。

《战国策》《史记》对于失败之因的荆轲自述,则为:"事所以不成者,乃欲以生劫之,必得约契以报太子也。"如果说《燕丹子》中的荆轲将原因系于自己之"轻易",那么这两个文本则归结于"生劫",这与之前所写之步骤是一致的。为了劫持,荆轲在抓住秦王衣袖但"未至身"的情况下,才未以焠染毒药之匕首刺杀之,这原是一件手到擒来之事,真是千古憾事。生劫之目的,是让秦王订立有关退还侵略所得之土地城池的契约,一如曹沫之与齐桓公,以便回报燕国及其太子,这与《燕丹子》所述之"燕国之不报",意思是相同的。可见,这三个文本,字数和文字表达或有出入,但是,从故事的整个框架、出现的人物以及次要的情节和细节等方面,存在着一致性或相似性。不难想见,在这三个文本出现之前,作为相对定型了的故事之"母本",已流传甚广。这一句里,《史记》文字有一处与《战国策》稍异,"乃欲以"改为"以欲",更为平顺易解。

二十七

《燕丹子》	《战国策·燕策三》	《史记·刺客列传》
	左右既前斩荆轲,秦王目眩良久。而论功赏群臣及当坐者,各有差。而赐夏无且黄金二百镒,曰:"无且爱我,乃以药囊提轲也。"于是,秦大怒燕,益发兵诣赵,诏王翦军以伐燕。十月而拔燕蓟城。燕王喜、太子丹等皆率其精兵东保于辽东。秦将李信追击燕王,王急,用代王嘉计,杀太子丹,欲献之秦。秦复进兵攻之。五岁而卒灭燕国,而虏燕王喜。秦兼天下。	于是左右既前杀轲,秦王不怡者良久。已而论功,赏群臣及当坐者各有差,而赐夏无且黄金二百溢,曰:"无且爱我,乃以药囊提荆轲也。"于是秦王大怒,益发兵诣赵,诏王翦军以伐燕。十月而拔蓟城。燕王喜、太子丹等尽率其精兵东保于辽东。秦将李信追击燕王急,代王嘉乃遗燕王喜书曰:"秦所以尤追燕急者,以太子丹故也。今王诚杀丹献之秦王,秦王必解,而社稷幸得血食。"其后李信追丹,丹匿衍水中,燕王乃使使斩太子丹,欲献之秦。秦复进兵攻之。后五年,秦卒灭燕,虏燕王喜。其明年,秦并天下,立号为皇帝。

从这段落开始,已无《燕丹子》文字,篇尾有可能散佚。我们仅对两个历史文本作分析说明,应该会轻松一些。

这里有两个内容:其一,秦王论赏罚,特别厚赐夏无且以黄金;其二,秦王加快伐燕进程,交代燕王与太子的结果。

论赏罚的内容,文字相差不大,示以简表:

《战国策·燕策三》	《史记·刺客列传》
斩	杀
目眩	不怡者
镒	溢
轲	荆轲

这里的文字之异,有传抄时的错误,也有改动所致。"轲"与"荆轲",当出于《史记》之改动;"溢",为《史记》传本之误;"杀""不怡者"亦属改动,分别比"斩""目眩",意思更准确。

第二部分,在内容上《史记》较《战国策》增益为多,文字上也稍改,简表如下:

《战国策·燕策三》	《史记·刺客列传》	解释
秦大怒燕	秦王大怒	意思表达更妥。
燕蓟城	蓟城	删复重。
皆率	尽率	更显表达力,表明燕国在最后一战中的努力。
秦将李信追击燕王,王急,用代王嘉计,杀太子丹,欲献之秦。	秦将李信追击燕王急,代王嘉乃遗燕王喜书曰:"秦所以尤追燕急者,以太子丹故也。今王诚杀丹献之秦王,秦王必解,而社稷幸得血食。"其后李信追丹,丹匿衍水中,燕王乃使使斩太子丹,欲献之秦。	《战国策》为梗概,《史记》则增以史料和细节,扩而为文,但头尾两句,沿用原文不改。
五岁而卒灭燕国,而虏燕王喜。	后五年,秦卒灭燕,虏燕王喜。	主要改动在"后五年"之与"五岁",避免误解,更为准确。其他则出于语感而改。

续表

《战国策·燕策三》	《史记·刺客列传》	解释
秦兼天下。	其明年，秦并天下，立号为皇帝。	《史记》表达更典正。

值得一说的是，此时，燕国都蓟城被占，遂迁都至辽东襄平。燕王喜偏听赵代王嘉之谗言，看不清天下大势，仍存偏安妄念，愚蠢地派人在距离襄平（今辽阳）东南三十里的沙岛（地名沙陀子，又称桃花岛），将己子丹杀掉，自毁长城，损耗抗秦力量。太子一死，其追随者四散。

为纪念燕太子丹，当地人将衍水河称为"太子河"。追逐太子之秦将李信，后败于攻楚之战。其后人有李广，号"汉之飞将军"，击匈奴有奇功，却为"数奇"之命所困而自尽。

二十八

《燕丹子》	《战国策·燕策三》	《史记·刺客列传》
	其后荆轲客高渐离以击筑见秦皇帝，而以筑击秦皇帝，为燕报仇，不中而死。	于是秦逐太子丹、荆轲之客，皆亡。高渐离变名姓为人庸保，匿作于宋子。久之，作苦，闻其家堂上客击筑，傍偟不能去。每出言曰："彼有善有不善。"从者以告其主，曰："彼庸乃知音，窃言是非。"家丈人召使前击筑，一坐称善，赐酒。而高渐离念久隐畏约无穷时，乃退，出其装匣中筑与其善衣，更容貌而前。举坐客皆惊，下与抗礼，以为上客。使击筑而歌，客无不流涕而去者。宋子传客之，闻于秦始皇。秦始皇召见，人有识者，乃曰："高渐离也。"秦皇帝惜其善击筑，重赦之，乃矐其目。使击筑，未尝不称善。稍益近之，高渐离乃以铅置筑中，复进得近，举筑朴秦皇帝，不中。于是遂诛高渐离，终身不复近诸侯之人。

244《燕丹子》研究

此段为一复仇故事，主角为高渐离。《战国策·燕策三》至此，燕王已死，燕国已亡，实际上不必再记。然而，高渐离"以筑击秦皇帝，为燕报仇"的故事，作为荆轲故事之回响，秦汉之际当广为人传颂，故又得记上一笔，但实与燕国已无干系，故《战国策》只以梗概言之。

而《史记·刺客列传》则不然，本为"刺客"作传，高渐离毫无疑问是刺客，并且是刺客中的壮士与义士，故给予其相应篇幅，当不为过；高渐离故事，情节的曲折性与人物的感染力甚强，较之本篇其他故事，实不相上下，故太史公不以梗概言之；再加上，此故事与荆轲行刺具有较强的关联性，人物又是荆轲之友，故而续于荆轲故事之后。有这几种斟酌，才有了这篇文字。

我们推测，这篇文字当出于剪裁和编纂。与秦汉之际所出现的多种荆轲故事一样，有关高渐离行刺秦王的故事，也应有各种版本在广为流传。太史公于"战国策"材料之外，另以此一故事的版本为基础，截去高渐离其人之过往，经过剪裁和处理，径以荆轲死后"秦逐太子丹、荆轲之客"为界，续上高渐离改名易容、为人庸保、慨而出场、被矐双目、铅筑击秦等传奇情节，从而给荆轲故事按上一个力度非凡的尾声。

对荆轲而言，昔日之知音，今日踵其后。有友如此，夫复何求！

二十九

《燕丹子》	《战国策·燕策三》	《史记·刺客列传》
		鲁句践已闻荆轲之刺秦王，私曰："嗟乎，惜哉其不讲于刺剑之术也！甚矣吾不知人也！曩者吾叱之，彼乃以我为非人也！"

此段出于一篇完整传记的结构要求，其言可能是剪裁得之。鲁句践实际上是一个社会化符号，代表了当时普通民众在荆轲行刺未

成之事上的认知水平和舆论倾向①。

总共三句话,含义丰富。一是叹惜荆轲"不讲于刺剑之术",这里的"讲"为精研之意;二是后悔自己没有了解他;三是自己曾为赌博争胜而"叱之",荆轲一定以为自己是"非人"而不再理睬,终究错失两人再相聚切磋剑术的机会。鲁句践后两句,似乎深悔自己其时错认了荆轲,没有把剑术教给他②。

无论鲁句践至此是否能窥识荆轲之志向、胸襟与气度,单就其同情荆轲并且恨不能传其平生之绝技予荆轲这一点来说,他是一位对反抗暴秦而献身的烈士有着很深同情感和赞美之心的人,这代表了荆轲刺秦在大是大非上的民众反应,说明抗秦合乎民心,是多数人的心理选择。此外,他遗憾于荆轲的剑术水平并且后悔当时的自己,都说明了民众将行刺不成的原因归咎于荆轲之剑术的认识。实际上,整个文本分析下来,我们都清楚其因不单单是这个,甚至不主要是这个。即使退一步而言,就《史记》的字面意思,太史公也只惜荆轲剑术不精,而未尝不重其人。

近代翻译家林纾在《春觉斋论文》中对此终篇赞不绝口,谓:"独《荆轲传》终写荆轲之勇,行刺之难,秦王之惊骇,廷臣之慌乱,五光十色,使读者太息,以为一刺一掷,秦王之不死,其间不能容发,只能归诸天意;而史公冷眼直看出荆轲剑术之疏,又不便将荆轲之勇抹杀,故于传末用鲁句践一言,闲闲回顾篇首,说到荆轲若能虚心竟学,则亦不致失此好机会矣。似断非断,却用叙事作结。次等收笔,直入神

---

① "开头与荆轲论剑,以其'不称''怒而目之'者,非鲁句践,乃盖聂也。此处言鲁句践,似史公行文之误。"见韩兆琦编注:《史记选注汇评》,中州古籍出版社1990年版,第349页。

② 上述解释,参考司马迁著,王伯祥选注:《史记选》,人民文学出版社1957年版,第331页。

化。"①林纾自是叙事老手，赏文亦不凡，与史公可谓隔代知音。他看出此等神妙收笔，不惟照应篇首与篇中，复具一唱三叹之余味。

历史上有没有鲁句践这个人并不重要，荆轲是否与这类人有过交往也不重要，重要的是太史公为什么要写荆轲的早年交往？这些材料又从何而来？

荆轲入燕之前的这些交往，包括"术说卫元君"、论剑于盖聂、争博于鲁句践，都与剑术有关。荆轲事发之前，无人会记得这些事，甚至有没有这些事都很难说。但是之后，这些事就被回忆起来或被创作出来并广为传播，这还是与民众的情感倾向与认知水平相适应的。秦并天下后至汉武帝削藩之间的这段时期，应该有众多有关荆轲故事的文本出现。太史公不可能一一调查和复核，书中那些记之甚详、有根有据、活灵活现的情节、人物和事件，包括这里所分析的鲁句践其言，都只能是依据流传的文本而编纂的。

再回过头来联系《燕丹子》。这部小说当是这些流传文本中较为成熟的一篇，它将荆轲行状，有机地组织进燕太子丹抗秦复仇的宏大叙事之中。与《史记》不同的是，它没有将荆轲身世、入燕之前的游历、交往等，纳入文本结构之中，而是艺术化地通过荆轲投身太子所策划的赴秦活动过程中，更为集中地展现其性格、品德和才智，从而塑造出彪炳中国历史的千古壮士之人物形象。

<h2 style="text-align:center">三十</h2>

《燕丹子》	《战国策·燕策三》	《史记·刺客列传》
	太史公曰：世言荆轲，其称太子丹之命，"天雨粟，马生角"也，太过。又言荆轲伤秦王，皆非也。始公孙季功、	

---

①韩兆琦编注：《史记选注汇评》，中州古籍出版社1990年版，第673页。

续表

《燕丹子》	《战国策·燕策三》	《史记·刺客列传》
		董生与夏无且游,具知其事,为余道之如是。自曹沫至荆轲五人,此其义或成或不成,然其立意较然,不欺其志,名垂后世,岂妄也哉!

关于这段"太史公曰",已有太多的莫衷一是的评论。内容主要有两个方面:一是"编纂"后记,二是对于刺客的历史评价。

先说第一点。太史公认为,世上已有许多有关荆轲故事的传说和文本,抛开个别情节和细节不论,在两件大事上有各种不同说法。如何取舍?第一件,"其称太子丹之命,'天雨粟,马生角'也",是说有关"天雨粟,马生角"①这些细节所体现出来的称道太子并认为太子命运如有天助一般。对于这种说法,太史公认为"太过",把太子捧得太高了。天佑和神助,在《史记》编纂的汉代,由董仲舒所发展起来的"天人感应"说,是将其与最高统治者联系在一起的。"太过"之因,我们推测:一是太子身份地位不足以"天感"和"天应"。二是太子所策划之事是否一定妥当以使"天助",也是有问题的。在此,太史公委婉地表达了对于太子的微词。三是太子丹所策划之事最后失败,如若先以其得天道而神助加以渲染,则两形之下,与太史公关于天道运行与人事关系上的"未有不先形见而应随之者也"的观点不尽一致。《天官书》曰:

汉之兴,五星聚于东井。平城之围,月晕参、毕七重。诸吕作乱,日蚀,昼晦。吴楚七国叛逆,彗星数丈,天狗过梁野;及兵

---

①"马生角"见于《燕丹子》,"天雨粟"则不见。事实上,有关与太子出逃之际"天助之"的细节,在《燕丹子》以及其他汉时典籍中还有许多,这都是由不同的传说所致。

起,遂伏尸流血其下。元光、元狩,蚩尤之旗再见,长则半天。其后京师师四出,诛夷狄者数十年,而伐胡尤甚。越之亡,荧惑守斗;朝鲜之拔,星茀于河戍;兵征大宛,星茀招摇:此其荦荦大者。若至委曲小变,不可胜道。由是观之,未有不先形见而应随之者也。①

　　第二点,"又言荆轲伤秦王,皆非也",世上所流传的各种版本和说法,有的说荆轲伤到秦王,他认为这是不正确的。在此,提出了证据:"始公孙季功、董生与夏无且游,具知其事,为余道之如是。"解释起来,是说从前公孙季功、董生都曾同"以药囊提轲"之"侍医"夏无且交游,他们从夏无且那里知道了实际情况,并把情况告诉给了太史公,因此他才知道,荆轲虽然曾经扯到过秦王之"衣袖",但是,绝没有伤及秦王。当太史公在作这些辨析之时,其情形正如同《苏秦列传》中所言之"世言苏秦多异",表达的是对于各种不同的有关荆轲材料的取舍态度。澄清这些大事之后,太史公对于各种流传的事关荆轲与太子的文字材料和口传材料,才有了取舍之标准。

　　关于对刺客的历史评价。"自曹沫至荆轲五人,此其义或成或不成,然其立意较然,不欺其志,名垂后世,岂妄也哉!"《刺客列传》共有五人,其行义之举有成功也有失败,成者曹沫、专诸、聂政,不成者豫让、荆轲。但是无论怎样,他们所抱持的志向、意愿和目标都很明白,可昭之于世,不失于公义,并且化为可歌可泣的行动,从而实现了自我。他们名垂后世,绝非虚妄所致。在这里,太史公不以成败论英雄,而是以刺客们所立志愿以及为之所奋斗的过程来评价他们,这是一种历史唯物主义的客观地评价英雄人物的态度。以荆轲而论,尽管其行刺失败而且壮烈牺牲,但其面对强秦之炙手可热之势,明其道

①司马迁:《史记·天官书》,中华书局1982年版,第1348—1349页。

而不计其功,为了天下大义而做出的正义之举,犹如漫天黑暗之中一
道强劲的闪电,极大地鼓舞和激励了民众的精神力量①,昭示他们为
和平与幸福,去抗击历史进程中的所有残酷和暴政。毫无疑问,这就
是荆轲刺秦的历史作用。历史尤其是贯串整个岁月长河之中国历
史,就是由这样一股正义的力量,在持续不断地推动向前的。

①司马贞《索隐述赞》中说"暴秦夺魄,懦夫增气",见司马迁:《史记·刺客列
传》,中华书局 1982 年版,第 2538 页。

第三章　《燕丹子》成书问题

作为中国古代编作年代较早的一部小说,《燕丹子》失载于《汉志》。有关《燕丹子》成书情况的一系列疑窦以及学术界自古及今对其成书情况而作的广泛探讨,大多由此而起。中国古小说由于在历史上处于一种相对特殊的文化环境之中,因此,有关它们成书情况的历史记载,往往不是很明确;并且,鉴于小说文体较之其他文学文体更是一种随着历史发展而其特性逐渐被明确和被接受的特殊文体,故而成书越早的小说,成书情况就越发晦昧不清,《燕丹子》也是如此。下面,针对成书年代、可能的编作者、著录整理等情况,做些考辨和推测。

第一节　今本成于汉初

一、关于成书时代的古今观点

有关《燕丹子》成书年代,学界讨论甚多,有战国说、秦汉说、东汉说、唐以前说等一系列观点,莫衷一是,难以决断。兹先罗列,再据以讨论。

（一）战国说

马端临《文献通考·经籍考·子部小说家》引周端朝《涉笔》曰:"燕丹、荆轲,事既卓傥,传记所载亦甚崛奇。今观《燕丹子》三篇,与

《史记》所载皆相合，似是《史记》事本也。然乌头白、马生角、机桥不发，《史记》则以怪诞削之。进金掷蛙、脍千里马肝、截美人手，《史记》则以过当削之。听琴姬得隐语，《史记》则以征所闻削之。司马迁不独文字雄深，至于识见高明，超出战国以后。"①在此谓太史公取舍《燕丹子》所体现出来的识见，其高明程度"超出战国以后"，则显然认为"《燕丹子》三篇"为战国作品。

谭献《复堂日记》卷五曰："阅《燕丹子》，文古而丽密，非由伪造，小说家之初祖。章实斋氏固云'战国文体无所不备'也。"②此语引章学诚言，引申《燕丹子》为战国时作品，并誉之为"小说家之初祖"。

孙星衍在《平津馆丛书》本所作序文中曰"其书长于叙事，娴于词令，审是先秦古书，亦略与《左氏》《国策》相似，学在纵横、小说两家之间"；又"古之爱士者，率有传书。由身没之后，宾客记录遗事，报其知遇，如《管》《晏》《吕氏春秋》，皆不必其人自著"；孙氏又言该书多古字古义，《国策》《史记》取此为文，"足证此书作在史迁、刘向之前。或以为后人割裂诸书杂缀成之，未必然矣"③。这里对《燕丹子》的时代和作者都有明确的说法，其中所反对的"割裂诸书杂缀成之"的观点，出于四库馆臣。

周中孚《郑堂读书记》卷六十三云："其书皆记燕太子丹及荆轲轶事，核之《史记索隐》、唐宋类书所载，其词略同，审非伪本，当由六国游士哀太子之志，综其事迹，加之缘饰，故有仰天叹息，乌白头、马生角及秦王乞听琴声而死之语。太史公作《燕世家》《刺客传》，俱削之不载焉。"④这一观点直接承自孙星衍，其"六国游士"云云，亦同于

①无名氏撰，程毅中点校：《燕丹子·附录》，中华书局1985年版，第27页。
②无名氏撰，程毅中点校：《燕丹子·附录》，中华书局1985年版，第32页。
③孙星衍：《〈燕丹子〉叙》，见丁锡根编著：《中国历代小说序跋集》（上），人民文学出版社1996年版，第529页。
④无名氏撰，程毅中点校：《燕丹子·附录》，中华书局1985年版，第31页。

孙星衍为《问经堂丛书》本所作的序文。

今人孟瑶《中国小说史》将《燕丹子》列入先秦野史类,谓"没有一本比《燕丹子》更精彩动人的野史了",并认为"《史记·刺客列传》根据它写荆轲事……虽是史实,而夸饰的部分太多,很接近于小说"①。

上述认为《燕丹子》成书于"战国"或"先秦"的观点,实际上指的是成书于战国末期,因荆轲刺秦事发生在公元前227年,距秦统一不满7年;同时,侥幸逃过秦国刀剑和秦王追捕的太子宾客和六国游士,或能在秦朝和汉初生活。因此,这类观点实际上与下面的成书"秦汉"说,无本质差异。

(二)秦汉说

宋濂《诸子辨》云:"《燕丹子》三卷。丹,燕王喜太子。此书载其事为详。其辞气颇类《吴越春秋》《越绝书》,决为秦、汉间人所作无疑。考其事,与司马迁《史记》往往皆合。独乌头白,马生角,机桥不发,进金掷蛙,脍千里马肝,截美人手,听琴姬得隐语等事,皆不之载。周氏谓迁削而去之,理或然也。"②他从"辞气"、与《史记》关系这两个方面,推断"决为秦、汉间人所作无疑"。

余嘉锡《四库提要辨证》卷十九曰:"此书著录于明陈第《世善堂书目》卷上,则当明之中叶,犹未佚也。唐以前书传于今者盖寡,就其存者,虽或无关经训,然其片词只字,皆可为词章考据之用。《文心雕龙·正纬》所谓事丰奇伟,辞富膏腴,无益经典,而有助文章者也。固宜存录,以为考古之资。况此书实出自六朝以前,恶可削而不录乎?……《汉书·艺文志》既不著录,仍当阙疑。……唐李远诗集(在席氏《唐百名家集》内)有《读田光传诗》云:'秦灭燕丹怨正深,古

①孟瑶:《中国小说史》,(台北)传记文学出版社1986年版,第9页。
②无名氏撰,程毅中点校:《燕丹子·附录》,中华书局1985年版,第29页。

来豪客尽沾襟。荆卿不了真闲事,辜负田光一片心。'然则此书亦名《田光传》矣。"①这里既说"仍当阙疑",但又顺着四库馆臣"应劭、王充后""唐以前"的说法,提出成书在"六朝以前"。不过,"六朝以前"的时间范围非常广阔,余先生又于《古书通例》中谈到"确为古人手著,体制业已成立者"之秦汉诸子文体时,在"上书、疏"中谓"《燕丹子》有《与其傅鞫武书》《鞫武报书》"②。如此,则并观而论,其观点实际上主张秦汉说。学界只知其一,不知其二,无人将其前后观点通贯起来。至于所引唐代李远《读田光传诗》而猜测《燕丹子》"亦名《田光传》",此论益于广后人见闻而结论却属牵强,原因在于荆轲刺秦事之材料长期播于口说和文人记载,后人尽可从中取材而编成书名不同的作品,不可强执《燕丹子》为《田光传》。如果真有所谓的《田光传》,则今本《燕丹子》之上中下三卷,在传播过程中也有一析为三者,中卷所述田光部分,或被命名为《田光传》。

鲁迅《中国小说史略》提到《燕丹子》凡两处:一是"唐贞观中,长孙无忌等修《隋书》,《经籍志》撰自魏徵,祖述荀勖《中经簿》而稍改变,为经史子集四部,小说故隶于子。其所著录,《燕丹子》而外无晋以前书"③,此乃认定《燕丹子》为晋前书;二是"他如汉前之《燕丹子》,汉扬雄之《蜀王本纪》,赵晔之《吴越春秋》,袁康、吴平之《越绝书》等,虽本史实,并含异闻"④,则视《燕丹子》为汉前作品。

霍松林认为"当全国为暴秦所苦之时,本来囚刺秦而得到广泛同情的燕丹、荆轲乃至高渐离等人的事迹,就在日益广阔的范围内流传开来,街谈巷议,因事增繁,有一些已远离事实,带有民间传说的色

①余嘉锡:《四库提要辨证》,中华书局1980年版,第1165—1166页。
②余嘉锡:《古书通例》,上海古籍出版社1985年版,第52、59页。
③鲁迅:《中国小说史略》,人民文学出版社1973年版,第3页。
④鲁迅:《中国小说史略》,人民文学出版社1973年版,第12页。

彩。《燕丹子》一书，就是在取材历史事实的基础上汲取民间传说写成的。从对秦王'虎狼其行'的揭露看，从对燕丹、荆轲刺秦及其失败所流露的赞颂、同情和惋惜的强烈情绪看，它应该是秦并天下以后至覆亡以前十余年间的产物……可能是现存西汉以前小说中的代表作"①。这是从作品内容的时代特征出发而下的结论，其论证角度新颖开阔，尤其是先有传说后有文人文本的观点，切近古代成书规律。

　　程毅中点校《燕丹子》，于成书年代问题再三申明，认为"《燕丹子》的文字可能曾有所删改增饰，但这个故事在汉代已基本定型，则是不能轻易否定的"；又说"应劭、王充所引燕太子丹的故事，都没有说明出处，但至少可以说明这个故事确实流传于汉代，是当时的'闾阎小论'。《燕丹子》产生于汉代甚至更早，是完全可能的"；再进一步推断说"它的确是根据秦汉民间传说记录的古小说，比之托名东方朔、班固等文人的'汉人小说'总是更可信一些，也许可以说是现存的唯一的一部比较完整的汉人小说。胡应麟说它是'古今小说杂传之祖'，倒是比较恰当的评价"②。程先生所论结合故事的流传和文人的记载，比起单一的凭所谓的"辞气""文词""序事"等来作结论，要更为可靠。他点校《燕丹子》，收集大量的作品佚文、异文以及前人资料，对作品内外情况相对更为熟悉，其意见值得重视。作者在另一篇文章中，对《燕丹子》的作年问题又作了强调："古代小说的写作年代往往不能确定，常与辨伪有关。如现在所谓的汉人小说，都不可靠。只有《燕丹子》一书，却很值得研究。这部书在《隋书·经籍志》之前未见著录，《旧唐书·经籍志》题燕太子丹撰，当然出于误解。前人有的认为秦汉间人所作，有的认为南朝人所伪造。而鲁迅《中国小说史

---

①霍松林：《〈燕丹子〉成书的时代及在我国小说发展史上的地位》，《文学遗产》
　　1982年第4期。
②无名氏撰，程毅中点校：《燕丹子·点校说明》，中华书局1985年版，第3—6页。

略》则定为汉前的作品。我曾用《永乐大典》作了校勘，并辑录了一些资料，觉得它确是汉代就有的民间传说，与《史记》和《风俗通义》《论衡》等书都有相同的情节。虽无法确证它出于汉前，但故事情节一定在汉代广泛流传，即使今本的文字可能有后人增改的地方，也不能说是后人的伪作。它记载了汉代乃至更早的'街谈巷语、道听途说'，正是一部典型的古代小说。"①这一说法，使其成书于汉代甚至更早的观点更为周密。不过，"故事情节一定在汉代广泛流传"是不是就能确证《燕丹子》出现在前呢？这就须对所流行的传闻和记载是否仅来源于《燕丹子》，抑或《燕丹子》也只是就这些传闻和记载加以编作，进行深入讨论。

李学勤认为《燕丹子》既有高渐离佚文之事在秦并天下之后，故"《燕丹子》一书不会早到先秦"。他赞同明代宋濂的秦汉说，认为"较为有见"，并推断"刘向见过《燕丹子》，取其一部分入自己的书，是完全可能的"②，将其作年缩小到先秦之后到刘向之前。李先生的论述从解释汉初流行的"白虹贯日"寓意出发，延及《燕丹子》作年，其结论与所谈问题背后的历史文化背景，有着绵密而深刻的内在联系，较之局限于文学文献的门内之语或一般的印象式浮泛之言，胜出一大截。

李剑国从分析《燕丹子》与《史记》关系入手来探讨作品的产生时代，认为两者"事文皆异"，"明显不是相互因袭的关系，它是完全不同的另一种作品"，因此，"虽然以《史记》证《燕丹子》之时代证据不当，但以上诸人的结论，尤其是宋濂谓'决为秦汉间人所作无疑'却是有道理的。《燕丹子》记事不同于《史记》，也不尽同于《论衡》之

---

① 程毅中：《中国古代小说的文献研究》，《文献》2004 年第 2 期。
② 李学勤：《论帛书白虹及〈燕丹子〉》，《河北学刊》1989 年第 5 期。收于《简帛佚籍与学术史》，江西教育出版社 2001 年版。

《书虚》《感虚》《语增》诸篇所引'传书',许多情事是它自己独有的,显然不是汉以后人杂抄诸书而成,前人的许多这类看法是错误的"①。其分析深刻细致,立论确凿,且篇中时有独到之见,如认为"《别录》所著为《燕丹子》固无所疑"等,在其主编的《中国小说通史》中亦强调了这些观点②。

周楞伽认为中国"第一部古小说是《燕丹子》",其艺术性"较唐人传奇有过之无不及,汉以前会有这样的作品,实足令人惊奇,因此有人怀疑它是后人割裂诸书杂缀而成。但刘向校录的《战国策》中,《史记·燕世家》和《刺客列传》中,都有和这篇作品相同的记载,而远不如其详"③。对于结论的得出,作者只提出它与《史》《策》有"相同的记载",论证还不够严密。但是,文中提出研究古小说的由来,在方法上除了注意"民间街谈巷语道听途说的传说"之外,还要关注"纵横策士的游说"和"诸子百家的学说",非常正确。

孙晶从史料来源、时代氛围和语言风格上考察了《燕丹子》的成书时代,认为其成书于秦末、汉初④;王守亮在总结、概述和评议古今诸说的基础上,根据西汉初年流传的荆轲刺秦传说材料,认为《燕丹子》成书于秦汉之际,最晚在汉初,不会超过汉景帝之时,其内容则为《史记》所本⑤;杜志强从考察《燕丹子》与《史记》之关系、《燕丹子》

---

① 李剑国:《〈燕丹子〉考论》,原载南开大学古籍与文化研究所编:《文史论集二集》,天津社会科学出版社 2001 年版,后收入于《古稗斗筲录——李剑国自选集》,南开大学出版社 2004 年版,引文见第 218、219、220—221 页。
② 李剑国、陈洪主编,李剑国、孟昭连著:《中国小说通史》(先唐卷),高等教育出版社 2007 年版,第 94—101 页。
③ 周楞伽:《中国小说的起源和演变》,《上海师范大学学报》(哲学社会科学版) 2004 年第 2 期。
④ 孙晶:《〈燕丹子〉成书时代及其文体考》,《古籍整理研究学刊》2001 年第 2 期。
⑤ 王守亮:《〈燕丹子〉成书时代问题述考》,《广东技术师范学院学报》(社会科学) 2012 年第 3 期;《汉代小说史叙论》,山东师范大学博士论文,2009 年。

文献著录情况和荆轲刺秦事的民间传说出发,认为《燕丹子》成书于
《史记》之前,作年之际应是"纵横之风尚孜的时代"①;李小龙也从考
论《燕丹子》与《史记》之关系出发,认为《燕丹子》成书于秦汉间,《燕
丹子》绝非袭自《史记》,两者有着意味深长的差异②;李建明同样认
为"《燕丹子》即使按照最保守的估计,成书应不迟于西汉,而该故事
在秦汉则已经流传并大致定型"③。这些发表于新世纪最近 10 多年
来的专题论文,结论相近,显示了《燕丹子》作年问题之结论已呼之
欲出。

此外,有两部专著,张稔穰《中国古代小说艺术教程》④、宋常立
《中国古代小说文体论》⑤,也持"秦汉说"。

(三) 东汉说

胡应麟《少室山房笔丛》卷三十二《四部正讹下》谓:"《燕丹子》
三卷,当是古今小说杂传之祖,然汉《艺文志》无之。周氏《涉笔》谓
太史《荆轲传》本此,宋承旨亦以决秦、汉人所作。余读之,其文彩诚
有足观,而词气颇与东京类,盖汉末文士因太史《庆卿传》增益怪诞为
此书,正如《越绝》等编掇拾前人遗帙而托于子胥、子贡云耳。周氏谓
'乌头白,马生角'、脍千里马肝、截美人手皆太史削之,非也。惟首二
事出迁赞语,自(按:疑为"其")余虽应劭、王充尝言,悉不可信,吾景
濂亦似未深考。且书果太史事本,汉《艺文志》乃遗之乎?"又注曰:

①杜志强:《〈燕丹子〉考论》,《文献》2015 年第 5 期。
②李小龙:《〈燕丹子〉的命名策略与叙事建构》,《陕西理工学院学报》(社会科
　学版)2016 年第 3 期。
③李建明:《〈燕丹子〉成书及与〈荆轲列传〉的叙事异同》,《南昌大学学报》(人
　文社会科学版)2016 年第 5 期。
④张稔穰:《中国古代小说艺术教程》,山东教育出版社 1991 年版,第 14 页。
⑤宋常立:《中国古代小说文体论》,天津社会科学院出版社 2000 年版,第 12—
　16 页。

"《汉志》有《荆轲论》五篇,《燕丹》必据此增损成书者。"且同条附缀曰:"《隋志》有《宋玉子》一卷,亦列小说家,并《燕丹子》皆《汉志》所无,二书必一时同出,伪无疑也。唐尚存,今不存。"①胡应麟从史志流传与语言风格两方面来考定《燕丹子》作年,他尽管推《燕丹子》为"古今小说杂传之祖",然以《汉志》无载,判为东汉文士增益《史记》而作。但是,《汉志》无载当不为"太史事本"之由,顾实《汉书艺文志讲疏》、余嘉锡《四库提要辨证》和《古书通例》驳议甚详,故难以持之为据也。至于所述《燕丹子》与"《荆轲论》五篇"之关系,则足以开启后人考索之思路。

侯忠义从《汉志》不载《燕丹子》、张华《博物志》引录《燕丹子》无大异、《燕丹子》文章风格绝不类魏晋人的华丽文风这三个方面,判断"《燕丹子》经过了一个较长时间的酝酿、创作过程,大约至东汉末年成书定稿,成为今天这个样子"②。其论断之所依,第一点失之武断,第二点则发前人之未发。

马振方从探讨《燕丹子》与《史记》关系出发,认为前者"成书晚于《史记》",并根据张华《博物志》引文,推断《燕丹子》"成书时代的下限不当晚于三国时期"③,这种考辨方法显然过于简单。

何亮从时间词语"须臾之间""三时"和"时"的使用以及被动句式的选用上,认为《燕丹子》"或是西汉以后的作品"④。从语言研究

---

①胡应麟:《少室山房笔丛·四部正讹下》,上海书店出版社2001年版,第316—317页。

②侯忠义:《〈燕丹子〉辨析》,《北京大学学报》(哲学社会科学版)1983年第5期。此文又被作者用在《汉魏六朝小说史》的"汉代小说"一节中,春风文艺出版社1989年版,第11页。

③马振方:《〈燕丹子〉考辨》,《浙江大学学报》(人文社会科学版)2010年第1期。

④何亮:《〈燕丹子〉成书年代补议》,《昌吉学院学报》2010年第2期。

的角度切入《燕丹子》作年问题,不为无补,但是以"先秦未见,西汉少有用例""先秦开始萌芽,汉代迅速发展,魏晋南北朝时期成为使用最为广泛"为据来排斥秦汉之际、汉初甚至西汉等时间段,思维粗疏,不够细致严密。

赵辉从汉代"传书"所具有的历史演义性质着眼,认为王充所谓"传书"所载刺秦故事,并非指《战国策》《史记》,而是指《燕丹子》。据此,《燕丹子》"在东汉时已经流传",显然,成书应该更早,但作者认为在《战国策》《史记》之后①。

几部小说史或小说史研究著作,如吴志达《中国文言小说史》②、王枝忠《汉魏六朝小说史》③、刘勇强《中国古代小说史叙论》④、魏鸿雁《汉代小说文献与汉代文化研究》⑤,也持"东汉说";杨义《中国古典小说史论》所界定的时间范围则相对宽泛一些,它从探讨《论衡》"传书"一词当"载于竹帛上者"出发,认为王充"大概已看到《燕丹子》的早期传本",《四库全书》"依据《论衡》和《风俗通义》未写明《燕丹子》书名,便断言'知此书在应劭、王充后矣',实在有重新检讨的必要"⑥。

(四) 唐以前说

唐以前是成书的下限,这类说法,若依成书上限而论,又可分为东汉至唐、六朝这两种:

1. "东汉至唐"说

《四库全书总目提要》卷一百四十三"小说家类存目一"云:"《燕

---

①赵辉:《从汉代"传书"看正史向历史演义的衍化》,《文学遗产》2016 年第 5 期。

②吴志达:《中国文言小说史》,齐鲁书社 1994 年版,第 42 页。

③王枝忠:《汉魏六朝小说史》,浙江古籍出版社 1997 年版,第 35 页。

④刘勇强:《中国古代小说史叙论》,北京大学出版社 2007 年版,第 66—67 页。

⑤魏鸿雁:《汉代小说文献与汉代文化研究》,中国社会科学出版社 2013 年版,第 102 页。

⑥杨义:《中国古典小说史论》,中国社会科学出版社 1995 年版,第 83—84 页。

丹子》三卷《永乐大典》本　不著撰人名氏,所载皆燕太子丹事。《汉志》法家有《燕十事》篇,注曰'不知作者';杂家有《荆轲论》五篇,注曰'司马相如等论荆轲事',无《燕丹子》之名。至《隋书·经籍志》始著录于小说家,唐李善注《文选》,始援引其文。是其书在唐以前。又《史记·刺客列传》曰:'世言荆轲,其称太子丹之命,天雨粟、马生角也,太过。'其文见此书中,而裴骃《集解》不引此书。司马贞《索隐》曰《风俗通》及《论衡》皆有此说,仍云厩门木乌生肉足也,亦不引此书。注家引书,以在前者为据,知此书在应劭、王充后矣。……然其文实割裂诸书燕丹、荆轲事杂缀而成,其可信者,已见《史记》。其他多鄙诞不可信,殊无足采。"①其上限判断依据,是以《史记》注引来证《燕丹子》之成书时代,并不合理,容后申论。

　　今人徐震堮虽然肯定《燕丹子》"是最早的一篇有完整结构的小说",但因为《汉志》无载,"刘向、班固没有看见过这部书,那末,它的写成顶早也在东汉中叶以后"②。黄东阳从梳理燕丹子故事的流播开始,认为《燕丹子》"此书能与汉时所录诸种燕丹子事相合,当为汉末且在应劭后才辑录,并申结汉以来有关荆轲刺秦此一政治事件的始末,代表着汉代此传说的集成"③,其结论所据主要还是史志著录情况。黄觉弘则认为《燕丹子》主要取材于《史记》,"至东汉前中期仍尚未定型","成书当不晚于魏晋之际"④。

　　另有两部小说史研究著作,分别将成书年代下限划至隋、唐之

①永瑢、纪昀主编,周仁等整理:《四库全书总目提要》,海南出版社1999年版,第733—734页。
②徐震堮选注:《汉魏六朝小说选》,上海古典文学出版社1955年版,"前言"第13页、正文第1页。
③黄东阳:《失落的英雄——由"英雄历程"解析〈燕丹子〉之文化意涵及士人心理》,(台北)《东吴中文学报》第二十期(2010年11月)。
④黄觉弘:《〈燕丹子〉成书与二本分行考说》,《中国文学研究》2019年第3期。

前。石昌渝《中国小说源流论》认为《燕丹子》"增饰了《史记》不曾记载的一些属于传说性质的怪异情节和细节",是"隋代以前的作品"①;德国学者莫宜佳认为《燕丹子》"很可能完成于较晚的时代,但无论如何,它的成书肯定是在唐代之前"②。

2. 六朝说

李慈铭《越缦堂读书记·孟学斋日记》称:"此书四库退入小说存目,以为伪作,孙渊如与洪筠轩更为校订,凡三篇,分为三卷,以复《唐志》之旧。其末篇记荆轲刺秦王事,自'图穷而匕首出'下云'轲左手把秦王袖……'所言与《国策》《史记》大异,以情理度之,皆非事实。然文甚古雅,孙氏谓审是先秦古书,诚未必然,要出于宋齐以前高手所为,故至《隋志》始著录,而唐人如虞世南《北堂书钞》、张守节《史记正义》、李善《文选注》、马总《意林》诸书,皆得引之,存此以广异闻可也。"③其观点的证据也在于《汉志》无载而《隋志》始载并唐人广泛引录。

今人罗根泽认为《燕丹子》作年"上不过宋,下不过梁,盖在萧齐之世"④,结论所据尚围绕着书目著录之传统角度,谓《汉志》无载、宋裴骃《史记集解》无征引、梁庾仲容《子钞》载有《燕丹子》,故在宋、梁之间挤出一个"齐"朝。况其文中所举"内证二事",不知所云,倒反而见出《燕丹子》不同于《史记》,何为"信史昭载,于是采为本事"?

---

① 石昌渝:《中国小说源流论》,三联书店1994年版,第101—102页。
② [德]莫宜佳著,韦凌译:《中国中短篇叙事文学史——从古代到近代》,华东师范大学出版社2008年版,第47页。
③ 无名氏撰,程毅中点校:《燕丹子·附录》,中华书局1985年版,第32页。
④ 罗根泽:《燕丹子真伪年代考》,原刊于《中山大学语言历史学研究所周刊》第七集第七十八期(1928年),收入开明书局1938年出版的《古史辨》第6册时改题为《〈燕丹子〉真伪年代之旧说与新考》。此文新收录在罗根泽:《罗根泽说诸子》,上海古籍出版社2001年版,引文见第284页。

此适足于自显荒谬。所言虑浅技平,不足为据。

许菊芳、王云路从词汇史的角度裁定《燕丹子》作年,认为作品的词语运用透露了一些六朝时期的语言特质,因此,《燕丹子》的故事可能在先秦已经流传,但"其产生时间当在《史记》之后,定型于六朝时期"①。语言学研究者介入《燕丹子》研究,开启了新的研究视角,意见值得重视。文章所采用的词汇比较法,是以《史记》为坐标,鉴别两者用词的差异,从中确定两者作年之先后。然而,如此比较的前提,首先应该甄别《史记》语言哪些是太史公采自前代的,而哪些是其自作或改写的,这些自作或改写部分的语言才是"西汉语言"。我们知道,《史记》大量采录所据之前代材料,有些甚至是一字不易地移用,而甄别移用或自出这一步工作目前来看几乎难以进行,故此,从与《史记》语言材料的比较来确定《燕丹子》作年在《史记》之前或之后,这种方法固然很有意义,也直截了当,但前提不成立。此外,文章在归纳《燕丹子》作年问题上的学界观点,亦有常识性错误,尤其是周中孚的观点不应归类于"六朝说",彼谓"六国游士哀太子之志"中的"六国",是指战国时期相对于秦之外的六国,而非"六朝"。吴欣虽也从词汇史研究角度认为《燕丹子》定型于六朝时期,但同时认为《燕丹子》"从最初的简单故事雏形到人物、情节的成熟完整经历了一个漫长的加工过程,而《燕丹子》中表现出的不同时代词语特征的叠加正是其复杂成书过程的语言学明证"②,这一观点相对比较周详。可能未来随着计算机技术的发展和语料库的健全,对古籍的语言痕迹当有更精细的比较和鉴别,包括词汇和语法在内的语言比较

---

① 许菊芳、王云路:《从词汇史的角度看〈燕丹子〉的成书年代——与〈史记·刺客列传〉比较》,《文史》2011 年第 2 辑。该文系改编于许菊芳《四种现存托名汉代小说语料鉴别研究》,浙江大学博士论文,2009 年。
② 吴欣:《从词汇史角度再论〈燕丹子〉语言的时代》,《浙江工商大学学报》2017 年第 4 期。

方法,才能在古籍成书研究领域,大放异彩。尽管目前基于语言甄别的机器学习方法,已尝试性地介入文史研究领域,但其实验设计的基本思路仍存在着问题,"由于《史记》的主体由司马迁撰写,其写作风格和用词规律会保持一定的一致性"①。在此,实验者将《史记》主体的语言风格设想为出于一人之手,显然不当。

二、对相关材料和观点之评议

上述诸家观点,尽管差异很大,但付诸论证的材料,却相对集中。观点之所以不一,与对这些材料的认识和理解有着较大关系。兹对其中一些关键性材料和观点作些评议,以见其误。

(一) 对"《汉志》无载"的认识

由于《汉书·艺文志》是对刘歆《七略》"删其要"而来,而《七略》则是刘歆删取其父刘向的《别录》而来,所以,一般而言,《汉志》没有著录的书籍,说明汉代无此书。

班固在每略的总结语"略言"中,对该略涉及的"出"或"入"的家名和篇数作有交代,也对"省"去篇数的家作了注言,故其不是简单地照录《七略》,而是将他所了解到的存世图籍的情况部分地也反映在《汉志》中,所以,"汉代无此书"的"汉代",其下限理论上或应划至其卒年即公元92年;但是,实际上班固直录《七略》,新增入的只有刘向、扬雄②和杜林三家,其余皆不留意,故《汉志》存书的时间下限,只能划至刘歆卒年即公元23年,也就是西汉末年。在《燕丹子》作年问题上,持东汉说和唐以前说的论者,许多均以《汉志》无载来作为立论

---

① 赵建明等.《基于文本分类方法识别〈史记〉的伪作》,《计算机科学》2017年第6A期。

② 余嘉锡谓"刘向、扬雄书,所收亦尚未尽,《方言》是矣",见《古书通例》,上海古籍出版社1985年版,第5页。

基础,却失于对此具体年份和时代作应有的辨析。

由于刘向《别录》在唐末佚失,《七略》迄今亦无存,故而《汉志》作为概一代图籍的公家书目及评议,成为历代"辨章学术,考镜源流"的基本依据,至清代仍为四库馆臣所依循。正是出于对《汉志》价值的推崇,故而几乎所有论及《燕丹子》作年为"东汉说"和"唐以前说"的论者,主要依据即在于"《汉志》无载";即便是持"战国说"和"秦汉说"的论者,也须先对"《汉志》无载"做一番辩议后方才下结论。

但是,实际情况要比《汉志》无载即说明汉代无此书这种简单的判断远为复杂得多。唐代颜师古在注《汉志》时,即已感叹曰:"其每略所条家与篇数,有与总凡不同者,转写脱误,年代久远,无以详知。"①这说明唐时《汉志》已与原本有别,"家"与"篇数"有的地方发生了变动。对此,顾实补充说:"每略家数,仅《兵书略》之《兵技巧》,《数术略》之《天文》,疑稍有误,余均符合,而篇数错误,乃真不可知耳。"②以上还只是就今本《汉志》自身所出现的不一致情况而言,颜注将原因归咎于班固成书之后的"转写脱误"。

至于《汉志》成书过程,从《别录》到《七略》,再从《七略》到《汉志》,具体如何转承和编纂,其详情已难以尽知。阮孝绪《七录序》云"昔刘向校书辄为一录,论其指归,辨其讹谬,随竟奏上,皆载在本书。时又别集众录,谓之《别录》,即今之《别录》是也。子歆撮其指要,著为《七略》"③;班固曰"歆于是总群书而奏其《七略》……今删其要,以备篇籍"④,在这前后两次的"撮其指要""删其要,以备篇籍"过程中,刘向《别录》原本面貌尤其是其所著录之书目是否一定确定无误

①班固撰,颜师古注:《汉书·艺文志》,中华书局 1962 年版,第 1702—1703 页。
②班固编撰,顾实讲疏:《汉书艺文志讲疏》,上海古籍出版社 1987 年版,第 12—13 页。
③释道宣:《广弘明集·七录序》,《四部丛刊》景明本,第 21 页。
④班固撰,颜师古注:《汉书·艺文志》,中华书局 1962 年版,第 1701 页。

而没有遗失,实在不能轻易下判断。南宋王应麟《汉艺文志考证》确
考《元王诗》《汉律》《汉令》《五纪论》为《汉书》所引而为《七略》所未
收。清末山阴人姚振宗《汉书艺文志拾补》六卷,其所"拾补"的书目
有些就出于《别录》,虽不一定完全可靠,但《汉志》书目并非完全尽
括《别录》所载,则已呈现为客观事实,而且不能纯以后人之"转写脱
误"为借口。至于有的论者以班固"轻视"小说而或致黜落小说篇目
如《燕丹子》者,则虽于论题有利但几近于污蔑,其论调实不可取。

论议"《汉书·艺文志》既不著录,仍当阙疑"的余嘉锡先生,在
《古书通例》开篇即明言"诸史经籍志皆有不著录之书"[1],并从普遍
性与特殊性方面,讨论一般史志与《汉志》之失。以下为其论述之
摘要:

> 谓史志著录最为完备者,特就大较言之耳。……故就史志
> 以考古书之真伪完阙,虽为不易之法,然得之者固十之七八,失
> 之者亦不免二三。若仅恃此法以衡量古今,是犹决狱者不能曲
> 体物情,得法外之意,而徒执尺一以定爰书;则考竟之时,必有衔
> 冤者。前人序跋,论列古书,往往似此,不可不察也。诸史为经
> 籍艺文作志者,凡有六家。考其所著录,于当时之书,皆有阙漏
> 未及收入者。
>
> (王应麟《汉艺文志考证》)实有明见于《汉书》纪、传,确为
> 刘、班时书,而本志不收者数种。至今人章炳麟、顾实所举,又往
> 往出于王氏之外。是《七略》及《汉志》,皆有不著录之书。以班
> 固本书推之,其故有三:一则民间所有,秘府未收也。……一则
> 国家法制,专官典守,不入校雠也。……一则前汉末年人著作,

---

①余嘉锡:《古书通例》,上海古籍出版社 1985 年版,第 1 页。

　　未入中秘者,《七略》不收,《汉书》亦遂不补也。①

　　所论在理,但也有别出于此三因者,如见之于刘向《别录》而为《汉志》所未载者,则不能以此三因来衡之。

　　裴骃《史记集解》谓:"刘向《别录》曰'督亢,膏腴之地'"②;司马贞《史记索隐》曰:"刘向云'丹,燕王喜之太子'"。③这两条刘向佚文不见于《汉志》而被保存在《史记·荆轲传》的古注中。前一条明示出于《别录》,为裴骃所亲见。其内容是对荆轲赴秦之信物督亢地图的解释,裴骃出注于《荆轲传》,一般而言,此条佚文当与荆轲刺秦事有关,而刘向"随竟奏上"的叙录,其所叙之书籍内容,也应与此相关。

　　后一条刘向佚文,解释起来则相对困难一些,因为没有具名《别录》。不过,针对"丹,燕王喜之太子"的用语体例,李学勤先生通过比较《别录》其他书奏用语,认为它们之间的用语一致④,此条佚文当也出于《别录》,只不过司马贞为省语而不标书名。司马贞作《索隐》之时,《别录》未佚,亦当可亲见。甚至,这条佚文所指向的书籍,或是有关燕太子丹的叙事之文,故而要以"丹,燕王喜之太子"的语气,来指明燕太子丹的身份。只有在叙事之文里面,文本中才不太可能出现类似这种解释身份的语言。而如果是论说之文,则必先解释清楚所论对象之身份。事实上,名为"丹"的太子,不独燕国才有,战国晚期之赵国有之,后为赵孝成王;汉初诸侯国亦有之,赵王彭祖的太子也名为"丹"。故而,如果刘向《别录》书奏中的书籍与"太子丹"有关,或以"太子丹"起首,或径以类似"太子丹"为篇题,则其势必要对

---

①余嘉锡:《古书通例》,上海古籍出版社 1985 年版,第 2—7 页。
②司马迁:《史记·刺客列传》,中华书局 1982 年版,第 2532 页。
③司马迁:《史记·刺客列传》,中华书局 1982 年版,第 2531 页。
④李学勤:《论帛书白虹及〈燕丹子〉》,《河北学刊》1989 年第 5 期。

之下一解释,如"丹,燕王喜之太子"。

今本《燕丹子》开篇之语为"燕太子丹质于秦",张华《博物志》卷八所录为"燕丹子质于秦"①,《永乐大典》本与此同;《意林》则摘引为"丹者,燕王喜之子"②。针对作品这四种开篇之语,我们认为,张华本和《永乐大典》本之"燕丹子质于秦",可能接近于古本真相。针对这种开头,刘向对这部作品的解释自然就会以"丹"为中心语,来引起后文。清人孙星衍在以《永乐大典》本为基础整理《燕丹子》时,即明确判断《索隐》所引之刘向语,"亦此书之文"③,即解释《燕丹子》的用语。

至于类书《意林》所摘引,我们推测,或许不是来自《燕丹子》本文,而是来自刘向《别录》的释语。如果是这样,那么,为《意林》所据之梁代庾仲容的《子钞》,所摘抄的《燕丹子》本子,或许附有刘向《别录》之书奏,这可能是梁代流行的《燕丹子》形态;或者,刘向此篇书奏,当为时人所熟知,故而《子钞》将刘向之语作为作品本文而予以摘引。历史上,刘向这一释语,也可能为《隋志》著录《燕丹子》之时所接受,故其著录篇名后注言"丹,燕王喜太子"④,与刘向语,只相差一个"之"字。

对于这两条佚文,前人议论甚多,有的认为出于《汉志》"法家"类之"《燕十事》十篇"或杂家类之"《荆轲论》五篇"的叙录。其实,从著录之语来看,这两书均为文集,分别由"十篇"和"五篇"组成,而刘向这两条佚义尤其是后一条,当是针对单篇而言的,因此,刘向佚

---

① 张华:《博物志》卷八,见王根林等校点:《汉魏六朝笔记小说大观》,上海古籍出版社 1999 年版,第 218 页。
② 马总:《意林》,见周光培等校勘:《笔记小说人观》(第一册),江苏广陵古籍刻印社 1983 年版,第 188 页。
③ 无名氏撰,程毅中点校:《燕丹子》,中华书局 1985 年版,第 3 页。
④ 魏徵等:《隋书·经籍三》,中华书局 1973 年版,第 1011 页。

文可排除与它们有关系。况且,《燕十事》在法家类,未必有燕丹和荆轲刺秦事。故此,不少论者认为它们出于《燕丹子》叙录之语,"《燕丹子》的不见,不知是班氏所删,还是后世的脱误,但从《别录》推断,《燕丹子》很可能是存在的"①。我们认为,《史记》古注所保留下来的刘向《别录》佚文,固然与刘向其他书奏之文体例全然一致,但是,这只能说明,除《战国策》中荆轲刺秦事之外,刘向还整理过别行单篇的同类题材作品。鉴于秦汉之际到汉前中期,有关荆轲刺秦事的各类档案、史料和文稿,传播和被保存下来的有很多,所以刘向所能见到并加以整理、奏录的,不一定限于《燕丹子》,尽管从"丹,燕王喜之太子"的语言来判断,它所针对的作品内容主要是有关燕太子丹,与《燕丹子》非常接近。

如果这一证据能被证实,或者在这一证据基础上再配以其他证据,那么,上述各家说法中的东汉说、唐以前说,就难以成立。

(二)对《燕丹子》与《史记》孰先孰后的认识

这个问题其实我们在第一章中已经解答了,即类似于《燕丹子》那样的有关荆轲刺秦事的材料,在刘向编校《战国策》、太史公编纂《史记》时,作为战国材料而为它们所用。由于在上述各家观点中,多数都有意无意地以《史记》为标尺,来讨论《燕丹子》作于《史记》之前或之后,因此,我们还得对此费些辞墨,作些补充。

先从《史记·荆轲传》三家注着手,明引《燕丹子》的注文总计有这样几条:

1.《正义》:"《燕丹子》云:田光答曰:'窃观太子客,无可用者。夏扶,血勇之人,怒而面赤;宋意,脉勇之人,怒而面青;武阳,骨勇之人,怒而面白。光所知荆轲,神勇之人,怒而色不变。'"②这一条主要

---

① 李学勤:《论帛书白虹及〈燕丹子〉》,《河北学刊》1989 年第 5 期。
② 司马迁:《史记·刺客列传》,中华书局 1982 年版,第 2530 页。

是言论,近似原文,但第一句有节略。

2.《索隐》:"《燕丹子》曰:轲与太子游东宫池,轲拾瓦投蛙,太子捧金丸进之。又共乘千里马,轲曰'千里马肝美',即杀马进肝。太子与樊将军置酒于华阳台,出美人能鼓琴,轲曰'好手也',断以玉盘奉之。轲曰'太子遇轲甚厚'是也。"①这一条为节文。

3.《正义》:"《燕丹子》云:轲左手揸其胸。秦王曰:'今日之事,从子计耳。乞听琴声而死。'召姬人鼓琴,琴声曰'罗縠单衣,可裂而绝;八尺屏风,可超而越;鹿卢之剑,可负而拔'。王于是奋袖超屏风走之。"②这一条也为节文,但重在存留对话原文。

4.《索隐》:"《燕丹子》称琴声曰'鹿卢之剑,可负而拔'是也。"③此条为节文。

5.《正义》:"《燕丹子》云:荆轲拔匕首掷秦王,决耳,入铜柱,火出。"④此条为节文。

6.《索隐》:"《燕丹子》曰:丹求归,秦王曰'乌头白,马生角,乃许耳'。丹乃仰天叹,乌头即白,马亦生角。《风俗通》及《论衡》皆有此说,仍云'厩门木乌生肉足'。"⑤此条《燕丹子》部分为节文,并有与《风俗通》《论衡》的比较之语。

由上观知,上述6条均出于《索隐》和《正义》,各占3条。蹊跷的是,在三家注中,裴骃《集解》无《燕丹子》注文,这成为罗根泽"上不过宋,下不过梁"的有力论据。有的论者也关注到此一现象,但武断地以裴骃不见《燕丹子》为理由而予以排斥,这种论述方法无助于问题的解决。下面我们就此作些探讨。

①司马迁:《史记·刺客列传》,中华书局1982年版,第2532页。
②司马迁:《史记·刺客列传》,中华书局1982年版,第2535页。
③司马迁:《史记·刺客列传》,中华书局1982年版,第2536页。
④司马迁:《史记·刺客列传》,中华书局1982年版,第2536页。
⑤司马迁:《史记·刺客列传》,中华书局1982年版,第2538页。

按裴骃出注《荆轲传》共 13 条,其中 8 条为直录或增演徐广《音义》,2 条为文字音训,1 条为释事(匕首功能),2 条分别引《吕氏剑技》和《盐铁论》。值得推敲的是,所引桓宽《盐铁论》“荆轲怀数年之谋而事不就者,尺八匕首不足恃也。秦王操于不意,列断贲、育者,介七尺之利也”①,意在指斥荆轲,且围绕着兵器;而其《吕氏剑技》所引且释匕首功能之注,也都围绕着兵器。如此看来,裴骃虽然总体上不赞成刺客之举,但为《史记》正文所牵引,在其注家思想中,还是同情荆轲,暗示了荆轲失败原因或在于兵器。我们认为,裴骃对《荆轲传》的出注,针对何处出注、使用什么注言材料,都是用心推敲过的,对于前代与荆轲刺秦事的相关材料,他并非所有眼见过的都拿来出注,而是有比较大的筛选和择取②。比如《索隐》所引的《战国策》,在他这里就看不到;主旨在于赞美、颂扬燕太子丹和荆轲的《燕丹子》,势必在其排斥之列。事实上,不仅是《战国策》和《燕丹子》,即便是《风俗通义》和《论衡》中所反映出来的流传于汉代的播于口说和文人记载的刺秦之事,除了从《盐铁论》选择了一条批判性的言论之外,其他一概不见于《集解》。因此,《燕丹子》不见于《集解》,主要与裴骃的选择性出注思路有关,而与他见或没见《燕丹子》无关。也就是说,裴骃《集解》不见《燕丹子》,丝毫不能说明《燕丹子》不见于六朝之宋。

裴骃 13 条注文中所体现的出注思路,在其自撰的《史记集解序》中也得到了印证。《序》称:“聊以愚管,增演徐氏。采经传百家并先儒之说,豫是有益,悉皆抄内。删其游辞,取其要实……班氏所谓‘疏

①司马迁:《史记·刺客列传》,中华书局 1982 年版,第 2536 页。
②李小龙谓“裴骃是否看过《燕丹子》,或即便看过,在注书时又是否会引用都是一个充满了偶然性色彩的事”〔《〈燕丹子〉的命名策略与叙事建构》,《陕西理工学院学报》(社会科学版)2016 年第 3 期〕。笔者则认为,裴骃不引《燕丹子》,绝非出于“偶然性”。

略抵捂’者,依违不悉辩也。"①可见,裴骃《集解》,以徐广为本,以儒学为纲,对出注材料则区分"有益"和"游辞"。在这篇《序》中,开头即引用班固《汉书》对《史记》的评价,"序游侠则退处士而进奸雄"在其明文指斥之列,对此,裴骃说"骃以为固之所言,世称其当"②。如此,其所说的"依违不悉辩",所依所违应当渗透了班固对《史记》的双重评价。刺客与游侠近似,故其以选择性出注来谴之。司马贞评价说"宋外兵参军裴骃又取经传训释作《集解》,合为八十卷。虽粗见微意,而未穷讨论"③,即指其在材料上未尽搜讨之功而在文意曲折处亦未展开。

下面我们来讨论所列的 6 条注文。

从形式上看,《索隐》《正义》出注的《燕丹子》材料,均在保存事件梗概,对谈论的言辞尤其注重存留原文。尽管它们基本上为节文,即为注言之篇幅计,而对原文叙事部分作了一些节略,但从所保留下来的对话来看,所依据的确是《燕丹子》,并与今本差距不大。个别的异文,如《正义》出注的"决耳入铜柱",可能是所据抄本即如此。

从内容上看,集中有三条均是针对行刺场景,一条是针对"天佑"太子丹的情节,另有两条分别是介绍荆轲和太子丹厚待荆轲。通过这一梳理,我们即可明白,这些注言均有针对性,即倾向于维护"太史公曰"所提之"太过""皆非也",并提供来自《燕丹子》的相应材料。后两条材料所指证的倾向,虽未必为"太史公曰"所明言,但所谓"神勇之人"、金丸投蛙等等,在太史公眼里也都离奇与太过,似也应在排斥之列。从这些蛛丝马迹中,我们可以判断,这些为《史记》所不取而

---

①司马迁:《史记·史记集解序》,中华书局 1982 年版,第 4 页。
②司马迁:《史记·史记集解序》,中华书局 1982 年版,第 1 页。
③司马迁:《史记·史记索隐序》,中华书局 1982 年版,第 7 页。

为《索隐》《正义》所搬用自《燕丹子》的材料,在司马贞和张守节眼里,就是"太史公曰"所指出的"世言""又言"之所据。也就是说,在他们的认识里,类似于像《燕丹子》这样的文本,即为太史公编纂《荆轲传》的史料。他们通过出注这种方式,于《荆轲传》文本内容之外,来补充太史公所亲见的材料全貌,其用意既在于证明太史公取舍之正确,又在于复原材料之真实形态。所以,我们有理由认为,对唐代这两位注家而言,《燕丹子》先于《史记》而成。故而,《索隐》谓《荆轲传》"虽约《战国策》而亦别记异闻"①。

　　司马贞自谓其注史态度为"今止探求异闻,采摭典故,解其所未解,申其所未申"②,张守节则自剖其注史目的在于"索理允惬,次旧书之旨,兼音解注,引致旁通"③。两人的注史理路不同于裴骃,其重点主要在于尽可能完备地提供材料并力求揭示《史记》所本和旨意。这种倾向,较为明显地体现于上述六条注文之中。

　　此外,还有一个证据,也可用来佐证《燕丹子》与《史记》成书的先后问题。

　　司马迁《报任少卿书》有"人固有一死,死有重于泰山,或轻于鸿毛,用之所趋异也",李善注曰:"《燕丹子》,荆轲谓太子曰:烈士之节,死有重于太山,有轻于鸿毛者,但问用之所在耳。"④按之于李善出注自定之则,为"诸引文证,皆举先以明后,以示作者必有所祖述也"⑤。清末王先谦《汉书补注》在补注中引王启原之语曰:"迁书盖本轲语。"⑥如此,以《燕丹子》文来注《报任少卿书》,"这就证明起码

①司马迁:《史记·刺客列传》,中华书局1982年版,第2527页。
②司马迁:《史记·史记索隐序》,中华书局1982年版,第8页。
③司马迁:《史记·史记正义序》,中华书局1982年版,第11页。
④萧统编,李善注:《文选》,上海古籍出版社1986年版,第1860页。
⑤萧统编,李善注:《文选》,上海古籍出版社1986年版,第1页。
⑥王先谦:《汉书补注》,清光绪刻本,第2471页。

在李善看来,《燕丹子》的创作年代是早于司马迁的"①。

如果上述这些分析和判断能够被接受,那么,自古及今所累积下来的有关《燕丹子》作年问题上的观点,或许就能被廓清一二。

(三) 对个别观点和材料的辨析

关于《燕丹子》之《汉志》无载及与《史记》孰先孰后此两大问题,是探讨作年之时的关键。既已对此有所评议,下面就再来讨论一些另外的具体性结论和材料。

1.《四库全书总目提要》中的《燕丹子》提要语,影响很大,对整个"唐以前说"起到了支撑作用。它在确定《燕丹子》成书上限之时,使用了前面的第六条注言,但理解明显错误,其原文为:

> 又《史记·刺客列传》曰:"世言荆轲,其称太子丹之命,天雨粟、马生角也,太过。"其文见此书中,而裴骃《集解》不引此书。司马贞《索隐》曰《风俗通》及《论衡》皆有此说,仍云"厩门木乌生肉足也",亦不引此书。注家引书,以在前者为据,知此书在应劭、王充后矣。《史记正义》引田光论夏扶、宋意、秦舞阳事,又引秦王乞听琴事,均作《燕太子》。《索隐》引进金丸、脍马肝等事,亦作《燕太子》,殆传写异文欤?②

这里的"其文",即指"太史公曰"内容;"此书",指《燕丹子》;所谓"裴骃《集解》不引此书",上文已言,不应作为判断作年的依据;所谓"司马贞《索隐》曰《风俗通》及《论衡》皆有此说,仍云'厩门木乌生

---

① 李小龙:《〈燕丹子〉的命名策略与叙事建构》,《陕西理工学院学报》(社会科学版)2016 年第 3 期。
② 永瑢、纪昀主编,周仁等整理:《四库全书总目提要》,海南出版社 1999 年版,第 733—734 页。

肉足也’,亦不引此书",则曲解了《索隐》之意。

在司马贞看来,"天雨粟、马生角"情节,先见于《燕丹子》,故此书予以先提;再分别见于《风俗通》及《论衡》。而《风俗通》及《论衡》所出现的"天雨粟、马生角"情节,是否一定"不引此书",实在难以轻易下结论。在四库馆臣看来,非得司马贞如此说,才会收回这一判断:"《燕丹子》曰……《风俗通》及《论衡》皆有《燕丹子》此说,仍云‘厩门木乌生肉足’。"这明显是强人所难,而且也违背语言表达规律。如此,我们与四库馆臣的认识差别在于:我们认为,《风俗通》及《论衡》中的类似于"天雨粟、马生角"这样的情节,其来源不能排除《燕丹子》,这是司马贞原意所告诉我们的;而四库馆臣认为,司马贞没有再复述一遍《燕丹子》篇名,就等于《风俗通》及《论衡》的材料来源不包括《燕丹子》。这一判断实在过于武断。

此外,"注家引书,以在前者为据",恰恰说明《燕丹子》成书在《风俗通》及《论衡》之前;至于所谓篇名的"传写异文",尽管今本《史记》注均明标"《燕丹子》"而非"《燕太子》",但这判断总体不误,可参看本章第三节。

2. 明代胡应麟的"东汉说",古今也有大批呼应者,故在此略申说一二。其说法之依据有这样几点:

(1)"汉《艺文志》无之""书果太史事本,汉《艺文志》乃遗之乎";

(2)"余读之,其文彩诚有足观,而词气颇与东京类,盖汉末文士因太史《庆卿传》增益怪诞为此书";

(3)"周氏谓‘乌头白,马生角’、脍千里马肝、截美人手皆太史削之,非也。惟首二事出迁赞语,其余虽应劭、王充尝言,悉不可信";

(4)"《汉志》有《荆轲论》五篇,《燕丹》必据此增损成书者";

(5)"《隋志》有《宋玉子》一卷,亦列小说家,并《燕丹子》皆《汉志》所无,二书必一时同出,伪无疑也。唐尚存,今不存。"

　　以上五点立论依据,最重要的是第一点,即《汉志》无载,故同一则笔记之内两处提及,然对此无考,信《汉志》过甚,复以"词气颇与东京类"润色其说,失之无稽;"汉末文士因太史《庆卿传》增益怪诞为此书",信口开河,更不知有何凭据;至于评议《周氏笔记》之语,所谓"惟首二事出迁赞语",竟不知问一问"迁赞语"从何而来,"太史公曰"既已明确指出"世言"之源,在其行文中却如同不见;所谓《燕丹子》与《宋玉子》"二书必一时同出,伪无疑也",更无考证;至于所提示的《燕丹子》与《荆轲论》存在着联系,则将后人的研究思路转向《燕丹子》作年或为汉初,作者或为"《荆轲论》五篇"之中人不为无功,然实际情况未必如其所猜测之"《燕丹》必据此增损成书者"。其实,胡应麟关于《燕丹子》的成书基础,已经出现了两个:一为"汉末文士因太史《庆卿传》增益怪诞为此书",二为"《汉志》有《荆轲论》五篇,《燕丹》必据此增损成书者",其间可能有倒果为因之嫌。

　　胡应麟此论,不同于其笔记中另外条文的敦朴之相,率意之言较多;但其感觉敏锐,列《燕丹子》为"古今小说杂传之祖",且指出《燕丹子》与《荆轲论》两者的联系,在芜杂之内尚具菁华。虽于作年问题失考,然不可一概抹倒。

　　3. 对其他材料的辨析

　　(1)关于鲁迅所提之"晋以前书"的解释

　　鲁迅先生认为,《隋志》"祖述荀勖《中经簿》而稍改变"。《燕丹子》被《隋志》著于目并置于"小说"类之首,不可能是迟至唐代才被著录的,而只可能是移自荀勖《中经簿》,故而鲁迅将其视为《隋志》"小说"类中唯一一部"晋以前书"。

　　《中经簿》原称《中经新簿》,《隋志》曰:"魏氏代汉,采掇遗亡,藏在秘书中、外三阁。魏秘书郎郑默,始制《中经》,秘书监荀勖,又因

《中经》,更著《新簿》,分为四部,总括群书。"①时在晋武帝前期,当时荀勖领秘书监,与中书令张华一起,依刘向《别录》整理内府藏书,因《中经》而撰成《中经新簿》。

根据鲁迅先生的判断,《燕丹子》最迟在晋武帝前期被官方书目著录。如此,关于《燕丹子》作年的"六朝说",无从成立。

(2)关于张华《博物志》中的《燕丹子》引文

不少论者以张华《博物志》所载与《燕丹子》开篇部分基本相同,故而也将《博物志》作为考定《燕丹子》作年的一个坐标。

《博物志》卷八《史补》载:"燕丹子质于秦,秦王遇之无礼,不得意,思欲归,请于秦王,王不听,谬言曰:'令乌头白、马生角乃可。'丹仰而叹,乌即头白;俯而嗟,马生角。秦王不得已而遣之,为机发之桥,欲陷丹,丹驱驰过之而桥不发。遁到关,关门不开,丹为鸡鸣,于是众鸡悉鸣,遂还归。"②程毅中先生校曰:"此与《燕丹子》所叙相同。多'俯而嗟'三字。"③可见,最迟在《博物志》编纂之时,《燕丹子》即已定型。

在《博物志》中,有关荆轲故事,尚有卷七中的一则:"荆轲字次非,渡,鲛夹船,次非不走,断其头,而风波静除"④,这一则我们在第二章中已有分析;另外还有一则,即卷八中的"《列传》云:聂政刺韩相,白虹为之贯日;要离刺庆忌,彗星袭月;专诸刺吴王僚,鹰击长空"⑤,它虽与荆轲故事没直接联系,但"白虹为之贯日"的情节,也见

---

①魏徵等:《隋书·经籍一》,中华书局 1973 年版,第 906 页。

②张华:《博物志》卷八,见王根林等校点:《汉魏六朝笔记小说大观》,上海古籍出版社 1999 年版,第 218—219 页。

③无名氏撰,程毅中点校:《燕丹子·附录》,中华书局 1985 年版,第 23 页。

④张华:《博物志》卷七,见王根林等校点:《汉魏六朝笔记小说大观》,上海古籍出版社 1999 年版,第 214 页。

⑤张华:《博物志》卷七,见王根林等校点:《汉魏六朝笔记小说大观》,上海古籍出版社 1999 年版,第 219 页。

诸《燕丹子》佚文,并出现于汉初邹阳《狱中上梁王书》之中。

《博物志》原稿四百卷,晋武帝司马炎认为"多浮妄""冗长",命张华"删翦"至十卷,并常"置于函中,暇日览焉"①。上述几则,不因"删翦"而失,可见张华以及晋武帝对其的珍视。估计在晋武帝之时,有关荆轲故事及刺秦事,经历了由战国末年到两汉的长时期传播,数量已日渐稀少。

张华编纂《博物志》四百卷的时间,考《晋书》本传,大约在泰始五年(269)拜中书令之后。在这期间,他与秘书监荀勖一起整理典籍,撰成《中经新簿》。巧合的是,《燕丹子》篇目被著录于《中经新簿》,其片段和荆轲故事则被收录于《博物志》,如此,我们可作推测的是:尽管《中经新簿》习惯于署荀勖之名,但有可能著录《燕丹子》于《中经新簿》者,或为张华。在此意义上,张华实在是《燕丹子》传播史上的一大功臣。

更重要的是,考荀勖、张华等编撰《中经新簿》,实遵依刘向《别录》。或许,张华在《中经新簿》上著录《燕丹子》,当是遵依刘向《别录》的结果。如果这些证据能被弥缝,那么,我们前面所讨论过的出于《别录》并被《史记》古注所保留下来的两条刘向佚文很有可能是《燕丹子》书奏之文的片段,就将被彻底证实;而《燕丹子》的作年问题,也将迎刃而解。

(3)关于《论衡》《风俗通义》所载燕丹、荆轲事

在《燕丹子》作年问题的各家观点中,有的认为"《燕丹子》一书,东汉前期的王充已看到它的早期传本,作为民间传说,大约秦汉间已经出现"②;而有的观点正好相反,认为《论衡》所记不类《燕丹子》,

①王嘉:《拾遗记》卷九,见王根林等校点:《汉魏六朝笔记小说大观》,上海古籍出版社1999年版,第555页。
②宋常立:《中国古代小说文体论》,天津社会科学院出版社2000年版,第12页。

故推断《燕丹子》作年在"汉末"之后①。面对同类材料,得出的结论却不相同,可见有对此加以讨论的必要。

王充生于公元27年,比班固年长5岁。公元86年,以60岁之龄在家乡撰《论衡》。应劭为东汉末人,初平二年(191)②以泰山太守之职,在郡撰《风俗通义》,简称《风俗通》,今本非全帙。两书既记且议,均保留了不少有关燕太子丹和荆轲的事迹,反映了在东汉始末的传播情况。

两书所载,有相同处,也有未必尽同处,如:

> 传书言:燕太子丹朝于秦,不得去,从秦王求归。秦王执留之,与之誓曰:"使日再中、天雨粟,令乌白头、马生角、厨门木象生肉足,乃得归。"当此之时,天地祐之,日为再中,天雨粟,乌白头,马生角,厨门木象生肉足。秦王以为圣,乃归之。③
>
> 燕太子丹仰叹,天为雨粟,乌白头,马生角,厨中木象生肉足,井上株木跳度渎。④

在此,天佑太子丹的现象,两书所载均为五,但细节不一。其中相同者有四:乌白头、马生角、天雨粟、厨门(中)木象生肉足;不同者各有一:《论衡》所载为"日再中",《风俗通义》所记则为"井上株木跳度渎"。

而在《燕丹子》中,除了乌白头、马生角之外,别有两事:机发之桥

---

①魏鸿雁:《汉代小说文献与汉代文化研究》,中国社会科学出版社2013年版,第102页。

②曹道衡、沈玉成:《中古文学史料丛考》,中华书局2003年版,第29页。

③黄晖:《论衡校释》,中华书局1990年版,第233页。

④应劭撰,王利器校注:《风俗通义校注》,中华书局1981年版,第90页。

不发、鸡夜鸣；《荆轲传》"太史公曰"为天雨粟、马生角。如此，关于秦王刁难但上天佑护太子丹的细节总计有八个，以上四书的记载均不一致，互有参差，全部相同的唯有马生角，有三书相同的是乌白头、天雨粟。当然，在太史公行文中，只是概举一二，所言并不能代表他所看到的全部材料。但是，传闻异辞的现象，已表现得相当充分，这说明太子丹和荆轲之事，为文人和民众长久关注。

《论衡》《风俗通义》对这些传闻都作了辨析，也有可能是受到了太史公辨析在前的影响。《荆轲传》的出现，毫无疑问对这些传闻又起到了推波助澜的作用。而传闻所载之文，即如《燕丹子》之类的作品。

在第一章中，我们已经考论了"太史公曰"中的"世言"为见诸文字的记录，而《论衡》记载太子丹和荆轲之事的《书虚》《感虚》《语增》《是应》等篇章，分别以"传书""传语""世言"出之，它们均指流传之不可靠著述，也是文本，而非口述。即使王充不在篇中申明①，年届60、回到南方已有30多年的他，又从何而得盛传于北方的口头传闻呢？如果凭其早年游学北方的经历，即使记忆再好，也不会在篇中记载得如此详尽准确，致使上述五事而与应劭所记，暗合度很高，仅相差一事。如果认为王充在北方游学时记下了这些传闻而在后来凭着自己积累的笔记而撰《论衡》，那么，这就意味着他在20多岁时就在准备着未来60岁时的撰作，这种"蓄谋已久"也太过戏剧化了。王充撰《论衡》，有个少学者谓其不依据图书而只凭口说，这简直是天方夜谭。

①黄晖：《论衡校释》，中华书局1990年版，第167页。又《是应》载："世言燕太子丹使日再中，天雨粟，乌白头，马生角，厨门象生肉足。论之既虚，则蓬脯之语，五应之类，恐无其实。"所记"五应"之事，以"世言"出之，而内容完全同于《感虚》之"传书"所言。故此，在王充笔下，"世言"与"传书"意同，即指文字材料而非口头传闻。此外，"传语"性质也与"传书"同，如所列举之《国语》即为篇籍。

　　此外,《论衡》在上述内容中,值得我们关注的是,他所记载和讨论者,似乎有着一位明确的论辩对象。这位对象,很有可能是汉初之邹阳。下面以表格示之:

邹阳《狱中上梁王书》	王充《论衡》
昔者荆轲慕燕丹之义,白虹贯日,太子畏之;卫先生为秦画长平之事,太白食昴,昭王疑之。	1. 传书言荆轲为燕太子谋刺秦王,白虹贯日;卫先生为秦画长平之事,太白蚀昴。(《感虚》) 2. 因类以及,荆轲(刺)秦王,白虹贯日;卫先生为秦画长平之计,太白食昴:复妄言也。(《变动》)
然则荆轲湛七族,要离燔妻子,岂足为大王道哉。	1. 传书又言:燕太子丹使刺客荆轲刺秦王不得,诛死。(《书虚篇》) 2. 言荆轲为燕太子丹刺秦王,后诛荆轲九族。(《语增》)

　　邹阳《狱中上梁王书》大量运用古事,其中所涉太子丹和荆轲事共四处,另两处指樊於期、秦中庶子蒙。对涉及太子丹、荆轲这两处,王充《论衡》在不同的章节中极力辩议,甚至个别语言都如出一辙。如果说"白虹贯日"为熟语,不同作者的表述确有可能会相同,那么,类似于"卫先生为秦画长平之事,太白食昴"的语句,后出邹阳两百多年的王充,如若手边没有邹阳的篇章,如此复杂的语句,怎么有可能完全相同呢?

　　考虑到邹阳还有其他作品,如《汉志》所著录的"《邹阳》七篇"等等,我们推测,《论衡》中的诸多篇章所辩议的太子丹和荆轲事,除了沿袭"太史公曰"所指出的"天佑说""伤秦王说"论题之外,其余内容,极有可能均指向邹阳作品之内容,甚至包括《燕丹子》。在王充的行文中,有着一种将邹阳视作荆轲刺秦事之传闻源头的倾向。从这种跨代反应中,似乎埋藏着一些蛛丝马迹。

　　至于应劭记载之所据,也当是文字材料。在上引《正失》篇中,其记载的全文为:

　　燕太子丹仰叹,天为雨粟,乌白头,马生角,厨中木象生肉足,井上株木跳度渎。

　　俗说:燕太子丹为质于秦,始皇执欲杀之,言能致此瑞者,可得生活。丹有神灵,天为感应,于是遣使归国。

　　谨按:《太史记》:燕太子丹质秦,始皇遇之益不善,丹恐而亡归。归求勇士荆轲、秦武阳,函樊於期之首,贡督亢之地图,秦王大悦,礼而见之。变起两楹之间,事败而荆轲立死。始皇大怒,乃益发兵伐燕,燕王走保辽东,使使斩丹以谢秦,燕亦遂灭。丹畏死逃归耳,自为其父所戮,手足圮绝,安在其能使雨粟,其余云云乎? 原其所以有兹语者,丹实好士,无所爱惜也,故闾阎小论饰成之耳。①

　　从形式上看,第一段为讨论之目标,第二段为补充解释,第三段为观点之论证,这三段之间构成了有机的统一体。如果第一段不是广为传播且影响很大的文本,那么,应劭绝无可能费大力来解释和论证,甚至在论证过程中,都搬用了《史记》这一当时的名作,用以增强说服力。故此,我们认为,第一段当为文本,第二段则出于民间解释性的口传,而第三段前半为出自《荆轲传》的情节概要,后半为应劭自身的观点。至于这第一段到底是什么性质的文本,应劭其实已经明确指出是"饰成"太子丹的"闾阎小论"。对此,王利器先生出注曰:"《庄子·外物》篇:'饰小说以干县令。'即此文用'饰'字所本。""《汉书·艺文志》叙小说家曰:'闾里小知者之所及。'"②在此,王先生用注言的方式,告诉我们应劭用"饰"和"闾阎小论",都与小说有关;也就是说,他认为第一段"燕太子丹仰叹,天为雨粟,乌白头,马生角,厨

————————

①应劭撰,王利器校注:《风俗通义校注》,中华书局1981年版,第90—93页。
②应劭撰,王利器校注:《风俗通义校注》,中华书局1981年版,第93页。

中木象生肉足,井上株木跳度渡"出自小说作品。

这一小说作品,可能是《燕丹子》。"燕太子丹仰叹"这一动作细节,与《燕丹子》相同。相同到如此细微的动作描写,如果不是出于应劭之照搬,就毫无可能,除非在东汉末年,存在着另一部具有"燕太子丹仰叹"的作品,而这种可能性又很小。至于"天雨粟""厨中木象生肉足""井上株木跳度渡"等细节与《燕丹子》有出入,则是因为此类传闻性细节,流传面甚广,《燕丹子》文本的转抄者轻易就能增添进去。相比之下,"燕太子丹仰叹"的细节,除非出自作品的编作者,外人或抄写者不太可能会想到加进这一类似乎可有可无、只是表现太子心理和状写应天之态有关的描写性细节。这个细节的出现,要求编作者具备较高的艺术修养,并非一般人所能轻易写得出来。也就是说,类似于天佑太子丹的那些细节,盛传之下已成为公共性产品,而"燕太子丹仰叹",则是独特的艺术语言,是作品归属的一个私人化标志。凭着"燕太子丹仰叹",我们只能将这不知出处的第一段,归属于今本也有这一细节标志的《燕丹子》。

通过以上分析,我们能够明确这样几件基本事实:一是《论衡》《风俗通义》均依据文字材料;二是它们所记载的内容,反映了太子丹和荆轲之事在东汉为人熟知和热议的程度;三是王充的辩议对手可能是两百多年前的邹阳,应劭所据则很有可能是当时已被视作小说作品的《燕丹子》。如此,认为《燕丹子》出于王充、应劭之后的"东汉说"和"唐以前说",难以成立。

三、对成书问题的一得之见

有关荆轲刺秦事的文人记载和民间口传,在一段较长时间范围内被广泛传播和评议,这些材料,都被作为考察《燕丹子》成书问题的依据。如果仔细梳理自从荆轲刺秦之事发生以来的所有文字记载,我们可以发现,许多学者所据讨论之材料,还仅仅只是在秦建立以后的。事实上,在此之前,还有一些出自燕国以及其他诸侯国史官的官方记载。正是这些记载,构成了现有所见出自文人和民间材料的基础。在考虑成书问题上,也应该正视这些出自秦之前的记载,并以此为基础,在"事件—故事—作品"逐级增熵的层面上,来综合考虑《燕丹子》的成书问题,以显其来龙去脉的形成过程。

《燕丹子》的成书过程,由三个阶段组成,即官方记载、故事传播和文本编作。鉴于"故事传播"在前一部分和第一章中已有述及,而"文本编作"则置于后一部分专题探讨,因此,在这里我们将重点放在燕国和各国史官对于事件的记载上。

在荆轲刺秦之事所发生的燕王喜二十八年(前227)之时,燕国史官就在本国史记上予以了记载,而且所作之史记一直记载到"秦攻拔我蓟,燕王亡,徙居辽东,斩丹以献秦"①之时,即秦灭燕之刻。燕国灭亡以后,燕国史记为秦国所接收,项羽的咸阳大火亦未曾将其变为灰烬。汉兴,接收并保存了燕国史记,太史公据此编纂有关燕国部分的史述。这一推断,在《燕召公世家》中得到了证实。

在《燕召公世家》中,总计四次使用"我"字,三次使用"来"字,两次使用"今王"词,这都是太史公"误承燕史旧文失于改削而留下的痕迹"②。

"我"字例:

1. (庄公)二十七年,山戎来侵我,齐桓公救燕,遂北伐山戎而还。

2. 易王初立,齐宣王因燕丧伐我,取十城;苏秦说齐,使复归

---

① 司马迁:《史记·燕召公世家》,中华书局1982年版,第1561页。下面数例出于该篇之正文内容,不再一一出注。
② 赵生群:《〈史记〉文献学丛稿》,江苏古籍出版社2001年版,第138页。

燕十城。

　　3. 武成王七年,齐田单伐我,拔中阳。

　　4.(王喜)二十九年,秦攻拔我蓟,燕王亡,徙居辽东,斩丹以献秦。

"来"字例:

　　1.(庄公)二十七年,山戎来侵我,齐桓公救燕,遂北伐山戎而还。

　　2. 惠公元年,齐高止来奔。

　　3.(文公)二十八年,苏秦始来见,说文公。文公予车马金帛以至赵,赵肃侯用之。因约六国,为从长。秦惠王以其女为燕太子妇。

"今王"词例:

　　1.(孝王)三年卒,子今王喜立。

　　2. 今王喜四年,秦昭王卒。燕王命相栗腹约欢赵,以五百金为赵王酒。

　　以上,均烙有燕国史记的印记。此外,《六国年表》中的燕表部分,也多有类似例子:

　　1.(燕王喜)四年伐赵,赵破我军,杀栗腹。[1]

---

[1]司马迁:《史记·六国年表》,中华书局1982年版,第749页。下面数例出于该篇之正文内容,不再一一出注。

2.十二年,赵拔我武遂、方城。

3.二十三年,太子丹质于秦,亡来归。

4.二十八年,太子丹使荆轲刺秦王,秦伐我。

5.二十九年,秦拔我蓟,得太子丹。王徙辽东。

综合以上两部分,我们认为:

一是《史记》明显依据于燕国史记这一部分,其时间段从庄公直到亡君燕王喜,跨春秋到战国末年。可以推断,辗转于秦、汉两世的燕国史记,当被完整地保存了下来。因此,在《燕召公世家》《六国年表》之燕表,没有明显出现"我""来""今王"文字的其他记述,基本上也应该出于燕国史记。

二是同样出自燕国史官所作的材料,在记事上存在着误差,如:同样是王喜二十九年的记载,《燕召公世家》是王徙辽东再斩丹,而《六国年表》则为秦得丹后再徙辽东。这种误差,如果排除出于太史公编纂时的粗心所致,那么,辗转两世而为太史公所用的燕国官方历史记录,不会是一种,而应有多种。在此意义上,我们所谓的"燕国史记"不应是单数而应是复数。如此,太史公所依据的燕国史料,应该较为丰富。对于这种记载不一的情况,他在难以判断之下,为审慎起见,不强求一律,而作了并载。

三是这些燕国史记,不仅被用于世家、年表,也当被用来作为编纂其他与燕国有关的篇章,如《荆轲传》。在《荆轲传》中,对于上述一事两传的情况,太史公做了取舍,即燕王徙辽东再斩丹;而在《秦始皇本纪》中,则是燕王先斩丹再徙辽东。可见,此事原委至太史公时已经不太清楚,也反映出确有多种燕国史记。还有一种可能,即同样载录此事的各国史官,记载不一。

四是燕国史官对于太子丹组织的荆轲刺秦活动,记载详尽,且具始末。如燕表就从王喜二十三年之"太子丹质于秦,亡来归"开始记载，而直到丹被杀献秦。上述世家和年表中被太史公所取的，仅仅是一些简明的概要而已，不足以反映燕国史官记事之全部。在《燕召公世家》中，对于此事，还有这样重要的记载："燕见秦且灭六国，秦兵临易水，祸且至燕。太子丹阴养壮士二十人，使荆轲献督亢地图于秦，因袭刺秦王。秦王觉，杀轲，使将军王翦击燕。"但是，这也不是记载的全部。被太史公和刘向所用之燕国部分的材料，当有更为详尽的出于燕国史官之笔的有关荆轲刺秦之事的记载。

五是这些燕国史记，在辗转秦汉两世之时，远在被作为汉代中秘书保存起来之前，出现了抄本尤其是关于刺秦部分的抄本。这些抄本，制造出更多的抄本，流传在文人圈和民间社会，成为各种传闻的蓝本。在被转抄和流传过程中，出于误读、删节、增衍、改动等原因，形成了记载和传闻不一的现象。

六是为燕国史官记事所构筑起来的荆轲刺秦事之始末，成为《燕丹子》《战国策》《史记》以及众多传闻、记述之故事基础。《燕丹子》的直接成书之源，当出于燕国史官，而非众多论者所议之民间传说、汉代史家或文人记述。因此，在此意义上，无论是《燕丹子》还是《战国策》和《史记》，均出于"编"。

七是"太史公曰"中的"世言荆轲，其称太子丹之命，'天雨粟，马生角'也，太过。又言荆轲伤秦王，皆非也"，此天佑说和刺伤说，当有确凿的文字依据。这份依据，也有可能与燕国史记或是其衍生出来的作品有关。

八是燕表王喜二十三年之"太子丹质于秦，亡来归"的表述，成为目前能够见到的众多作品和记载的故事开头，对此，我们作些简单示例：

　　　1. 燕太子丹质于秦，秦王遇之无礼，不得意，欲求归。（今本《燕丹子》）

2. 燕太子丹质于秦,亡归。(《战国策·燕策三》)

3. 燕太子丹质秦亡归燕。(《史记·刺客列传》)

4. 燕太子丹朝于秦,不得去。(《论衡·感虚》)

5. 燕丹子质于秦,秦王遇之无礼,不得意,思欲归。(《博物志·史补》)

6. 燕太子丹质于秦,秦王遇之无礼,乃求归。(《水经注·渭水》)

7. 昔燕太子名丹,入质于秦。秦皇不礼,太子怨。后燕王病,太子请归侍养,秦王不听。(《春秋后语》)

8. 丹者,燕王喜之子,身质于秦始皇之世。(《意林》卷二)

9. 燕丹,六国时燕太子也,而质于秦。秦王遇之无礼,丹乃求归。(《珦玉集·感应篇》)

10. 燕丹子质于秦,秦王遇之无礼,不得意,欲归。(《永乐大典》卷四九〇八)

上述 10 例,普遍加了一个"燕"字,以识别太子的国籍;不见或删除"来"字,以消除出自燕国史官的痕迹。除了这两个改动之外,最接近燕国史记之原始记载者,当属《战国策》篇。由此看来,《战国策》中的荆轲刺秦事之记载,最为有据。与此接近的是《史记》篇,但明显有文字改动之迹。与今本《燕丹子》构成同一个文本系列的,从开首之语来看,为出于《博物志》《水经注》《永乐大典》三本之篇。

以上八个方面,是我们针对荆轲刺秦事由事件记载到故事传播的过程,依据《燕召公世家》《六国年表》中之明显出自燕国史记的文句所作的初步分析。如果于燕国史记之外,放眼其他诸侯国史记,当会看到它们大多也有关于刺秦之事的历史记录。前面包括第一章我们已经作过分析,除了燕国史记为太史公所用之外,别的诸侯国史记除"上古"之前的部分因保存在周室而为秦国焚灭之外,自"上古"以后即春秋战国部分的史记则为太史公编纂所用,也成为《战国策》编校的基础。因此,我们有理由相信,这些被保存在《史记》各世家和年表中关于荆轲刺秦事的文字记载,也当出于各国史官之笔。当时各国史官,争相记载他国即燕国之事,可见此事在列国间震动之烈、影响之大和传播之广。日后刺秦事在广大的范围和长久延续的时间内被传播和评价,而不是局促于北方燕地一隅,当与各国史官对此的原始记事有关系。下面,我们以例示之:

《楚世家》:"王负刍元年,燕太子丹使荆轲刺秦王。"①

《魏世家》:"王假元年,燕太子丹使荆轲刺秦王,秦王觉之。"②

《田敬仲完世家》:(齐王建)"三十八年,燕使荆轲刺秦王,秦王觉,杀轲。"③

以上是出于楚、魏、齐三国史官的记载。

还有秦国的记载,分两个方面:一是出于史官记载:(始皇帝)"二十年,燕太子使荆轲刺王,觉之。王翦将击燕。"④"二十年,燕太子丹患秦兵至国,恐,使荆轲刺秦王。秦王觉之,体解轲以徇,而使王翦、辛胜攻燕。二十一年,王贲攻荆。乃益发卒诣王翦军,遂破燕太子军,取燕蓟城,得太子丹之首。燕王东收辽东而王之。"⑤

二是秦王下达给丞相、御史的御令,相当于后来的皇帝诏书:"燕王昏乱,其太子丹乃阴令荆轲为贼,兵吏诛,灭其国。"⑥

荆轲刺秦之事的诸侯国记载,加上燕国的本国记载,七国之中已有五国。此前,韩国已被灭;赵国情况略同,国被灭,赵王被虏,赵公

----

① 司马迁:《史记·楚世家》,中华书局 1982 年版,第 1736 页。
② 司马迁:《史记·魏世家》,中华书局 1982 年版,第 1864 页。
③ 司马迁:《史记·田敬仲完世家》,中华书局 1982 年版,第 1902 页。
④ 司马迁:《史记·六国年表》,中华书局 1982 年版,第 755 页。
⑤ 司马迁:《史记·秦始皇本纪》,中华书局 1982 年版,第 233 页。
⑥ 司马迁:《史记·秦始皇本纪》,中华书局 1982 年版,第 235—236 页。

子嘉在异地自立为代王,与燕国合兵。估计赵国史官随同赵国被灭而或死或被虏,赵国史记就此断绝并被秦国掳去,而公子嘉身边已无史官。可见,除秦国之外,事件发生以后,此时四个幸存国的史记,对此都作了记载。太子丹和荆轲,在秦焰正烈之时,奋起抗暴,已然成为一件轰动全天下的大事。至于秦王的震恐,也是闻所未闻的,故于天下一统之后,余怒未息,还发布诏书痛加指斥。

可以说,荆轲刺秦事的历史记载,是由诸国史官合力共同完成的。这些记载于五国史记中的篇章,日后演化为轰然传响于全天下的故事和作品的历史基础。鉴于这些诸侯国的史官均分散于各地,而且作史条件也有限,故而记载异辞的现象势必存在,这些也为日后传闻和文人转述的不一致埋下了最早的根源。《燕丹子》的成书历史,也就此掀开。

最后,简单讨论一下孙星衍所说的关于太子身没之后宾客记录遗事的问题。

客观上说,参照古人贤主之后率有成书之例,太子丹爱士,宾客报其知遇之恩,并为其组织反抗强秦的壮烈事迹和精神所感动,同时感怀于太子死于非命之恸,确实有可能记录下以太子为正面形象的篇章。但是,证之以其时的时代环境和太子客星辰寥落的情况,孙先生的这一说法,成立的可能性极其渺茫。主要根据有三:

一是秦王攻燕甚急,太子次年便亡,秦长时间紧索太子客。据前引《秦始皇本纪》记载,事发当年,秦王使工翦、辛胜撇齐不顾而攻燕;次年,秦王"益发卒诣王翦军,遂破燕太子军,取燕蓟城,得太子丹之首";据《六国年表·燕表》所载,"秦拔我蓟,得太子丹。王徙辽东",均在事发次年。战争规模之大、战局之烈、秦军摧枯拉朽和燕国土崩瓦解之势均可想而知。同时,可以猜测,秦军攻击的首要目标应为太子军和太子客;甚至在一统天下以后,《刺客列传》载"秦逐太子丹、荆轲之客",对太子余党仍紧追不已;另外,在相隔两年之后的《六国年表·秦表》中，还出现"郡县大索十日"①的记载。这种全国性的白色恐怖，必定使得太子客凄凄惶惶、无处容身、非死即亡。

二是徙居辽东的燕王喜痛恨太子，太子客必不被容于辽东之残燕。残燕被灭在事发后五年，是仅次于齐国最后被灭的国家之一。但是，燕王喜将国家迅速被灭的怒火发泄在太子丹身上，据《刺客列传》所言，"燕王乃使使斩太子丹"献于秦。这中间既有丢卒保车的无奈，但更多的还是出于愤怒和恚恨。太子丹被其父斩杀，太子客必不被容留和藏身于辽东。燕王喜更不想再与太子及其身后之人发生任何瓜葛，以免再给秦王贻留口舌以加速残山剩水之消亡。

三是太子客人数不多，可用者少。从秦国亡归到发动刺事，天予太子者，惟余五六之年，其所招募与厚养之游士必不会甚多，素质和能力出众者，除荆轲之外，再难有第二人；再者，太子有着明确的为国复仇之目标，故而所养之士，应倾向于谋士、武士而非文士。据《燕召公世家》记载，"太子丹阴养壮士二十人"。这些太子客，在《史记》和《战国策》中出现姓名者除荆轲之外，还有田光、秦舞（武）阳、高渐离，他们在篇中均已死亡；在《燕丹子》中尚有夏扶、宋意，前者也已刎颈而死，而不知下落的宋意，按照田光评价，亦仅是一位素质不如武阳的武士。其余如有出众者，这些作品很有可能会提及其名；失于提名而被笼统称之为"壮士"者，必非怀珠抱玉、天赋异禀、文武并有韬略者。相形之下，《燕丹子》所展现出来的出众文才，已不在太史公之下，更遑论一般游士。

故此，在那战火蜂起、追捕甚急、无处藏身的环境之下，由那些与异世文才相距甚遥的太子客来编作这部千秋名作《燕丹子》，是绝难想象的。

《燕丹子》是一个经过积淀并最终由文人编作而成的作品。今本

---

①司马迁：《史记·六国年表》，中华书局 1982 年版，第 757 页。

《燕丹子》保留了众多民间传说,这些传说也为入汉之初的文人所述及。所述不一,正反映了民间传说众口不一的原始真实状况。太子丹死,燕国亡,秦法网紧,难以想象在民间会自由地升腾起有关太子丹和荆轲之事的无边传说。甚且,太子丹和荆轲,当时也不一定会被视作正面形象,如传闻中的荆轲被诛七族、九族甚至"复灭其一里",当令多少天下人心头紧缩、惊惧不已。如从时代环境来分析,我们认为,在秦末推翻暴政之际,借着荆轲刺秦王的壮举,用以激励时人,有关太子丹、荆轲刺秦王的正面传说便应运而生,更挟时代风云而遍及各地,为人传颂,并逐渐被赋予英雄和烈士的形象。所以,建立在各种传说和历史记载基础之上的《燕丹子》,没有条件出现在战国末期和秦末之前,"战国说"似难成立。荆轲刺秦故事在更大范围和更大规模的传播,如被保存在山东嘉祥武氏祠画像中的"荆轲刺秦王图"和在"四川、南阳均出土的'荆轲刺秦王'画像"①,都应是《燕丹子》《战国策》《史记》编成之后经广泛传播的结果。

第二节　编作者或为邹阳

汉初"颇有倾心养士,致意于文术者",主要是"楚、吴、梁、淮南、河间五王"②。论文学繁荣,则以梁国为盛。揆诸梁国文苑,在战国诸侯史记和民间演述基础上,编作《燕丹子》者,或为邹阳。邹阳之编作,亦仅是"荆轲刺秦"故事流传史上之一环,之前有史官记载和民间传说,之后也可能有不同的版本被编写出来。我们下面的论述,只是对《燕丹子》编作者的一种初步研究,在迄今已无可能被实证为其是

---

① 王建中:《汉代画像石通论》,紫禁城出版社 2001 年版,第 428 页。
② 鲁迅:《汉文学史纲要》,见《鲁迅全集》(第九卷),人民文学出版社 1981 年版,第 395 页。

的情况下,所作的结论只是一种可能性而已。

一、今存邹阳作品及与《燕丹子》的关系

今存邹阳作品,文、赋各两篇。《史记·鲁仲连邹阳列传》载录《狱中上梁王书》;《汉书·贾邹枚路传》载录《上书吴王》《狱中上梁王书》;《西京杂记》卷四《梁孝王忘忧馆时豪七赋》篇,载有《酒赋》及代韩安国而作的《几赋》;《文选》收录其文两篇。

《汉志》在"纵横十二家"中著录"《邹阳》七篇",序列在"《秦零陵令信》一篇"和"《蒯子》五篇"之后①;在"杂二十家"中著录"《荆轲论》五篇",注曰"轲为燕刺秦王,不成而死,司马相如等论之"②,此五篇中,或有可能包括与司马相如同为梁苑文友之邹阳作品。以上《汉志》所著录者,《荆轲论》已亡,"《邹阳》七篇"大致已有佚失。

兹就上述作品和存目,针对它们与《燕丹子》的关系,作些初步分析:

(一)邹阳对荆轲刺秦故事,了然于心

邹阳写作《狱中上梁王书》一文,是在羁押期间,并被面临"将杀之"和"恐死而负累"③的境地,其写作条件和环境当为十分恶劣。文中"卒从吏讯"一句,涉及审讯情况。《汉书》颜注对"讯"字解为"鞫问"④,"鞫"义在另篇中释为"穷核"⑤。《文选》则注曰:"讯,考三日问之,知与前辞同不也。"⑥邹阳此文尚祈能与梁王恢复正常的主宾

---

①班固撰,颜师古注:《汉书·艺文志》,中华书局1962年版,第1739页。
②班固撰,颜师古注:《汉书·艺文志》,中华书局1962年版,第1741页。
③班固撰,颜师古注:《汉书·贾邹枚路传》,中华书局1962年版,第2343页。以下引用出于该篇的《狱中上梁王书》一文,不再一一出注。
④班固撰,颜师古注:《汉书·贾邹枚路传》,中华书局1962年版,第2344页。
⑤班固撰,颜师古注:《汉书·张汤传》,中华书局1962年版,第2637页。
⑥萧统编,李善注:《文选》,上海古籍出版社1986年版,第1766页。

关系,故为使双方留有转圜余地,还不能写尽狱中遭受刑讯逼供之苦状,但仅此四字,即能使人领会其未尽之意。况且,邹阳之被下狱,盖因事涉梁王争储而谋划行刺朝中老臣袁盎等人之秘密,与谋者羊胜、公孙诡恐邹阳泄事,且有私怨,故亟欲其死,故不仅在梁王面前竭力谗毁他,而且有可能在狱中上下其手,为难和加害于他。因此,邹阳在篇中恳请梁王"少加怜焉"。

即便在如此恶劣的环境和纷乱如麻的心情下,邹阳还能在文中娴熟自如地引证各种旧事和典故,同时没有违和之感,这不能不让人惊叹其出众的记忆能力和高超的文学表现水平。全文1300多字,用事50多处,所涉人名近百个。在文学史上,其用典繁富的程度,与其比肩者,惟余后出700多年的庾信《哀江南赋》。其中,与荆轲刺秦之事相关的行文,显得格外醒目:

> 昔荆轲慕燕丹之义,白虹贯日,太子畏之;卫先生为秦画长平之事,太白食昴,昭王疑之。……是使荆轲、卫先生复起,而燕、秦不寤也。愿大王孰察之。
>
> 故樊於期逃秦之燕,藉荆轲首以奉丹事;王奢去齐之魏,临城自刭以却齐而存魏。夫王奢、樊於期非新于齐、秦而故于燕、魏也,所以去二国死两君者,行合于志,慕义无穷也。
>
> 然则〔荆〕轲湛七族,要离燔妻子,岂足为大王道哉!
>
> 故秦皇帝任中庶子蒙〔嘉〕之言,以信荆轲,而匕首窃发;周文王猎泾渭,载吕尚归,以王天下。秦信左右而亡,周用乌集而王。何则? 以其能越挛拘之语,驰域外之议,独观乎昭旷之道也。

这里所出现的人名,包括燕太子丹、荆轲、樊於期、秦王、蒙等五位;所出现的细节,有燕太子畏白虹贯日、樊於期自刭、荆轲借首于樊於期、荆轲被湛七族、荆轲买通秦臣蒙、秦王见燕国使者、图穷匕首见等多个。这些人名和细节，几乎贯通了今存《燕丹子》的整体结构，在邹阳行文用典的空白之处，自然就能填补出小说的其余内容和情节。比如，由荆轲出发以后燕太子见白虹贯日而预料行刺失败，这个情节虽在今本《燕丹子》中阙失，但载之于刘向所辑《列士传》，"可能和《燕丹子》一书有关"①；由樊於期自到自然就能串起他逃秦至燕、蒙太子厚养以及太子为赴秦所要做的种种准备工作，不仅如此，小说所铺叙的荆轲"潜见"樊於期、两人对话以及樊於期的英雄本色等等，亦能联贯进去；由图穷匕首见这一细节势必就能联想起荆轲行刺场景及其中间所发生的种种曲折。几乎可以说，邹阳用典所提到的若干人名和细节，不仅覆盖《燕丹子》的作品整体，而且人物关系、细节承应、情节逻辑也与作品完全一致，这足以使人万分惊诧。一般来说，单独用典不易出错，因其内涵丰富能够产生多义性，读者即使致疑也仅限于针对语意的连贯与生涩。但是，出自一桩旧事或一部作品中多个典故集中而连续的使用，若对原事原作理解不深或记忆生误，一不小心，在人物和情节关系方面就有可能李代桃僵。邹阳身陷囹圄，而且在被连续"考问"至少三天之后，身体、精神和记忆已备受摧残，这种情况下，又没有平时的写作条件，不可能查考资料而全凭回想，如果之前没有倾其心力于荆轲刺秦故事的相关资料，他如何能做到熟练地运用？

　　当然，所提及的荆轲被湛七族一事，不在《燕丹子》之中。不过，这远非否决邹阳与《燕丹子》关系的理由。相反，我们能够从中体察到邹阳对荆轲刺秦一事之前后相关素材的热衷程度与搜集之勤。荆轲被杀之后，秦王对其家族是否有过斩草除根的惩罚之举，尽管至唐代颜师古注《汉书》之时已不是很清楚了，但这件事情的真伪如何，并

①李学勤：《论帛书白虹及〈燕丹子〉》，《河北学刊》1989 年第 5 期。

不是我们在此所要研究的。我们所要说明的是,这些或载之于竹帛、或传播于口舌的真假不一的民间传闻,唤起过邹阳的强烈关注,以至于留存在其记忆深处,于狱中行文之际,自然而然地涌现于笔端。至于这一细节没有被编作到《燕丹子》之中,完全可以解释为作品自有其本身的逻辑和统一的构思,不是所有的素材都可以被安排进作品之中的。《燕丹子》作品当以太子丹逃亡始而以其知行刺不成终,不涉及荆轲身后诸事。一位编作者,其拥有的资料和素材,理应超出他在作品中所反映出来的内容。如果作品是以一粒或数粒晶体来反映世界的话,那么,编作者预先就应该拥有整块矿石。

《战国策》《史记》自然远出于邹阳《狱中上梁王书》之后,邹阳用典所依据的资料或经其编作而成的《燕丹子》,日后有可能被作为文献而被刘向、太史公所著录和采纳。但是,资料和作品在被摆放在这几位面前,之前必定要经历一个今人不可能想象得清楚的传播过程。在这过程中,或被附益,或被删落,甚至字句也会相应地发生变动。比如,秦朝中庶子的人名,邹阳谓"蒙",至颜师古作注时还是"蒙",显示与今本《燕丹子》一致,而在《战国策》《史记》中却是"蒙嘉"。这些或轻微或剧烈地被改造之后的面貌,我们在前面分析《战国纵横家书》与《战国策》《史记》关系之时已经有所揭示。如此,可能由邹阳编作的《燕丹子》,其影响到《战国策》《史记》的成书,也是一个需要详加论证的问题。《狱中上梁王书》所用事关荆轲的典故,《燕丹子》中有可能佚失和没有采用的细节,同样不存在于《战国策》《史记》中;《燕丹子》中编织进去的人名和细节,同样存在于《战国策》《史记》中,这种蹊跷,足以令人深思。

邹阳这篇上书中,如果对此作段落分析,则可分为九段。荆轲刺秦事,出现在第一、三、六、八段。几乎可以说,文章以荆轲为始,以荆轲作结,荆轲刺秦事贯穿了整篇文章。同时,我们注意到,作为旧事或典故的荆轲刺秦事被多次运用,以至于在文中形成一个单独的"典故群"。核之于全篇,像这样被集中地采用为典故群的旧事,仅此荆轲刺秦事。邹阳在文中,如此刻意地使用荆轲刺秦事,绝非其知识库存和记忆素材有限,而是取决于这四点:一是对这个典故群他非常熟悉,二是他明确不会出错,三是处于汉初的梁王也熟悉和理解这个典故群,四是这个典故群所蕴涵的行刺不足取之理,当对梁王有所触动。碍于梁王的尊贵身份和事涉机密,这最后一点,自然不能明言,而只能依据他与梁王之间心机的契合程度。

(二)邹阳作品与《燕丹子》,在文意和形式上,多处暗合或相通

邹阳于《狱中上梁王书》大量明显引证荆轲刺秦事,暗示这一故事的题材、主题和内容业已化入其意识深处,成为其仕梁前后的内心情结。作于梁苑的《酒赋》①,是今存为数不多的邹阳小赋,其文意亦与《燕丹子》厚养士子、主宾相洽的内容有相通暗合之处。赋曰:

> 清者为酒,浊者为醴。清者圣明,浊者顽騃。皆麹湄丘之麦,酿野田之米。仓风莫预,方金未启。嗟同物而异味,叹殊才而共侍。流光醳醳,甘滋泥泥。醪酿既成,绿瓷既启。且筐且漉,载篘载齐。庶民以为欢,君子以为礼。其品类,则沙洛渌酃,程乡若下,高公之清。关中白薄,青渚萦停。凝醳醇酎,千日一醒。哲王临国,绰矣多暇。召蟠蟠之臣,聚肃肃之宾。安广座,列雕屏,绡绮为席,犀璩为镇。曳长裾,飞广袖,奋长缨。英伟之士,莞尔而即之。君王凭玉几,倚玉屏,举手一劳,四座之士,皆若哺梁肉焉。乃纵酒作倡,倾碗覆觞。右曰宫申,旁亦征扬。乐

①历史上对收于此作的《西京杂记》编者有所存疑,但迄今没有材料证明其所收作品为伪,"《西京杂记》所记述的梁孝王宾客作赋事,虽然不能一定说确有其事,但从这样的文化背景看,还是很有可能的"。见刘跃进:《秦汉文学地理与文人分布》,中国社会科学出版社 2012 年版,第 216 页。

只之深,不吴不狂。于是锡名饵,祛夕醉,遣朝醒。吾君寿亿万岁,常与日月争光。①

据载"梁孝王游于忘忧之馆,集诸文士,各使为赋"②。这篇咏物小赋,以酒为题,受命制作。全篇文字古雅而清新,总五十五句,在忘忧馆七赋中最长,无意中为我们留下了进行分析的余地。作品整体采用《诗经》体,然而在以四言为主的基础上,杂以三、五、六言,显得长短相间,抑扬有致。全篇结构为四:一是备述"醪酿既成",中心句为"嗟同物而异味,叹殊才而共侍"。二是描写酒之"品类",在对比中突出梁国所在之"关中白薄"。三是以近半篇幅,铺叙君臣"纵酒作倡,倾碗覆觞"的愉悦场景。君王的亲和风采,臣宾的知遇之感,皆历历可见。此际句式变化多端,多用三言句式,在从容中见出双方心意相畅的活跃气氛。四是篇末咏赞。

尽管受题材和体裁所限,这种由《诗经》体演化而来的诗体赋在叙事和对话层面上受到天然的限制,但我们还是可从赋中见出梁王与"英伟之士"之间相遇相知的场景。这种由战国延续至汉初的君王蓄士养士之制,到汉中期以后随着中央集权制的强化而渐趋式微。《燕丹子》虽为叙事之作,但实际叙事并不多,编作者在艺术构思上主要是以场景描写来推进情节,而且场景设置又多在太子丹与各类宾客之间,用以强调人才之于燕国存亡的重要性。如田光进宫,太子"三时进食,存问不绝";荆轲至燕,"太子自御"并设宴欢迎,"宾客满座"之际"太子置酒请轲,酒酣,太子起为寿";樊於期逃秦来归,"太

① 刘歆撰,葛洪集:《西京杂记》,见王根林等校点:《汉魏六朝笔记小说大观》,上海古籍出版社1999年版,第104页。
② 刘歆撰,葛洪集:《西京杂记》,见王根林等校点:《汉魏六朝笔记小说大观》,上海古籍出版社1999年版,第103页。

子为置酒华阳之台";居燕期间,"太子常与轲同案而食,同床而寝"
之类,均历历备述太子的遇士之欢和宾士的骋才之畅。作品中双方
的内在相通之感,《酒赋》之"嗟同物而异味,叹殊才而共侍"适可
表达。

邹阳活跃于汉初,转仕于吴王濞和梁王武,其精神履历当与战国
和楚汉相争之时的"诸侯—游士传统"相一致。按诸历史,他心知士
之政治能力的发挥,在于所遇之诸侯君王。这一来自历史传统的启
示,在《狱中上梁王书》和《燕丹子》中有明确表现,《酒赋》中"君王凭
玉几,倚玉屏,举手一劳,四座之士,皆若哺粱肉焉"更有此意,甚至在
他代韩安国而作的《几赋》中,也有类似语句,如"高树凌云,蟠纡烦
冤,旁生附枝"①。

一个文士的"精神—心理"结构既经生成,当于其各种题材和体
裁的内容表现中,自觉或不自觉地流露出来。尽管《狱中上梁王书》
《燕丹子》《酒赋》《几赋》之题材和体裁各不相同,但邹阳思想意识深
处的内容,在文体和语言层面的形式因素之后,于各个作品之间还是
有若干相通相会之处。

此外,邹阳另一篇散文作品《上书吴王》,引述旧事、谚语、成语的
语言表达方式,与《燕丹子》同构。不惟如此,前面所讨论过的以密集
使用典故见长的《狱中上梁王书》,在引证时也有着同样的语言方式。
三者这方面的例句如下:

> 臣闻秦倚曲台之宫,悬衡天下,画地而不犯,兵加胡越;至其
> 晚节末路,张耳、陈胜连从兵之据,以叩函谷,咸阳遂危。
> 臣闻交龙襄首奋翼,则浮云出流,雾雨咸集;圣王底节修德,

---

① 刘歆撰,葛洪集:《西京杂记》,见王根林等校点:《汉魏六朝笔记小说大观》,上
海古籍出版社1999年版,第105页。

则游谈之士归义思名。

臣闻骛鸟累百，不如一鹗。

——《上书吴王》①

臣闻忠无不报，信不见疑。

臣闻比干剖心，子胥鸱夷。

臣闻明月之珠，夜光之璧，以暗投人于道，众莫不按剑相眄者。

臣闻盛饰入朝者不以私污义，底厉名号者不以利伤行。

语曰"有白头如新，倾盖如故"。

——《狱中上梁王书》

（太子）丹闻丈夫所耻，耻受辱以生于世也；贞女所羞，羞见劫以亏其节也。

（麹武）臣闻快于意者亏于行，甘于心者伤于性。

（田光）臣闻骐骥之少，力轻千里，及其罢朽，不能取道。

（田光）闻士不为人所疑。

（夏扶）闻士无乡曲之誉，则未可与论行；马无服舆之伎，则未可与决良。

（荆轲）闻烈士之节，死有重于太山，有轻于鸿毛者，但问用之所在耳。

（荆轲）常谓心向意投身不顾，情有异一毛不拔。

——《燕丹子》②

上述有着同样表达形式的三组例句，可注意者有这样几点：

首先，例句基本上以"闻"字来引起，有两例分别出之以"语曰"

①班固撰，颜师古注：《汉书·贾邹枚路传》，中华书局1962年版，第2338—2342页。
②无名氏撰，程毅中点校：《燕丹子》，中华书局1985年版，第3—16页。

"谓",不过这属于个别情况。有论者可能会驳议,认为在先秦古籍如《国语》者中以"谚曰""语曰""谓"等称引语为符号标志的表达形式,几乎为一般古人所常用,这三篇作品在这方面相同或相似,还是难以作为出自同一文士的证据。对此,我们认为,在先秦这固然可以作为一种集体性、共通性行为,但是,若将此普遍性结论衡之于某一具体作家的不同作品,即便在先秦,也很少有如此整齐划一的称引形式;若将此现象衡之于汉初作家如贾谊、陆贾、枚乘诸人,则即便就前两篇而论,集中出现此一形式者,唯有邹阳。

其次,称引而起的内容,以谚语、成语、俗语和一般性习语为主;提炼旧事内容的,只有一例,这要求作家有高超的概括能力和表达技巧。

再次,这些内容尽管很丰富,涉及各个方面,但表达游士心态者为多。

最后,《燕丹子》中,无论人物身份、地位、年岁、语境及内容等方面有着多大的差别,但在表达形式上却出奇地一致。对此唯一合理的解释,只能是这种表达形式,出自一位作家根深蒂固的思考习惯和语言表达习惯;或者说,这已经成为识别其作品归属的一个显在的标志。

此外,另可作为比较性例句的,还有这样两组:

第一组——

窃高下风之行,尤说大王之义。

——《上书吴王》

徒慕太子之高行,美太子之令名。
褒扬太子仁爱之风,说太子不世之器。

——《燕丹子》

第二组——

> 列郡不相亲,万室不相救。
>
> ——《上书吴王》
>
> 力不能威诸侯,诸侯未肯为太子用。
>
> ——《燕丹子》

这两组例句属于内容有可比性。第一组都是宾客对君主的夸赞,均出自对句,语言内容也都围绕着"行""义"两端;第二组都是劝说君主打消外援之念,还是以对句出之。如此,综合以上三方面的分析和比较,似可作为邹阳编作《燕丹子》的依据之一。

(三)对《汉志》存目的分析,能强化邹阳与《燕丹子》的联系

《汉志》所著录之与邹阳作品、荆轲刺秦事有关系的存目主要有两条:一是"《邹阳》七篇",二是"《荆轲论》五篇"。这些之外,似还可作一辑佚。

《汉书》所载邹阳替梁王解危、游说王长君之语,据推测,似本于邹阳文而成。一般情况下,史家在有材料可依之时,总是优先采用材料甚至照抄材料,而避免自己撰作。此长篇语在《史记》中没有出现,班固也很少有可能出于己意而代拟,如此,则有可能据史料进行编辑而成。邹阳与王长君之语,在当时属于绝密,暗室内只有他们两人。王长君不可能事后记录;从这份史料在梁王危机解除之后而存留下来直到被班固所使用的角度,我们认为篇中长语当出自邹阳事后追忆而成的文章。刘向整理各类档案文献时,著录"《邹阳》七篇",《汉志》沿用,说明班固能够见到"《邹阳》七篇",因其被著录在纵横家类而不是在诗赋类,故而这七篇还不包括我们上面所分析到的《酒赋》《几赋》。如此,则具名为邹阳所作的,只能是为《汉书·贾邹枚路传》所明确引用的《上书吴王》和《狱中上梁王书》。进一步分析,《上

302　　　　　　　　　　《燕丹子》研究

书吴王》未见于《史记》，如果不是《汉书》引用，我们所见到的所谓
"邹阳文"只剩下一篇了。为《史记》所未引用的《上书吴王》必定出
于刘向整理而成、班固眼见的"《邹阳》七篇"，那么，同样出现在《贾
邹枚路传》中的邹阳与王长君的长篇语，也只能是出于"《邹阳》七
篇"。简言之，按照逻辑，如果我们承认《上书吴王》为邹阳作品，那
么我们也得承认长篇语为邹阳作品；如果不承认后者，那么前者亦非
是。至于这个长篇语在形式上不像完整的文章，那是因为经史家裁
剪过后的面貌。据《贾邹枚路传》载，邹阳与王长君对话时，出于邹阳
部分的语句为：

> 臣非为长君无使令于前，故来侍也；愚戆窃不自料，愿有谒
> 也。……窃闻长君弟得幸后宫，天下无有，而长君行迹多不循道
> 理者。今爱益事即穷竟，梁王恐诛。如此，则太后怫郁泣血，无
> 所发怒，切齿侧目于贵臣矣。臣恐长君危于累卵，窃为足下忧
> 之。……长君诚能精为上言之，得毋竟梁事，长君必固自结于太
> 后。太后厚德长君，入于骨髓，而长君之弟幸于两宫，金城之固
> 也。又有存亡继绝之功，德布天下，名施无穷，愿长君深自计之。
> 昔者，舜之弟象日以杀舜为事，及舜立为天子，封之于有卑。夫
> 仁人之于兄弟，无臧怒，无宿怨，厚亲爱而已，是以后世称之。鲁
> 公子庆父使仆人杀子般，狱有所归，季友不探其情而诛焉；庆父
> 亲杀闵公，季子缓追免贼，《春秋》以为亲亲之道也。鲁哀姜薨于
> 夷，孔子曰"齐桓公法而不谲"，以为过也。以是说天子，倖幸梁
> 事不奏。①

上引内容可暂名之为《邹阳说王长君》。此篇站在王长君的立场，动

①班固撰，颜师古注：《汉书·贾邹枚路传》，中华书局1962年版，第2354—2355页。

之以情，诱之以利害；紧接着以两个典故，即季友对待庆父、齐人对待
哀姜的态度，从正反两方面，晓王长君以法可谲权之理，从而使之打
消顾虑，坦然地传话给其妹王美人，以做通景帝工作，解除梁王刺杀
朝中老臣面临被"诛"的危险。在《邹阳说王长君》篇中，邹阳之洞彻
宫中政治，把握皇亲之间关系，解释汉政和法理，写得很充分，体现纵
横家纾难于既危的风采。

　　此篇纯然是邹阳文的风格路数，最明显者，是充分使用典故，以
增强说辞的依据。典故之一，出于《春秋公羊传》，谓季友亲其兄；典
故之二，出于圣人之言，谓齐桓公不用权而免其亲为太过。两个典故
连续排比，气势充沛，且正大光明，有很强说服力。据之以高，持之以
正，说之以透，这也是邹阳优于一般策士之处。《汉志》将其文著录于
纵横家类，当持之有故。

　　上面论证此长篇语为邹阳所作之文中的片段并予以引录，另一
目的是想将其与《燕丹子》中的某个用词作比较，以再次说明邹阳编
作《燕丹子》的可能性。引文中有"太后厚德长君，入于骨髓"，而《燕
丹子》则有"丹每念之，痛入骨髓"。尽管类似"痛入骨髓"或"入于骨
髓"的用法在他处如《战国纵横家书》中也有出现，但是，《燕丹子》与
此长篇语中的用词相似的现象，若再稽以已经分析比较过的那些来
自邹阳作品内证的例子，都让我们将《燕丹子》的编作者，集中性地指
向邹阳。

　　如果将《邹阳说王长君》计在"《邹阳》七篇"中，那么今存邹阳文
当至少已有三篇。在《汉志》中，排在"《邹阳》七篇"前面的，是"《秦
零陵令信》一篇""《蒯子》五篇"，它们分别是秦朝、楚汉相争时期的
作品，这说明在刘向《别录》中，汉初纵横家作品，邹阳是排在第一
位的。

　　关于"《荆轲论》五篇"，可讨论者有四：

　　首先，关于《荆轲论》的书名。按《汉志》所载，《荆轲论》为文集

名而非篇名,此文集"五篇",由"司马相如等论之",可确证为出于包括司马相如在内的五人。五人所作,当按"轲为燕刺秦王,不成而死"素材,根据自己的感受,各取篇名而成。《文心雕龙·颂赞》有"至相如属笔,始赞荆轲"①一语,任昉《文章缘起》据此认为相如所作为《荆轲赞》,但王应麟《汉艺文志考证》和顾实《汉书艺文志讲疏》则怀疑文集名应为《荆轲赞》,未免失于嗜奇。余嘉锡《古书通例》止于罗列两说②。我们认为,《荆轲赞》为篇名,相如所作;《荆轲论》为文集名,有五位作者。这一点,《汉志》于篇下注言,也强调"论",可视为证据。另外,有可能其时并无文集名,而只有五个单篇,文集名很大程度上由刘向整理文献时所取,编集者似应为刘向。

　　其次,关于《荆轲论》的作者。《史记·司马相如列传》载:相如"以赀为郎,事孝景帝,为武骑常侍,非其好也。会景帝不好辞赋,是时梁孝王来朝,从游说之士齐人邹阳、淮阴枚乘、吴庄忌夫子之徒,相如见而说之,因病免,客游梁。梁孝王令与诸生同舍,相如得与诸生游士居数岁"③。据此,我们将《荆轲论》的其他四位作者定于相如居梁期间所交往的"诸生游士",其依据是:既是约题而作的文友,便应该是志趣相投的朋友。相如既慕"齐人邹阳、淮阴枚乘、吴庄忌夫子之徒"的梁苑生活,辞去景帝武骑常侍的职位而到梁国,他与上述几位在梁国期间应该属于莫逆之交。同时,相如入于文人群,在太史公笔下,只有"得与诸生游士居数岁"这一次。梁苑文人群里,除邹阳熟悉荆轲刺秦事之外,有文字可据者,尚有枚乘。其《上书重谏吴王》曰"六国乘信陵之籍,明苏秦之约,厉荆轲之威,并力一心以备秦"④,就

----

①周振甫:《文心雕龙今译》,中华书局1986年版,第87页。
②余嘉锡:《古书通例》,上海古籍出版社1985年版,第61页。
③司马迁:《史记·司马相如列传》,中华书局1982年版,第2999页。
④班固撰,颜师古注:《汉书·贾邹枚路传》,中华书局1962年版,第2362页。

肯定了荆轲行为的意义。相信集众作而成的《荆轲论》,应有枚乘之作。其实,经历过楚汉相争洗礼的汉初文人,对荆轲都不应感觉陌生,无论是文人还是民间都有关于荆轲之事的记载和传闻。在梁苑文人群里,邹阳、枚乘以及迟来的司马相如,都是名重一时的人物,他们之所好,流风所及,亦当影响到其他“诸生”。五位作者,三位是明确的,还有两位,也应出于梁苑。

再次,关于《荆轲论》的集体创作时间。我们认为,大范围应介于相如至梁与梁孝王薨之间。相如至梁,契机是在景帝时之“梁孝王来朝”。据《汉书·文三王传》记载,梁王入朝总计七次,前三次为文帝时;景帝时四次,分别是在孝王二十四年、二十五年、二十九年、三十五年。汉初诸侯国,有相当大的政治独立性,可各自纪年,这里使用的便是孝王纪年。在这四次中,殊可留意者,为第三次。“二十九年十月,孝王入朝。景帝使使持乘舆驷,迎梁王于关下。既朝,上疏,因留。以太后故,入则侍帝同辇,出则同车游猎上林中。梁之侍中、郎、谒者著引籍出入天子殿门,与汉宦官亡异”[1],时在景帝前元七年(前150)。该次入朝,景帝给予梁王及其随从以极高的礼遇,盖因梁王为景帝之同胞亲弟以及梁王在平叛七国之乱中所作出的贡献。所谓“梁之侍中、郎、谒者”,正可对应《司马相如列传》中的“从游说之士齐人邹阳、淮阴枚乘、吴庄忌夫子之徒”,而且他们能够“出入天子殿门”的荣耀亦足以引起相如的歆羡。至于梁孝王薨,时年记载明确,在三十五年即景帝中元六年(前144)。梁王故世,史载相如归蜀、枚乘回淮阳。这前后七年,亦正可对应《司马相如列传》中之“得与诸生游士居数岁”的记载。如果在这七年中,再缩小《荆轲论》集体创作的时间范围,我们认为,还可往后缩至邹阳写作《狱中上梁王书》之前。因为,梁王行刺朝中大臣事发以后,诸生再来论议荆轲刺秦事,

①班固撰,颜师古注:《汉书·文三王传》,中华书局1962年版,第2209页。

势必不为主家所喜,而且梁国当对此事十分忌讳。如此说来,《荆轲论》集体创作的时间范围可相对缩小到同年的几个月之间。因为梁孝王"二十九年十月"为景帝纪年的前元七年年初,也就是说,相如于年初之后"因病免,客游梁";而该年夏,梁王与羊胜、公孙诡密谋行刺,邹阳反对,作《狱中上梁王书》。如果以上推理成立,则《荆轲论》的集体创作时间,在公元前150年的春、夏两季,也就是在司马相如初到梁国期间。此外,邹阳编集《燕丹子》似乎亦应在此际或之前。

最后,关于《燕丹子》是否在《荆轲论》之中。这个问题由两方面组成:一是《燕丹子》是否被刘向著录,二是如果被著录,则著录于哪里。下面先说第一点。我们在第一节第二部分已经讨论过被保存在《史记》古注中的刘向两条佚文,所针对的作品内容主要是有关燕太子丹,与《燕丹子》非常接近。再说第二点,如果《燕丹子》为刘向所见并有著录之文见于《别录》,则从佚文的体例来看,它纯然是对单独一部书稿或单篇作品的叙录,故而它不会被收进类似于"《荆轲论》五篇"或"《燕十事》十篇",甚至"《邹阳》七篇"也无可能,因为它们都是集子。对于作品集的叙录,不会游离于集子而针对其中的一篇作品。尽管从《燕丹子》性质来看,被著录于杂家类或纵横家类都是有可能的,因为在历代各类公私书目的著录中,它既被当作小说,也有被作为杂家和子部类作品来看待的。当然,被著录于法家类则无可能,性质全然不符,故可以排除被收进《燕十事》。如此,则邹阳以荆轲刺秦事为题材,所创作或编集者,不止一篇。从现有情况看,至少有两篇,一篇日后被刘向收于《荆轲论》,一篇或是单篇别行的《燕丹子》。

二、邹阳所处时代状况及性格品质促使其编作《燕丹子》

(一)邹阳所处环境易对荆轲故事感发兴趣

邹阳生平,《史记》《汉书》述之甚简,相对突出其游仕吴国和梁

国的经历,且其功业和文章也与两国剧变有关。下面,我们先从推测
邹阳生年入手,再谈时代状况。

邹阳生卒年,史书无载。《汉书·贾邹枚路传》记载:

> 邹阳,齐人也。汉兴,诸侯王皆自治民聘贤。吴王濞招致四
> 方游士,阳与吴严忌、枚乘等俱仕吴,皆以文辩著名。久之,吴王
> 以太子事怨望,称疾不朝,阴有邪谋,阳奏书谏。为其事尚隐,恶
> 指斥言,故先引秦为谕,因道胡、越、齐、赵、淮南之难,然后乃致
> 其意。①

此段值得注意的有,邹阳作《上书吴王》在"吴王以太子事怨望"之
后,并且那时作俑七国之乱"尚隐"。《汉书·荆燕吴传》载:

> 孝文时,吴太子入见,得侍皇太子饮博。吴太子师傅皆楚
> 人,轻悍,又素骄。博争道,不恭,皇太子引博局提吴太子,杀
> 之。……吴王由是怨望,稍失藩臣礼,称疾不朝。京师知其以子
> 故,验问实不病,诸吴使来,辄系责治之。吴王恐,所谋滋
> 甚。……于是天子皆赦吴使者归之,而赐吴王几杖,老,不朝。
> 吴得释,其谋亦益解。……如此者三十余年,以故能使其众。②

可见,皇太子杀吴太子的准确时间,没有明载,当在文帝在位期间。
后文所谓吴王怨望朝廷,谋事既"滋"又"解",反复不停,"如此者三
十余年"。衡之以文帝在位仅二十三年,因此,当上延到文帝之前。
另外,七国之乱时间,《汉书》传载"孝景前三年正月甲子,初起兵于

---

① 班固撰,颜师古注:《汉书·贾邹枚路传》,中华书局 1962 年版,第 2338 页。
② 班固撰,颜师古注:《汉书·荆燕吴传》,中华书局 1962 年版,第 1904—1905 页。

广陵"①,在公元前 154 年。如果我们据此将邹阳作《上书吴王》时间介于文帝即位至公元前 154 年,则失之太宽,毫无意义。另据《上书吴王》,篇中有"始孝文皇帝据关入立""今天子新据先帝之遗业"②,则可将时间范围缩小到景帝即位(前 156)至公元前 154 年;再从"新据"两字推敲,可进一步将《上书吴王》写作时间定于前 156 年,即景帝即位当年。

在公元前 156 年之先,邹阳已经"仕吴",从《上书吴王》所谓"臣所以历数王之朝,背淮千里而自致者"③,我们暂定其仕吴初年为 30 岁;从"久之,吴王以太子事怨望",我们假定邹阳已经"仕吴"十年。如此,则邹阳生年,当约在公元前 196 年左右,即当高祖刘邦在位末年。

另外,邹阳与枚乘、司马相如年辈相仿,我们不妨以之来作印证。相如生卒年,史有记载,为公元前 179—公元前 118 年,活 61 岁;枚乘生年,则同样史书无载,但其死年可知,"武帝自为太子闻乘名,及即位,乘年老,乃以安车蒲轮征乘,道死"④,说明殁在武帝即位之年(前 140)。如果考虑到死时已"年老"甚至都无法坐"安车蒲轮"从家乡淮阴赴长安,则可假定活七十岁,则其生年为公元前 210 年左右,时当秦末。

我们将三人生年作个排比:枚乘约生于公元前 210 年,邹阳约生于公元前 196 年,司马相如生于公元前 179 年。从大范围而言,处于秦末到汉初;从一个人具有认知能力之年而言,则均在汉初。他们对于历史知识的接受,当立足于汉初而溯源到战国和楚汉相争阶段,这

①班固撰,颜师古注:《汉书·荆燕吴传》,中华书局 1962 年版,第 1909 页。
②班固撰,颜师古注:《汉书·贾邹枚路传》,中华书局 1962 年版,第 2341 页。
③班固撰,颜师古注:《汉书·贾邹枚路传》,中华书局 1962 年版,第 2340 页。
④班固撰,颜师古注:《汉书·贾邹枚路传》,中华书局 1962 年版,第 2365 页。

对他们的经历和作为将产生重要影响。

汉初时代状况特征,从政治和社会角度而言,最典型者莫过于诸侯国林立,这使得游士的存在有了深厚的社会基础,并在一定程度上回归到战国纵横之士的文化传统。

汉朝始建,高祖即吸取秦亡教训,采周代分封制,封同姓子弟为王以护汉室。《汉书》载:"本秦京师为内史,分天下作三十六郡。汉兴,以其郡太大,稍复开置,又立诸侯王国。"[1]这里的"内史"即为京畿所在地,关于诸侯王国的分封详情,《史记》有详细记载:"高祖子弟同姓为王者九国,唯独长沙异姓,而功臣侯者百有余人。自雁门、太原以东至辽阳,为燕、代国;常山以南,大行左转,度河、济、阿、甄以东薄海,为齐、赵国;自陈以西,南至九疑,东带江、淮、谷、泗,薄会稽,为梁、楚、淮南、长沙国:皆外接于胡、越。而内地北距山以东尽诸侯地,大者或五六郡,连城数十,置百官宫观,僭于天子。汉独有三河、东郡、颍川、南阳,自江陵以西至蜀,北自云中至陇西,与内史凡十五郡,而公主列侯颇食邑其中。何者? 天下初定,骨肉同姓少,故广强庶孽,以镇抚四海,用承卫天子也。"[2]于此可见,汉初的广大疆域,除中西部部分地区为中央管辖的郡县之外,其余均为诸侯王的分封之国;分封范围之广,十国之中,除长沙王为异姓之外,其余九国之王均为同姓;诸侯王及其百官,生活起居及享受,个别的超过中央一级,所谓"置百官宫观,僭于天子",即是也。

诸侯王不仅所属甚广,而且权力很大。《汉书》载:"诸侯王,高帝初置,金玺盭绶,掌治其国。有太傅辅王,内史治国民,中尉掌武职,丞相统众官,群卿大夫都官如汉朝。"[3]诸侯国的官职设置一如中

①班固撰,颜师古注:《汉书·地理志》,中华书局1962年版,第1639页。
②司马迁:《史记·汉兴以来诸侯王年表》,中华书局1982年版,第801—802页。
③班固撰,颜师古注:《汉书·百官公卿表》,中华书局1962年版,第741页。

央政府,拥有太傅、内史、中尉、丞相等群卿大夫。这些官员,均可由诸侯王任命,唯一须由朝廷委派的只有太傅和丞相,如贾谊被委以长沙王太傅,由梁王派人刺杀的袁盎曾被委以吴相。即便如此,个别荫重恩深的诸侯王还可有例外,如文帝时淮南王刘长,"不用汉法,出入警跸,称制,自作法令"①;梁王击吴有功,"自请置相、二千石,出入游戏,僭于天子"②。

　　诸侯王还拥有强大的经济资源和实力,不仅可以在封国内向百姓征收朝廷所规定的各项赋税,还可以在一些新开发地区和经济领域自行征税而无须上缴国库,如孝惠、高后时"吴有豫章郡铜山,即招致天下亡命者盗铸钱,东煮海水为盐,以故无赋,国用饶足"③。因此,经过几十年经营,吴王不仅可以招揽人才,而且还养活军队。叛乱时颁布的《告诸侯书》更将其所拥有的经济实力公之于众:"吴国虽贫,寡人节衣食用,积金钱,修兵革,聚粮食,夜以继日,三十余年矣。凡皆为此,愿诸王勉之。能斩捕大将者,赐金五千斤,封万户;列将,三千斤,封五千户;裨将,二千斤,封二千户;二千石,千斤,封千户:皆为列侯。其以军若城邑降者,卒万人,邑万户,如得大将;人户五千,如得列将;人户三千,如得裨将;人户千,如得二千石;其小吏皆以差次受爵金。它封赐皆倍军法。其有故爵邑者,更益勿因。愿诸王明以令士大夫,不敢欺也。寡人金钱在天下者往往而有,非必取于吴,诸王日夜用之不能尽。有当赐者告寡人,寡人且往遗之。"④吴王由高祖时的"壮王填之"而被封,到景帝时的"白头举事",中间数十年,正是汉初各诸侯王称孤坐大、多陷法禁、殒命亡国的写照。

①班固撰,颜师古注:《汉书·淮南衡山济北王传》,中华书局1962年版,第2136页。
②司马迁:《史记·韩长孺列传》,中华书局1982年版,第2857页。
③班固撰,颜师古注:《汉书·荆燕吴传》,中华书局1962年版,第1904页。
④班固撰,颜师古注:《汉书·荆燕吴传》,中华书局1962年版,第1910页。

从本质上来说,汉初诸侯国不再是先秦时期独立的霸主国。经过秦一统天下之后的中央集权制以及地方管理方面的郡县制,高祖建国之后虽有所变异并实施诸侯封王以拱卫京畿,但天下统一的政治基础和民意观念已不可能再重新倒退回先秦。因此,诸侯国的坐大一旦突破底线,发展到与朝廷的对抗,必招致中央政权的改削和剿灭。寄生于诸侯国的游士,也不再是战国时期为诸侯主之霸主地位的确立和富国强兵而东奔西走、出谋划策的纵横家,而只能是家臣和清客,为主家装点门面和纾危解难,其做事的空间已大不类于之前的纵横家。

邹阳生活和成长于这样一种时代环境,自然选择当时许多文士都心仪的游仕诸侯国的生活和职业道路。这种选择,不仅是现实环境使然,而且是承继于战国策士的文化传统。只有在诸侯国林立、诸侯王争相储存人才之时,游走于各地的士子才恍如重回过去的书上岁月,"所在国重,所去国轻",以为游仕和作幕方有发挥作用的空间,这在抄写于汉初的帛书《战国纵横家书》中也有体现。汉初离战国时代不远,那时的周王室与诸侯国之间的关系,作为一个历史固化物,影响着邹阳诸人对汉室与诸侯国之间关系的认识,进而左右着他们的时代观念。

由现实而回溯到历史,邹阳在其思想意识中应该有这样三个层次的观念:一是汉朝天下的国家观念,二是得自传统的战国士文化观念,三是既为人客当效忠于人主的角色观念。这些观念深扎于邹阳的意识,在其游仕吴、梁的活动和留存有限的作品中体现了出来。《燕丹子》的编作与邹阳的关系,很大程度上取决于第二个层次的观念,那是一种既不可得而实在令人神往的士子投身于现实政治活动的文化观念。这种观念,很大程度上就是养育邹阳成长的文化土壤,并在其出生之前的楚汉相争中又再度绽放出夺目的光彩。

汉初之分封制,到景帝中元五年才有改变,武帝实施"推恩诏"始得强化中央集权制,而士子效命于天下诸侯的局面也随之与汉初有别。一个听从于王命的时代过去了,而另一个听从于皇命的时代开始扎下根来。长达几个世纪、曾为秦朝所短暂中止、在纵横捭阖中闪现过传奇色彩的游士文化,至此逐渐退出历史舞台。

(二)游仕吴国和梁国的经历,触发邹阳编作《燕丹子》

先说邹阳仕吴。《汉书·地理志》载:"汉兴,高祖王兄子濞于吴,招致天下之娱游子弟,枚乘、邹阳、严夫子之徒兴于文、景之际。"①在上引的《贾邹枚路传》中也说及邹阳仕吴情况。对其仕吴经历,《史记》《汉书》记载均不详,惟余一篇《上书吴王》。

篇中有述及自己仕吴之语:"臣闻交龙襄首奋翼,则浮云出流,雾雨咸集。圣王底节修德,则游谈之士归义思名。今臣尽智毕议,易精极虑,则无国不可奸;饰固陋之心,则何王之门不可曳长裾乎?然臣所以历数王之朝,背淮千里而自致者,非恶臣国而乐吴民也,窃高下风之行,尤说大王之义。"②看来,邹阳仕吴之初,对吴王期望甚高,不仅许之以"圣王",而且对其品行节操也多有肯定。这种笔法,固然为上书须闻达于主人所难免,但若非出自初时真心,邹阳必不会如此用笔。同时,他告诉吴王,之所以选择吴国,是在对列国作过长期权衡和比较之后的结果。不同于一般的游士,他到吴并不贪图富贵,而是"归义思名"和"尤说大王之义"。这里,邹阳其实将自己归于"节士"和"义士"之列。上引这一段,正可让人联想起《燕丹子》中"心向意投身不顾,情有异一毛不拔"之语。

接下来,值得关注的还有这一段:"始孝文皇帝据关入立,寒心销志,不明求衣。自立天子之后,使东牟朱虚东褒义父之后,深割婴儿王之。壤子王梁、代,益以淮阳。卒仆济北,囚弟于雍者,岂非象新垣

①班固撰,颜师古注:《汉书·地理志》,中华书局1962年版,第1668页。
②班固撰,颜师古注:《汉书·贾邹枚路传》,中华书局1962年版,第2340页。

平等哉！今天子新据先帝之遗业,左规山东,右制关中,变权易势,大臣难知。大王弗察,臣恐周鼎复起于汉,新垣过计于朝,则我吴遗嗣,不可期于世矣。"①这里体现了邹阳的政治洞察力,也是他较之于一般文士的优胜之处。他的现实感受是文帝德厚而景帝计深,汉朝天下将会长存,告诫吴王不应心起邪意,否则吴嗣将被灭绝。

仅此一篇,邹阳选择仕吴、在吴心态以及主宾之间较为融洽的关系,已能体察一二,然而,邹阳为大义最终选择离开吴国。在他心中,国家要统一,朝廷不可叛,这便是大义之所在,也是他第一个层次的观念的体现,其余的弦外之音,倒是充分表现了邹阳的主宾间的赤诚心肠和肝胆相照的侠士义气。

饶有意味的是,枚乘对吴王也作有两篇上书。"汉既平七国,乘由是知名。景帝召拜乘为弘农都尉"②,而邹阳这篇上书却不见朝廷的评价,《史记》和《汉书》更对邹阳游梁之后的人生结局不置一词。比较邹、枚之上书,我们认为,朝廷可能对邹阳上书中所体现出来的对吴王的评价和对景帝的微词,没有好感,也因此失去了对邹阳的兴趣和任用。不过,从文学作品的角度,我们倒是对邹阳上书所体现出来的真实心志,存有敬意。

再说仕梁,分几个部分:一是仕梁概况,二是被谗入狱的原因,三是关于《狱中上梁王书》,四是梁国文人群同气相和的环境。

1. 关于邹阳仕梁的概况

由吴到梁,梁国亦时为大国,而且梁土倾心养士。《史记》载梁王"筑东苑,方三百余里。广睢阳城七十里。大治宫室,为复道,自宫连属于平台三十余里。得赐天子旌旗,出从千乘万骑。东西驰猎,拟于天子。出言跸,入言警。招延四方豪桀,自山以东游说之士莫不毕

①班固撰,颜师古注:《汉书·贾邹枚路传》,中华书局1962年版,第2341页。
②班固撰,颜师古注:《汉书·贾邹枚路传》,中华书局1962年版,第2365页。

至。齐人羊胜、公孙诡、邹阳之属"①。这里所列举者大概并非文士，如公孙诡"多奇邪计"而被梁王拜为中尉，梁人称其为"公孙将军"，故邹阳在梁王眼中亦非一般的文士角色。所谓"山以东"，是指战国时期秦国以东的地区，包括齐晋之地，那是纵横家的发源之地，邹阳正是齐人。

邹阳离吴时，吴王未叛。这里梁王"筑东苑"并"广睢阳城"已是其平叛有功于朝廷之后，时在景帝前元四年（前153），因此，邹阳并非离吴即赴梁，而是最迟在该年游梁。有意思的是，有着相同经历的枚乘也由吴到梁，《汉书》载"是时，景帝少弟梁孝王贵盛，亦待士。于是邹阳、枚乘、严忌知吴不可说，皆去之梁，从孝王游"②。不过，枚乘是两次游梁，第一次是平叛吴王前，比邹阳早离吴而到梁，时在景帝即位之前；第二次是辞朝廷弘农都尉之职以后。

邹阳在梁国也有观园作赋、随梁王入朝而进出于天子殿门的清客和随员生活，不过应为时不长。三年之后，景帝前元七年（前150）春季，司马相如至梁，诸宾客撰《荆轲论》；夏季梁王为继嗣而谋议行刺，邹阳作《狱中上梁王书》，感动梁王，出狱之后"卒为上客"。不久，"及梁事败，胜、诡死，孝王恐诛，乃思阳言，深辞谢之，赍以千金，令求方略解罪于上者"③，邹阳为之奔走，与韩安国共同为梁王解危。处理危机之际，大概邹阳在梁国经历过一段很受器重的年月，不过，危机过后，梁王在太后和景帝那里的地位不复往时的尊崇和荣耀，作为宾客的邹阳亦当意兴疏冷，直到景帝中元六年（前144）梁王薨。史载枚乘归淮阴而司马相如回蜀，邹阳则再无传载。

①司马迁：《史记·梁孝王世家》，中华书局1982年版，第2083页。
②班固撰，颜师古注：《汉书·贾邹枚路传》，中华书局1962年版，第2343页。
③班固撰，颜师古注：《汉书·贾邹枚路传》，中华书局1962年版，第2353页。

2.关于邹阳何故蒙冤的解释

在梁国值得一提的是邹阳反对行刺、作《狱中上梁王书》、并讨计于齐人王先生进而谋事于王长君的一段经历。这三件事,实连珠而发。史载"阳为人有智略,忼慨不苟合,介于羊胜、公孙诡之间。胜等疾阳,恶之孝王。孝王怒,下阳吏,将杀之。阳客游以谗见禽,恐死而负累,乃从狱中上书"[1];又载"初,胜、诡欲使王求为汉嗣,王又尝上书,愿赐容车之地径至长乐宫,自使梁国士众筑作甬道朝太后。爰盎等皆建以为不可。天子不许。梁王怒,令人刺杀盎。上疑梁杀之,使者冠盖相望责梁王。梁王始与胜、诡有谋,阳争以为不可,故见谗。枚先生、严夫子皆不敢谏"[2]。我们对这两条记载,并而论之:第一,邹阳之为人不同于羊胜、公孙诡,平素可能已互不相能;第二,邹阳明确反对行刺,而被谗入狱;第三,作为有着更多共同语言并且有过相同仕吴经历的"枚先生、严夫子皆不敢谏",若论原因,性格因素有之,内心顾虑有之,自感人微言轻恐怕也有之;第四,邹阳因何而被谗?这是需要重点讨论的。

据《史记·梁孝王世家》《汉书·文三王传》所记,梁王并非庸主:一是为人慈孝;二是有指挥作战的才能,坚守睢阳,血战三月,"吴、楚破,而梁所杀虏略与汉中分"[3];三是能知人善任、知错即改,邹阳狱中上书以后,"书奏孝王,孝王立出之,卒为上客"[4];四是能吸引一时豪杰入梁,绝非能被轻易蒙蔽。邹阳等人择主而栖,一定在诸王之间作过比较,甚至枚乘两次赴梁,这些都能说明梁王人品、才能和感召力。那么,为什么他对邹阳的建言,会有如此大的反应,甚而

---

[1]班固撰,颜师古注:《汉书·贾邹枚路传》,中华书局1962年版,第2343页。
[2]班固撰,颜师古注:《汉书·贾邹枚路传》,中华书局1962年版,第2353页。
[3]班固撰,颜师古注:《汉书·文三王传》,中华书局1962年版,第2208页。
[4]班固撰,颜师古注:《汉书·贾邹枚路传》,中华书局1962年版,第2353页。

"将杀之"？难道邹阳建言，不是策士分内之事吗？羊胜、公孙诡固然受器重，但难道不怕梁王识破吗？等等。疑误实在太多。

　　问题出在袁盎曾经由朝廷被委以吴相。《史记》载："然袁盎亦以数直谏，不得久居中，调为陇西都尉。仁爱士卒，士卒皆争为死。迁为齐相。徙为吴相，辞行，种谓盎曰：'吴王骄日久，国多奸。今苟欲劾治，彼不上书告君，即利剑刺君矣。南方卑湿，君能日饮，毋何，时说王曰毋反而已。如此幸得脱。'盎用种之计，吴王厚遇盎。"①袁盎消极职吴，时在文帝时。当时邹阳亦在吴国，直到景帝即位之年才离开。袁盎品质甚好，有两点值得一提：一是仁心为质，对人有体恤爱护之心，《史记》载"袁盎自其为吴相时，有从史尝盗爱盎侍儿，盎知之，弗泄，遇之如故。人有告从史，言'君知尔与侍者通'，乃亡归。袁盎驱自追之，遂以侍者赐之，复为从史"②；二是引义慷慨，有侠肝义胆，《汉书》载"盎病免家居，与闾里浮湛，相随行斗鸡走狗。雒阳剧孟尝过盎，盎善待之。安陵富人有谓盎曰：'吾闻剧孟博徒，将军何自通之？'盎曰：'剧孟虽博徒，然母死，客送丧车千余乘，此亦有过人者。且缓急人所有。夫一旦叩门，不以亲为解，不以在亡为辞，天下所望者，独季心、剧孟。今公阳从数骑，一旦有缓急，宁足恃乎！'遂骂富人，弗与通。诸公闻之，皆多盎"③。故此，袁盎在吴国为相时虽韬光养晦而不理事，以此保自身安全并避免激发吴王与朝廷的对抗，但其对下吏的隐恶护佑应深得人心。邹阳其时身为吴王门客，身份亦属不寻常，虽难知两人是否直接有过交往，但同在吴王宫观，应知其人，亦应对其人品有所了解。《汉书》所载其慧眼识侠士之举，虽在病免后的家乡，但肝肠热胆的品质应为其基本品格，任吴相之际当也有

①司马迁：《史记·袁盎晁错列传》，中华书局1982年版，第2741页。
②司马迁：《史记·袁盎晁错列传》，中华书局1982年版，第2743页。
③班固撰，颜师古注：《汉书·爰盎晁错传》，中华书局1962年版，第2275页。

体现。而这一点，从邹阳作品中也反映了出来，所谓惺惺相惜、同气相求，他对袁盎的这种仁心侠义，当心有会通、互慕互敬。

说来蹊跷，梁王与此要杀之人，应曾经有过交道。不说梁王是文帝之子而袁盎为文帝近臣，平素有可能在长安宫内相识；单说袁盎日后为景帝当说客招降吴王时，吴王要杀他，袁盎得故人冒死相救，"解节毛怀之，杖，步行七八里，明，见梁骑，骑驰去，遂归报"①，此为得梁骑而脱险境，到过梁国。

袁盎之被梁王刺杀，原因起于梁王谋求继嗣之事，"袁盎虽家居，景帝时时使人问筹策。梁王欲求为嗣，袁盎进说，其后语塞"②。事实上，无论刺或不刺袁盎，梁王继嗣一事已绝无可能。行刺，只能自陷于不义，而无任何实际意义。

邹阳建言于梁王，从其政治成熟度以及替梁王设想的角度而言，当应出于这种考虑；况且，在其《上书吴王》中所体现出来的朝廷不可叛的观念，也当促使他反对和劝阻梁王对朝中旧臣动武。至于说他是否出于对旧人袁盎的顾念和敬惜之心而劝谏，则亦应有之。至于"胜等疾阳，恶之孝王。孝王怒，下阳吏，将杀之"③，则主要出于羊胜、公孙诡两人平素嫉恨的结果。他们以邹阳的旧交之念为借口，无限放大这层因素在邹阳谏言中的比重，而置邹阳于梁王本人和国家观念等方面的计议而不顾，肆意诋毁和污蔑，从而引发梁王冲天之怒。

3. 关于《狱中上梁王书》

此应为邃迫之下而作的急就章，横在邹阳面前的急务首先在于洗污以自救出狱，然其并不止于此，而是继续于中谏净，其磊落胸怀

---

① 司马迁：《史记·袁盎晁错列传》，中华书局 1982 年版，第 2743 页。
② 司马迁：《史记·袁盎晁错列传》，中华书局 1982 年版，第 2744 页。
③ 班固撰，颜师古注：《汉书·贾邹枚路传》，中华书局 1962 年版，第 2343 页。

与滔滔文才毕现无遗。

对于前者，文章强调"忠"与"信"以及在此基础上的人才任用问题，为使说理透彻，连续使用旧事和典故，雄辩地揭示了人主沉于谗谀则危、任忠信则兴的道理。此时邹阳身陷囹圄，故其取譬亦多历史上的沉冤之人、蒙污之事，所谓"昔荆轲慕燕丹之义，白虹贯日，太子畏之；卫先生为秦画长平之事，太白食昴，昭王疑之。夫精变天地而信不谕两主，岂不哀哉""昔玉人献宝，楚王诛之；李斯竭忠，胡亥极刑。是以箕子阳狂，接舆避世，恐遭此患也"，均落脚于对人主之"忠"，写来沉痛不已，令人感慨万千，实可"精变天地"，足以使梁王动容。"苏秦相燕，人恶之燕王，燕王按剑而怒，食以駃騠；白圭显于中山，人恶之于魏文侯，文侯赐以夜光之璧。何则？两主二臣，剖心析肝相信，岂移于浮辞哉""申徒狄蹈雍之河，徐衍负石入海。不容于世，义不苟取比周于朝以移主上之心"，以上落脚于人主对臣子之"信"，唯有信任，才能"坚如胶漆，昆弟不能离"，进而能"公听并观，垂明当世"。这层意思，正反取譬，反复申明，不容置辩。"秦用商鞅之法，东弱韩、魏，立强天下，卒车裂之。越用大夫种之谋，禽劲吴而伯中国，逆诛其身"，这是从反面提出对人才的始用后弃的历史教训；"今人主诚能去骄傲之心，怀可报之意，披心腹，见情素，堕肝胆，施德厚，终与之穷达，无爱于士"，并且明察秋毫，识别人才，如此，则"五伯不足侔，而三王易为也"。在这方面，邹阳激愤地对梁王提出了批评，"今人主沉谄谀之辞，牵帷廧之制，使不羁之士与牛骥同皁，此鲍焦所以愤于世也"，显示了宁折不弯的刚烈之态。

对于反对行刺袁盎之事的谏诤，则权事制宜，写得相对隐晦，但其意已现。"是以圣王制世御俗，独化于陶钧之上，而不牵乎卑辞之语，不夺乎众多之口"，表面上是劝说梁王要保持自身的清醒，实际上是在驳斥羊胜、公孙诡两人的行刺建言，指其为"卑辞之语""众多之口"；此外，"是以圣王觉寤，捐子之之心，而不说田常之贤，封比干之后,修孕妇之墓,故功业覆于天下。何则?欲善亡厌也。夫晋文亲其仇,强伯诸侯;齐桓用其仇,而一匡天下。何则?慈仁殷勤,诚加于心,不可以虚辞借也",尽管还是归结到人才任用问题,但在所运用的燕国子之、齐国田常典故中,隐含了自己的立场。对此,应劭注曰"今使人主去此心,则国家安全也"①,显示了邹阳的国家观念和崇汉倾向。

如果说邹阳是个纵横之士,此文确乎体现了其无碍辩才;如果说邹阳不止于纵横之士,甚且是个有着正义立场的节士,近乎与荆轲同伦,则此文亦得之。

文章气盛语壮,文质兼具,铺张扬厉,铿然作金石响。至于此文的艺术根柢之渊源所自及对后世文家的影响,清代四库馆臣曰:"秦汉以来,自李斯《谏逐客书》始点缀华词,自邹阳《狱中上梁王书》始叠陈故事,是骈体之渐萌也。符命之作则《封禅书》《典引》,问对之文则《答宾戏》《客难》,骎骎乎偶句渐多。沿及晋、宋,格律遂成;流迤齐、梁,体裁大判。由质实而趋丽藻,莫知其然而然。然实皆源出古文,承流递变。"②在此,将其归结为源出先秦古文,实具慧眼。邹阳文擅多样,并且具有坚实的古文基础,这为他编作《燕丹子》奠定了文学基础。《燕丹子》的语言风格,正是战国古文。

在《燕丹子》中,太子与麹武之间的关系,主要靠两则尺牍来表现:一是"丹与其傅麹武书",二是"麹武报书"。初始接触作品,觉得诡异,不像太了与田光、荆轲面谈那般直接便捷。如果联系邹阳的经历及其所写《上书吴王》《狱中上梁王书》,便可了然这两则尺牍,实染有邹阳做客为僚之行为方式的痕迹。

---

①班固撰,颜师古注:《汉书·贾邹枚路传》,中华书局1962年版,第2348页。
②永瑢、纪昀主编,周仁等整理:《四库全书总目提要》,海南出版社1999年版,第1032页。

4.关于梁国文人群同气相和的环境

其时梁王广招客卿,人才如云,开创了梁国文化的繁荣局面。儒士有丁宽、田王孙,策士有羊胜、公孙诡、韩安国,文士有邹阳、枚乘、司马相如、庄忌、路乔如、公孙乘等。

邹阳既为梁王之得力策士,同时也是梁苑文士群的核心人物。前已述及,相如至梁之前,邹阳、枚乘、庄忌已在梁苑;待相如于景帝前元七年(前150)春季由京城到来以后,梁苑文士群则愈加蔚为壮观,传世于后。这个文士群有一隐而未显的特征,就是崇慕战国诸士遗风。

司马相如比邹阳、枚乘年轻,是跨汉前期与中期的人物,历史上以作赋闻名,对武帝多有讽咏和规劝,史载"司马相如者,蜀郡成都人也,字长卿。少时好读书,学击剑,故其亲名之曰犬子。相如既学,慕蔺相如之为人,更名相如"①。蔺相如是战国时期的赵国上卿,但起于贫贱,他既智且勇,历史上传颂完璧归赵、盆缻秦王的故事,其面对强秦而怒发冲冠、廷叱之的身姿,动人心魄。年轻时的司马长卿取名为"相如",足见其内在热血和情怀。他之所以弃景帝武骑常侍之职而追随邹阳等"游说之士"到梁苑,亦与其所选择的"士志于道"的人生追求有关系。在梁苑,邹阳、枚乘和司马相如等人,相聚而以"轲为燕刺秦王,不成而死"为题材,分头写作,司马相如则以《荆轲赞》完篇。

枚乘亦倾心于荆轲,除在《上书重谏吴王》中有推崇荆轲的"六国乘信陵之籍,明苏秦之约,厉荆轲之威,并力一心以备秦"语句之外,作于梁苑的《柳赋》则有"小臣莫效于鸿毛,空衔鲜而漱醪"②一

①司马迁:《史记·司马相如列传》,中华书局1982年版,第2999页。
②刘歆撰,葛洪集:《西京杂记》,见王根林等校点:《汉魏六朝笔记小说大观》,上海古籍出版社1999年版,第103—104页。

语,似可与《燕丹子》中之"闻烈士之节,死有重于太山,有轻于鸿毛者"可资比较。取譬于"鸿毛"用语的文章,在汉初并不多见。同有仕吴、梁经历的邹阳和枚乘,朝夕论道,切磋问事,互相借鉴"鸿毛"用语,论列战国游士,实有可能。此外,枚乘写给吴王的两篇上书,也有着纵横游士的遗风。

我们再就"鸿毛"一词,在梁苑文人群里的使用情况作些展开性分析。《史记》全书,仅两次出现"鸿毛"一词。一次见于《荆轲传》之鞠武语,"夫以鸿毛燎于炉炭之上,必无事矣",可认定太史公取自文献资料,而这文献资料之"鸿毛"用法当与《燕丹子》出于同源,或者说,在汉初使用该词,当最早出于邹阳编作之《燕丹子》,后再繁衍于荆轲刺秦事的同类文本之中。太史公通过编纂《荆轲传》,熟悉并借用该词,并使用在《报任安书》中之"人固有一死,死有重于泰山,或轻于鸿毛,用之所趋异也"①,一直流传于今。《史记》另一次使用"鸿毛",见于《韩长孺列传》之"冲风之末,力不能漂鸿毛"②。韩长孺即韩安国,同在梁苑,与邹阳为好友,邹阳为其代作《几赋》,后又一同为梁王解危,此语正出于其口。不妨作这样的推想:邹阳在梁苑文人群里,通过编作《燕丹子》,第一个使用"鸿毛"词语;此文本被韩安国、枚乘等人阅读,对"鸿毛"一词极为欣赏并借来使用。当然,对邹阳来说,"鸿毛"并非出于其首创,故《燕丹子》出之以"闻",而在《战国策》中也有两次"鸿毛"词语的出现③。但是,在梁苑中,很有可能是由邹阳的《燕丹子》传播开来的。另一词,"死灰复燃",在《燕丹子》

---

①班固撰,颜师古注:《汉书·司马迁传》,中华书局1962年版,第2732页。
②司马迁:《史记·韩长孺列传》,中华书局1982年版,第2861页。
③《战国策·楚策三》"或谓楚王"章曰"是以国权轻于鸿毛,而积祸重于丘山";《战国策·赵策三》"说张相国"章曰"夫胶漆至黏也,而不能合远;鸿毛至轻也,而不能自举"。

中出于太子之口,与《韩长孺列传》中"死灰独不复然乎"①相仿佛,亦可作如是理解。

庄忌,《汉书》避汉明帝之讳而改之为"严忌",史书无传。他与邹阳、枚乘一样,也有仕吴、梁的经历,《汉志·诗赋略》屈原赋类著录"庄夫子赋二十四篇",注曰"名忌,吴人"②,排列在"贾谊赋七篇""枚乘赋九篇"和"司马相如赋二十九篇"之前,可见其年龄比枚乘还要大,应生于秦末,并且赋作数量丰盛。"庄夫子赋二十四篇"今仅存《哀时命》,见于《楚辞》。吴、楚地域相近,文风也互有影响,庄忌创作楚辞体赋作,风格接近屈原。相应地,屈原身处战国乱世而坚贞不移的志士情怀,也会引起庄忌的共鸣。

梁苑文士群,在汉初独标一格。置身于这一志同道合的环境,邹阳诸士在司马相如到来之后,创作了《荆轲论》。有可能在此之前,邹阳已编作《燕丹子》。证据有二:一是枚乘借用"鸿毛"一词创作《柳赋》,在司马相如游梁之前;二是正是有了邹阳编作之《燕丹子》,梁苑文人群之讨论"轲为燕刺秦王,不成而死",才有相应的文本和文献基础,尽管对于刺秦之事,诸士应早已熟悉。之前在分析《汉志》存目之《荆轲论》的五位作者时,我们只确定了三位。推论到这里,通过韩安国借用"鸿毛"一词,我们似可认为他是第四位作者。

(三)邹阳的思考和品质,推动其编作《燕丹子》

对邹阳,太史公评曰:"鲁连其指意虽不合大义,然余多其在布衣之位,荡然肆志,不诎于诸侯,谈说于当世,折卿相之权。邹阳辞虽不逊,然其比物连类,有足悲者,亦可谓抗直不桡矣,吾是以附之列传焉。"③将邹阳合传于战国达士鲁连,盖因着眼于其纵横家之才具,所

---

①司马迁:《史记·韩长孺列传》,中华书局1982年版,第2859页。
②班固撰,颜师古注:《汉书·艺文志》,中华书局1962年版,第1747页。
③司马迁:《史记·鲁仲连邹阳列传》,中华书局1982年版,第2479页。

言"荡然肆志,不诎于诸侯,谈说于当世,折卿相之权",不特指鲁连,邹阳亦兼指也。至于"辞虽不逊,然其比物连类,有足悲者,亦可谓抗直不桡矣",更是凸显其作为志士的精神品格和作为文士的辩才。

对太史公而言,邹阳或近于鲁仲连那样的具有节操的纵横家,但并不仅仅是一介游走于诸侯、为生存而乞食的普通游士。事实上,汉初寄身于各诸侯王的游士,要说纯粹谋求经济利益,倒也不确实。邹阳这方面情况不清楚,单说司马相如"会梁孝王卒,相如归,而家贫,无以自业"①,其游梁"数岁"而无多大积存,待归蜀后还面临着家贫无生计的问题。相如如果不是太过于挥霍,依其既往身份,则梁王所予之俸禄,亦不为厚。可以想见,对于梁苑游士,谋求经济利益一定是相对次要的。汉初文士游走于诸侯国,一是朝廷仕进之路并不十分顺畅,汉初各公卿大都以军功而计立,客观上也不重视儒生和各类文士;二是希冀在诸侯国能够发挥作用,获得精神上的追求和同道的支持。对于邹阳这些弃吴而走梁的游士来说,后者的考虑可能更多一些。所谓"抗直不桡",太史公尽管是针对邹阳在《狱中上梁王书》中所表现出来的精神特质而言,但观之于邹阳仕吴、梁两地的各种实际行为表现,亦能涵括他的全部人品。尽管作为游士,他在形式上依附于诸侯王,亦竭尽所能地为吴王和梁王提建议、解纷难,做到了一个宾客理应做好的一切,但在精神层面,却保有自身的独立品格和价值标准,"合则留、不合则去",继承了战国和楚汉相争时期游士的行为方式。

对邹阳来说,相较于梁王,他从个人观感上,可能对吴王的感受更好一些。史传中没有记载他在吴多少年,但从《上书吴王》的篇章中依稀能体察到含蕴其中的感情成分,而且对吴王的个人品质在上书中也作了正面评价。另一个方面,如果我们仔细排比枚乘的行状,

---

①司马迁:《史记·司马相如列传》,中华书局1982年版,第3000页。

便清楚在邹阳于景帝即位初年离吴,之前枚乘已经离开。枚乘离开
而邹阳作为同道文友没有离开,这说明什么呢? 一是吴王的文人气
质相对少一些,故而在邹阳与枚乘之间,可能更看重的是既有政治头
脑又有文才的邹阳,即策士与文士合二为一的邹阳在吴国的地位可
能更高一些。至于邹阳最终离吴,则是因为吴王大节将亏,而这正是
邹阳所痛心疾首而又无能为力的。前面我们分析邹阳思想意识深处
的三层观念,这即是他的价值判断,国家观念促使他割断对吴国的感
情而在相隔三四年之后走向梁国。

　　对于梁王,如果按照一般诸侯王的标准来衡量,则其可圈可点之
处委实不少,前面已经对此作了几方面的列举。但是,邹阳之所以反
对他谋议行刺袁盎,在诸多考虑之外,可能还有一个更重要的考虑,
即诉诸帝王的标准,梁王难说合格。作为文帝的儿子、景帝的亲弟
弟,有几方面可让人非议和指摘:一是平叛以后即大肆营建宫邸和花
园,广睢阳城、筑东苑,这与汉初文景两代厉行节约、反对奢华的生活
作风背道而驰,其间的骄奢做派让人侧目;二是利用身份特权,越法
甚至不轨于法,比如自请置相、入朝次数多且时间长、出称警而入言
跸;三是招延四方豪桀、私授将军、多作兵器等等。这哪是一个自认
为"储君"之王的应有作为? 以上这些,除了窦太后看不到,其他人尤
其是景帝和大臣们都暗记在心。所以,依靠极端手段来压制朝廷内
关于其继嗣问题的非议,梁王心出此念,根本无意义,不要说会引火
烧身,更是说明了他政治上的不成熟。《狱中上梁王书》中的"今人
主沉讠阎讠臾之辞,牵帷廧之制,使不羁之士与牛骥同皁,此鲍焦所以愤
于世也""今欲使天下寥廓之士笼于威重之权,胁于位势之贵,回面污
行,以事谄谀之人,而求亲近于左右,则士有伏死堀穴岩薮之中耳,安
有尽忠信而趋阙下者哉"之类的愤激指斥,实潜伏着诸多事实依据。

　　作为与战国游士传统更为贴近的士人,这些游仕吴梁两国的经
历,推动着邹阳编作《燕丹子》,也反映在荆轲至燕的经历以及燕太子

丹形象的塑造上。

《汉书》对邹阳夸曰"为人有智略,忼慨不苟合"①,并于篇末评曰"邹阳、枚乘游于危国,然卒免刑戮者,以其言正也"②,这些评价涉及许多方面,含义丰富,称誉极高,亦不仅仅视其为普通游士。

首先,涉及大义方面,班固许之以"言正"。虽强调其"言正",但言为心声,实亦包括其内心持正,这与品质有关。所谓持正,即有国家观念。《上书吴王》云"鸷鸟累百,不如一鹗",如淳注曰"鸷鸟比诸侯,鹗比天子"③。邹阳在此告诫吴王,虽其位列显贵,无比尊宠,但是,汉朝已不复是东周,如果一旦侵犯到国家利益和天子地位,天子对诸侯既可予其恩宠,更可夺其王位。各诸侯国虽自认力量强大,但社会基础和民心向背已经由秦朝的暴虐和楚汉相争的血腥动乱进入了一个统一的时代,再想回复既往,置社会和民众于动荡颠覆之中,则注定会失败和灭亡。这真是一种无比清醒的时代感和国家观念。我们很诧异,在汉初游士中,论性格、气质和才具等最像战国游士的邹阳,却非常宝贵地拥有这样一种不同于战国游士的国家观念。战国时期,盛行的是天下观念。既为无主之天下,则各诸侯王论霸道而不讲仁义之道,战国游士也纷纷为其国君和权贵出谋划策,强取巧夺。但这一页已经翻过去了,邹阳之所以与吴王分手、与梁王争持,即在于此一大义所体现的国家观念。

至于《狱中上梁王书》中所言之"五伯不足侔,而三王易为也",与"鸷鸟累百,不如 鹗"并不矛盾。所谓"五伯",指春秋五霸,即齐桓公、晋文公、秦穆公、宋襄公、楚庄王;所谓"三王",即指夏禹、商汤、周文王。在文中,邹阳是采取一种比喻的用法,晓谕梁王如果能够举

---

①班固撰,颜师古注:《汉书·贾邹枚路传》,中华书局1962年版,第2343页。
②班固撰,颜师古注:《汉书·贾邹枚路传》,中华书局1962年版,第2372页。
③班固撰,颜师古注:《汉书·贾邹枚路传》,中华书局1962年版,第2341页。

明善而弃偏听，则取得像五霸、三王那样的功业也有希望。这里，五霸所处为西周，仅为诸侯国，而上有周天子，并非周天子已被架空之东周，刘向《战国策书录》云"乱世五伯之起，尊事周室"就说明了这种情况；至于三王，则更是被古人常用来作为效法的榜样，先秦儒学所称之"内圣外王"亦举此例。这些都并非实指，只是文章之士以旧事和典故来明理的一种方式，不能误解为邹阳在鼓动梁王挑战景帝以谋求皇位。邹阳为劝说吴王和梁王明辨是非、不搞分裂和叛乱，已笔之于书；他的崇汉倾向，也已彰彰在目。

在编作《燕丹子》方面，邹阳则竭力叙写了一批不同身份的义士在面对强秦侵辱方面，所逼发出来的正义感。衡之以邹阳的言行与其编作的作品，我们认为，它们在表现大义方面，是一致的。与邹阳所处的汉初相区别的是，《燕丹子》的背景是在战国末期，其时如荆轲、田光者，所秉持的观念是"天下"观念，他们的反抗暴秦，是在为这个满目疮痍、残破不全的天下注入正义和道德的力量。

其次，涉及邹阳的政治才干方面，班固许之以"有智略"。《汉书·贾邹枚路传》所载四人皆以谏诤闻名，贾山《至言》、邹和枚的上书、路温舒《宜尚德缓刑》，均名传于后，它们都是在朝或不在朝的官员士子投身现实政治、渴求为世所用的积极人生观的体现。《汉书》合传四人于一篇，其用意在于表彰他们的"以礼谏君"，其间既有针对所谏内容的，也有针对谏诤态度和表达方式的。邹阳体现在上书中的"智略"，相较于其他诸位，显得尤为突出，这在前面已有涉及。

邹阳处理梁王行刺案的具体事务，同样表现出"有智略"的特征。《汉书》载：

> 及梁事败，胜、诡死，孝王恐诛，乃思阳言，深辞谢之，赍以千金，令求方略解罪于上者。阳素知齐人王先生，年八十余，多奇

计,即往见,语以其事。王先生曰:"难哉!人主有私怨深怒,欲施必行之诛,诚难解也。以太后之尊,骨肉之亲,犹不能止,况臣下乎?……"阳曰:"邹、鲁守经学,齐、楚多辩知,韩、魏时有奇节,吾将历问之。"王先生曰:"子行矣。还,过我而西。"邹阳行月余,莫能为谋,还,过王先生,曰:"臣将西矣,为如何?"王先生曰:"吾先日欲献愚计,以为众不可盖,窃自薄陋不敢道也。若子行,必往见王长君,士无过此者矣。"邹阳发寤于心,曰:"敬诺。"辞去,不过梁,径至长安,因客见王长君。长君者,王美人兄也,后封为盖侯。①

此事为《史记》所未载,《汉书》则不仅记载此事,还存录《上书吴王》,显示对邹阳的重视。在此所记,事情已经发展到几乎难以挽回的地步,不仅窦太后难以再为梁王开脱,甚且梁王自己都感觉有被诛的危险。在这种时刻,梁王由邹阳的上书体察其为人,深倚重于他,同时另传中还有韩安国。所谓危难见真臣,即此也。"赍以千金,令求方略解罪于上者",其间透露出汉初豪门以金钱为敲门砖摆弄朝政的信息,暂且不议。我们所关心的是,梁王寄希望于邹阳能够请托到直接上达景帝的人物,这对一介游离于朝廷政权之外的普通游士如邹阳者,该有多难!可见,依梁王对他的观察和了解,邹阳是个明辨、有方略的策士。

此段中的另一个人物齐人王先生,在他最后端出王长君之前,对邹阳也有一个考量过程,观察邹阳对其重视程度以及邹阳对事件本身的付出程度。从最后王先生对邹阳的认可,也能反映出邹阳的热诚于事、忠信于主、直肠待人的性格品质。邹阳本为齐人,在其危急关头、几乎走投无路之时,"年八十余"的王先生能援手于他,指点他

---

①班固撰,颜师古注:《汉书·贾邹枚路传》,中华书局1962年版,第2353—2354页。

去找"士无过此者"的王长君，足见邹阳平素对老一辈人的尊敬程度。为替梁王解危，邹阳在一个多月里，"历问"出自邹鲁、齐楚、韩魏等地的有识之士，足见其圈子之大、交游之广、"智略"之深。此后他与王长君进行了有策略、高水平、富有成效的长篇谈话，终使梁王化险为夷，对此我们前面已作过分析。综合以上所言，邹阳远非那些单纯地行走于豪门的"辞人"和舞文弄墨的"词人"可比。他兼具这两者，更重要的是，还是一位策士和志士。这种四而合一的人物，历史上真不多见。故此，尽管邹阳没有显赫的王侯之位和惊天动地的政治业绩，《史记》《汉书》还是笔之于青史。

邹阳自身的政治素质和"智略"，足以使他能够把握和驾驭复杂的荆轲刺秦题材，从而编作成一件成功的艺术品。如果没有足够的高度，如何能洞穿太子丹之所计、荆轲之所想以及附丽于中的其他人物的表现？如果没有真正实际地处理过复杂的政治事件，如何能将发生在七十多年前的乱成一团麻、传说和谣言不止的刺秦事件，梳理得眉目清晰？可以说，不是邹阳找到了这个编作题材，而是这个题材有幸遇到了邹阳这样的高手。说白了，在汉初诸文士以及代表汉初最高水平的梁苑文士群里，邹阳是最有可能也是最适宜编作《燕丹子》的。

最后，涉及邹阳的性格方面，班固许之于"忼慨不苟合"，即有气节。太史公所说"抗直不桡"，亦近乎此。邹阳客游诸侯，但明君难逢，暗世常有。为不被昏王和暗世裹挟掉内心的理念和价值，邹阳进行了辩说和抗争，显示了他的慷慨激昂和磊落多气的性格。

汉初游士既欲用世，游走于诸侯国，就不免与诸侯王打交道。身份有高低，经济有落差，权势有大小，这些均决定了游士在一定程度上须听命于诸侯王。同样，战国游士，既有高风亮节者，也有乞食于豪门者。时代之间的人性差别，不会很大。

邹阳的性格表现在如下几端：一是两上书所体现的不畏权势而

仗义执言的豪迈心志。在邹阳《上书吴王》之际,吴王实力非凡,几可
倾国,并且,其在诸侯间的声望,亦如日中天,颇有号召力;梁王在谋
议行刺袁盎等十多位大臣之时,也处于人生巅峰,军功卓著,几挽中
央政权在七国之乱中的颓势,况其在皇宫内有母亲窦太后之照应,自
身的实力和势力亦非寻常。正所谓风起于青蘋之末,邹阳上书、反对
行刺,均是在两王如此得势却开始走向下坡之时。他不巴结以求各
种好处,亦不趋炎附势以求人生发展,而是凭着一介节士应有的风范
和作为一个宾客对主人应有的责任心,豪迈不羁,敢于提出规劝、反
对的意见。他与吴王关系,如同上书所体现的那样,固然有较深的感
情,然而,若吴王心生变故,邹阳之谏诤,也会有危险;至于梁王,则更
欲"杀"他。如此,在邹阳上书与反对之两头,一头是借助于两王而飞
黄腾达,一头则是被驱逐和杀害,邹阳之大节以及"忼慨不苟合""抗
直不桡",主要就反映在其对后者的选择。

　　二是对人主赤诚相待和敢于负责。邹阳有责任心并有义气,两
王得之,何其幸也!然而,两王的悲剧也在于搁置和忽视邹阳的意
见,从而走向王门末路和人生绝境。若反其道而行之,吴王依邹阳之
言以及各方意见,梁王在冲动之际能虚心认真地听取邹阳谏言,则局
面会大不一样。在吴国,先是枚乘提意见在先,不被采纳而与庄忌一
起离开;然后是邹阳不愿坐视吴王再往危险方向发展,进而言之,还
是不被采纳,所谓道不同不相谋、义结而利分,他也只得离开。可以
想见,在吴王发动叛乱之前,他身边所包绕着的是怎样一批人。当景
帝平叛之前,与曾为吴相的袁(按:《汉书》作"爰")盎有过这样的
对话:

　　　上曰:"吴王即山铸钱,煮海为盐,诱天下豪桀,白头举事,此
　　其计不百全,岂发乎?何以言其无能为也?"盎对曰:"吴铜、盐之
　　利则有之,安得豪桀而诱之!诚令吴得豪桀,亦且辅而为谊,不

反矣。吴所诱，皆亡赖子弟，亡命铸钱奸人，故相诱以乱。"①

所以，吴王的悲剧在一定程度上，依袁盎之见，即在于像邹阳这样的"豪桀"，因吴王不听规劝而被迫离开。得士而兴，失士而败，不惟战国时如此，汉初各诸侯王亦如此。梁王在行刺这件事上，对待邹阳的态度与吴王相似，致使自己的地位一落千丈，待事情到无可挽回地步，才想到邹阳的可贵和能干，启用邹阳，但此际大局已定，得韩安国和邹阳之助，能保命下来已不错。邹阳对人主赤诚相待和敢于负责，不仅体现在对梁王的事前谏诤，还表现在事后的出力相助。他不因梁王之前对他的过节而心存芥蒂，东奔西走，想尽办法，挽已颓之境。为人客、为人臣，邹阳之义气，极矣。

三是既慷慨又悲切，闪耀出动人的人格魅力。这一人格特征，反映在《狱中上梁王书》里，也体现在他的行事风格中。上书虽大量运用旧事和典故，形成了措辞委婉的特点，但其宁死不屈的孤傲之气、慷慨悲切的节士情怀、"抗直不挠"的倔强人格，均在咄咄逼人和恣肆任情的辞意锋芒中体现了出来。此外，更重要的是，前述邹阳三个层次的思想观念，其中第一、二的国家观念与战国士文化观念，似相矛盾。按照邹阳的心之意向和人格特征，更接近于战国时的策士，但其时时处处包括在对两王所作的规劝和谏诤之中，又将国家观念和崇汉倾向置放于前。"既已深知中央政权之不可撼动，无一匹敌，实际上，便是间接认可了战国局面的不再"②，这种"人不得时代"之感，综合《史记》《汉书》所载之邹阳行状和所录之文，均能明显感受得到，这形成了邹阳在某种程度上的宿命感，造成了其性格特征中的慷慨激励而又悲壮不已的动人情怀。梁王死后，邹阳应离梁，如同枚乘、

---

①班固撰，颜师古注：《汉书·爰盎晁错传》，中华书局1962年版，第2301页。
②于迎春：《秦汉士史》，北京大学出版社2000年版，第54页。

司马相如等文友一样,其后活动情况,史书无载。其时,汉朝的国家官僚选用体系和擢拔人才的体制还没有建立健全起来,所谓"天子征召"毕竟只是少数;况且,邹阳的性格,也决定了他难以被规范化地纳入集权政治的官僚系统之内。我们推测,邹阳此后将再无作为,怀抱其不羁之念和绝世之才,郁郁终身,孤独离世。身寄汉朝,心系战国,这便是邹阳性格难以舒展的根本原因。邹阳其人其文,实在是战国时代的遗响和馈赠。

如此复杂的思想观念,如此动人的人格魅力,如此斑驳的性格特征,竟然都集中在邹阳身上。他之战国历史文化情怀,他之游走于汉初两大诸侯国所得之感受,是他编作《燕丹子》的强劲内驱力。而在荆轲身上,后人则似乎能够体察到邹阳的依稀身影。

三、邹阳对"荆轲刺秦"之事的改造和处理

荆轲刺秦事发生不久,燕国史官即已记载在自己的史记里。燕国末期历史,在此之后续有记载,历经燕国政权于公元前226年由蓟城徙辽东,于公元前222年灭国,方才终止。之后,刺秦之事不断增酵,文人和民间均参与其中,甚至在秦朝建立之后,官方对此也有文牒下达,以至于偏远如零陵,亦能见到。在推翻秦政以至于演化出来的楚汉相争时期,荆轲刺秦事作为一桩离时不远的抗秦事件,依然不断被传播,是故汉初文人熟悉至极并在其著述中广为引用。可以说,自公元前227年刺秦事发生直到汉初,其增损和传播未曾中断过。

汉朝建立以后,在刘向组织整理图籍之前,有过几次"大收篇籍,广开献书之路"的活动,一是高祖时萧何收秦图籍;二是惠帝时除挟书之令;三是文帝使晁错受《尚书》,使博士作《王制》,又置《论语》《孝经》《尔雅》《孟子》博十;四是武帝建藏书之策,收诸子传说充于秘府;五是成帝使谒者陈农求遗书于天下。这些活动所收集的文献资料,就成为太史公编纂《史记》、刘向编校《战国策》的基础,其中也

包括所记载的荆轲刺秦事。两书所记之所据,在长期流传的众多荆轲刺秦事之材料里面,当属共识度较高的一种。

除以上汉朝官方所收集到的材料之外,当时在社会上和文人群里还存在着许多关于此事的不同版本的材料。太史公就见到过这些分歧较大的材料,这在《荆轲传》"太史公曰"中就表明过。我们目前还能见到的贾谊、邹阳、枚乘、中山王刘胜、淮南王刘安、桓宽、扬雄、刘向《列士传》以及东汉应劭《风俗通义》、王充《论衡》乃至于西晋张华《博物志》等等有关荆轲材料,尽管它们跨越了不同时代,但这正是故事长期流传的印迹。尽管记载它们的书籍在邹阳之后,但其中传闻,不一定后于邹阳所在的汉初。我们只不过以这些从汉初一直流传到后代的记载,来说明荆轲刺秦事长传不衰的事实罢了。或许,在邹阳身处的那个时代甚至之前,其流传的繁盛度还要高得多,附着其间的各种说法、传闻和记载可能更为纷纭多样。

邹阳编作《燕丹子》,当建立在这些传闻多样的基础之上。他对荆轲刺秦事的改造和处理,不一定尽符如燕国史官那样的原始记录,后人的演绎当然也会影响到他的编作。但是,最为根本的,出自邹阳版本的《燕丹子》,势必包含了他对时代和个人经历的思考。下面,试从三个方面作些探析:

(一)强化作品的"大义"基础

今本《燕丹子》中,蕴含着邹阳立足于汉初而对战国时代所作的历史回望以及士人何以处世的深刻思考,从道德沦丧的角度表达了他对战国时代的批判,从积极用世的角度流露了他对战国游士的赞赏。他对战国的情感是复杂的,这种复杂性连同他所表达出来的道德倾向,使得经他编作的《燕丹子》成为有异于文献资料类文本。

关于战国情况和游士活动,刘向《战国策书录》建立在历史比较的基础之上。在其比较的序列上,刻着几个时代字样:"周室自文、武始兴""及春秋时""及春秋之后""仲尼既没之后"。他认为历史在

"及春秋之后"开始进入战国,其标志是"礼义衰矣";而惨烈的战国时代,则自"仲尼既没之后"开始,其标志是"道德大废,上下失序",直至最后演变成"滑然道德绝矣";秦国之胜出,则是这一恶性时代所结出的一粒恶果①。

刘向已是西汉中晚期人物,远迟于邹阳。他的评论和分析,是由历史积淀而成的,吸收了包括邹阳等人的思想成果②,一定程度上代表了成帝时代的官方评价。邹阳通过编作《燕丹子》,对战国时代的天下大势也作出了积极思考,并通过有效的艺术手段,形象而生动地表现了出来。其中最重要的,是通过荆轲欲为天下铲除暴秦的情节,奠定了整部作品的"大义"基础。

> 轲左手把秦王袖,右手揕其胸,数之曰:"足下负燕日久,贪暴海内,不知厌足。於期无罪而夷其族。轲将海内报仇。今燕王母病,与轲促期,从吾计则生,不从则死。"秦王曰:"今日之事,从子计耳! 乞听琴声而死。"召姬人鼓琴,琴声曰:"罗縠单衣,可掣而绝。八尺屏风,可超而越。鹿卢之剑,可负而拔。"轲不解音。……轲因倚柱而笑,箕踞而骂,曰:"吾坐轻易,为竖子所欺。燕国之不报,我事之不立哉!"③

这绝非历史真实的一幕,后人已不清楚当时廷刺之时荆轲到底说了什么或者根本不说。至于曲曲折折地传达出廷刺某些有限的细节于

---

① 刘向:《战国策序》,见何建章注释:《战国策注释》,中华书局 1990 年版,第 1355 页。
② 刘向《新序》收有《狱中上梁王书》,《列士传》收有《燕丹子》佚文,故可证刘向见过邹阳作品和《燕丹子》。
③ 无名氏撰,程毅中点校:《燕丹子》,中华书局 1985 年版,第 15—16 页。本小节引用该书之《燕丹子》小说内容,不再一一出注。

太史公的夏无且,其时身体匍匐于远离王座之外的殿下,能看清殿上人影的跃起与闪动已殊为不易,根本没有条件也没有可能听到双方言语的任何内容。我们不清楚按照列国之惯例其时应该在秦王身后不远处的秦史官那一刻坐在何处,但任何史料和传说均未言及此,估计当时在秦王座后没有安排他的位置。如此,则实际上的秦国史记中应无这方面的内容,除非当事人秦王日后向史官做些回忆,却又不见于史载,估计没这回事。因此,推想当时的真实历史场景,《燕丹子》的这段内容当出于编作者之虚构。

其实我们不必溯及历史之境,即便按照凡人之情理来推想,行刺之机间不容发,双方均已看到匕首,荆轲预估劫持不成,岂能不即刻下手,一刀毙秦王于死命?邹阳之与凡人不一致处,也体现在这个地方。一定程度上,他为文计而不为事计,牺牲了情节的真实性而让意蕴得以呈现。

民间传说流播到后代,也于此一紧要关节,衍生出不少内容,寄载着古人的叹惋和好奇,我们不妨作些比较性呈示和分析。例如:"荆轲感燕丹之义,函匕首入秦劫始皇,将以存燕宽诸侯,事虽不成,然亦壮士也。惜其智谋不足以知变识机。始皇之道,异于齐桓。曹沫功成,荆轲杀身,其所遭者然也。及欲促槛车,驾秦王以如燕,童子妇人且明其不能,而轲行之,其弗就也,非不幸。燕丹之心,苟可以报秦,虽举燕国犹不顾,况美人哉!轲不晓而当之,陋矣。"①这里所评述的情节明显异于《燕丹子》,虽同样是准备生劫秦王,但"欲促槛车,驾秦王以如燕"以及"虽举燕国犹不顾,况美人哉"却给我们勾勒了另一幅场景:荆轲已劫持秦王出咸阳宫,宫门外等候着根据荆轲的要求而准备驰往燕国的"槛车";荆轲和秦王

---

① 李翱:《题燕太子丹传后》,见无名氏撰,程毅中点校:《燕丹子》,中华书局1985年版,第25页。

上车,正要发车之时,有"美人"使诡计而荆轲上当,致使整个行动失败。此情节一半满足了民间的良好愿望:荆轲虽最后身死,但毕竟有过使秦王臣服而被胁持出宫的成功。这个情节评述于后,有可能是《燕丹子》的佚文。

类似这样出于想象的情节还有不同的版本,再如:"轲乃擒秦王袖,秦王大惊。轲谓曰:'欲作秦地之鬼? 欲作燕国之囚?'秦王惧死,答之:'愿为燕国囚。'轲乃不煞。秦王谓轲曰:'请与别后宫。'轲许,遂置酒与轲饮。秦宫女乃鼓琴送酒,琴曲中歌云轲醉,教王掣御袖越屏走。轲不会琴音,而秦王会之,遂掣袖而走。轲以匕首击之,不中,中银柱,火出。轲大笑,秦王左右遂煞荆轲。"①这里呈现出细节的多样性,如秦王"愿为燕国囚"而别后宫,荆轲饮酒等候至醉,秦王"掣袖"逃脱而荆轲被杀。其间想象无稽,几近于荒唐。

还有不少古书将弹琴之女赋予"王美人""漏月""文馨"之名,并将所弹之琴命之曰"超屏"者。诸如此类,不一而足。它们在情节上虽然紧张、曲折和新奇,能满足一部分人的复杂心理,但没有动人的力量,因为它缺少《燕丹子》所具有的道义基础。如果没有这个基础,那么,太子和荆轲的刺秦之举,则与一般刺客无别;再鉴于所付代价实在过于沉重,则比一般刺客之举更为低下。然而,荆轲刺秦事于汉初依然在人们心中回荡不已且在千百载以后还为我们所念叨,定有其非凡的动人心魄的力量之所在。而邹阳所编作的这一段,其意义即在于尝试着抉发此事件所蕴含着的意义和价值。

荆轲数落秦王之语,要点有三:一是"负燕日久,贪暴海内,不知厌足",所指斥者在于秦国蚕食六国包括燕国、卫国之罪,其对历史所造成的罪恶即在于刘向所说之"暴师经岁,流血满野;父子不相亲,兄

---

① 陈盖:《新雕注胡曾咏史诗》,见无名氏撰,程毅中点校:《燕丹子》,中华书局1985年版,第26页。

弟不相安,夫妇离散,莫保其命"①。不仅如此,秦王对私怨的报复也极其惨烈,在荆轲赴秦之前,秦已攻下赵之首都,"秦王之邯郸,诸尝与王生赵时母家有仇怨,皆坑之"②,即报复随其父庄襄王质赵时的私怨。故此,荆轲所行之事,实际上是代天下所有百姓铲除罪恶之源,是为业已分崩离析的天下所讨的一个公道。这里不存在贪鄙之念和谋诈之衡,实有天下公道之大义存焉,这也就是荆轲刺秦之举决然不同于一般刺客行径之重点。从这角度而言,荆轲实为一介儒士。

二是"於期无罪而夷其族",这是荆轲在为死人复义,它包括了樊於期及其整个家族。秦王对他们非常残酷、毫无人性,《燕丹子》前文有所照应,为"父母妻子皆见焚烧"。荆轲数落此罪,其意义主要是代其复仇,另一意义在于让樊於期死后可得瞑目,代表了荆轲对"刎颈之交"朋友"死托"之事的践诺和感情上的忠诚。荆轲能进到秦宫,樊於期有恩义之付出。恩怨两清,这是荆轲作为节义之士的一种人格体现。

三是"今燕王母病,与轲促期,从吾计则生,不从则死",这大约是荆轲欲劫持秦王到燕国为质的一种托词;也有可能,牵涉太子丹质秦时秦王待其不善所结下的私怨,故须向燕王母赔罪。燕王母是太子丹的祖母,身体发肤受之于父母,其受辱被虐意味着父母乃至于整个家庭的被辱,故须赔罪。另外,由于质子所代表的是其自己的国家,因此,这层私怨又必然地被蒙上一层国与国之间的公仇色彩。篇中太子丹曰"丹尝游秦,秦遇丹不道,丹耻与之俱生。今荆君不以丹不肖,降辱小国。今丹以社稷干长者,不知所谓",这里太子丹即以燕国"社稷"的名义求助荆轲,亦正是出于公私两义。荆轲与太子丹互为

①刘向:《战国策序》,见何建章注释:《战国策注释》,中华书局1990年版,第1356页。
②司马迁:《史记·秦始皇本纪》,中华书局1982年版,第233页。

知己,故劫持秦王当出于朋友义气。

上述三端,使得由太子丹组织、荆轲实施的刺秦活动建立在尽符天下道义和个人恩义的基础之上,荆轲斥秦王这一段,有大义存焉,可书之于金石,垂示后代。邹阳编作这一段,奠定了作品的思想基础,将刺秦之事由史官记载、民间传闻上升到艺术品的高度。邹阳生活在汉初,固然要维护国家一统,但他所要维护的,是"有道"而不是"无道"之国。在《燕丹子》篇章中,邹阳之所以竭力斥责暴秦,盖在抒发自己对于一个道义天下的渴盼。这种思想倾向,不仅体现在这一段,而且也表露在其他地方:

> 夏扶问荆轲:"何以教太子?"轲曰:"将令燕继召公之迹,追甘棠之化,高欲令四三王,下欲令六五霸。于君何如也?"坐皆称善。竟酒,无能屈。太子甚喜,自以得轲,永无秦忧。

这是荆轲至燕之初与太子客之间的对话,显示他所要帮助燕国所达成的,并非是一般意义上的强国或霸国,而是一个道义之国,一个继承了召公奭优秀传统的仁政之国。

荆轲之所以功败垂成,也在于义士不敌欺诈之徒。段落中秦王不顾亲口许诺,借力于"姬人鼓琴"而脱逃,遂被荆轲骂曰"为竖子所欺",这再一次刻画了秦王的无信、无德和无耻,当是点睛之笔。最后,编作者对于荆轲的豪迈、英武和悲壮,以"倚柱而笑,箕踞而骂"八字给予了充分的赞美,千载之下,犹栩栩如生。这种内在的气概,既来自荆轲的历史形象,也出自邹阳的气质。

(二)突出主客间的交往

整部《燕丹子》,大半篇幅落在了太子丹寻士待客的情节上。在近三千个字数中,仅客卿名字就明确出现了六个,他们依次是:麹武、田光、夏扶、宋意、武阳、荆轲,还有樊於期、高渐离。这些人物,除高渐离作为荆轲之友以外,都可算是广义的太子客卿。《燕丹子》在篇章组织上,多以场面描写来代替情节的叙述,而这些场面又基本上在太子丹与客卿之间展开,突出主客间的交往,其笔墨超过总篇幅的一半。作品中三位主要客卿的口才甚佳,显示了纵横家的本色。作品对此作重点描写,当是对战国和汉初纵横家情况的一种客观反映。

关于纵横家,《汉志》认为其渊源在于王官之学的分化,"纵横家者流,盖出于行人之官。孔子曰:'诵《诗》三百,使于四方,不能专对,虽多亦奚以为?'又曰:'使乎,使乎!'言其当权事制宜,受命而不受辞,此其所长也。及邪人为之,则上诈谖而弃其信"①。这里将纵横家溯源到周代的王官"行人"。行人在周制中有大行人、小行人之别,其职责是掌朝觐聘问之事,主理外交活动,所面对的对象分大宾、小宾。他们要熟悉《诗》《书》,并在具体事务上巧妙应对。当然,纵横家所处的环境不一,人品和技能亦不相同,故有分化。

至战国时期,各诸侯国为争强取胜,广招人才,故养士、用士之风大兴。其时游于权贵的客卿,一般为纵横家,他们积极用世,将平生所学用于政治、战争和社会。刘向《战国策书录》云:"战国之时,君德浅薄,为之谋策者,不得不因势而为资,据时而为画,故其谋,扶急持倾,为一切之权,虽不可以临国教化,兵革救急之势也。"②这里所言,有着一定的同情态度,将游士的谋诈之弊归结于客观环境,"虽有道德,不得施谋""君德浅薄",指并非所有游士均是绝无道德之人,而是道德不为时所用,亦不为君主所用,故而不得不"因势而为资,据时而为画",以便于"见贵于俗"。当然,刘向的情感倾向遭到了后人如曾巩的质疑,不过那是站在天下一统、皇命永固的角度作出的价值

①班固撰,颜师古注:《汉书·艺文志》,中华书局1962年版,第1740页。
②刘向:《战国策序》,见何建章注释:《战国策注释》,中华书局1990年版,第1357页。

评价而非历史评价。总之,无论从纵横家出于"行人之官"的出生谱牒还是从战国诸侯养士之目的来看,客卿居于权贵豪门的价值定位在于"有用"。从作用之发挥来看,这些人大约可分文、武之士。

汉初之诸侯国以及纵横游士的活动,在一定范围内接近于战国时期。邹阳历仕吴、梁两国,经历了诸王的兴衰起落,介入深,情感投入大,受到诸王倚重,有着比一般游士更深更强的实践体验。这一丰富的人生阅历为其编作《燕丹子》、构建理想中的主客关系提供了认识基础。但是,与上引《汉志》《战国策书录》所不同的是,邹阳考察的重点并不在客卿一方,而是在于以太子丹所代表的君主一方,这更体现其仕历之感受。下面,我们重点分析太子与鞠武、田光、荆轲之间的交往和关系。

一是太子与鞠武之关系。作品中的鞠武,其身份可能是太子太傅,负有教导之职责,故不可简单地视之为一般的客卿,然其于太子之计谋,亦属于与闻者,故从太子对其之态度,亦可见出对策士和谋士之态度。他们的关系,主要依靠信件来往和面谈来展开,占到总篇幅的19%,比例较高,所商讨的内容是关于复仇方式的选择,两人意见截然相反。对此,前章已有分析,这里不作展开。

从分析两人关系着眼,以下一些交往中的细节值得关注:太子信件所言之"丹不肖,生于僻陋之国,长于不毛之地,未尝得睹君子雅训、达人之道也。然鄙意欲有所陈,幸傅垂览……谨遗书,愿熟思之"以及面谈时的"太子睡卧不听"的描写;鞠武回信所言之"臣以为疏"以及面谈所言之"臣不能为太子计"。

这些细节所透露出来的要点有这样几个:1. 太子对鞠武前恭而后倨。态度转变之关键在于言语和计谋是否有用,故而前面以"不肖""鄙意""幸傅垂览"以及"生于僻陋之国,长于不毛之地,未尝得睹君子雅训、达人之道"出之,实在是尊敬有加,谦恭之至,不仅视鞠武为"傅",甚且许其为"君子"和"达人"。但是到后面却"睡卧不听",连一点起码的礼节和面子都不顾不给。2.太子太傅之尊位,也可以聘用外国人,这从太子自谓"生于僻陋之国,长于不毛之地"等得知。但麴武尽管贵为太傅,依然自称为"臣",这当出于礼制所规。3.太子态度之转变,不仅在于认为麴武所提合纵之策无用,而且在于对其抗秦意志之怀疑。4.麴武对太子所提行刺计划,直言不讳地予以反对,"臣以为疏"的语气明显厉害,"臣不能为太子计"则更显示了主客之间合则留、不合则去的态度。

尽管邹阳编作《燕丹子》是在原先材料之上而进行的,所出现的主要人物及其基本关系应有所本,但是,通过语言加工和处理,还是能够融进编作者的主观意图。在表现以上两人关系之时,邹阳确实将自己在吴、梁两国的亲身体验表达了出来:主客关系之基本原则在于有用与否,如果没用,即使是所谓的太子太傅,亦会被舍弃;君主在养士用士方面,占有主动权;谋士或策士所提建议,一旦被否,但其人格仍在,甚至于对君主平时之关爱还怀有一定的感情。篇中麴武退场之时为太子之大计而推荐了其"所知田光",即可为证。这种感情,与邹阳自己遭梁王"下狱"获释后依然为其奔走,如出一辙。另外,从篇中反映出来,当时客卿当有自己广大的人脉关系和朋友圈,麴武推荐田光以及下文田光推荐荆轲,就是这一历史情况的记载。

综合上述所言,我们认为太子与麴武之关系,当是邹阳心目中战国时代主客关系的正常状态,也是他对汉初诸侯国之主客关系的真实反映;这种关系的建立原则在于"用",属于利益关系。

二是太子与田光之关系。在《燕丹子》中,无论麴武、田光还是荆轲,均非燕国人,这与邹阳所欲表达之抗秦为天下公事的意图有关。田光居燕三月,太子待之如宾,作品用了几近17%的篇幅叙述和刻画两人的关系。其中,突出点有这样几个地方:

首先,田光入燕,"见太子,太子侧阶而迎,迎而再拜";待田光离燕,"太子自送,执光手曰:'此国事,愿勿泄之'",这两者之间似有态度上的反差。前者极为隆重,寄望甚厚;后者较为简慢,兼有不放心。之所以不放心,盖因在太子心里还是将田光当外国人来看,这不仅是国籍所致,而且还是一种心理距离。但是,因为田光承诺要引荐荆轲,故太子还是给予了一般应有的礼节。态度上前后反差的原因,在于田光自称因年老而无法行使刺客之任。说到底,还是"用"的价值原则,在太子这里起到了支配作用。

其次,太子留待田光的目的性,"斯乃上世神灵保佑燕国,令先生设降辱焉""愿先生图之""三月于斯,先生岂有意欤""若因先生之灵,得交于荆君,则燕国社稷长为不灭,唯先生成之"等等。这些尊称和表白性语句,可以代表战国时期诸侯君主亟欲用士的心情。针对太子而言,在于复秦之仇。从其目的性而言,不可谓不正当。也正是因为太子复仇的正当性,故而麹武、田光、荆轲才会陆续效力于太子。

再次,在田光居燕思考和观察期间,"舍光上馆。太子三时进食,存问不绝,如是三月",这表现了战国时期君主优待客卿的情况。当然,这只是针对"有用"的客卿而言,但还不算过分厚待。所谓"太子三时进食,存问不绝",写出了太子的焦虑之态和近乎实用的待客之道,亲自过问田光三餐的目的乃是为了"存问"。太子对田光真正产生感情之处,是在田光死后而荆轲道之,其时"太子惊愕失色,歔欷饮泪曰:'丹所以戒先生,岂疑先生哉! 今先生自杀,亦令丹自弃于世矣!'茫然良久,不怡昏昏"。田光之死,方才打动太子之心,作为曾经的燕国客卿,田光之付出和代价,也太过沉重。田光之举,无意中给太子上了深刻的一课,纠正了他对客卿的度量和态度。之后,他对荆轲的态度,逐渐向着视客卿为知己的方向发展。

最后,田光的士子形象,表现在几个方面:善于言说,语言整饬,显示了纵横家的口说能力;善于观察,对"太子客"中三位儿显者,都有精到的评价,并在比较中推荐了荆轲;为大义而不贪慕权势和利益,"徒慕太子之高行,美太子之令名",田光之所以不计详情而只应麴武之邀便入燕,盖因基于结发以来所知之太子"高行"和"令名"。田光这些品质,实在是战国游士之翘楚者的写照,也当有邹阳自身人格的投影在里边。如果再加上他与荆轲会谈之后的"吞舌而死"之举,则其"深中有谋"、大义勇烈的侠士形象,就愈发清晰。

太子与田光之关系,有着明显的错位:前者仍局限于客卿之"用",后者则以"天下之士"许于太子。士不遇人,悲矣!如此,便在某种程度上招致田光之死。当然,田光之死有着复杂的原因,太子之误解只是其因之一。邹阳展示这两人遇合之一幕,一方面在于呈现他心目中杰出游士的形象,状写自己内心之不遇的悲怆;另一方面在于动态性地表现太子待客态度之发展,寄托自己对真心待士之君主的希望。

三是太子与荆轲之关系。《燕丹子》有四个段落浓墨重彩表现他们的主客关系,占到了 30% 的篇幅。两人关系的建立,基础在于共同的抗秦选择上。

荆轲至燕,既得自田光对太子的褒扬,亦应有自身对天下大局的判断以及祖国被秦所吞的亡国之恨,似如屯否晦塞之时,忽遇前路。"今天下强国,莫强于秦。今太子力不能威诸侯,诸侯未肯为太子用也。太子率燕国之众而当之,犹使羊将狼,使狼追虎耳",此句要义有三:1. 秦国为天下之公敌;2. 合纵不可取;3. 燕国难以正面抗秦。这三点完全与太子所想一致,在他与麴武、田光所言中已反映出来。只不过,麴武反对其第二点,田光因年迈体衰而无法履命。荆轲此时所言,正中其心坎,这成为两人合作的事业基础。

另一方面,经田光之死的触动,太子对客卿的态度也有所改变,这表现在两人具有一定的感情基础。所以,篇章中太子对荆轲怀有尊敬,称其为"荆君"和"长者";荆轲则有"士信于知己"一语,并尊称太子为"君子"。

为此,太子厚养荆轲而无所不要其极。除了荆轲至燕之时"太子自御,虚左"以表示对荆轲的尊贵礼遇之外,篇中还有如下细节:"太子置酒请轲,酒酣,太子起为寿";"与轲之东宫"及"置酒华阳之台",两地均为太子所在的燕下都之名胜;"与轲同案而食,同床而寝";"黄金投龟,千里马肝,姬人好手,盛以玉槃";等等。这些细节,形式上与一般的君主厚养宾客无异,但是,毫无疑问,这里面有着浓重的感情成分。证据有二:一是君主厚养宾客,方式上大可选择,完全没有必要"同案而食,同床而寝",这几近于兄弟或家人之间的相处了;二是一时厚养容易,而长期尊之以宾,如无真诚之心,却不易做到。荆轲在燕三年五个月,"太子遇轲甚厚",斯为难得。

所以,太子在对待荆轲态度上,已不纯粹是一般意义上的养士了,而是有着人与人之间最可宝贵的感情和信义成分,这当是他由田光之死而觉悟,也应是邹阳遍历汉初两大诸侯国而不得却托之于作品中的最大感受和良好愿望。

当然,人的思想观念的彻底改变是一个长期的过程,对太子来讲也是一样。在"秦已破赵国,兵临燕,事已迫急"之时,太子因在对秦具体策略上缺乏与荆轲的应有沟通,"欲先遣武阳"从而招致荆轲的怒斥,并改"君子"之称而径称"太子"。这说明在事关紧急之时,或因焦虑,或因疏忽,更有可能,出于激将,太子对荆轲的信任,尚未完全转化为一种本能和无意识。作品在风急浪涌之际,出此一笔,实为高明,展现了邹阳对历史和现实的清醒,流露出对天下士子的一丝悲悯。然而,这一插曲不能动摇荆轲与太子之间已经建立起来的共同抗秦的事业基础和互为知己的感情纽带。

总而言之,从剖析太子与三位主要客卿的关系及其性质,我们可以得出这样几种认识:第一,《燕丹子》所表现的三位客卿均非燕人,且篇中对他们无一贬抑而只有正面颂扬,可见作品的编作者非为燕人;第二,作品对太子待客卿的态度尽管以正面出之,但也写了其态度转变过程,在转变过程中用了不少春秋笔法,可见作品的编作者非为"报其知遇"之太子"宾客"①;第三,《燕丹子》用了大半篇幅状写主客关系,其意既在于历史情况之揭示,更在于别有寄托,意在反映同样流行养士风气之汉初现实。若稽之于此一作品当编作于邹阳离吴入梁后的公元前153—前150年,则其瞩望梁王倾心待士之用意,可谓深矣。

(三)渲染荆轲的雄才大略和性格气质

《燕丹子》对荆轲的才具、性格、气质等侧面的渲染,包含着邹阳郁郁不得展之命运及性格气质等方面的因素,也反映了他对时代和所处境遇的思考。

对照邹阳境遇,我们认为,荆轲与太子丹之间,有着一层共同的事业基础。而邹阳之所以上书吴王并最终离吴、赴梁后碌碌无为,这奔走吴、梁两地的生计之路和浸染其中的心路历程,不仅在于生活本身,亦且在于从两大诸侯王那里寻求发挥才干的事业天地。然其命不得遇,实为邹阳之人生悲哀处,这衍化出他发而表之于文中的豪迈却跌宕的性格特征。相形之下,荆轲与太子之共同的抗秦选择,虽面临的是共同的悲剧,然其间实施过程,荆轲有着一种"舍我其谁"的烈士豪情,这于邹阳来说,适足以投注其磊落而悲怆的历史情怀。

在《燕丹子》中,对于荆轲的用世抱负、用世之才和施才机会,给予了竭力铺写,这当蕴含着邹阳所求而不得之内心渴求。

关于其用世抱负,《燕丹子》曰"将令燕继召公之迹,追甘棠之化,高欲令四三王,下欲令六五霸",宏愿甚大,且颇具素心仁义。这方面也通过描写太子心情而映衬之,"太子甚喜,自以得轲,永无秦忧",此愿较为切近,然亦寄望于荆轲甚深;

关于其用世之才,《燕丹子》通过田光作了介绍,"光所知荆轲,

①孙星衍:《〈燕丹子〉叙》,见丁锡根编著:《中国历代小说序跋集》(上),人民文学出版社1996年版,第529页。

神勇之人,怒而色不变。为人博闻强记,体烈骨壮,不拘小节,欲立大功。尝家于卫,脱贤士大夫之急十有余人",这是作为志同道合者的观感和评价;更有荆轲自述"士有超世之行者,不必合于乡曲;马有千里之相者,何必出于服舆。昔吕望当屠钓之时,天下之贱丈夫也;其遇文王,则为周师。骐骥之在盐车,弩之下也;及遇伯乐,则有千里之功。如此,在乡曲而后发善,服舆而别良哉",这流溢着对自身才能的自信及幸遇伯乐的舒畅;

关于其施才机会,《燕丹子》曰"光不自度不肖,达足下于太子。夫燕太子,真天下之士也,倾心于足下,愿足下勿疑焉",这也出于田光之口,明晓燕国容有荆轲发挥才具之处;亦有太子之反复诉求,"若因先生之灵,得交于荆君,则燕国社稷长为不灭,唯先生成之";"今荆君不以丹不肖,降辱小国。今丹以社稷干长者,不知所谓",则将燕国之社稷大业和转危为安之重任寄托于荆轲的雄才大略。

对荆轲"欲立大功"于动荡之际、逞才于太子之遇、伸志于燕国的人生境遇,《燕丹子》不吝笔墨,再三申说,这其中有着邹阳对战国之世与游士命运之关系的双重性思考,更有着对荆轲心相投契式的理解和敬重。

荆轲的性格气质,虽不必与作为编著者的邹阳一一对应,但荆轲身上,有着邹阳自身一切的多种折射。经过艺术化的处理,反映在作品中的荆轲,与历史人物当有一定的差距。这些处理和塑造,应有来源于口传和史料的依据,但更多的却应是邹阳心目中的荆轲。

荆轲亦存有"大义"。《燕丹子》对此作了三方面的表现:一是身遭乱世而反抗强秦。作品这一内容在太子与麴武对答中已作过申明,故为避免重复,没有充分展开荆轲这方面的言谈。然而,毫无疑问,这是作为荆轲赴燕的前提而存在着的,更有作品中所提及之"轲出卫都,望燕路,历险不以为勤,望远不以为退"作为暗示。其时卫国故地已被秦国侵占,流血满野,荆轲一路涉险,长途跋涉,对强秦的切

齿之恨,当不亚于太子。故在其与太子对谈中,也流露出"今天下强
国,莫强于秦"一句。这正是荆轲的清醒之处,对抗强秦他并不乐观;
但这也正是荆轲的大义凛然之处,明知秦强而要设法抗争。二是反
映在对摆脱了强秦之后的燕国的期许,希望它能够建立起一个踵迹
召公、兆民应和、实施仁政的强国,恢复仁义之道满乎天下的周初封
国。这无疑带有邹阳的心声,而且类似的表述也出现在其《狱中上梁
王书》之中。三是表现在荆轲对田光、樊於期之死所负起的责任感。
荆轲历尽艰险远途赴燕,原因固然有多重,但对田光的知己之感与以
命相托之义,他既心领神会又自觉地肩负起重任。行刺筹谋阶段他
对太子催促所做的妥协,不会出自其性格,当出于其责任感。而樊於
期之死,直接缘于他之所求,为其报仇则更是荆轲义不容辞之责任。

　　荆轲也有豪迈气性。作品重点描写了荆轲视金钱如粪土、视异
性如无物、视奇珍如凡常的三个细节,这虽为后人所诟病,但适足以
表现荆轲豪迈不羁、轻物重义的情性;在舌战太子客的酒宴上,荆轲
议论风生,展现怀抱,撼动群伦,正是其志士风采的绝妙写照;他自比
于"士有超世之行者""马有千里之相者"并以"吕望""骐骥"等作
喻,不仅见出其源于纵横家本色的自信,更显示其作为道义之士的豪
情;在图穷匕首见之时,他怒叱秦王,以及在最后被砍断两手之际的
"倚柱而笑,箕踞而骂",则更是其壮士形象的集中呈现。荆轲豪放豁
达,血溅秦廷而视死如归,直至今日,国人尚对其缅怀不已。

　　荆轲同样是一位智略之士。这方面最令人印象深刻的是,在秦
廷钟鼓并发、众呼万岁之际,他沉稳勇毅,声色无动,巧妙应对,避免
了因武阳胆怯所致的提前暴露的危险,展示了一位勇士的智略;在筹
谋行刺计划时,他所提出的以督亢地图和樊於期首作为出使信物的
建议,切中秦国的贪婪和秦王的情感,为秦廷行刺扫清了障碍;进入
秦国后所找的"中庶子蒙",因其在秦王宫室并掌管宗室事务的特殊
身份,比一般的外官更容易进说秦王,这也充分显示了荆轲的眼光,

否则,所托非人,有可能见不到秦王,更无从行刺;此外,对"中庶子蒙"所言之语,亦要言不烦,处处扣紧秦王情绪的兴奋点,为面见行刺进一步创造了条件。《燕丹子》尽管重在表现荆轲的壮士形象,但以上这些细节,也写出了他谋略智胜的一面。

荆轲更有"抗直不桡"的一面。作品中主要体现在他与太子所处关系中,有两个细节:一是对太子欲"先遣武阳"的愤怒反应,二是对太子"心不忍"取樊於期首的逆旨做法。前者为当面发作,直接顶撞,出于对太子因焦虑而险坏大事的气急和不满;后者则因樊於期也欲借荆轲之躯而报仇以摆脱生不如死之境地,从而使荆轲做法获得了合理性,并使荆轲之逆旨或抗旨,具备了正当性。

上述荆轲的性格气质,与邹阳的某些侧面若合符节。尽管编作者与作品人物之间,不必近同,实际上也难以近同,然而,编作《燕丹子》,当出于邹阳的有为之作,这使得他有可能倾向于将自身的思考、经历和遭遇,遥托于荆轲这一前代历史人物身上,从中寄放自己的感慨,抒发自己的意气。在其所编作的那些带血的文字里,流动着高远的情思。因此,在多种材料基础上所形成的《燕丹子》文本,反映出战国和汉初这两个游士相对活跃的时代之相同一面。

第三节　历代著录、文本整理和佚文考索

一、《燕丹子》著录情况

书目著录,最重要的是出于历代史志者;除此之外,便是由一些政府机构、藏书家和文人所编制的书目,其权威性一般而言逊于史志。下面,针对《燕丹子》的著录情况,分两部分作些梳理和介绍。其中,史志之外的著录情况,至唐代到近代,几乎代有述及,我们钩稽汇集,依朝代为序,朝代之中则参酌著录者生年,排比先后,

但未敢为是;此外,其中所列举者,为呈示作品著录情况,有溢出于一般书目之外,而延及史籍考述、类书、文集笔记、丛刊辑言、方志条文等。

(一)史志书目著录情况

史志著录是查考书籍情况的重要依据。一般来说,史志书目著录,就书目编制情况而言分两种,一是实录既存之书,二是过录他书所记。相较而言,前者所含的信息舛误较少,比较准确。在二十四史中,有《艺文志》或《经籍志》的,总计六部,即《汉书》、《隋书》、两《唐书》、《宋史》和《明史》;此外,因《清史稿·艺文志》不录古书,故以《四库全书总目》来作代替说明。如此,有关《燕丹子》的史志书目著录,主要有以下一些:

《燕丹子》见于著录,自《隋书·经籍志》始。唐贞观年间,长孙无忌等奉诏修《隋书》,魏徵根据晋荀勖的《中经志》改写《经籍志》,其《经籍三》子部小说类首先著录"《燕丹子》一卷",注曰:"丹,燕王喜太子。"①

五代石晋刘昫奉旨所修《旧唐书·经籍志》,其《经籍下》丙部子录小说类,第二位著录"《燕丹子》三卷",并注曰:"燕太子撰。"②第一位为《鬻子》,注为鬻熊撰,显然不同于《汉志·诸子略·小说》所著录的《鬻子说》。

宋仁宗年间曾公亮等因《旧唐书》而成《新唐书》,欧阳修撰写《艺文志》,其《艺文三》丙部子录小说类,首先著录"《燕丹子》一卷",注曰:"燕太子。"③对是否为燕太子所撰,没有明确肯定,存有疑义。

---

①魏徵等:《隋书·经籍三》,中华书局1973年版,第1011页。
②刘昫:《旧唐书·经籍下》,中华书局1985年版,第989页。
③欧阳修:《新唐书·艺文三》,中华书局1975年版,第1539页。

元代脱脱等所修纂的《宋史》，在《艺文志五》小说类中首先著录"《燕丹子》三卷"①，不题作者。

《明史·艺文志三》小说家类不著录前代作品，故《燕丹子》失于著录。但是，《永乐大典》卷四九〇八辑入《燕丹子》三卷②。这部大型类书编于明永乐年间，初名《文献大成》，汇集古今图书七八千种，由内阁首辅解缙总编。

清乾隆年间纪昀等所撰的《四库全书总目提要》，在子部小说家类存目一之中著录"《燕丹子》三卷，永乐大典本"，并认为"今检《永乐大典》，载有全本，盖明初尚存"，但同时根据《明史》无载的现象认为"至明遂佚"③。对此，余嘉锡先生补充说："此书著录于明陈第《世善堂书目》卷上，则当明之中叶，犹未佚也。"④

（二）其他书目著录情况

《唐六典》是我国现有最早的一部行政法典，唐玄宗时官修，旧题唐玄宗撰、李林甫等注，实为张说、张九龄等人编纂，成书于开元二十六年（738）。其卷十"小说家"谓："以纪刍辞舆诵。《燕丹子》等二十五部，一百二十二卷。"⑤条文内容或依《隋志》，视《燕丹子》为"小说家"代表。

唐代马总是德宗、宪宗时人，所编《意林》一书，据南梁庾仲容所编《子钞》加以增损而成。书籍内容为诸子要语之摘录，所取七十一家，比《子钞》选录精严。它不仅成书年代较早，而且是历代古籍中囊括晋以前子书最多并保存至今的唯一著作。《意林》卷二以"《燕丹

---

① 脱脱：《宋史·艺文志》，中华书局1977年版，第5219页。
② 解缙总编：《永乐大典》（第九册），中华书局1986年版，第8805—8807页。
③ 永瑢、纪昀主编，周仁等整理：《四库全书总目提要》，海南出版社1999年版，第733—734页。
④ 余嘉锡：《四库提要辨证》，中华书局1980年版，第1165页。
⑤ 李林甫：《唐六典》，中华书局1992年版，第300页。

子》三卷"为目,摘录作品四段内容,长短不一,计525字①。

　　宋代《崇文总目》卷五著录"《燕丹子》三卷",注曰"燕太子丹撰"②,与《旧唐志》同而与《新唐志》异。如同《战国策》著录情况一样,可能这里依据的还是唐代政府藏书目录《古今书录》,所反映的是唐代书籍收藏的情况。

　　两宋之际的郑樵,所著《通志》为古代典制体"三通"之一,其中"二十略"为该书精华。在《艺文略》第六"小说"类中,著录"《燕丹子》一卷",注曰"丹,燕王喜太子"③。

　　南宋王应麟私纂的类书《玉海》,在艺文类谓"九曰小说家。自《燕丹子》至《冥报记》,三十九家四十一部三百八卷"④。同时,在其所撰之札记考证性质、被誉为宋代考据笔记三大家的《困学纪闻》最末之卷二十"杂识"中,记录了"《燕丹子》:荆轲曰:'高欲令四三王,下欲令六五霸。'"并附注:"'四三王,六五帝''四三坟,六五典''三二曜,六五纬',皆本于此。"⑤王氏通过著录、摘引、考证,肯定了《燕丹子》早出的事实及对后世的影响,值得关注。

　　宋元之际的藏书家尤袤将家藏书籍"汇而目之"编成了《遂初堂书目》一卷,这是我国最早的一部版本目录。在"杂家类"中著录"《燕丹子》"⑥。此种著录体例,与其他书目记书名、解题、卷数和著述人姓氏相异。为此,《四库全书总目提要》"疑传写者所删削,今本

----

① 马总:《意林》,见周光培等校勘:《笔记小说大观》(第一册),江苏广陵古籍刻印社1983年版,第188页。
② 王尧臣:《崇文总目辑释》,中华书局1985年版,第154页。
③ 郑樵:《通志》,浙江古籍出版社2000年版,第797页。
④ 王应麟:《玉海》,景印《文渊阁四库全书》第944册,(台北)台湾商务印书馆1986年版,第418页。
⑤ 王应麟:《困学纪闻》,上海古籍出版社2014年版,第569页。
⑥ 尤袤:《遂初堂书目》,中华书局1985年版,第17页。

非其原书"①。

元代马端临《文献通考》之《经籍考》四十二著录"《燕丹子》三卷",并引《中兴艺文志》注曰"丹,燕王喜太子。此书载太子丹与荆轲事",再引周氏《涉笔》曰"今观《燕丹子》三篇"②。

明初宋濂《宋学士文集》,在杂著类《诸子辨》中记载:"《燕丹子》三卷。丹,燕王喜太子,此书载其事为详"③,并分析其作年为秦汉。

胡应麟《少室山房笔丛》在丁部《四部正讹下》,谓"《燕丹子》三卷,当是古今小说杂传之祖"④。

明代名臣杨士奇,也是一位藏书家和目录学家,任《明太祖实录》《明仁宗实录》《明宣宗实录》总裁,并据北京内阁秘书,与马愉、曹鼐合编《文渊阁书目》。在《文渊阁书目》卷七"洪字号第一橱书目"之"子书"类里,著录"《燕丹子》一部一册(阙)"⑤,说明当时即已有阙文,或与今本结尾之阙情况类似。值得注意的是,在其书目排列时,在同一类中,约按所判断之成书先后为序,《燕丹子》排序在"《韩非子》一部十册(阙)"与"《战国策》一部四册(完全)"之间,显见编者视其为战国末期书。《四库全书总目提要》谓此书目"本当时阁中存记册籍,故所载书多不著撰人姓氏。又有册数而无卷数,惟略记若干部为一橱,若干橱为一号而已""今阅百载,已散失无余。惟藉此编之

<hr>

① 永瑢、纪昀主编,周仁等整理:《四库全书总目提要》,海南出版社1999年版,第448页。

② 马端临:《文献通考·经籍考》,中华书局1986年版,第1755页。

③ 无名氏撰,程毅中点校:《燕丹子·附录》,中华书局1985年版,第29页。

④ 胡应麟:《少室山房笔丛·四部正讹下》,上海书店出版社2001年版,第316页。

⑤ 杨士奇:《文渊阁书目》,景印《文渊阁四库全书》第675册,(台北)台湾商务印书馆1986年版,第150页。

存,尚得略见一代秘书之名数,则亦考古所不废也"①,所言即为其著录体例和价值。

明史学家柯维骐所编《宋史新编》,是对《宋史》的改撰与补修,在志三十七小说家类中,著录"《燕丹子》三卷"②,因仍原《宋史》。

晚明大儒焦竑以郑樵《通志·艺文略》为基础,编《国史经籍志》,在卷四子类之小说家,著录"《燕丹子》一卷"③。此外,在其"世说体"笔记《焦氏类林》中摘录《燕丹子》开头一段④。

明万历戊戌进士顾起元撰《说略》三十卷,杂采说部,然其分门排比、编次之法实同类书。此书在卷十三著录介绍小说家书目,其中有"《燕丹子》"⑤,位在《虞初周说》与《青史子》之间,显然无序,不应作为判定作年之据。

何良俊撰笔记《四友斋丛说》三十八卷,在卷十九介绍子书时列举《燕丹子》篇名,并视其为纵横之流⑥。

明末名将、音韵学家、藏书家陈第,据其数万卷藏书而编《世善堂藏书目录》二卷,在上卷著录"《燕丹子》三卷"⑦。

明末清初傅维鳞所编《明书》,被誉为第一部明代全史。其书于志,类目极详,共设二十二志。《经籍志》十七子书类中,著录"《燕丹子》"⑧。

---

①永瑢、纪昀主编,周仁等整理:《四库全书总目提要》,海南出版社1999年版,第448页。

②柯维骐:《宋史新编》,(台北)新文丰出版公司1974年版,第243页。

③焦竑:《国史经籍志》,商务印书馆1939年版,第182页。

④焦竑:《焦氏类林》,商务印书馆1939年版,第345页。

⑤顾起元:《说略》,景印《文渊阁四库全书》第964册,(台湾)商务印书馆1986年版,第580页。

⑥何良俊:《四友斋丛说》,中华书局1959年版,第177页。

⑦陈第:《世善堂藏书目录》,中华书局1985年版,第12页。

⑧傅维鳞:《明书》,商务印书馆1936年版,第1547页。

清代沈炳震《唐书合钞》卷七十四志五十,在小说家中著录"《燕丹子》三卷",注曰"新书一卷,燕太子撰"①。

汪师韩《文选理学权舆》卷二,在诸子类中著录"《燕丹子》"②。

孙星衍辑刊《平津馆丛书》,为《燕丹子》所作序文称"《燕丹子》三篇,世无传本,惟见《永乐大典》",又谓"此书宋时多有其本……自明中叶后,遂以亡逸"③,对作品传本情况作了判断。

周中孚《郑堂读书记》卷六十子部十一之上,记载"《问经堂丛书》十八种(承德孙氏刊本)",著录"《燕丹子》一卷",注曰"孙冯翼辑,见子部小说家类"④;又在卷六十三子部十二之一小说家类一杂事上(秦至五代)中,首条著录"《燕丹子》一卷",注曰"《问经堂丛书》本",条目下记有"不著撰人名氏。《四库全书存目》《隋志》《旧唐志》《崇文目》《通考》《宋志》俱作三卷,惟《新唐志》《通志》俱作一卷。其书久亡,今馆臣从《永乐大典》录出,虽分为三卷,而实未盈十叶,故是仍并为一卷焉"云云⑤,对《燕丹子》历代著录和成书情况等作出分析。

罗士琳《旧唐书校勘记》卷二十九,在小说家类中考证曰:"《燕丹子》三卷。殿本考证云'新书一卷'。按沈氏炳震亦引新书。"⑥

张之洞《书目答问》成于1875年,时任四川学政。其书列举了两千两百种书籍,是一部指示治学门径的书目。在其子部著录"《燕丹

①沈炳震:《唐书合钞》,书目文献出版社1992年版,第504页。
②汪师韩:《文选理学权舆》,《续修四库全书》第1581册,上海古籍出版社2002年版,第28页。
③孙星衍:《〈燕丹子〉叙》,见丁锡根编著:《中国历代小说序跋集》(上),人民文学出版社1996年版,第528—529页。
④周中孚:《郑堂读书记》,商务印书馆1940年版,第1178页。
⑤周中孚:《郑堂读书记》,商务印书馆1940年版,第1243页。
⑥罗士琳:《旧唐书校勘记》,《续修四库全书》第284册,上海古籍出版社2002年版,第183页。

子》三卷",注曰"章宗源辑,岱南阁本。又平津馆本,问经堂本一卷,杂"①,将《燕丹子》归属于杂家类书,并根据孙星衍《序》,提示孙氏岱南阁本为浙江山阴人章宗源所辑。

张之洞(光绪)《顺天府志》,在《艺文志一》之"纪录顺天事之书"中,序称"纪录顺天事,见于史志者,以《燕十事》为始,而《燕丹子》亦宾客所记,非太子自撰",于正文"列国"时类中首篇著录"《燕丹子》三卷",注曰"《隋志》一卷,《新唐志》三卷,《旧唐志》三卷,《宋志》三卷,《四库全书存目》三卷";同时正文标以"存",注曰"孙冯翼问经堂刊本,孙星衍岱南阁本、平津馆校正本"②。值得注意的是,最早见于史志之《燕十事》排在之后的"汉"时类中,这可见出编者的作年观点。又在《艺文志二》之"顺天人著述一"序称"《燕丹子》,决非自著类,皆删削,无取坿(按:"附")益。兼载刊本者,近人目录学新例也"③,表达了对于作者问题的看法。

姚振宗在《汉书艺文志拾补》卷二中,显然认为《燕丹子》被《汉志》所遗,著录"《燕丹子》一卷",并汇录历代史志著录:"《隋志》子部小说家'《燕丹子》一卷,丹,燕王喜太子'。《唐经籍志》'《燕丹子》三卷,燕太子撰'。《艺文志》'《燕丹子》一卷,燕丹子'。《宋史志》'《燕丹子》三卷'",同时载录"孙氏平津馆、岱南阁两本校刊《序》"④。

姚振宗《隋书经籍志考证》卷三十二子部九,在小说家类中著录"《燕丹子》一卷。丹,燕王喜太子",并随之汇录历代史志的著录情况:"《唐书·经籍志》:《燕丹子》三卷,燕太子撰。《唐书·艺文志》:

①张之洞:《书目答问》子部,商务印书馆1936年版,第2页。
②张之洞:(光绪)《顺天府志》,(台北)文海出版社1965年版,第9564—9565页。
③张之洞:(光绪)《顺天府志》,(台北)文海出版社1965年版,第9681页。
④姚振宗:《汉书艺文志拾补》,开明书店1936年版,第84页。

《燕丹子》一卷,燕太子。《宋史·艺文志》:《燕丹子》三卷。《文献经籍考·中兴艺文志》:《燕丹子》三卷。丹,燕王喜太子,此书载太子丹与荆轲事。"①

藏书家缪荃孙《艺风堂文续集》卷四,著录"《燕丹子》三卷",注曰"不著撰人名氏"②;并在卷二评曰:"《燕丹子》传奇体也,《西京杂记》小说体也。至《太平广记》以博采为宗旨,合两体为一帙,后人遂不能分。"③

约刊于1868年的佚名《唐书艺文志注》,在其卷三汇录了《燕丹子》的版本系统,即一卷本、三卷本。其著录内容为:"《燕丹子》一卷",注言"燕太子。《隋志》:《燕丹子》一卷,燕太子丹,见《史·燕召公世家》,今存";又"《燕丹子》三卷",注言"燕太子撰"④。

廖平《今古学考》卷上,在今古杂之集部中著录"《燕丹子》"⑤。

刘锦藻《清续文献通考》四百卷,为《十通》之一。其《经籍考》十四中著录孙星衍编《平津馆丛书》四十三种,于甲集中载"《燕丹子》三卷";同时著录孙星衍编岱南阁丛书十六种,载"《燕丹子传》一卷,孙星衍"⑥。

近代浙江杭县人丁仁根据家族八千卷楼藏书编《八千卷楼书目》,在卷十四子部小说家类著录"《燕丹子》三卷",注曰"不著撰人

①姚振宗:《隋书经籍志考证》,开明书店1936年版,第459页。
②缪荃孙:《艺风堂文续集》,中国科学院图书馆藏清宣统二年刻民国二年印本,第25页。
③缪荃孙:《艺风堂文续集》,中国科学院图书馆藏清宣统二年刻民国二年印本,第23页。
④佚名:《唐书艺文志注》,《四库未收书辑刊》中部01辑30册,北京出版社1997年版,第69—70页。
⑤廖平:《今古学考》,四川存古书局刊本1921年版,第26页。
⑥刘锦藻:《清续文献通考》,商务印书馆1936年版,第10143页。

名氏。问经堂逸子本,平津馆本,子书百种本"①,介绍了由孙星衍整理本所衍化出来的诸种刻本。

二、相关问题的讨论

围绕着《燕丹子》的历代著录情况,结合对作品的引录,我们围绕几个问题,作些讨论。

(一)《燕丹子》流传情况考述

邹阳汉初编作《燕丹子》之后,与其他有关荆轲刺秦之事的史记、传闻和故事一起流行,其文本内容有的被采于文人记载,其中刘向在《别录》中作了著录,佚文见于《史记集解》和《史记索隐》。王充《论衡》中的辩议内容有可能是针对《燕丹子》而发,应劭《风俗通义》所记之相关部分内容,很有可能也出于已被视为小说的《燕丹子》。西晋初年荀勖、张华等编撰《中经新簿》以及后者之《博物志》,已清晰地著录、摘引《燕丹子》,其中,著录之条文为《隋志》所沿用。南朝梁代庾仲容《子钞》以摘章寻句式的方式,摘录了《燕丹子》前后内容,篇幅几达原文的六分之一,日后为马总《意林》所用。《水经注》也引录《燕丹子》内容并明确标示篇名。

在汉代至六朝的流传过程中,作为编作者的邹阳很有可能一开始就没有署名于其上,《燕丹子》或是以佚名所编作的形式流传于世,这大约是这部作品早期被混同于同类故事而非一部明确的作品的原因,也是它被太史公统称为"世言"、王充题之以"传书"等、应劭引录而失题的重要因素;此外,《燕丹子》的篇名存在着与今名不一致的现象,符合早期古书一书多题的规律;另外,在这一阶段,《燕丹子》不存在缺佚的现象,差不多成于六朝末年的《琱玉集》有逸出于今本《燕丹子》的廷刺后事。至于《子钞》所摘录的最后一部分,与今本相同,

①丁仁:《八千卷楼书目》,国家图书馆出版社2009年版,第207页。

均终止于荆轲刺秦不成被杀，可能在于余文不甚精彩的缘故。

　　自《隋志》正式著录《燕丹子》以来，公私书目和各类载体对《燕丹子》的著录便代际相传，没有中断，显示了《燕丹子》自唐代至近现代稳定流传的情况。

　　隋代杜公瞻《编珠》在珍宝部引录荆轲掷金投蛙之事①，开创了后世大小类书引录《燕丹子》的先河，其中就有唐代欧阳询《艺文类聚》②、徐坚《初学记》③、虞世南《北堂书钞》④等。《隋志》的著录，将《燕丹子》列于"小说"首位，肯定其作年为早；新旧《唐志》和《唐六典》，对《燕丹子》的排名顺序与《隋志》类似，它们虽在注言中对卷数和撰作人有不同的记载和猜测，但也正恰当地反映了作品之编作者佚名的原始面貌，以及早期好事者裁篇为数卷的情况。唐代六臣注《文选》大量采用《燕丹子》内容⑤，并且出注顺序在同类材料之前。马总《意林》承《子钞》而有所删削，但《燕丹子》内容仍予以保留；活动时期与马总相近的李翱，在《题燕太子丹传后》中所概述的内容多于《意林》所录，估计唐代《燕丹子》还未阙失。众多唐代文人如李白、杜甫、白居易、李商隐、骆宾王等在诗中化用《燕丹子》作品中的事例为典故。

　　宋元时期，对《燕丹子》的著录不断，各种类书广泛引录，显示了

①杜公瞻：《编珠》卷三补遗，景印《文渊阁四库全书》第887册，（台北）台湾商务印书馆1986年版，第79页。
②欧阳询：《艺文类聚》，景印《文渊阁四库全书》第888册，（台北）台湾商务印书馆1986年版，第237、312、430、687、732、839页。
③徐坚：《初学记》，中华书局1962年版，第18、378、646页。
④虞世南：《北堂书钞》卷一百四十三酒食部二，景印《文渊阁四库全书》第889册，（台北）台湾商务印书馆1986年版，第730页。
⑤萧统：《六臣注文选》，景印《文渊阁四库全书》，（台北）台湾商务印书馆1986年版，第1330册，第224、273、349、479、587、614、663页；第1331册，第67—68、99、105、108页。

《燕丹子》流传繁盛的情况。《崇文总目》依据唐《古今书录》著录《燕丹子》,《通志》"艺文略"、尤袤《遂初堂书目》、《宋史》等亦有著录,王应麟和马端临有考述文字,《太平御览》①《记纂渊海》②《玉海》等类书有收集摘录,东坡诗作和吴淑《事类赋》③等文人创作以及《通鉴外纪》④等史书也多有引及,袁褧《枫窗小牍》更是保存了南宋读者的序言⑤,弥足珍贵,显示《燕丹子》在民间社会的流传情况。有学者认为,"宋代藏书大家若晁公武、尤袤、陈振孙等书目皆未著录,恐仅存于内阁,民间少见"⑥,失于查检,判断有误。

　　这一阶段的流传特征有三:一是对《燕丹子》的图书情况已有研讨,二是《燕丹子》广泛流传在上层和民间社会,三是从类书大规模的引文来看,已不见荆轲被杀后的文字内容,《燕丹子》的阙失,可能出现在编辑《太平御览》以前。

　　明代《燕丹子》的存世情况,一直被学术界质疑。《四库全书总目提要》谓"《宋志》尚著于录,至明遂佚。……今检《永乐大典》载有全本,盖明初尚存"⑦;孙星衍则修正说"《燕丹子》三篇,世无传本,

①李昉:《太平御览》,景印《文渊阁四库全书》,(台北)台湾商务印书馆1986年版,第894册,第471页;第896册,第187、356、368、380、386、426、433、532页;第897册,第407、438、458、478页;第898册,第117、140、333页;第899册,第256、384、699页;第900册,第277、372、534、597页;第901册,第69、213、217、437页。
②潘自牧:《记纂渊海》,中华书局1988年版,第1145、1295页。
③吴淑:《事类赋》,景印《文渊阁四库全书》第892册,(台北)台湾商务印书馆1986年版,第899、968、972、991页。
④刘恕:《通鉴外纪》,商务印书馆1936年版,第16页。
⑤此书开卷有"予迫猝渡江,侨寓临安山中"之语,可见时为南宋。
⑥黄东阳:《失落的英雄——由"英雄历程"解析〈燕丹子〉之文化意涵及士人心理》,(台北)《东吴中文学报》第二十期(2010年11月)。
⑦永瑢、纪昀主编,周仁等整理:《四库全书总目提要》,海南出版社1999年版,第734页。

惟见《永乐大典》……自明中叶后，遂以亡佚。故吴琯、程荣、胡文焕诸人刊丛书，俱未及此"①；余嘉锡进而补充说"此书著录于明陈第《世善堂书目》卷上，则当明之中叶，犹未佚也。唐以前书传于今者盖寡"②。索诸三家意见，四库馆臣认为明初以后失佚，孙星衍认为失佚始于明中叶，余嘉锡保留了失佚的说法但具体否定孙星衍观点。总结起来说，这三家的共同点在于认为《燕丹子》曾在明代失佚。

其实这事不难解决。考《永乐大典》定稿进呈时间为永乐五年（1407）；陈第（1541—1617）《世善堂书目》成于万历四十四年（1616）；吴琯生年为1546，卒年不详；程荣生卒年不详，曾校刊《汉魏丛书》三十八种，前有万历壬辰（1592）屠隆序；胡文焕生卒年亦不详，明万历至天启间人（1596年前后在世），一生刊刻图书多达六百余种，《胡氏粹编》《稗家粹编》《宝文堂书目》这几种丛书与小说有关。

故此，《燕丹子》在明代流传情况，仅按以上三家之说，结论也值得思量。若以《永乐大典》为据，则当明初在内阁存在；若以《世善堂书目》为据，编成已在明末，距明亡已不远，且其为私家书目，显示在明末以前，该书在民间流传；而吴琯、程荣、胡文焕诸人刊丛书，均在陈第《世善堂书目》编成之前，不可以它们之未刊来断定"至明遂佚""自明中叶后，遂以亡佚""当明之中叶，犹未佚也"。正确的结论应该是：检《世善堂书目》，则当明末，该书未佚。上述这一影响学界多年的"佚失说"，盖源出四库馆臣之不当疑而疑。

从明代对《燕丹子》的著录情况来看，也可看出《燕丹子》流传情

---

①孙星衍：《〈燕丹子〉叙》，见丁锡根编著：《中国历代小说序跋集》（上），人民文学出版社1996年版，第528—529页。

②余嘉锡：《四库提要辨证》，中华书局1980年版，第1165页。

况。《永乐大典》收录,宋濂、胡应麟、杨士奇、柯维骐、焦竑、顾起元、何良俊、陈第、傅维鳞等贯穿了整个明代始末的诸家著录和考述,反映了内阁、文人和藏书家们对《燕丹子》的集体关注。

更值得一提的是,大量见诸明人笔记、类书和诗文选等之引录和摘录,直接反映了《燕丹子》的现实化存在。陈天定《古今小品》①、陈耀文《天中记》②、董说《七国考》③、董斯张《广博物志》④、冯惟讷《古诗纪》⑤、梅鼎祚《皇霸文纪》⑥、梅鼎祚《古乐苑》⑦、钱希言《剑荚》⑧、夏树芳《词林海错》⑨、徐元太《喻林》⑩、郑若庸《类隽》⑪、周履靖《茹草

①陈天定:《古今小品》,《四库禁毁书丛刊》集部 056 册,北京出版社 1997 年版,第 544 页。

②陈耀文:《天中记》,景印《文渊阁四库全书》,(台北)台湾商务印书馆 1986 年版,第 965 册,第 25、510—511、657—658、729 页;第 967 册,第 2、6、30、266—267、402、416、732、797 页。

③董说:《七国考》,景印《文渊阁四库全书》第 854 册,(台北)台湾商务印书馆 1986 年版,第 849、868、870、892、894、903、917、993 页。

④董斯张:《广博物志》,景印《文渊阁四库全书》,(台北)台湾商务印书馆 1986 年版,第 980 册,第 188、801 页;第 981 册,第 233 页。

⑤冯惟讷:《古诗纪》,景印《文渊阁四库全书》第 1379 册,(台北)台湾商务印书馆 1986 年版,第 35 页。

⑥梅鼎祚:《皇霸文纪》,景印《文渊阁四库全书》第 1396 册,(台北)台湾商务印书馆 1986 年版,第 128—129、146 页。

⑦梅鼎祚:《古乐苑》卷三十琴曲歌辞,景印《文渊阁四库全书》第 1395 册,(台北)台湾商务印书馆 1986 年版,第 321—322 页。

⑧钱希言:《剑荚》,《续修四库全书》第 1110 册,上海古籍出版社 2002 年版,第 416 页。

⑨夏树芳:《词林海错》,《四库未收书辑刊》04 辑第 30 册,北京出版社 1997 年版,第 164 页。

⑩徐元太:《喻林》,景印《文渊阁四库全书》,(台北)台湾商务印书馆 1986 年版,第 958 册,第 451、714 页;第 959 册,第 684 页。

⑪郑若庸:《类隽》,上海辞书出版社 1991 年版,第 374、512、677—678 页。

编》①等,均有今本《燕丹子》的内容及其原文。

以上这些引录和摘录,不能排除少量的转摘于前代笔记或类书的条文,但像《天中记》那样从卷一到卷五十七、数目多达十三条的原文摘录,就无法以"转摘"之名而污蔑之;《七国考》直接引录并加以逐一考据的条文也多达十三条,并自述"余又按"云云,强调其来源于第一手资料;《皇霸文纪》直接引录《与魏武书》《与燕太子丹誓书》并详加考查,其间夹杂"并有脱误""事与语稍不同"等研究性字眼;而《喻林》则在相关条目里,明确指出材料来源,标注"《意林》《燕丹子》"。这些,均能说明《燕丹子》实际存在于明代文人的案头。

明代《燕丹子》流传特征是受到上层社会和文人的高度关注。就前者而言,被收于皇家所编类书《永乐大典》、被著录于内阁书目的《文渊阁书目》;就后者而言,既体现在文人阶层的广泛著录,也体现在数量众多的摘引之文。

清代,《燕丹子》仍流传不衰,甚至在孙星衍辑本出来以后,成为文人热议和摘录的中心。在被《四库全书》作为"小说家类存目"保存和著录之前二百年左右,傅维鳞、沈炳震、汪师韩等均有著录之语;之后,孙星衍、周中孚、罗士琳、张之洞、姚振宗、缪荃孙、廖平、丁仁等也有著录和评议。

《燕丹子》的被各类图书大量摘引,似乎更能直接反映《燕丹子》的流传情况。在这方面,与明代一样,清代有陈厚耀《春秋战国异辞》②、杜文澜《古谣谚》③、桂馥《札朴》④、桂馥《说文解字义

---

① 周履靖:《茹草编》,中华书局1991年版,第168页。
② 陈厚耀:《春秋战国异辞》,景印《文渊阁四库全书》第403册,(台北)台湾商务印书馆1986年版,第697—699页。
③ 杜文澜:《古谣谚》,《续修四库全书》第1601册,上海古籍出版社2002年版,第503页。
④ 桂馥:《札朴》,中华书局1992年版,第167页。

证》①、罗惇衍《集义轩咏史诗钞》②、马骕《绎史》③、王初桐《奁史》④、
吴士玉《骈字类编》⑤、严可均《全上古三代秦汉三国六朝文》⑥、袁枚
《随园随笔》⑦、张英《渊鉴类函》⑧、张玉书《佩文韵府》⑨等,均有详
尽引文。

　　由上观知,《燕丹子》的历代流传之迹,可从公私书目著录、文人
著作和各种图书的引录上来进行梳理。在这些方面,《燕丹子》作为
汉初即已面世的小说作品,代有著述,享有极高的关注度,这在中国
小说史上,可能是唯一的。

　　(二)关于《燕丹子》的性质

　　对于《燕丹子》的性质,从《隋志》始,凡史志有著录的,均列于子
部小说类之中,这使得其作品性质相对比较明确;并且,考虑到其作
年较早,又大多列于小说类之首。

①桂馥:《说文解字义证》,中华书局1987年版,第212、503、701、996页。
②罗惇衍:《集义轩咏史诗钞》(第1册),三秦出版社2014年版,第116—117页。
③马骕:《绎史》,景印《文渊阁四库全书》第368册,(台北)台湾商务印书馆
　　1986年版,第353—359页。
④王初桐:《奁史》,《续修四库全书》,上海古籍出版社2002年版,第1251册,第
　　533页;第1252册,第48页。
⑤吴士玉:《骈字类编》,景印《文渊阁四库全书》第1001册,(台北)台湾商务印
　　书馆1986年版,第98页。
⑥严可均:《全上古三代秦汉三国六朝文》,中华书局1958年版,第27—28页。
⑦袁枚著、王英志主编:《随园随笔》,《袁枚全集》第5册,江苏古籍出版社1993
　　年版,第22页。
⑧张英:《渊鉴类函》,景印《文渊阁四库全书》,(台北)台湾商务印书馆1986年
　　版,第982册,第83页;第985册,第717页;第988册,第527、529、550、575、
　　577页;第991册,第302、424、438、633、739页;第992册,第519、542页;第
　　993册,第281、328、534、830页。
⑨张玉书:《御定佩文韵府》,景印《文渊阁四库全书》,(台北)台湾商务印书馆
　　1986年版,第1012册,第568、671页;第1016册,第63页;第1017册,第731
　　页;第1022册,第376页;第1024册,第22页;第1027册,第42、80页。

与多数史志的著录有所不同的是,《四库全书总目》列其于小说
家类存目,似有将其从小说类作品中除名的倾向①。按《总目提要》
所述的理由,在于"其文实割裂诸书燕丹、荆轲事杂缀而成,其可信
者,已见《史记》。其他多鄙诞不可信,殊无足采。谨仰遵圣训,附存
其目"。这里的关键,乃在于"不可信",实与四库馆臣的小说观念有
关系。这种小说观念,就是"寓劝戒、广见闻、资考证",亦即"近雅驯
者"②。从这种小说观念出发,《四库全书总目》对唐代传奇大多不予
著录,对其时正处于发展期的章回演义体小说亦焉而不察,名列四库
总纂官之首的纪昀更是对《聊斋志异》的传奇体和虚构性大加贬词。
对《燕丹子》,四库馆臣不仅以"不可信"为由斥其于小说家类存目,
而且还在《四库全书总目·凡例》中特予说明以作为显例:

> 至于其书虽历代著录而实一无可取,如《燕丹子》、陶潜《圣
> 贤群辅录》之类,经圣鉴洞烛其妄者,则亦斥而存目,不使
> 滥登。③

我们看到,在所录两则贬斥《燕丹子》的引文中,均有"仰遵圣训"和
"圣鉴洞烛"的文词,可见四库小说观念已不单纯是一个文学观念的
问题,它深受上层意识形态思想的影响。在《四库全书》修纂过程中,
从乾隆三十七年正月至乾隆五十五年六月,乾隆总计发布了二十五
道圣谕,对全书修纂提出了方方面面既宏且微的要求。这些圣谕,后
作为《四库全书总目卷首》。然而,《燕丹子》的艺术魅力还是强烈地

①按《四库全书》所收,分为"应刊""应钞""存目"三项。
②《四库全书总目提要》"小说家类"的说明,见永瑢、纪昀主编,周仁等整理.《四
　库全书总目提要》,海南出版社 1999 年版,第 714 页。
③永瑢、纪昀主编,周仁等整理:《四库全书总目提要》,海南出版社 1999 年版,第
　12 页。

吸引了纪昀本人。余嘉锡先生对此分析认为："纪晓岚于修《四库书》时既斥其书不录，而乃私自抄存，复以其本授人，则知其于此书亦所甚爱。盖虽职为总纂，而于去取群书之际，有为高宗御题诗文所压，不能尽行其志者矣。"①无论纪昀对《燕丹子》的个人倾向如何，总体上我们认为，为四库馆臣的小说观念所难容的作品，被他们认为"不可信"而予以贬斥的作品，反过来恰恰是这些作品之所以成为小说作品的重要依据，我们这里指的是古代小说的民间性、叙事性和虚构性特征。因此，《四库全书总目》对《燕丹子》的态度，反而证明了它的小说性质。

然而，史志书目之外的其他著录，在反映《燕丹子》性质方面，有与"小说"或"小说家"性质相异者：

1. 归于子书：杨士奇《文渊阁书目》、何良俊《四友斋丛说》、傅维鳞《明书·经籍志》、汪师韩《文选理学权舆》；

2. 归于子书杂家者：尤袤《遂初堂书目》、宋濂《宋学士文集》、张之洞《书目答问》；

3. 归于子书杂家之集部：廖平《今古学考》。

可以看出，上述三类，在将《燕丹子》视为子书方面，没有歧见。后面两类，则是对子书类下的细化。

子书的概念确立于《汉志》，后为《隋志》所完善，并为历代沿用。在《汉志》中，"诸子略"有十家，其中"小说家"为第十家，"诸子十家，其可观者九家而已"②，有着将小说从诸子略中独立出来的倾向，蕴含着将小说家与其他九家政教之学区别开来的意识，显示了初步的文学和小说观念③。在述及区分各家标准之时，《汉志》溯源至周代

---

①余嘉锡：《四库提要辨证》，中华书局1980年版，第1166页。
②班固撰，颜师古注：《汉书·艺文志》，中华书局1962年版，第1746页。
③叶岗：《中国小说发生期现象的理论总结——〈汉书·艺文志〉中的小说标准与小说家》，《文艺研究》2005年第10期。

王官之学的分流。在《隋志》,子书分十四种,小说为第六种,并谓"儒、道、小说,圣人之教也,而有所偏。兵及医方,圣人之政也,所施各异"①。在此,《隋志》虽然意在提高小说的政治和社会地位,但就文学观念而言,却后退于《汉志》。子部小说的观念,直到《四库全书》编纂之时仍在使用,一直约束着中国小说的发展,

故此,上述三方面的著录,所体现的就是由《汉志》所确立并被《隋志》所强化的子部小说的观念。在这些著录者的观点中,我们认为身处民国之际的廖平,可能有着较为现代的文学观念,独独将《燕丹子》与子部杂家之集部联系到一起,表明他对《燕丹子》文学成分的自觉意识,这在众多著录者中是值得特予指出的。

至于将《燕丹子》视为杂家,这可能出于作品内容所难以归类之故,也有可能在这些著录者和文人那里,因非是正史,故在子部中没有专设"小说"类;也有可能,是出于文学意识的淡漠。但无论怎样解释,在所有对《燕丹子》作品性质的界定中,这一类是最不准确的。就准确性而言,胡应麟语"古今小说杂传之祖",最为允当。

(三)关于《燕丹子》的卷数

先就史志著录情况来看。

从上列史志以及其他对《燕丹子》卷数情况的著录来看,《隋志》和《新唐志》著录为一卷,而《旧唐志》《宋志》和《四库全书总目》则著录为三卷,《永乐大典》本也为三卷,可见此书在历史上存在着一卷与三卷之疑。

关于这一问题,合理的推测是:《燕丹子》成书之初,当为一卷。作为官方权威史志,《隋志》所载,显然是有根据的。《战国策·燕策三》和《史记·刺客列传》所载的荆轲刺秦故事,其情节主干和主要人物与《燕丹子》并无大异,它们并无分卷或分篇的迹象。《新唐志》

①魏徵等:《隋书·经籍三》,中华书局1973年版,第1051页。

所载,其卷数乃至随行附注中的释题,则多以《隋志》为准而与《旧唐志》有异,故亦著录为一卷。估计是在《旧唐志》撰写之前、《隋志》撰写之后,《燕丹子》在流传过程中,有的本子掺进了后人加工整理的成分,这包括对作品进行分卷处理和妄题作者。到底在何时,我们在下文作针对性说明。

《旧唐志》根据流传的《燕丹子》实际面目来进行著录,于卷数题为三卷,于作者题为燕太子撰。从《燕丹子》流传下来的《永乐大典》本来看,进行分卷处理的依据是:以作品主要人物燕丹子所先后引出的三个人物即鞠武、田光、荆轲的言行来分卷。

经过这种处理后的《燕丹子》,在文本基本面目包括字数方面,与古本即《隋志》所著录的一卷本并无多少出入,但从阅读感受方面而言,则在一定程度上削弱了燕丹子作为主要人物所应赋予读者的连续而强烈的影响。当然,由于《新唐志》著录仍为一卷,因此,虽然我们认为《新唐志》著录主要因仍《隋志》,但也并不排斥在宋代新、旧《唐志》撰写前后,古本即一卷本《燕丹子》与流传本即三卷本《燕丹子》并行于世的可能。而流传本在作者问题上所增的"燕太子撰"显然属于妄题,估计在《新唐志》撰写之前已为有心人订正。在元代撰写的《宋志》,《燕丹子》已明确著录为三卷,可能此时《燕丹子》古本已流失或不为人所重,而流传本则取其位而代之。明代《永乐大典》本亦分三卷,是今人所能见到的流传本中的最古版本。《四库全书总目》同样著录为三卷,但在《提要》中则有一番辨析:此书"《隋志》作一卷,《唐志》《宋志》及《文献通考》并作三卷。《永乐大典》所载并为一卷,而实作三篇。故今仍以三卷著录焉"。按《永乐大典》本实以三卷抄写,有明确的提示语。首句"燕丹子质于秦"之前,即有"《燕丹子》卷上"字样;中间"田光见太子"与"荆轲之燕"之前,同样有"《燕丹子》卷中"与"《燕丹子》卷下"字样,显然全书有卷上、卷中、卷下的三卷之分。但在抄写技术上,三卷前后相接并在一起,每卷之间只以随着提示语的前后两个空格作为间隔而无截断分栏或分页,因此,《提要》才说《永乐大典》本"所载并为一卷,而实作三篇",故虽误但可谅。

除史志著录之外,历代众多著录者和论者总计二十七家也对《燕丹子》卷数情况作有说明,下面简单地附议一下:

1. 首先,周中孚《郑堂读书记》、张之洞《书目答问》和(光绪)《顺天府志》、姚振宗《汉书艺文志拾补》和《隋书经籍志考证》等已经明确意识到并指出《燕丹子》在历史上存在着一卷本和三卷本这两个版本系统,但在具体归类时却出现错误,如周中孚谓"《四库全书存目》《隋志》《旧唐志》《崇文目》《通考》《宋志》俱作三卷,惟《新唐志》《通志》俱作一卷",其误在于《隋志》应为一卷;张之洞《书目答问》谓"《隋志》一卷,《新唐志》三卷,《旧唐志》三卷,《宋志》三卷,《四库全书存目》三卷",其误在于《新唐志》应为一卷,这个错误也出现在(光绪)《顺天府志·艺文志》中。在汇录历代著录之卷数情况中,惟清末山阴人姚振宗无误。

2. 除史志之外的二十七家著录和讨论中,持一卷本为七家,持三卷本为十三家,不标明卷数的为六家。其中,《文渊阁书目》只标注"《燕丹子》一部一册(阙)"而无卷数,而《清续文献通考》则以"新书"为依据,同时著录一卷、三卷。

3.《文渊阁书目》所著录的有阙文的一部一册的《燕丹子》,自永乐十九年从南京取来,一直存于北京文渊阁东阁,即所谓的阁本。此本即是《永乐大典》四九〇八卷辑入的《燕丹子》三卷本。

4. 清代乾嘉年间的孙星衍(1753—1818)主持《燕丹子》的岱南阁、问经堂、平津馆辑本,前两者为一卷本,后者为三卷本,书出之后的论者多以"新书"名之,也反映在各家著录和论议之中。

5. 最早著录三卷本的,不是《旧唐志》而是《意林》。《意林》据六朝梁代庾仲容《子钞》,说明在梁之前,已经出现三卷的流行本①。《旧唐志》或依流行本之实际卷数而著录,故与《隋志》有别。

6.《隋志》所著录的一卷本为《燕丹子》的古本,反映了作品的初始面貌,故历代史家不断予以著录以存古,姚振宗《汉书艺文志拾补》和《隋书经籍志考证》在排比和考辨中,明确著录一卷本。

三、文本整理、佚文考索和异文甄录

(一)《燕丹子》文本整理

目前所知的《燕丹子》文本整理,有成效者,为孙星衍之辑本系统和今人程毅中先生的整理本。程本虽为今本之最佳者,但主要还是在孙氏《平津馆丛书》本的基础上再覆校《永乐大典》本而成的,故在此专题对孙星衍主持整理《燕丹子》的情况作些讨论。

孙氏平津馆辑本《叙》曰:

> 《燕丹子》,三卷,世无传本,惟见《永乐大典》。纪相国昀既录入四库书子部小说类存目中,乃以抄本见付。阅十数年,检授家郎中冯翼,刊入《问经堂丛书》。及官安德,乃采唐宋传注所引此书之文,因故章孝廉旧稿,与洪明经颐煊校订讹舛,以篇为卷,复唐宋志三卷之旧,重加刊刻云。
>
> ……章孝廉所辑,未及马总《意林》,又为补正数条……
>
> 嘉庆十一年正月望后四日,阳湖孙星衍撰于安德使署之平津馆。②

---

① 黄觉弘以三卷本首先著录于《子钞》而认为三卷本比一卷本更为先,见《〈燕丹子〉成书与二本分行考说》,《中国文学研究》2019 年第 3 期。

② 孙星衍:《〈燕丹子〉叙》,见丁锡根编著:《中国历代小说序跋集》(上),人民文学出版社 1996 年版,第 528—529 页。

以上所叙，道出平津馆本的整理经过。在此，就几个问题作点说明：

1. 关于纪昀私授抄本的时间与原因

孙星衍经历与纪昀发生交集，以其乾隆五十二年（1787）以一甲二名赐进士及第为界，可分前后两段。之前，他与黄景仁、洪亮吉等在乾隆四十八年（1783）入都应京兆试之时，入京佣书充四库誊录生；之后，在京授翰林院编修，充三等馆校理，三年期满，入职刑部，直到乾隆六十年，调任山东。从"阅十数年"及"嘉庆十一年"两语来推算，纪昀授抄本应在嘉庆十一年（1806）之前的十多年前，也就是孙星衍中式以后任职翰林院编修期间。

纪昀授抄本予孙星衍，不仅因其为晚辈同僚，而且有着更深的原因：一是孙星衍参加殿试，读卷官中即有纪昀，且为其力争。晚年，纪昀有"孙渊如为余读卷所取士，其人并学问、文章具有端绪"①的欣慰之语。二是其时孙星衍校勘古籍已渐有名声，阮元所记"高丽使臣朴齐家入贡，在书肆见君所校古书，特谒君，为君书'问字堂'扁，赋诗以赠"②一事，便发生在孙星衍居京任职时期。三是《燕丹子》抄本，与编修四库有关，纪昀授此与他，当与孙星衍年轻时誊录四库材料的经历也有关系。此外，纪昀私授之《燕丹子》，为宫禁中书《永乐大典》的抄本且其仅为四库存目之书，我们不清楚纪昀之私授，是否有与图书管理相违碍之处，但孙星衍性格中的洒脱不羁，也应是纪昀私授予他的原因。

2. 关于孙星衍与孙冯翼、章宗源、洪颐煊之间的关系

孙冯翼为孙星衍关外族兄孙曰秉之次子，字凤卿，号凤埔，以荫

---

① 纪昀：《四百三十二峰草堂诗钞序》，见《纪文达公遗集》，清嘉庆十七年纪树馨刻本，第139页。

② 阮元：《山东粮道渊如孙君传》，见阮元撰，邓次元点校：《揅经室集》，中华书局1993年版，第433页。

生官至通判、候补郎中。周中孚曰:"凤卿虽寄籍沈阳,而自少随宦江左于阳湖孙渊如师,为从子,亲承渊如师指授,善读古书,尤精雠校,辑录诸子最多,皆极谨严,不涉于滥。嘉庆四年,先有佚子书三种之刻,谓《新论》《典论》《皇览》也。歙县程让堂(瑶田)、宣城张惺斋(炯),俱为之序。久之合其所校刊诸书,编为《问经堂丛书》。"①孙星衍重宗族情义,故对其多有提携,包括将所校勘之书如《燕丹子》汇入孙冯翼所主持刊刻的《问经堂丛书》。

章宗源,字逢之,号孝廉,乾隆五十一年举人,文献学家,山阴人,孙星衍所撰《章宗源传》称其"以兄编修宗瀛官京师,遂以大兴籍中式乾隆丙午科举人。少聪颖,不喜为时文,以对策博赡发科,益好学。积十余年,采获经史群籍传注,辑录唐宋以来亡佚古书盈数箧。自云欲撰《隋书经籍志考证》,书成后,此皆糟粕可鬻之"②。孙星衍为其立传,显见对其辑佚成就的器重。然传中未就两人交往及相研校勘古书作出交代,当代有关孙星衍研究较佳者如《孙星衍评传》《孙星衍年谱新编》③对此亦乏关注。我们认为,所谓《燕丹子》之"故章孝廉旧稿"一事,当发生在孙星衍任职京城期间(1787—1795),更有可能在 1789 年 4 月孙星衍由编修改任刑部主事之前;他们相互认识的契机在于孙星衍与其兄章宗瀛同为翰林院编修。章宗源"旧稿"即《燕丹子》章氏辑本的底本,当是孙星衍得自纪昀之处的抄本。章氏校勘后,辑本一直保存在孙星衍处。这一辑本不特用于《燕丹子》平津馆本,之前的岱南阁本、问经堂本亦用此本。故此,张之洞《书目答

①周中孚:《郑堂读书记》,民国《吴兴丛书》本,第 844 页。
②孙星衍:《章宗源传》,见《孙渊如先生全集》,《四部丛刊》景清嘉庆兰陵孙氏本,第 133 页。
③江庆柏等:《孙星衍评传》,江苏人民出版社 2010 年版;马振君:《孙星衍年谱新编》,黑龙江大学博士学位论文,2015 年。

问》在著录《燕丹子》时,标示"章宗源辑"①。另外,《平津馆丛书》中辑佚类的著作《尸子》《物理论》等,孙星衍也是在章宗源辑本基础上,又重加收辑校正、补所缺漏而成的。

洪颐煊(1765—1837),字旌贤,号筠轩,晚号倦舫老人,浙江临海人。嘉庆六年拔贡生,官直隶州州判、广东新兴知县、罗定州同。初为阮元、孙星衍诂经精舍门生,后两次游幕,均受聘于阮、孙,其中,在孙星衍山东督粮道平津馆幕府达七年之久。颐煊通经学,善校勘,喜金石,是孙星衍幕府中比较固定的骨干成员。孙星衍年轻时也有过在毕沅幕府的经历,故深谙主宾相处之道,再加上自身性格宽厚,以学交友,故设幕期间,宾主相处融洽,共同推动了《平津馆丛书》的校勘和出版。

孙星衍在"两任山东时,开辟岱南阁、平津馆两个幕府,召集幕宾为其校书。他的古籍整理与刊刻是有计划进行的,比如他在任山东督粮道时,洪颐煊在平津馆,顾广圻主要在金陵,幕中还有李贻德、毕亨、臧庸、管同、严可均等,他分别安排以不同任务同时进行,而校完的书稿,则安排在金陵刊刻,这样既提高了效率,又保证了刊刻印刷的质量"②。孙星衍主持校勘和印刻古籍,不以量多见长,而以精审著称,其中就有诸人努力,他通过各种文字包括书序,褒扬各位合作者的贡献。但是,合作者的工作,都是在孙星衍的部署和计划之下进行的,也体现着孙星衍的学术思想,故依当时风气,这些古籍重刊的署名权应该归属于孙星衍。

3. 关于《燕丹子》的岱南阁、问经堂、平津馆诸本之间的关系

《燕丹子》辑本被收于《岱南阁丛书》《问经堂丛书》《平津馆丛书》。岱南阁本最先,平津馆本最后,后出而转精。岱南阁本、问经堂

①张之洞:《书目答问》,清光绪刻本,第57页。
②马振君:《孙星衍年谱新编》,黑龙江大学博士学位论文,2015年,第9页。

本均为一卷本,它们是孙星衍在章氏辑本的基础上加以辑佚补正而成,此际洪颐煊尚未入幕。平津馆本则出于孙星衍"及官安德,乃采唐宋传注所引此书之文,因故章孝廉旧稿,与洪明经颐煊校订讹舛,以篇为卷,复唐宋志三卷之旧,重加刊刻"而成。平津馆本《燕丹子》内封镌"嘉庆丙寅夏四月""平津馆刊藏";题目卷次后镌"赐进士及第山东等处督粮道兼管德常临清仓事务加二级孙星衍校"。《岱南阁丛书》《平津馆丛书》的主持者是孙星衍,《问经堂丛书》的主持者则为孙冯翼。

平津馆本与前两本之异,在于如下数端:(1)"章孝廉所辑,未及马总《意林》,又为补正数条";(2)"采唐宋传注所引此书之文";(3)在文字上"与洪明经颐煊校订讹舛";(4)"以篇为卷,复唐宋志三卷之旧";(5)重撰《燕丹子》叙言,对该书及整理情况作出全面说明。

孙星衍于嘉庆二十三年(1818)病卒之后,《平津馆丛书》经太平天国战争,书版被毁,光绪十一年(1885)由国子监肄业生吴县朱记荣槐庐予以重刊。重刊之丛书,经过了文字校刊,质量较高,流布广泛,影响很大。

民国时期,平津馆本《燕丹子》分别被收录于《四部备要》和《丛书集成初编》两套丛书。前者由中华书局1920—1936年陆续编辑排印;后者由王云五主持的商务印书馆在1935—1937年出版,1985年起中华书局用上海商务印书馆本影印这套丛书。

4.关于孙星衍校勘《燕丹子》

孙星衍校勘《燕丹子》,集众人之才智,准以己之识力,"阅十数年",集腋成裘,终成善本。其校勘方法有这样几点:

首先,针对底本,引录群书,校订文字,以复原本之貌。孙星衍认为,《燕丹子》成书于太子丹宾客之手,流传日久或致误,故以《永乐大典》本为底本,于文字间通过引录群书之语并细加辨析和校勘。经统计，《燕丹子》平津馆辑本，总计97条校记，所引录的古书有8种，依照它们在校记中出现的先后顺序，分别是：《艺文类聚》《意林》《史记》及三家注、《太平御览》《文选》《初学记》《北堂书钞》、《汉书》颜注，这些引书经过了选择，均为唐宋及之前的古书。

通过引录和辨析，平津馆本对底本的缺字，加以增补；对底本之讹误，加以订正；对相关情况如读音、别本之异、史实、脱字等，作出标注；对怀疑有舛讹而又难以确证之处，则加以说明而不妄改；对错误明显而又无本可据之处，则在说明后径改；通过排比材料，最早指出今本《燕丹子》"尚有阙文"。通过这些方法，完善了底本，确保了校本质量。

其次，针对成书情况，在考证基础上，提出自己的观点。在平津馆辑本《叙》中，孙星衍说：

> 《燕丹子》之著录，始自《隋经籍志》，盖本阮氏《七录》。然裴骃注《史记》，引刘向《别录》云："督亢，膏腴之地。"司马贞《索隐》引刘向云："丹，燕王熹之太子。"则刘向《七略》有此书，不可以《艺文志》不载而疑其后出。《艺文志》法家有《燕十事》十篇，杂家有《荆轲论》五篇，据注言司马相如等论荆轲事，则俱非《燕丹子》也。古之爱士者，率有传书。由身没之后，宾客纪录遗事，报其知遇，如《管》《晏》《吕氏春秋》，皆不必其人自著。则此书题"燕太子丹撰"者，《旧唐书》之讹，亦不得以此疑其伪也。其书长于序事，娴于词令，审是先秦古书，亦略与《左氏》《国策》相似，学在纵横、小说两家之间。且多古字古义……《国策》《史记》取此为文，削其"乌白头、马生角"及乞听琴声之事，而增徐夫人匕首、夏无且药囊，足证此书作在史迁、刘向之前。或以为后人割裂诸书，杂缀成之，未必然矣。……此书宋时多有其本……自明中叶后，遂以亡逸。故吴琯、程荣、胡文焕诸人刊丛

书,俱未及此。①

如上,孙星衍着力在《燕丹子》成书问题上驳正是非,其观点为作品成于战国末年,"作在史迁、刘向之前",证据为:(1)"刘向《七略》有此书,不可以《艺文志》不载而疑其后出";(2)文本校勘语屡次指出"案此段与《史记·刺客列传》所载文俱异""案此段《史记·刺客列传》不载"等等,以指明《燕丹子》非为后人据《史记》而作;(3)"其书长于叙事,娴于词令,审是先秦古书,亦略与《左氏》《国策》相似",实在《史记》之前;(4)作品"多古字古义";(4)"古之爱士者,率有传书。由身没之后,宾客纪录遗事,报其知遇",作品为太子丹宾客所作。

此外,还对另外两个相关问题作了推测:(1)"《国策》《史记》取此为文";(2)"自明中叶后,遂以亡佚"。

这篇叙言,其基本观点完全颠覆了四库馆臣所作的《提要》,在次要问题上如作品亡佚则修正了《提要》。《提要》之语,如若不是纪昀所作,作为《四库全书》总纂之一,又私自从《永乐大典》本抄出《燕丹子》者,则《提要》之语也势必得自他的认同。纪昀殁于嘉庆十年(1805),平津馆本叙言虽撰于次年,但问经堂本的叙言中已提出相应的观点。这种不因师恩而在学术问题上经过深入校勘和长期研读之后所提出的质疑,显示了孙星衍以学术为重的原则立场。

尽管我们不能全面认同孙氏的观点,但无可否认的是,其观点是自《燕丹子》成书以来,对作品的成书及相关情况作出全面分析和讨论的第一篇重要文献,它开启思路,成为后续讨论的坚实基础。

最后,在古本一卷与流行本三卷之间作出选择。孙星衍在岱南阁本、问经堂本中,都以一卷面世,这也是《隋志》所著录的古本面

---

① 孙星衍:《〈燕丹子〉叙》,见丁锡根编著:《中国历代小说序跋集》(上),人民文学出版社 1996 年版,第 529 页。

貌且为《新唐志》《通志》所沿用、为姚振宗所明确坚持者。孙星衍在平津馆本所作的改易,提出的理由是"以篇为卷,复唐宋志三卷之旧",显见其所持根据是《旧唐志》《宋志》。但最早以三卷标示者,实为《意林》所据之《子钞》。除了这一考虑之外,底本《永乐大典》本为三卷,这也是其复"三卷之旧"的依据。其实,在这个问题上,孙星衍是对《永乐大典》本和《四库全书总目提要》作了妥协的,所谓"以篇为卷",说明他清楚三卷之分是后人裁篇为卷的结果。此外,从刻入丛书的图书形制上来看,三卷本《燕丹子》也比一卷本更像一部书。

当然,孙氏辑本之失也是明显的,对此,程毅中先生作有这样的说明:一是"孙星衍所得的钞本实际上与《永乐大典》本已有出入……底本却是不可靠的";二是"孙氏过于相信类书,在异文两通时多据类书改动底本,与王念孙、王引之好据类书校改经文的弊病相同"①。此语洞中肯綮,甚为确当,但第二条也多有不改的,如针对"鹿卢之剑",孙氏校记曰"案《意林》引作'辘轳'"②,但保持了底本"鹿卢"原字。

(二) 佚文考索说明

根据程毅中整理本《燕丹子》中的"点校说明"和"附录"③、李剑国《〈燕丹子〉考论》④、李学勤《论帛书白虹及〈燕丹子〉》⑤、熊明《刘

---

① 无名氏撰,程毅中点校:《燕丹子·点校说明》,中华书局 1985 年版,第 6—7 页。
② 孙星衍校:《燕丹子》,《平津馆丛书》甲集之六,清光绪十一年吴县朱氏刊本,第 20 页,台北故宫博物院藏本。
③ 无名氏撰,程毅中点校:《燕丹子》,中华书局 1985 年版。
④ 原载南开大学古籍与文化研究所编:《文史论集二集》,天津社会科学出版社 2001 年版;后收入《古稗斗筲录——李剑国自选集》,南开大学出版社 2004 年版。
⑤ 原载《河北学刊》1989 年第 5 期;后收入《简帛佚籍与学术史》,江西教育出版社 2001 年版。

向〈列士传〉佚文辑校》①、黄东阳《失落的英雄——由"英雄历程"解析〈燕丹子〉之文化意涵及士人心理》②、王媛《范宁〈博物志佚文〉补正》③诸文之见,兹就《燕丹子》佚文问题作些说明。

1.佚文相对集中在篇末阙失部分。今本《燕丹子》已非完帙,篇末止于"吾坐轻易,为竖子所欺。燕国之不报,我事之不立哉"。孙星衍校曰:"案:《意林》引作'吾为竖子所欺,事不济也'。《太平御览》服用部引有'秦始皇置高渐离于帐中击筑',今本无。疑此下尚有阙文。"④孙说所引两条,前一条仅指出《燕丹子》末语与《意林》所引有别;而后一条则指明今本《燕丹子》或有阙文,盖《太平御览》所引之文出于"《燕丹太子》",或即为《燕丹子》,又引文内容涉及高渐离筑击秦王事而为今本《燕丹子》所无。若以此而论,则孙疑诚是,因《珊玉集》标明出自《燕太子传》的内容、李翱《题燕太子丹传后》的评论,都有逸出于今本《燕丹子》的廷刺后事。可见,孙说并非孤证。至于有学者认为《史记》载有秦灭燕诸事则《燕丹子》亦当有之,可资备说。

由此衍生出一个问题,即这部作品的篇名问题。以上我们将《燕丹太子》《燕太子传》《燕太子丹传》视为《燕丹子》的别名或异名,倒也符合古书同篇异名的规律。这里还可举出一例:李笠《史记订补》在卷七中对《索隐》《正义》所引《燕丹子》篇名,均分别出注"官本作《燕太子篇》""官本误'太'"⑤。也就是说,即使在清代,李笠所见的官本,名为《燕太子篇》或《燕太子》,而他则以为误,应该如同《索隐》

---

①熊明:《刘向〈列士传〉佚文辑校》,《文献》2003 年第 2 期。

②(台北)《东吴中文学报》第二十期(2010 年 11 月)。

③《古籍整理研究学刊》2009 年第 5 期。

④无名氏撰,程毅中点校:《燕丹子》,中华书局 1985 年版,第 16 页。

⑤李笠:《史记订补》,民国十三年瑞安李氏刻本,第 90 页。

《正义》所引的书名即《燕丹子》。如此,我们所能见到的《燕丹子》异名,明确的有一种即《燕太子篇》或《燕太子》;无法明确肯定的有三种,即《燕丹太子》《燕太子传》《燕太子丹传》。

2. 关于《列士传》的"荆轲"佚文是否该作为《燕丹子》佚文的问题。《史记索隐》引"刘向云'丹,燕王喜之太子'"①,《史记集解》引"刘向《别录》曰'督亢,膏腴之地'"②,对此,我们在第三章第一节已作讨论,倾向于认为刘向《别录》已著录《燕丹子》。故此,当刘向在取众书而辑录列士故事时,有可能将所看到过的《燕丹子》故事中的情节或细节编进《列士传》之中。然而,这也仅为猜测。有学者将"白虹贯日"与《燕丹子》佚文问题联系起来加以考虑,原因也在于认为《燕丹子》中的一部分或为刘向所取。

3. 关于《燕丹子》之佚文与异文之间的关系问题。《燕丹子》佚文,可确定者稀,而异文则夥。其因在于荆轲刺秦故事的广泛传播,而《燕丹子》只是作为广泛传播之中的一个故事文本而已,加之《战国策》《史记》对此故事的传播又有推波助澜之功,故而造成了言说众多、文字各异的情况。下面所整理的,尽量与异文作了区分,但仍难以尽除。

这里所汇聚的《燕丹子》佚文,借助于按语和注释,均提示了佚文的发现者和整理者,以示不敢掠人之美;稍作补充和注明来源的,则以"编者按"出之。

(三) 稍可肯定的佚文

1. 燕丹子使田光往候荆轲,值其醉,唾其耳中,轲觉曰:"此出口入耳之言,必大事也。"则往见田光。(《太平御览》卷三六六《人事部七·耳》、《艺文类聚》卷一七《人部一·耳》引,此条据后者)

①司马迁:《史记·刺客列传》,中华书局 1982 年版,第 2531 页。
②司马迁:《史记·刺客列传》,中华书局 1982 年版,第 2532 页。

　　编者按:熊文将其列入《列士传》佚文,但是否为《燕丹子》佚文,当可存疑。因为从《燕丹子》情节设置来看,田光居燕三月后告别太子丹,远赴卫地面见荆轲,并"向轲吞舌而死"。如此,作品绝无可能出现三人同时在场的情节。按此文所言,则只能是荆轲在田光举荐之前已经在燕国,然在《燕丹子》中,初入燕后的荆轲在太子丹为其召集的欢迎酒宴上,强调自己的行踪为"轲出卫都,望燕路,历险不以为勤,望远不以为遐",则当田光举荐和面邀之时荆轲在卫地,且其启程亦始自卫地。然而,此文情节倒与《史记》所述荆轲行踪相合,即在田光推荐之前荆轲已在燕国市井并与田光相善。如此,准确一点推断,此文当为太史公所曾见却弃用的材料,刘向则收于《列士传》。

　　2. 荆轲为燕太子谋刺秦王,白虹贯日。(此条据《艺文类聚》卷二《天部下·虹》引)

　　编者按:熊文将其列入《列士传》佚文。从袁褧《枫窗小牍》所记《燕丹子》序言谓"所为白虹贯日,和歌变徵,我固知其事之不成,倚柱一笑"①来看,《燕丹子》原文当有"白虹贯日"细节。其"变徵"一词,出于《战国策》《史记》。不过,袁褧明确说出自《燕丹子》序言。如将"白虹贯日"视作《燕丹子》佚文,则此结论,也可沿及下面一条。汉初邹阳有"昔者荆轲慕燕丹之义,白虹贯日,太子畏之"之语,或可为第三章第二节之结论的佐证。王充《论衡·感虚》亦云"传书言荆轲为燕太子谋刺秦王,白虹贯日",亦可资证。

　　3. 荆轲发后,太子相气,见白虹贯日,不彻,曰:"吾事不成矣。"后闻轲死,太子曰:"吾知其然也。"(《文选》卷三九邹阳《狱中上书自明》李善注。《太平御览》卷一四引作《烈士传》)

　　程按:刘向《列士传》,《隋书·经籍志》杂传类著录,不见《汉书·艺文志》,疑出汉以后人假托。然白虹贯日之说,见于邹阳上书,

---

必汉初已有,而今本《燕丹子》不载。《史记·刺客列传》司马贞《索隐》引刘向云:"丹,燕王喜之太子。"孙星衍谓亦《燕丹子》佚文,但无确证,或即《列士传》之语。

编者按:此条《史记·鲁仲连邹阳列传》之《集解》《索隐》又并引,谓出于《烈士传》(即《列士传》),文字有小异。熊文视其为《列士传》佚文,李学勤文倾向于为《燕丹子》佚文,程文意见如上。

4. 荆轲西刺秦王,高渐离、宋意为击筑而歌于易水之上,闻者莫不瞋目裂眦,发植穿冠。(刘安《淮南子·泰族训》)

程按:以上两条皆《史记·刺客列传》所未载,可见司马迁所削而不取者尚多。

编者按:索诸程文所谓"所削而不取者"之意,即谓此为《燕丹子》佚文。然篇中有此内容,虽文字有异,视其为异文可能更准确,故于前文讨论《燕丹子》作年问题未予使用。留待存疑。

5. 传书又言燕太子丹使刺客荆轲刺秦王不得,诛死。后高渐丽复以击筑见秦王,秦王说之,知燕太子之客,乃冒其眼,使之击筑。渐丽乃置铅于筑中以为重,当击筑,秦王膝进,不能自禁,渐丽以筑击秦王额。秦王病伤,三月而死。夫言高渐丽以筑击秦王,实也;言中秦王,病伤三月而死,虚也。(王充《论衡·书虚》)

程按:王充引传书燕太子丹事,与《战国策》《史记·刺客列传》不同,疑出《燕丹子》佚文。《御览》卷六九九引《燕丹子》正谓:"秦始皇置高渐离于帐中击筑。"

编者按:《御览》卷六九九所引,出处为"《燕丹太子》"。此虽与《燕丹子》篇名稍异,但古代同篇异名现象,容或存在。又有作《燕太子传》《燕太子丹传》者。

6. 燕丹,六国时燕太子也,而质于秦。秦王遇之无礼,丹乃求归。秦王曰:"乌头白,马生角,当听子归。"太子仰天而叹,乌为头白,马为生角。秦王大惊,始遣丹归。丹乃募得荆轲,以刺秦王,不达。秦王

大兴兵众,遂灭燕国,竟煞燕丹也。(出《燕太子传》《琱玉集·感应篇》)

程按:《琱玉集》所引盖非原文而为概述。末叙及秦王兴兵灭燕事,似今本尚有佚文也。

编者按:《琱玉集》"一般认为成书于唐代,但李慈铭曾指此为'六朝末季'之书,后童岭先生《六朝时代古类书〈琱玉集〉残卷考》亦持此论,且论证严谨、丰富,故可信从"①。如此,则六朝末的类书已有撮述《燕丹子》的现象。此条谓出自"《燕太子传》",当为同篇异名。这里,严格来说,仅最后一句"秦王大兴兵众,遂灭燕国,竟煞燕丹也"为《燕丹子》佚文内容的概要。

7. 荆轲感燕丹之义,函匕首入秦劫始皇,将以存燕宽诸侯,事虽不成,然亦壮士也。惜其智谋不足以知变识机。始皇之道,异于齐桓。曹沫功成,荆轲杀身,其所遭者然也。及欲促槛车,驾秦王以如燕,童子妇人且明其不能,而轲行之,其弗就也,非不幸。燕丹之心,苟可以报秦,虽举燕国犹不顾,况美人哉!轲不晓而当之,陋矣。(李翱《李文公集》卷五《题燕太子丹传后》)

程按:李翱所谓"促槛车,驾秦王以如燕",今本《燕丹子》无之,似非一本,或是佚文。

编者按:从题辞内容可知,《燕太子丹传》或即《燕丹子》的别称。从"欲促槛车,驾秦王以如燕"语看,似该《传》已写明荆轲劫秦王起初已大获成功,以至于荆轲要催促槛车,亲自驾车把秦王押回燕国。只是到此程度以后,荆轲才因"美人"原因遭阻拦破坏被杀的,似乎佚文内容还相当曲折。

8. 燕太子丹质于秦,秦王遇之无礼,乃求归,秦王为机置之桥,欲

---

① 李小龙:《〈燕丹子〉的命名策略与叙事建构》,《陕西理工学院学报》(社会科学版)2016年第3期。

以陷丹,丹过之,蛟龙捧舆而机不发。

荆轲之燕太子东官,临池而观,轲拾瓦投鼋,太子令人奉盘金,轲用抵,抵尽复进,轲曰:"非为太子爱惜,但臂痛耳。"(林坤《诚斋杂记》卷上)

程按:林坤所辑似即《燕丹子》佚文,但如"蛟龙捧舆"等文字,为今本所无,因全录之。

编者按:此两条当为《燕丹子》的摘录,仅"蛟龙捧舆"或为佚文。

9. 燕太子丹质于秦,见遣,而为机桥于渭,将杀之。蛟龙夹举,机不得发。(张华《博物志》佚文①、《太平御览》卷九三〇引)

编者按:此条内容与前一条可互资参看,故列于此。张华《博物志》另有条文,与《燕丹子》开头部分相同(见程毅中《燕丹子·附录》),如视其为原文之全录,则此条与《燕丹子》不同部分,或为佚文。

10. 昔燕太子名丹,入质于秦。秦皇不礼,太子怨。后燕王病,太子请归侍养。秦王不听,乃谓曰:"马生角,乃放子还。"太子志感马生角,秦王乃放太子还燕。(宋陈盖注胡曾所作《易水诗》,引录《后语》)

程按:疑即孔衍《春秋后语》。此引有"马生角"等事,盖出他书。

编者按:秦王之条件,唯有"马生角",此固然与他本不一,但自在传闻系统之中。判断此条或为佚文的依据在于,《燕丹子》篇末有荆轲对秦王之语"今燕王母病,与轲促期",似与此条所言"后燕王病,太子请归侍养"有相应之处。若视其为佚义,则前后两语之纽带在何,仍待索解。

11. 高渐离者,齐人也。善击筑,与燕人荆轲为友,见轲刺秦始皇不中而死,渐离于是毁形改姓入秦国,于市中击筑而乞,市人观之,无不美者。以闻始皇,始皇召渐离于前,令使击筑。始皇善之,心犹疑

---

① 王媛:《范宁〈博物志佚文〉补正》,《古籍整理研究学刊》2009 年第 5 期。

焉,瞽其两目,置于帐中,使遣作乐。始皇耽之,日日亲近。渐离望始皇叹息之声,举筑撞之,中始皇滕。(始)皇怒,遂诛渐离也。六国末人。(出《燕丹子》、于立政《类林》))①

黄按:该则出于唐代敦煌类书,"记荆轲刺秦王事不成后高渐离承继其志,复刺秦王,对照《太平御览》卷六九九所引,即引述此事,《类林》所引确为佚文,今各本皆失收,当予补入"②。

编者按:此条如"确为佚文",也不应全是佚文,其介绍高渐离籍贯的语气,不类《燕丹子》,而更像是一篇经过改编后的高渐离小传;况且,《燕丹子》中两次提及荆轲为卫人,此称"燕人"。即使不从历史真实性来质疑,单以同一篇作品而人属两国的情况来看,亦显系别有所自,不会全部是佚文;再次,高渐离在《燕丹子》的易水送别情节已出现,不当再作介绍。故此,退一步讲,若依条末所出之据而将其部分内容视为佚文,亦当从"渐离于是毁形改姓入秦国"开始并删最后一句"六国末人"。

(四)异文甄录

笔者收集了各种材料,它们大体反映在前面所述文本流传情况中。通过这些材料,试图对异文也作些梳理,但是,有三个问题难以解决:一是无法确认那些与《燕丹子》不同的海量文字,到底是《燕丹子》的异文还是刺秦故事的别说;二是许多版本各异的文字,有的与《燕丹子》文本只相差个别字,若尽收则篇幅过大且无意义,若尽弃或稍弃则有违客观性;三是即使是出于同一部类书、注书、字书或笔记,相同一个意思的表述,其文字在前后或不同部分亦难以尽同。古人

①王三庆辑校:《敦煌类书》,(高雄)丽文文化事业公司1993年版,第226页。
②黄东阳:《失落的英雄——由"英雄历程"解析〈燕丹子〉之文化意涵及士人心理》,(台北)《东吴中文学报》第二十期(2010年11月)。此外,宁稼雨《关于〈燕丹子〉辑校的几个问题》〔载《绍兴文理学院学报》(人文社会科学)2019年第4期〕亦引录此条并认为是《燕丹子》佚文。

编书和作书,既有全录,也有节录、摘录和改动原文的,不一而足。故此,全面汇集《燕丹子》异文,只能长念之而终舍之。下面,只就与今本《燕丹子》明显相异且古书引录明标出于《燕丹子》者,而不选仅在文字上与今本有出入者,按从紧的尺度,少量甄录一二。

1.燕太子丹质于秦,秦王遇之无礼,乃求归。秦王为机发之桥,欲以陷丹。丹过之,桥不为发。又一说:交龙扶舆而机不发。①

按:原文注曰:"扶"近刻作"捧"。此条之意,马骕《绎史》引同,文字有别。

2.荆轲见秦王,将刺之。王曰:"寡人好琴,愿一曲而就死。"轲许之,因命琴女文馨奏曲,曲曰:"罗縠单衫,可掣而绝;三尺屏风,可超而越;鹿卢之剑,可负而拔。"王从其言,遂得脱。②

按:董说《七国考》与此同。此类为琴女标名的篇籍较多,甚为无稽。《三秦记》《剑荚》分别标为"王美人""漏月"。

3.天下有道,飞黄服皂。

马免人于难者,其死也葬之;以惟牛有德于人者,其死也葬之。大车之荐,牛马有功,犹不可忘。③

按:两语声口,按其内容,在异本中,似应出于荆轲。

4.太古之人,饮露,食草木实。④

按:索其内容,在异本中,似应出于东宫游玩场景。

5.探燕巢而求凤卵,披井底而觅鲸鱼,虽加至勤,无由可得。

夫使人以义,虽劳而无怨;煞人以理,虽死而不恨。

夫游女见人乐之,自谓胜于西施;桀纣见人尊之,自谓贤于汤禹。

①郦道元著,谭属春、陈爱平点校:《水经注》,岳麓书社 1995 年版,第 279 页。
②杜文澜:《古谣谚》,《续修四库全书》第 1601 册,上海古籍出版社 2002 年版,第 503 页。
③郑若庸:《类隽》,上海辞书出版社 1991 年版,第 587 页。
④周履靖:《茹草编》,中华书局 1991 年版,第 168 页。

夫害贤曰嫉,害色曰妒。①

　　按:此四条见于敦煌类书《类林》,据黄东阳《失落的英雄——由"英雄历程"解析〈燕丹子〉之文化意涵及士人心理》辑入。

---

①王三庆辑校:《敦煌类书·类林》,(高雄)丽文文化事业公司1993年版,第226页。

第四章 《燕丹子》的文学成就

学界普遍认为早期古小说无论在情节设置、人物塑造还是在短篇形制方面，都带有"粗陈梗概"的特征，而小说叙事能力的增长、艺术性的成熟和小说文体的独立，则要到唐代中期才形成。然而，《燕丹子》所取得的文学成就、长篇形制和成熟的小说文体特征，却与这一普遍认识有所出入。我们认为，除了形制特征以外，《燕丹子》的文学成就主要体现在主题的表现、形象的塑造和风格的营造这三个方面，它是一部成书甚早的优秀古小说，在小说史上占有重要的地位。

第一节 《燕丹子》的主题意向与思想基础

一、历代对荆轲刺秦事及《燕丹子》的评价

在小说史上，《燕丹子》的主题意向及其所蕴含的思想文化基础，如同成书问题一样，也颇有争议。历代对荆轲刺秦事的评价，多数缘于历史事件，而不直接针对作为文学作品的《燕丹子》。但是，对该事件的历史性评价，在很大程度上左右和影响了后人对这部作品的主题提炼和价值认识。比如，《四库全书总目提要》以"不可信"为由斥其于小说家类存目，并在《凡例》中加意斥责："至于其书虽历代著录而一无可取者，如《燕丹子》、陶潜《圣贤群辅录》之类，经圣鉴洞烛其

妄者,则亦斥而存目,不使滥登。"①与乾隆"洞烛其妄"的观点相呼应
的,还有历代一些评论,都非议甚至否定这一事件的历史价值,甚而
怀疑太子丹的人品,认为其驱使刺客仅为报一己之私仇;相应地,在
他们的认识里,荆轲等人的存在意义也被消解,如同一干愚蠢之莽汉
而已。下面,我们选择一些有代表性的言论并稍加点评,以见这种曲
解或误解之积垢难除:

> 荆轲感燕丹之义,函匕首入秦劫始皇,将以存燕宽诸侯,事
> 虽不成,然亦壮士也。惜其智谋不足以知变识机。始皇之道,异
> 于齐桓。曹沫功成,荆轲杀身,其所遭者然也。及欲促槛车,驾
> 秦王以如燕,童子妇人且明其不能,而轲行之,其弗就也,非不
> 幸。燕丹之心,苟可以报秦,虽举燕国犹不顾,况美人哉! 轲不
> 晓而当之,陋矣。②

李翱肯定了荆轲为义而行事,许之于"壮士",肯定其精神价值。但
是,对荆轲的智谋,却予以否定,理由有二:一是不识秦王阴谋,二是
昧于太子丹的主奴之交。这种观点,曲解了小说结尾安排的用意,并
且误解了太子丹的人格品质。

> 一旦秦皇马角生,燕丹归此送荆卿。
> 行人欲识无穷恨,听取东流易水声。
> 注:此为(当作"谓")燕太子恨于秦王无穷,犹如易水之声

①永瑢、纪昀主编,周仁等整理:《四库全书总目提要》,海南出版社1999年版,第
　12页。
②李翱:《李文公集》卷五《题燕太子丹传后》,见无名氏撰,程毅中点校:《燕丹
　子》,中华书局1985年版,第25页。

也。夫勇士者,怀须其智,先立其功,荆轲虽决裂之心,临事因循,岂不劳而无功者也。①

陈盖、米崇吉的注言,以功利之心来评判燕丹子复仇之义举,并以此贬低荆轲,显然没看懂作品,亦不识古人有如此卓然之人格情操。

> 《燕丹子》三卷。丹,燕王喜太子。此书载其事为详。……夫丹不量力而轻撩虎须,荆轲恃一剑之勇,而许人以死,卒致身灭国破,为天下万世笑。其事本不足议,独其书序事有法,而文彩烂然,亦学文者之所不废哉!②

宋濂虽被明太祖誉为"开国文臣之首",却不识小说之文心,亦不排除泼污太子丹和荆轲,用以灭绝天下人动武复仇、扰乱社会秩序的念头。若果然,则宋濂推荐《燕丹子》,内心当五味杂陈。

> 握中铜匕首,粉锉楚山铁。义士频报仇,杀人不曾缺。
> 可悲燕丹事,终被狼虎灭。一举无两全,荆轲遂为血。
> 诚知匹夫勇,何取万人杰。无道吞诸侯,坐见九州裂。③

王昌龄诗作于太子丹和荆轲的精神人格并无识见,亦不察小说笔墨

---

① 胡曾:《新雕注胡曾咏史诗·易水》,见无名氏撰,程毅中点校:《燕丹子》,中华书局1985年版,第25—26页。
② 宋濂:《诸子辩》,见无名氏撰,程毅中点校:《燕丹子》,中华书局1985年版,第29页。
③ 王昌龄:《杂兴》,见彭定求等编:《全唐诗》第4册,卷一百四十,中华书局1960年版,第1430页。

灌注之处的用意。但是,认识到秦国瓦解之因在于"无道",与小说所揭示之秦王暴虐无道相一致。

> 好把雄姿浑世尘,一场闲事莫因循。
> 荆轲只为闲言语,不与燕丹了得人。①

李山甫之绝句,把太子丹视为搅浑"世尘"之人,同时把丹受辱、燕国迫急当作"一场闲事",其看待历史的眼光和作为诗人之情性,太过低下和冷漠;另外,认为荆轲是受了太子丹的言语之骗,才卷入事件。他根本看不到人与人之间确实存在着那种意气相投的热诚之交,既昧于时代,亦昧于人性。

> 左太冲、陶渊明皆有荆轲之咏,太冲则曰:"虽无壮士节,与世亦殊伦。"渊明则曰:"惜哉剑术疏,奇功遂不成。"是皆以成败论人者也。余谓荆轲功之不成,不在荆轲,而在秦舞阳;不在秦舞阳,而在燕太子。舞阳之行,轲固心疑其人,不欲与之共事,欲待它客与俱,而太子督之不已,轲不得已遂去,故羽歌悲怆,自知功之不成。已而果膏刃秦庭,当时固已惜之。然概之于义,虽得秦王之首,于燕亦未能保终吉也。故扬子云:"荆轲为丹奉於期之首、燕督亢之图,入不测之秦,实刺客之靡也,焉可谓之义也!"可谓善论轲者。②

葛立方的笔记,由左思、陶潜的诗说起,对于两位诗人贬低荆轲人格,

---

①李山甫:《游侠儿》,见彭定求等编:《全唐诗》第19册,卷六百四十三,中华书局1960年版,第7375页。
②葛立方:《韵语阳秋》,见何文焕辑:《历代诗话》,中华书局1981年版,第552页。

予以纠正,并指出均出自以成败论人之庸俗历史观。这是作者的高明之处,值得赞赏。然而,在他指责太子丹催促荆轲出发行刺而导致了荆轲之失败,并谓"概之于义,虽得秦王之首,于燕亦未能保终吉也"之时,不料同样犯了以成败论人的痼疾。至于举汉代扬雄《法言》之语,斥荆轲无义,并视其为后代黑幕刺客之绪,则更为无稽。盖扬雄身处排斥游士的西汉中后期,社会禁锢日深,站在时代的角度,自然要非议荆轲,反对复仇;何况扬雄信奉古文经学,与今文经学有隔,而公羊学属于今文经学。故此,扬雄反感以公羊学为思想基础的作品及其所塑造出来的人物。

以上这些,反映了古人对燕国复仇而行刺秦王之正义性的误解。这种误解,随着汉代以后当权者排斥游士和游侠的社会环境的形成,越来越成为一种压倒性的声音。今人分析刺秦事件以及解读《燕丹子》之时,还是自觉或不自觉地会受到它们的影响。故此,不辞琐碎,一一拈出,以示存照。然而,也有观微察幽、肯定作品之思想价值者,虽较为稀少,却值得重视,如:

> 余家所藏《燕丹子》,一序甚奇,附载于此:"目无秦,技无人,然后可学《燕丹子》。有言不信,有剑不神,不可不读《燕丹子》。从太虚置恩怨,以名教衡意气,便可焚却《燕丹子》。此荆轲事也。有燕丹而后有荆轲也。秦威太赫,燕怨太激,威怨相轧……"①

南宋袁褧《枫窗小牍》所保存下来的《燕丹子》序言,真可谓小说之隔代知音。既洞烛小说中主要人物的精神气概与诚信人格,又推崇他

---

①袁褧:《枫窗小牍》,见无名氏撰,程毅中点校:《燕丹子》,中华书局1985年版,第28页。

们的勇士之能,同时指出《燕丹子》不能被衡之以道家与儒家后学的文化观念,它只能是属于那样一个特定时代和特殊文化观念的历史产物。更重要的是,还指出了《燕丹子》的情节基础在于"秦威太赫,燕怨太激,威怨相轧",即刺秦并非出于报复私仇,而是涉及秦吞列国的严酷事实,故所复者乃为公仇和国仇。这一穿破历史迷雾的独特眼光,或与两宋之际的时代变局有关。

> 人皆谓鞠武知利害,而丹不从,所以速祸。愚谓秦燕之怒既深,而王翦之兵已削平五国,丹即服从,不能存也……未可以此而非丹也。①

此为清代《史记》评点家程馀庆引穆文熙说,他从时人对鞠武和太子丹的对比性评价入手,针对当时秦国对诸侯五国的侵略行径,褒扬了太子丹为国而举事的正义性。此论颇具说服力,涵盖面广,适用于《燕丹子》。

> 丹发愤为国,诚贯金石。事之不成,天也。韩魏赵孰非坐而待亡者乎?而王喜怵,赵嘉之谬计,斩丹以企漏刻。呜呼,人之不仁甚于虎狼!②

同样是清人,沈钦韩对太子丹所处之世也有深切的了解。他认为,历史上太子丹组织行刺是为了不至于使燕国如同三晋那样坐而待亡。至于燕王喜之斩丹,则在愚蠢中透露其惶恐与狠毒。这一分析,深具

---

① 程馀庆撰,高益荣、赵光勇、张新科编撰:《历代名家评注史记集说》(第四册),三秦出版社 2011 年版,第 1043 页。
② 沈钦韩:《汉书疏证》,清光绪二十六年浙江官书局刻本,第 347 页。

对太子丹悲剧命运的同情之心。

二、《燕丹子》的主题意向

作品的主题,很大程度上取决于太子丹欲复之仇的性质。关于复仇缘由,小说在开篇就作了介绍:

> 燕太子丹质于秦,秦王遇之无礼,不得意,欲求归。秦王不听,谬言曰:"令乌白头、马生角,乃可许耳。"丹仰天叹,乌即白头,马生角。秦王不得已而遣之,为机发之桥,欲陷丹。丹过之,桥为不发。夜到关,关门未开,丹为鸡鸣,众鸡皆鸣,遂得逃归。深怨于秦,求欲复之,奉养勇士,无所不至。

从小说艺术角度而论,此一开篇简劲直接,气满意足,夺人心魄。它截住既往,引逗"逃归",点明事件的核心因素是"秦王遇之无礼"。太子丹以燕国人质的身份,居秦期间,秦王待之"无礼"至何程度,既往的遭遇,小说不予铺叙。令人滋生想象的是,在"求归"之时,秦王所设置的蛮横无理至不可逾越的条件:"乌白头、马生角。"对此极端之刁难,小说以"谬言"叱之。同时,秦王许归之后却不甘心,设下一个欲置太子丹于死地的陷阱:"为机发之桥,欲陷丹。"由上述两端,实可逆推与想象居秦为质期间秦王对待太子丹是何等地"无礼"以及太子丹所承受的欺凌与煎熬。

甚至,对于这一人间苦痛,上天也发出了正义的谴责。在此,小说吸取民间传说和历史故事如孟尝君之"鸡鸣狗盗",运用了神怪题材的表现手法,今人或可名之曰魔幻现实主义,揭示了天意之护佑的方向:"丹仰天叹,乌即白头,马生角""丹过之,桥为不发""夜到关,关门未开,丹为鸡鸣,众鸡皆鸣"。在中国历史文化中,天具有两重性,一为物质之天,二为精神之天。以精神或信仰之天而言,创伤剧痛而莫可伸于人间者,天下百姓对于正义的吁求,均于"天意"明之。小说中的三个细节,说明天佑太子丹所遭受的不公和痛苦,同时也代表人间谴责了秦王之暴虐阴诈。

太子丹与秦王之关系,其实既复杂也可玩味。《史记》记载:"燕太子丹者,故尝质于赵,而秦王政生于赵,其少时与丹欢。及政立为秦王,而丹质于秦。秦王之遇燕太子丹不善,故丹怨而亡归。"①两人同处异国,身为孤独的质子,结为玩伴,而时过境迁,则一为"质于秦"的太子,一为国君。境遇不一,命运则殊异,致使太子丹沦为秦王施虐的对象。从"少时与丹欢"至"遇之无礼",史书留下了大量空白,难以测度。

《史记·魏世家》中的例子或可说明在秦国做质子的危险性:

> (安釐王)三十年,无忌归魏,率五国兵攻秦,败之河外,走蒙骜。魏太子增质于秦,秦怒,欲囚魏太子增。②

此述魏太子质于秦,秦国战败,而迁怒于太子。此事虽是秦庄襄王即嬴政之父所为,但不一定说类似遭遇不会发生在燕太子丹身上。从其"逃归"之急,可以揣测危险性之大。

从提炼主题的角度,"逃归"之开篇,牵涉的问题是:太子丹为何要摹士行刺秦王,即整个事件的动机问题。从以上梳理,我们已明确了秦王对待太子丹的态度,因此,小说递接下面一句:"深怨于秦,求欲复之。"看来,太子丹由怨生仇,由仇生报复之心,自是必然。作品后文,于复仇动机反复申明:

---

① 司马迁:《史记·刺客列传》,中华书局 1982 年版,第 2528 页。
② 司马迁:《史记·魏世家》,中华书局 1982 年版,第 1863 页。

> 今秦王反戾天常，虎狼其行，遇丹无礼，为诸侯最。丹每念之，痛入骨髓。

> 丹尝质于秦，秦遇丹无礼，日夜焦心，思欲复之。

> 丹尝游秦，秦遇丹不道，丹耻与之俱生。

这三句分别出现在太子丹与麹武书、对田光言、向荆轲表白。对他来说，此等遭遇真是理不容、情不忍，故不仅不遮掩回护反而再三揭明，这实有大义存焉。

人质即以人为质的制度产生于西周，至战国时发生了一些新特点，其中一点就是"国与国之间出质的主要对象是诸侯的公子"①，即质子。张守节《史记正义》的"国强欲待弱之来相事，故遣子及贵臣为质。国弱惧其侵伐，令子及贵臣往为质。又二国敌亦为交质"②，点明出具质子一方的国家，无分强国、弱国、敌对国。但是，出使到对方国家以为质子的公子和贵臣，毫无疑义，所行使的身份角色都是自己国家的公职人员。至于为何选取公子与贵臣，则主要是取其砝码贵重之义，因为他们可能是未来的国君或国家的栋梁之材。

有关"质"之语意，《说文解字注》云："质，以物相赘。"③质，最早指的是交换过程中抵押行为或用作抵押的物品。由于在完成这种抵押行为之时，当事者要进行一些交涉，达成相应的某些协议，因此，质又可借指盟约。既然订了盟约，双方就要遵守，于是质还可引申为信。由是观之，"质是以诚信为基础的，离开了诚信的保证，质的行为不可能发生，也不能顺利完成。也就是说，质的活动是建立在道德约

---

① 孙瑞：《试论战国时期人质的几个特点》，《史学集刊》1997 年第 4 期。
② 司马迁：《史记·秦始皇本纪》，中华书局 1982 年版，第 223 页。
③ 许慎撰，段玉裁注：《说文解字注》，上海古籍出版社 1988 年版，第 281 页。

束的机制之上的,靠信义的力量来维持"①。

　　但是,战国时期质已被欺所取代,七国纷争,要挟勒索,一旦不成,便血流漂杵。诸侯国为了诸如土地等利益,大多抛弃了信守道义的诺言,转而在"质"的幌子下行欺诈和较量之实。太史公曰:"三国终之卒分晋,田和亦灭齐而有之,六国之盛自此始。务在强兵并敌,谋诈用而从衡短长之说起。矫称蜂出,誓盟不信,虽置质剖符犹不能约束也。"②本来,弱国无外交,对方信不由衷,质实无益也。于是,被扣在他国的质子便往往成为诸侯们玩弄于股掌之中的一粒棋子而无法操纵自己的命运,作品中太子丹所倾泻而出的"无礼""无道"等控诉,道出了在秦国做质子的无尽悲哀和憎恨。

　　因此,贵为太子,出使他国,所代表的不仅仅是自己,更主要的是国家。质以国贵,亦因国弱。对方施诸自己的欺凌,可视为对自己国家的无礼和污辱,而不仅仅是针对自己的。前面我们说秦王与太子丹的关系,从"少时与丹欢"至"遇之无礼"所留下的猜测空间,其实部分地可归纳为两人对于各自所代表的国家利益的扩张与坚守之间所爆发出来的必然冲突。而天佑太子丹,其实也可理解为对暴秦必亡的昭示。

　　所以,太子丹所欲复仇者,我们切不可理解为仅仅是出于私仇,这之中,实有国恨之意存焉。故此,他对魏武、田光、荆轲三士,于复仇动机反复申明。其中的大义,则与燕国的利益有关,也与对坠诚信而行欺诈的秦国的反抗有关。这层大义,在太子丹与荆轲交心时也透露了出来:

----

①杨爱民:《春秋战国质子制度考论》,《昆明师专学报》(哲学社会科学版)1997
　　年第4期。
②司马迁:《史记·六国年表》,中华书局1982年版,第685页。

今丹以社稷干长者。

今秦已破赵国,兵临燕,事已迫急。

与此相应的是,荆轲也认为太子丹之受辱,乃为国事。他屡次说道:

解燕国之耻。

数以负燕之罪。

燕国见陵雪。

又在秦庭数落秦王曰:"足下负燕日久。"

所以,太子丹摹士并行刺秦王之动机,既出于个人之道义,亦出于群体之正义,合乎天理人情。

三、《燕丹子》主题的思想基础

《燕丹子》以行刺秦王的历史事件为基础,意在展现一群仁人志士面临燕国国势迫急之际所展现出来的为大义而轻生死的精神力量。这一主题,是以公羊学的复仇观念作为其思想基础的。

《春秋公羊传》虽成书于汉景帝之时,但早期公羊学自孔子作《春秋》之时便已存在,并经过孔子口授传至后代①。在战国,得圣人之初心的子夏对《春秋》的诠释已受推崇,孟子和荀子传承而广大,流播汉初及之后。《春秋》亦史亦经,依事而明义,公羊学对其义旨,竭尽探求,形成了中国古代的政治历史哲学。清人皮锡瑞评曰"《春

_____

① "孔子明王道,干七十余君,莫能用,故西观周室,论史记旧闻,兴于鲁而次春秋,上记隐,下至哀之获麟,约其辞文,去其烦重,以制义法,王道备,人事浃。七十子之徒口受其传指,为有所刺讥褒讳挹损之文辞不可以书见也。"见司马迁:《史记·十二诸侯年表》,中华书局1982年版,第509页。

秋》为后世立法,唯《公羊》能发明斯义,惟汉人能实行斯义"①。公羊
学观念,纯正悉备,"大一统"说、"三世"说、"大复仇"说等,于古代治
国安邦,作用显著。

春秋战国时期,乱世滔滔,社会颠簸,政治失序。在此背景下,重
在政治实践的公羊学所要解决的是乱世中的王道王法问题,希望以
此给痛苦无望的历史提供另外一种发展的可能性。其中,大复仇说
即其基本思想之一。所谓"大",即张大、广大、推崇之意。

褒誉报仇雪耻之举的"大复仇"说,所针对的是朝纲解纽、杀戮无
道的乱世,冀以给痛苦无望的历史提供另一生存之可能性。《春秋》
推崇复仇,尤重报国仇、雪国耻,公羊学于此多有揭示:庄公四年《春
秋》经曰:"纪侯大去其国。"《公羊传》曰:"大去者何? 灭也。孰灭
之? 齐灭之。曷为不言齐灭之? 为襄公讳。《春秋》为贤者讳。何贤
乎襄公? 复仇也……远祖者,几世乎? 九世矣。九世犹可以复仇乎?
虽百世可也。家亦可乎? 曰不可。国何以可? 国君一体也。先君之
耻,犹今君之耻也;今君之耻,犹先君之耻也。国君何以为一体? 国
君以国为体,诸侯世,故国君为一体也……上无天子,下无方伯,缘恩
疾者可也。"②传文中,齐襄公灭纪国却被称为"贤者",缘于他替远祖
复仇的行为,并表示不在乎军队的损失与其个人的生死,故孔子予以
褒奖,同时,提出了复仇的两条原则:一是由于国君一体,历代相袭,
故九世仍可复仇;二是在"上无天子,下无方伯"即天下无道、公义尽
丧的情况下,以直报怨,个人可以秉持自然的血缘之情,沿循祖先的
恩痛去复仇。"这种恩痛之情是人类自然的血缘之情,充溢在人的心
中不能已,在人类一切价值都毁灭后这种缘恩疾而产生的情感就成
了人类唯一的、最后的价值,成了恢复人类公义的最后希望。职是之

---

①皮锡瑞:《经学通论》,清光绪思贤书局刻本,第 220 页。
②刘尚慈译注:《春秋公羊传译注》,中华书局 2010 年版,第 112 页。

故,公羊家大复仇说对人类的恩痛之情给予了最高的赞礼,并以之为复仇的最终依据。"①

在《燕丹子》中,太子丹的复仇集合了个人之道义与国家之公义,虽以行刺的形式付诸实施,却于理未失;此外,九世仍可复仇,更何况是针对现时之痛,故而不得不报。

公羊学"大复仇"说的另一原则是复仇须究分寸。庄公四年《春秋》经曰:"六月,乙丑,齐侯葬纪伯姬。"《公羊传》曰:"……此复仇也,曷为葬之? 灭其可灭,葬其可葬。此其为可葬奈何? 复仇者非将杀之,逐之也。以为虽遇纪侯之殡,亦将葬之也。"②传文中,齐襄公灭纪国却安葬纪伯姬,孔子称赏他,许之以"侯"。《公羊传》于此指出了复仇的又一条原则,即须光明正大,把握分寸。

《燕丹子》中荆轲行刺一段,渗透着复仇当有分寸的理念,但最为人诟病:

> 轲左手把秦王袖,右手揕其胸,数之曰:"足下负燕日久,贪暴海内,不知厌足。於期无罪而夷其族。轲将海内报仇。今燕王母病,与轲促期。从吾计则生,不从则死。"秦王曰:"今日之事,从子计耳! 乞听琴声而死。"召姬人鼓琴,琴声曰:"罗縠单衣,可掣而绝;八尺屏风,可超而越;鹿卢之剑,可负而拔。"轲不解音。秦王从琴声负剑拔之,于是奋袖超屏风而走。轲拔匕首擿之,决秦王,刃入铜柱,火出。秦王还断轲两手。轲因倚柱而笑,箕踞而骂曰:"吾坐轻易,为竖子所欺。燕国之不报,我事之不立哉!"

---

① 蒋庆:《公羊学引论——儒家的政治智慧与历史信仰》,辽宁教育出版社 1995 年版,第 319 页。

② 刘尚慈译注:《春秋公羊传译注》,中华书局 2010 年版,第 114 页。

在小说作者看来,秦王对待太子丹"无礼"并且"兵临燕",但罪不至死。抛开真实的历史场景,从理念出发,虚构了荆轲"今燕王母病,与轲促期。从吾计则生,不从则死"的劫持秦王为人质的情节,用以消弭战争,这实在是为太子丹组织的行刺活动奠定了以礼对礼、以牙还牙的"义举"色彩,颇与公羊学思想相契合。绑架之未成、荆轲之死,则是缘于秦王之"乞听琴声而死"的诡计。这里,光明正大与欺诈狡猾,当下立判,并照应篇首。

公羊学"大复仇"说尚有别一理念,即复仇不讳言败。庄公九年《春秋》经曰:"八月,庚申,及齐师战于乾时,我师败绩。"《公羊传》曰:"内不言败,此其言败何?伐败也。曷为伐败?复仇也。"①一般来说,春秋无义战,但有两次,其中就包括鲁庄公战齐师于乾时之战。作战失败,《春秋》违反了"内不言败"的通例而直书"败绩",原因在于褒奖鲁庄公为复仇而战,故大力彰显。因此,公羊学认为,勇于复仇,这是大义所在,已值得肯定,即使战败,也是光荣的。

《燕丹子》故事的结尾虽然以失败而告终,但以公羊学思想而论,太子丹摹士而行刺,属大义之举,故虽败犹荣,值得赞扬。因此,小说作者的通篇笔墨,回荡着一股光明磊落的激越昂扬之气,对燕国阵营中的人物,也大多怀抱着同情和赞赏。

公羊学复仇观念既体现了中华民族的尚耻精神,也表现了古人希望在社会历史中追求自然公正的心理原则,这种积极的民族精神在《燕丹子》的主题中得到了回应,从而在文学世界中,肯定了道义、正义以及国耻亲仇必复的合理诉求。以此思想为基础,自《燕丹子》始,文学史上出现了一大批雄浑悲壮的复仇作品。

汉初前后有着浓烈的复仇风气,《燕丹子》当是对时代风气的深刻反映。

---

① 刘尚慈译注:《春秋公羊传译注》,中华书局 2010 年版,第 125—126 页。

　　秦末之覆秦运动及其随后演化出来的楚汉相争,就历史正义而言,是对暴君秦王和暴政秦朝的反抗,它反映了人民的心声和历史的公正。但就陈胜首义过后呈现星火燎原之势的被灭战国诸王的崛起而言,抗秦其实就意味着复仇,是对秦国戮其先、侵其国、残其民之累累罪恶的隔代清算。南方之项梁、项羽的纠伙而起,初始目的实在于为楚国及先祖项燕复仇;北方之诸侯国君主或贵族后裔亦纷纷复立其国,自行封侯王,不可胜数,"武臣自立为赵王,魏咎为魏王,田儋为齐王"①"燕、赵、齐、楚、韩、魏皆立为王"②"六国复自立"③,终成一股强大的全国性抗秦浪潮。秦朝之被伐,不在于秦始皇死后二世"诛大臣及诸公子"④以及"郦山未毕,复作阿房"⑤等等,而在于那股摧枯拉朽的民意基础和遍地尽燃的复仇火焰。这期间,公羊学说之深入人心以及作为抗秦之合法性基础,起到了很大的理论推动作用。所谓"合法性"之法,即《春秋》所倡立的前圣之法,而非为秦政的现世之法。《史记》曰"王迹之兴,起于闾巷,合从讨伐,轶于三代,乡秦之禁,适足以资贤者为驱除难耳"⑥,太史公对秦楚、楚汉相争的历史总结,即蕴含着《春秋》大义和公羊学的思想。

　　以上仅是针对大格局而言,在这段时期,各区域之内、各县间之间、各家户之隔,于秦政松弛之际也普遍实施个体复仇。秦法主张"人君诛臣,民无报复之理"⑦,且私仇皆不许报复,严禁私斗、"贼杀"和"斗杀";而秦民畏法,故不敢轻言复仇。等到"陈王奋臂为天下倡

①司马迁:《史记·秦始皇本纪》,中华书局1982年版,第269页。
②司马迁:《史记·秦始皇本纪》,中华书局1982年版,第273页。
③司马迁:《史记·秦始皇本纪》,中华书局1982年版,第275页。
④司马迁:《史记·秦始皇本纪》,中华书局1982年版,第268页。
⑤司马迁:《史记·秦始皇本纪》,中华书局1982年版,第292页。
⑥司马迁:《史记·秦楚之际月表》,中华书局1982年版,第760页。
⑦邱浚:《大学衍义补》,京华出版社1999年版,第856页。

始，王楚之地，方二千里，莫不响应，家自为怒，人自为斗，各报其怨而
攻其仇，县杀其令丞，郡杀其守尉"①。这种情况，不独限于楚地，而
是有着一定的普遍性。入汉以后，个体复仇之风依然盛行。研究者
认为"复仇的炽衰与社会的动荡和稳定有一定关系。从时间上看，复
仇之风最盛的是西汉初期、西汉后期、东汉初期和东汉末期四全阶
段。秦朝末年，农民起义和楚汉战争更替七载"②，酿成汉初复仇
炽风。

　　对于走出楚汉相争历史阶段的汉代初年及之后的公羊学说的流
行，《汉志》作了很好的总结。在《诸子略·春秋》中，刘、班三人汇集
了"《春秋》二十三家，九百四十八篇"③，其中，著录公羊学说的有五
家，即"《公羊传》十一卷""《公羊章句》三十八篇""《公羊杂记》八十
三篇""《公羊颜氏记》十一篇""《公羊董仲舒治狱》十六篇"；同时，
在首列之"《春秋古经》十二篇"下注言"公羊、穀梁二家"，而成书于
汉初的"《公羊传》十一卷"即列于第三家。此外，在叙言中，还对《春
秋》传家的情况及地位作了说明："丘明恐弟子各安其意，以失其真，
故论本事而作传，明夫子不以空言说经也。《春秋》所贬损大人当世
君臣，有威权势力，其事实皆形于传，是以隐其书而不宣，所以免时难
也。及末世口说流行，故有《公羊》《穀梁》《邹》《夹》之《传》。四家
之中，《公羊》《穀梁》立于学官，邹氏无师，夹氏未有书。"④在书目
中，公羊派书籍被保存和著录下来的数量多，且位次居前，仅次于本
经和《左传》，同时，其学说还被立于学官。刘、班之前，董仲舒《春秋
繁露》更是竭力抉发、升华和广大公羊派的复仇理论。当然，儒家重

①司马迁：《史记·张耳陈余列传》，中华书局1982年版，第2573页。
②彭卫：《论汉代的血族复仇》，《河南大学学报》（哲学社会科学版）1986年第
　4期。
③班固撰，颜师古注：《汉书·艺文志》，中华书局1962年版，第1714页。
④班固撰，颜师古注：《汉书·艺文志》，中华书局1962年版，第1715页。

视宗族血缘关系和五伦道德,主张复仇应为一种共识,而绝不限于公羊一派,如《礼记》《周礼》也有复仇尤其是复家仇学说,只不过,对复仇作出系统阐释和辞意决绝者,则为公羊学说。

值得注意的是,武帝太初四年讨匈奴诏书亦有"高皇帝遗朕平城之忧,高后时单于书绝悖逆。昔齐襄公复九世之仇,《春秋》大之"①之语。此与公羊学观念相合,即国君之仇就是国仇,可以向敌国复仇,显见统治阶层亦以公羊复仇说作为处理国家和民族关系的准则,汉对匈奴之战演化为国家和民族间的复仇之战,以复高祖被困白登城七天之仇。武帝此举,说明公羊学说成为当时的统治思想,征讨匈奴为天下做出了复仇的表率。这种统治思想的形成,并非在一朝一夕之间,而应有一个长期持续的过程。事实上,作为一种儒家学说和民间伦理,自先秦时起,便已流传不已。

这些历史记载,充分说明"以公羊学为核心的《春秋》学占据了国家政治思想和社会意识的主导地位,'《春秋》大义'成为政治运作和社会生活的指导思想。作为'《春秋》大义'重要一端的大复仇思想也得以挟朝廷之势和学理之力给政风民俗以及社会追求以深切影响。复仇成为礼制的要求和使命,汉代复仇风气遂愈演愈烈"②。如此事例,在文献中多有记载。有学者统计,包括一些类书中的片段,汉代史书就记载了十七例为父、八例为兄弟报仇的,而为母、为夫、为子、为舅等血亲复仇的事例,还有不少③。至于后出于《燕丹子》的《战国策》《史记》《越绝书》《吴越春秋》等书,所载复仇之历史故事,传扬大复仇说,高标复仇人物如豫让、唐且、伍子胥、勾践、燕昭王、孙

①班固撰,颜师古注:《汉书·匈奴传》,中华书局 1962 年版,第 3776 页。
②黄觉弘:《〈春秋〉大复仇与汉代复仇作品》,《咸阳师范学院学报》2007 年第 3 期。
③周天游:《两汉复仇盛行的原因》,《历史研究》1991 年第 1 期。

膑、赵氏孤儿、张良等，更是所在多有，反映了汉人的历史情结和时代氛围。然而，民间复仇与社会稳定之间，客观上存在着一定的矛盾。

汉初邹阳所编作之《燕丹子》，就其所表现的主题而言，绝不突兀，亦不为孤例，相反地，它是一个揭示原始儒学之义奥、反映时代思想、状写汹汹民意民风的应时之作，具有极为明显和强烈的时代性、现实性特征。

第二节　《燕丹子》的人物形象

一、燕太子丹论

如果考虑到《燕丹子》有"荆轲发后，太子相气，见白虹贯日不彻"云云的阙文，则太子丹实为贯穿全篇始终的一个中心人物，其重要性高于荆轲。在塑造这一中心人物时，编作者既依据历史记载和民间传说，同时蕴含了在游仕吴、梁两国之际对君王应何为的思考。下面分三个方面，对太子丹形象作些分析：

（一）关于定计行刺的必要性和正当性问题

这个问题非常关键，事关太子丹形象的立足点。否定太子丹者，均将其组织行刺视作一种近乎冲动的导致燕国速亡的愚昧之举，抑或是一种浪掷游士生命的无谓之举。然而，细按事理，却未必如此，主要依据如下：

首先，历史上有通过劫持、行刺或类似方式获取成功的先例。

春秋之际曹沫或曹刿的事迹，对战国末年的太子丹来说，应该不会感到陌生。史载：

　　曹沫者，鲁人也，以勇力事鲁庄公。庄公好力。曹沫为鲁将，与齐战，三败北。鲁庄公惧，乃献遂邑之地以和。犹复以为将。

> 齐桓公许与鲁会于柯而盟。桓公与庄公既盟于坛上，曹沫
> 执匕首劫齐桓公，桓公左右莫敢动，而问曰："子将何欲？"曹沫
> 曰："齐强鲁弱，而大国侵鲁亦甚矣。今鲁城坏即压齐境，君其图
> 之。"桓公乃许尽归鲁之侵地。既已言，曹沫投其匕首，下坛，北
> 面就群臣之位，颜色不变，辞令如故。桓公怒，欲倍其约。管仲
> 曰："不可。夫贪小利以自快，弃信于诸侯，失天下之援，不如与
> 之。"于是桓公乃遂割鲁侵地，曹沫三战所亡地尽复予鲁。①

此事亦见于别书，有不同面貌，但梗概无差。曹沫胁齐桓公的原因在
于两方面：一是三战俱败致使鲁国失去大片土地；二是鲁庄公继续信
任他，"犹复以为将"。曹沫胁持行为能获得成功，其必要条件则在
于：齐桓公在管仲劝说下，守信而返还鲁国以侵地。

这个故事在春秋时期很知名，史不绝书，被传为美谈。在弱国与
强国抗衡中，常给人以无尽的想象和似无若有的希望。曹沫虽执匕
首，但事件的性质不是行刺而是胁持，其目的不在于取对方性命而在
于夺回被侵略的国土。胁持行为的好处由此可以反映出来，即以最
小的代价，血不见刃，挽回失坠了的历史公正。在这一历史事件中，
四位出场人物都在史上赢得了令名：鲁庄公之用人不疑，曹沫之忠信
为主，管仲之善作良相，齐桓公之守信纳谏。

近至战国，甚至所面对的对象就是秦王，也出现了赵国蔺相如的
成功范例：一是独闯秦廷，完璧归赵；二是渑池进缻，折节秦王。
史载：

> （赵王）遂与秦王会渑池。秦王饮酒酣，曰："寡人窃闻赵王

_____
① 司马迁：《史记·刺客列传》，中华书局1982年版，第2515—2516页。

好音,请奏瑟。"赵王鼓瑟。秦御史前书曰"某年月日,秦王与赵
王会饮,令赵王鼓瑟"。蔺相如前曰:"赵王窃闻秦王善为秦声,
请奏盆缻秦王,以相娱乐。"秦王怒,不许。于是相如前进缻,因
跪请秦王。秦王不肯击缻。相如曰:"五步之内,相如请得以颈
血溅大王矣!"左右欲刃相如,相如张目叱之,左右皆靡。于是秦
王不怿,为一击缻。相如顾召赵御史书曰"某年月日,秦王为赵
王击缶"。秦之群臣曰:"请以赵十五城为秦王寿。"蔺相如亦
曰:"请以秦之咸阳为赵王寿。"秦王竟酒,终不能加胜于赵。①

赵国虽为军事强国,但与秦国相比,却为弱国。两国君王相会,秦王
恃强凌弱,蔺相如不畏强暴,以"颈血溅大王"的勇气和果敢,为国家
和赵王赢得了外交场合的尊严。

当然,蔺相如所面对的秦王,乃为秦昭王,而非太子丹所欲面对
的秦王政。但是,所面对的强秦,其侵略性,却如出一辙。对身处国
将被灭之境的太子丹来说,这些有史可据的转弱为强的成例,将在无
计可施的情况下,给予他一线现实的希望。另外,附带可提的是,《战
国策·魏策三》所载唐且以"布衣之怒"而为安陵君存地的事例,虽
发生在公元前 225 年,后于荆轲刺秦两年,也获得了成功。

当然,前代或后代事例为当时人所用,其成功存在着偶然性。
《燕丹子》中,太子丹用数年之力,处心积虑,精心准备,其目的是想将
这偶然性转化为成功的必然性。

其次,对小说形象中的太子丹来说,"天佑"给了他制胜的希望和
信心。

编作者吸取了民间传说和历史记载中的精华,在开篇以四个"天
佑"细节,昭示了天道护佑的方向和力量,它帮助太子丹摆脱了秦王

———————————
①司马迁:《史记·廉颇蔺相如列传》,中华书局 1982 年版,第 2442 页。

的阻挠和追捕,成功结束了屈辱的质子生涯,安全返回祖国。史书对于这些细节,因荒诞无稽而作了舍弃,但是,正是这些细节,在黑暗如墨的历史时期中给百姓和弱者以来自上天的启示和希望,这也是文学之所以区别于史著的地方。

天道与人力之间的关系,在中国古代有三种不同的认识:天人合一、天人之分、天人交胜。在远古宗教盛行的时期,在自然神崇拜中,天被视为自然万物的最高代表和具有情志的生命体,拥有非凡的超自然力量和无穷的智慧,保护和赐福于弱者;甚且,天道即自然界的普遍规律,还下贯为人间道德,与人道形成一而二、二而一的紧密关系。这种远古宗教中的天人合一思想,在中国古代长期存在,汉初社会还深受影响,民间据此产生出丰富复杂的各类传说和故事,武帝时的董仲舒则提炼出理论形态更高的"天人感应说"。

在小说中,"丹仰天叹",意味着太子丹在面临无可求告的情况下,向上天发出诚挚的祈求和祷告;乌白头、马生角、机桥不发、鸡为夜鸣诸细节,在在表明上天响应了太子丹的祈祷,回应了他在灾难深处所发出来的求助声,体会到了他的痛苦、无助和作为弱者那颗颤抖的灵魂。上天的救助,不仅给了太子丹逃生的机会,更给了他获救后进行反抗的希望和信心,它们来自上天在此际的显灵和昭示。

天助有道者而谴无道者。从这一层面进行分析,上天的显灵除了昭示太子丹是需要救助的弱者之外,还于道德层面给了太子丹另一个启示,即秦王为无道之君,他亲自实施的欺凌和阴诈给太子丹带来了苦难和创痛;秦国为无道之国,它以暴虐的手段给人间制造了更大的不平和不幸。

如此,铲恶除暴,这是受过上天启示和恩惠的人所应承担的责任和使命。作为燕国的现任太子和储君,太子丹从自己的遭遇出发,站在燕国和天下弱国的角度,自觉地承担起替天行道、抗击暴秦的历史任务。

这种意味深长的文学化细节，使得小说中的太子丹区别于历史人物太子丹，给了我们另一个角度，来分析这个小说人物所作出的刺秦决定。

与上天有关的细节不仅存在于《燕丹子》篇首，还存在于篇中和小说佚文中。它们的存在，说明这部作品有着主题的统一性和形象的连贯性；在细节运用方面，也有着艺术构思方面的整体考虑，有别于那种对历史记载和民间传说信手拈来的编作态度。由此而言，《燕丹子》是一部精心结撰的艺术品。

这类细节和旨意，有见之于太子丹言语者，如："今秦王反戾天常，虎狼其行""令丹生无面目于天下""斯乃上世神灵保佑燕国""纵令燕、秦同日而亡，则为死灰复燃，白骨更生"等。值得深思的是，有关这类言语，不见于其他人物，而都出于太子丹之口，这或许说明，在小说中，承担起这一上天赋予之沉重使命的，太子丹为直接受领者。

也有见之于气候描写者，如"风萧萧兮易水寒"。在中国古代的时令安排与生活节奏中，春生、夏长、秋收、冬藏。阴阳家将此季节意象运用于人事，则秋冬具动戈肃杀之象，有着无可言述的沉重、悲怆和荒凉之感。荆轲入秦行刺，安排在这一长风嘶吼、易水滞寒的季节，由天道的人间性而演化出来的此一季节意象，既状写壮士激烈情怀，故有"壮声""哀声"云云；又寓意前程艰难，以至于后半截歌词将此寓意明白地点化了出来："壮士一去兮不复还。"

另外，还见之于佚文中。佚文曰："荆轲发后，太子相气，见白虹贯日，不彻，曰：'吾事不成矣。'后闻轲死，太子曰：'吾知其然也。'"此条佚文见于《史记》三家注、《文选》李善注、《太平御览》等。佚文所言，由"白虹贯日，不彻"而指喻行刺不成，其思想来源于古代天官家之望气术。在此，"白虹"，为日旁气的一种，指兵象；"日"为君象，指秦王；"贯"，谓触及；"不彻"，谓未及致命。联系起来，佚文意思指的是"燕丹相气,看到白虹贯日而不彻,是荆轲谋刺不成的征兆"①。
如此,前面太子丹既然视刺秦为天启之任,则最后之"决秦王"而未予
毙命,行刺失败,或在于天意只是在于警示秦王。有学者认为,"荆轲
刺秦不成后便有白虹贯日,表示荆轲曾经威胁秦王生命而后得解的
景况。那么《燕丹子》的事例,就成为劝喻当政者的正面说帖,上天对
于违逆常法者会用特殊人事如同刺秦般激烈的预警。故此,刺秦虽
属于上天的意志,具合理及合法性,却未必(或可说必然不能)成功,
因为属于'示警',而非'处置'"②。如果从这一思路推演下去,那
么,对人间生命的最后处置权,只能归属于上天,而这似乎也与古代
的生命观念和天人思想有着隐秘而曲折的联系。

上述这些言语和细节,出现在篇首、篇中和篇尾。由通篇所反映
出来的太子丹借助天应、天佑、天启、奉天的力量而作成之刺秦活动,
反映出编者不同于史家的艺术观念以及由此强化太子丹这一政治
谋刺之正当性与合理性的艺术设计。可以说,正是有了这些细节和
笔触,才使《燕丹子》有别于历史记载和民间传说。

最后,合纵已无可能,如果要对秦王和秦国形成致命打击,行刺
或是被迫的唯一选择。

据史载,太子丹入秦为质和亡秦归燕均在燕王喜二十三年、秦始
皇十五年(前232)。归后与其傅麹武商讨抗秦对策,麹武所提建
议为:

> 臣愿合纵于楚,并势于赵,连横于韩、魏,然后图秦,秦可破
> 也。且韩、魏与秦,外亲内疏,若有倡兵,楚乃来应,韩、魏必从,

①李学勤:《论帛书白虹及〈燕丹子〉》,《河北学刊》1989年第5期。
②黄东阳:《失落的英雄——由"英雄历程"解析〈燕丹子〉之文化意涵及士人心理》,(台北)《东吴中文学报》第二十期(2010年11月)。

其势可见。

又说：

今合楚、赵，并韩、魏，虽引岁月，其事必成。臣以为良。

此即为合纵之计，田光初时也有此意：

欲为太子良谋，则太子不能。

那么，在公元前232年之际，合纵有无可能呢？

第一，历史上，燕国与领土接壤之齐、赵两国，关系一直不好，失却合纵联盟的基础。据《史记·燕召公世家》记载：燕王喜即位之前，燕昭王、惠王、武成王与齐国连年大战；王喜四年，燕国利用赵军壮者皆死于与秦国的长平之战之际，发动伐赵；十二年，赵国攻燕。

第二，燕国此际谋议合纵，缺少核心人物。历史上，苏秦曾经挂六国相印，燕国亦在合纵国之列；第二次，最为显赫，时在燕昭王二十八年。燕昭王为复齐之仇，即位之初即"卑身厚币以招贤者"，"乐毅自魏往，邹衍自齐往，剧辛自赵往，士争趋燕。燕王吊死问孤，与百姓同甘苦"，"二十八年，燕国殷富，士卒乐轶轻战，于是遂以乐毅为上将军，与秦、楚、三晋合谋以伐齐"①。燕昭王励精图治，广招人才，致力于富国强兵，合纵抗齐，足足用了二十八年时间。自此以后，燕国国势江河日下，再无燕昭王那样的贤君以及领袖列国的国力。此时，让燕王喜抑或燕武出面倡议合纵，缺乏合纵的基础。另有一个例子也可说明问题：太子丹归国后一直致力于为燕国招罗人才，但自荆轲到

①司马迁：《史记·燕召公世家》，中华书局1982年版，第1558页。

来后的三年多时间内,再无一个值得史家记载的游士到来。如此,如何能够作为轴心国来联合韩、魏、赵、楚抗秦呢?

第三,秦始皇十五年及之后的凌厉攻势,使诸国自顾不暇,难有从容应对之时。再加上,诸国之间,即便在秦军压境之下,也矛盾重重,互为相攻,绝难调停以共同抗秦。据《史记·燕召公世家》记载:"二十五年,秦虏灭韩王安,置颍川郡。二十七年,秦虏赵王迁,灭赵。"①《秦始皇本纪》记载:"十五年,大兴兵,一军至邺,一军至太原,取狼孟。地动。十六年九月,发卒受地韩南阳假守腾。初令男子书年。魏献地于秦。秦置丽邑。十七年,内史腾攻韩,得韩王安,尽纳其地,以其地为郡,命曰颍川。地动。"②实际上,秦国的统一天下进程,在秦始皇阶段,始自吕不韦。那时,就已"招致宾客游士,欲以并天下"③,吞并列国早成囊中之计。

鉴于以上三种情况,在《燕丹子》中,太子丹反对鞫武的理由就是"此引日缦缦,心不能须也",鞫武也承认合纵须"引岁月"。也就是说,在合纵问题上,最大关键是时间。有了时间,才能壮大国力、吸引各方人士和调停列国矛盾。而当时的国际环境,对于燕国要联合四国,不要说二十八年,连八年的时间都不可得。故而,合纵之计,势难进行。"秦贪我略,而信我辞,则一剑之任,可当百万之师",行刺成为弱燕抗击强秦的必然选择。明代胡应麟也肯定太子丹对于行刺的选择,"丹也,燕社稷旦暮墟矣,丹思所以济之而万无策也,侥幸于一刺,讵得已哉? 政殪苏嗣,可以息黔黎、延周脉,燕亦未至遂亡。轲之垂中而弗中也,天也"④,在此站在太子丹的立场,说明他选择的艰难、

<hr>

① 司马迁:《史记·燕召公世家》,中华书局 1982 年版,第 1561 页。
② 司马迁:《史记·秦始皇本纪》,中华书局 1982 年版,第 232 页。
③ 司马迁:《史记·秦始皇本纪》,中华书局 1982 年版,第 223 页。
④ 胡应麟:《少室山房笔丛·史书占毕二》,上海书店出版社 2001 年版,第 141 页。

行刺对于燕国和天下的价值以及对功亏一篑的深切惋惜。

(二)太子丹礼贤下士,展现出难能可贵的君主风采

作为主持燕国抗秦大业、准备组织政治谋刺活动的太子丹来说,深知人才的重要性,故而礼贤下士,主要表现在:

1.黄金投龟,千里马肝,奉美人手。

2.款士:同案而食,同床而寝;三时进食,存问不绝。

3.迎士:自御、虚左;侧阶而迎,迎而再拜。

4.置酒设宴,起为寿。

5.设法吸纳人才,由夏武、田光到荆轲。

上述这些表现,除了第五点是想吸引越来越多的人才到燕国、到太子帐下为其所用之外,前四点的共同目的是想以真挚的态度、无微不至的关怀以及“举燕国而献之”的财力、物力甚至人力,来打动和沟通与人才之间的心意联系,达到互为知己的程度。可以说,《燕丹子》在这方面对太子丹形象的描写和刻画是成功的。这些细节与故事情节、事件的推展有机地交融在一起,不生硬、不突兀、不造作,符合人物的身份和特定的情节需要,起到了塑造人物形象、推动情节发展、表现作品主题的重要作用。

如果对照史书对战国四公子的记载,那么,我们就可以发现,作品中上述礼贤下士的各种表现,大都有案可查,可以一一复核。从这个角度来看,我们就能清楚地认识到,编作者是将“四公子”在待士方面的所有美德,都综合起来集于太子丹一身了。也就是说,在太子丹形象的主要方面,编作者表达了自己对汉初贤主良君的最大希望。进一步可以推测,历史人物太子丹或有礼贤下士的各种动人表现,但《燕丹子》中的太子丹形象,其礼贤下士的表现,却是出于虚构的。

太子丹形象塑造(包括开篇部分)的素材有:

1.信陵君之于侯嬴虚左位:“公子于是乃置酒大会宾客。坐定,公子从车骑,虚左,自迎夷门侯生。侯生摄敝衣冠,直上载公子上坐,不让,欲以观公子。公子执辔愈恭。"①甚至侯嬴的话语口吻和行为表现,也与《燕丹子》中的田光相仿佛:"公子过谢侯生。侯生曰:'臣宜从,老不能。请数公子行日,以至晋鄙军之日,北乡自刭,以送公子。'公子遂行。……公子与侯生决,至军,侯生果北乡自刭。"②值得注意的是,汉高祖在四公子中特别高看信陵君,"高祖始微少时,数闻公子贤。及即天子位,每过大梁,常祠公子。高祖十二年,从击黥布还,为公子置守冢五家,世世岁以四时奉祠公子"③。这种情况,对于身处汉初的邹阳应该很熟悉,其时社会上也应该广泛流传关于信陵君和侯嬴的多种传说,因此,在他编作《燕丹子》时,于四公子中,就比较多地将信陵君的传说融进了太子丹形象的塑造之中,这与汉初对信陵君的推崇有关系。

2. 孟尝君门客之鸡鸣狗盗:"夜半至函谷关。秦昭王后悔出孟尝君,求之已去,即使人驰传逐之。孟尝君至关,关法鸡鸣而出客,孟尝君恐追至,客之居下坐者有能为鸡鸣,而鸡齐鸣,遂发传出。出如食顷,秦追果至关,已后孟尝君出,乃还。"④

3. 平原君之杀小妾:"平原君家楼临民家。民家有躄者,槃散行汲。平原君美人居楼上,临见,大笑之。明日,躄者至平原君门,请曰:'臣闻君之喜士,士不远千里而至者,以君能贵士而贱妾也。臣不幸有罢癃之病,而君之后宫临而笑臣,臣愿得笑臣者头。'平原君笑应曰:'诺。'躄者去,平原君笑曰:'观此竖子,乃欲以一笑之故杀吾美人,不亦甚乎!'终不杀。居岁余,宾客门下舍人稍稍引去者过半。平原君怪之,曰:'胜所以待诸君者未尝敢失礼,而去者何多也?'门下一

①司马迁:《史记·魏公子列传》,中华书局 1982 年版,第 2378 页。
②司马迁:《史记·魏公子列传》,中华书局 1982 年版,第 2381 页。
③司马迁:《史记·魏公子列传》,中华书局 1982 年版,第 2385 页。
④司马迁:《史记·孟尝君列传》,中华书局 1982 年版,第 2355 页。

人前对曰：'以君之不杀笑躄者，以君为爱色而贱士，士即去耳。'于是平原君乃斩笑躄者美人头，自造门进躄者，因谢焉。其后门下乃复稍稍来。"①此可对应于《燕丹子》中为人所诟病的奉美人手之情节。

4.其他礼贤下士的素材："是以驺子（按："衍"）重于齐。适梁，惠王郊迎，执宾主之礼。适赵，平原君侧行撤席。如燕，昭王拥彗先驱，请列弟子之座而受业，筑碣石宫，身亲往师之。"②"（梁）惠王欲以卿相位待之（按：淳于髡），髡因谢去。于是送以安车驾驷，束帛加璧，黄金百镒。终身不仕。"③

此外，当时还大量流行着有关千里马的故事，如《战国策·燕策一》所载郭隗对燕昭王所言之五百金买千里马之首的故事，这些都对《燕丹子》将民间传说吸收为创作素材进而提炼为作品细节，提供了帮助，从而塑造出了包括太子丹在内的作品人物。

（三）轻慢、误解和质疑背后的实用倾向，凸显历代游士的遇主之难

这是太子丹性格中的一个侧面，作品有意点化这一侧面，以表现邹阳游仕生涯中对吴王和梁孝王的实际观察，也寄寓他对汉初诸侯王的希望，以进一步增进对游士的信任。

太子丹固然不竭余力地礼贤下士，也与荆轲等人建立起一定的感情联系。然而，出于浓烈的为国和为己复仇的愿望，加上秦军扫荡天下之势过于凌厉，时不我待，故而，其厚士待士有着较为强烈的目的性，多有焦虑、失态之处，这表现在他对麹武、田光乃至荆轲，都流露出一定程度的误解与质疑。

---

① 司马迁：《史记·平原君列传》，中华书局 1982 年版，第 2365—2366 页。
② 司马迁：《史记·孟子荀卿列传》，中华书局 1982 年版，第 2345 页。
③ 司马迁：《史记·孟子荀卿列传》，中华书局 1982 年版，第 2347 页。

太子得书,不说,召麴武而问之……太子睡卧不听。

田光遂行,太子自送,执光手曰:"此国事,愿勿泄之!"光笑曰:"诺。"

居五月,太子恐轲悔,见轲曰:"今秦已破赵国,兵临燕,事已迫急。虽欲足下计,安施之? 今欲先遣武阳,何如?"轲怒曰:"何太子所遣,往而不返者,竖子也! 轲所以未行者,待吾客耳。"

以上三段,在前章中有所述及,在此不再作详细分析,换个角度,我们探讨如下三点:

第一,这些由轻慢、误解和质疑而造成的表现或话语,并非来自太子丹性格中的本质特征,而是由他性格中的复杂性所决定的,是其性格侧面。丹贵为太子,优渥的生活条件、与生俱来的贵公子地位和几度被出质的经历,决定了他轻率、使气、不能忍、缺乏信任感和安全感等性格侧面。这些在他与麴武、田光打交道时都流露了出来。但是,他在成长,在国家面临危亡、秦军横虐列国、自觉地担负起抗暴重任的历程中,迅速地成长。比如,作品有两个太子丹"自驾"的细节:一是迎接荆轲而"自御虚左";另一个是闻知樊於期自到而"自驾驰往,伏於期尸而哭,悲不自胜",显示了他待士有道的真诚之情。当然,这个成长的代价是巨大的,田光之死尽管出于多种原因,但无可讳言,起因在于太子临别时的嘱语。在听闻田光死讯时,他的悲痛和自谴都源自心底,可见田光之死给予他的震撼和觉醒,使得他可能自有生以来第一次见识到了何为真正的"士"。在某种程度上,田光是其人生之师。作品中,如果没有田光诸情节的安排,要使继田光之后而来的荆轲与太子丹达到互为知己的程度,是难以想象的。太子丹之所以能进步、会觉悟,说到底还是源自其性格本质,对此,作品借田光之口也作了描述:"夫燕太子,真天下之士也。"这个评价非常之高,当是将太子丹置身于列国群英之后的比较性结论,也说明了太子丹

志在天下危亡的博大胸怀。田光这一对太子丹的判断是可以相信
的,他对人善于观察和判断在作品中也有具体表现,如对太子客夏
扶、宋意、武阳所下的结论都甚为精当,武阳后来在秦廷中的怯场畏
惧之态也印证了田光的判断。对此三人他有过一个总体性结论,即
"无可用者"。太子丹后来匆遽之中还是使用了武阳致使秦廷行刺出
现变故,对此我们只能长叹而痛之。田光对太子丹的褒誉,不仅见出
了太子丹的人品本质,我们也从评人之语中体会到他自身人品的高
尚。当然,这已经是题外话了。

第二,作品通过太子丹待士之性格侧面的描写,反映了战国甚
至汉初时的某些真实的历史状况。当人们在关注这两个历史阶段
中士人游走权门的特殊现象时,常将分析的目光过多地投射于士
人一端,而较少评判权门的主家。虽然历史上真士难见,也确实有
过那些插标自贷、扬己炫人、贪权慕势的伪士和滥士,但是,实际情
况可能是真正的王者和贤主,其罕见程度更少于真士,故而战国和
汉初均有遇主之难的感慨。所谓"真正的王者和贤主",对于游士
来讲,基本的要求就是重士、信士且具道德感。前举平原君杀小妾
的例子,就是因为平原君重妾甚于重士,故而门客渐散。历史上之
所以传扬"四公子"和燕昭王等人的例子,就是因为类似的君主稀
罕而显得珍贵;楚汉相争时,韩信初投项梁、项羽门下而均不得重
用,后在萧何引见下为刘邦拜为大将。当蒯通说韩信以自立时,韩
信回曰:"汉王遇我甚厚,载我以其车,衣我以其衣,食我以其
食。"①可见类似于一饭之哺、一衣之袍等真心待士之主的缺失,故
而韩信对这种细节所体现出来的情怀极其珍视,以至于将它们摆
放在比蒯通口中的"天下之争"更重的位置。事实上,游士和客卿
们动辄被咎的现象,在这两个时期里所在多有。吕不韦在秦国为

①司马迁:《史记·淮阴侯列传》,中华书局 1982 年版,第 2624 页。

相,广招宾客,开启统一天下之路。即便在此亟须用人之际,仅仅因为郑国渠事件,秦王还是下了逐客令,驱逐所有在秦国的客卿。至于游士被杀和被辱,也不少见。邹阳在《燕丹子》编作之后,同样亲身经历了下狱将杀的遭遇。

正是由于真心待士之主不多,以及游士所处环境的险恶,《燕丹子》才直面现实,借助于表现太子丹之性格侧面,给予客观的呈现。

第三,通过表现太子丹此一性格侧面的转化和进步,作品所衍生出来的意义,在于寄望汉初诸侯。《燕丹子》利用各种材料,在太子丹历史原型的基础上,通过运用虚构、集粹、点染等各种艺术手段,创造出作品中的太子丹形象。它不忌重复,一再描述此类"不和谐"的细节,其意不仅在于反映客观现实,还在于表达希望,使深有会心的读者能在此方面加深印象,逐步改进,以营造出汉初更好的用士信士的社会环境。邹阳所编作以及自撰的作品,读者面大概在同为游士身份的朋辈、招致游士的诸侯王如吴王濞和梁孝王。刺秦题材大概为大家所熟悉,而真实的太子丹面目也应在流传口播范围之内,邹阳编作出这样一个既旧且新的故事以及人物形象,而且将太子丹性格中的正面和侧面都展示了出来,还写了他的觉悟和进步,其编作意图当为大家心领神会。可以说,《燕丹子》是一部有所为的现实化作品,而不仅仅是对历史题材的改篡。

作品对太子丹形象和性格作了立体式的刻画,反映出性格中的主导倾向和复杂性。可以说,太子丹的形象是鲜活而具体的,也有相当的深度。编作者在具体刻画时,多以场景描写的方法来展示太子丹形象的言行和心理,使之既具有大义抗秦的历史真实性,同时也有着更高意义上的艺术真实性。在中国小说史乃至文学史上,如此出众而成功的贵族公子的艺术形象,就出现在《燕丹子》中,此为这部作品对文学史的重要贡献。

二、士子群像论

(一)关于"士"之规定性

《燕丹子》的人物总计十四个,若以在作品中的重要性而言,可按五个层次来归纳:

第一层,太子丹、荆轲,作品对这两个主要人物形象,作了重点描绘;

第二层,田光、麹武、樊於期,他们是构成全篇三部分的次要人物;

第三层,秦王,作为暴虐者的反面形象出现;

第四层,夏扶、宋意、武阳、高渐离,他们的身份为太子客或荆轲友,其群像在篇中也有适当表现;

第五层,中庶子蒙、美人能琴者、鼓琴之姬人、屠者,他(她)们近乎背景式人物,只起穿针引线的作用。

除此之外,真正背景式人物还有秦廷之上的"百官"或"群臣",可以不计算在内。

《燕丹子》涉及人物虽多,但主要以太子丹和荆轲为主,核心情节是为燕国复仇而行刺秦王。在筹划行刺阶段,人物关系集中在太子丹之与麹武、田光、荆轲三人之间的递接,即由麹武引出田光,由田光引出荆轲。

上述五个层次的人物,除太子丹和秦王之外,若纯以人物职业身份而论,则大多为"士",他们是荆轲、田光、麹武、夏扶、宋意、武阳这六人;若衡之以按照人物在篇中所展现出来的精神品格而论,则秦之叛将樊於期、易水击筑的高渐离,亦可以"士"待之。如此,则此节所谓"士之群像",包括了以上八人。

"士"之语义,在战国之际有个变化过程。古代贵族分四级:天子、诸侯、卿大夫、士。随着贵族阶层的演化,"士"也从贵族等级的一

个称呼逐渐转变为社会中的一个阶层。等级是由政府明令或由习惯
法约定俗成的,社会阶层则是由多种因素形成的,其中最主要的是人
格特征和行为方式。原始儒家对"士"的规定性,则有专门论述。
《论语·子路》载:

> 子贡问曰:"何如斯可谓之士矣?"子曰:"行己有耻,使于四
> 方,不辱君命,可谓上矣。"曰:"敢问其次。"曰:"宗族称孝焉,乡
> 党称弟焉。"曰:"敢问其次。"曰:"言必信,行必果,硁硁然,小人
> 哉,抑亦可以为次矣。"曰:"今之从政者何如?"子曰:"噫! 斗筲
> 之人,何足算也?"①

由上观知,孔子认为士可分几个层次:第一层次的士要"行己有耻"
(自身的人格道德没有污点)和"使于四方"(擅长解决外交关系),即
内守外通;第二层次的"士"要在宗族乡邻中讲究孝悌友爱;第三层次
的"士"要讲信用,要守信,但这种人并不一定能够处理国家大事。
　　曾子总结孔门学问精华,对"士"提出了一个更为概括的要求。
《论语·泰伯》曰:

> 曾子曰:"士不可以不弘毅,任重而道远。仁以为己任,不亦
> 重乎? 死而后已,不亦远乎?"②

在孔子及孔门弟子的思想认识里,作为"士","仁"就是他的责任。
什么是"仁"? 爱人、爱社会、爱天下,这是儒家的精神道统之所在。
亲亲、仁民、爱物、修齐治平、由个人的爱发展到爱他人、爱世界乃至

---

① 朱熹:《四书章句集注》,中华书局 1983 年版,第 146 页。
② 朱熹:《四书章句集注》,中华书局 1983 年版,第 104 页。

爱物。所以,这样的"士",以济世救人作为自己的责任,这担子非常重,而且路途遥远。要挑起这样重的担子,走这样远的路,就必须具有伟大的胸襟、恢宏的气魄、坚定的决心、果敢的决断、深远的眼光和正确的见解等,以形成"弘""毅"两个条件。

综合起来我们看到,原始儒学之士文化的精神在于道德型文化和政治型文化的统一融合。前者注重伦理道德,强调人格境界的成圣成贤;后者关注现实政治,追求"求善"与"求治"的统一,操守坚正,方能用于世,实现自己的政治抱负,也即把个体精神泛化于全社会。此二者,就是后人所谓的"内圣"与"外王"。内圣与外王的结合,道德型文化与政治型文化的统一,就能实现先儒理想的社会秩序。

原始儒学并不否认士之用世的可行性与可能性,也不反对有道德的人出来维持社会,所谓"学而优则仕"[1]同样强调了这一点。上引《子路》一条里,孔子就把"行己有耻"之士能够"使于四方",看得比一般的士更为合乎他的标准。曾子也同样强调了弘毅之士的"任重而道远",推崇这样的士子出来为民为天下担当更多的重担。

但是,孔子一刻都没有忘记提醒人们,用世之士的最基本条件就是要有仁德工夫,要"志于道"。孔子强调士之用世,但在"泰伯"一章里又赞颂了薄帝王而不为的泰伯,给予他很高的评价,"其可谓至德也已矣"[2]。这一矛盾如何解说?

其实,在孔子思想里,最推崇这种人:为了道德,为了自己终身的信仰和人格的建立,皇帝可以不当,出将入相、富贵功名可以不要。也就是说,像泰伯这样礼让天下之人,并不把功名富贵放在第一位,而是把真理、道德和信义放在第一位。所以,从这一基本思想出发,

---

① 朱熹:《四书章句集注》,中华书局 1983 年版,第 190 页。
② 朱熹:《四书章句集注》,中华书局 1983 年版,第 102 页。

孔子同样也对那些"不降其志""不辱其身"和"隐居放言"之周代逸民如伯夷、叔齐和柳下惠等给予赞词①。孔子认为这些逸民最值得敬佩的,是确定了人格,立志不变,同时不辱其身,并且放言高论,评判是非得失,为天下和社会而有所待也。

所以,在原始儒学那里,士子是隐还是现,是出世还是用世,无论是注重道德型文化还是注重政治型文化,最根本的一条,就是要为天下和社会追求功业,而不要去追求一己之功名利益。若是,方是孔子理想中的"士"。

及至战国,礼义衰落沿及士林,非威不立,非势不行,"故孟子、孙卿儒术之士,弃捐于世,而游说权谋之徒,见贵于俗",他们"度时君之所能行,出奇策异智,转危为安,运亡为存"②。其时,从王廷到社会底层,到处都可看到"士"的身影。在国与国之间复杂的矛盾斗争中,"士"的作用就凸显了出来。

战国公子王孙如"四君子"有招养门客的传统,门客汇集帐下,品类不一,既有鸡鸣狗盗等一技之长的食客,也有择主而事、致位将相的客卿。一般来说,在"主二客一"的历史环境下,除极少数之外,门客的人生目标大多从利益出发,求富贵,取尊荣,建不朽之功业,他们往往依附某个主子,将自身工具化,达成豢养与被豢养的关系。

但是,在《燕丹子》中,我们却看到了卓然不同的门客群体,他们中的殊绝者,所展现出来的人格情操,达到了孔子所谓"士志于道"③的精神高度,有担当道义、不屈不挠的奋斗精神。

(二)士节卓绝,人物具备道德感

在《燕丹子》的士子群像中,无论是主要人物还是次要人物,他们

---

①朱熹:《四书章句集注》,中华书局1983年版,第185—186页。
②刘向:《战国策序》,见何建章注释:《战国策注释》,中华书局1990年版,第1355页。
③朱熹:《四书章句集注》,中华书局1983年版,第71页。

身上大多表现出原始儒学所倡导的崇高道德感。尽管由于作品特定题材的原因,人物的类型可以归结为出仕之士,即他们都先后聚集于太子丹营垒中,为其奋斗目标而驰力。这就不像后世那些专意反映士子生活的大部头作品如《儒林外史》,有着更为广阔的社会背景和更为复杂多样的题材,能够充分刻画各类士子尤其是出仕者和归隐者的复杂面貌。但是,即便如此,《燕丹子》在类型单一的士子群像中,还是将这些人物的性格特殊性尤其是道德个性,较为出色地反映了出来。其中,个别的形象,可位居文学史一流人物形象的画廊里。作品中,田光就是这样一位人物。

若按常人的标准,在《燕丹子》的士林里,道德感最强的是田光,而且作品对此的刻画也很集中凝练,富于力度,给人留下深刻的印象。

他是由太傅麴武引荐给太子丹的,介绍语是“深中有谋”,即心意深沉且谋略出众。此语出自太傅之口,评价不可谓不高。但是,作品之后的形象刻画,在展现这两方面特征之外,给人以莫大惊喜的便是深刻地描写了他道德出众的一面。

作为谋士,在太子丹向他介绍情况、表达抗秦之志、先行否决合纵之计以后,田光沉稳地以“此国事也,请得思之”作为回应。之后,在太子东宫之“上馆”滞留三月,竭尽全力,替太子设法。他经过观察和判断,认为要完成太子丹计划中事,不仅自己难以胜任,而且现有太子丹帐下门客也不能挑起重任。作品记载了他与太子丹的对话:

> 田光曰:“微太子言,固将竭之。臣闻骐骥之少,力轻千里,及其罢朽,不能取道。太子闻臣时已老矣。欲为太子良谋,则太子不能;欲奋筋力,则臣不能。然窃观太子客,无可用者。夏扶,血勇之人,怒而面赤;宋意,脉勇之人,怒而面青;武阳,骨勇之人,怒而面白。光所知荆轲,神勇之人,怒而色不变。为人博闻

强记,体烈骨壮,不拘小节,欲立大功。尝家于卫,脱贤士大夫之急十有余人,其余庸庸不可称。太子欲图事,非此人莫可。"太子下席再拜曰:"若因先生之灵,得交于荆君,则燕国社稷长为不灭,唯先生成之。"

在此值得注意的是,田光对自己和"太子客"的评价,因为这些评价与太子丹之行刺拟议有着很深的牵连,故选人尤其是选对人,就显得十分重要。由于太子丹否决合纵之计在先,故而田光在说到自己之时,才有"欲为太子良谋,则太子不能";因为自己"已老"而难以出任刺客,故有"欲奋筋力,则臣不能"。至于评价他人,后人包括历代类书所交口称誉和引录的"血勇之人""脉勇之人""骨勇之人""神勇之人"之词,就出于田光之口。真实的田光,其能力如何,我们已无从得知,但由这些语词所显示出来的鉴识人才的能力,让我们对田光作为一介智略之士的出众才能,刮目相看。

再看田光向荆轲介绍太子丹之语:

> 遂见荆轲,曰:"光不自度不肖,达足下于太子。夫燕太子,真天下之士也,倾心于足下,愿足下勿疑焉。"

这里须重点关注的是"天下之士"的评语。此词亦甚为精炼,蕴意也很出色,但并非首次出现于《燕丹子》,如《战国策》就出现过多次。词语意思有两个方面:一是字面意思,即来自天下各处的士子,这较为多用,包括汉初贾谊也在这个层面使用此词;二是指胸怀天下之志的士子,类似于后代范仲淹所曰之"先天下之忧而忧,后天下之乐而乐"的意思,《战国策·赵策三》即在这个意蕴上运用此词评价鲁仲连的品格。田光以"天下之士"许之于太子丹,编作者的用意应该有三:一、太子丹的世俗身份实际是君而不是士,但田光称其为士而非为君,意在视太子丹为同道人,这说明田光的价值倾向是重人品而不重阶层门第;二是对太子丹精神品格和抗秦行为的褒扬,将其拟议之事评价为有功于天下;三是赞人为有天下之志者,自己亦应是有天下之志者,田光真是这样一个人。

如此,作为艺术形象的田光,作为谋士或策士,其才能主要体现在目光如炬,善于观察人、分析人、评判人。还有,从麹武引荐田光到田光引荐荆轲,我们发现,在编作者的心目中,古代被称为“士”者,大概是一个广交天下朋友的人。这一点,在邹阳自己为梁王事奔走而“历问”平素所交结者如齐人王先生以及邹、鲁、齐、楚、韩、魏之朋辈,也可见出其“多士”之一斑。越深入地分析作品,越可发现更多的邹阳与编作《燕丹子》的连接点。

然而,作品对田光所浓墨重彩予以表现之处,则是其高度的道德感:

> 田光遂行,太子自送,执光手曰:“此国事,愿勿泄之!”光笑曰:“诺。”
>
> 田光谓荆轲曰:“盖闻士不为人所疑。太子送光之时,言:‘此国事,愿勿泄!’此疑光也。是疑而生于世,光所羞也。”向轲吞舌而死。
>
> 太子曰:“田先生今无恙乎?”轲曰:“光临送轲之时,言太子戒以国事,耻以丈夫而不见信,向轲吞舌而死矣!”太子惊愕失色,歔欷饮泪曰:“丹所以戒先生,岂疑先生哉!今先生自杀,亦令丹自弃于世矣!”。

以上三段,将田光自杀的前因后果叙述得很清楚。从写法上看,后两段略显重复,显示出在小说发生之初编作者于描写人物对话方面的不成熟。但是,第一段极为精彩,于简短的叙事中,深埋伏笔,且人物

情态毕现。下面,我们针对性地来分析田光的士节表现:

第一,田光自杀有着复杂的原因。首先,他评判自己谓"太子闻臣时已老矣""欲奋筋力,则臣不能",清楚地写出了他主观上竭力想为太子丹所用、投身于抗秦大业的心情;何况,他承受过太子丹之礼遇,"侧阶而迎、迎而再拜""三时进食,存问不绝,如是三月",对田光这样一个有着高度道德自觉心的人来说,这些礼遇当然会促发其"忠"义,并内化成压力。压力越重,效忠的心态就格外强烈。"忠"的要义在于一个"尽"字,办事尽力,死而后已,"尽己之谓忠"①。他向太子丹举荐荆轲,这固然是一桩尽忠之举和一项贡献,但自己若因"老矣"难"奋筋力"而置身事外,这无论如何都是一件遗憾和不道德的事。故而,以死明志,以死表忠,显示其欲为天下图存而献身抗秦之壮烈事业,倒是一种最好的选择。要补充的是,田光在此尽忠的对象,非为太子丹个人,而是由其发起组织并将要实施的抗秦大业。其次,对田光来说,荆轲既已是执行太子丹行刺计划之不二人选,但他到底能否成行、抗秦意志如何、中间是否会发生意外和变故等等,这些都不是田光所能决定的,故而,他只能以自杀行为来推动荆轲去完成刺杀任务。至于他的自杀对荆轲的灵魂会产生怎样的震撼和触动,田光基于对荆轲的了解,是能够把握得了的。因此,以自杀来坚定荆轲之心,这也是一种忠于抗秦大业的选择。田光"吞舌而死"这一幕,其价值意义和壮烈之态,犹胜于"北乡自刭,以送公子"②的大梁夷门监者侯嬴。最后,太子丹送别之际的戒言"此国事,愿勿泄之",成为导致田光"吞舌而死"的直接原因。在《燕丹子》中,这是最令人唏嘘不已的情节。尤其令人过目难忘的是,田光回应太子丹叮嘱的表现为"笑曰'诺'",此一"笑"字,真是神来之笔,不知埋藏着多

①朱熹:《四书章句集注》,中华书局1983年版,第72页。
②司马迁:《史记·魏公子列传》,中华书局1982年版,第2381页。

少无尽之言、难尽之语。

第二，田光之"疑"与"信"及其道德选择。在前引之后两段中，田光口中出现了两个"疑"字，即"闻士不为人所疑""是疑而生于世，光所羞也"；太子丹口中出现了一个"疑"字，即"丹所以戒先生，岂疑先生哉"。对于"疑"字之反面，荆轲则理解为"信"义，即上引之"言太子戒以国事，耻以丈夫而不见信"，所谓"不见信"即为"疑"义。如此看来，田光是将"被疑"视为人生的耻辱，而将"见信"作为比生命更为神圣的对象来看待的。是"被疑"和"不见信"直接导致了田光"吞舌而死"的悲壮之举，此举将士节的道德高度推升到了一个极致。邹阳在《狱中上梁王书》中有"臣闻忠无不报，信不见疑"和"士有伏死堀穴岩薮之中耳，安有尽忠信而趋阙下者哉"之语，头尾两处很好地概括了这篇上书的主题，亦与田光之士节所体现出来的"忠""信"观念若合符节。

在原始儒学所倡导的君子之德中，"忠""信"是基本的义则。关于"信"，《论语》和《孟子》都有不少语录：

　　　　子曰："人而无信，不知其可也。大车无輗，小车无軏，其何以行之哉？"①

　　　　孟子曰："有天爵者，有人爵者。仁义忠信，乐善不倦，此天爵也；公卿大夫，此人爵也。古之人修其天爵，而人爵从之。今之人修其天爵，以要人爵；既得人爵，而弃其天爵，则惑之甚者也，终亦必亡而已矣。"②

　　　　孟子曰："君子不亮，恶乎执？"③

①朱熹：《四书章句集注》，中华书局1983年版，第59页。
②杨伯峻译注：《孟子译注·告子章句上》，中华书局1960年版，第271页。
③杨伯峻译注：《孟子译注·告子章句下》，中华书局1960年版，第295页。

上面所言之"信"有二义,即信任、信用。最后一条的"亮",同"谅",诚信义。在此,先儒将"信",作为"人"、"天爵"(即人类精神世界)、"君子"的基本品格。田光所言之"闻士不为人所疑""是疑而生于世,光所羞也"与孔孟之道相通,即视"信"为立人之道从而视"被疑"作为斫丧生命的依据。

由于"信"往往与言论有关,而且太子丹戒以"愿勿泄",故而田光所采取的自杀方式是"吞舌而死",以保全"不为人所疑"之节操。田光此举,最主要的因素,是极其强烈的道德内驱力,他将不被太子丹完全信任视为自己的道德污点,故以自杀这种最为极端的方式来打消太子丹之"国事"或被泄的疑虑,以此清除投射在自己身上的污点,证明自己清洁无瑕的士节。

在《燕丹子》中,有着不少古风盎然的人物,田光即为其一。他的重信死节,犹如伯夷、叔齐避周而饿死首阳山,弃生以显其意;又如介子推却晋文公之赏而远遁深山,匿迹以彰其志。编作者以深沉委婉之笔描述了田光之死,从而将其定位于道德志士的历史坐标,清除了蒙在战国游士身上的部分污垢;同时,通过将田光之死组合在抗秦活动之中,彰显其生命的价值,从而将其嵌刻于抗秦义士的行列。

第三,田光的遗生行义与"大信"有关。先儒所谓的"信",有"大信"与"小信"之别。前引孔子曰"言必信,行必果,硁硁然,小人哉,抑亦可以为次矣",与此相应的是,孟子也有类似议论,"大人者,言不必信,行不必果,惟义所在"[1];《燕丹子》中"士有超世之行者,不必合于乡曲;马有千里之相者,何必出于服舆",也同于此义。这些与孔孟推崇"信"的其他言论如"人而无信,不知其可也"等表面上形成了矛盾。其实,解开矛盾的要义乃在于孟子的"惟义所在"之语,即以是否合乎道义来对"信"进行区分。如此,则"信"既是儒学的核心观念之

---

[1]杨伯峻译注:《孟子译注·离娄章句下》,中华书局1960年版,第189页。

一,亦是士子立身处世的基本原则之一,但又不能拘泥固执于"信"而不知变通,要依据是否合乎道义来通权达变。也就是说,要大信,而不要小信;要在原则问题上讲信用,而不要拘泥固守于小节上的一成不变。

田光自杀的原因我们前面已有分析,其直接原因是为打消太子丹的疑虑,间接原因是彰显其抗秦之志和借此激励荆轲。这些都与抗秦大业有着内在的关系,甚至可以说,以田光行义而死为标志,行刺之事便正式拉开帷幕。试想,如果太子丹疑虑未消,时刻提防着"国事"被泄,则整个计划将无法贯彻和实施;如果荆轲未曾入燕或中间出现犹豫不前等变故,则行刺计划也将陷于停顿;如果田光不以生命为代价而表其效忠于抗秦伟业,则无法真正激励太子丹所团聚起来的众士,以杜绝他们置身事外的任何念头。如此,则可以说田光立信而合于时务,因"大信"而一死重于泰山,其意义,远远大于齐桓公以四百里地而见信于天下。

正因为田光的艺术形象,闪耀着光辉而厚重的色彩,充满着独特的魅力,故而后世还有类似以《田光传》为题的作品出现①,或出于裁割《燕丹子》之田光部分而以《田光传》命之。作品中的其他人物,在士节表现上,也精彩夺目,令人沉吟不已,如荆轲之临大利而不忘其义,樊於期之为复仇而不避其难,夏扶之忠于国事而舍生取义。在这些战国末期的群士身上,体现出人类精神所可能达到的历史高度。

(三)士行毅然,人物赴难不辞

行刺秦王,其实质,是为天下主持公道以反抗暴政的正义行为。不同于《战国策》和《史记》所书那些遍谒列国诸侯而求取富贵的游士们,《燕丹子》中的群士则争先恐后投身这一极其惨烈的正义之举。

---

① "李远有《读田光传》诗,可见唐代还有《田光传》其书。"见无名氏撰,程毅中点校:《燕丹子·点校说明》,中华书局1985年版,第5页。

这其中,表现出他们决烈的心志和迥异常人的生命观念。

原始儒学的士文化具有实践性品格,强调士子要为天下百姓承担起更多的义务,济世救人、扶倾持危,当是有德之士应尽的现实化责任。在这方面,孔子寻周道于列国,孟子游说诸侯王,都给天下士人树立了榜样。

在士行方面的表现,《燕丹子》中最出色的人物,当是荆轲。也正是因为荆轲的存在,作品才具有了激荡后人灵魂的强劲生命力。

有关荆轲身世和经历,作品为集中表现主题而不横生枝蔓,只在人物对话中给了我们简单隐约的提示:

> 尝家于卫,脱贤士大夫之急十有余人,其余庸庸不可称。
> 轲出卫都,望燕路,历险不以为勤,望远不以为退。

前一句,出现在田光的推荐语中,而后者,则出于荆轲自道。它们告诉我们三方面情况:一是荆轲来自卫国,在第二章中我们已述及卫国在战国阶段的历史变迁及先后被魏、秦所废的情况,尤其是秦国在始皇帝六年(前241)侵占卫之东郡,废卫元君之后再杀之的史实。《史记》载公元前241年"秦拔我朝歌。卫从濮阳徙野王"[①],这种小国被大国辗转侵占的辱国之痛,当是荆轲投身刺秦大业的思想基础。二是荆轲出发地。卫国屡次迁都,句中荆轲自谓"出卫都",当指卫之西周古都朝歌(今鹤壁),而非指迁徙后的首邑帝丘(今濮阳)或野王县(今沁阳)。古代朝歌之地,还存有荆轲冢。三是荆轲颇有君子之风,能救急扶难。田光夸其"脱贤士大夫之急十有余人,其余庸庸不可称",是说荆轲多有仗义之事,其中数得上的是十多起帮助士大夫的事,可见荆轲日后的赴秦行刺绝非偶然,而是出丁其品格和习性。值

---

① 司马迁:《史记·六国年表》,中华书局1982年版,第752页。

得一说的是,卫地自古多君子,如许穆夫人(约前 690 —?)、子路(前542 —前 480)、李悝(前 455 —前 395)、聂政(？—前 397)、吴起(前440 —前 381)、商鞅(约前 395 —前 338)、吕不韦(前 292 —前 235)等,史不绝书。荆轲远程入燕,既出于田光的邀约和对太子的褒扬,也缘于荆轲自身的行为选择。

　　战国时期主客之间多有以势利结交者,然荆轲与太子丹结交的基础在于互为知己的关系,这就给荆轲所展现出来的赴难不辞之行为,奠定了士行道义的性质。关于两人的知己关系,篇中曰:

　　　　荆轲曰:"有鄙志,常谓心向意投身不顾,情有异一毛不拔。今先生令交于太子,敬诺不违。"

　　　　轲言曰:"田光褒扬太子仁爱之风,说太子不世之器,高行厉天,美声盈耳……今太子礼之以旧故之恩,接之以新人之敬。所以不复让者,士信于知己也。"

　　　　今轲常侍君子之侧……太子幸教之。

　　　　今荆君不以丹不肖,降辱小国。今丹以社稷干长者,不知所谓。

这一关系的开始,得自田光分别在两人面前,所作的相互介绍:

　　　　光所知荆轲,神勇之人,怒而色不变。为人博闻强记,体烈骨壮,不拘小节,欲立大功。尝家于卫,脱贤士大夫之急十有余人,其余庸庸不可称。太子欲图事,非此人莫可。

　　　　夫燕太子,真天下之士也,倾心于足下,愿足下勿疑焉。

荆轲与太子丹的知己关系体现在:1. 由"士君子"田光所介绍和促成,义胜金石,非比寻常;2. 荆轲素有"心向意投身不顾"的想法和作风,这当是两人建立起知己关系的基础,也是他大义凛然、不顾安危而行刺秦王的心理原因;3. 荆轲借田光之言称太子有"仁爱之风"和"不世之器",甚且后来以"君子"许太子,说明两人合作的基础已从知己关系发展到为着天下大义而共同奋斗的关系;4. 太子丹亦以"荆君""长者"许荆轲,并将"社稷"命运委以荆轲,说明在太子丹这里,也不仅仅将荆轲视为简单的知己和朋友之关系,而是共赴国难的一体关系。

为了展现两人间关系的进展与深化,作品多采用场面描写的方法,铺叙了迎候、酒宴、"黄金投龟,千里马肝,姬人好手,盛以玉槃"等事例,一方面表现太子丹对荆轲的态度和心意,另一方面用以描述荆轲对太子丹的考察和证验。当然,它们的作用还远不及此。

《燕丹子》在构筑起荆轲与太子丹合作基础的同时,重点则在表现荆轲的杰出行为,这方面也存在着一个变化过程:

> 将令燕继召公之迹,追甘棠之化。高欲令四三王,下欲令六五霸。
>
> 闻烈士之节,死有重于太山,有轻于鸿毛者,但问用之所在耳。
>
> 今天下强国,莫强于秦。今太子力不能威诸侯,诸侯未肯为太子用也。太子率燕国之众而当之,犹使羊将狼,使狼追虎耳。……樊於期得罪于秦,秦求之急。又督亢之地,秦所贪也。今得樊於期首、督亢地图,则事可成也。

所谓"继召公之迹,追甘棠之化",是指施仁政于国内,以期达到"甚得兆民和"[1]的效果。按荆轲初入燕的本意,是想辅助太子丹治埋好

----

[1]司马迁:《史记·燕召公世家》,中华书局 1982 年版,第 1550 页。

内部国政,推动燕国的发展和强大,"高欲令四三王,下欲令六五霸",在这过程中,扮演类似管仲之于齐桓公、郭隗之于燕昭王那样的策士角色。然而,随着对太子丹心意、燕国国势和天下情况的深入了解,荆轲对自己在燕国使命之认识逐渐发生了变化。事实上,秦统一天下、扫荡关东六国的进程,在太子丹归燕后的次年(前231),便已加速。

我们在第二章中推定《燕丹子》荆轲入燕的时间,也在公元前231年或稍后,即太子丹逃归的次年。秦于公元前230年虏韩王安并灭韩,其他五国上空也战云密布,燕国料亦难以幸免。这种战争环境已容不得荆轲再在燕国从容地设计和实施他的仁政之策,故而,在入燕的第三年,荆轲便将自己的使命定位于"烈士"之职,即重义轻生而愿杀身成仁以挽燕国覆灭危险的人,故有"闻烈士之节,死有重于太山,有轻于鸿毛者,但问用之所在耳"之句。通过与太子丹的对谈分析,荆轲既排除了太子领袖群伦、合纵抗秦的可能性,也摒弃了太子率军队正面抗击秦军的可能性,最后定位到行刺秦王以抗秦的行动上来,"今得樊於期首、督亢地图,则事可成也",而完成此事的人选,荆轲则慨然自任,最终怀抱"将海内报仇"的天下公义,出使秦廷,行刺秦王,奏出历史绝响。

所以,荆轲之为刺士抑或"烈士""壮士",既非平生之愿,亦非入燕之初衷,而是在与太子丹建立起知己关系以后,出于固有的抗暴之志以及主动为燕国分忧的心理而作出的大义选择。在这主动选择的过程中,荆轲丝毫没有顾及自身的利益和安危,表现出足以令后人敬仰不已的悲剧英雄的风姿。胡应麟评荆轲曰:"轲也,裹匕首入虎狼,万载九关,声色亡动,至肢体分裂,嬉笑自如,非盖世之勇孰与斯乎?"①荆轲大义凛然的英勇士行,比孔子所言之"行己有耻,使于四

---

① 胡应麟:《少室山房笔丛·史书占毕二》,上海书店出版社2001年版,第141页。

方,不辱君命"的"上士"之举,还要高出一截;至于多数战国群士的作为,则不能望其项背。作品"易水送别"一节,于重彩浓墨中荡漾起"风萧萧兮易水寒,壮士一去兮不复还"的无尽哀思,寄托着壮烈而哀婉的深重情愫。

荆轲之士行所表现出来的精神本质,若以先儒之词,可名之谓"士君子"。在他身上,我们确乎看到了超迈于古今士人的高节死义的精神力量,为信义和公理而把生命置之度外的精神气概。

在《燕丹子》中,十一次出现"士"字,所谓"勇士""天下之士""烈士""壮士"等等,均非一般的士,更非普通门客,而是那种具有士节、士行的特殊的士。这些特殊的士,除了太子丹、田光、荆轲之外,还应包括"当车前刎颈以送"的夏扶、为除"积忿之怒"而自刭的樊於期。若以"士志于道"来衡定,概之以"志士"可也。这些"志士"所共同体现出来的精神力量,在与强秦以欺诈和暴虐吞并列国的行为对比中,在"势"与"道"之争中,建起了另一座价值丰碑。远隔两千多年的历史烟尘,遥想这些品节自高的志士,《燕丹子》为天下公义而刺秦的重要价值,就自然凸显了出来。

三、秦王论

在各种分析《燕丹子》人物形象的论著中,少有对秦王形象加以探讨者。然此形象,关联作品甚多,而且编作者也予以了重点刻画,含蕴着几多意图。

全篇出现四十一个"秦"字,有关秦王的内容,出现在篇首、篇中和篇尾。作为故事的背景,他就像一团黑云一样,笼罩着其他人物的命运;作为实体内容,他影响着作品的发展;作为"不义""暴政"和"欺诈"的本质象征,他在与英雄群像的对比映衬中,拓展出作品的主题。

关于秦王的表现,篇首以他与太子丹结怨的内容来展开:

　　燕太子丹质于秦,秦王遇之无礼,不得意,欲求归。秦王不听,谬言曰:"令乌白头、马生角,乃可许耳。"……秦王不得已而遣之,为机发之桥,欲陷丹。

篇章中间有关秦王内容,则多以太子丹与士子们探讨燕国存亡和天下大势的形式而述及,也有结合太子丹和鞠武情况而表现出来的:

　　今秦王反戾天常,虎狼其行,遇丹无礼,为诸侯最。

　　秦贪我赂,而信我辞。

　　韩、魏与秦,外亲内疏。

　　臣以为太子行臣言,则易水之北永无秦忧。

　　论众则秦多,计强则燕弱……纵令燕、秦同日而亡,则为死灰复燃,白骨更生。

　　太子甚喜,自以得轲,永无秦忧。

　　暨樊将军得罪于秦,秦求之急,乃来归太子。

　　丹尝游秦,秦遇丹不道,丹耻与之俱生。

　　今天下强国,莫强于秦。今太子力不能威诸侯,诸侯未肯为太子用也。太子率燕国之众而当之,犹使羊将狼,使狼追虎耳……樊於期得罪于秦,秦求之急。又督亢之地,秦所贪也。

　　今秦已破赵国,兵临燕,事已迫急。

　　闻将军得罪于秦,父母妻子皆见焚烧,求将军邑万户、金千斤。轲为将军痛之。

　　今愿得将军之首,与燕督亢地图进之,秦王必喜,喜必见轲。

　　是於期日夜所欲,而今闻命矣。

篇尾中秦王和秦国的形象则更为清晰和具体:

秦王喜。百官陪位，陛戟数百，见燕使者……钟鼓并发，群臣皆呼万岁。

秦王怪之……秦王发图，图穷而匕首出。

足下负燕日久，贪暴海内，不知厌足。於期无罪而夷其族。

秦王曰："今日之事，从子计耳！乞听琴声而死。"召姬人鼓琴，琴声曰……轲不解音。秦王从琴声负剑拔之，于是奋袖超屏风而走……秦王还断轲两手。轲因倚柱而笑，箕踞而骂曰："吾坐轻易，为竖子所欺。燕国之不报，我事之不立哉！"

以上所节略的，大都与秦王及其所统治的秦国内容有关。这些文字所涉及的意义很多，主要有几个方面：

（一）反映秦王之阴诈

在《燕丹子》中，这一点体现得相当明显。开头部分的秦王缪言，目的当然是刁难太子丹，使其无法回国，以表现秦王阴诈本性。这些内容或有历史记载作为参考，但可能混杂了民间传说，对此，后代之《论衡》和《风俗通义》也有同类内容的记录，这些我们在前面已作有部分梳理。然而，它们却不见于《史记》，为"太史公曰"斥为"太过"。事实上，太史公在《秦始皇本纪》和其他篇章中，大量采用了秦史记中的象类异变情况，不仅采信而且有机地组织进篇章之中。可以说，对于"乌白头、马生角"甚至"机发之桥不发"等借助天力以符人事的记载或传说，如果割断它们与太子丹的联系，人史公的思想认识是信其为有的，只不过，站在汉代史家的立场上，他反对太子丹的行刺君主之举，故绝对不能以"天佑"来卫护他，因而连带着这些"天佑"事件的记载也被他排斥了，从而丧失了能够很好地刻画秦王本性的一些材料。下面，我们来看一些出现在《秦始皇本纪》中的象类异变的材料：

（三年）岁大饥。……十月庚寅,蝗虫从东方来,蔽天。天下疫。①

（五年）冬雷。

七年,彗星先出东方,见北方,五月见西方。将军骜死。以攻龙、孤、庆都,还兵攻汲。彗星复见西方十六日。夏太后死。

八年,王弟长安君成蟜将军击赵,反,死屯留,军吏皆斩死,迁其民于临洮。将军壁死,卒屯留、蒲鹝反,戮其尸。河鱼大上,轻车重马东就食。

九年,彗星见,或竟天。……四月,上宿雍。己酉,王冠,带剑。长信侯嫪毐作乱而觉,矫王御玺及太后玺以发县卒及卫卒、官骑、戎翟君公、舍人,将欲攻蕲年宫为乱。王知之,令相国昌平君、昌文君发卒攻嫪毐。战咸阳,斩首数百,皆拜爵,及宦者皆在战中,亦拜爵一级。毐等败走。……四月寒冻,有死者。杨端和攻衍氏。彗星见西方,又见北方,从斗以南八十日。十年,相国吕不韦坐嫪毐免。

十二年,文信侯不韦死,窃葬。……当是之时,天下大旱,六月至八月乃雨。

（十三年）王之河南。正月,彗星见东方。

十五年,大兴兵,一军至邺,一军至太原,取狼孟。地动。

（十七年）地动。华阳太后卒。民大饥。

三十六年,荧惑守心。有坠星下东郡,至地为石,黔首或刻其石曰"始皇帝死而地分"。

上面所记诸事,集中在统一天下之前,几乎每年或隔年都有象类异变

---

①司马迁:《史记·秦始皇本纪》,中华书局1982年版,第224页。下面出于此篇正文内容,不再一一出注。

现象的发生,真是乱世多灾变,秦国史官则是每见必记,太史公也相信这些材料,将其视为真实可靠的史料入于篇章,系于人事变迁之中。天下统一以后,秦朝史官仍继承记载天象、物象之变的传统,于三十六年间又记下一事,太史公则对此持怀疑态度,沿用"坠星"材料后解释人事标以"或"字。尽管如此,"坠星"之事还是被搬用进来了。

上述象类异变之事,有这样一些:蝗虫、冬雷、彗星、河鱼大上、四月寒冻①、大旱、大雨、地动、大饥、坠星等。象类出现异常变化,往往预示着某些重大的事将要发生,但寓意到底指向何事,后代注家亦未必清楚,甚至当时的秦史官和后代编《史记》的太史公也是如此。比如,针对"河鱼大上",司马贞和张守节的注释就发生分歧:

> 《索隐》:谓河水溢,鱼大上平地,亦言遭水害也。即《汉书·五行志》刘向所谓"豕虫之孽"。明年,嫪毐诛。鱼,阴类,小人象。②
>
> 《正义》:始皇八年,黄河之鱼西上入渭。渭,渭水也。《汉书·五行志》云"鱼者阴类,臣民之象也"。十七年,灭韩。二十六年,尽并天下。自灭韩至并天下,盖十年矣。《周本纪》云"十年,数之纪也。天之所弃,不过其纪"。明关东后属秦,其象类先见也。③

可见,同样是依据《汉书·五行志》中的鱼为阴类的理论,但所得结论

---

①《正义》谓:"四月建巳之月,孟夏寒冻,民有死者,以秦法酷急,则天应之而史书之。故《尚书·洪范》云'急常寒若',孔注云'君行急则常寒顺之'。"见司马迁:《史记·秦始皇本纪》,中华书局1982年版,第229页。

②司马迁:《史记·秦始皇本纪》,中华书局1982年版,第226页。

③司马迁:《史记·秦始皇本纪》,中华书局1982年版,第226页。

一是指第二年的嫪毐叛乱,一谓十年后的六国之地尽属秦国,两说大相径庭。此外,该篇多处出现彗星之变,几乎秦国凡有死伤、叛乱等巨变,彗星之位移必被记录。对此,《史记正义》引《孝经·内记》语曰"彗出北斗,兵大起。彗在三台,臣害君。彗在太微,君害臣。彗在天狱,诸侯作乱。所指其处大恶。彗在日旁,子欲杀父"①。果然,与视彗星为灾星的说法相应的是,上述记彗星之后,分别有始皇弟成蟜叛乱、长信侯嫪毐作乱、相国吕不韦坐嫪毐免等三件大事。这些当然都是史官的附会,但可见其时秦国的宫廷内部和贵族上层弥漫着浓烈的象类迷信的风气,以至于秦史官和汉代之太史公亦不能幸免。如此,则《燕丹子》开篇记载或编创四则象类符应之事,完全与时代风气相一致。在此之后的太史公在抽象意义上的对象类的迷信程度,一点儿都不比《燕丹子》编作者高明,只不过太史公排斥太子丹并觉得他不够天佑资格而已。如若不然,从"究天人之际"的编史目的出发,太史公倒是非常乐于采用此类材料的。

在《燕丹子》中,除了用象类变化来反映秦王之阴诈以外,直接而具体地反映他这一本性的,是在篇末"乞听琴声而死"的情节。起初,中庶子蒙向他禀报燕国使者一事,作品用"秦王喜"来表现他的反应,接着更是铺叙了他面见使者的排场,"百官陪位,陛戟数百,见燕使者",活画出秦王一副颟顸的嘴脸。当然,出于编作者对秦王的憎恶,这种笔触里有着漫画化的成分,甚至后面进程中的"轲起,督亢图进之"的腔调,也带着揶揄嘲弄的味道。秦王的颟顸之态,直接促成的因素当是燕国使者所奉呈的两件重礼。督亢地图意味着燕国的臣服之态。燕国地理位置特殊,不容易侵占,而一旦占领之后,则可直接捣碎附近几个诸侯国的军事布防,正像秦国日后灭齐所采取的策略是兵出燕地南部而径直攻击齐国北方,当时齐国的布防重点则在西

①司马迁:《史记·秦始皇本纪》,中华书局1982年版,第225页。

部。因此,督亢地图对秦国和秦王的意义十分重大。有了此图所代表的燕国臣服的态度,则天下大半将为秦所取。至于樊於期之首级,他悬赏天下而不得,视之如仇寇,一旦由燕使者奉上,则自得心理当获得极大满足。叛将首级和他国土地,这两份礼物令秦王志得意满、放松警惕以至于让荆轲有了近前行刺的机会。赵政十三岁为王,按照《六国诸侯年表》记载推算,此时当三十二岁,正是处于反应敏捷的壮年时分。当匕首出现、"轲左手把秦王袖,右手揕其胸"之际,他一下子从刚才的颠顸状态中清醒过来,转而以阴谋诡计来为脱身寻找对策。听宫内姬人弹琴,对秦王来说应是发生过多次的日常性消遣。当时百官都置身殿下,所谓"乞听琴声而死"埋伏着多重玄机:一是可以拖延时间,等待不测机会的降临;二是姬人上殿,或可作为援手;三是平静自己的情绪,寻找脱身对策;等等。至于从平时熟悉的琴语中来找到反败为胜的良机,则可能是一种意外之喜。即便在事发猝然之际,秦王的阴诈和心计,还能运用如常,可见运用诡计乃是他的一种日常之态。作品借荆轲临死之前的"吾坐轻易,为竖子所欺"一语,点明了作品设置"乞听琴声而死"情节用以表现秦王本性的意图。

事实上,秦王之阴诈,还表现于篇中之述及当时天下战争之态的片段中。所谓"韩、魏与秦,外亲内疏""今天下强国,莫强于秦""今秦已破赵国"等等,表明秦国的军事全胜之态。在这背后,真实的历史告诉我们,未必全部靠的是军事实力,相反,每一步都充满着阴谋诡计。史载始皇帝十年,秦与韩战,秦王采大梁人尉缭之语,"愿大王毋爱财物,赂其豪臣,以乱其谋,不过亡三十万金,则诸侯可尽"[1],取得了胜利。《燕丹子》篇中,处处强调其时的战况,对于熟稔那段历史的人来说,尽知其中的阴谋底细。所以,作品对于秦王之阴诈本性的刻画,几乎贯通了全篇,这在一定程度上,也反映了秦统天下非为义

①司马迁:《史记·秦始皇本纪》,中华书局 1982 年版,第 230 页。

战的实质。另外还可提一句的是,秦王本身即是阴谋诡计的产物。赵政之所以能坐上秦王之位,即是吕不韦运用诡计的结果。此事已在《燕丹子》之外,不再多议。

(二)表现秦王之残暴

作品对此也作了淋漓尽致的表现,集中体现在秦王对樊於期的态度上。樊於期生平不详,想必在其逃亡秦国以后,其家世履历、军队晋级记录和历次军功表现,都被秦国史官删除干净,故而不见于秦史记,太史公亦无从得知,故《史记》无载。

作品关于樊於期逃秦归燕的情况,有两处述及:一是"暨樊将军得罪于秦,秦求之急,乃来归太子。太子为置酒华阳之台";二是荆轲潜见樊於期的场景,与秦王直接相关的是此句,"闻将军得罪于秦,父母妻子皆见焚烧,求将军邑万户、金千斤"。这些话语,都不够详尽,只是一个概况。按理说,樊於期到燕以后,有关其身份和逃亡原因等,都会向太子丹道个明白,即使作品为不冲淡主题而作简略处理,也应有些相对具体的介绍,毕竟,最后他的自杀选择事关刺秦大事。但是,作品却无此等笔触,相反,"樊将军得罪于秦,秦求之急"这句话倒是重复了两遍,可知作品的编作者也不知详情。这也是《燕丹子》不为太子客所作的一个证据。

尽管如此,我们还是可以从上述两句,把握几点:1. 樊於期的身份是秦国将军,至于具体是个什么等级和封号的将军,则不得而知。2. 樊於期本身或他所触犯的事情,对于秦王关系重大,因此,他在秦国当有一定的军阶和地位,否则,绝不会出现"秦求之急"的情况。3. 秦王对樊於期的犯事和逃亡,有着刻骨的仇恨,以至于"父母妻子皆见焚烧,求将军邑万户、金千斤"。然而,按照荆轲后文痛斥秦王的话语,则是"於期无罪而夷其族",故而,樊於期所犯之事,必定为无心之失,抑或只是被他事所牵连。4. 作为秦国的高级将军,樊於期必定参加过诸多征伐列国的战争,所以,他能潜身的诸侯国不会很多。按,樊於期入燕的年份,在荆轲入燕的前三年中,即公元前234年之前。查考自始皇帝元年以来到公元前234年,没有与秦国直接交战过的,只有齐燕两国。樊於期为何没有到齐国而到燕国、入燕后为何不投靠燕王喜而是到了太子帐下(作品有"以穷归我"之句)? 最大可能,太子丹在秦国为质时便与樊於期相识,而且樊於期对太子丹曾经表示过善意。

作为一个秦国的高级将领,想必樊於期为秦国的拓边作出过很大贡献。然而,一旦"得罪于秦",秦王对手下之残暴,逼得他只能出逃,甚且"父母妻子皆见焚烧,求将军邑万户、金千斤",这令他居燕期间也"常念之,日夜饮泪",十分痛苦。秦王为何不能放过一个对秦国作出过贡献的旧人呢? 其实,秦法酷急,秦王残暴,是从来不会宽恕任何一个触犯者的。索诸史书,这一点当十分明了,也对我们理解秦王对樊於期的残暴行径有所帮助。史载:

八年,王弟长安君成蟜将军击赵,反,死屯留,军吏皆斩死,迁其民于临洮。将军壁死,卒屯留、蒲鶕反,戮其尸。

九年……四月,上宿雍。己酉,王冠,带剑。长信侯嫪毐作乱而觉,矫王御玺及太后玺以发县卒及卫卒、官骑、戎翟君公、舍人,将欲攻蕲年宫为乱。王知之,令相国昌平君、昌文君发卒攻嫪毐。战咸阳,斩首数百,皆拜爵,及宦者皆在战中,亦拜爵一级。毐等败走。即令国中:有生得毐,赐钱百万;杀之,五十万。尽得毐等。卫尉竭、内史肆、佐弋竭、中大夫令齐等二十人皆枭首。车裂以徇,灭其宗。及其舍人,轻者为鬼薪。及夺爵迁蜀四千余家,家房陵。四月寒冻,有死者。

十年,相国吕不韦坐嫪毐免。

十二年,文信侯不韦死,窃葬。其舍人临者,晋人也逐出之;秦人六百石以上夺爵,迁;五百石以下不临,迁,勿夺爵。自今以来,操国事不道如嫪毐、不韦者籍其门,视此。秋,复嫪毐舍人迁蜀者。

十九年……秦王之邯郸,诸尝与王生赵时母家有仇怨,皆阬之。

此外,《史记正义》引《说苑》曰:

秦始皇太后不谨,幸郎嫪毐,始皇取毐四支车裂之,取两弟扑杀之,取太后迁之咸阳宫。①

上面是秦王在荆轲行刺之前诛灭亲故的恶迹:灭弟成蟜,扑杀两个同母幼弟,诛嫪毐,灭生身父亲吕不韦,株连两人的故旧门生。更让人难以相信的是,灭掉赵国以后,坑杀父亲为质于赵时的邻居。要知道,赵国乃生养幼年赵政的故地。可见,只要曾经触犯或当下触犯秦王的人,无论之前是否有恩于他,秦王对他们的态度都十分残酷,简直是丧心病狂,毫无人性。借用尉缭的话来概括,秦王是"少恩而虎狼心"之人,"得志亦轻食人","诚使秦王得志于天下,天下皆为虏矣"②。

由这些材料,来反观秦王对"无罪"之樊於期的态度,我们也就不会感到惊讶和奇怪了,这完全出自秦王的残暴本性。《燕丹子》通过展现樊於期的遭遇,给我们提供了一幅缩写,刻画出秦王的本质特性,从而给作品主题的表达,奠定了坚实的基础。

此外,作品还通过太子丹对秦王的憎恨态度,表现了秦王的残暴加之于自己身心的极端痛苦,所谓"反戾天常,虎狼其行""纵令燕、

①司马迁:《史记·秦始皇本纪》,中华书局1982年版,第229页。
②司马迁:《史记·秦始皇本纪》,中华书局1982年版,第230页。

秦同日而亡,则为死灰复燃,白骨更生""丹耻与之俱生"等语,非经遭受过莫大的耻辱和痛苦不会有这样的刻骨仇恨之语。太子丹的愤懑之语,不仅有樊於期的亲身经历来加以印证,也可用荆轲在秦廷上的斥语来作为附会,"贪暴海内,不知厌足"不仅写出了秦国征战的不义,也反映了秦王个人的残暴本性。

(三)展示秦王之不义

一般来说,春秋无义战,但战国时期的战争尤其是由秦国发动的统一天下的战争,其过程伴随着各诸侯国的被灭和百姓的生灵涂炭,也同样失却道义。史书中保存了秦王的自述,在真实的历史话语环境中,他给这场战争所提供的"道义"基础如下:

> 异日韩王纳地效玺,请为藩臣,已而倍约,与赵、魏合从畔秦,故兴兵诛之,虏其王。寡人以为善,庶几息兵革。赵王使其相李牧来约盟,故归其质子。已而倍盟,反我太原,故兴兵诛之,得其王。赵公子嘉乃自立为代王,故举兵击灭之。魏王始约服入秦,已而与韩、赵谋袭秦,秦兵吏诛,遂破之。荆王献青阳以西,已而畔约,击我南郡,故发兵诛,得其王,遂定其荆地。燕王昏乱,其太子丹乃阴令荆轲为贼,兵吏诛,灭其国。齐王用后胜计,绝秦使,欲为乱,兵吏诛,虏其王,平齐地。寡人以眇眇之身,兴兵诛暴乱,赖宗庙之灵,六王咸伏其辜,天下大定。①

这篇天下初定之后的遣诸侯书,其内容纯然为混淆是非、颠倒黑白,将战争发动之因全部推给列国诸侯,所宣称之"六王咸伏其辜"按各诸侯世家所载之历史事实,不难辩驳。比如,韩王为何在"请为藩臣"后背约,赵公子嘉为何须自立为代王,燕丹子为何要令荆轲行刺?这

---

①司马迁:《史记·秦始皇本纪》,中华书局1982年版,第235—236页。

些行为的始作俑者,难道不正是秦王和秦国吗?不正是由于秦国侵伐和欺辱在先所造成的吗?至于太原,原称晋阳,本为赵国都城,在庄襄王二年秦派蒙骜击赵所侵占的,那一战夺赵三十七城,怎么到了秦王嬴政嘴里,变成"我太原"了呢?再如"我南郡",也当作如是观,本为楚地。在这里,秦王摆出一副圣王之态,宣称"寡人以眇眇之身,兴兵诛暴乱",他的厚颜无耻由此可见一斑。兴"暴乱"者,不正是秦王和秦国吗?列国百姓,不正是这场长达十年之久的"暴乱"的牺牲品吗?

汉初贾谊,对这场战争的性质,有一个定位和评价:

　　　　　及至秦王,续六世之余烈,振长策而御宇内,吞二周而亡诸侯,履至尊而制六合,执棰拊以鞭笞天下,威振四海。①

所谓"执棰拊以鞭笞天下",是对其侵略行径的揭示。《史记·秦始皇本纪》续篇引班固《典引》曰"俗传秦始皇起罪恶,胡亥极,得其理矣"②,也将秦王视作罪恶之薮。刘向《战国策书录》评秦王曰"杖于谋诈之弊,终于(按:疑为"无")信笃之诚,无道德之教、仁义之化"③,同样指斥秦王战争行为的无信无义。

《燕丹子》通过对秦王和秦国侵略行径的表现,从三个方面,将此战争不公不义的性质也反映了出来。

首先,故事背景的设置。整部作品,笼罩在大战逼近的阴影之下,燕国的存续问题成为太子丹和诸士谋划、行动的出发点。太子丹

---

①司马迁:《史记·秦始皇本纪》,中华书局 1982 年版,第 280 页。
②司马迁:《史记·秦始皇本纪》,中华书局 1982 年版,第 293 页。
③刘向:《战国策序》,见何建章注释:《战国策注释》,中华书局 1990 年版,第 1356 页。

在与麹武书中,忧虑"易水之北,未知谁有";麹武也以"易水之北永无秦忧",作为提议合纵的出发点;田光至燕,太子丹认为"斯乃上世神灵保佑燕国";荆轲来后,太子丹感叹"自以得轲,永无秦忧"。正是因为秦国的侵略行为给予诸侯列国的震恐,以及对秦国贪婪无止本性的正确判断,尽管战火尚未蔓延到境内,太子丹等人就已忧及燕国的安危。史载秦国策划先行灭韩的效果,就在于使其他诸侯国丧失抵抗的勇气,"李斯因说秦王,请先取韩以恐他国,于是使斯下韩"[1],这说明秦国的侵略步骤,是有一个整体考虑的,吞并燕国也在迟早之中。

其次,表现于故事进程中。太子丹逃归之年,秦国兴军至邺和太原,拔赵国狼孟和鄱吾;次年,秦国加快吞并列国的步伐,发兵至韩、魏,两国献地献城;第三年,秦灭韩,虏韩王;第五年,秦国王翦拔赵,虏赵王。随着韩、赵被灭和魏国的被侵略,其他三国燕、楚、齐的命运,也岌岌可危。作品中,对秦王和秦国的这一侵略步伐,也有描述,并影响到故事的节奏和进程。"今秦已破赵国,兵临燕,事已迫急",正是因为赵国的被灭,秦军临近燕国,才最终催生了略显仓促的赴秦行刺之举,从而使策划变成了现实。如果还在设想秦国是否会中止侵略步伐,以及秦国是否会等到燕国出现过错从而找到侵略的理由再行出兵,那就太天真了。事实上,侵略是不需要理由的,战争机器一旦发动便不会无故停止,它是由秦王的贪婪本性所决定的。

最后,体现于个别人物的遭遇和群体心理之中。秦王的不公、不义、不正以及残暴、阴险、欺诈的本性,不仅给抽象意义上的天下百姓带来了流血满野的惨剧,也直接导致了篇中人物的个体命运悲剧。太子丹为何能感动上天以至于出现象类异变?樊於期为何要执刀自刭却"两目不瞑"?都是因为两人直接遭受到秦王的不义

---

[1] 司马迁:《史记·秦始皇本纪》,中华书局 1982 年版,第 230 页。

行为而产生的。还有,田光的自杀,最为根本的原因,是要铲除秦王这一暴乱之源;夏扶的"车前刎颈以送",也是为了激励荆轲一行的士气。从这些极端的反抗行为中,反映出秦王吞并列国之举所带来的普遍的人间憎恶。

第三节 《燕丹子》的艺术风格

一、情感激烈沉郁

作品艺术风格上的情感色彩,是由一些要素促成的并通过这些要素表现出来。这些要素很复杂,比如,编作者的性格气质、故事题材、人物心理和行为等等。越是优秀的作品,其情感色彩越不是单一的,而会呈现错综的变化。

《燕丹子》的情感色彩,有沉郁和激烈这两个方面所组成。沉郁主要由故事的悲剧性所决定,激烈主要由人物的英雄气质所赋予。这两种色彩的组合,形成了作品内在情感的张力度,营造出作品独特的艺术魅力。

但是,这两种相近而未必全同的情感倾向,并不是平均铺展于作品之中。总体上说,《燕丹子》的情感色彩,以不安、激烈、跌宕为主,它表现于作品各个部分,尤其体现于人物塑造;而哀伤、沉郁、悲怆的情感色彩,则作为作品情感线的副声部,始终低徊于作品的隐微之处,它给予作品以深沉的基质,增强了作品情感厚度。

《燕丹子》激烈而沉郁的情感色彩,两者在作品中交相辉映,使得作品整体的各个要素都被织就进统一的艺术世界,以至于作品的精神风格呈现出丰富、浑圆、复杂但有序的特征。我们说《燕丹子》是中国小说史上较早出现的一部优秀作品,其中一个评价标准,即在于其情感色彩的丰富饱和。与小说史上后期成熟的作品相较,《燕丹子》

的情节并不曲折,故事内容亦不算复杂,主题意向也没有多元化,但是,情感色彩的纯正而不失变化,让《燕丹子》长久地扎根于无数读者的心底。下面,我们简单地来分析一下形成并表现出这些情感色彩的要素。

（一）编作者的性格气质也有沉郁和激烈所组成的两重性

前已论述,邹阳或是《燕丹子》的编作者。他的编作,绝非一般意义上的改编历史故事,而是有所寄托和感怀,是一种情感思维的过程,渗透着邹阳对历史和现实的感受方式、理解方式和表达方式,它们与其性格气质有着紧密的联系。关于邹阳的性格气质,我们在第三章中结合汉初的时代环境及其个人经历,已作了详细分析,这里只就其性格气质的两重性作些阐述。

汉初社会,经过楚汉相争的动荡与逐鹿,形成了国家统一但诸侯林立的局面。当时汉朝中央政府所用的重要人才大都与军功和平定天下所立之功有关,即使幸蒙获用亦时有不得意之处,这在一定程度上堵塞了游士仕进之路。"汉兴,诸侯王皆自治民聘贤"①,故而,那些胸有才志却难进朝门的游士,遂蜂集于各诸侯国。吴、梁两国,当时闻名于天下,游仕于此,当易滋生骋志之念和用世之想,顺境之际亦易激发豪气干云之情,兼之前代"高才秀士,度时君之所能行,出奇策异智,转危为安,运亡为存"②之事迹,距时未远,传颂于耳。他们在效范前贤之时,那种舍我其谁的凌云之志,当催生出某种英雄情结。

然而,汉初诸侯国之游士,经过一段托食寄生时日之后,便应清醒地感觉到这种凌云之志和英雄情结大多是由于错认了时代之后才

①班固撰,颜师古注:《汉书·贾邹枚路传》,中华书局1962年版,第2338页。
②刘向:《战国策序》,见何建章注释:《战国策注释》,中华书局1990年版,第1357页。

造成的。事实上,在武帝之前,文景两帝已设法掣肘诸侯国的发展。刘汉政权绝非弱周之宗主国,邹阳等人亦不再是权倾天下的战国策士。因此,类似于志效虚无、才托空门的感觉,不仅会滋生而且会蔓延;甚且,眼见诸侯国与中央政府之间的矛盾日益演化,那种极端化的命效危地的感觉,也会冲击到他们的情绪和灵魂。

邹阳在吴国,与严忌、枚乘等皆以文辩著名,且有政治才干,当为天下游士之翘楚。从现存邹阳作品来看,那种压抑不住的旺盛文气显示出他性格中激越、跳脱和高亢的成分,而《上书吴王》《狱中上梁王书》篇中的文辞、语气和用典等,又流露出其性格中所含蕴的低沉、哀怅和悲苦的另一侧面。对此,《史记》评其"辞虽不逊,然其比物连类,有足悲者,亦可谓抗直不桡矣"①,《汉书》谓其"游于危国,然卒免刑戮者,以其言正也"②,既表明邹阳性格中的亢直与悲哀所构成的两重性,又指出形成其悲哀性格的时代原因。《燕丹子》中情感色彩的丰富性,一定程度上,反映了编作者邹阳的个性心理特征和生活经历。

(二)作品题材的独特性较易自然地激发出沉郁与激越交互相织的情感色彩

从情感色彩层面,荆轲刺秦题材的独特性表现在三点:

1. 刺秦之举具有正义性。尽管抽象意义上的对以武犯禁之侠的非议自《韩非子》始即已有之,但具体针对荆轲行为的指责,则较早见于西汉后期扬雄等人的议论,这里面已包含着对现实政治的考量,溢出了具体针对发生在战国末年的历史事件和历史人物的评价范围。对太子丹和荆轲诸士来讲,抗秦所系者,主要是为燕国图存和铲除天下暴政之源,即便是针对其中的复太子丹个人之辱的出发点,也有着

---

①司马迁:《史记·鲁仲连邹阳列传》,中华书局 1982 年版,第 2479 页。
②班固撰,颜师古注:《汉书·贾邹枚路传》,中华书局 1962 年版,第 2372 页。

基于维护个人生命尊严的必要性，更何况，所复之个人的仇辱还应包括"父母妻子皆见焚烧"的樊於期。这种表达历史正义性的独特题材，再加上狼烟四起的战争环境和逐渐逼近的燕国行将被灭的倒计时紧张感，使得《燕丹子》必然呈现出艺术效果上的情感之激越高亢、人物形象之壮怀激烈、文风之高昂铿锵。

2. 群士与秦王之对决。秦王是强秦的君主，是碾压列国诸王和百姓之暴政战车的象征。在当时，嬴政是一个令人谈虎色变的名字，即便是对秦国内部权臣而言，也是如此。太子丹阵营中的荆轲、田光、樊於期、麴武诸士，则肩负起为天下大义而抗击强秦的重任，现实力量虽然薄弱，但精神力量却十分强劲，因此呈现出"天佑"兆象；再加上出于诸士个人宁折不弯的坚强意志和"一剑之任，可当百万之师"的心理动力，因此，刺秦行为绝非飞蛾扑火式的自取灭亡，恰恰相反，它是一股结合了天道正义和汹涌民意的诸士精神和意志的洪流。这种两强对决，表现在《燕丹子》作品中，则迸发出浪涛击岸和剑砍顽石式的激烈、动荡和凌厉之情感美。

3. 由刺秦结局而导致的悲剧性。太子丹采取行动之前，历史上虽有凭一己之勇烈和言辞去抗击现实强大势力而获得成功的先例，但是，客观来看，侠士或刺客之举若能告捷，毕竟需要诸多偶然性的集成，如先发制人、技高一筹、趁敌之虚等。与此同时，失利则有相当大的概率，在《燕丹子》中，则主要因为秦王的狡诈和诡计以及荆轲的轻信。尽管荆轲之轻信出于某种人性底层的柔软、善良和怜悯，是一种精神强大的表现，故而才有荆轲临终之"倚柱而笑，箕踞而骂"的雄豪之态。但是，这种强大则被秦王所利用，被其人性之恶所击败。结局的悲剧性引发出对于人性善恶的思考和唏嘘不已的感伤情绪，致使作品表现出令人动容的哀凄和叹惋的情感色彩，并进而由结局之觞而弥散于作品各个部分，以至于篇中多有"生无面目于天下，死怀恨于九泉""涕泪横流""歔欷饮泪""日夜饮泪""悲不自胜""风萧萧兮易水寒,壮士一去兮不复还""为哀声,则士皆流涕"等多种描写悲哀和低沉情绪的语句。

因此,刺秦题材的上述三方面独特性,经与邹阳个性气质、对现实的诉求、编作目的等不同方面的结合,就呈现出高昂激烈与沉郁哀婉揉为一体的情感色彩。

(三)由人物的心理和行为所形成的作品情感的复杂性和丰富性

《燕丹子》中的人物,情感丰富,志节磊落,行事挟风雷之势,易引致高亢激昂的情感色彩;因为情感丰富,在个别场景和特殊境遇,又容易触发沉郁哀婉的情绪。这些复杂的情绪和情感,既出于某些先天的性格特征,又往往在某些场合下互相激发,迸溅而出。

比如,作品描述了三次酒宴场合。第一次发生在荆轲初至燕之时,"太子置酒请轲。酒酣,太子起为寿",夏扶以酒宴场景试探和激发荆轲,再三追问他"何以教太子"。这时,荆轲的两次回答就具有那种凌云豪迈之态,情绪也显得慷慨激昂,言辞之间颇有以天下和燕国存亡为己任之志:"士有超世之行者,不必合于乡曲;马有千里之相者,何必出于服舆! 昔吕望当屠钓之时,天下之贱丈夫也;其遇文王,则为周师。骐骥之在盐车,驽之下也;及遇伯乐,则有千里之功。如此,在乡曲而后发善,服舆而别良哉!"又曰:"将令燕继召公之迹,追甘棠之化。高欲令四三王,下欲令六五霸。"在这样表露其意的过程中,"竟酒,无能屈"表明酒宴一直在进行中,而向荆轲敬酒者不仅有太子丹,也有众多太子客。这种在连续的酒宴环境下所状写的人物对话,不仅言辞激昂、情感激烈,而且也营造出作品瑰丽和浓郁的风格色彩。

第二次出现在"樊将军得罪于秦,秦求之急,乃来归太子。太子为置酒华阳之台"。酒宴中太子丹断琴女手,"盛以玉槃奉之"。场景固然惨酷,但或为反映太子丹与荆轲的知己关系重于后宫美女之意,有可能出于艺术的夸张而非为实录,它在整个国家将亡、匹夫无存的背景下,写出了各种人物为绝境所困之时悖越常情的一些做法,似有秦国强暴之下所带给诸侯列国的末世之感。从情感风格而言,这一场景给人的感受非常复杂,哀伤激越、哀壮凄厉,兼而有之。这种特殊背景下所出现的特例,竟然有民俗方面的依据。班固曰:"初,太子丹宾养勇士,不爱后宫美女,民化以为俗,至今犹然。宾客相过,以妇侍宿,嫁取之夕,男女无别,反以为荣。后稍颇止,然终未改。其俗愚悍少虑,轻薄无威,亦有所长,敢于急人,燕丹遗风也。"①燕国被灭后,出现许多有关太子丹的传说。作品所写,当改编自同类传说。

第三次酒宴是易水送别中的一个重要场景。"太子与知谋者,皆素衣冠送之于易水之上。荆轲起为寿",同时发歌"风萧萧兮易水寒,壮士一去兮不复还",歌调有壮声、哀声之别,分别营造出"发怒冲冠"和"士皆流涕"之高亢激越、交替互回的情感色彩。在这一烈士壮怀悲慨的场景里,呈现出一副士子群像:除了太子丹、荆轲和武阳之外,尚有"高渐离击筑,宋意和之""夏扶当车前刎颈以送"。这个士人群体,为着拯救天下和燕国,互为激励,抗击强秦,不惧牺牲,歌词所描绘出来的秋冬之肃杀环境与人物之沉重低昂的情绪互为表里。由双重情感色彩所组成的整部作品的风格特征,在这里得到了最为充分的呈现。

在叙述三次酒宴之外,作品还描写了太子丹的三次哭泣:"涕泪横流""歔欷饮泪""伏於期尸而哭";刻画了三位士子的死:田光之"吞舌而死"、樊於期之扼腕执刀"自刭"、夏扶之"刎颈以送"。这些场景和细节,大多与人物心理和行为有关,适足以表现在正义与邪恶交战之际燕国群雄那种跌宕起伏的情感,绘制出一幅底色饱满、风格明显、充满紧张感的故事长卷。

在中国小说发生的初期阶段,《燕丹子》以浓郁而复杂的情感风

①班固撰,颜师古注:《汉书·地理志》,中华书局1962年版,第1657页。

格特征,为小说文体特征的民族化,奠定了一个良好的开端。

二、节奏错落有致

浩荡天道、星辰四季、奔流万物、人间历史,均有其自身节奏。小说叙述之推进、时空之转换、力度之轻重,也受节奏或文势的控制。《燕丹子》有着较长的篇幅,这为节奏错落有致的变化,创造了必要的条件。作品节奏变化的表现和控制,体现在三个方面:

(一)叙述急缓相间,快慢得当

故事叙述方面的节奏特征,表现在这些方面:

首先,主要情节的推进与次要情节的插叙有机融合。全书的主要情节可分为逃归、摹士、刺秦三大块。"逃归"主要体现在开篇一段,表现秦王之悖逆天道和阴险狡诈、太子丹之饱受屈辱和得天之助,主题意向便设伏其间。"摹士"占据了作品近半篇幅,由魏武而引出田光,再由田光牵出荆轲。作品对这一主要情节,颇费笔墨,这既是完成篇章结构之"深怨于秦,求欲复之,奉养勇士,无所不至"的需要,也是对战国末期、楚汉相争和汉初社会各诸侯王广招天下人才之历史和现实的反映。"刺秦"是全书的结穴之处,同时是表现荆轲英勇行为的华丽篇章,小说对此也有相当的铺叙。

我们之所以将此三个情节视为作品的主要情节,是因为它们在作品结构中起着至关重要的作用;若无"逃归",则无故事之因;若无"摹士",则故事无从展开;若无"刺秦",则故事失却灵魂。在叙述这三大块情节单元时,"逃归"的时间节奏最为快捷,"刺秦"其次,"摹士"则最慢。这种时间节奏的安排,大体上与客观时间相对应。但是,《燕丹子》并非是一部单纯地以叙述事件为中心旨趣的小说,它还将塑造人物作为自身的篇中之义,故而在原本也应该以快节奏处理的"刺秦"一节中,放慢了叙述节奏,增强了对廷刺场景的描写,以突出荆轲的无畏和秦王的阴诈。"摹士"一节的慢节奏处理,亦当作如是观,节奏放慢则密度增强,不仅塑造了太子丹、荆轲、田光、樊於期、鞠武等形象,更重要的是,编作者希望反映的战国游士文化及君主养客传统,也得以有了从容置放的空间。

其次,次要情节主要出现在由"羃士"所构成的情节板块中,如:太子丹与鞠武的书信往来及面商,田光居燕及评议太子客,田光见荆轲及"吞舌而死",荆轲舌辩太子客及与太子丹结成知己关系,樊於期逃燕及"自刭"。上述诸情节从全书的结构安排来看,为制定和实施行刺计划的必要环节;从编作者的意图来看,则有两方面:塑造人物和反映主客关系,甚且这两个任务还压倒了前者。因此,编作者在叙述主要情节的过程中,不惜停顿叙述时间,描写了大量反映太子丹待客的场景。事实上,叙述情节与描写场景的交替运用,这种小说方法,在《燕丹子》中已经非常成熟。

如果剖析主要情节"刺秦",则也能抽取出一些次要情节;或者说,次要情节的总和,构成了主要情节。它们是:易水送别,阳翟买肉,见中庶子蒙,秦廷行刺。对这些次要情节的叙述处理,编作者也有快有慢。其中,易水送别和秦廷行刺两个情节,都转化成场景描写,叙述节奏明显处理为慢速甚至停顿。

上述这些不同类别情节之间的快慢处理,起到了三个作用:一是节奏的艺术化,既增强作品的美感又顺应读者的阅读心理;二是突出了编作者的编作意图,充分反映了游士文化和主客传统;三是在"事"与"人"中,确定了作品的主要方向为塑造人物。

最后,从作品的节奏和结构关系方面,我们还可以探讨一下作品的结尾。

学术界对今本《燕丹子》的结尾部分,根据所辑录的佚文,疑有阙略。佚文或阙略部分,主要有三条:一是根据《艺文类聚》卷二《天部下·虹》所引之"荆轲为燕太子谋刺秦王,白虹贯日";二是根据《文选》卷三九邹阳《狱中上梁王书》李善注之"荆轲发后,太子相气,见白虹贯日,不彻,曰:'吾事不成矣。'后闻轲死,太子曰'吾知其然也'";三是《太平御览》卷六九九引《燕丹太子》之"秦始皇置高渐离于帐中击筑"以及王充《论衡》之相关条文。从情节内容归类而论,前两条佚文可归为一类,即表现太子丹见白虹贯日之异类天象而于刺秦事前知不成并于事后加以印证和感喟。后一类佚文所展现的情节则延至太子丹被杀、燕国被灭之后的高渐离刺秦王之举。因为此佚文《太平御览》明确注引"《燕丹太子》",故不可轻易否定。

　　然而,如果从作品的艺术效果、情节的紧凑性、文气的连贯度等等而论,我们认为,《燕丹子》最后一节之"刺秦",收束于太子丹见"白虹贯日"之情节,可为上乘;若拖沓之"高渐离刺秦"云云,则为明显的败笔。

　　作品的结尾为结构之一部分,它受着作品叙述节奏的控制,也受到作品性质的引导。秦廷行刺为作品的高潮部分,此时,《燕丹子》虽然放慢了叙述节奏但却通过紧张的场景描写和荆轲的壮烈行为而增强了节奏力度。这个力度在廷刺结束以后应该逐渐减弱,"白虹贯日"作为次要情节,已能起到收束全篇的作用,文势亦应宕落于此。再从首尾照应来看,开篇始以太子丹逃归,而结尾则终于太子丹见白虹贯日,前后呼应,意脉相通,可为完篇,且能突出太子丹这一主要人物形象。与此相关的是,作品的性质主要在于塑造人物,以此为结尾,终笔于太子丹,与作品性质相吻合;反之,如以高渐离刺秦王为结尾,则终笔落在了刺秦事件的后续反响上,侧重于事件而不是人物,这与全篇的总体构思似有背离之处。因此,我们既根据文献的客观存在而将有关高渐离行刺的文字视为《燕丹子》的佚文,但对其艺术效果却有着较多的遗憾。

　　如果高渐离行刺佚文真为作品原文,那么,想来今本《燕丹子》结尾之阙略,非为传播过程中的自然之失,而是出于谙识文道之人的有意处理。只不过,他在黜落高渐离这一段情节的同时,也黜落了与白虹贯日有关的情节。其中的动因，或与不欣赏太子丹这个人物形象有关系。

（二）以时空的设置转换，来展开叙述和描写

先说结构全篇的时间线索。

荆轲刺秦事件的真实历史时间，为公元前232—前227年，达五六年之久；作品的故事时间，也有交代：田光居太子东宫"如是三月"，荆轲居燕"侍太子，三年于斯矣"，再"居五月，太子恐轲悔"。此外，还有一些没有时间刻度的次要情节。在第二章中，我们认为故事时间与历史时间高度吻合，说明作品在大框架设计上，还是遵从了历史客观性的原则。

作品按照两条线索来对时间进行设置：一是太子丹逃归之后所组织的刺秦活动，起笔于史载之公元前232年，止于刺秦活动失败的公元前227年。他是一个贯穿全书的主要人物，尽管廷刺现场没有出现，但失落的佚文有其在易水送别之后相气见白虹贯日而不彻、闻荆轲死有"吾知其然也"之语。

二是荆轲所投身的刺秦活动。按照作品所言之"今秦已破赵国，兵临燕"的时间刻度来计算，此时为公元前228年且荆轲入燕已三年五个月，则荆轲入燕在公元前231年左右或稍后，即太子丹逃归的第二年。

从这两条时间线索的设置来看，作品总体上采用顺序的办法即按照时间自然演进来安排人物活动和组织情节。太子丹和荆轲当为贯穿全篇的主要人物，而其他人物，如田光、麴武、樊於期甚至夏扶、武阳、高渐离诸人，尽管有的形象也很夺目，但均为穿插性次要人物。

在第一条时间线索中，作品针对太子丹在荆轲入燕之前的一年到一年半之间，按照时间顺序主要选择并叙述了三个情节：逃归、与麴武商议、与田光交结。其中，起关联作用的是"深怨于秦，求欲复之，奉养勇士，无所不至"一句，串起前后情节的因果逻辑关系，也设下笼罩全篇的悬念。对于上述情节,作品并未平铺直叙,而是在篇幅和节奏力度上作有不同处理;同时,也善于将情节叙述转化为场景描写,如针对太子丹与田光交结这一情节单元,就描写了三个场景:一是田光初至燕,二是"三月"后的评议和举荐,三是太子丹临行送别时的嘱告和田光的反应。如果没有行文中"太子三时进食,存问不绝,如是三月"对相关时间的交代,则几乎使人难以察觉时间的流逝。在这里,编作者的叙述策略是让叙述的推进和时间的进程隐伏于场景描写之中。

第一条时间线索在这三个情节之外,仍延续于后文,但与第二条时间线索即以荆轲活动为主的线索交集在一起。作品以时间流逝为标志设置了两条线索,在荆轲入燕之前的前半部分是单线推进,而后半部分则是双线或复线推进。编作者在时间线索的转换方面,是颇具用心的。

作品后半部分以第二条线索为主但兼合了第一条线索,主要叙述八个情节单元:1. 荆轲至燕及太子丹设宴;2. 太子丹厚养荆轲;3. 太子丹与荆轲制定行刺方案;4. 荆轲面见樊於期;5. 易水壮别;6. 阳翟买肉;7. 交结秦中庶子蒙;8. 行刺秦王。这些情节被推进之际,作品对时间演进有不间断的标示:如两个"后日""常与轲同案而食,同床而寝""轲侍太子,三年于斯矣""居五月""今秦已破赵国,兵临燕,事已迫急""荆轲入秦,不择日而发""行过阳翟""西入秦,至咸阳"。这些时间性提示包括最后两个以空间转换来代替时间演进的提示语,明确说明作品后半部分叙述节奏的加快,也与事件紧迫性有关。

与时间的两条线索设置和转换所形成的叙述复杂度相比,《燕丹子》的空间设置转换则相对简单一些。下面就此作些简析。

小说中的空间并非仅为物理空间,而是具有叙述学上的意义。此意义可概括为故事发生和情节发展的背景、人物活动和场景描写的所在、以空间转换代替时间流转、空间转换所形成的矛盾冲突以及节奏变化等等。故此,有无空间意识,就成为衡量一部小说是否属于上乘之作的重要标志之一,"越是成熟的、优秀的小说作品,往往越会在空间的处理上倾注心力。小说越关注空间,往往就会越具有画面感、生动性和复杂性"①。

今本《燕丹子》的空间设置,主要在秦国—燕国—秦国,而以发生在燕国的情节和场景为主。但是,故事所延伸出去的空间范围,却极为广阔,还包括田光面见荆轲的卫地、秦军所攻占的赵国、刺秦之途所经过的阳翟。上述三地,还是作品中所明确提及的。未有提及但通过人物之口所暗示出来的尚有田光所来之国,所谓"傅不以蛮域而丹不肖,乃使先生来降敝邑。今燕国僻在北陲,比于蛮域,而先生不羞之。丹得侍左右,睹见玉颜,斯乃上世神灵保佑燕国,令先生设降辱焉",即指田光为其他诸侯国人。以上,都还是作品中的空间大范围。

小范围则是从大范围中分化出去的,如从秦国中可分化出太子丹逃归之际的秦国边境、荆轲见中庶子蒙的咸阳城和行刺之地咸阳宫;从燕国中可分化出太子丹所居之燕下都,故事主体的物理空间主要发生于此。但是在燕下都中也可以分化出若干场景之地,如"太子自御,虚左"的城门口、"黄金投龟"的东宫、断琴人手的"华阳之台"、荆轲潜见之樊於期住所、送别场景地"易水之上"。其他还有无法明指但场景确实发生了变移的分化之地,如"后复共乘千里马",有可能发生在燕下都之郊野;浓墨重彩予以描写的欢迎荆轲的酒宴,不会发生在后文所指的华阳台;"太子常与轲同案而食,同床而寝"势必发生在太子东宫之寝宫,而荆轲又应别有寓所;等等。

通过上述梳理,我们已然可见作品的空间转换之频繁,这反映出

①黄霖、李桂奎、韩晓、邓百意:《中国古代小说叙事三维论》,上海书店出版社2009年版,第342页。

作品叙述方面的腾挪之势,其笔端对于重点地之场景一旦作过深度描写之后,便会很快进入下一个场景地,笔法绝不黏滞,处理得干净利落。在某种程度上,也反映出编作者的空间想象能力。无论是空间的大范围还是小范围,抑或是从小范围中延伸出去的分化之地,作品都有详略不等的处理。重点予以描写的处所,一是秦之边关和咸阳宫,二是燕下都,三则是给人印象深刻的易水之畔,这些地方,都对应着作品倾力叙写的情节和场景,亦自有相协相调的节奏、力度和文势之变化。

(三)为突出人物塑造和编作意图,对有些场景予以强化,节奏力度也相应增强

在前文所梳理的第一条时间线索中,三个情节之间的节奏力度,呈现出重—轻—重的起伏变化。

首先,是太子丹逃归情节。这个情节虽然篇幅简短,但深蕴太子丹之愤恨和祈天之助的大愿,并且其细节素材来自民间传说和前人事迹,故而带有一定程度的新鲜感和神奇性。这些因素的组合使得逃归情节具有很强的叙述张力和思想深意,也有触目惊心的阅读效果。此际不仅太子丹的情绪达到愤恨的高点,而且秦王卑鄙阴险的嘴脸也已闪现,更兼有天道佑丹的神奇性,这些都给此情节以及作品开篇造成了一个"高位"文势。我们说《燕丹子》起端不凡,主要指的是由叙述的节奏力度所形成的充沛文气和强壮文势,深具文学艺术的怒奔之美。接下去的两个情节,篇幅较长,前后串联,娓娓道来,文势逐渐转平,复有迤逦之趣。

其次,是太子丹与麴武商议的情节单元。令人感到费解的是,此一单元,由往返两封书信和一次面谈组成,篇幅几占全书五分之一,但是叙事意味其实很薄弱,叙述时间也几乎停止,仅在书信递转和面谈的片刻之间,其中与情节直接关联者只有两件:一是太子丹倡导行刺之计,麴武反对而太子丹则坚持;二是麴武举荐田光。用如此长的篇幅而仅反映这两件事，编作者的目的绝不在叙事况味上，但是，其真正目的又在哪里呢？细究文意，这两封书信和面谈的内容有几个方面：1.太子丹倾泻对秦国和秦王"反戾天常，虎狼其行"的愤懑之情；2.太子丹计划行刺的动因既在于质子之辱又出于"易水之北，未知谁有"的深切担忧；3.力排合纵之策，认为"引日缦缦，心不能须"。

这两封书信和面谈内容绝非出自燕国史官所载，亦非原件为燕国保留而为秦国所劫掠，甚至有无类似的原件都可存疑，它们应出自编作者所自撰，严可均和余嘉锡将其视为战国文①，或误。编作者不惜停顿叙事时间而在它们上面花费偌大篇幅，推敲起来，或因在汉初即已流传着有关对太子丹复仇之因以及复仇之策的各种代拟式的猜想，但此际对太子丹的评论应该还是正面的。可能正是为了回应时人的这些猜想和设计，编作者自撰这两封书信，从而为太子丹复仇之因的正义性和复仇之策的正当性张目。至于太子丹信中所倾泻的愤懑之情，从效果上看，则一是对逃归篇章之文意的承接，二是顺势导入复仇之因，三是为塑造太子丹形象。可以说，在这个情节单元中，在由逃归情节所增生的文势渐渐平息的同时，出于太子丹意欲复仇的文势则正在蓄积，这正如长河之浪，后浪接前浪。如果没有这里的叙事停顿而蓄势造势，则后文之田光、荆轲的各种举动，将无以得到关乎目的性的合理解释。

最后，是太子丹与田光交结的情节单元。它在上文基础上顺势而下，目的一在于塑造田光形象，为此目的，作品的节奏力度有所加强，这通过田光的言行可以反映出来；二在于评议太子客以显推荐荆

①《与傅魏武书》《报燕太子书》，分别见严可均辑，许少峰、苑育新审订；《全上古三代文 全秦文》，商务印书馆1999年版，第40、42页；余嘉锡视《与其傅魏武书》《魏武报书》为"确为古人手著，体制业已成立者"，见《古书通例》，上海古籍出版社1985年版，第52、59页。

轲的必要性；三在于状写太子丹之厚养田光而为后文之厚养荆轲设置伏笔；四在于太子丹对秦国"涕泪横流"的控诉中继续蓄积文势。这一蓄积文势之笔，还见于荆轲入燕后的情节中，可以看出编作者对于刺秦之因再三强调之意。

在第二条时间线索中，编作者针对逐次叙述的八个情节单元，采用了不同的节奏处理方法：总体上保持强劲推进叙述的姿态，文气一脉相通；受到编作意图的左右和蓄积文势的需要，对有些单元不惜篇幅予以充分表现，而对有些篇幅则予以简约化处理但节奏力度有所增强，前者看似为"闲笔"，但闲笔不闲；在情节叙述与人物塑造之间，驾驭有方，整体均衡，但明显以后者为重。下面，就这些结论作个分析：

首先，关于叙述强劲推进之态。举凡事涉行刺总目标的各个重要环节，虽头绪纷繁，作品处理得却笔笔清晰、毫厘不爽、互为相应。如对担纲行刺重任的刺客角色荆轲的考察，作为君主获取刺客信任的互结知己的过程，天下形势的变化和秦军攻势之急，行刺计划从太子丹一己之愿转化为与刺客荆轲共同敲定的方案，确保秦王能够面召刺客而所需的重礼的置备，在天地变色之际送别刺客，刺客行经路线，刺客交结秦国关键性人物使之禀示秦王，刺客进入秦宫的宏大而森严的场景，秦王与刺客的对答及行刺过程。在作品后半部，如果不是出于精心的艺术构思和卓越的编作才华，仅仅是梳理和叙述清楚这些环节和步骤已然不易，但《燕丹子》更胜一筹的地方表现在：所叙环节和步骤不仅眉目清楚而且给人印象深刻，突破单线叙事的限制而以双线叙述的方式左右兼顾使得事件的进展呈现出立体化效果，在叙述的过程中保持强劲而充沛的文势进而做到节奏的舒缓相间和上下勾连。

其次，关于"闲笔"的处理。设宴和厚养场景如若从叙述角度而言，本可一笔带过；在间不容发之际即使要道明刺客赴秦路线，亦不必细致描写荆轲和武阳对待卖肉屠者的不同态度;易水送别场景如果从情节叙述的角度而言,其必要性其实有限得很,但编作者却以全篇罕见的节奏力度和多种艺术方法予以表现;等等。上述这些笔墨,在后代金圣叹的技法论中,均可归于"闲笔"。这些闲笔的作用在于:一是表达编作者的编作意图,既突出以荆轲为代表的士子风范,又竭尽表现太子丹募客待客之殷勤诚挚和不遗余力,以曲折反映他对汉初各诸侯国君主待客之道的看法。这里,太子丹不仅在"用"客,而且亦以心换心,取得士子的信任,复有仁爱信义之表现,如对樊於期之命运的真诚感伤。二是对叙述节奏的控制和调谐,以取得正侧互映、舒缓相间、张弛有度的综合性美学效果。阳翟为已被秦军占领的韩国都城,屠者的欺客和明显不公自然可以从多方面予以分析,但编作者却不避笔墨琐碎与文势回落的危险,逐一道明武阳与荆轲从"争轻重"到"欲击""止之"的过程变化与不同态度。这里的笔墨用意主要是出自叙述节奏的变调,在之前力度甚强的易水送别与后文高度紧张的秦廷行刺这两个情节单元之间,穿插此一闲事和小事以调节篇章的紧张度和快节奏;其次要作用则在于轻逗读者关注作为副使的武阳及其表现,以隐伏廷刺失利的或一解释理由,另外还有塑造不同人物的描写功能。三是营造作品慷慨悲壮的情感氛围和燕国阵营人员的集体亮相以达到空间转换的目的。如果再参以"不择日而发"的笔墨深意,则此一送别场景的寓意可能还不止于此。得天道之护佑并为天地主持人间之正义,一直是深埋于太子丹心胸之际的组织和实施刺秦行动的信念,这大约也是编作者深信不疑的思想观念,故而作品开端有"仰天叹,乌即白头,马生角"的情节,中间部分有"秦王反戾天常,虎狼其行""上世神灵保佑燕国"之语,结尾佚文部分有观天象见白虹贯日而不彻以此知事不成的细节,这些都在在表明编作者对刺秦行为与奉行天道两者之间紧密关系的一种认识和强调。而在这里,却点明"不择日而发",表明因秦军加快侵略诸国的步伐所导致的事态变急，以至于太子丹和荆轲无暇再等候吉日以求上天的眷顾。这种从闲笔或侧笔中透示出来的不吉征兆，再辅以"素衣冠""风萧萧兮易水寒"、天地变色、"发怒冲冠""士皆流涕""刎颈以送"等场景铺叙中的细节描写，于陡然变快的叙述节奏和情感性用词的密集铺排上，不仅表达编作者的情感态度，而且于作品主旨亦点明一二。

最后，关于情节叙述与人物塑造之间关系的处理。作品兼顾两头但以后者为重，这是《燕丹子》不同于历史作品的表现。在上文所梳理的八个情节单元中，其中第一个设宴即由太子客来考察荆轲的场景，时间节奏明显放慢但所述内容密度却得以增强，通过太子丹热切期待的眼光和夏扶步步紧逼的发问，作品给荆轲提供了一个表现其胸中之志、"千里马"之才、振兴燕国之愿的极好舞台。荆轲作为策士和谋士的形象已然树立，太子丹亦"自以得轲，永无秦忧"。这既是在塑造荆轲形象，也是在为作品后半部分蓄积文势、伸延意脉。再如第四个情节单元即荆轲面见樊於期，此情节自然也处在故事情节的脉络线上而没有游离，但是，当荆轲见到樊於期后，编作者的笔触就不再是叙述而是转化成场景描写了，并加意以樊於期怨愤至极的语言倾诉秦王的暴虐迫害和昼夕焦虑以谋复仇的决心，既以此塑造樊於期毅然赴死的义士形象，又复申明刺秦的大义立场。此一单元渲染出高亢的悲愤情感，节奏力度明显强于第三个情节单元，并为紧承其后的易水送别单元造足了激越冲荡、威慑人心的文势和文气。至于第二个情节单元即太子丹厚养荆轲，虽然断琴人手之细节较为悚然，但总体上篇幅简短，语意简略，笔触也较为轻淡，其叙写意图在松弛节奏的同时，主要还是在于刻画太子丹之轻财好士、慷慨竭诚以及荆轲之深沉多思、不滞于物的形象。

文重起伏不喜平，《燕丹子》久获美誉的艺术效果，与其讲究节奏力度的变化，关联甚深。

三、语言华美古雅

《燕丹子》语言表达方面的成就,受到后人的推崇。宋濂《诸子辨》谓"其书序事有法,而文彩烂然,亦学文者之所不废哉"①;胡应麟赞曰"文彩诚有足观"②;李慈铭《孟学斋日记》评曰"文甚古雅"③;谭献《复堂日记》夸曰"文古而丽密",并引用章学诚之语,指其为"战国文体"④;余嘉锡则转引《文心雕龙·正纬》之语,谓其"事丰奇伟,辞富膏腴"⑤;等等。

孙星衍浸淫《燕丹子》多年,且过眼古籍无数,他在平津馆本的《叙》中,对作品的语言方面成就,作了较为全面的总结⑥:一是"娴于词令",即词采华丽;二是"学在从横、小说两家之间",这涉及内容和形式两方面,具体指涉语言表达方面,可理解为具有纵横捭阖的文采意向;三是"多古字古义",为此他列举四例,这四例虽因其底本为《永乐大典》钞本而非原本故而显得"不可靠"⑦致使有误,但其结论还是大体成立的。孙氏所言,大体上代表了古人的观点。下面,我们参考孙氏所言,对《燕丹子》的语言表达特征作些探讨。

(一)词采华丽

这一特征不仅涉及文字运用的感情色彩,而且还应包括语言的修辞作用,侯忠义先生指出作品"运用了比喻、夸张和反衬的手

---

① 无名氏撰,程毅中点校:《燕丹子·附录》,中华书局 1985 年版,第 29 页。
② 胡应麟:《少室山房笔丛·四部正讹下》,上海书店出版社 2001 年版,第 316 页。
③ 无名氏撰,程毅中点校:《燕丹子·附录》,中华书局 1985 年版,第 32 页。
④ 无名氏撰,程毅中点校:《燕丹子·附录》,中华书局 1985 年版,第 32 页。
⑤ 余嘉锡:《四库提要辨证》,中华书局 1980 年版,第 1165 页。
⑥ 孙星衍:《〈燕丹子〉叙》,见丁锡根编著:《中国历代小说序跋集》(上),人民文学出版社 1996 年版,第 529 页。
⑦ 无名氏撰,程毅中点校:《燕丹子·点校说明》,中华书局 1985 年版,第 7 页。

法"①。另外,当我们在评价一部文学作品的词采之时,是否简练、明净和准确,也应该被作为一个尺度而考虑在内。如此,我们的分析就有了三个角度。

第一,文词富含感情。文词有无感情,是形成词采华丽的重要条件。白描式的用笔,尽管也为我们所推崇,视之为蜕尽华丽之后的天然素澹,是文词运用的更高境界。但这是两种不同风格的语言表达特征,难以结合在同一部作品中。针对《燕丹子》,就其文词运用的显著特征而言,则是蕴含感情且富含感情,这也是作品在语言层面所给人留下的最深印象。

情感性语言,往往运用在场景描写中的人物对话。《燕丹子》中的人物,怀抱着对秦国的深仇大恨和为天下主持公道的深切愿望,故而感情充沛、言辞激烈,这是形成作品整体风格包括语言风格的重要原因。再一个因素,就是要考虑编作者邹阳"忼慨不苟合"、磊落不平的气质特征。就此角度而言,作品中人物的语言个性色彩,辨识度较为一般,除了麴武因较多地使用纡徐长句和平稳的言辞得以辨认出其怯于应战、老谋深算的智略之士的身份角色。在小说发展史上,个性化语言的出现和广泛运用,须经历一个漫长的历程。

作品中富含感情的人物语言,出于太子丹之口的有:

> 有刎喉不顾、据鼎不避者,斯岂乐死而忘生哉? 其心有所守也。
>
> 令丹生无面目于天下,死怀恨于九泉,必令诸侯无以为叹,易水之北,未知谁有?
>
> 论众则秦多,计强则燕弱。欲曰合纵,心复不能。常食不识位,寝不安席。纵令燕、秦同日而亡,则为死灰复燃,白骨更生。

---

① 侯忠义:《〈燕丹子〉辨析》,《北京大学学报》(哲学社会科学版)1983 年第 5 期。

这些示例性语言,在沉重低抑的语调中充分表达了太子丹对秦王的极度愤恨和为国为天下复仇的强烈愿望。

出于田光之口的有:

> 结发立身,以至于今,徒慕太子之高行,美太子之令名耳。
>
> 夏扶,血勇之人,怒而面赤;宋意,脉勇之人,怒而面青;武阳,骨勇之人,怒而面白。光所知荆轲,神勇之人,怒而色不变。为人博闻强记,体烈骨壮,不拘小节,欲立大功。

作品中的田光,虽已过中年,但其语言表达,在整饬之中依然有着浓郁的情感色彩,音色也显得特别响亮。

出于荆轲之口的有:

> 田光襃扬太子仁爱之风,说太子不世之器,高行厉天,美声盈耳。轲出卫都,望燕路,历险不以为勤,望远不以为退。今太子礼之以旧故之恩,接之以新人之敬。所以不复让者,士信于知己也。
>
> 闻将军得罪于秦,父母妻子皆见焚烧,求将军邑万户、金千斤。轲为将军痛之。今有一言,除将军之辱,解燕国之耻,将军岂有意乎?
>
> 风萧萧兮易水寒,壮士一去兮不复还。
>
> 足下负燕日久,贪暴海内,不知厌足。於期无罪而夷其族。轲将海内报仇。

编作者赋予荆轲以特殊的语言表达才华,其表达水平在作品中为最佳。在不同的语言环境中,荆轲的语言既蕴含感情,又富于变化。

出于樊於期之口的有:

常念之,日夜饮泪,不知所出。荆君幸教,愿闻命矣!

作品中的樊於期虽为穿插性人物,但其表现和语言,令人过目难忘。

除了人物对话语言之外,少量的描写性语言也饱含情感,例如:

> 于是自刭,头坠背后,两目不瞑。
>
> 为壮声,则发怒冲冠;为哀声,则士皆流涕。

上述两方面的情感性语言,在作品中所在多有,它们对于人物形象塑造、主题意向的建构、作品整体风格甚至还包括我们前面所分析过的节奏力度的形成,起到了重要作用。

第二,修辞格的运用。采用各种修辞方法,能够增强语言的华丽色彩。侯忠义先生所概括出来的比喻、夸张、反衬这三种修辞手法,例句分别是:

> 丈夫所耻,耻受辱以生于世也;贞女所羞,羞见劫以亏其节也。
>
> 一剑之任,可当百万之师。须臾之间,可解丹万世之耻。
>
> 夏扶,血勇之人,怒而面赤;宋意,脉勇之人,怒而面青;武阳,骨勇之人,怒而面白。光所知荆轲,神勇之人,怒而色不变。

这三例较为恰当,不过,第一例出于太子丹所沿用之民间谣谚,故作品起于"闻"字。若举出作品自撰之比喻性例句,则有"生于僻陋之国,长于不毛之地""虎狼其行""死怀恨于九泉""僻在北陲,比于蛮域""纵令燕、秦同日而亡,则为死灰复燃,白骨更生"等等。

在这三种之外,其他修辞方法还有:

比兴,如:

风萧萧兮易水寒,壮士一去兮不复还。

对仗,如:

灭悁悁之耻,除久久之恨。
发无失举之尤,动无蹉跌之愧。
贵匹夫之勇,信一剑之任。
食不识位,寝不安席。
历险不以为勤,望远不以为退。
继召公之迹,追甘棠之化。

排比,如:

欲为太子良谋,则太子不能;欲奋筋力,则臣不能。
夏扶,血勇之人,怒而面赤;宋意,脉勇之人,怒而面青;武阳,骨勇之人,怒而面白。
心向意投身不顾,情有异一毛不拔。
士有超世之行者,不必合于乡曲;马有千里之相者,何必出于服舆。
罗縠单衣,可掣而绝;八尺屏风,可超而越;鹿卢之剑,可负而拔。

类似于上举的例子,在作品中还有许多。这些修辞手法的运用,极大地增添了作品语言的华美色彩,使得它们富于金属般的亮丽外相、整齐有序的节奏和铿锵上口的音调。

第三,简洁明快。这一特点主要体现于叙述语言,它造成了作品快速的叙述节奏,也形成了作品的语言美感。这方面典型的例子如作品开篇一段：

> 燕太子丹质于秦，秦王遇之无礼，不得意，欲求归。秦王不听，谬言曰……丹仰天叹，乌即白头，马生角。秦王不得已而遣之，为机发之桥，欲陷丹。丹过之，桥为不发。夜到关，关门未开，丹为鸡鸣，众鸡皆鸣，遂得逃归。深怨于秦，求欲复之，奉养勇士，无所不至。

在以三字句和四字句为主的简约文字里，快速推进太子丹逃归的过程。其间有秦王与太子丹两人关系的刻画、秦王阴诈狠毒的嘴脸、太子丹的忧伤无奈和悲苦之态、天道护佑的情节、太子丹归后的打算等等。这些出自不同线索、时序和人物的表现，都被有机地组合进以"丹仰天叹"为中心字眼的逃归情节之中。作品固然在细节处理上借鉴了民间传说和战国"四公子"材料，但是，其高超的叙事能力和对叙述语言的驾驭能力，则体现得相当充分。

作品简洁明快的叙述语言特征，还表现在其他例句中，如：

> 太子三时进食，存问不绝，如是三月。
>
> 太子闻之，自驾驰往，伏於期尸而哭，悲不自胜。良久，无奈何。遂函盛於期首与燕督亢地图以献秦，武阳为副。
>
> 秦王喜。百官陪位，陛戟数百，见燕使者。轲奉於期首，武阳奉地图，钟鼓并发，群臣皆呼万岁。

第一个例句为概括性介绍，实质是跳跃性叙述；第二个例句叙述节奏快慢交杂，但以快速递进为主，并有过程性跳跃；第三个例句在叙述中兼杂描写，将团状的场景转化为线性叙述。上述三例，体现了编作者叙述方法的多元化和对叙述节奏的把控能力，但在形式层面上，则通过语言的简洁明快和语速的短促快捷表现出来。

(二)纵横捭阖的文风

《燕丹子》固然以刺秦为题材,但它并非一部简单的刺客或武侠小说,而是意在塑造一批承担天下危亡重任的义士形象的小说作品,其间闪耀着彪炳中国历史的战国游士中杰出人士的形象,以与那种争于气力、追尚霸道的无道君臣相区别。即使是承担行刺任务的荆轲和主持行刺大局的太子丹,在作品中的本色身份还是文士、策士和义士。在《燕丹子》作品中,寄托着编作者对于消逝不久的战国、楚汉相争时代及其有道之士的追挽之情,故于形象塑造尤其倾注心力,而在语言表达上则表现出策士们独具的纵横捭阖的文风。这种文风,主要体现在三个方面:

首先,富于气势。凡是富于气势的文句,大多有几个共通性特征:有感情,使用修辞格尤其是对仗和排比,出于个性鲜明的人物之口。这方面的例句有:

> 今秦王反戾天常,虎狼其行,遇丹无礼,为诸侯最。丹每念之,痛入骨髓。
>
> 纵令燕、秦同日而亡,则为死灰复燃,白骨更生,愿先生图之。
>
> 将令燕继召公之迹,追甘棠之化。高欲令四三王,下欲令六五霸。于君何如也?

上述出于太子丹和荆轲之口的文句,因其包含痛苦悲愤的感情,出于气魄胸大的深沉之愿,故而感染力特别强烈,充沛的气势造成了激越的文势。

其次,重在说理。说理文句是策士语言的主要部分,策士的主要任务和立身之本便在于出谋划策上。为了达到策略被接受,故而注

重说理,尤重因果之间的逻辑关系。这方面例句有:

> 故有刎喉不顾、据鼎不避者,斯岂乐死而忘生哉? 其心有所守也。

> 计燕国之众,不能敌之;旷年相守,力固不足。欲收天下之勇士,集海内之英雄,破国空藏,以奉养之,重币甘辞,以事于秦。秦贪我赂,而信我辞,则一剑之任,可当百万之师。须臾之间,可解丹万世之耻。

> 私以为智者不冀侥幸以要功,明者不苟从志以顺心。事必成然后举,身必安而后行。故发无失举之尤,动无蹉跌之愧也。太子贵匹夫之勇,信一剑之任,而欲望功,臣以为疏。臣愿合纵于楚,并势于赵,连横于韩、魏,然后图秦,秦可破也。且韩、魏与秦,外亲内疏,若有倡兵,楚乃来应,韩、魏必从,其势可见。

> 今太子礼之以旧故之恩,接之以新人之敬。所以不复让者,士信于知己也。

> 士有超世之行者,不必合于乡曲;马有千里之相者,何必出于服舆! 昔吕望当屠钓之时,天下之贱丈夫也;其遇文王,则为周师。骐骥之在盐车,驽之下也;及遇伯乐,则有千里之功。如此,在乡曲而后发善,服舆而别良哉!

> 今天下强国,莫强于秦。今太子力不能威诸侯,诸侯未肯为太子用也。太子率燕国之众而当之,犹使羊将狼,使狼追虎耳。

> 闻将军得罪于秦,父母妻子皆见焚烧,求将军邑万户、金千斤。轲为将军痛之。今有一言,除将军之辱,解燕国之耻,将军岂有意乎?

> 今愿得将军之首,与燕督亢地图进之,秦王必喜,喜必见轲。轲因左手把其袖,右手揕其胸,数以负燕之罪,责以将军之仇。而燕国见陵雪,将军积忿之怒除矣。

上述八处例句,可能还无法将作品中的这方面例句搜罗殆尽。在《燕丹子》中,因故事主要部分和情节围绕着确定行刺计划而展开,又因其间活跃着的基本上是谋略之士的形象,故而说理方面的例句特别多,这正反映了作品特定的题材和人物形象。

最后,讲究引经据典。这是为了达到说理的效果而增加的说理手段,使得话语显得于古有据;同时,也是为了增添修辞色彩,在自己谈出想法之前,给人一种心理铺垫或心理预期,也制造若干文雅氛围。作品中的例句有:

> 丹闻丈夫所耻,耻受辱以生于世也;贞女所羞,羞见劫以亏其节也。
> 臣闻快于意者亏于行,甘于心者伤于性。
> 臣闻骐骥之少,力轻千里,及其罢朽,不能取道。
> 常谓心向意投身不顾,情有异一毛不拔。
> 闻士不为人所疑。
> 闻士无乡曲之誉,则未可论行;马无服舆之伎,则未可与决良。
> 闻烈士之节,死有重于太山,有轻于鸿毛者,但问用之所在耳。

这七个例句,可能不尽是古语和成语,也应有编作者取自民间的俗语和谣谚,它们为作品塑造人物、加添言谈间的生气和营造民间色彩,起到了重要作用。

上述三个方面,其实难以作绝对分离,它们都是策士所论中的组成部分。作品"围绕太子复仇层层展开情节,人物描写形象鲜明。人物语言如太子、麴武、田光、荆轲,都词气纵横,豪情充沛,生动表现出战国游侠策士的风采"①,这种纵横捭阖的文风,在《燕丹子》中体现得相当充分。

（三）多用古字,辞色古雅

孙星衍所列举的四个古字,程毅中先生参照《永乐大典》的底本,纠正了两个,还剩有两个:"毕事于前"之"事","拔匕首擿之"之"擿"。

对此,孙氏认为:"'毕事于前',《国策》作'毕使','叓',古文'使',亦'事'字,见《说文》《汗简》也。""'拔匕首擿之',《说文》以'擿'为'投',《玉篇》'擿'同'掷',又作'捷',古假借字也。"②他认为此两例均为古字古义,甚有来历。迄今,学术界对孙氏此二例的考证没有异议。

除此之外,我们再举《燕丹子》中的一例:"痛入骨髓。"

《战国纵横家书》有"深于骨髓"一句③,蹊跷的是,《汉书》所载邹阳劝说王长君之语有"入于骨髓"④。这三书"骨髓"一词的用法,基本接近。《战国纵横家书》抄写于公元前195年左右,编作年份则更早;邹阳说王长君,据第三章考证,很可能截之于邹阳自作的篇章,且事发在公元前150年夏季稍后。因此,"骨髓"用法,最晚可上溯至西汉初建,同时为汉初邹阳所习用,既用于《燕丹子》,复用于《邹阳说王长君》。

《燕丹子》使用古字词,当并不限于此三例,由于其成书年代在汉初,故而全书所用的字词,其来历应该均在汉初之前。当然,"今本

---

① 李剑国:《〈燕丹子〉考论》,见《古稗斗筲录——李剑国自选集》,南开大学出版社2004年版,第224页。
② 孙星衍:《〈燕丹子〉叙》,见丁锡根编著:《中国历代小说序跋集》（上）,人民文学出版社1996年版,第529页。
③ 马王堆汉墓帛书整理小组编:《马王堆汉墓帛书　战国纵横家书》,文物出版社1976年版,第11页。
④ 班固撰,颜师古注:《汉书·贾邹枚路传》,中华书局1962年版,第2355页。

《燕丹子》的文字可能曾经后人修饰增删,孙星衍校本就校出了许多异文和佚文"①,因此,有些文字如"英雄""怀恨""九泉"就不见于先秦古籍用例,而"倾心"则仅见于贾谊《新书》,这也是《燕丹子》被今人疑为后出的主要原因。

作品除了"多古字古义"之外,其辞色之古雅,也非常明显,如:"求欲复之""丹不肖""鄙意欲有所陈,幸傅垂览之""反戾天常,虎狼其行""为诸侯最""无以为叹""未知谁有""糜躯碎首而不避""而欲望功""若有倡兵""愚鄙之累解""行臣言""永无秦忧""引日缦缦,心不能须""疾不如徐,走不如坐""侧阶而迎,迎而再拜""来降敝邑""令先生设降辱""死灰复燃,白骨更生""三时进食""许惠嘉谋""血勇之人""脉勇之人""骨勇之人""神勇之人""长为不灭""执光手曰""是疑而生于世""援绥不让""不世之器""高欲令四三王,下欲令六五霸""美人能琴者""同案而食,同床而寝""千里马肝""乐出尺寸之长""敛袂正色""以社稷干长者""使羊将狼,使狼追虎""以穷归我""虽欲足下计""求将军邑万户、金千斤""日夜饮泪,不知所出""扼腕执刀""自驾驰往""愿为北蕃臣妾""愿陛下少假借之""奋袖超屏风而走""决秦王"等等,文词间均有浓郁古风存焉,出处亦紧承先秦,大不类于汉中期之后的文风。

另外,我们在关于成书问题的探讨中,梳理了《燕丹子》与司马迁《报任少卿书》中基本相同的"死有重于泰山"云云之使用先后,根据李善出注"诸引文证,皆举先以明后,以示作者必有所祖述也"②的规则,以及清末王先谦《汉书补注》中的说法③,推断《燕丹子》使用在前。如此,则前文所举之引经据典的其他六条例文,均可作如是观,

①无名氏撰,程毅中点校:《燕丹子·点校说明》,中华书局1985年版,第6页。
②萧统编,李善注:《文选》,上海古籍出版社1986年版,第1页。
③王先谦:《汉书补注》,清光绪刻本,第2471页。

即承用自古籍或古代俗语、谣谚。

　　此外,作品中"风萧萧兮易水寒,壮士一去兮不复还"一诗,其风格与高祖刘邦《大风歌》、项羽《垓下歌》相类,显示为近乎同期的作品,并明显受到楚调的影响。它们的共同点为:句数少,在四句之内;均以起兴手法开头;都运用叠字和"兮"字。还有,篇末之琴歌"罗縠单衣,可掣而绝;八尺屏风,可超而越;鹿卢之剑,可负而拔",也宛然有汉初之前民歌的语言特征,不同于西汉中期大规模收集整理的乐府歌谣。上述这些,均是《燕丹子》在语言层面所呈现出来的古雅之象。

第五章 中国小说发生
与《燕丹子》的小说史地位

第一节 古代小说的发生

一、关于中国小说史起点问题的不同观点

在小说史研究领域里，似乎再无另一问题能够像探讨中国小说发生期那样引起普遍的关注，而且这一问题又是如此密切地联系着中国小说的发展规律和中国小说的民族性。对这一问题的探讨，主要集中在"文革"结束后的新时期，但接续了"五四"学人的思考。不用说，这一问题自现代品格的中国小说史研究诞生之初就已潜存着。时至今日，学术界虽然未曾出现这方面的专著，但事实上，除了古人尤其是明清时期的学者有所探讨以外，近现代从鲁迅先生的《中国小说史略》卅始，一般的中国小说通史、魏晋或唐之前的小说断代史以及个别的小说体裁史，都或浅或深地有所涉及。下面，我们先列举从20世纪80年代以来针对中国小说史起点问题的有代表性的说法，然后就一些共同性问题集中地谈些意见。

（一）唐代说：黄钧《中国古代小说起源和民族传统》①、何满子

①《文学遗产》1987年第5期。

《中国古代小说发轫期的代表作家——张鷟》①、李昌集《中国早期小说观的历史衍变》②、徐君慧《中国小说史》③、陈洪《中国小说理论史》④、石昌渝《中国小说源流论》⑤、董乃斌《中国古典小说的文体独立》⑥、吴组缃《中国小说研究论集》⑦、韩云波《唐代小说观念与小说兴起研究》⑧持此说。他们把唐传奇的兴起视为中国小说的形成和独立，认为先秦至南北朝不存在独立文体形态的小说，这一长时段是中国小说史的胚胎期、孕育期或史前期。这明显继承了鲁迅（"小说亦如诗，至唐代而一变……在是时则始有意为小说"⑨）、郑振铎（认为从原始的古代到唐的开元、天宝时代"是中国小说的胚胎期，一切真正的小说体裁都不曾成立"⑩）和胡怀琛（把唐代以前的作品标目为"古代所谓小说"⑪）等老一辈学者的观点，并且受到了国外学者的呼应，如法国雷威安的文章《唐人"小说"》⑫；日本竹田晃《以中国小说史的眼光读汉赋》认为"中国小说史上到了'传奇'才出现了真正的小说"，这些作品"具备了与近代小说概念极为相近的特征"⑬；更有代表性的是日本大冢秀高《从物语到小说——中国小说生成史序

---

① 《文学遗产》1988 年第 3 期。
② 《文学遗产》1988 年第 3 期。
③ 广西教育出版社 1991 年版。
④ 安徽文艺出版社 1992 年版。
⑤ 三联书店 1994 年版。
⑥ 中国社会科学出版社 1994 年版。
⑦ 北京大学出版社 1998 年版。
⑧ 四川民族出版社 2002 年版。
⑨ 鲁迅：《中国小说史略》，人民文学出版社 1973 年版，第 54 页。
⑩ 郑振铎：《中国小说的分类及其演化的趋势》，见《郑振铎古典文学论文集》，上海古籍出版社 1984 年版，第 338 页。
⑪ 胡怀琛：《中国文学八论·中国小说概论》，中国书店 1985 年版，第 8 页。
⑫ 《文学遗产》1994 年第 1 期。
⑬ 《文学遗产》1995 年第 4 期。

说》中的观点,他把中国小说作品纳入物语、原小说、小说三个范畴,认为直到明代万历年间"中国才有小说了","中国小说史应该以《金瓶梅》为嚆矢"①。这一说法虽将中国小说史的起点推迟到明代,但其思想基础与前两文是一致的,即"近代欧美小说(novel)"观念。围绕着"唐代说",国内出现的论著较多。

(二)魏晋说:如"我国小说产生于魏晋时代……魏晋南北朝时期,小说开始成为一种独立的文学体裁,出现了大批的作品。这些作品按其内容可分为两类:志怪小说和志人小说"②;再如"魏晋南北朝时期是中国文学走向自觉的时代,小说观念开始觉醒,寓言与史传中业已萌发的各种叙事状物写人的手法,正在慢慢地转化为小说技巧,中国古代小说进入了形成期"③;又如"至迟从魏晋时期就出现了小说原初形态的作品"④。此外,杨棣《略论六朝志怪小说的创作动因及其审美倾向》⑤、齐裕焜《中国古代小说演变史》⑥、张稔穰《中国古代小说艺术教程》⑦、石钟扬《性格的命运——中国古典小说审美论》⑧、李修生和赵义山《中国分体文学史》(小说卷)⑨、刘明琪《志怪小说:遥远的呼应与承接——论中国小说观念的觉醒和中国小说的真正成立》⑩也主此说。德国莫宜佳认为"中国中短篇叙事文学在它

①《文学遗产》1994年第2期。
②北京第一机床厂、北京大学中文系《中国小说史稿》编写组:《中国小说史稿》(征求意见本),人民文学出版社1977年版,第5—19页。
③孟昭连、宁宗一:《中国小说艺术史》,浙江古籍出版社2003年版,第34页。
④刘勇强:《中国古代小说史叙论》,北京大学出版社2007年版,第14页。
⑤《德州师专学报》1989年第3期。
⑥敦煌文艺出版社1990年版。
⑦山东教育出版社1991年版。
⑧安徽教育出版社1998年版。
⑨上海古籍出版社2001年版。
⑩《北京师范大学学报》(社会科学版)1998年第2期。

一千多年的发展进程中所形成的丰富艺术风格,几乎无法通过一种西方语言完满无缺地准确传达","六朝'志怪小说'——即有关鬼神和妖怪的报告——的产生标志着中国中短篇叙事文学的诞生"①,作者所说之"中短篇叙事文学"即小说。

(三)汉代说:侯忠义《汉魏六朝小说史》②和《中国文言小说史稿》③认为汉代小说不仅对研究目录学、图书馆学有重要价值,而且也是中国小说史的开篇,为此,作者对这个时期小说作品如《汉书·艺文志》小说家、《燕丹子》《列仙传》和汉代托名小说作了分析。李悔吾《中国小说史漫稿》认为"后汉至唐代以前,是中国小说的童年时期",则把东汉视作中国小说史的起点④。刘上生《中国古代小说艺术史》认为"两汉魏晋南北朝时期,是古代小说完成形态独立并在此基础上出现早期繁荣的时期",两汉小说作品"标志着与'子''史'初步分离的形态独立的古代文言小说的诞生"⑤。吴志达《中国文言小说史》将先秦至西汉视为前小说时期,而将东汉至南北朝视为文言小说的雏形期,这一观点尽管跨代,但着眼点是在两汉⑥。王枝忠《汉魏六朝小说史》尽管认为汉代的小说概念和创作实际存在着明显的错位,但承认汉代已有较严格意义上的小说作品,它们是小说史上的第一批作品,并对后来的小说创作产生了不容忽视的示范作用⑦。宋常立《中国古代小说文体论》认为杂史小说的大量出现是在汉

①[德]莫宜佳著,韦凌译:《中国中短篇叙事文学史——从古代到近代》,华东师范大学出版社2008年版,第2—4页。
②春风文艺出版社1989年版。
③北京大学出版社1990年版。
④湖北教育出版社1992年版,第2页。
⑤湖南师范大学出版社1993年版,第31—34页。
⑥齐鲁书社1994年版,第10—11页。
⑦浙江古籍出版社1997年版,第15—67页。

代①。陈文新《文言小说审美发展史》认为两汉已产生基本成熟的志怪小说②。王齐洲《稗官与才人——中国古代小说考论》③《中国文学观念论稿》④也持"汉代说"。魏鸿雁《汉代小说文献与汉代文化研究》则专题研究了包括《燕丹子》在内的汉代小说⑤。陈铁镔《汉代小说发展轨迹与特质的探索》认为"小说理论与小说创作在汉代是同步出现的","汉代小说使我国小说开始走上了健康发展的道路"⑥。汪祚民《〈汉书·艺文志〉之"小说"与中国小说文体确立》认为《汉志·诸子略·小说》"标志着中国小说文体在理论上正式确立并开始步入自我发展的正史时代"⑦。周蔚《刘向小说的定位思考》认为刘向《说苑》《新序》诸作"是汉代的短篇小说集","堪称中国古代早期小说精品"⑧。黄仁生《论〈吴越春秋〉是我国现存最早的文言长篇历史小说》⑨、王瑶《原始神话与汉代小说》⑩、唐骥《略论两汉杂史杂传体志怪小说》⑪、沈海波《汉代小说略论》⑫等也认为汉代是中国古代小说的肇始时期。

（四）战国说：杨义《中国古典小说史论》⑬、李剑国《唐前志怪

---

①天津社会科学出版社 2000 年版,第 5 页。
②武汉大学出版社 2002 年版,第 78 页。
③岳麓书社 2010 年版。
④湖北教育出版社 2004 年版。
⑤中国社会科学出版社 2013 年版。
⑥《锦州师院学报》（哲学社会科学版）1990 年第 2 期。
⑦《安庆师范学院学报》（社会科学版）2000 年第 6 期。
⑧《南京师大学报》（社会科学版）2002 年第 3 期。
⑨《湖南师范大学社会科学学报》1994 年第 3 期。
⑩《东北师大学报》（哲学社会科学版）1997 年第 2 期。
⑪《宁夏大学学报》（社会科学版）1998 年第 4 期。
⑫《上海大学学报》（社会科学版）2004 年第 1 期。
⑬中国社会科学出版社 1995 年版。

小说史》①和《中国小说通史》②及《小说的起源与小说独立文体的
形成》③、杜贵晨《传统文化与古典小说》④、房松龄《纵横术揣摩和
纵横家小说》⑤、刘城淮《论我国小说产生于春秋战国》⑥、郑杰文
《人本思潮与先秦历史散文和原始小说》⑦、徐克谦《论先秦"小
说"》⑧、杨兴华《小说史上的先秦文学》⑨等论著持此观点。这一观
点是在"先秦说"观点上的推进和深化，不仅认为中国小说产生在
先秦，而且更进一步明确为战国时期。此外，一系列探讨《庄子》作
品与中国小说史关系的论文，如孙乃沅《庄子在中国小说史上的地
位和贡献》⑩、赵逵夫《我国最早的一篇作者可考的小说——庄辛
〈说剑〉考校》⑪、陆永品《庄子是中国小说之祖》⑫、刘生良《〈庄
子〉——中国小说创作之祖》⑬等，其所持的观点也可归入于此。另
有马振方《大气磅礴开山祖——〈穆天子传〉的小说品格及小说史
地位》⑭通过考察作品，也主此说，之后出版的《中国早期小说考
辨》⑮更对多部作品做了考察。熊明《中国古代小说史论》谓"真正

---

① 南开大学出版社 1984 年版。
② 主编和著者之一，高等教育出版社 2007 年版。
③ 《锦州师范学院学报》（哲学社会科学版）2001 年第 3 期。
④ 河北大学出版社 2001 年版。
⑤ 《辽宁教育学院学报》1989 年第 1 期。
⑥ 《湖南教育学院学报》1991 年第 1 期。
⑦ 《东岳论丛》1995 年第 2 期。
⑧ 《社会科学研究》1998 年第 5 期。
⑨ 《衡阳师范学院学报》2000 年第 2 期。
⑩ 《江淮论坛》1981 年第 6 期。
⑪ 《山西师大学报》（社会科学版）1992 年第 4 期。
⑫ 《河北大学学报》（哲学社会科学版）1993 年第 3 期。
⑬ 《陕西师范大学学报》（哲学社会科学版）1998 年第 1 期。
⑭ 《北京大学学报》（哲学社会科学版）2003 年第 1 期。
⑮ 北京大学出版社 2014 年版。

意义上的小说在先秦至于两汉时期终于破壳而出,其最初形态从杂史杂传中孕育并分离出来,故称为杂史小说或杂传小说,《汲冢琐语》《穆天子传》《山海经》等即是"①,从所举篇目来看,主要是战国时代作品。

（五）先秦说:王汝梅、张羽《中国小说理论史》认为"文学家所说的小说,方是真正意义上的小说作品。这种小说,大约从春秋战国时代就已经产生了"②;野牧《中国小说的起源及发展——谈先秦小说》③、卢文晖《师旷与〈师旷〉初探》④等文持此观点,认为先秦时期已产生了小说。霍松林《〈燕丹子〉成书的时代及在我国小说发展史上的地位》认为"我国小说早在周秦时代就已经达到了相当可观的水平",而产生在秦汉之际的《燕丹子》"则可能是现存西汉以前小说中的代表作"⑤。

三十多年来,围绕着中国小说史的起点和中国小说的形成问题即中国小说发生学的主要内容,出现了这样五种有代表性的观点。它们可分两类:一类为前两种,否认秦汉甚至隋唐前为中国小说史的起点,其中第一种观点在学术界较有影响。另一类为后三种,承认先秦或汉代为中国小说史的起点。它们构成了中国小说史研究的大体格局,反映了在当今小说史研究界存在着两种似有对立倾向的小说观念。这两种观念相激相生,虽然其影响有大有小,距事实本相有远有近,但都包含着不少科学性认识和富有启示价值的思想,共同推动着小说史研究的发展。

---

①中国文联出版社 2018 年版,第 23 页。
②浙江古籍出版社 2001 年版,第 11 页。
③《沈阳师范学院学报》(社会科学版)1988 年第 2 期。
④《辽宁师院学报》(社会科学版)1981 年第 4 期。
⑤《文学遗产》1982 年第 4 期。

二、对诸家观点的评议

综合来看,上述论著的多数作者或有措辞上的不同,但均依据各自的小说观念和对小说史的理解,据实而言,立意和主旨还是明确的,远比一般回避实质性问题的论著更有识见。如"唐代说",就主要依据传奇的兴起,认为传奇之所以能被视为中国小说史的起点,一在于篇幅扩大,二在于虚构之笔,三在于丽情题材,四在于有明确的作者和读者,其中,最明显的标志,按石昌渝先生的观点,在于有了虚构之笔。又如"战国说",就主要依据随着当时王官失守、学在四夷的社会动荡所造成的史书分化和诸子书的蜂起,大量来自民间的书写体故事纷纷出现,它们就是处于中国小说史起点的小说,如《穆天子传》《燕丹子》《晏子春秋》和部分为《汉志》所著录的小说。其他几种说法的依据亦同样充分。我们在梳理上述情况时,心中颇多感慨:纸上的真相离历史的原相到底有多远呢? 在这三四十年里,到底是缺少了巨眼观天的大师还是多数作者都变聪明了以至于各自驰说不休? 为什么那些看起来令人叹绝的坚实之作却互相之间缝合不到一起以至于织就不出一幅完整的历史图景呢? 为此,《光明日报》还邀集专家,就"'唐人始有意为小说'对吗"为题召集笔会①。此时此际,笔者是多么欣羡"五四"前后的学人,那时一下子从洞窟、异域和故纸堆里出现了许多重要的小说史料。他们依据所发现的敦煌文献和说唱文学材料,基本理清了白话小说的源头和起点。然而,针对文言小说史即整个中国小说史的起点问题,似乎不太可能有较大的集中的史料发现,这是当代学者的客观局限性。根据研究界或隐或显存在着的一些问题,兹就中国小说发生期即中国小说史起点问题的研究,谨陈几点意见:

---

① 2016 年 4 月 18 日,对话嘉宾为陈文新、程国赋,主持人为刘勇强。

（一）拟定小说发生标志。中国小说发生的基本标志是：第一，古小说已经出现，它们已经摆脱了口语传述的形态而呈现为文字书写的形态；第二，这些作品已经具备了最基本的本质规定，使之可以与其他文字作品区别开来，而呈现出自身的小说性；第三，创作者和传播者已经出现，小说活动已经呈现为一种社会性的文化行为；第四，小说观念已经基本确立，对小说活动已有初步的理论总结。至于第二点中的小说性问题，有不少论著以从产生于西方19世纪现实主义文学抽象出来的"小说三要素"来衡定，我们以为不能一味移用。这个"三要素"原则，即使立足于西方整个小说发展史，也很难说就能普遍适用，更何况施之于文化背景和历史传统与其有很大差别的中国小说，尽管作为一种文学艺术形式，中西小说有着某种共通性。针对这一问题，有些论著强调了小说的故事性，但故事性是所有叙事性作品的共性，如历史作品也有故事性。在此之外是否有必要另设一道或几道栅栏使小说从叙事作品中凸现出来？这道栅栏是虚构性呢，还是民间性，抑或是其他？都需要小说史研究界作精细的探讨。

（二）关于小说概念。小说发生问题上的分歧，有部分是来自研究者对小说概念的不同认识。这个问题因学界述之已详，无须展开，只想强调这样几点：第一，有关小说概念，一些学者作了"目录学小说概念"与"文学性小说概念"的区分。在中国小说史上，是否真实地存在着这两种不同的小说概念？目录学作为一种考述学科源流和著录学科书目的基础学科，其分类标准应来自和等同于各具体学科，如《汉志》的诗赋概念就与当时文学上的诗赋概念一样。如果存在，差异真的大到水火不容的地步吗？第二，所谓"文学性小说概念"，按照一些作者的观点，认为是在宋元之际产生的，源自中国小说史传统；但另一些作者认为是在西风熏染以后才产生的，因此它不能毫无限制地解释中国小说史现象。这个问题到底怎么看？第三，由《汉志》奠定下来的小说概念即一些研究者所谓的"目录学小说概念"，是否毫无文学性可言？虽然《汉志》产生的时代尚无我们今人理解的"文学"之名故而它不可能出现"文学略"，但是，《汉志》对"小说家"的说明却与《诗赋略》的说明一样，都强调了"可观"性和教化功能，并且两者著录于一前一后，这些又说明了什么问题？第四，按照汪祚民先生的观点，在文学史上，《汉志》所著录的《诗经》和"歌诗"被接受了下来，尽管真正成熟的诗歌是以汉末魏晋文人的五言诗开始的；同样，《荀子·赋》被文学史奉为赋体形成的标志性作品，但其实它只是五个辅陈稍详的谜语，而研究者从未以司马相如大赋为参照物将其视为赋的史前状态。这样，对《汉志·诸子略·小说》所著录的作品一概视为史前状态的"准小说"，难道是文学史对待其他文学样式的通行法则？

（三）加强现象研究。这里所指的现象，主要是作品现象和文化现象。这几十年来，对中国小说发生期问题有所研究的学者，分析作品的范围大都局限于与自己观点相合的某些时段，而当跨出自己所熟悉的时段去比较分析另一时段或另几个时段的作品时，往往泛泛而谈，外行话不少，这种情况不在少数。因此，学者们是否能作些对调式的作品研究？比如，持"唐代说"或"魏晋说"的学者去深入研究一些他们视之为准小说或前小说的作品，而持"先秦说""战国说"或"汉代说"的学者，也能倒过来深入研究一下魏晋和唐代的作品。这种对调式研究，达到一定深度，必然会互相之间得出一些共通性的认识。从目前现状来看，对所谓"准小说"或"前小说"作品的研究，有待加强和深入。就文化现象而言，我们认为这是研究界接近小说发生问题的中介之所在，前人所谓"史统散而小说兴"就示例性地传达了这样一个类似的事实。我们有必要让所研究的发生期小说现象，沉浸于其时的文化氛围之中，从揭示文化存在和文化变化状态来阐释小说史自身无法解答的一些难题。比如李学勤先生通过长期接触多种出土简帛书籍，指出经子诸书简帛并不因内容性质而有质地尺寸的等级差异,并且当时好多书籍,每每只是摘抄,出土或流传的只能是整部书的一部分①。有了这种实物观察,我们还能在小说史研究中坦然地引用桓谭和王充关于小说是"残丛小语"和尺寸"短书"的论述吗? 同样,我们对于小说作品发生之初的原貌与经过历史变迁而在古代社会辗转流传下来的今本之间的差异,会触发些什么思考呢?

对小说发生期问题的研究,在历史不可能被彻底还原而只能被无限逼近的今天,上述论述都还只能被作为一些"描述的历史"而看待,但在这些众多的"描述的历史"之中,是否有可能幸运地存在着或相当接近地存在着一种"事实的历史"呢? 这是有可能的,但从目前来看,困难还很多,分歧也较大,并且不可能有重大史料的发现,因此,为了接近我们民族自身历史经验中的小说史,为了得出朴实而真切的共识,尚须深入研究。在这方面,"必须要从基础的也就是最根本的问题突破。这些最基础的最根本的问题主要有三个:一是早期小说的概念究竟应作何种诠释;二是小说的分类存在着严重的'混类'现象;三是中国小说史的开端在何处"②。如此,方是深入推进中国小说史研究的关键。

三、中国小说发生期:战国至西汉末

(一)概念的提出及必要性

为了深入研究中国小说的发生现象,并且在不远的将来最终建立起中国品格的小说发生学,依据既有的研究成果,我们提出"中国

---

① 李学勤:《简帛佚籍与学术史·通论》,江西教育出版社 2001 年版,第 1—34 页。

② 张兵:《中国小说史的研究要从最基本的问题突破》,《复旦学报》(社会科学版)2008 年第 4 期。

小说发生期"的概念以作为进一步研究的前提。这个概念的提出,在小说史研究界其实已呈呼之欲出之势,它是众多研究者合力孕育的结果,或早或晚必然会进入研究者的理论视野。

"中国小说发生期"可以简单地界定为中国小说发生的历史时期。如同任何生物体和文化体都有一个发生、成长、发展和衰落的历程,对于中国小说史,我们认为确实存在着一个发生期。主要从20世纪90年代在打破了传统小说史惯见以后,逐渐兴起的前述后一类对中国小说史起点问题进行探讨的各家观点,就能很好地说明小说发生期的客观存在;在我们下面针对发生期上限和下限问题的探讨中,所陈述的现象也将有效地说明这一发生期的客观存在。

对于研究小说发生现象而言,提出并确立发生期的概念,作为一个历史过程中的标志以辖范众多复杂的小说现象也是必要的,它是开展一系列小说史研究的基础,并且能够有效地建立起发生理论的视角,以解释古代小说得以发生的来龙去脉。"形成期"的说法与"发生期"较为接近,虽然"形成期"研究主要着眼于小说作品的形成,而"发生期"研究的内容要更为广泛一些。说到底,提出这一概念,梳理各种发生现象,主要是为了接近我们民族自身历史经验中的小说史。下面,着重探讨一下发生期的上限和下限问题。

(二)关于发生期的上限

面对这个问题,我们先来解决两个前提:

首先,如何看待文化文本与小说文本?也就是说,上古社会虽出现过礼崩乐坏、"道术将为天下裂"的分化局面,然而,文化的综合程度即信息的全息程度仍要远远高于后世,这体现在现存最早的小说文本在流露出自身小说性的同时,往往具备着某些一般文化文本所具有的性质,这使辨识和分析小说文本变得复杂和困难。就拿任何一本小说史著作首章必提的《山海经》来说,《汉书·艺文志》著录于数术略,刘歆《上山海经奏》视之为地理博物书,《隋书·经籍志》《旧唐书·经籍志》和《新唐书·艺文志》等皆列入史部地理类,至明代胡应麟才有"古今语怪之祖"①的说法,清代《四库全书》则著录为子部小说家类。可见,它的文本性质就令古人困惑万分,时至今日也不能说得出一致看法。类似于《山海经》这样既有小说性又有其他文化性质的文本,在发生期内数量并不为少,只不过它表现得较为典型而已。对此,在确定小说发生期的上限时,我们首先必须把握存世文本的小说性,在这基础上,才能论及其他。当然,就小说性即小说标准的把握而言,亦绝非易事,因为在古代尤其是小说发生之初,写作者或整理抄写者并非知其在写小说,"小说"的名称是后人追加的,因此,所谓小说性也是在历史发展过程中逐渐为人所体察而呈现和总结出来的。

其次,如何看待小说起源与小说发生? 这两者的关系长久为一些研究者所未察,或困扰着一些对此有所察觉的研究者。即使有所察觉,但要真正将它们区别开来,实在是易说而难行,还是较为复杂的。不特是今人,古人在探讨小说发生问题时,亦往往无意间滑至小说起源问题之中。东汉张衡《西京赋》说"匪惟玩好,乃有秘书。小说九百,本自虞初",就为历代所征引,致使古今都有学者将载录"医巫厌祝之术"的"秘书"看作是小说,而实际上,方士书大多仅是小说的起源因素而已。又如胡应麟认为"古今志怪小说,率以祖《夷坚》《齐谐》"②,谢肇淛同样认为"《夷坚》《齐谐》,小说之祖也,虽庄生之寓言,不尽诬也"③。这里的"祖"字,语意难晓,令人费猜。如果指的是"来源",认为神话传说影响了小说的形成,则是正确的;如果指的

---

①胡应麟:《少室山房笔丛·四部正讹下》,上海书店出版社 2001 年版,第 314 页。
②胡应麟:《少室山房笔丛·二酉缀遗中》,上海书店出版社 2001 年版,第 362 页。
③谢肇淛:《五杂组》,程国赋编著:《隋唐五代小说研究资料》,上海古籍出版社 2005 年版,第 30 页。

是《夷坚》《齐谐》之类的神话传说之书为小说形成的"起点",则是荒谬的。然而,古今学者在引用他们的说法时往往不及细察。再如在晚清小说理论批评界中独树一帜的南社社员王钟麒,认为"自黄帝藏书小酉之山,是为小说之起点"①,这是沿袭了南朝以来的古人关于"二酉"的众多遗说,同样是将小说起源视同小说发生。因其过于虚渺,当代学者虽不再信从,但在思维方法上仍很难摆脱类乎此的藩篱。对于这些影响较为深远的成说,我们认为既须正视小说起源问题的研究,但切不可以此来代替小说发生问题的研究,同时,要尽可能严格地细察和把握这两者之别。在这方面,所谓小说起源,李剑国先生认为一是指"小说前形态",二是指"小说前形态过渡到小说形态的过渡形式"②;此外,李先生把起源和形成看作是"小说发生学上的两个阶段"③,而我们认为小说发生问题的研究固然须正视起源问题研究,但这并不等于把起源阶段纳入发生期之中,更不是彼此对等的"两个阶段"。

　　根据以上两点意见,从中国小说史的演化之迹中,我们可以大致确定发生期的上限当为战国时代,其现象层面上的依据主要有这样一些:

　　第一,春秋后期到战国初,出现政治和社会危机,传统中的权力更迭制度遭到破坏,世袭制度逐步蚀变,在欲望和力量的支配下,旧有的制度和规范失却约束,致使宗法的贵族制逐渐演变为部分宗法的贵族制或非宗法的贵族制,社会和政治从春秋的"大夫"时代逐步

①王钟麒(天僇生):《中国历代小说史论》,见《月月小说》第一年(1907 年)第十一号。
②李剑国:《小说的起源与小说独立文体的形成》,《锦州师范学院学报》(哲学社会科学版)2001 年第 3 期。
③李剑国:《小说的起源与小说独立文体的形成》,《锦州师范学院学报》(哲学社会科学版)2001 年第 3 期。

被战国的"士"时代所代替。王官失守,学在四夷,思想和文化亦发生巨大变化,人们"不再关注那些华丽典雅的仪典文化,而更关注现实生活世界的混乱与安宁"①。这种政治、社会、文化的异变对小说发生的影响主要在于:随着史书的分化和诸子书的蜂起,从史书中演化出来的逸史体小说如《穆天子传》和从诸子书中演化出来的民间侠事体小说如《晏子春秋》的独立出现,还有《汉书·艺文志》所著录的十五种小说中的九种,产生时代也大致可以上溯到战国。这一些,都与随着文化权力下移而形成的由"士"参与其间的自由生长的话语空间极有关系。故此,发生期的上限从理论上可溯至很远,但从具有小说因素的存世文本来看,实际发生的上限当从史官文化和诸子之学的出现而开始。

第二,口语传述的故事已有一些被载之以楮墨,用文字书写形式凝固下来,有的便成为战国小说。小说来源于口语传述的各种故事,其故事形态包括各种神话传说、寓言和民间谈说,最先大多以街谈巷语和道听途说即口语传述状态而产生和流播,在小说发生之前也就是能用文字将它们书写和整理下来之前,口语状态的故事经历了漫长的演变过程。关于这时期书写技术方面的进步和发展,葛兆光先生有这样一段话或可被我们用来作为佐证:

关于百家争鸣时代的出现,很多人还指出了一个技术上的原因,即书写文字的简易化,如梁启超《中国学术思想变迁之大势》指出周末学术大发展的原因之一是"由于文字之趋简",傅斯年《战国子家叙论》提出的第一条背景就是"春秋战国间书写的工具大有进步,在春秋时,只政府有力作文书者,到战国初年,

---

① 陈来:《古代思想文化的世界:春秋时代的宗教、伦理与社会思想》,三联书店2002年版,第214页。

民间学者也可著书了……这一层是战国子家记言著书之必要的
物质凭藉"，蒋伯潜《诸子通考·诸子兴替的原因》中也指出，
"简牍刀漆进化为纸帛笔墨，由官学变为私人之师儒，由官学变
为私人之著述"，就是诸子时代的背景。①

在此所揭橥的战国书写条件较往古之进步的历史事实，在我们看来，
具有质变的意义，它直接促成了最先一批小说的出现，其重要性在整
个封建时代，只有明代印刷业被广泛施之以民间而直接促成了白话
小说的繁盛可以相比。在中国小说发展史上，从书写条件的角度而
言，只有这两个时段所出现的历史性进步，才称得上是质变，舍此均
是量变，唐代在这方面更不足论道。把小说的发生定位于唐代，惜在
于看不到这种历史性进步而给予书写小说的大推动。

　　第三，小说活动兴起，并且有小说活动人员的出现和分工。《汉
书·艺文志·诸子略》载："小说家者流，盖出于稗官。街谈巷语，道
听途说者之所造也。……闾里小知者之所及，亦使缀而不忘。"②这
里，《汉志》给我们提供了由三类人员所参与的小说活动情况，具体情
况容后再议，然而其缺失之处在于它不能证明小说发生期的上限一
定就是战国，甚至可以说它是针对整个发生期而言的。《隋书·经籍
志·小说家》的记载则给我们提供了这方面明确的证据：

　　　　小说者，街谈巷语之说也。《传》载舆人之诵，《诗》美询于
　　刍荛。古者圣人在上，史为书，瞽为诗，工诵箴谏，大夫规诲，士
　　传言而庶人谤。孟春，徇木铎以求歌谣，巡省观人诗，以知风俗。
　　过则正之，失则改之，道听途说，靡不毕纪。《周官》诵训"掌道

---

①葛兆光：《中国思想史》（第一卷），复旦大学出版社 1998 年版，第 163 页注释。
②班固撰，颜师古注：《汉书·艺文志》，中华书局 1962 年版，第 1745 页。

方志以诏观事,道方慝以诏辟忌,以知地俗";而训方氏"掌道四
方之政事,与其上下之志,诵四方之传道而观衣物",是也。①

这里,《隋志》探讨围绕着小说之所出而进行的活动,依据典籍提出六
个方面:一是《左传》,二是《诗经·大雅·板》,三是"士传言",四是
《汉书·食货志》,五是《周官》诵训,六是《周官》训方氏。这六个方
面中,《左传》与《周官》所出之《周礼》,成书均在战国初,它们所提供
的场景,虽不乏往古的记忆,但若结合《汉志》所载,则我们更有理由
认为是对其时活动场景的记录。

确定小说发生期的上限为战国,只是举其大端而言,事实上,小
说的发生是一个过程,任何一种过分明确的时段划分都有可能无视
过程的渐变性,这正如发生认识论的创始人皮亚杰所言:"从研究发
生引出来的重要教训是:从来就没有什么绝对的开端。"②因此,小说
发生期的上限确定于战国,亦仅具相对意义而言,这对接着要讨论的
下限问题,也是如此。

(三)关于发生期的下限

学术界在讨论中国小说的起源或形成(事实上,这两个概念在不
少研究者那里,常被混淆起来)问题时,尚有关于上限的意识,却绝少
提及下限。我们认为,发生期是一个有着一定时间长度的期限,应该
既有上限又有下限。在确定下限之前,我们先来探讨两个前提:

首先,围绕着发生期的下限,我们要集中注意的是发生期内各种
小说现象的内部统一性问题。我们说发生期小说现象应该有些共同
的倾向以及在此基础上所表现出来的本质规定性,因此,在考虑下限

---

①魏徵等:《隋书·经籍三》,中华书局1973年版,第1012页。
②[瑞士]皮亚杰著,王宪钿等译:《发生认识论原理》,商务印书馆1981年版,第
　18页。

时,就有必要关注众多小说发生现象的一些共同特点,以相对贴近小说史实际的眼光和标准来确定这整个期限。这样做,无疑能使发生期与小说史的其他时期如成长期、发展期、衰落期等鲜明地区别开来。比如,学术界有所议论的"无名氏"作者的情况,从初期小说的创作、传播和整理写定等小说发生因素来看,应该较为集中地出现在发生期之内。没有明确的创作者可考,署名的不外乎是整理者、修改者和后人假托于其令名者,这应该是发生期小说作者现象的总体特征。再如,从小说发生施予存世文本的影响来看,从民间口语传述演变过来的故事化色彩,从历史记载或史书中分化出来的杂史杂传色彩,从诸子书中袭用过来的说理色彩,这一些也都应该是发生期小说整体上的文本特征。又如,从小说观念来看,尚处于逐步明确之中,这反映在小说活动中,往往与其他文化活动夹杂在一起;反映在小说创作中,普遍缺乏自觉的创作意识;反映在小说艺术中,想象虚构的特点还不是十分明显。因此,确定小说发生期下限,要综合考虑这些发生现象的内部统一性,不要无故中断,也切忌盲目揽入,这些都要建立在熟悉小说史和文化史的基础之上。如果各种现象内部的统一性之间互有抵牾而使下限飘忽不定时,则要权衡去取,分别轻重,对此我们认为应将小说文本现象的统一性放在重要的位置上。

　　其次,一般认为魏晋是一个在小说史上殊可注意的时限标志,从20世纪70年代迄今一直有不少通史式和分体式论著在坚持这一观点,如"魏晋南北朝时期,小说开始成为一种独立的文学体裁,出现了大批的作品。这些作品按其内容可分为两类:志怪小说和志人小说"①;又如"魏晋南北朝时期是中国文学走向自觉的时代,小说观念开始觉醒,寓言与史传中业已萌发的各种叙事状物写人的手法,正在

----

①北京第一机床厂、北京大学中文系《中国小说史稿》编写组:《中国小说史稿》(征求意见本),人民文学出版社1977年版,第19页。

慢慢地转化为小说技巧,中国古代小说进入了形成期"①。类似这两种意见,如果撇去"开始成为""进入了形成期"等未作严格界定的模糊之语,单就其强调魏晋小说的重要性和殊异之色而言,其实是印证了鲁迅先生在《中国小说史略》中对于志怪和志人小说予以详尽考述的努力。

主要以志怪和志人为题材的魏晋小说的兴盛,以及其他大量出现于魏晋时期的小说现象,如:作者之署名和创作人员之相对增多,见于序跋之中的小说批评,在虚构意识上集中发展起来的文体审美特征,等等,都使得这一时期的小说史具有了相对独立的意义和强烈的时段性色彩,并与在此之前的小说史在互有联系之中更多地呈现出明显的异变痕迹,从而使得我们似有可能将小说发生期的下限确定于此。

然而,有大量的事实表明:西汉和东汉存在着较大差异,西汉与战国有关,东汉则与魏晋有着更多的联系。因此,如果对小说发生期的下限做更准确的定位,那么,我们认为应在两汉之交,也就是说,西汉末为中国小说发生期的下限。

这一判断的事实依据有三个方面:

第一,从小说文本的形成情况来看,西汉小说成于民间流传过程中的多人之手,作者难考,这种情况与战国小说的形成过程是一致的。如刘向所整理的几种小说集,大多是从春秋战国流传下来的各种迹近虚构的故事的荟萃,其相近的故事文本有相当一些也同时存在于其他史书和子书之中,这表明故事在流传和被采选过程中的"公有"性质,这源出于章学诚所概括之"言公"传统,即"古人之言,所以为公也,未尝矜于文辞而私据为己有也。志期于道,言以明志,文以

————————

① 孟昭连、宁宗一:《中国小说艺术史》,浙江古籍出版社 2003 年版,第 34 页。

足言。其道果明于天下而所志无不申,不必其言之果为我有也"①。在此,根据小说史情况,我们认为,所谓"古人",不仅限于先秦之士,起码也可施之于西汉之士;所谓"言",不仅指学术典籍,亦可兼指虚构故事形态的"说"。因此"言公"传统,在小说发生期即战国和西汉,是比较强烈地体现了出来。与此相对照的是,东汉小说的作者或明确可考或托名于人,文本形成过程中的私人创作成分明显增强,体现出与魏晋小说相接近的成书特征。如东汉初年的两部杂史小说《吴越春秋》和《越绝书》,其作者就是可考的,前者为赵晔,后者为袁康、吴平。作者不可考而又假托于人的,有产于东汉初的《洞冥记》、约成于东汉明帝与顺帝之间的《列仙传》、产于曹魏建安之际的《十洲记》和《汉武故事》以及稍晚于此的《汉武内传》等等。学术界对这些作品的作年一直没有得出定论,但对于它们成于私人之手而托于名人的成书过程则几无疑词。这种成书现象,在魏晋南北朝也不在少数,以后仍代有出现。鲁迅先生说:"现存之所谓汉人小说,盖无一真出于汉人。"②这里的"汉人",主要指的是东汉人,如果对"无一真出于汉人"在作年方面能作些补充的话,那么,鲁迅先生的判断无疑是正确地道明了这些东汉小说的成书方式接近于魏晋小说的历史真相。

第二,从小说作品的风格来看,西汉与东汉有较大差异,前者呈现出包括杂史、杂传和融合民间传说等多元化风格,后者流露出明显的士人风格。《汉书·艺文志》著录了十五种小说作品,其中六种注明是西汉作品,它们是《封禅方说》《待诏臣饶心术》《待诏臣安成未央术》《臣寿周纪》《虞初周说》和《百家》。属于方士小说的有《封禅方说》《待诏臣饶心术》《待诏臣安成未央术》和《虞初周说》。方士作

①章学诚著,叶瑛校注:《文史通义校注》,中华书局1994年版,第169页。
②鲁迅:《中国小说史略》,人民文学出版社1973年版,第19页。

者所依藉的各种方外之谈和方术,其来源无外乎收集和自创,收集成分多而自创成分少,在被收集之前,它们一直在民间社会流传,因而受到《汉志》作者"诞欺怪迂之文"和"非圣王之所以教也"①的批评。《臣寿周纪》是近史小说,它缘于口头传述的周代历史传说而为史官所不采,有着好事作奇的民间痕迹。至于《百家》,其整理者为刘向,据保存在《风俗通义》的佚文来看,当由流传于民间的历史掌故和寓言故事汇聚而成,是典型的"街谈巷语"。这种类似的多元化风格,在其他西汉小说中也大量存在,其形成与小说源于多方的发生机制有直接关系。东汉小说,无论是杂史体的《吴越春秋》《越绝书》《汉武故事》和《汉武内传》,还是迹近于志怪体的《洞冥记》《列仙传》和《十洲记》,大多出自作者个人创制和整理,虽或有些故事素材不可避免地来自民间,但是,这些素材一经作者创作心理的熏染浸泡和创作艺术的调驭,就流露出较为明显的个人化风格。这种风格,体现在小说的故事模式、主题构成、语言形式、人物和情感类型等几个方面,在文本底蕴之处,透示出士人作者的兴趣爱好和审美品格。因此,有着较为强烈的士人风格,是沟通东汉小说与魏晋小说的一座桥梁。

第三,从整体文化背景来看,西汉与东汉差异甚明。西汉学术文化的整体特征,是对于先秦典籍的整理和消化,在这过程中,儒学虽被明确为主流意识形态,但儒法合流、道法为一、"杂王霸而用之"的文化格局,始终贯串着这一历史时期,《史记》就最为典型地体现了这一时期的文化特征。西汉在收集、整理前代遗留的书籍方面,做了大量的工作。从高祖到成帝,有过五次"大收篇籍,广开献书之路"的图书整理活动。因此,"西汉的文化不以新创为特点,而是以吸收、融汇前代遗产见长"②,其政治文化格局亦由此奠定。而经王莽篡乱、光

① 班固撰,颜师古注:《汉书·艺文志》,中华书局 1962 年版,第 1780 页。
② 于迎春:《秦汉士史》,北京大学出版社 2000 年版,第 165 页。

武中兴建立起来的东汉政权,其学术文化的整体特征则是儒学由真正占据统治地位到趋于瓦解,并由此引发了两支新的思想力量,"一支是与汉代经学相对立的玄学思潮,一支是佛道为代表的宗教思想"①,从而使其自身接轨于魏晋文化。儒学真正占据统治地位并成为平衡知识分子自由精神的思想力量以至于学术文化界普遍滋生出知识主义风气,这在《汉书》中有较为典型的表现。这种学术文化的转向,也同样明显地表现于文学领域,"中兴之后,群才稍改前辙,华实所附,斟酌经辞,盖历政讲聚,故渐靡儒风者也"②,显与西汉文学有别。而东汉文化出现异变的前兆,产生于章帝建初年间的白虎观会议,经学与谶纬合流之后的荒谬与强权之下的一统,已显露迹象。而从和帝至灵帝的百年间,外戚与宦官交替掌权,政权内部相争而衰,一部分知识分子无心于章句训诂,遂有"清议"激变,成为魏晋玄学"清谈"的先河;另一部分知识分子则持虚无任达的生活态度,《后汉书》多有错综儒道、行为怪僻的东汉士人的记载,成为魏晋名士的先行人物。社会下层,则"在(西汉)官巫与方士相继退出历史舞台之后,民巫又重新活跃起来,并促成了汉代尤其是东汉末年民间巫术的重新泛滥"③;与此相联系的是,佛教在东汉前后的传入,以楚地为中心的南方道家传统在东汉中后期的复兴,这些均成为联结东汉与魏晋南北朝之间的民间文化基础,也是这一长段时期小说成长的社会土壤。

综上所述,依据西汉与东汉思想文化背景、小说文本的形成和小说风格之间的明显差异,我们可以把中国小说发生期的下限定在西汉结束,而东汉至魏晋南北朝则是小说史上的成长期。四库馆臣谓:

①金春峰:《汉代思想史》,中国社会科学出版社1997年版,第508页。
②周振甫:《文心雕龙今译》,中华书局1986年版,第398页。
③孙逊:《中国古代小说与宗教》,复旦大学出版社2000年版,第11—12页。

"张衡《西京赋》曰：'小说九百，本自虞初。'《汉书·艺文志》载：'《虞初周说》九百四十三篇。'注称：'武帝时方士。'则小说兴于武帝时矣。……《汉志》所载《青史子》五十七篇，贾谊《新书·保傅》中先引之，则其来已久，特盛于虞初耳。"①在此，认为小说形成经历了一个过程，在汉初贾谊作品中已有对小说的引录，至武帝时小说发展兴盛。这种说法，同样认为小说形成经历了一个过程，有一历时性的期限。

第二节　《汉志》小说观念的民族化特征

对战国至西汉末年的小说发生期现象作出理论总结的是《汉书·艺文志》，这是班固根据刘向《别录》和刘歆《七略》删削而成的，它凝聚了汉代知识分子群体对中国小说发生期现象的理论认识，成为确认中国小说发生期的重要标志，也形成有别于西方的中国所独具的小说观念。如果我们要建立一个具有民族化特色的小说理论，势必要对《汉志》小说观作一总结和回顾，这应是中国小说史包括理论史的源始点。如此，可望对中国小说史各种复杂的现象"凿破浑沦，参透底蕴"，而不再是简单的"中西比附"②。

一、中国古代"小说"概念不同于西方现代小说概念

（一）中西方小说概念的演变

中国小说与西方小说是由不同的社会环境和文化环境派生出来的产物，研究中国小说只有站在自身的民族立场上才能把握小说的

①永瑢、纪昀主编，周仁等整理：《四库全书总目提要》，海南出版社1999年版，第714页。
②陈文新：《文言小说审美发展史》，武汉大学出版社2002年版，第10页。

本质特征、历史走向和特殊风貌。但是,目前有些探讨中国古代小说的论著,其预设的立场是西方现代小说(novel)的观念。尽管作为一种文学样式,中西方小说在某些地方有相通之处,而且越到现当代,趋同性更大。但是,中国小说的发展有着悠久的历史,解释中国古代小说的观念和各种复杂的现象,所持立场只能是古代的"小说"观念,尤其是由《汉志》所确立的"小说"观念,否则,不但无助于研究的深入,而且也很难给读者和创作者以历史的启示。

其实,西方的现代小说概念(novel)也经历了一个演变过程,其含义迄今为止也是不明确的。到工业革命和城市化兴起的18世纪后期,西方小说概念大致经历了这样几个过程(以英语为例)①:

I	II	III	IV
(hi)Story	tale(novella)	romance	novel

上面几个概念有着相对限定的含义。Story指的是从历史中分化出来的故事,但故事有两种含义,一是文体,二是小说要素。在后者意蕴上,它与情节相对。情节之间多有因果关系,而故事的内部或外部之间,则强调时间因素②;tale或novella,指的是一种不像现代小说那样长、那样多方面的故事。在西方,毛姆、康拉德、海明威都是自觉地写作novella的大师③;romance源于中世纪罗马语romanice,意思是用民间语言而不是用学者的拉丁语来写作或讲话,拉伯雷的《巨人传》就是这种文体;novel指的是长篇叙事作品,是为我们所熟悉的

---

①[美]吉列斯比著,胡家峦、冯国忠译:《欧洲小说的演化》,三联书店1987年版,第2页。

②[英]福斯特著,苏炳文译:《小说面面观》,花城出版社1984年版,第24页。

③[美]伊恩·里德著,肖遥、陈依译:《短篇小说》,昆仑出版社1993年版,第12—14页。

小说概念,它强调以现实主义作为本质特征,并顺应"一种用个人经验取代集体的传统作为现实的最权威的仲裁者"①的趋势。19世纪后期,随着以巴尔扎克作品为代表的现实主义小说的成熟,有了后来被我们翻译进来的"小说三要素",novel就在某种程度上成了"小说"的代名词。

简单地梳理这些历经变化的概念,"可以防止我们在回顾过去的各种叙事形式时过分地简单化。我们或许能够更好地理解比较接近我们自己历史经验的小说,但我们决不应该把自己的偏见误认为是对过去独特的叙事作品的美学价值和道德标准的精当评价"②,也就是说,不可将这些概念无限制地扩大化和神圣化,它们各自之间有着复杂的语意层面的历史演变,所滋生出来的"小说"观念也有不同的差异而非直承一根主脉,对此,我们不可机械地搬用,以免误中生误。

研究中国小说史必须立足于中国小说的观念,体现在概念上的变化过程,如果我们以粗线条式的方式予以概括就是:

Ⅰ	Ⅱ	Ⅲ	Ⅳ	Ⅴ	Ⅵ
"小说"	志怪	传奇	话本	演义	小说
(西汉结束以前)	(主要在魏晋)	(唐宋)	(宋元)	(明清)	(近现代)

除"小说"概念之外,鉴于学界已对其他概念作有大量的解释③,自不赘说。不过,源初状态即战国至西汉末的中国小说发生期的"小说"概念,基本上是后代一系列小说概念产生的语词基因。后代的小

---

① [美]瓦特著,高原、董红钧译:《小说的兴起——笛福、理查逊、菲尔丁研究》,三联书店1992年版,第4—7页。

② [美]吉列斯比著,胡家峦、冯国忠译:《欧洲小说的演化》,三联书店1987年版,第4页。

③ 谭帆等:《中国古代小说文体文法术语考释》,上海古籍出版社2013年版。

说概念虽有一系列不同含义的变化，但本体论上的基本要求，是由"小说"这一源初概念所决定的。要把握中国的小说观念，就要对源初状态的小说概念进行剖析，这就要求我们回到《汉志》的"小说"概念上来。

"小说"一词，首现于《庄子·外物》，在刘、班撰志之前未见重复使用。而在《汉志》中，两次出现"小说"之词："右小说……"和"小说家者流……"，这意义是非同寻常的。"小说"在《汉志》中，诸子思想学术的成分消退，但被赋予了倾向性较强的文学意味，成为文学中的某个类称，这是刘、班诸人的首创。自此以后，"小说"就逐渐成为文学世界中的一个类别名称。

（二）学界对"小说"概念的语义分析

"小说"一词，从战国到汉代计有三次用例，然其内涵众说纷纭，故有学者以拆词为字的方式，对此进行语义分析。

近现代主要有三位学者从文字本身的角度来推敲"小说"的含义。胡怀琛在 1934 年说："'小'就是不重要的意思，'说'字在那时候和'悦'字是不分的"，因此，"凡是一切不重要、不庄重、供人娱乐、给人消遣的话称为小说"①。杨义在 1995 年说："'小'字有双重意义：一种属于文化品位，它所蕴涵的是'小道'；一种属于文体形式，它的表现形态是'残丛小语'。""说"有三个层面的语义："首先是文体形态层面，有说故事或叙事之义"；"其次的语义属于表现形态，'说'有解说而趋于浅白通俗之义"；"其三的语义属于功能形态，'说'与'悦'相通，有喜悦或娱乐之义。"②杜贵晨在 2000 年发表的文章中说："说"有三层意思，一是"指故事"；二是"有解释之义，也就是讲道

---

①胡怀琛：《中国文学八论·中国小说概论》，中国书店 1985 年版，第 3 页。
②杨义：《中国古典小说的本体论和文体发生发展论》，《社会科学战线》1995 年
　　第 4 期。

理";三是"'说'通'悦'"。他没有明确解释"小"义,但从行文可感觉到,主要是指"小道"之"小"①。

上述三家说法,如果从小说在后代发展的情况来看,其解释似可成立。然而,如果以刘、班撰作《汉志》时所确定的"小说"之义和"小""说"二字在他们心目中的义项来衡量,则上述三家说法都有不同程度的可待商榷之处。

胡先生和杜先生对"小"字之义的定位甚为准确,主要是指价值之小,而杨先生则增以形式上的"丛残小语",不能算准确。衡以汉前和汉时留下的小说(如《穆天子传》《燕丹子》,残存于他书中的片段不能作数,因几乎无一完篇的)或小说集(如《汉志》所载小说集《百家》已佚,但刘向叙录仍在;又如同出于刘向的《列仙传》《说苑》《新序》《列女传》;再如《汉志》所标的小说集),篇数极为浩繁,其形式和篇幅都不能称其为"小",若不能称为其时的巨制,那么,不让于诸子书中的篇章和结集则是肯定的。若衡以后出之小说,则形式和篇幅更为可观,在文学各文体中,即便是小说中的短章,亦胜于其他各体。

再来看三家之"说"义。胡先生以"悦"释"说",杨、杜两先生亦如此,这是搬用《说文》段注中的义项,远离《汉志》"小说"之"说"义。《汉志》颜注有两处提到音"悦"之"说":《诸子略·杂》著录"《臣说》",师古注曰"说者,其人名,读曰悦";《诗赋略·赋》著录"《臣说九篇》",师古注曰"说,名,音悦"。它们专指武帝时一个臣子的名字,不用于普通语境中的正常表述。在《汉志》以前,固然有像杨、杜两先生所举证《诗经·小雅》和《吕氏春秋·慎行》中的例句,但"说"通"悦"的解释能否泛推至《汉志》的"小说"之义,就很可疑了。在刘、班看来,"小说"虽有"一言可采",但或有"任意改作",或感到"未知孰是",读后只能让人恼火或须加以辨析,根本谈不上接

――――――
① 杜贵晨:《先秦"小说"释义》,《泰安师专学报》2000 年第 2 期。

受之愉悦。至于撰作"小说"者,其撰作心理是否开心喜悦,《汉志》及注者不涉片言,没加任何妄断。至于杨、杜两位先生所持之"解释""故事"之义,我们完全赞同,尽管以刘向、歆父子和班固为代表的汉代知识阶层对"小说"及其"说"字的内涵规定要远为丰富和深刻。

以拆词为字的方法对"小说"进行语义分析,总体上我们认为,依据字典如最早的《说文解字》所设的相应条目来析解字义,可能不失为一条便捷有效的途径,但鉴于"小说"作为文学中一个类名的确立始自《汉志》,故而分析"小""说"与"小说"之义最可靠的语言材料就是《汉志》本身。依据这类材料,并通过切入作者用字造句的语言习惯和《汉志》其时的语境,或可把握"小说"的真义和始义。

（三）《汉志》"小说"释义

《汉志》有《诸子略·小说》,并著录了小说十五部,一千三百八十篇①,同时,在小序中对"小说家"的有关情况作了简要说明。这些表现,使得我们有把握认为,在刘、班心目中,已有相对明确的"小说"概念。下面,我们借鉴三位学者拆词为字的方法,但所用的语料并非《说文解字》中的条目,而是来自《汉志》及颜注。

"小说"是偏正词语,词义重心在"说"字。"说"字的使用,《汉志》中有两类情况:一类是用作篇名,另一类是用于篇名之外的表述。下面针对这两类情况作些分析:

"说"字明确用于篇名,在《汉志》"六略三十八种,五百九十六家"之中,计三略十一种,二十九家,可以看出以"说"命篇的现象截止西汉末已经产生,并已有一定数量,其中,在《论语》《孝经》和"小说"三种出现得较为集中,分别为五、六、五家。《汉志》中,《论语》十二家,《孝经》十一家,小说十五家,出现"说"篇的比例分别是42%、55%、33%,可见"说"篇在"小说"中,比例并非最高,以"小说"作为

---

①按篇数总计,实为一千三百九十篇,多出十篇。

类别名称,并非因为在此类别中较为集中地出现以"说"命篇的现象。在目前的小说史研究中,那种认为"小说"得名源于"说"篇之出现的观念,是经不起分析的。"说"篇主要出现于《六艺略》和《诸子略》,较之其他几略,这两略所辖的作品,其内容客观上更需要解释和发挥。因此,根据这些作品所附的各类注言①,"说"义及其要素包含有:(1)对经书的解释和发挥,在此义项上,沿袭《汉志》已用的文字,似与"故""诂""传""述"相接近;(2)诸子之间的论辩诘难;(3)依托古人;(4)语言可能是浅薄的,效果可能是迂诞而不当大雅的。"说"的这几条义项和要素,均导向明显的主观性,大多与"说"者凭意恃心的内在行为有关系。

　　"说"字用于篇名之外的表述较为频繁,远胜于以"说"命篇的情况。"说"字的内涵,前面所得出的义项在此全部具备,除这些之外,尚有这样几点:(1)"说"字的背后总是负载着一定容量的言语内容,这种内容可以是言谈、学说,也可以是故事。(2)除了个别纯粹表示出声动作而呈现为无褒无贬的中性色彩之外,"说"字往往用于被轻视、指责和批评的语境之中,换言之,"说"字有贬义色彩。它所负载的内容,未必受人重视和让人信服,受到"咸非其本义"之讥。(3)不为所信甚至遭到讥评指责的内容,被认为由于大多含有杜撰、任意发挥、来源不可靠、出于无稽之想象的成分而远离事实,如"明夫子不以空言说经也""便辞巧说""道听途说者之所造也""说五字之文,至于二三万言"等,《汉志》中的例句就有着这种意味,此与前面所指出的

————————

① 如:《六艺略·礼·中庸说》颜师古注"今《礼记》有《中庸》一篇,亦非本礼经,盖此之流";《诸子略·儒·虞丘说》自注"难孙卿也";《诸子略·道·老子傅氏经说》自注"述老子学";《诸子略·道·老子徐氏经说》自注"传老子";《诸子略·小说·伊尹说》自注"其语浅薄,似依托也";《诸子略·小说·鬻子说》自注"后世所加";《诸子略·小说·黄帝说》自注"迂诞依托";《诸子略·小说·虞初周说》应劭注"其说以《周书》为本"。

"说"义具有较大的主观性有关系。(4)"说"的作用也遭到怀疑。《六艺略·小学序》中颜师古对孔子"吾犹及史之阙文也,今亡矣夫"的注言"《论语》载孔子之言,谓文字有疑,则当阙而不说。孔子自言,我初涉学,尚见阙文,今则皆无,任意改作也",表明当典籍有所阙疑时,"不说"比"说"要好;如果阙而犹说,反而是对典籍的"任意改作"。

综合起来,在"小说"语境中,"说"的义项大概有这样几条:

1. 解释发挥,论辩诘难,自承学说或故事。这与后来作为历史小说之专称的"演义体"的"演"字或近义字"衍"的意思,非常接近①。"说"的这一基本义项,有利于小说日后开拓出各种题材类型;

2. 撰作"说"时,撰作心理是否纯正,撰作态度是否认真,撰作内容是否信实可据和不离圣贤之意,这些基本上都被从反面加以肯定;

3. "说"的效果无法让人信服和采用,读后令人不悦;

4. 因其难以为人所重,故"说"须假托前贤往哲;

5. 在感情色彩上,"说"被认定带有贬义色彩。

在这些义项上,"说"无法以"言""语""称""述""辞""词"来进行同义替换。也就是说,这些字虽均有出语为声的基本义项,但在别的层面上,与"说"则有差异和区别,在与这些字的比较互考中,更能见出"说"义。

至于"小说"之"小"义,《汉志》本身显在的材料较少,可重视者

---

① 关于"演义体"所指究何,近来小说史研究界发表了一些很好的意见,较有代表性的如:谭帆:《"演义"考》,《文学遗产》2002年第2期;黄霖、杨绪容:《"演义"辨略》,《文学评论》2003年第6期。虽然对明清以来一般人通识中的"演义体"是指通俗小说还是历史小说,两文有着不同看法,但对"演义"及其"演"字的初始义,所持一致,黄文更进而探索到"古代'演'与'衍'字相通的问题"。我们据此检索《汉志》,在《数术略·蓍龟》中有《大筮衍易》的篇目,这里的"衍"义,等同于《易·系辞上》"大衍之数五十,其用四十有九"的"衍"义,即"演"。

有这样五条:(1)《诸子略·道》:颜师古对《周训》的注言有"刘向《别录》云:'人间小书,其言俗薄。'"(2)《诸子略·小说序》:"虽小道,必有可观者焉。致远恐泥,是以君子不为也。"(3)《诸子略·小说序》:"闾里小知者之所及,亦使缀而不忘。"(4)《汉志·总序》:"仲尼没而微言绝。"(5)《六艺略·序》:"说五字之文,至于二三万言。"①

对照来看,可知"说"在篇幅尺制上也可多达"二三万言",并不算短小;"小书"之所以被刘向称为"小",重要的原因在于其内容和形式表达上的"俗薄",这是就其价值层面上而作的界定;孔子的言论被称为"微言",亦并非就其篇幅尺制而言,是说孔子的身份为士而非王公显爵,故为"微",也含着不为春秋诸国所重的意思;所谓"小道",当与"大道"对举,是从价值、作用的层面而言的;所谓"闾里小知者",当与"士"或"君子"对举(《诸子略·小说序》"是以君子不为也"),不仅着眼于文化水平,更着眼于身份地位。因此,总结其义,在《汉志》的语境和刘、班使用语言的习惯里,"小"不指形式、体制之小,而是指价值之小和身份之低,着眼于精神方面。

推及"小说"概念,则"小"义已完全涵纳于"说"义之中。"小说"的语义,主要是由"说"义来承担的,故前人和后人称小说时,并不一概出于"小说"之全称,而有径直以"说"来指代的,如《说林》《说苑》《说郛》"说部""说库"等等。《汉志》作者之所以选用"小说"的全称而不是沿用诸子略中的"儒""道""法""名""墨""杂""农"等习称而径标"说"(虽然这也不是不可以),其原因据我们臆测,盖在鉴于"说"义纷纷而凸显"说"义之"小"。

《汉志》的"小说"概念,与《庄子·外物》所言之"饰小说以干县

---

① 班固撰,颜师古注:《汉书·艺文志》,中华书局1962年版,第1732、1745、1745、1701、1723页。

令,其于大达亦远矣"①,以及刘向之后的桓谭《新论》所言之"若其小说家,合丛残小语,近取譬论,以作短书,治身理家,有可观之处"②,有着相通之处。

"小说"在《汉志》中,是一个重在文学兼含学术的类别名称。作为一个完整的"小说"名称,其内涵与"记"和"传"有哪些关系呢? 由于在后代以单篇行世的小说尤其是唐传奇作品,多有以"记"或"传"命篇的现象,因此,这一关系不得不辨。《汉志》有许多"记""传"二字出现的篇名和例句,虽然这两字在后代或有语义上的变迁,但鉴于我们所考析的"小说"出自《汉志》,故而相应地出自《汉志》中的"记""传"是可以作为平行比较的语言材料来使用的。

在《汉志》中,《六艺略·〈春秋〉》所出现"记"字的篇章和文句数量最多③,故而"记"与历史的关系最为密切,其记事功能与记事效果的客观性,起码在《汉志》作者那里是得到了承认的。"记"是对偏于事实的经书的解释和发挥,虽然"说"的义项中也有解释发挥之义,但在《汉志》作者这里,该用"记"字的地方绝不用"说",反之亦然。尽管都从"解释发挥"之义中发展出来,但"记"的载事功能要强于"说",尽管"说"也有可能负载着一定的故事内容,但并不全然是故事;而且,"记"的真实性和客观性得到了承认(《汉志》没有对"记"加以贬斥讥评的文句或词语如"小记",对"说"则多有如"小说"),但"说"则被视为多出于主观发挥和臆造而受到排斥。

---

① 王先谦撰,沈啸寰点校:《庄子集解》,中华书局1987年版,第239页。
② 桓谭撰,朱谦之校辑:《新辑本桓谭新论》,中华书局2009年版,第1页。
③ "记"字所出现之处有:《六艺略·〈书〉》《六艺略·〈诗〉》《六艺略·〈礼〉》《六艺略·〈乐〉》《六艺略·〈春秋〉》《六艺略·〈论语〉序》《六艺略·小学序》《数术略·天文》《数术略·杂占序》。总计二十处(包括注言),其中《六艺略·〈春秋〉》占到八处。

　　《汉志》所出现的"传"字之处较多①,其义较为复杂,主要义项有:(1)对经义的解说,此与"训诂"相通,如"后世经传既已乖离"和所举之篇名;(2)转授、宣扬,如"传者不绝""传至外孙之子杜林""自谓子夏所传"等;(3)流布、传播,如"传言师旷后""《燕传说》"等,这里的"传"有与"说"和"言"相近的倾向;(4)值得我们重视的是,"传"的记载功能。"传"所记载的,有三方面内容:一是事件,如"故论本事而作传""其事实皆形于传";二是人物,如"《列女传颂图》""刘向《别录》云传天下忠臣"等;三是语言和文字材料,如从作者对《高祖传》和《孝文传》所作的自注中可知,记载的是"古语""所称"和"诏策"。

　　以上,"传"字的最后一个义项有与"记"相通的地方,但其所载内容要比"记"广泛得多,似与"说"相接近(如语言文字材料与事件等),但"说"在负载人物内容方面,功能似弱于"传",这一点,我们从刘向对自己整理和创作的几部小说集的命篇中也可得到印证。偏于人物的用"传",如《列士传》《列仙传》;偏于事件和言谈材料的用"说",如《说苑》。但是,"传"尽管在"记载"的功能上与"说"较为一致,所得到的评价却要高于"说"。这一点的说明材料在于两方面:一是从几个篇名如《高祖传》《孝文传》《列女传颂图》和《天下忠臣》中所昭示出来的对"传"体的褒扬和肯定之意;二是我们所收集整理到的有"传"字的义句或上下句中,没有一处对"传"的批评和讥刺,更没有被冠以如"小传"一类的名号。这是"说"远为不及的,尽管在后代,"小说"或"说"体包含了"记"与"传"这两种不同创作手法。

---

①出现之处有:《六艺略·〈易〉》《六艺略·〈书〉》《六艺略·〈诗〉》《六艺略·〈礼〉序》《六艺略·〈乐〉》《六艺略·〈春秋〉》《六艺略·〈论语〉》《六艺略·〈孝经〉》《六艺略·小学》《六艺略序》《诸子略·儒》《诸子略·道》《诸子略·阴阳》《诸子略·杂》,总计四十三处(包括注言)。

从"说"与"记""传"的语义比较中,我们发现,在《汉志》成稿前后,即对中国小说发生期现象作出理论总结的时期,"说"或"小说"作为一个较有倾向性的类别名称,虽已负载着一定的解说和记载功能,但其解说和负载的内容却是含混不清的,如它既与"记"又与"传"有着相通的一面。相比之下,"记"的从历史叙事中发展出来的载事功能,"传"的记录人物言行和状写人物形象的功能,都较为鲜明。"小说"在后代的发展,确实有赖于从历史纪传体和各类叙事载事文体中吸取营养,或者说,正是因为"记"与"传"进入到"小说","小说"才不再是一个内涵较为空洞和模糊的类别名称,从而成为一个故事性文体的专称。当然,要跨越到这一步,"小说"需要经历一个漫长的发展期,但在中国古代社会,它却始终没有摆脱"小"义和"说"义所带来的遭人轻忽的眼光,故而作者佚名或假托他人的现象才会代代既有。

二、《汉志》的小说标准

《汉志》的小说观念,除了上述的"小说"概念之外,还在于在给我们构筑出一幅小说起于民间口语发生的历史场景的基础上,所提供的关于小说三条标准的看法。

《诸子略·小说》著录了十五家(部)一千三百九十篇作品,其中汉以前九部,西汉六部。这诚然是作者所认定的具体的小说文本,是其立名"小说"的基础。但是,有种种迹象显示,这十五部小说并非是先秦至西汉末的所有小说,而只是被收藏于"太常、太史、博士之藏"和"延阁、广内、秘室之府"①,即其时的皇家和政府各机构所藏的中外书,以及为刘、班诸人的小说标准所认可了的先秦到西汉末的部分

───────────

① 《汉志·总序》如淳引刘向《七略》之语所作的注言,见班固:《汉书·艺文志》,中华书局1962年版,第1702页。

作品而已。但是,这些毕竟是被正史所认可并被堂皇地载入史志的首批小说作品,它们对中国小说史研究尤其是发生期小说诸方面的研究,无疑具有充分的代表性。

探讨《汉志》的小说标准,应当立足于这样三个方面:一、《诸子略·小说序》;二、班固根据《别录》和《七略》对作品所作的简短注言;三、学术界对十五部作品所作的辑佚和探讨。在这些基础上所得出的小说标准,才有可能臻于全面和准确之境,并可进一步去把握《汉志》的小说观念。

(一)小说的民间性标准

在小说标准中,首先引起我们注意的是作品的民间性。这种民间性,在刘、班那里,是就小说内容的来源而不是就小说书的最后定型而言的,对此,《诸子略·小说序》有明确的论断:

> 小说家者流,盖出于稗官。街谈巷语,道听途说者之所造也。……闾里小知者之所及,亦使缀而不忘。如或一言可采,此亦刍荛狂夫之议也。①

小说"出于稗官",这个问题容待后面再议。上引序言中,"道听途说者"和"闾里小知者"是就小说创作主体而言的;"造"和"缀而不忘"是就小说编创过程而言的;"街谈巷语"和"刍荛狂夫之议"是就小说内容而言的。从这三个角度,作者勾勒了一个小说民间化发生、流传和在民间得以初步整理的轮廓。

为使这一轮廓更加清晰,我们对上面有关词语作些解释。首先是"闾里小知者",这指的是民间粗通文墨的人,其文化程度比"道听途说者"稍高,但绝不是中上阶层的人,甚至也不是一般意义上的所

---

①班固撰,颜师古注:《汉书·艺文志》,中华书局1962年版,第1745页。

谓"士"。作者在《诸子略·杂》的《吕氏春秋》下有个注言:"秦相吕不韦辑智略士作"①,这里的"智略士"可拿来与"闾里小知者"作比较,就可见所谓"闾里小知者"实隐含着两层意思:一是知识和见识并不高,所以他们对"小说"只不过能做些"缀而不忘"的工作,即把流传于民间口头上的作品进行连缀加工,以书写的形式保存下来以免被散失遗忘;二是针对其社会身份而言,确认其居于社会下层的民间身份。因此,从"道听途说者"所"造"到"闾里小知者"初步整理得以"缀而不忘",小说就这样在民间形成并一直在民间流传和受到整理保存。

其次是"造",有编制、创作的意思,词性为中性,不存贬义。《诗赋略序》有"感物造端,材知深美"之句,颜师古注曰"因物动志,则造辞义之端绪"②,也是同样的意思。刘、班诸人明确指出了"街谈巷语"即小说的内容,是由"道听途说者"编制和创作出来的。

最后是"刍荛狂夫之议"。句中以此作比,喻指在民间创作并在民间得以初步整理后的小说的内容。"刍荛"一词,割草为刍,打柴叫荛,合指割草打柴的人即草野之人;"狂夫"一词,泛指愚钝者,古代"劳心者治人,劳力者治于人",被"劳心者"统治下的"劳力者"往往被视为愚钝和不开化的人,它与前面的"闾里小知者"似乎有类似之处,不仅指其知识程度之低下,更指其所处社会地位之低。如果词义到此为止,那么,以"刍荛狂夫之议"来比喻小说的内容,是进一步强化了小说的民间性。但是,"狂夫"尚有特指之义,指那些驱疫逐邪的人,在汉代即为类似于方士身份的人。《左传》闵二年:"先丹木曰:'是服也,狂夫阻之。'"孔颖达疏曰:"方相之士,蒙玄衣朱裳,主索室

---

① 班固撰,颜师古注:《汉书·艺文志》,中华书局 1962 年版,第 1741 页。
② 班固撰,颜师古注:《汉书·艺文志》,中华书局 1962 年版,第 1755—1756 页。

中殴疫,号之为狂夫。"①这里的"方相之士"即"狂夫",乔妆执鬼,属
于方术范围。如果将"刍荛狂夫"理解为草野之人和方士一流的人,
那么,则说明在早期的小说中另含有方士书的内容,而且正与《汉志》
所著录的小说篇目情况相吻合②。同时,刘、班将"刍荛"与特指之义
的"狂夫"相并置,是否也表明"狂夫"之议即方士书的内容同样出自
民间?经过了武帝时重用和轻信方士的闹剧以后,在刘向、歆父子所
生活的西汉后期与班固所生活的东汉,有可能对鼓吹仙鬼混杂、长生
不老的方术作出理性的判断,而表明其内容渊源自民间,正是这种理
性判断的标志之一。

　　《诸子略·小说序》为我们构筑了小说发生的民间空间和民间状
貌,确立了小说内容源自民间的性质,这更与所著录的大部分小说的
内容互有照应。

　　《汉志》十五部小说,到梁朝已仅存《青史子》,至隋则全佚。前
人包括鲁迅《古小说钩沉》对这些小说做过辑佚工作,但收效甚微。
但在古代典籍中,有明引或暗用这些小说的痕迹,借助于这些材料以
及吉光片羽式的作品注言,我们还是可以对这些小说的内容有个大
致的了解。

　　《伊尹说》讲述了伊尹出身及其事迹,主体是伊尹向汤述说天下
之至味,铺陈一些如水火之齐、鱼肉菜饭之美等言辞。这些言辞的最
终指向虽与政教有关,但其内容却不乏民间风物,并且"其语浅薄",
使用了某些民间语言,作品的民间风格是相当明显的。如果我们再

①杜预注,孔颖达等正义:《春秋左传正义》,上海古籍出版社1990年版,第194页。
②袁行霈:《〈汉书艺文志〉小说家考辨》,《文史》第七辑(1979年)。文章指出:
　《汉志》小说分为三类,其中一类为方士书,即《黄帝说》《封禅方说》《待诏臣
　安成未央术》和《虞初周说》四种。后三种出于武帝时,而前一种产生较早。
　前一种,方士依托黄帝,采民间传说而附益之。

进而考虑到现在所据以分析的这段佚文保存在《吕氏春秋·本味》，而《吕氏春秋》是杂家的代表作，以说理形式阐释王道治化为其主要倾向，在由"智略士"对各家书抽删缩编之时，某些书包括《伊尹说》的民间况味和故事性自然要受到损伤。鉴于此，我们对原作内容的民间性和小说样态就会有一个合理的想象与推测了。

出自《大戴礼记·保傅》、贾谊《新书·胎教十事》和应劭《风俗通义》中的《青史子》佚文，讲胎教之道、巾车教之道和鸡祀，由于佚文有两条辑自《礼记》，故而有明显的礼教色彩，但尽管如此，其内容的主体还是民间风俗和习俗的记载。在梁代尚存的《青史子》，刘勰曾见到过，故而在《文心雕龙·诸子》中说"《青史》曲缀于街谈"，突出其内容的"街谈"即民间性质。

《师旷》注言："见《春秋》，其言浅薄，本与此同，似因托之。"①历史传闻中的师旷，能辨音以知吉凶，他在各种典籍中的事迹，虽多出入于王宫，但其正是民间所喜闻乐道的、赋有异禀神技的那一类人物，所以注言中不仅指出了作品所使用的浅薄的民间语言，而且揭载了作品正是汇聚众多有关师旷其人其事的民间传说而成的文本原貌。袁行霈先生从《吕氏春秋·长见》辑得了有关小说《师旷》的一则佚文，并进而认为"其他如《韩非子》所载师旷奏清徵而有玄鹤从南方来一段，也很像是街谈巷语的小说家言"②，这正是其民间性的表征。

《黄帝说》从保存在《风俗通义》中的佚文来看，使素女鼓瑟、荼与昆弟于桃树下以苇执鬼，其记载与《山海经》中的片段相类似，采自民间传说而附益于黄帝其人，并启后世方术之源或即为方士之流的

①班固撰，颜师古注：《汉书·艺文志》，中华书局1962年版，第1744页。
②袁行霈：《〈汉书艺文志〉小说家考辨》，《文史》第七辑（1979年）。

产物,故而《汉志》注言斥其为"迂诞依托"①,表明了这种民间传说记载荒唐怪异而不可征信的特点。

　　《封禅方说》和《待诏臣安成未央术》被明确指认为方士小说。前者是有关武帝时封禅的方术,从《史记·封禅书》的记载来看,方士关于封禅的议论多围绕着黄帝和神仙,对其流弊,《方技略·神仙序》说:"然而或者专以(神仙)为务,则诞欺怪迂之文弥以益多,非圣王之所以教也。"②大概《封禅方说》一类就是被指责的诞欺怪迂之文吧。方士所依藉的各种方外之谈和方术,其来源无外乎收集和自创,收集成分多而自创成分少,这些被收集的基本资料和技能大约一直在民间社会流传,诞欺怪异的色彩自不可免。大凡方士书,取材多源自民间传说。至于《待诏臣安成未央术》,则是求长生的方术,应劭注曰"道家也,好养生事,为未央之术"③,《史记·封禅书》载有武帝时燕齐方士献长生不死药的事情。关于长生不死的话题及其所敷演出来的一系列荒诞之术包括房中术的谈说,可能自民间传说创造了黄帝这个人物就开始流传了,如医药之制,如素女陈五女之法。这篇供武帝择采的《未央术》当为此类传说的汇集或解说。

　　《虞初周说》,作者注言:"河南人,武帝时以方士侍郎号黄车使者。"④若以此为据,则虞初则为伴驾出巡的方士,其《周说》则是备武帝顾问的方士书,其性质与前两书相类,可被称为"医巫厌祝之术"。然而,应劭注曰"其说以《周书》为本"⑤,则又似史书。其实这两者并不矛盾。在晋唐人所引的《周书》中,不乏祯祥怪异之谈,可见早期的

①班固撰,颜师古注:《汉书·艺文志》,中华书局1962年版,第1744页。
②班固撰,颜师古注:《汉书·艺文志》,中华书局1962年版,第1780页。
③班固撰,颜师古注:《汉书·艺文志》,中华书局1962年版,第1745页。
④班固撰,颜师古注:《汉书·艺文志》,中华书局1962年版,第1745页。
⑤班固撰,颜师古注:《汉书·艺文志》,中华书局1962年版,第1745页。

史书,必不可免地染有神怪色彩。人智不足以破解自然之奇而后神怪出,这是原始思维特性所决定了的,看一下《山海经》和《穆天子传》,就能大体捉摸出古人的思维特性以及早期史书的状貌。因此,将《虞初周说》视同方士书还是有根据的。这部小说有九百四十三篇,不可能纯出于虞初创制,而只能解释为汇集众多传说并且主要是民间传说而成,因为伴驾出行的"黄车使者"主要的职责是告知人主"地事"和"地俗"以及"四方所识久远之事"①,而这种材料只能是源自民间。由此,我们确认:一、方士小说的内容非常广泛;二、其原始材料大多依赖民间所出。

《百家》,据刘向《说苑·序奏》而知,此书是他在校书过程中汇集各家书中"浅薄不中义理"的片段而成②,由这些"浅薄不中义理"的片段汇集而成的《百家》,其小说况味当比《列女传》《说苑》和《新序》等书更足,故而班固将《百家》增入"小说"而将其他作品增入"儒"。据保存在《风俗通义》的佚文来看,当由流传民间的历史掌故和寓言故事汇聚而成,是典型的"街谈巷语"。

在十五部小说中,其余七部,《周考》《天乙》和《臣寿周纪》,被学界认为是"近史"之小说;《鬻子说》《务成子》《宋子》和《待诏臣饶心术》被认为是"似子"之小说。鲁迅《中国小说史略》说:"惟据班固注,则诸书大抵或托古人,或记古事,托人者似子而浅薄,记事者近史而悠缪者也。"③此论断既成为后世对《汉志》小说分类的依据,也在作品注言的基础上,进一步揭示了这些小说的特征。这些作品的佚文虽不可考,但我们从《诸子略·小说序》对小说起于民间的发生机制的阐述,以及对这些作品所加的注言,其民间性质还是隐然可辨。

---

①潘建国:《"稗官"说》,《文学评论》1999 年第 2 期。
②刘向撰,向宗鲁校证:《说苑校证》,中华书局 1987 年版,第 1 页
③鲁迅:《中国小说史略》,人民文学出版社 1973 年版,第 3 页。

尤其是"近史"小说，缘于口头传述的历史传说而为史官所不采，有着更多的好事作奇的民间痕迹。此外，《汉志》的"近史"小说，多围绕着周代历史，可作对照的是：《六艺略·〈尚书〉》著录了《周书》，注言为"周史记"；《六艺略·〈春秋〉》著录了《世本》，注言为"古史官记黄帝以来讫春秋时诸侯大夫"。可见，同样是记载历史的书籍，有的归入《六艺略》中的《尚书》和《春秋》类，有的却退置于《诸子略·小说》类，原因不外乎"一是庙堂经典、诚信有据的史书，一是出于民间、充满神话传说的野史纪闻，如同后世既有绵延不断的官修正史和编年通鉴，又有真假相掺、种类繁多的历史演义和传记小说"①。说到底，正如我们上面通过《诸子略·小说序》和小说内容所作出的判断一样，其根源在于作者所持的小说民间性标准，而这正是发生期小说的一个重要特征。

这一民间性标准，在学界有不同看法。鲁迅先生谓："《汉志》之叙小说家，以为'出于稗官'，如淳曰，'细米为稗。街谈巷说，甚细碎之言也。王者欲知里巷风俗，故立稗官，使称说之。'（本注）其所录小说，今皆不存，故莫得而深考，然审察名目，乃殊不似有采自民间，如《诗》之《国风》者。"②当代也有学者认为"就《汉志》所著录的小说来看，很难看得出是得自民间"③。这一问题关系甚大，涉及中国小说是发生于民间还是来自史官文化的根本性分歧。

刘、班诸人提出小说的民间性标准，其目的有三：1. 概括所著录之大部分小说的内容来源；2. 对"小说家"置于《诸子略》之末作出解释，从而将"小说家"群体视同某个流派；3. 鉴于文学意识尚未完整形

①汪祚民：《〈汉书·艺文志〉之"小说"与中国小说文体确立》，《安庆师范学院学报》（社会科学版）2000年第6期。
②鲁迅：《中国小说史略》，人民文学出版社1973年版，第15页。
③李剑国：《小说的起源与小说独立文体的形成》，《锦州师范学院学报》（哲学社会科学版）2001年第3期。

成，而对应该包含在内的小说之内容与《六艺略·〈春秋〉》的不同点作出区分。如果暂时不论后两点，那么，专就前者即《汉志》小说内容来源而言，我们认为民间传说与史官记载在某种程度上是可以统一起来的。

无论是民间传说还是史官记载，本质上均因"事"而起。事情或事件既可以滋生于民间社会也可以产生于统治阶层。滋生于民间社会的事情或事件在日后一部分自然消亡，而另一部分则有可能被载于史书；产生于统治阶层的事情或事件在日后既有可能部分地自然消亡，也有可能部分地载于史书，同样有可能通过各种途径流散民间。这些情况都取决于民间社会和统治阶层之于对方所传所载之事的选择。比如汉前之"黄河清，圣人出"的传闻，就既被播于民间又被载于史书。由于"事"存在着流动性，故就"事"而言，在来源于民间或来源于史书之间，未必泾渭分明。况且，进入东周以后，史统散而诸子兴，民间社会与统治阶层之间信息互通的情况，愈益便利和频繁。

《汉志》强调小说内容来源的民间性，专指呈现于小说文本中的"事"。这种文本之"事"，小说家既可采自直接源生于民间社会之事，又可采自那些流传在民间的上层社会之事，或可采自那些有着民间化色彩的史书内容。如被后代冠以"杂传"小说的那些小说作品，就文本之事而言，既有可能产生于上层也有可能滋生于下层，既有可能载于史书也有可能化为小说；再如《穆天子传》虽"脱胎于史书"，但是"实际主要是根据传闻而作"①；又如后代干宝所撰作之《搜神记》，既利用史官职务"会聚散逸"，同时又"访行事于故老"②。因

---

① 李剑国、陈洪主编，李剑国、孟昭连著：《中国小说通史》（先唐卷），高等教育出版社 2007 年版，第 68 页。

② 干宝撰，李剑国辑校：《新辑搜神记》，中华书局 2007 年版，第 17、19 页。

此,所谓"近史"小说和"似子"小说,只要是小说而非绝对意义上的史书、子书,均应有一定程度的民间色彩,这与《汉志》小说内容的民间性无本质差别。

此外,针对学界上述的不同看法,我们还认为,《黄帝说》之类的篇目像不像得自民间且不去说它,但根据《汉志》所著录的"名目"即篇名来判断这些小说不具备民间性,似乎过于简单。现在保存下来的古小说,除单篇如《穆天子传》和《燕丹子》等之外,结集的小说,若为整理品,则其篇名均由整理者后加,如《琐语》,有游离具体故事之本体的倾向。《汉志》小说,除《待诏臣安成未央术》标明为单篇以外,余皆为多篇甚至多达九百多篇的集子,从后人所加的一个笼统的篇名中怎能否定其民间性呢? 而古诗如《诗经》之标目,是以单篇为单位取诗行头几字,庶几可把握其诗之状貌和本相,与小说的标目方式并不一致,结论也无法类推。

(二)小说的叙事性标准

如果我们从叙事性的角度来考察《诸子略·小说序》,则可同时感觉到作者给我们呈现了一个小说起于口语叙事的历史场景。在小说发生之初,"街谈巷语"的材料构成了小说的基本内容。换言之,"街谈巷语"即为小说内容的主体,呈现为口语传述的状态。而创作"街谈巷语"的主体,却是生活在民间的"道听途说者"。他们创作的基础和素材来源是"道听",创作的方式和形态是"途说",而这适与他们的创作成果"街谈巷语"相一致。《汉志》作者以"街谈巷语""道听途说"这几字,告诉了我们一个小说发生的基本事实:在文字已经产生但书写工具和材料极为不便的先秦以至古远,口语腾兴于田陌广野、街头巷角。在这基本事实下,作者又以"缀而不忘"和"刍荛狂夫之议"进一步让后人加深对这一历史事实的印象。所谓"缀而不忘",在这背景下进行解释,说明口语成果即"街谈巷语"如果不用文字记载下来,则有可能被遗忘或散佚,因此,这里的"缀"字,可能不仅具有对零乱的片断性材料进行编次和整理的意思,同时还有用文字予以记载和保存的意思。所谓"刍荛狂夫之议",则进一步突出了"街谈巷语"类乎此的特点。这一特点在"议"字上被作了必要的强调,即其与"谈说""议论"相仿佛的口语性。

盛兴于民间的口语传述成果,如果不以事件或故事作为载体,是无法想象的。若如此,它既不可能大规模产生,也不可能使众人津津乐道而踵事增华,更不可能在口语状态中被长久保存。片断性的言说或叙述,如果没有一根明确而且易使人理解的线索,则无法在口语状态中被有效地组织和贯穿起来,同样不利于记忆。而事件或故事,尤其是产生于上古时代的事件或故事,大都有明确的时间线索以及与此相呼应的事件或故事内部的其他线索。在这些线索中,呈现为纵状的、直线的、由头至尾的时间线索是最重要的,而且与先民们的生活直觉和得自随时间的流逝而兴衰繁枯的自然现象的印象相吻合。可以说,时间线索,是最原始最根本的记忆基础。由此角度,我们便不难理解,为什么中国最先出现的历史著作体裁是强调时间线索的编年体(以《春秋》为代表),同样,为什么中国小说尤其是早期的小说大多追求以时间进程为线索的有头有尾的叙述。在众多口语载体中,言论的、义理的、学说的、事件的或故事的,能使时间线索发挥最大作用和最易融进组织有机体之中的,莫过于后者。

然而,不可否认,言论的、义理的、学说的口语片段也有可能被产生出来。这些片段,最易滋生的社会环境在哪里呢? 在士人集聚之处,如孔子聚徒讲学与策士们纵横捭阖的各种场所。而在民间,除了一小部分先民们感兴趣的生活知识和自然知识的口说片段之外,大规模产生并流行的口语片段则应是叙事性片段。简言之,民间的口语主体是叙事品。因此,鲁迅先生在《中国小说的历史的变迁》一文中,就中国小说的发生问题作过小说起于百姓休息时讲述故事的论断,这与《汉志》作者所勾勒的小说起于口语叙事的历史场景几无二致。小说之发生,与口语叙述事件或故事这一根本要素,有着密切的联系,它构成了小说发生机制的基础。若验之以相关事实,则我们可以看到保存至今的中国少数民族的史诗如《格萨尔王》《江格尔》之类也是缘于口语发生并在口语状态中传故叙事、代代相传的。西方长篇故事的最初形成若可以追溯到荷马两大史诗《伊利亚特》和《奥德赛》,那么也同样不难发现其与民间长久流传的口语叙事素材有着直接的联系。如果允许我们将口语叙事的作用范围稍稍从小说领域向外拓展一点的话,那么,中国历史著作的形成也与小说的发生有着基本共通的状貌。但是,史书和小说的根本分野之点,在第一条和下述的第三条标准,而在这里,以叙事性标准来衡量,这两者并无明显之分。

《诸子略·小说》所著录的十五部小说,学术界已明确认定的四部"近史"小说即《周考》《青史子》《天乙》和《臣寿周纪》,自然具有叙事性。值得我们作出重点说明的是"似子"小说和方士小说这两类,是否具有明显的叙事倾向。

我们得首先承认这样一个前提,即"似子"小说和方士小说不能排除含有一定的言论和介绍性成分,这是由这些小说的类别倾向和用途所决定的。严格意义上的诸子书是为了表明一家的立场和言论而作的,说理是其基本的言语方式,有些故事形态如神话、传说、寓言和民间故事的出现,是为说理而服务的,在篇幅、文字上并不占多数;而方士书则以介绍神技仙界为目的,即使偶或用些故事,也只不过是为了渲染和说服之用,同样不占多数。但是,与被著录在《汉志·诸子略》其他九家、《汉志·数术略》和《汉志·方技略》中的这些严格意义上的诸子书和方士书所不同的是,这些被《汉志》作者视作"小说"的作品,除了在民间性标准上可与前者划出界线之外,在叙事性标准上是否也同样如此呢?

"似子"小说七部,即《伊尹说》《鬻子说》《师旷》《务成子》《宋子》《待诏臣饶心术》和《百家》;方士小说四部,即《黄帝说》《封禅方说》《待诏臣安成未央术》和《虞初周说》。在这些作品下,《汉志》作者所加的注言,确实没有类似于对"近史"小说作品所作出的"考周事也""古史官纪事也"等明确的叙事性提示。尽管如此,作者仍然在这些注言和篇名上给我们留下了讨论的线索。一是关于语言方面的三条"浅薄"和"非古语"的提示,对此,我们认为这些提示不仅表明作品使用了无法与古雅的士人语言相提并论的民间语言,而且更重要的是,作品使用的是在民间语言中占主导倾向的口语,而口语与叙事的直接联系则已如上述。二是关于内容方面的"似依托也""后世所加""似因托之""迂诞依托"几个注言。这里所谓的"托""加"等字,标明小说作者依托古代有名的人物黄帝、伊尹、鬻子、师旷等人而对其言其事有所附益增生,以至模糊了古人对他们的原有印象或古书对他们的实录式记载,表现出小说化的塑造人物的倾向。但是,我们知道,无论是"托""加"也好,还是对人物的初步塑造必须具备的基础也好,事件或故事总是比言论或情况介绍在倾向上更占优势。三是在全部《汉志》小说中,以"说"来命篇的只有五篇,而这五篇全部出现在这两类小说之中,而小说之"说"与叙事性的联系我们已有所说明。上述三条来自作品注言中的证据,若为孤证,则难以充分说明《汉志》小说的叙事性,尤其是后两条,恐怕连确认这些作品是否为小说都很困难。但是,这三条证据俱集而互证,再加上我们在下面所要讨论到的关于这两类小说佚文情况的说明,则论证的结论必然导出《汉志》小说的叙事性特征。

这两类小说,有的存有佚文,有的佚文全无。从分散于各篇作品中的佚文情况来看,叙事性、言论性和介绍性文字兼或有之。由于是佚文,我们就无法依据这些文字哪怕是以叙事性为主的文字,来得出这些小说在整体上具有叙事性的结论。然而,如果我们考虑到这样一个因素,就会对这些小说的叙事性有个恰如其分的估价了。这个因素就是:当小说被古书尤其是佚文所出的众多子书所采用之时,必然会对其内容有所节略和选择,而这种节略和选择必然出自古书尤其是子书自身的内容需要及其表达形式的要求,被删削不用的恰是最能体现小说本体特征的叙事性成分。在发生期小说中,《燕丹子》尚存,而其被众多古书所引用的文字也随同这些书籍本身被保存了下来,两相对照,我们就能发现,古小说被他书所采用或引用之时,小说性受到了严重斫伤,在被节略而用的文字里,小说的叙事况味被减低至微而又微的地步。这种情况,也同样体现在类似于典故、成语、格言、谚语和语录等对其所出之神话、传说、寓言、民间故事等“母体”的大幅度“缩水”。一般而言,古书互用时,小说往往对来自他书所选用的部分作踵事增华式的铺写,而他书则往往对来自小说所选用的部分作删繁就简的处理以至于仅存轮廓。因此,当我们在考察《汉志》中的“似子”小说和方士小说的叙事性时,若考虑到这种古书互用的情况,那么,不以佚文为主要依据但又不弃佚文,就是一种较为可取的方法了。

(三) 小说的一定程度的虚构性标准

对小说的一定程度的虚构性这条标准的认定,也同样体现在《诸子略·小说序》之中。作者引子夏的话,认为小说“虽小道,必有可观者焉。致远恐泥,是以君子弗为也”,然亦弗灭也;又认为“如或一言可采,此亦刍荛狂夫之议也”①。这些话语在持有保留意见的前提下,对小说的作用做了某种程度的肯定,但保留性意见还是占了主体,故而在《诸子略序》中说“诸子十家,其可观者九家而已”,将小说正式排除于诸子中“可观者”②之列。分析《汉志》作者对小说的这一认识倾向,一般认为,其依据可能有这样三点:一是语言方面的问题

①班固撰,颜师古注:《汉书·艺文志》,中华书局 1962 年版,第 1745 页。
②班固撰,颜师古注:《汉书·艺文志》,中华书局 1962 年版,第 1746 页。

即"浅薄",二是思想倾向的问题,三是内容不真实的问题即虚构性。下面,我们对此谈些看法。

对于第一点即语言"浅薄",我们通过对《汉志》所有著录篇目下注言的考察,发现专门指出语言问题的,《诸子略·小说》有三条,《诸子略·杂》有一条,此外则均无。可见,小说中的语言"浅薄"和"非古语"确实引起了作者的注意,这源于儒家的尚文传统。《说苑·敬慎》载:孔子读《黄帝金人铭》曰"此言虽鄙,而中事情"[1]。由此见出孔子尚文,故鄙此铭。持坚正的儒家经学立场的刘、班诸人,是不会不注意到小说中的语言问题的。然而,尽管存在着这一问题,而且显然引起了作者的反感,但若仅此一点,料尚不会将小说排除于"可观者"之列。这一推测,从孔子对《黄帝金人铭》尚持肯定的态度中就能推演出来。因此,语言问题还不是最主要的。

对于第二点即思想倾向的问题,依我们的看法,这是不能成立的,其根据在于《汉志》作者在尊崇儒家"六经"的前提下,对别的诸子八家(除"小说家")在思想倾向方面所持的宽容态度。《诸子略序》有言:"其言虽殊,辟犹水火,相灭亦相生也。仁之与义,敬之与和,相反而皆相成也。《易》曰:'天下同归而殊途,一致而百虑。'今异家者各推所长,穷知究虑,以明其指,虽有蔽短,合其要归,亦六经之支与流裔。"[2]于此可见作者对各有"蔽短"的诸子所持之基本态度。这种态度,若小说之中确有不合乎经学之大道和治国之伟业的思想问题,谅同样会施于此的吧。

对于第三点即内容虚构性问题,这才是最为主要的。刘向把自己所整理的"浅薄不中义理者"命名为《百家》,而班固则将此增入《诸子略·小说》,但将刘向另外的著作和整理品增入《诸子略·

---

①刘向撰,向宗鲁校证:《说苑校证》,中华书局1987年版,第259页。
②班固撰,颜师古注:《汉书·艺文志》,中华书局1962年版,第1746页。

儒》,就可见其小说标准。在此,源于民间性的内容"浅薄"是一条理由,而另外一条则是"不中义理"。这个"义理"是什么呢? 我们认为,这指的是在中国古代文化中特别发达的一种表现形式即历史所具有的真实性原则。虽说从后人来看,史籍不乏诗心和文心,但在古人那里,史学最讲究信实有据,其真实性是不容置疑的。《六艺略·〈春秋〉序》曰:"(孔子)与左丘明观其史记,据行事,仍人道……丘明恐弟子各安其意,以失其真,故论本事而作传,明夫子不以空言说经也。"①《六艺略序》曰:"《春秋》以断事,信之符也。"②上述引文中,刘、班诸人针对《春秋》发表了对史书本质特征和史书写作要求的看法,这种看法就是"据行事""仍人道""论本事"而不"失其真",只有达到了这种标准和要求,史书才会立于不朽的"信之符也"的地位。史书是叙事体,对史书的这种看法会直接影响到同样为叙事体的小说。故而,小说"违实"的虚构性才会导致《汉志》排除小说于诸子中"可观者"之列。这表明了作者轻视小说的态度,但似乎更重要的是体现了他们对小说特性和小说标准的一种明确认识。此外,作者在《诗赋略序》中针对乐府歌谣而下的基本评价"感于哀乐,缘事而发"③,隐含着对于内容真实性的要求,可从另一侧面引申至他们对于小说内容虚构性的体认。

　　在《汉志》所著录的十五部小说的注言中,标有"依托""后世所加""迂诞"等评价的作品有五部,它们是《伊尹说》《鬻子说》《师旷》《天乙》和《黄帝说》。这些用于评价的注言,明确指出了文本的虚构性。此外,《务成子》所注"称尧问,非古语"④,从语言角度指出其依

①班固撰,颜师古注:《汉书·艺文志》,中华书局1962年版,第1715页。
②班固撰,颜师古注:《汉书·艺文志》,中华书局1962年版,第1723页。
③班固撰,颜师古注:《汉书·艺文志》,中华书局1962年版,第1756页。
④班固撰,颜师古注:《汉书·艺文志》,中华书局1962年版,第1744页。

托性质。"近史"小说中的《周考》《青史子》和《臣寿周纪》,作者不收入历史类的《六艺略·〈书〉》和《六艺略·〈春秋〉》,显见在刘、班眼里,这些作品有违史书据实而作的原则,在一定程度上也可说明其虚构性。另外,《百家》已如上述。余下五部,《宋子》和《待诏臣饶心术》为"似子"小说,前者注言曰"其言黄老意"①,可见其思想倾向属于道家或阴阳家;后者以其书名之意推测,其思想倾向当为演绎"君人南面之术"②的道家。这两篇既不被著录于《诸子略·道》或《诸子略·阴阳》,可见不同程度地存有"舍人事而任鬼神"③以及"各引一端,崇其所善,以此驰说,取合诸侯"④的倾向,必在其原属思想学术体系之上有所增事衍说。它们的佚文虽不可考,但以此分析,其虚构性还是存在着的。另外三部《封禅方说》《待诏臣安成未央术》和《虞初周说》为方士小说,它们的虚构性从两个角度可据以分析:一是有两部以"说"命篇,而"说"义在具有叙事性前提下绝有可能导向于主观性较强的杜撰和虚构;二是方士书依其思想倾向当入《方技略·神仙》,而这些方士小说不入此,盖因其有着《方技略·神仙序》所指出的"或者专以为务,则诞欺怪迂之文弥以益多,非圣王之所以教也"⑤的倾向,其虚构性是较为灼然鲜明的。

以上立足于《诸子略·小说序》和十五部小说的大体情况,论证了《汉志》的三条小说标准,即民间性、叙事性和一定程度的虚构性,它们同时也是发生期小说的内在规定即小说性的完整体现。在确认某部作品是否为小说之时,三者缺一不可,都是必然条件。至于这三者之间的关系,简单地说,在中国小说发生期之内,是民

①班固撰,颜师古注:《汉书·艺文志》,中华书局1962年版,第1744页。
②班固撰,颜师古注:《汉书·艺文志》,中华书局1962年版,第1732页。
③班固撰,颜师古注:《汉书·艺文志》,中华书局1962年版,第1735页。
④班固撰,颜师古注:《汉书·艺文志》,中华书局1962年版,第1746页。
⑤班固撰,颜师古注:《汉书·艺文志》,中华书局1962年版,第1780页。

间性决定了叙事性和虚构性，但是，在决定与被决定之间，存在着一个中介环节，这就是口语传述。在文字尚未大量出现并且书写条件十分困难的情况下，民间作品主要依靠口语来产生和传播，具有虚构性的故事是寄生于口语传述基础之上的。用口语来传述故事，其时代下限离我们现在较近，而其上限则离我们非常遥远。讲述故事尤其是讲述作意好奇的故事，当出于人的天性。在古人能够用口头语言来表情达意之时，可能就会产生最原始的故事，而这些故事，长久地滋生和流传于民间。因此，如果我们把口语传述作为小说发生的最主要因素来看，或者视之为在民间环境下的小说发生机制，可能离事实真相不会太远。口语传述的故事是小说形成的前提，它本身不是小说，只有当用文字被载之于楮墨，小说才渐渐形成，因此《汉志》作者才会提示我们注意"缀而不忘"这一由口语走向文字的最后环节。

三、《汉志》的小说家与小说价值观

（一）小说家的人员构成

《汉志》小说家，我们从其字面意思来理解，指的是在古代从事小说活动的主要人员，它不是内涵较为狭窄的"小说创作者"所能代替的。这种理解，不同于在《汉志》中用来指称文化和文学中一个类别的名称"小说家"。

《诸子略·小说序》明确指出在先秦至西汉末即小说发生期，小说家是由三类人员构成的一个集体。下面，我们依次对这三类人在小说活动中的身份、作用和地位作出分析：

第一类人，是小说活动中的口语创作者和传播者，即作者所言之"道听途说者"。他们的社会身份是生活在民间的普通百姓，通过社会活动和生活劳动实践，出于各种需要和天性，包括鲁迅先生在《中国小说的历史的变迁》一文中所言之"到休息时，亦必要寻一种事情

以消遣闲暇"①,广泛吸取了世代相沿和累积渐成的神话、传说、寓言和各种民间故事,根据他们的理解,凭借着他们所要表达的想法,搬用、附益或新创各类口说故事即"街谈巷语",从而形成了小说发生的文本基础和小说状貌的民间色彩。这类人往往既是口说故事的创作者,又是这些故事的传播者。在传播过程中,同样是出于各种需要包括出于作意好奇的天性,对所接受的即"道听"的故事做不同程度的增删和改变,以至于一个故事母本在实际流传过程中出现和形成几个面目似是而非的口说版本。从这意义上说,传播活动其实也是创作活动中的一部分,最初民间的创作者和传播者的身份很有可能是混而为一的,只不过侧重点有所不同而已。

第二类人,是小说活动中的初步整理者兼文字记录者,即作者所言之"闾里小知者"。他们的社会身份也是民间人士,与"君子弗为"之"君子"即士有着较为明显的身份之别。他们能识文断字,有一定的知识和见解,但水平都不高。然而,他们对流传在自己身边周围的各种口说故事有着浓烈的兴趣和高昂的热情并且怀有珍惜之心,故而能在当时书写虽已出现,但书写条件仍然十分困难的条件下,用文字将这些口说故事记录和整理下来,以免时光的流水冲走了这些令他们感慨沉迷的不定型的口说故事。这些过程,即《汉志》作者所谓的"缀而不忘"。在记录和整理活动中,他们既是鉴赏者,同时必不可免地又是小说的创作者之一。他们根据对古远年代的理解和对现实境况的感受,加进了对故事的改编成分。对小说由口语状态转化为文字状态,这些整理者和记录者作出了积极而有效的贡献,并且他们从事这种小说活动的目的性比起下面所分析之"稗官",可能要纯粹一些,可能更不知自己在从事的是一种"小说"活动。一般来说,经过文字记录和整理的小说文本,比起其原型即口说故事,在长度、篇幅

---

①鲁迅:《中国小说史略·附录》,人民文学出版社1973年版,第270页。

和生动性上会受到削减和影响。

　　第三类人，是小说活动中的官方参与者，即作者所言之"稗官"，行使了对民间流传小说的采集和拣选工作。出现在《汉志》中的"稗官"一词，因语意过于模糊，因而自《隋书·经籍志》则弃而不用。但在中国小说史研究界，稗官问题一直是争议的焦点和中心，余嘉锡、袁行霈和潘建国诸位先生，均有辨析其义的文章①。诸说或有不同，但均是从某一角度依据史料来理解"稗官"语义，不妨共存，但亦可别寻新意。稗官在周代王官系统和汉代官员阶层中的确指身份较为模糊，陈民镇根据睡虎地秦简等出土材料，认为"秦与汉均有稗官，它们之间的职能与级别是否有所差别，尚难以作进一步讨论。与《汉志》的描述最接近的当是汉简所见'稗官'，汉代的稗官或许地位有所提升，但总体而言仍是具有附属性质的低级官吏"②。尽管对稗官历史身份的认识还在不断拓进，但其在小说活动中的角色和作用，却还是相对清晰的，诸说对此亦有一致之处。稗官在民间收集各种载体的小说，口语和文字兼或有之。虽说《汉志·小说序》的意思倾向于他们所收集的是经过"闾里小知者"记录和整理过后的文字稿，但根据春秋时采诗官员收集口语诗歌的沿例，也有可能收集仍存留于口语状态的故事，这样，他们也就兼负了部分文字记录的职责。然而，他们是官家所派，采集的目的是使"王者欲知闾巷风俗"③，有着较为明显的政治教化色彩，因而，采集的过程其实就是拣选的过程。在这过

————————

① 余嘉锡：《小说家出于稗官说》，见《余嘉锡论学杂著》（上册），中华书局 2007 年版；袁行霈：《〈汉书艺文志〉小说家考辨》，《文史》第七辑（1979 年）；潘建国：《"稗官"说》，《文学评论》1999 年第 2 期。

② 陈民镇：《有"文体"之前：中国文体的生成与早期发展》，上海古籍出版社 2019 年版，第 159 页。

③《诸子略·小说序》如淳注言，见班固：《汉书·艺文志》，中华书局 1962 年版，第 1745 页。

程中,各种口说故事和文字小说,或黜而不采,或采而改动,于小说的整体和原貌是会带来相当程度的损伤的。另外,在中国小说发生期所出现的小说,绝非仅仅是被稗官所采而保存在官家书库中的那一部分,汉代结束战争后,自民间几次大规模集书就是一个例证。《汉志》所著录自先秦迄西汉末的十五部小说,何啻是冰山一角!然而,正因稗官的采集和官家的保存,在某个相对历史时期内,使一部分民间小说得以暂时流传下来,尽管到我们这里,已几为百不存一了。

　　对在小说发生期内,这三类参与小说活动的人员,上述所作的分析只是就一般情况而言。在某个历史时期,或在某种特殊情况下,都有可能出现超出这种一般情况之下的特殊情形。比如杜贵晨先生就根据《庄子·逍遥游》和《孟子·万章上》的记载,推测“西周以后就出现了普通士人‘写作’小说的情况”①;又如李剑国先生于民间小说之外,把历史遗闻逸事之类作为小说的另一源头,从而把史官也归入小说活动人员之中②。诸如此类,均有超出《汉志》所提供给我们的原生历史场景之外的合理想象和坚实论证,构成了中国小说史研究向前发展的一层又一层台阶。

　　我们上面通过小说活动中三类人员的情况分析,也大致表达了对中国小说发生期内的小说创作、小说传播、小说整理和小说采集等一系列活动的看法。出现明确的小说创作者和整理者,从《诸子略·小说》所著录的情况看,是始于武帝时③,故四库馆臣谓“小说兴于武

---

①杜贵晨:《中国小说起源于民间故事说》,《传统文化与古典小说》,河北大学出版社 2001 年版,第 108—109 页。

②李剑国:《小说的起源与小说独立文体的形成》,《锦州师范学院学报》(哲学社会科学版)2001 年第 3 期。

③《待诏臣饶心术》《待诏臣安成未央术》《臣寿周纪》和《虞初周说》,这四篇标明了作者或收集整理者。这些小说篇名,也可写成《心术》《未央术》《周纪》和《周说》。另外,《百家》的整理者为刘向。

帝时矣"①；而在此之前，均未载作者，其实这作者就是我们已经提到的三类人。他们不自觉地围绕着某些文本，跨地域、跨时段地以集体性的劳动，共同促成了这些被史志所载的最早一批小说的出现。

(二) 小说价值观

《汉志》包含了对小说之社会作用的看法。这种看法主要体现在《诸子略·小说序》和《诸子略序》之中。前者把小说视为"小道"，认为"必有可观者焉"，但"致远恐泥"；后者认为"诸子十家，其可观者九家而已"，因此把小说排除在诸子中"可观者"之外。可观与不可观，两者形似矛盾，其实寓含深意，关键之处，在于前后的立足点不同，一为文学立场，一为学术立场。

在《诸子略·小说》中，刘、班诸人既已从接近小说本体的角度著录并解释了包含其中的十五部作品，指出它们的语言、叙事和虚构性等问题，显见其较为自觉的文学意识。同时，《诸子略·小说》在全书中处于《诸子略》之末却在《诗赋略》之前的特殊的结构性位置，标志着"小说"渐由诸子九家的非文学性过渡到诗赋所具的文学性的迹象，也已体现了这种文学意识。因此，在对《诸子略·小说》作序之时，就相应地贯穿了这种意识。他们站在文学的立场，承认小说是"小道"并且具有可观性，但又并不使这种可观性延伸太广、推及过远，表明他们对文学的社会作用力和作用范围有着清醒的认识。

可与此相对照的是，《诗赋略序》也体现了大致相同的立场以及对诗赋之"观"有所限定的认识。首先是诗可以"观"：古者诸侯卿大夫"当揖让之时，必称《诗》以谕其志，盖以别贤不肖而观盛衰焉"；自孝武立乐府而采歌谣，"皆感于哀乐，缘事而发，亦可以观风俗，知薄

---

① 永瑢、纪昀主编，周仁等整理：《四库全书总目提要》，海南出版社1999年版，第714页。

厚云"①。由于《汉志》作者视《诗》为"经",并且视乐府歌谣为《诗》之一线单传,故而对诗之"观"有明显高于小说的倾向,但即使如此,对"观"之作用途径还是作了明确的限定。其次,"观"之作用途径依赖于"志",舍"志"而"观"为直观,为《汉志》作者同样也是其他儒家诗教者所不取。这里,"志"既为诗之主要表现内容,又是"观"的中介和途径。

　　站在文学的立场来论定小说的社会作用,另一现象是《诸子略·小说序》的表述结构明显不同于其他诸子九家之序,表明刘、班诸人不从思想学术的立场来评价小说的态度。除小说之外的诸子之序,均为正面立论,表述结构为三段论:第一,点出诸子的学术渊源,均为周代王官之学的分流;第二,揄扬诸子的优势之所在,提示语为"此其所长也";第三,揭明诸子的不足和流弊,提示语为"此……之患"或"及……为之"。而《诸子略·小说序》则不同,是从反面立论,即从"不可观"的角度总体上否定了小说的长处和优势,表述结构是在点出小说"出于稗官"之后,余下的文字,则在"不可观"的前提下回护小说之作为文学的"小道"之"观"。对于这种表述结构上的不同,我们认为最重要的原因是《汉志》作者并不把小说视为诸子学术之流,从而也就放弃了从思想学术的立场来评价小说的方法。他们移位于文学立场之后,所要作的论断就是阐明小说的"可观"之用。

　　在《诸子略序》中,刘、班诸人所持的立场和标尺则一如各家诸子之序的学术立场和标尺,其核心是政教思想和圣王之道。在整体上,文学离此已较遥远,对小说自然也就弃而不论。摈小说于九流之外,主要的原因是立场和标尺发生了变化。如果要说轻视,也只能是说对文学整体上的轻视,而不仅仅针对具体的小说一类;站在文学内部,他们倒是肯定和揄扬了小说的"可观"性。

---

①班固撰,颜师古注:《汉书·艺文志》,中华书局 1962 年版,第 1755—1756 页。

体现在《汉志》中的对文学整体价值的看法,其实是有历史渊源的。在《论语·先进》中,孔子对其弟子按特长和成就,分为"德行""言语""政事""文学"四科①,显见孔门以德行为本、文学为末。正因为在文化整体格局中文学处于这样的位置,孔门才有"行有余力,则以学文"和"游于艺"诸说。然而就文学而论文学,孔子的态度则有了变化。《论语·阳货》提出了著名的兴、观、群、怨之说;在这其中,于政治稍有辅用者,"观"的意义在后代被凸显了作用。

刘、班诸人站在儒家的立场,但又以自身的文学意识去充分挖掘小说的作用。他们对小说社会作用的认识,集中体现在这样八个字:文学为末,小说可观。前者是指在整个文化领域中文学所处的地位,后者是指在文学范围内小说的价值。

此外,刘、班诸人所处的时代,整体上的文学观念虽尚未形成,但诗赋观与小说观已先行形成。鉴于《汉志》没有"文学略"而诗赋在汉代已蔚为大观,因此他们将所著录的诗赋独立出来而专设《诗赋略》,而将小说附于《诸子略》之末。事实上,把"小说"主要作为文学内部有民间性、故事性和虚构性部分的一种类别名称,始自刘、班诸人,这是与《汉志》小说观有所联系的另一问题。

(三)《汉志》小说理论及意义

《汉志·诸子略·小说》以其所著录的作品篇名、篇名所附的注言和《诸子略·小说序》,对中国小说发生期现象作出了理论总结,标志着中国小说理论批评的正式出现②。

---

① 朱熹:《四书章句集注》,中华书局1983年版,第123页。

② 学术界对中国小说理论批评的正式出现持有较为晚近的说法,如方正耀《中国小说批评史略》(中国社会科学出版社1990年版,第6页)有言:"从先秦两汉出现关于'小说'特性的论述始,至宋元,在长达1700多年的历史中,中国的小说批评仍处于萌发时期。"这种说法,忽视了《汉书·艺文志》在中国小说理论批评史上的重要性和历史性地位。

　　《汉志》小说理论主要由我们上面已分析过的几个部分组成："小说"概念、小说标准、小说家构成和小说价值观。其中，"小说"概念是基础；民间性、故事性和虚构性是小说标准的基本内容，民间性标准隐含了刘、班诸人对小说发生的认识，叙事性标准和一定程度的虚构性标准，则体现了他们对小说本体以及小说不同于其他文化表现形式的认识；"道听途说者""闾里小知者"和"稗官"是分属三个层次的小说活动人员；文学为末、小说可观是小说价值观的体现。《汉志》小说理论构成了我们民族的小说历史传统的基础和核心，奠定了中国正统的小说观而被自《隋书·经籍志》至《四库全书总目》所接受，价值巨大，影响深远。

　　治小说史者均已熟知，"小说"一词始见于《庄子·外物》，指的是"琐屑之言，非道术所在"①，与"大达"即"大道"相对立。同义词另有《荀子·正名》中的"小家珍说"②，亦泛指任何异己的言说，表明"小说"在此阶段尚未成为专名术语。在《汉志》出现以前，作为词语的"小说"除此一见外，不见任何典籍重复使用③。"小说"一词经历了较长的术语化过程以后，在《汉志》中才得以独自立目著录，并被予以评价和系统总结。它虽借用自《庄子》，却被赋予了特定的文学性内涵，并且由一般的名词转化为特定的术语。这一术语的出现，标志着自先秦以来一直在民间层次发展着的小说活动，得到了正史在名目上的追认；并同时表明，小说开始在文化史和文学史上占据了应有的一席之地。

　　然而，《汉志》将"小说"作为专名术语，并对之前和其时的小说

---

①鲁迅：《中国小说史略》，人民文学出版社1973年版，第1页。

②北京大学《荀子》注释组注释：《荀子新注》，中华书局1979年版，第384页。

③桓谭《新论》虽有"若其小说家"云云，然其晚于刘向，与刘歆同辈。一般小说史论著，将桓谭所论置于《汉志》之前，抹煞了《汉志》确立小说类别之名的首创之功，这实由不知《汉志》为刘、班诸人的集体所成而致。

作品及小说现象作出系统的理论总结,是否仅具有目录学意义,还是同时具有文学意义,学界自有不同的看法。这种看法其实反映了对于中国小说早期历史现象和历史特征的不同认识。有学者指出,尽管《汉志》所著录的小说与今天的小说概念不相当,"但它是小说的源头,是后来许多杰作的起点"①;同理,在《汉志》所著录小说基础上,刘、班诸人所总结出来的小说理论,也是古代小说理论的源头和起点。值得指出的是,《汉志·诗赋略》所确立的乐府歌诗观念和赋观念,都被现行文学史接受了下来,而独不接受《诸子略·小说》中的"小说"之名和小说观念,这里的原因,既在于小说在汉以后有更多的发展与变化,更在于现行的小说观念较之诗赋观念较多地受到了西方影响而远离中国小说史实际。

学界有"目录学小说"与"文学性小说"的两分法,前者指《汉志》及后世史志所著录之部分小说,而后者则指唐传奇之类"作意好奇"的作品。在这种小说史观中,"目录学小说"无文学意义。然而,从我们前面的分析来看,如果不是一味地以西方小说观来主导中国古代小说史研究,那么,"目录学小说"或更扩大一点的"古小说",则理应作为我们民族的小说史中的一部分。"目录学小说"与"文学性小说"并非断开的两截,而是承先启后的完整一截。如同任何生物体都有一个发生发展的过程一样,文学性小说的形成也经历了一个文学性逐渐发展起来的过程,在这种发展过程中,其起点和基础却是"目录学小说"或"古小说"所筑就的。当然,民族文化传统包括史官文化也对文学性小说的茁壮成长输送了养料。

如果将"目录学小说"与"文学性小说"连贯起来并作为一个整体来把握,那么,《燕丹子》的小说史地位就很明确了:"小说昉自《燕

①程千帆著,巩本栋编:《俭腹抄》,上海文艺出版社1998年版,第345页。

丹》，东方朔、郭宪浸盛，至洪迈《夷坚志》四百二十卷极矣。"①胡应麟
认为小说史开始于《燕丹子》，此说法沿承于今，有学者认为《燕丹
子》是"人们公认的现存最早的一篇小说"②，"小说生发的源头和基
点"③。吴先生等人的意见，未免乐观，"公认"还谈不上，因为有些学
者"要么对其明显的小说特征视而不见，要么无法解释彼时何以会有
堪与唐传奇媲美的小说"④。故此，在学界还没有形成相对统一的小
说史观之前，《燕丹子》在中国小说史中的历史地位及其小说文体民
族化的贡献，可能还会被一直漠视下去，这无疑是一种自短民族文化
历史的悲哀。

第三节　《燕丹子》的小说史地位

一、杂传小说的典范

　　《燕丹子》的形成，是在史官记载和民间传说基础上由汉初文人
编作而成的，它充分吸取了史官文化和民间文化的养料而辅佐以邹
阳源自社会实践所锻铸的思想观念。讨论《燕丹子》的中国小说史地
位尤其是对于中国小说发生的意义，应立足于形成这部作品的基础。
我们认为，尽管《燕丹子》是由三方面因素所促成的，但是，最直接的
因素，则是荆轲刺秦这一历史事件。正是因为有了这一惊天动地的
事件，才有民间社会延及汉初的各种口播传说和文人记载，也才有编

①胡应麟：《少室山房笔丛·经籍会通二》，上海书店出版社 2001 年版，第 22 页。
②吴志达：《中国文言小说史》，齐鲁书社 1994 年版，第 42 页。
③王炜、王晓辉：《论胡应麟的小说观念》，《江汉论坛》2017 年第 7 期。
④张海明：《〈史记·荆轲传〉与〈燕丹子〉比较论——兼谈〈燕丹子〉的小说文体
　属性及意义》，《文学评论》2013 年第 3 期。

作者围绕着这些事件和材料所作的思考及改编。而最初记载这一事件的,乃是包括燕、秦在内的五国史官。当然,这仅仅是就事件本身而言,而呈现于《燕丹子》文本中的内容,则远为丰富复杂。

　　结合《燕丹子》的形成和编作情况,我们认为,中国小说史的源头在于综合体文化,这里面也包括了史官文化,而非仅仅只有民间性的神话和传说。与《燕丹子》的成书情况相类似的是,战国奇书《穆天子传》虽富于传说色彩,但其"车辙马迹"却有部分忠于史实。此书所本,卫挺生认为是齐人邹衍据"周王朝积有七百余年之文献","截录周穆王之起居注之远游部分"而来①,其具体结论虽或可商②,但作品吸收了史官的原始材料却是可以肯定的。

　　从史籍而"通之于小说"③所形成的古小说分类来看,学界一般将《燕丹子》归属于杂传小说。下面兹就"杂传"内涵及与"杂史"之间的关系、《燕丹子》的"杂传"特征等问题,作些探讨。

(一)《隋志》中的"杂传"内涵

　　"杂传"的概念,源自《隋书》。《经籍二》在著录了"二百一十七部,一千二百八十六卷(通计亡书,合二百一十九部,一千五百三卷)"杂传作品之后,为《序》曰:

　　　　古之史官,必广其所记,非独人君之举。《周官》,外史掌四方之志,则诸侯史记,兼而有之。……故自公卿诸侯,至于群士,善恶之迹,毕集史职。……是以穷居侧陋之士,言行必达,皆有

①卫挺生:《穆天子传今考》(第一册《外篇》),(台北)中华学术院1970年印行,第191—192页。

②郑杰文认为是战国赵人所作,见《穆天子传通解》,山东文艺出版社1992年版,第151页。

③《宋两朝艺文志》之语,见马端临:《文献通考·经籍考》(下册),中华书局1986年版,第1647页。

史传。自史官旷绝，其道废坏……司马迁、班固，撰而成之，股肱
辅弼之臣，扶义俶傥之士，皆有记录。而操行高洁，不涉于世者，
《史记》独传夷齐，《汉书》但述杨王孙之俦，其余皆略而不说。
又汉时，阮仓作《列仙图》，刘向典校经籍，始作《列仙》《列士》
《列女》之传，皆因其志尚，率尔而作，不在正史。后汉光武，始诏
南阳，撰作风俗，故沛、三辅有耆旧节士之序，鲁、庐江有名德先
贤之赞。郡国之书，由是而作。魏文帝又作《列异》，以序鬼物奇
怪之事，嵇康作《高士传》，以叙圣贤之风。因其事类，相继而作
者甚众，名目转广，而又杂以虚诞怪妄之说。推其本源，盖亦史
官之末事也。载笔之士，删采其要焉。鲁、沛、三辅，序赞并亡，
后之作者，亦多零失。今取其见存，部而类之，谓之杂传。①

这篇出于唐人之手的《杂传序》，不仅梳理了作为史书之十"杂传"的
起源和演变，而且重在阐明其特点和价值等方面。具体来说，杂传源
于史官所记即史传，自周代史官始而基本上代有所记，魏晋尤甚。其
特点和价值有三：

1. 杂传的性质既在于"杂"又在于"传"。"杂"是针对所传对象
而言，"传"则强调文本重点在人而不在事。就杂传对象而言，《序》
称：所记"非独人君之举"，乃为"史官之末事"。故"公卿诸侯""群
士""穷居侧陋之士，言行必达""股肱辅弼之臣，扶义俶傥之士""操
行高洁，不涉于世者""耆旧节士""名德先贤""鬼物奇怪"等皆得有
传。也就是说，杂传对象自帝王之下而延至百官民人、佛道之士甚至
于鬼物奇怪。然就所传之人物而言，当有正面的价值尺度，非为滥
登；后代叙鬼物奇怪则"杂以虚诞怪妄之说"。对此，《唐志》在"杂传
类"下别类为：先贤、耆旧、孝友、忠节、列藩、良吏、高逸、科录、家传、

①魏徵等：《隋书·经籍二》，中华书局1973年版，第981—982页。

文士、仙灵、高僧、鬼神、列女,对于事涉道释者,则各具于其事。

2.杂传初起寄于《周官》和"诸侯史记",汉代两部正史则将其列于传类,自阮仓、刘向起始有专书,之后则多汇于方志人物传并直接促成了"郡国之书"的兴起,再之后则"名目转广"。也就是说,不仅数量多名目广,而且距离史传的源初标准也越来越远;

3.杂传体制,既有单篇,也有出于"因其事类"之故而成的多篇丛集。核以书目,前者如《东方朔传》《毌丘俭记》《管辂传》等,后者则所在多有,占到多数。

因杂传始于史传,且后世在所传对象上虽千变万化而终不离传人之根本,故《崇文总目》将杂传之目改为传记之目,使其内涵更为清晰。

对于由杂传而演变成的传记,其价值和不足,《文献通考》所引之《宋三朝艺文志》和《宋两朝艺文志》作了评述:"传记之作,盖史笔之所不及者,方闻之士得以纪述而为劝戒"①,突出其劝诫作用;"传记之作,近世尤盛,其为家者,亦多可称。采获削稿,为史所传。然根据肤浅,好尚偏驳,滞泥一隅……益细而通之于小说"②,在此既不废其正面价值,但又立足于史书可信之角度,重点剖析传记之作的不足,并"通之于小说",即近乎与小说等量齐观。这当然是站在史家的角度,而未考虑文学或小说自身之价值。不过,这种比附,倒是给后代治小说史者以启迪:将从西周一直承续不断并在后代愈益发展、价值立场逐渐从史书游离开来的杂传或传记,与小说史的发展以及小说分类联系起来。事实上,在《隋志》"杂传"类中所著录的书目,有一

---

①《宋两朝艺文志》之语,见马端临:《文献通考·经籍考》(下册),中华书局
　1986年版,第1647页。
②《宋两朝艺文志》之语,见马端临:《文献通考·经籍考》(下册),中华书局
　1986年版,第1647页。

些确实被后代视为古小说,如刘向《列士传》《列女传》、郭元祖《列仙传》、刘义庆《宣验记》、傅亮《应验记》、王琰《冥祥记》、曹丕《列异传》、刘敬叔《异苑》、祖冲之《述异记》、干宝《搜神记》、陶潜《搜神后记》、东阳无疑《齐谐记》、吴均《续齐谐记》、刘义庆《幽明录》、郭氏《汉武洞冥记》、颜之推《冤魂志》等。此外,从书目篇名上还可以看出与《燕丹子》主题相接近者,如《豫章烈士传》《海内先贤传》《海内名士传》《忠臣传》《显忠录》《会稽后贤传记》《知己传》等。

　　将得自史学之"杂传",落实到小说史研究,鉴于杂传体制不一,学界有将其分为杂传小说和杂传体志怪小说的观点,并谓"杂传小说和杂传体志怪小说都分化自杂传,但二者文体不同。不同之处有二:一是杂传体志怪为怪异题材,而杂传小说既可述异也可语实……二是杂传小说体制是单篇传记,而杂传体志怪是丛集体制"①。这种分法较为有见,重点在单篇还是丛集,而不论题材为人物还是神怪,从而裨益于为单篇唐传奇找到历史渊源。

　　(二)"杂传"与"杂史"之间的关系

　　《隋志》始有"杂史"名目,史书之三在著录"七十二部,九百一十七卷(通计亡书,七十三部,九百三十九卷)"杂史作品之后,《序》称:"自秦拨去古文,篇籍遗散。汉初,得《战国策》,盖战国游士记其策谋。其后陆贾作《楚汉春秋》,以述诛锄秦、项之事。又有《越绝》,相承以为子贡所作。后汉赵晔,又为《吴越春秋》。其属辞比事,皆不与《春秋》《史记》《汉书》相似,盖率尔而作,非史策之正也。灵、献之世,天下大乱,史官失其常守。博达之士,愍其废绝,各记闻见,以备遗亡。是后群才景慕,作者甚众。又自后汉已来,学者多钞撮旧史,自为一书,或起自人皇,或断之近代,亦各其志,而体制不经。又有委

————————

① 李剑国、陈洪主编,李剑国、孟昭连著:《中国小说通史》(先唐卷),高等教育出版社 2007 年版,第 57 页。

巷之说,迂怪妄诞,真虚莫测。然其大抵皆帝王之事,通人君子,必博采广览,以酌其要,故备而存之,谓之杂史。"①

《杂史序》备述杂史之演变和特征。杂史起于汉初《战国策》和陆贾所作《楚汉春秋》,中经《越绝书》和《吴越春秋》,其题材虽近于《春秋》《史记》《汉书》,但"属辞比事"不同。自汉末"史官失其常守"之后,"钞撮旧史"而成杂史者多有,但体制不经。"杂史"特征在于两个方面:一是"大抵皆帝王之事";二是"率尔而作,非史策之正",后代愈益掺杂"委巷之说,迂怪妄诞,真虚莫测"。

由上可知,在《隋志》作者的观念中,杂史与杂传之关系,有如下几点:1.相同点在于它们均衍生于史书,但又非史策之正,不是写法有问题就是内容失信,多有"虚诞怪妄"和"委巷之说";2.杂史记帝王之事,而杂传的对象则"非独人君之举",即传写人君之下的各色人等及鬼神怪异;3.杂史侧重于事,而杂传侧重于人物;4.杂史的历史短,而杂传的历史则相对悠久。《文献通考》总结两者关系曰:"杂史、杂传,皆野史之流,出于正史之外者。盖杂史,纪志编年之属也,所纪者一代或一时之事;杂传者,列传之属也,所纪者一人之事。然固有名为一人之事而实关系一代一时之事者,又有参错互见者。"②这里特别指出了杂史、杂传的区别在于所记为"一代一时之事"还是"一人之事",但有"参错互见"的现象,也就是说,这两者的分类并非绝对。

如同杂传一样,杂史"非史策之正"的品格,后世以为近于小说,故有"杂史小说"或"杂事小说"的称谓,而且《隋志》所著录的杂史书目中,如汲冢书《古文琐语》《吴越春秋》《王子年拾遗记》等作品,后人相应地认为是小说作品。

①魏徵等:《隋书·经籍二》,中华书局1973年版,第962页。
②马端临:《文献通考》(下册),中华书局1986年版,第1647页。

　　杂史、杂传的形成及在两汉魏晋南北朝时期的大规模兴盛，不仅喻示小说与史书之间错综复杂的关系，以及小说所面临的由发生到发展之际的转型问题，而且说明小说的进一步发展当倚助于中国深厚的史官文化传统。

（三）《燕丹子》的"杂传"特征

　　胡应麟谓《燕丹子》为"古今小说杂传之祖"①，其要义有三：1. 突出这部作品的体制特征在于传写人物，即杂传小说；2. 强调小说作年之早及其精湛的艺术魅力；3. 说明《燕丹子》足可示范后代的深远影响。这一评价言简意赅，学界认为中肯允当而一直沿用至今。

　　然而，由于史书意义上的"杂传"所包含的意义甚广，而且成文体制也不一致，故在胡应麟为小说家所"自分数种"②即志怪、传奇、杂录、丛谈、辨订、箴规这六类里，不见"杂传"。事实上，从其为每一种所举篇例来看，"杂传"已分散于志怪、传奇和箴规数种之中。因此，在其小说分类基础上，胡应麟称《燕丹子》为"古今小说杂传之祖"，着实意味深长，乃在强调《燕丹子》对小说发展的整体影响，故而我们在此意义上，誉称这部作品为杂传小说的典范。

　　"杂传小说"的称谓，沿用自学界已有的概念。针对这种小说类型而言，《燕丹子》的典范意义，不仅体现在其影响力，而且还表现在如下几个方面：

　　第一，小说人物塑造极其出色。有关《燕丹子》人物形象塑造的成就，我们在前一章中已作过专题分析。总体上来说，不仅主要人物太子丹和荆轲获得了如同木刻或浮雕般深刻的艺术效果，而且相对次要的一些人物如田光、樊於期、麹武、夏扶等，虽整体上简笔勾勒但因作品强烈的情感氛围以至于无不栩栩如生。

---

①胡应麟：《少室山房笔丛·四部正讹下》，上海书店出版社 2001 年版，第 316 页。
②胡应麟：《少室山房笔丛·九流绪论下》，上海书店出版社 2001 年版，第 282 页。

作品塑造人物的艺术方法主要有：

1. 将作品主题楔入每个正面人物的行为动机之中，赋予他们"将海内报仇"的形象基质，并结合作品特定的历史题材，渲染出人物的悲壮色彩，故而千载之下，这些人物形象依然为人传颂。

2. 结合民间传说和编作者滋生于现实处境的深入思考，不仅将历史人物民间化，而且使其带上一定的神奇色彩；更重要的是，因士子们古今几乎相同的处境，从而使作品主客双方的行为具有一种跨越时空的普遍性意义。如此，作品所传之人，不仅易得民众和士人的青睐，而且有着长久的艺术生命力。跨代读者，都可以从作品人物身上，催生出自身的思考。

3. 善于利用场景描写，尤其是将故事主要部分的空间，设置在太子丹所活动的燕下都包括东宫，从而使作品具有类似于舞台剧那样的元素和效果；同时，作品把控叙述的节奏力度，注意给不同的人物以相应的特写和聚光；另外，语言简劲凝练且富含变化，并有情感色彩，从而使得人物情感化。

值得一提的是，《燕丹子》在人物塑造方面，不同于后代史书之"杂传"不传反面人物的成规。作品中秦王形象的塑造，是中国小说史上的第一次，其残暴和阴诈的形象特征，比之于客观的历史形象，不仅更为真实而且更具立体性和复杂性，获得了艺术真实的效果。通过秦王形象的塑造，作品依然实现了史书"杂传"之"劝诫"功能。

第二，作品的单篇体制。《燕丹子》在小说发生期内是少有的长篇构制，字数二千八百五十，这为其婉转而有序地叙述情节和塑造人物创造了必要的条件。然而，若衡以古代史书或现当代小说的篇幅，则其所谓的"长篇构制"实在仅是相对于后代笔记小说"丛残小语"式的作品而言。《燕丹子》故事容量大，头绪也相应地较为繁多，更重要的是，所出现的人物总计有十四个。即便暂时撇开小说其他表现内容不论，单就全篇字数之于小说人物群体的塑造而言，对编作者的构思和表达能力来说,也是一个极大的挑战。况且在《燕丹子》之前,中国小说史上亦无成例可援。

编作者没有将小说写成一个又一个人物的传记小集,甚至于主要人物太子丹,其生平也不是编作者所要关心的。作品通过精巧的艺术构思,较早地采用了人物类传或合传的方法,从而以单篇的杂传小说体制,赋予《燕丹子》以完满的生命力。这种结构方法,日后为《史记》所借鉴。具体来说,作品以单篇统驭众多人物的方法主要有这样几点:

1. 以同一个事件来构筑作品人物活动的情境,从而给近乎类传的写法打下基础。小说的两个主要人物和其他十多个人物,其言行的方向,均受制于刺秦大业,这就是小说人物构思方面共同的思想基础,也是采用类传写法的前提。作品对人物的选择、人物出场的调度、人物言语和行为的描写,都围绕着这一历史大事件来进行安排。故此,这部作品具有人物形象的丰富性和内容的复杂性,但整体风格却显得集中而凝练。

2. 对于每一个正面人物,小说不关注他们的生命史,亦不在意他们的生平,这是编作者不同于史书和之后一般的杂传写法的优胜之处。小说集中截取众多人物长长一生当中最亮丽的片段,重点钩稽他们在天下存亡之际所逼发出来的精神力量和生命行为,以此点燃他们的一生和凸显他们的性格特征。这种不在意人物生命长度的行状而只聚焦于人物生命一瞬间的形象塑造法,形成了小说特殊的美学魅力,也影响了后代许多小说创作;

3. 对人物群体的处理,并非平均用力,而是有所侧重。在十四个人物中,除去秦王形象和燕秦两方的琴女、姬女,其他十一个人物中,作品以太子丹和荆轲为重点,尤以太子丹的遭遇和所谋划的刺秦事件为作品主轴,组织全篇,串联其他人物。这种对作品主次人物的精当把握,使作品在相对有限的篇幅和字数内,能够倾其笔力塑造主要人物,并以人物塑造为重点有机地组织和容纳那些足以反映编作者对历史和现实进行思考的情节和细节,从而增广作品的艺术内涵。

第三,写人与记事的完美融合。《隋志》所总结的"杂传",侧重点在于传写帝王之下的各色人等与鬼物,故后人改其名目为"传记"。作为被后人归类于"杂传小说"的作品,《燕丹子》固然将塑造人物置于中心,但其叙事脉络清楚,中心事件相对完整,主辅线关系处置得当,可以说,作品在相对有限的篇幅内,亦不偏废叙事。作品的写人与记事,服从于作品文学化主题和编作者思考结果的表达,着力于主要人物的塑造,达到了较为完美的融合,从而使《燕丹子》的"杂传"类写法,由于吸收了"杂史"类记事写法的长处,显得更为错综有致,给中国小说的发生发展提供了有益的编创经验。之后唐传奇中的多数作品以"传"标目,但也有些优秀之作标以"记",如《古镜记》《枕中记》《离魂记》等,说明作者较好地运用了写人、记事这两套笔法。《水浒传》在叙述梁山好汉聚义起事的故事框架内着力塑造各类人物,最得《燕丹子》之组织结构方面的奥义。称誉《燕丹子》为"古今小说杂传之祖",当也包括了这种写法上的垂示后人的影响。下面,对《燕丹子》中的这一笔法作些简析:

1. 在突出人物塑造的基础上,注重叙事。作品的总体构思,是以事件的发生和进展来推动人物的塑造;人物的性格特征和悲剧色彩,是依靠事件激发出来的;作品情感风格的激烈和沉郁,部分地是由事件的发展蕴蓄而成的。由于酝酿和筹划行刺秦王这一事件,给作品各种人物的出场和表演,提供了情境、空间和动机。所以,在一定程度上,作品"因事生人",并由事件的走向最终决定了人物的悲剧色彩。

2. 对中心事件的叙述,相对完整。刺秦是作品的中心事件,为此,编作者设置了几个重要情节:一是逃归,为太子丹组织行刺活动提供心理依据,并通过这一缩微式的情节,展示秦王对其他五国的侵辱;二是对计划的论证,作品所设置的麹武,其言是否由历史上真实的太子太傅所提出,对作品而言已不重要,关键是编作者由此将从这一真实的历史事件过后的各种议论,部分地寄之于麹武所言并反映了出来,同时通过与太子丹的相互诘难,论证刺秦所具有的正当性和大义性;三是物色合适的行刺人选,这部分情节自然写得一波三折,对应着人才之难觅,也从数人比较中凸显荆轲之可贵;四是行刺计划的准备和实施,为此作品叙述了樊於期之"自剄"、易水送别和秦廷行刺等主要情节,笔底波澜起伏,力度扣人心弦。如果作品结尾部分的阙文存在,则编作者很有可能将叙述线索重新绕回到太子丹,述其看到"白虹贯日"后的心理反应,从而使得中心事件的叙述形成一个闭合的圆圈。我们有理由推断,编作者针对载于史书和民间传说中的刺秦事件,必先经过一系列精巧的艺术裁剪,方才将其作为艺术题材而运用到作品中。

3.主辅线处置得当。作品有三条叙述线索:一是刺秦,乃为主线;二是秦王和秦国的暴逆之举;三是"奉养勇士,无所不至"。这后两条线为辅线,服从于主线在表达主题、塑造人物这一中心任务基础上的有序展开。第二条辅线并非仅仅依靠篇首之"逃归"情节来表现,其他尚有:麹武对于国际形势的分析,秦破赵国而兵临燕,樊於期之遭遇,行刺现场秦王表现出来的懦怯、阴诈和残暴。可以说,这条线索虽然时起时伏,但也有相应的长度,贯串全篇。对此,编作者除了在首尾给予正面表现之外,于作品中的绝大部分,均作了省略和侧面表达。然而,这条线索的重要性并非由篇幅大小所决定,它是奠定作品主题和人物行为合理性的基础。第三条线索是作品所予以正面表现的,它渗透着编作者对于战国历史和汉初现实的理性思考,而且君主如何待客、游士如何奉主这一命题,至编作者所处时代依然严峻地横亘在各诸侯王和天下诸士面前,故作品结合刺秦事件,通过群士形象和太子丹形象予以充分表现。作品人物塑造的场景和空间,也由此生发。但是,对于叙事而言,这一线索服从于刺秦这一中心事件,它是以太子丹为行刺计划物色合适的刺客的角度而生发开来的。这三条主辅线的生发和延展,滋生出作品叙述层面的故事性。

二、民族化小说文体的确立

《燕丹子》因其所呈现出来的文体特征之于小说史的深远影响,经岁月淘洗,遂由个体文体而终具民族文体之品格。

有关文体内涵,中西界说,差异甚大。在中国古代,文体是个历史悠远、内涵丰富、弹性较强的概念,历代对文学现象进行理论阐释,大多沿循着文体这一脉络。较早的"文以载道"和"诗以言志",便主要规定了两种不同文体的职能。《文心雕龙》所辖范的理论命题很多,但从《明诗》到《书记》的二十篇,则是明确的文体论,在这方面,刘勰继承了曹丕、陆机、挚虞等人的文体理论成果而达到了更高境界。同时期的《文选》,则展示了各类文体的典范之作。后来大量出现的诗话、词话、曲话和小说评点,都是针对着不同文体而展开的理性感悟和解说。

当代学界对文体的构成,也作了深入研究,童庆炳将此确定为语体、体裁和风格三个层次[1]。这种提炼综合度高,且符合文学史实际,可作为我们展开分析的框架。在这三个层次中,语体即语言体式,是在"运用民族语言时"产生的"特点的综合"[2],是文体的显在层次,但过去少有人明确提及,不同的语体"承担着构成不同言语气氛、

---

[1] 童庆炳:《文体与文体的创造》,云南人民出版社 1994 年版,第 10—39 页。
[2] 中国华东修辞学会、复旦大学语言文学研究所编:《语体论》,安徽教育出版社 1987 年版,第 15 页。

造成不同风格的任务"①,从根本上决定了作品的风格;体裁是文体的核心,我们习惯于称小说是叙事文学而诗歌是抒情文学,主要是就其体裁而言的;风格"是人在使用语言的时候表现出来的气氛或格调"②,其组成因素是较为复杂的,风格分析须在语言分析和体裁分类的基础上来进行,从某种程度来说,它是一种对作家作品的整体分析,只有把握了作品的风格特征,才能真正把握此作品不同于彼作品的特殊性。在上述文体三层面中,体裁制约着一定的语体,语体发展到极致转化为风格。针对《燕丹子》,通过把握语体、体裁和风格三层次的内容,我们庶几可对其文体特征及其对民族化小说文体形成所起的历史影响,有一切近的认识。

(一) 语体方面以散体语言为主,兼含骈、韵之语

虽说以"散语叙事"并不被列入现代知识系统中的"小说三要素",但事实上是被作为认定小说的潜在前提而存在着的③。然而,《燕丹子》却以其散体运用中兼含部分骈、韵之语的语体特征,对中国小说的发生发展产生了持续不断的影响,以至于骈语和韵语的运用成为中国古代小说较为常见的现象,塑造出民族化小说文体其中的一个特征。下面,我们先对《燕丹子》所出现的骈句、韵语和诗句作些分析,再据此论其影响。

《燕丹子》以散体为主,文气畅旺,言无不达,曲尽文章之妙用;但其凝重行气之处,借重于骈行,故骈丝俪片往往而有,偶句用韵时出其间,复添作品华贵整齐、抑扬顿挫之气象。此方面例句有:

---

①程祥徽:《语言风格初探》,(香港)三联书店 1985 年版,第 7 页。
②程祥徽:《语言风格初探》,(香港)三联书店 1985 年版,第 22 页。
③法国评论家阿比尔·谢括利给"小说"所下的定义为"小说是用散文写成的具有某种长度的虚构故事",转引于[英]福斯特著,苏炳文译:《小说面面观》,花城出版社 1984 年版,第 3 页。

深怨于秦,求欲复之;奉养勇士,无所不至。

生于僻陋之国,长于不毛之地。

丈夫所耻,耻受辱以生于世也;贞女所羞,羞见劫以亏其节也。

燕国之众,不能敌之;旷年相守,力固不足。

生无面目于天下,死怀恨于九泉。

快于意者亏于行,甘于心者伤于性。

灭悁悁之耻,除久久之恨。

智者不冀侥幸以要功,明者不苟从志以顺心。

事必成然后举,身必安而后行。

发无失举之尤,动无蹉跌之愧。

贵匹夫之勇,信一剑之任。

太子之耻除,愚鄙之累解。

僻在北陲,比于蛮域。

论众则秦多,计强则燕弱。

食不识位,寝不安席。

死灰复燃,白骨更生。

夏扶,血勇之人,怒而面赤;宋意,脉勇之人,怒而面青;武阳,骨勇之人,怒而面白。

心向意投身不顾,情有异一毛不拔。

出卫都,望燕路,历险不以为勤,望远不以为遐。

礼之以旧故之恩,接之以新人之敬。

士无乡曲之誉,则未可与论行;马无服舆之伎,则未可与决良。

士有超世之行者,不必合于乡曲;马有千里之相者,何必出于服舆。

吕望当屠钓之时,天下之贱丈夫也;其遇文王,则为周师。

骐骥之在盐车,驽之下也;及遇伯乐,则有千里之功。

继召公之迹,追甘棠之化。高欲令四三王,下欲令六五霸。

同案而食,同床而寝。

除将军之辱,解燕国之耻。

数以负燕之罪,责以将军之仇。

为壮声,则发怒冲冠;为哀声,则士皆流涕。

百官陪位,陛戟数百。

燕国之不报,我事之不立。

上述数句,取其骈偶用韵,着重于文字的情采和声调的抑扬,它们散置于整篇之散句之中,奇偶为文,刚柔相济,易于记诵和流传,得文章气势和抑扬之妙;再有征古和用典之句,融化于篇章而不着痕迹,如水乳交融,显出编作者之剪裁组织之工。我们知道,邹阳正是这方面的高手,比之战国策士一味逞持纵横恣肆的文风,其文风在节制和婉转中更显蕴藉和力量。此外,这些骈俪文句,不仅大量出现在对答之中,少部分还用于场景和心理描写,更有具备叙事功能者,如"出卫都,望燕路,历险不以为勤,望远不以为遐""同案而食,同床而寝"等。

历史上,含有骈偶、韵语的作品,早于散体而出现。阮元《文言说》:"古人以简策传事者少,以口舌传事者多;以目治事者少,以口耳治事者多。故同为一言,转相告语,必有衍误,是必寡其词、协其音以文其言,使人易于记诵,无能增改,且无方言俗语杂于其间,始能达意,始能行远。此孔子于《易》所以著《文言》之篇也。古人歌诗、箴铭、谚语凡有韵之文,皆此道也。……《文言》数百字,几于句句用韵,孔子于此发明乾坤之蕴,诠释四德之名,几费修词之意,冀达言外之言,要使远近易诵、古今易传,公卿学士皆能记诵,以通天地万物,以警国家身心。不但多用韵,抑且多用偶。"①在此,阮元从文章发生的角度阐述了用韵用偶的必要性,认为非此无以达文章之功效,在此意义上,他将孔子视为千古文章之祖。

战国与汉初的文体,"乃是骈散合辙的时期,举凡记载、叙述、议论在在均为振笔直录,全视文章内语气的需要而不拘拘于文体"②,《燕丹子》的语体正呈现出这种骈散浑然夹杂的时代特征,其散文调子多于骈文,但在笔墨挥洒之际,不能忘情于骈体,时有俪句韵语。

作品在使用骈俪语句之时,已经体现出一定程度的韵语特征,但编作者于此更有正面的发挥,在有限的篇幅内,两次使用了诗句。第一次出现在易水悲歌场景中,荆轲所唱之"风萧萧兮易水寒,壮士一去兮不复还"。这一源自楚地的歌调,将整部作品慷慨激昂、悲壮不已的情绪渲染至最高处,尤其是"萧萧"两字,以景象的凄惨对应人间的生离死别和对故事结局的暗示,更具一种直触人心的力量;诗行仅只两句而不是舒展成三四句如《垓下歌》或《大风歌》,且押同韵,恰与事件的紧迫、环境的肃杀、情感的凝重相吻合。诗句从内容到形式极具张力、冲击力和爆发力,不仅营造了作品的整体情感氛围、提升了人物形象,而且在叙述上还起着扭转情节的作用。如此高妙的诗句运用,在整个小说史上不啻是始创甚且为绝响。

第二次出现在秦廷行刺之姬人琴声,"罗縠单衣,可掣而绝;八尺屏风,可超而越;鹿卢之剑,可负而拔"。此诗的作用体现在两个方面:艺术上,用来调节叙述节奏,舒缓姬人鼓琴之前和之后紧张而快速的节奏;内容上,则刻画了秦王狡诈的形象并为情节之反转设置伏笔。如果从文化史和地方史的角度来讲,一定程度上还描写了"秦

①阮元撰,邓经元点校:《揅经室集》,中华书局1993年版,第605—606页。
②蒋伯潜、蒋祖怡:《骈文与散文》,上海书店出版社1997年版,第5页。

声"之风调和秦国宫内的音乐生活,从而扩充了作品的表现内容。此诗二、四两句押韵,虽因内容要求为写实,较难以歌诗形式来表现,但句式整齐,总体上朗朗上口,也有着源自上古的诗句风味。

从骈偶用韵以及两处诗句的运用来看,《燕丹子》的语体总体上呈现为以散文为主而兼杂韵语的特征,这对中国古代小说在语体上的韵语传统,产生了历史影响。

这种韵语传统,若仅是少量掺杂韵语,则在小说史上屡见不鲜;若大量使用韵语,则在处于古小说发生期内的《穆天子传》中就已很明显;后代,以韵语作为小说组织骨干的,在唐传奇《游仙窟》、唐代以韵散结合和说唱兼行为特征的"变文"作品如《大汉三年季布骂阵词文》《董永词文》、宋话本《快嘴李翠莲》、明代《怀春雅集》、清代《燕山外史》等作品中,就大量存在,它们运用诗赋词曲和骈文等韵语样式,呈现出以韵语为主、散语为辅的语体特征。这类小说虽在韵语运用方面发展偏颇而不占小说语体传统的主流,但散韵相间的混合语体却贯串着长达两千多年的小说发展史,形成了传统小说鲜明的民族特色。关于其成因,小说史家有佛经以诗解义或乐府诗之叙事特征的影响等说法,但来源于文本直接示范效应的,《穆天子传》和《燕丹子》的作用不可轻估。

在我们的小说传统中,更有一类说唱文学中的诗赞系作品,将韵语传统发展至登峰造极之地步,它们直到清末还被不少专业人士视为小说或小说之一种。只要翻检这方面书籍,就能大量发现这种出现于称谓或定位界定上的现象。径以小说称之者,有"盲词小说""韵语小说""小说唱本""旧小说""小说"等①;另有一些学者如蒋瑞

---

①《子虚记》卷首序、《风流罪人》卷首刘序、《凤双飞全传》叙、《孤云传序》、《广东新语》卷十二《粤歌》,载见谭正璧、谭寻编:《评弹通考》,中国曲艺出版社1985年版,第137、155、158、404、421页。

藻,在其著作《小说考证》中,亦考证说唱文学中的诗赞系作品,明确视之为小说;另如清代广东"木鱼书"代表作《花笺记》,亦被评点者称为"歌本小说"①,这些都与今日学界对小说范围的理解有一定差别。对此,我们认为,把说唱文学作品归入小说或小说之一种,现在看来已似无必要,但其理路尚在,它们在语体上所呈现出来的特征,与我们民族的小说史传统,是有深刻联系的。

(二)体裁特征表现为建构故事框架、着力塑造人物

《燕丹子》本身的体裁特征,我们在前面借助对其"杂传"兼含"杂史"的写作特点的分析中已有较为详尽的分析。事实上,在古代史书编纂中,《燕丹子》出现之前,《左传》《国语》和"战国策"篇章中,都屡见这种在整体故事框架中注意塑造历史人物的写法,清人《古文观止》中所截取的也往往是这类片段。《燕丹子》的体裁特征,还不仅仅止于这一方面。作为一种再现类艺术,它还包含了表意类艺术的某些特征,如作品的情感性。下面,我们侧重探讨《燕丹子》的人物、故事、抒情性等方面所综合而成的体裁特征及其对小说史的历史影响。

古代小说不偏废塑造人物,甚至在有些小说类别如"志人小说"、唐传奇、英雄传奇类章回体小说中,还把塑造人物作为作品的首要任务。然而,除了"志人小说"因篇幅所限无法详尽地展开人物塑造,而只择取最能体现人物个性气质的方面予以表现之外,其他以表现人物为主的小说,往往抑制不住效仿史家笔法的冲动,倾向于从纵向展现的角度塑造人物完整的一生,虽然在这过程中也会作些时间节奏上的跳跃或快速推进,而将华章留于某些重要节段。相形之下,产生在小说发生期的《燕丹子》,那种以刺秦故事为框架,围绕着故事的展

---

① 梁培炽辑校标点:《花笺记会校会评本·前言》,暨南大学出版社1998年版,第67页。

开而倾力于抽取人物横截面来展现其性格特征的人物塑造法,比后代众多小说要显得成熟得多。它的这种笔法,在中国小说史上没有成为主流,我们不得不感叹历史思维和史书写法对小说家的影响之深。

　　再说故事。小说主要是一种叙事体,大多数古代小说的重心在于叙述故事和组织情节。"在小说的人物、情景和事件中,事件是根本的,人物是构成事件的,情景是在事件发展过程中被呈现的。小说是叙事文学,所以这个'事件'是最重要的,是小说的根本命脉之所在。"①以故事或事件为中心,这使得古代小说与历史相沟通。与历史的密切联系,一直使古代小说呈现出特殊的风貌。多数小说批评者,几乎没有不探讨小说与历史之间的关系的。追求真实性,就是小说在历史的参照下所自设的目标,然而,史籍亦有文心和诗心,这一点也早已为人所知。因此,在与历史相扭结而行的过程中,古代小说一方面恪守"实录"原则,一方面仍以虚构为手段来建造主观信念中的真实,并且,它所虚拟的叙述在某种程度上较之历史似乎更具有说服力与暗示性。在中国历史著作的三种主要编撰体例即编年体、列传体和纪事本末体之中,最为古代小说所借鉴的是纪事本末体。一部中国古代小说史,以此结构而完篇的小说在数量上要占到多数,也凸显出以故事性为重点的创作倾向。

　　以故事性为重点的小说传统在结构上必然呈现出闭合式特征。这种闭合式特征就是完完整整讲述故事,追求首尾完整,因果清晰。在这一结构特征的背后,起决定因素的是时间。故事的发展必然地与时间的流逝伴生在一起。因此,关注时间、叙述进展快、动感强,无疑是古代小说在故事叙述上的一大特色。至于古典小说的巅峰之作《红楼梦》在此方面的殊异之色,则要从其有效地脱胎和打破这一故

①王富仁:《鲁迅小说的叙事艺术》,《中国现代文学研究丛刊》2000年第3、4期。

事叙述模式的角度去理解。

在情节组织上，与上述结构特征有联系的是古代小说注重偶然性情节的引入。必然性情节是从属于故事整体的，而偶然性情节则是在必然性情节无力推动故事整体进程而出现的，它呈现出相对闭合的单元性、部分性特征，既使单元故事相对完整，同时又有效地使下一单元故事进入另一新的情景。古代小说环环相接的串联式结构特别需要和特别容易滋长偶然性情节，古代小说评点者所推崇的"闲笔"，大多属于这种情节叙述，它能使小说调节兴味，但有不少沦为游笔和赘笔。

《燕丹子》的故事是"刺秦"，中心情节是"募士"，但它不以叙述故事和组织复杂的情节为唯一旨趣。作品中，故事是人物活动的框架和舞台，情节则是串联人物和展现人物性格特征的推进器。虽然《燕丹子》的故事也是完整的和闭合的，但随机性的偶然情节少，仅有的几处"闲笔"如"黄金投龟，千里马肝，姬人好手，盛以玉槃"以及阳翟买肉，能很好地服从于人物塑造。相形之下，小说史上类似《燕丹子》这样的能有效地处理好人物与故事、情节之间关系的优秀之作，数量和比例不是很高。在这方面，《燕丹子》所确立的体裁特征，仍值得后人取法。

至于附生于整体叙事之中的抒情色彩，在古代小说中则体现得相当明显。即使是小说初生之作《穆天子传》，也有"天子作诗三章以哀民"的诗意描写。在古代小说中，诗赋词曲和骈文俪句的引入，在语言层面上即能滋生诗意；场景尤其是对景物的描写，更是创造抒情色彩的沃土；此外，更值得重视的是，描写人物内心世界的感受和其言论所反映出来的精神气质，也能打断叙事进程而产生抒情况味。这种体现在《燕丹子》亦同样体现在后代小说中的抒情色彩，当来自古代诗赋传统的强烈影响。

(三)体现为士人风格与民间风格相结合的综合性风格特征

第四章我们概括作品的艺术风格特征为:情感激烈沉郁、节奏错落有致、语言华美古雅,这三方面尤其是第一方面,主要针对艺术效果和艺术风貌而言,它们强烈地受到编作者的气质特征、作品立意和艺术追求等因素的影响。我们认为,《燕丹子》对于汉初邹阳而言,是一部"有感而发"且"有所为"的作品,深蕴着他的感慨、思考和寄托,就此角度来说,上述三方面,受到他较强的主观意识和艺术思维的影响,所呈现出来的主要是一种"士人风格"。

作品的整体风格还应包括素材及其所转化而成的题材和内容所呈现出来的风貌。《燕丹子》的编作素材,是史官记载和民间传说的结合体。史官记载的内容,是作品素材的基础;而在这个素材中吹嘘进怎样的故事、人物和情节,则涉及对素材的选择和处理。这个过程,部分地取决于民间传说对于史官记载内容的选择性改造和编作者的个人看法。故此,若从整体着眼,《燕丹子》的风格特征当形成于士人风格与民间风格的结合。

《燕丹子》之后的不少汉代著作,如《论衡》《风俗通义》等,都保留了关于刺秦事件的民间传说材料,有些内容还可与《燕丹子》相印证;即便是《史记·荆轲传》"太史公曰",也直接反映了这些民间传说材料的流传情况。我们认为,《燕丹子》的故事素材是荆轲刺秦,来源于史实,但在汉初被编作完成之前,长期在民间流传,因此出现了多个不同的口说版本。现在的小说文本,保留了源于民间的"乌白头""马生角""机发之桥"甚至是盘金投龟、脍千里马肝和截美人手等细节,为《战国策》和《史记》所不取,但这正是其融合了古代历史和民间传说的痕迹。小说所表达的抗秦主题和所塑造的复仇义士形象,都反映了秦末到汉初之际的民间思想情绪,具有悲于心、快于耳、谐于俗的民间风格。

从风格层面来考察《燕丹子》对小说史的影响,士人风格这一层

面虽可关注但难以作为稳定的历史传统而被继承。相反,值得注意
的是民间风格。它虽有些类型化色彩,但不能一概以"类型化"而从
小说史上尽加抹煞。古代小说民间风格的表现,主要在于素材来源
和作品意象等方面。这些在发生期中国小说中都已初显萌芽,在后
代虽有流变和发展,并因融入文人创作的个人化趣味而变得复杂和
丰富,但其整体上的民间化风格仍是一脉贯通的。即便是士人风格
体现得较为强烈的清代作品如《儒林外史》,其所采择的那些追求功
名富贵的士林丑象,有不少也来自隔代传说人物。

　　这种民间风格,肇基于小说发生之初,对此《汉志》已有理论总
结。除《燕丹子》呈现出这种风格特征之外,目前所能见到的早期小
说如《穆天子传》,也有同样的民间色彩和民间风格。作品以记载周
穆王行踪为中心,杂采赵、代、林胡等地的民间传说。穆王其人其事
被改编和放大,神话人物西王母也以民间传说的形象被表现,自然风
物更被大量铺叙其中。整体上作品以夸张幻诞之笔表现了盛世气象
和歌赞性主题,呈现出浪漫而神奇的民间通俗风格和天开异想的民
间趣味。

　　在《汉志》所著录的十五家小说中,基本上与民间故事、民间风
物、流传在民间的历史掌故和寓言故事等有关系。此外,在小说发生
期内,若参稽诸子典籍,则可发现源于民间并具有浓郁小说性的篇目
也有不少,试举数例如下:1.《庄子》所载之"任公子垂钓""庖丁解
牛"和"东施效颦"诸篇,其中前者最早出现了"小说"二字;2.《孟子》
所载之"舜不告而娶""齐人有一妻一妾"和"揠苗助长"诸篇;3.《韩
非子》所载之"和氏之璧""扁鹊治病"和"郢书燕说"诸篇;4.《晏子
春秋》所载之"三桃杀二士""越石父"和"国患社鼠"诸篇;5.《列子》
所载之"杞人忧天""九方皋相马"和"愚公移山"诸篇。这些有虚构
情节、文学价值较高的叙事作品,实际上已十分接近小说。它们在被
诸子移用之前,恐怕不见于简帛而来自街谈巷语,故而虽被简略地行

之于文,也难掩其民间草野气息。

　　民间风格的形成和滋长,伴生着传统小说的发展历程,从文言小说到白话通俗小说,都能见出这方面浓重的痕迹。"中国古典小说长期不能摆脱'说—听'模式的影响,也就继承了它的一系列自然禀性,包括严重的谐俗倾向。"①这种谐俗倾向自是小说文体民间风格中的一部分,但从整体而言,在随俗而化的民间风格的沾溉之下,古代小说获得了逐代而递进的创造力,并在奇才作家的点化之下,呈现出瑰丽多姿的面貌。

　　上述从语体、体裁和风格三层面来探讨《燕丹子》民族化小说文体的确立及历史影响,意在梳理一个属于我们自身小说史传统的"历史文体"。与之相对应的,则是根据各种先在于小说史传统而从理论上和共性上推断出来的"逻辑文体"。我们认为,总结中国小说史规律,提炼中国小说的民族特征,应侧重对小说历史文体的探讨,因为任何作家或作家群所创造和形成的文体都很难是绝对意义上的逻辑文体,只能是某种历史文体,某种在历史演变状态下对逻辑文体作出这样那样或成功或不成功的修正与突破的文体。这是由无数作家共同进行的建构与解构活动的结果。这种历史文体,在小说发展的各个历史时期里,曾经以不同的面目和形态或陆续或集中地出现。我们应在小说史研究上持一种历史主义的态度,力求将古代小说文体还原到历史状态中去,以求得对小说历史和小说本相的真实理解。"古代小说的名目及萌芽状态的理论最早见于西汉末年刘歆所著《七略》。……经过志怪、志人、传奇、话本、章回直到后来受西洋影响而兴起的现代小说,小说的形式和内容不断地变化着,它的范围不断在缩小,又不断在扩大;它的概念也在不断地变化,实质上也就显示了小说理论的进展。任何小说理论的出现,其前提是要有作品,随着作

①廖可斌:《中国古典小说的谐俗倾向》,《浙江社会科学》1996年第1期。

品的变化,小说理论也在不断变化。我们今天着眼的范围应当是广泛的。……由《汉志》到严复、梁启超都应该加以总结,进行专题研究或写成发展史。"①对小说理论或小说史的总结,应该着眼于实际的小说发展和小说作品,程先生的这份提醒,至今仍有深刻意义。

三、题材类型化小说的开创

古代小说题材类别众多②,有的开掘较深,艺术效果和社会意义重大,这成为体现小说民族化特征的一个标志。一般而言,题材、情节、思想和主题,构成了文学作品的内容要素。针对题材而言,其直接依据是所编创的素材,素材既有表象的成分也有情绪的成分,"作家掌握什么材料以及他掌握材料的多少,就不仅取决于客观现实本身的丰富性,而且还取决于作家本人主观情感的丰富性和感受能力的独特性。"③表象的素材或材料,是否能自觉、自然地转化为作品题材,一方面与素材本身内在意蕴的丰富性有关,另一方面则受制于编作者或作家所欲表达的思想和主题。题材类型化形成以后,"既具有小说文体方面的意义,也有小说流派方面的意义,同时还折射着小说传播的趋势"④。《燕丹子》以战国史中的刺秦故事及其民间传说为编作素材,经过选择提炼和加工改造,开掘出以衍绎历史为主、以展现谋略和塑造英雄为辅的系列题材类型,示范于后代小说的编创,推进小说史在题材多样化方面的发展。下面,对此从三个方面作些探讨。

---

①程千帆著,巩本栋编:《俭腹抄》,上海文艺出版社1998年版,第345页。
②鲁迅《中国小说史略》不仅针对六朝小说归纳出"鬼神志怪"和"志人"两个题材,而且对宋元以后小说史之标目,也多考虑题材因素,如"讲史""神魔""人情""以小说见才学者""讽刺""狭邪""侠义""公案""谴责"等。
③王元骧:《文学原理》,浙江教育出版社1989年版,第254页。
④刘勇强:《中国古代小说史叙论》,北京大学出版社2007年版,第313页。

(一) 历史题材

《燕丹子》是一部成书于汉初的作品,所反映的内容,则发生在战国末年,就题材性质而言,属于历史而非现实题材。这一历史题材,体现出几个特征:

1.《燕丹子》通过叙写重要事件和人物,来反映历史时代。"历史"一词尽管有不同的定义,但其基本属性却是"过去的事件和人物"。因此,历史不是一个抽象的概念,它由实际发生过的无数重要或琐细的事件和人物活动所构成,但是,任何对历史的回忆或追记都先天性地隐含着某种对性质、结构或逻辑的强调,故此都带有一定的选择性,"历史学不可能描述过去的全部事实。它所研究的仅仅是那些'值得'纪念的事实、'值得'回忆的事实"①。对重要事件和人物的选择和强调,是历史作品及其相关学科著作的展开方式。

以历史为题材的小说,由于其叙写的方式不仅在于反映历史的本质甚且在于"还原"历史的生活,故而对琐细事件和人物的选择方面较之严格的历史著作有着更多的自由度。然而,优秀的历史题材的小说却在高超的艺术组织结构和表现方法之下,也往往自觉地使那些填充于重要事件和人物隙缝之间的"闲笔",具有文学意义;何况,所谓"琐细"的事件和人物,较大程度上来源于艺术家的受制于历史逻辑的想象机制。故此,小说在选择重要的事件和人物方面,与历史学没有根本差别;或者说,只要是入于史、载于文的事件和人物,都有重要意义。

由太子丹所组织的燕国刺秦活动,是周代诸侯制土崩瓦解、秦帝国得以一统天下之前所出现的大事件,在日后由史家所编纂整理的反映此段历史情况的著作中,我们已见不到同等篇幅的其他记载。事实上,透过历史文献的蛛丝马迹,那段真实的历史情况是极其惨酷

---

① [德]恩斯特·卡西尔著,甘阳译:《人论》,上海译文出版社 1985 年版,第 248 页。

和激烈的。《史记·秦始皇本纪》所载秦王在天下初定之后的遣诸侯书①，当是反映这段历史最为真实的原始文献，尽管它出自秦王之口。书中所言之韩王"与赵、魏合从畔秦"、赵王"反我太原"且"赵公子嘉乃自立为代王"、魏王"谋袭秦"最后被秦军引黄河水灌大梁城而亡、楚王"击我南郡"、齐王"绝秦使欲为乱"且于国境西线严防死守却不意被秦军自北线攻入等等，都从侧面透示出六国包括先于刺秦活动被灭的韩国，大都有过殊死抵抗。至于燕国，则在刺秦失败之后，先在首都蓟地组织抵抗大战，后又转战辽东五年。秦王所谓"寡人以眇眇之身，兴兵诛暴乱"且"六王咸伏其辜"，正印证了六国均各自出现过反侵略反征伐的抵抗运动。《燕丹子》所写的刺秦活动，当是上述抵抗运动的集中反映，得其时之民意，伸天下之大义，故而久传不废。

　　《燕丹子》所反映的历史题材，其直接素材是战国时代的五国诸侯史记。在这些素材基础上，表现同类题材的作品，在楚汉相争结束之后到汉中期之前，从今存文献来看，起码有两个不同的较为完整的版本，一是《燕丹子》，二是《战国策》《史记》所据之本。这两个版本之外，从《史记》《论衡》《风俗通义》等所记载和讨论的情况来分析，还应有其他各种或有出入的文本。这些版本和文本，都以刺秦事件及其人物为题材。相信在纵横家言再度兴盛的楚汉争霸期间及之后，有关反思、记载和反映战国末年秦吞并列国事件的各种文本当大量涌现，其题材并非以燕国之刺秦活动为限，而是延及其他诸侯国被灭的重要事件和人物，比如之前所讨论到的《战国纵横家书》第二十六章与第十六章，即以秦灌魏大梁城为题材，也当为这时期的作品，其中第十六章复见于《战国策》且被《史记》部分地采用在《魏世家》。

　　《燕丹子》以刺秦活动的组织和实施为题材来反映战国末年燕国抵抗秦国侵略的历史，这给后代小说史的发展以深刻的影响。古代

①司马迁：《史记·秦始皇本纪》，中华书局 1982 年版，第 235—236 页。

小说中,就数量而论,以反映历史题材的作品为多;这些作品即历史小说,它们的编创也大多选择重大题材和重要人物。这两个小说史上的题材特点,除了早期小说《穆天子传》和《燕丹子》的示范作用之外,也与中国史学传统特别发达有关系。

有学者将历史小说分为以《燕丹子》为代表的"原生态历史小说"与以"讲史""演义"作品为代表的"衍生态历史小说",其分类依据为前者"是从原始史料中分离出来的"而后者则依托已有的史书①。这种分类尤为细致,强调了《燕丹子》的原始编创性质。

2.《燕丹子》将历史人物分成两大对立营垒,体现出善恶对比的历史道德评价。对历史人物的分析和评判,并非易事。不同的评价者,由于立场、角度、标准的不一致,结论也往往不一。

具体涉及对秦王嬴政吞并六国之事的评价,汉代人的观点就不一致。太史公在《六国年表》中曰"秦取天下多暴,然世异变,成功大。……学者牵于所闻,见秦在帝位日浅,不察其终始,因举而笑之,不敢道,此与以耳食无异"②,既指出秦王吞并之路上的"多暴"行为和暴政性质,又从事功角度,得出惊世骇俗之"成功大"的结论。而《秦始皇本纪》篇末所附班固之评议,则曰"俗传秦始皇起罪恶,胡亥极,得其理矣"③,肯定民间关于秦王"起罪恶"的意见,这应是从战国末年沿传至汉代的民意。从社会发展逻辑来讲,秦一统天下的胜利代表了古代世界的转向,也是秦国奋"六世之威"、注重耕战智术的结果,但是,"武力奴役各国人民却是反动的"④,并非秦王嬴政个人之能。一份天下之业,如若建立在暴力和暴政基础上,则其统治将永丧民意基础,秦日后

①欧阳健:《历史小说史》,浙江古籍出版社2003年版,第14页。
②司马迁:《史记·六国年表》,中华书局1982年版,第686页。
③司马迁:《史记·秦始皇本纪》,中华书局1982年版,第293页。
④侯外庐:《中国古代社会史论》,河北教育出版社2003年版,第285页。

之速亡,也正验证了这一点。历史上道德方面的"恶",有时确有在短时间内加速历史进程的作用,但是,若以此为常,则会迅速走向历史的反面。

《燕丹子》则借助太子丹、樊於期之亲身遭遇,辅以田光、夏扶两人"死志"之所指,复以麴武、荆轲之所议所行,同时配以篇首之天道倾向的呈示,另在篇中通过反复申明之"欲收天下之勇士,集海内之英雄""贪暴海内""将海内报仇"等言辞,集聚性地将来自篇中各种人物的憎恶对象以及天道谴责的方向,一致性地指向秦王。更可注意的是,篇末通过描写秦王的告饶之语"今日之事,从子计耳,乞听琴声而死",一把扯下了蒙在暴力君王头上的冠冕而显示其怯懦和阴诈之态。《燕丹子》以艺术方法所表现出来的严正态度,大概即能代表后代班固所称之"俗传"的意见。

在秦王和秦国的对立方面,则矗立着来自燕国之外的荆轲、田光、樊於期以及燕国内部的一群勇士,在作品中,他们代表了战火遍燃之际反对蹂躏和反抗暴政的天下群民的形象。由于他们抗秦的目的既是自卫又是替天下祛除暴力,故而在道德上是"善"的。作品就以对垒鲜明的善恶两方,呈现编作者对于那个历史阶段中的主要人物的评价,这种评价是道德性评价而非功利性评价。

后代的写史作品和历史演义小说,在历史人物的设置、表现和评价方面,也大多呈现出泾渭分明的善恶倾向,从而发挥了历史类作品惩恶扬善的价值功能。在这方面,与《燕丹子》的情形相对接近的是《三国演义》对于曹操的态度和评价。罗贯中借许劭之口,称其为"乱世之奸雄",以与"仁君"的代表刘备作对比。明代庸愚子评曹操曰"假忠欺世,卒为身谋,虽得之,必失之,万古奸贼,仅能逃其不杀而已,固不足论"①,揭其窃江山之"贼"的本性,这也是一种道德评价。

---

① 庸愚子:《〈三国志通俗演义〉序》,见丁锡根编著:《中国历代小说序跋集》(中),人民文学出版社1996年版,第888页。

3. 在历史题材中揉进民间传说,重构了历史,且丰富了对历史内容的表现力。《燕丹子》虽在刺秦事件的大梗概上有着来自诸侯国史记的文献依据,但在情节、细节的设置和人物评价等方面,结合了民间传说材料和出于己意的艺术创造,作品中的"天佑"情节、太子丹厚养宾客的细节、"伤秦王"以及对于秦王的道德评价等方面,都有着小说发生期作品的民间性风格和编作者的感受思考。

以民间传说入于历史题材的作品,当出于两方面的考虑:一是对历史素材的评价立场,二是补充作品材料。

就评价历史的民间立场而言,我们知道,刺秦事件发生之后,包括秦国史官在内的五国史官都有初始的文献记载,这些史料最后都被收于秦国。它们在被汉代太史公和刘向使用之前,传播详情已不得而知,但是,从汉初《战国纵横家书》和《燕丹子》的形成情况来看,确与这些史料有着一定的呼应关系,也就是说,它们在汉初曾被文人们使用和借鉴。或许这些史料未尽入秦宫,或许在秦将灭或已灭之后由诸侯国后人公布副本,这些无非都是些可能性的猜想。但是,有一点可以肯定,即在秦国未灭之前,有关刺秦事件的秦国官方发布的文件或史料,在很长一段时间里,应该都是站在秦国立场而不会是其他诸侯国立场。在那里边,全应充斥着不利于太子丹和荆轲等人的评价。前引秦王遣诸侯书,即谓"燕王昏乱,其太子丹乃阴令荆轲为贼"[1],这可能代表了自事件发生到秦灭之间二十二年(前227—前206)中的官方或社会正统的评价,而且这种评价广传全国,《秦零陵令上书》即为其中一例。即便秦灭之后,受这种来自前代的影响,或出于刺客行为所可能给社会稳定带来的不利因素,由今存汉中期之前文人的评论来看,贾谊、桓宽、扬雄等人对荆轲的评价,就完全是负面的,他们代表了一以贯之的官方立场,并不因秦或存或亡而有所

[1]司马迁:《史记·秦始皇本纪》,中华书局1982年版,第235—236页。

改变。

如此，在这种刺秦事件得不到主流社会也就是史书所代表的舆论社会的正当评价的背景下，如果不是站在另一立场，《燕丹子》即使成型，又有何价值呢？

与官方社会的立场相对立或相补充的，就是民间社会的立场。《燕丹子》的主题和思想，就体现出这种鲜明的民间社会和民间文人的思想立场。它呼应曾经受到过严酷的秦火蹂躏的原诸侯国后人对秦皇的极度愤恨和憎恶，结合着在秦统一全国后遭受苛法和特务专制压迫下的"黔首"们的心声，以及对于建阿房宫、筑长城所带来的无尽劳役的愤怒之火，反映出在秦国被焚书坑儒而变得斯文扫地的文人们的强烈呼声。故此，在这种民间立场和民间意义上，《燕丹子》的出现，宛如一块矗立于十字街头的巨石，上书"反抗秦王，反对专制"，不啻书写出原各诸侯国人民的血泪和抗议，而且还代表了从秦政走过来的人们和民间文人们的共同感受。《燕丹子》对历史素材的改造、主题和内容的形成、对人物善恶两端的划分和评判，就得益于这种民间文化的立场。

就补充作品材料而言，《燕丹子》有些情节细节得自民间传说以及民间关于战国四公子的传说，这些材料蕴含着民间对太子丹和荆轲的同情赞美，并且富含艺术表达力和生命力。比如太子丹的两次自御、断美人手、半夜鸡鸣等情节，就取自民间关于信陵君、平原君、孟尝君的传说，千里马肝的情节来源于对传说中燕昭王事迹的改造，"决秦王"细节更是一种代表民意的写法，乌白头、马生角、机桥不发等情节，则满盈着民间对于日后被其父斩杀以献秦的太子丹的深厚同情以及对其组织刺秦活动的由衷敬佩。对于一部文学作品而非历史著作而言，这些情节细节或许违背历史的真实，但也有可能，或许比历史更接近于真实。

唐人刘知幾《史通·采撰》站在信史立场，对围绕着历史事件所滋生和传播的民间材料作了指斥,"古今路阻,视听壤隔,而谈者或以前为后,或以有为无,泾渭一乱,莫之能辨。而后来穿凿,喜出异同,不凭国史,别讯流俗。及其记事也,则有师旷将轩辕并世,公明与方朔同时;尧有八眉,夔唯一足;乌白马角,救燕丹而免祸;犬吠鸡鸣,逐刘安以高蹈。此之乖滥,往往有牴。故作者恶道听途说之违理,街谈巷语之损实"①。小说即使是古小说,在虚实标准上也理应与史书有别,而不可混淆一统。在此,刘知幾所列举的诸多小说本事如《师旷》《燕丹子》等,倒从反面证实了古小说吸取民间材料所呈现出来的"违理""损实"的叙事性、虚构化的倾向。这种种倾向和特征,既体现在小说发生之初的作品中,也作为文体的基本规定潜隐在小说历史发展的河道之中。

《燕丹子》在历史记载的大梗概的基础上,吸取民间传说并一定程度上秉持民间立场,这种编作方法也对历史小说的发展起到了良好的示范作用。其实,即便在史书中,杂采民间传说甚至神怪传说,也所在多有,毫不新鲜。如此,若以史书之"实"来责怪历史小说之"虚",则无异于以五十步笑百步,难以成立。

4.借助于历史题材以反映现实问题及思考,部分地实现历史问题现实化的价值功能。《燕丹子》融汇了编作者邹阳在汉初吴、梁两大诸侯国的观察和思考。作品在反映抗秦之基本内容之外,遵循太子丹物色合适的刺客角色的情节逻辑,腾出篇幅,施展笔力,婉转细致地叙述太子丹厚养田光和荆轲的情节,给后代保留了汉初文人心目中的战国君主或公子之养贤传统,也展现出其时游士之士气和地位。受此影响,后代之历史演义小说,于反映兴废争战之际,虚构出以"三顾茅庐"为代表的一系列征贤养士的动人情节,以此强调人才之与千秋大业的重要性。

①刘知幾撰,浦起龙释:《史通通释》,上海古籍出版社1978年版,第117—118页。

　　之前我们曾推算邹阳生年在公元前 196 年之际，年当三十岁左右仕吴，在吴国十年，后作书《上书吴王》，劝阻没有效果而离吴，其时吴王尚未反叛。离吴后，邹阳并未紧接着赴梁，但最迟在公元前 153 年即平叛之后，已仕梁。公元前 150 年春季司马相如入梁会同诸宾客撰《荆轲论》之前，邹阳已经编作《燕丹子》并为梁苑文人所熟悉，篇中词语也被借用。该年夏季，梁王为继嗣而谋议行刺朝中大臣，邹阳谏阻被诬入狱而作《狱中上梁王书》。出狱不久，梁王事发并被景帝追究，邹阳与韩安国为之纾难解危。至公元前 144 年梁王薨，梁苑文人相继离梁，邹阳再无传载。

　　在邹阳最迟于公元前 150 年编作《燕丹子》之前，已很受器重地在吴、梁两大诸侯国中游仕，其身份并不仅仅为文士，更是作为策士而被任用并参与商议两王的重要事宜，这使得他有较多机会近距离观察和感受诸王的心思以及对士子的态度。《燕丹子》中诸士如荆轲、田光、樊於期、夏扶之死，固然是效命于太子丹，但在更多意义上是效命于正义的事业。相形之下，吴王准备"白头举事"而叛汉，这是邹阳和枚乘等人所反对的，故而前后离吴，但邹阳感恩吴王之久遇，故出于忠恩之义，明白地告诫吴王"周鼎复起于汉"而不可叛，若一旦起事，吴嗣必将不保。因此，《燕丹子》中所表现的君臣之遇合在于共同的正义事业，这与邹阳对吴王的态度及其《上书吴王》中所表达的君臣以义交的思想观念，是完全吻合的，说明《燕丹子》中渗透着邹阳的观察和思考。

　　再有一点，即作品中所重点展示的太子丹对田光和荆轲的厚养情节，其中包含了君臣之间互相考察和认可的过程。稽之以邹阳的仕历，按之以他在两国均居于策士和文士上层的身份，我们认为，这些情节当出于邹阳有感而发之所作，或出于增添细节而欲强调者。事实上，邹阳虽受两王器重，但有可能更多的是出于其出众的才干、广泛的交游和特异的文才。若论真正的君臣之间达到互为知己的程

度,可能未必。这从两王出于个人利益而相继出事可得印证。在邹
阳看来,知己之交,先得有大义之基础;至于君王之善待和赏赐,则远
在其后,作品中荆轲以黄金投龟等细节,可资说明。缺乏知己之感和
真诚的信任从而影响君臣之间的相处合作,或据邹阳观察,可能不仅
存在于自己的出仕之中,汉初各诸侯国应该都普遍存在。故此,作品
围绕着这一"知己"问题,予以深入表现,以示于天下诸侯君主和游
士。《上书吴王》中有"臣所以历数王之朝,背淮千里而自致者"一
句,虽自述其仕吴之前辗转于数国的经历,但君臣遇合问题之普遍
性,还是昭然若揭。

　　邹阳在古代题材的作品中融入现实性的内容和思考,这对他来
说,有感而发,纯出于自然,正如同在他今存的两篇现实性内容的文
章《上书吴王》《狱中上梁王书》之中大量地运用古代事例和典故一
样。事实上,以现实性问题来推动对历史事件的反思,不仅可行之于
历史题材的小说,也同样体现在史书编纂之中,古人之"《春秋》笔
法",也当有示诫于后人的含意。"历史知识是对确定的问题的回答,
这个回答必须是由过去给予的;但是这些问题本身则是由现在——
由我们现在的理智兴趣和现在的道德和社会需要——所提出和支配
的","他在他的概念和语词里注入了他自己的内在情感,从而给了它
们一种新的含意和新的色彩——个人生活的色彩……伟大历史学家
的与众不同之处正是在于他的个人经验的丰富性和多样性、深刻性
和强烈性"①。对史书融合古今、参照个人感受的这些论述,或可成
为中西方史学发展的一条共同规律。至于应该设法表达撰者立场的
历史小说,更应体现这条规律。在这方面,《燕丹子》给古代众多作
品,树立了光辉榜样。至于后人能否读出邹阳的篇中之意,则取决于

---

① [德]恩斯特·卡西尔著,甘阳译:《人论》,上海译文出版社1985年版,第226、
　237页。

各人的眼力。

(二)谋略题材

《燕丹子》重点叙写之三位士子,其本色身份,均为策士,作品对他们的谋略,也作了详尽反映。

1. 作品中的谋略内容及其他

作品以太子丹"奉养勇士,无所不至"为情节线索,叙写与麴武、田光和荆轲的相识并结为知己的过程。这部分内容占了大半篇幅,然于明面之叙述之外,还一笔写两端,状写了三士之谋略。

表现谋略,如同表现君主待士一样,都是历史和现实情况的客观反映。"战国之时,君德浅薄,为之谋策者,不得不因势而为资,据时而为□,故其谋,扶急持倾,为一切之权,虽不可以临国教化,兵革救急之势也。皆高才秀士,度时君之所能行,出奇策异智,转危为安,运亡为存,亦可喜,皆可观。"①刘向所总结的战国游士活动背景和用策之需要及效果,为我们理解《燕丹子》表现谋略题材,提供了历史依据。同时,编作者邹阳所置身的汉初社会,诸侯国林立,它们各自扩充势力并图谋发展,相互之间也形成如战国时期那样的竞争格局,甚且延至与中央政权之间的复杂关系。故而,各诸侯王招募、厚养、任用大批游士,谈文论艺并形成一时文事之盛,这仅为遣发余兴之所为,而实际倚重于游士者,乃在于各出其"奇策异智"以助诸侯之业。邹阳在吴、梁两国均得大用,不惟在其文事之精,实在其别具策士之大才。提供谋略并各尽己能为君王分忧解难,这当是战国和汉初之诸侯王对天下游士的共同要求,也是这两个不同时代的游士所一致面对的共同需求。游士之安身立命甚且飞黄腾达之本,主要不在武艺和文事,而在所出之智略。《燕丹子》表现谋略题材,有着深刻的历

---

① 刘向:《战国策序》,见何建章注释:《战国策注释》,中华书局 1990 年版,第 1357 页。

史和现实的依据。

　　作品中的谋略内容，麹武与田光之所出，较为接近，但也有别出一端者；荆轲之谋略，则与其人生理想相结合，立意高远，境界恢宏，但也有结合现实情况之妥协者。

　　作品开篇于太子丹逃归之后，旋接问计于麹武的情节。麹武所提"合纵于楚，并势于赵，连横于韩、魏，然后图秦，秦可破也。且韩、魏与秦，外亲内疏，若有倡兵，楚乃来应，韩、魏必从，其势可见"之策，在战国历史上并不鲜见。具体到燕国，则在文公和易王之时，用苏秦合纵之策而提高了国际地位；燕昭王之时，在"卑身厚币以招贤者"并强大国力的基础上，"与秦、楚、三晋合谋以伐齐"①洗刷破燕之耻。然而，时过境迁，燕王喜之时，利用赵国在与秦长平之战中元气大伤之际，趁火打劫，四年，以栗腹为将，谋伐赵国而最终反败；十二年，见赵数困于秦，遂以剧辛为将而击赵，又败。燕国晚期，国力本处下降之势，而与赵国的连年争战，更是损兵折将，兼而伤及其国际信誉。作为太子和储君的丹，面临着山河破损、国势衰弱、秦之威胁迅速逼近的新环境，对于麹武所弹之合纵老调，能否起到其实际效果，当十分清楚，故而以"此引日缦缦"的显见理由予以反对；实际上，合纵之策的迂阔与不切实际，原因尚不止时间问题。荆轲入燕不久对此亦了然一二，"今太子力不能威诸侯，诸侯未肯为太子用"即是也。

　　作品中间部分叙写田光之策，分为三个方面。第一方面，所谓"欲为太子良谋，则太子不能"，未及详写谋略内容而只以此略写，反映出其内容亦为合纵，与麹武相同。然而，针对抗秦大业，他也用心考虑了太子丹所表露出而未及明言之策，故有"欲奋筋力，则臣不能"之句。第二方面，针对太子丹之策，他在因年老而排除自己作为人选的基础上，为太子丹的人才任用问题，提供了合适的建议："窃观太子

────────────

①司马迁：《史记·燕召公世家》，中华书局1982年版，第1558页。

客,无可用者。夏扶,血勇之人,怒而面赤;宋意,脉勇之人,怒而面青;武阳,骨勇之人,怒而面白。光所知荆轲,神勇之人,怒而色不变。为人博闻强记,体烈骨壮,不拘小节,欲立大功。尝家于卫,脱贤士大夫之急十有余人,其余庸庸不可称。太子欲图事,非此人莫可。"针对刺秦计划的全局而言,人选问题最为关键,田光于此建言,其意义非常重大。第三方面,为了彻底消除太子丹在计划和实施刺秦之举的任何顾虑,更为重要的是,为了激励荆轲义无反顾地投身造福天下百姓的刺秦大业,他在铺垫完成太子丹与荆轲之良好关系后,决然地在荆轲面前"吞舌而死"。此事虽发生在燕国之外,但也是围绕着太子丹所举之事而提供并实施的策略。田光之形象,为君则忠,为友则义,为天下则甘愿牺牲自我,实为古今策士之典范,其艺术形象高于信陵君善待之"夷门监者"侯嬴。田光形象,胸有韬略而义勇盈天,走得洒脱而壮烈,鞠武之推荐语"其人深中有谋",实仅道及其作为策士之富有谋略的侧面而已。作品于田光之谋略和心迹,深藏字里行间,千载之下,深挖之,细品之,足以令人动容而浩叹不已。

荆轲之谋略内容,有着逐渐发展出来的层次感。其初始想法,在于帮助太子丹建立一个仁义之国和强大之国;居燕三年之后,在熟悉内情和外情的基础上,转向为了燕国的发展壮大,首务在于铲除秦王和秦国之患;为此目的,在当时条件下,只能选择廷刺秦王的手段,同时必以"樊於期首、督亢地图"为前提。由此看来,荆轲的本色身份,为策士而非为刺士,且其作为策士之远谋,内容丰富,意义重大;而最终以刺士自任,则既出于太子丹之愿望,也缘于荆轲之慨然为天下谋之壮烈心志。作品对荆轲形象之两方面,均有深刻表现,其中谋略方面的艺术化展示,影响到后代同类题材小说的发展。

2.作品对荆轲谋略之才的表现

篇中集中表现荆轲的谋略之才,出现在这一节:

荆轲之燕，太子自御，虚左，轲援绥不让。至，坐定，宾客满座……酒酣，太子起为寿。夏扶前曰："闻士无乡曲之誉，则未可与论行；马无服舆之伎，则未可与决良。今荆君远至，将何以教太子？"欲微感之。轲曰："士有超世之行者，不必合于乡曲；马有千里之相者，何必出于服舆？昔吕望当屠钓之时，天下之贱丈夫也；其遇文王，则为周师。骐骥之在盐车，驽之下也；及遇伯乐，则有千里之功。如此，在乡曲而后发善，服舆而别良哉！"夏扶问荆轲："何以教太子？"轲曰："将令燕继召公之迹，追甘棠之化。高欲令四三王，下欲令六五霸。于君何如也？"坐皆称善。竟酒，无能屈。太子甚喜，自以得轲，永无秦忧。

对此，我们的分析有三：

首先，设置场景，能够容纳多人，既便于旁写次要人物，亦能激发主要人物的表现；所设置场景，在人物初次出场，这对人物此后的表现，起到先声夺人的作用。这种方法，后人多有学而化之。

荆轲初入燕，太子丹遂召集门客为其洗尘摆宴。按诸客观情理，应存有借此了解和熟悉荆轲之意。而对作品表现荆轲之志向和才能来说，叙写酒宴场景则实为最佳选择。小说于此设置了夏扶的问难，让荆轲于舌战之际，充分表现自己的不凡志向与谋略之才。

作品对问难之人选，考虑得当。太子丹为酒宴主人，之前亲自远迎荆轲，"自御"而"虚左"，恭敬至极，足以表现视荆轲为知己之态；再因为之后还要互相紧密合作，无论从人情世故还是从作品后续发展角度，均不能于荆轲初到之时表现出任何不敬之色。因此，在篇中他不惟设酒宴尽地主之谊，而且鼓励门客们向荆轲敬酒，甚而自己亲自敬酒，"太子起为寿"。由于太子的热情态度，酒宴氛围甚佳，"酒酣"道尽气氛之热烈和友好。

夏扶之问难，出现在"酒酣"之际，这既可理解为酒宴中的使气作为,因此,即使问题再尖锐,客人亦不应生气;也可理解为是对田光所言夏扶乃"血勇之人,怒而面赤"之性格气质的进一步写照。由夏扶出面问难,既吻合其性格,又暗示问难或非出于太子丹之有意安排,而出于此一"血勇之人"的率性行为。《燕丹子》酒宴所设置之主客两人的红、白脸,对后代有影响。

其次,夏扶之问难,实为两个方面,故此,荆轲针锋相对地予以回应。针对己为何人的问题,荆轲以"士有超世之行者"和"千里马"自许,对夏扶之以"乡曲之誉"和"服舆之伎"来衡人,表示反对和轻蔑。同时,引经据典,连引两事,证明之,申说之,不仅进一步以微贱之时的吕望和拉车之千里马来说明自己的现状,而且还对应地以任用吕望之周文王和识别千里马之伯乐,以答为问,语夹机锋,希望太子丹能具伯乐之识力。这部分荆轲的回答,既有强烈的针对性,又显示了自己高远的人生定位和辞气如虹的辩才。

作品于两人的问答之际,客观上反映了战国时期游士口语辩说的风采。夏扶之问难,以"闻"字起首,接之以民间谚语或成说,再回到正题。如此发问,稍挫咄咄逼人之词锋,亦显得曲折委婉。更进一步,既有谚语和成说在先,说明类似这样的问题,当具普遍性,故而在酒宴中提出此问,亦不为唐突。夏扶之问句,既有上述这些方面的考虑,也反映了以夏扶为代表的太子之既有门客,亦具相应的素质水平包括文才。荆轲之答,也有此等意味。以"昔"字起句,后接之以吕望遇文王、伯乐识千里马之故实,于委婉中透示自己不凡的人格。两人问答之句,有明显的骈偶意味,既是自先秦至汉初文风的继承和体现,也与编作者今存作品的篇句整饬特征相吻合。

最后,针对夏扶之"何以教太子"的问题,荆轲的答复非常巧妙。我们从太子丹对鞠武和田光的问计段落中可以看出,其"一剑之任"的腹中之计,隐藏极深,只向太傅鞠武透露,而对田光则未明言。田光之识破太子丹计划,绝非鞠武所告知,若然,则鞠武将永不被太子丹所信任。而一旦行刺之计被其识破，于田光告辞之时，太子丹还叮嘱一二，这于田光而言认为是不被信任的表现，对太子丹而言，实出于此计关乎燕国和天下之存亡，关系重大，故不得不慎重待之。即使是荆轲后来居燕三年五个月，太子丹亦未明言此计，也是荆轲出于自己对多方形势的判断与对合纵方案的比较之后而得出的策略，从而与太子丹长久藏而未宣的计划达成默契和一致。甚至在荆轲和武阳出发之刻，作品还特别强调送行者为"太子与知谋者"，这实际上在明确告知，行刺计划一直以来都是燕国的最高级机密，即使是太子身边的门下客，亦未必全知。而上溯至荆轲刚入燕的三年五个月之前，则更是绝密。

如此，在不知燕国内部情况更不知太子丹招己何为的背景下，荆轲答复夏扶之问难，最佳的选择自然是为燕国的发展树立目标，这既出于燕国长远发展的需要，也是荆轲对燕国所寄寓之希望，更是荆轲仁心和大才的体现。在荆轲看来，燕国由召公创国，有着以天下百姓为念的仁义传统，处于目前弱肉强食、仁义被弃的国际环境下，最好的振作国势的良方，当在接续召公传统、复兴仁义之道。编作者通过荆轲之口所给出的治理国家的策略，与一百五六十年之后刘向在《战国策书录》中所解剖的战国形势，高度一致，显示出邹阳对历史的深刻洞察力。同时，荆轲还提出，在发扬仁义之道的基础上，燕国才有可能成为免除被侵略命运的强国，从而挺立于诸国之林。为此，荆轲表示，自己将不遗余力地帮助燕国、扶助太子。

这一对问难的反诘，摆脱了在具体事务上与夏扶的纠缠，应被视为针对燕国发展的最高层次的谋略，这是作为一介策士的荆轲所给予燕国和太子的最好贡献。若非秦国蚕食逼近，荆轲当为燕国的发展，多方设谋，大展宏图。如此人才，最后为天下大义而担起刺秦大任，尽管壮烈异常而令风云变色，但毕竟是时代和燕国的悲哀。

3. 对后代作品的影响

《燕丹子》相对集中地表现谋略题材，尤其是通过群聚场景反映荆轲策士才能的编作方法,给后代反映同类题材的小说以久远而深刻的启迪。现以小说史上表现谋略题材最为出色的《三国演义》第四十三回之"诸葛亮舌战群儒"为例,考察其与《燕丹子》上引段落的相似度。

　　肃乃引孔明至幕下。早见张昭、顾雍等一班文武二十余人,峨冠博带,整衣端坐……张昭先以言挑之曰:"昭乃江东微末之士,久闻先生高卧隆中,自比管、乐。此语果有之乎?"孔明曰:"此亮平生小可之比也。"昭曰:"近闻刘豫州三顾先生于草庐之中,幸得先生,以为'如鱼得水',思欲席卷荆襄。今一旦以属曹操,未审是何主见?"孔明自思张昭乃孙权手下第一个谋士,若不先难倒他,如何说得孙权,遂答曰:"吾观取汉上之地,易如反掌。我主刘豫州躬行仁义,不忍夺同宗之基业,故力辞之。刘琮孺子,听信佞言,暗自投降,致使曹操得以猖獗。今我主屯兵江夏,别有良图,非等闲可知也。"昭曰:"若此,是先生言行相违也。先生自比管、乐……先生在草庐之中,但笑傲风月,抱膝危坐。今既从事刘豫州,当为生灵兴利除害,剿灭乱贼。且刘豫州未得先生之前,尚且纵横寰宇,割据城池;今得先生,人皆仰望。虽三尺童蒙,亦谓彪虎生翼,将见汉室复兴,曹氏即灭矣。朝廷旧臣,山林隐士,无不拭目而待:以为拂高天之云翳,仰日月之光辉,拯民于水火之中,措天下于衽席之上,在此时也。何先生自归豫州,曹兵一出,弃甲抛戈,望风而窜;上不能报刘表以安庶民,下不能辅孤子而据疆土;乃弃新野,走樊城,败当阳,奔夏口,无容身之地:是豫州既得先生之后,反不如其初也。管仲、乐毅,果如是乎? 愚直之言,幸勿见怪!"孔明听罢,哑然而笑曰:"鹏飞万里,其志岂群鸟能识哉? 譬如人染沉疴,当先用糜粥以饮之,和药以服之;待其腑脏调和,形体渐安,然后用肉食以补之,猛药以治之：则病根尽去，人得全生也。若不待气脉和缓，便以猛药厚味，欲求安保，诚为难矣。吾主刘豫州，向日军败于汝南，寄迹刘表，兵不满千，将止关、张、赵云而已：此正如病势尪羸已极之时也。新野山僻小县，人民稀少，粮食鲜薄，豫州不过暂借以容身，岂真将坐守于此耶？夫以甲兵不完，城郭不固，军不经练，粮不继日，然而博望烧屯，白河用水，使夏侯惇、曹仁辈心惊胆裂：窃谓管仲、乐毅之用兵，未必过此。至于刘琮降操，豫州实出不知；且又不忍乘乱夺同宗之基业，此真大仁大义也。当阳之败，豫州见有数十万赴义之民，扶老携幼相随，不忍弃之，日行十里，不思进取江陵，甘与同败，此亦大仁大义也。寡不敌众，胜负乃其常事。昔高皇数败于项羽，而垓下一战成功，此非韩信之良谋乎？夫信久事高皇，未尝累胜。盖国家大计，社稷安危，是有主谋。非比夸辩之徒，虚誉欺人：坐议立谈，无人可及；临机应变，百无一能。——诚为天下笑耳！"这一篇言语，说得张昭并无一言回答。①

此篇为了反映诸葛亮之谋略之才和出众的口舌之辩，也采用了他刚入东吴便置身孙权门客群聚而问难的场景设置的方法；更为蹊跷的是，同样使用一人连续问难而诸葛亮逐一作答的手法。

在这里，诸葛亮以高超的辩论策略和语言技巧，结合"国家大计，社稷安危，是有主谋"的忧国忧民思想，分三个回合，驳斥了以张昭为代表的江东谋士集团的降曹思想，为孙刘联合抗曹清除了障碍，从而创造了"火烧赤壁"的军事奇迹。

建安十三年秋，曹操率领八十三万大军南下，矛头指向荆州的刘表、刘备与东吴的孙权。此时，刘表新亡，次子刘琮吓得不战而降；刘

① 罗贯中：《三国演义》，人民文学出版社 1979 年版，第 373—375 页。

备以不到一万之众退居夏口,面临着灭顶之灾。孙权兵力五万,虽据长江之险,也难与曹军抗衡。故此,东吴的文武大臣中只有周瑜、鲁肃力主抗战,而投降派居多,孙权则犹豫其间。在此之际,诸葛亮受命出使东吴,困难巨大。他首先得迎战张昭等一批伶牙俐齿的投降派,还要促使孙权坚定抗战决心,而张昭、步骘、陆绩等人也做好了充分准备以期制服诸葛亮。事态暗流涌动,非常危险。

　　江东谋士中,张昭最有影响力。当年孙策临终时,交代乃弟孙权"外事不决问周瑜,内事不决问张昭"。故若能战胜张昭,势必也就说服了多数谋士,进而就能影响孙权。张昭十分善于使用对比和反语,而反语的最大作用是讽刺。两人辩论的序幕即第一回合,张昭以退为进,希望凭借自己乃"江东微末之士"的盾牌先发制人,将诸葛亮"自比管、乐"推到风口浪尖之处,犀利地向诸葛亮提出了质疑;第二回合中,张昭把刘备和诸葛亮比作"如鱼得水"的关系,讽刺两人妄想"席卷荆襄"。于此,张昭层层紧逼,提出了荆襄已经被曹操攻占,诸葛亮有何看法的问题,实则讥笑蜀军屡战屡败、刘备软弱无能。第三回合,也是辩论的高潮,由张昭所提之"诸葛亮言行相违"的观点进入白热化。张昭先列举管仲、乐毅之能以对比诸葛亮在草庐之中"笑傲风月,抱膝危坐"、天下大乱而事不关己的闲人形象,紧接着提出了三个对比,说明诸葛亮无法与管、乐相比:诸葛亮辅佐刘备前后,蜀军皆"失疆土,弃兵抛甲"乃诸葛亮之无能;天下苍生将他"神化",望他复兴汉室、拯民于水深火热之中与现实中诸葛亮负国负民的行为乃诸葛亮之无为;其才干和事迹难以与传说中的声望相匹配更无法与管、乐相比。张昭的论点,逻辑严密,结构精巧,且用骈句和对仗句,气势凛然。这也是作家用心良苦地以反写正的效果——越是将孙权麾下谋士挑衅的语言写得娓娓动听、头头是道,越能反衬诸葛亮的舌战水平。

　　面对如此攻击,诸葛亮不甘示弱,正面回应。针对张昭的第一轮挑战，诸葛亮轻描淡写地说"此亮平生小可之比也"，其强大的气势、简洁笃定的语言，丝毫不让步于张昭，以至于他在第二回合中抛弃之前的论点，转向蜀军丢失的城池。第二回合诸葛亮巧妙地避开了事关自己的评价，而在张昭所提之"三顾茅庐"的基础上赞美刘备"躬行仁义"，不想对同宗刘琮"不仁不义"，于是给了曹操猖獗的机会。防守完毕，诸葛亮进行了回击，抨击张昭乃等闲之辈，不能理解蜀军屯兵江夏的意图。

　　第三回合中的比喻可以说是诸葛亮的辩论利器。张昭的语言中鲜有比喻，诸葛亮却是连用两个比喻驳回了张昭的谬论。第一个比喻"鹏飞万里，其志岂群鸟能识哉"，将刘备和自己高远的目标比作鹏，将张昭、曹操等比作群鸟，意在表明己方心怀大志、睥睨群雄、见识超人。此句气势之浩大使人望而生畏，却又肃然起敬。接着诸葛亮又作类比，人染沉疴须先温和调养，后以猛药治、肉食补，才能痊愈，以此将蜀军之兵孤将寡映对病入膏肓，刘备在韬光养晦，待得时机成熟当可一举直捣曹营。此非自己辅佐无方，而是客观因素导致蜀军必须积存兵力才能反击，从中又赞美了刘备"大仁大义"、深得民心。接着诸葛亮用韩信垓下一战的典故，说明胜败乃兵家常事，而江山社稷的稳固以及百姓苍生的安宁，才是国家大计和己方大志。

　　张昭输在虽有理可循，却尽是对诸葛亮的人身攻击。相形之下，诸葛亮有着崇高的抱负，忧国忧民，从而显示其治国之道和天下观念。这一点，与《燕丹子》中荆轲答语所提之振兴燕国的谋略，在基本精神上，如出一辙。

　　论辩中，诸葛亮虽孤身置于对立的群儒，但我们却不觉得其势孤力单，反而感觉其气壮，这得力于他的语言气势，尤其是反问句的运用，如"鹏飞万里，其志岂群鸟能识哉""豫州不过暂借以容身，岂真将坐守于此耶""昔高皇数败于项羽，而垓下一战成功，此非韩信之良谋乎"三句，语势强烈，咄咄逼人；此外，短句、排比句和对偶句的运用,也有助于增强语势。其实,语势磅礴源于理直气壮,对诸葛亮来说,此番东吴之行乃为正义而来,故待机而动,终使张昭落于下风。此外,诸葛亮还于有限的语句中蕴含言外之意,如说刘琮"听信佞言,暗自投降",意在嘲讽东吴主降之士;"非等闲可知也",示张昭等皆为等闲无能之辈;"社稷安危,是有主谋"寓张昭等无定国安邦之策。这些饱含机锋的语句,增强了论辩力量。

如上可见,"诸葛亮舌战群儒"不仅在场景设置、角色安排还是问答结构上,都有着《燕丹子》的影子,甚至在比喻、反问、排比等《燕丹子》中已经明显体现出来的论辩语言特征方面,相似度也很高。

(三)英雄题材

《燕丹子》塑造了众多人物,绝大多数具有英雄品格,篇中太子丹有"欲收天下之勇士,集海内之英雄"一语,即指所募之士,也就是篇中所出现的荆轲和田光这类主要人物。由于成书较早,因此,作品所开拓的英雄人物类型呈现混同状态,后代小说的发展,在"英雄"的名目下,出现一些或以身份、或以作为、或以反抗对象而论的细分式英雄人物。下面,对作品中所表现的此一题材作些分析。

1.关于英雄品格。在作品中,人物多以"士"自称或他称:太子丹两次将欲招募之人称为"勇士",其意等同于"英雄";田光在荆轲面前赞扬太子丹为"天下之士",而自许为"士";荆轲在酒宴中则称扬"士"的品格,并与太子丹论及"烈士"之价值;易水送别之际,篇中称送别诸人为"士",荆轲高歌则自称"壮士"。

此外,荆轲尊称太子丹、太子丹尊称太傅鞠武为"君子",其含意与"士"接近;荆轲称呼樊於期为"将军",也含有尊敬之意。

事实上,在《燕丹子》形成的汉初,称谓词尚未如后代那样发达,比如,荆轲两次使用"竖子"一词:一是用在指称言而无信的人,"往而不返者,竖子也";二是指秦王,"吾坐轻易,为竖子所欺"。对于后者,若按后代小说家的用语习惯,则必定会用类似于"奸贼"那样的词语。指出上述这一点，是想说明，即便在称谓语使用有限的情况下，《燕丹子》在先秦沿用下来的词库中，精心挑选了以"士"为主、以"君子"和"英雄"为辅的指称词，用以褒誉作品中的燕国阵营中的人物①。依据人物所展现出来的精神风貌，结合上述称谓词，我们探讨一下英雄所具有的品格特征：

首先，行大义。刺秦的原因，诚然有太子丹个人受辱的因素，但这仅是出发点。最主要的尚有燕国之危亡和天下之倾覆，关于这两点，作品屡次道及，多次出现"燕国""海内"和"天下"等词语，用以揭明主题之所指。更值得注意的是，荆轲在行刺失败后的骂秦王语，即谓"燕国之不报，我事之不立哉"，其意有数端：（1）为燕国报仇；（2）替田光酬志；（3）复樊於期之仇；（4）为自己被秦所侵占的祖国讨公道。这些意思，在作品中尚有其他两事的表现，如汇集到太子丹帐下的英雄，田光、樊於期和荆轲均来自外国；"今秦已破赵国，兵临燕，事已迫急"所表明的秦国吞并列国的形势。可以说，包括太子丹在内的这些"士"和"君子"，自觉地把阻止秦王和秦国的侵略、拯救列国的危亡和扶持天下的公道正义作为己任，其间既有被压迫者的愤怒反抗，也有出自英雄的壮志豪情。从这角度，许之于荆轲等诸士为"大义英雄"，当不为过。

其次，举大任。据记载，历史上将行刺秦王付诸实施的，唯有荆轲和高渐离；准备动手而未及实施的，还有张良。此三者，均为后代称颂不已。在秦焰正炙、列国势颓、遍地狼烟之际，作为历史上第一个行刺秦王的英雄，荆轲千里迢迢地深入秦宫、行刺秦王，其行为当有三端可数列：一是危险大。刺客没有后援，也不可能有军队随从，

①《论语》中孔子及其弟子专门讨论或涉及的有二十一种人，其中，对"君子"和"士"论述较多，并视其为改革社会、推进历史进步的主要力量，见叶岗：《〈论语〉的君子观及其特征》，（台北）《大陆杂志》（1996年）第96卷第3期。

往往是孤军搏斗。二是意义大。此时秦国正以摧枯拉朽之势蚕食诸侯列国,制造出越来越盛的不可战胜的神话。此际行刺,或成或不成,对于打破和消除秦国的神话,鼓舞诸侯国的反抗意志和行为,振作天下士气和民气,无疑有着极大的作用。三是后果非常沉重,不仅秦国会将军队集中调度到燕国前线,加速燕国的灭亡,而且针对荆轲个人,身死之外,还会祸及家族,因此历史上民间有荆轲被灭七族或九族之类的传闻。在组织行刺或准备出发之际,这些均在包括太子丹、荆轲和所有"知谋者"的考虑之内。故此,"风萧萧兮易水寒,壮士一去兮不复还"才有那么深重难言的苍凉悲伤之意。然而,即便明知不可为,这些彪炳千秋的英雄们,还是大义凛然地举天下之大任而实施之。

最后,讲诚信。关于君主与游士之间的关系,作品中有一句总结性的话语即"士信于知己",为此,作品作了多方面的表现:先有太子丹之叮嘱而间接导致田光"吞舌而死",其中之一理由为"耻以丈夫而不见信";后有太子丹三年厚养荆轲,"黄金投龟,千里马肝,姬人好手,盛以玉槃",主宾互相观察和考验,以达互信。这里绝不存在如后人所谓之"收买"与"利用"之关系。深切的信任即诚信是缔结太子丹与荆轲生死之交的纽带,是建立君子之交的关键。这一诚信的基础不在于对金钱宝物甚至美色的提供与索取,而在于两人心念共系之抗秦大业。身处秦火遍燃的环境,需要同仇敌忾的合作与努力,这客观上也使得太子丹与荆轲能迅速冲破阶层高低的藩篱而互视为"士";此外,由"所在国重,所去国轻""转危为安,运亡为存"①的游士作用所衍化而成的重用游士的传统,也易于两人打破心理隔阂而最终汇聚成一股强劲的抗秦力量。

---

① 刘向:《战国策序》,见何建章注释:《战国策注释》,中华书局 1990 年版,第1357 页。

2. 英雄与"侠士"之关系

"侠"是一比较含混的名词,内涵不易把握,后代有不少组合词,如:任侠、侠义、侠骨、侠士、侠客、游侠、豪侠、武侠、剑侠等。这些词语至今依然具有生命力,尤其在民间社会中。唐传奇里,出现了许多印象深刻的女侠和域外豪侠,在话本和章回体小说中,也多有乱世之侠。

邹阳编作《燕丹子》之后,太史公将荆轲传置于刺客篇章中,视之为"刺客",并于篇末评曰"自曹沫至荆轲五人,此其义或成或不成,然其立意较然,不欺其志,名垂后世,岂妄也哉",突出刺客之"立意较然,不欺其志"即所立之人生意愿并为其奋斗之历程。此外,太史公又为游侠立传,并于篇中针对韩非之"侠以武犯禁"而议曰"今游侠,其行虽不轨于正义,然其言必信,其行必果,已诺必诚,不爱其躯,赴士之厄困,既已存亡死生矣,而不矜其能,羞伐其德,盖亦有足多者焉","要以功见言信,侠客之义又曷可少哉"①,指出其不为现实政治秩序所容的原因,并概括他们救人急困而信守承诺和人格操守等特征。《史记》之所传所言,遂成为后世评骘侠士的主要标准。

相形之下,《燕丹子》中所着力表现的人物,与刺客、游侠等还是不能归为一类。首先,他们并非社会秩序的破坏者,如果承认这一点,那么,即视秦之侵略吞并为秩序的建立者和维护者,实际上,破坏其时国际秩序、残害天下百姓、摧毁分封制社会之结构秩序最烈者,莫过于秦。太子丹和荆轲诸士之刺秦,为的是天下百姓的公义,维护的是天道秩序。其次,后人所演绎之侠,更多地是指那些仗着自己的力量帮助被欺侮者的人或行为,而荆轲和太子丹所欲刺杀的秦王,其所欺侮者并非个体而是全天下之受压迫者,故此,刺秦与那些简单的见义勇为之举,社会意义和历史价值还是难以等同视之。最后,在唐

①司马迁:《史记·游侠列传》,中华书局1982年版,第3181、3183页。

人及后来武侠小说中出现的侠,专指那些武艺高强或具有神功仙技而打抱不平的人,往往在出手之前,对手之劣势一眼可窥破。而在《燕丹子》中,荆轲等人所要面对的,是势力正炙的秦王和秦国,且凭一匕首而入"陛戟数百"的秦廷,难有确胜之把握。然而,明知不可为而为之,这些英雄所执着者,乃在于一刺之下所给予天下之反抗意志和不屈灵魂的呈现。

3.《燕丹子》对英雄的表现

作品对英雄人物的表现,主要有三个方面。这些方面,后世英雄传奇类小说都有所借鉴。

一是故事情境的设置有利于拓展和表现人物性格特征。小说尤其是篇幅不长的小说,开篇设置应该充满张力,潜伏情节冲突,暗示故事的基本走向。《燕丹子》开篇就将太子丹逼入绝境,制造了作品充满矛盾冲突的背景。"燕太子丹质于秦,秦王遇之无礼,不得意,欲求归。秦王不听,谬言曰"云云,既点明太子丹代表燕国使者的质子身份,又强调与秦王形成冲突的原因以及秦王为刁难他所设伏的几乎难以逾越的困境,从而推动后续情节的发展,并且表现秦王恃霸道而行无道的丑恶行径,暗示秦王和秦国的存在对诸侯列国的危害。

荆轲出场,作品则事先已通过太子丹问计于鞠武以及田光的行为等作了层层铺垫,故而其所置身的故事情境,除了与太子丹等人所须共同反抗秦国的侵略之外,还有来自田光之死所呈现出来的铲除秦王暴政的坚强意志和不屈灵魂,这一死志当给荆轲以巨大的心理压力。为了推动荆轲一往无前地承担起刺秦大任,作品不仅于篇中点明"秦已破赵国,兵临燕,事已迫急"的紧张环境,又连续地以樊於期和夏扶之自杀,强调刺秦当出于集体的意志和天下的共愿。如此,小说中的英雄行为,尽管决绝却为强大的事实逻辑所推动;英雄形象的展示,也显得真实可信。

《水浒传》中林冲被逼上梁山,也有与此相类似的不得不然的因果联系;《说岳全传》为了表现岳飞之精忠,不惟设置金国兀术之横,甚且屡次强调秦桧之奸;《杨家通俗演义》为了展现杨家祖孙三代忠勇抗辽保宋的英雄行为,同样设置了内忧外患的故事背景。这些小说,与《燕丹子》一样,"极力突出善与恶、忠与奸的激烈冲突,在简化的政治环境中,表现出英雄在内外交困情景下的伟绩与力量"①。这种写法,在讲究设置激烈的矛盾冲突情景的英雄传奇小说中,较为常见。

　　二是通过配角的反诘和激问,来刻画英雄。太子丹形象,尽管贯串作品大半部分,但在前半部分,却用相当笔墨铺叙了他与鞠武的书信往来和面谈,这固然有着论证刺秦决策之目的,但泰半用意是在塑造太子丹形象。通过师生之间的交流,太子丹在秦国所蒙受之深重屈辱、反抗秦国的强烈意愿和为之破釜沉舟的决心,均表露无遗。正因为有此形象基础,故而后续之故事情节,便得以顺势展开。

　　荆轲形象的基础,也采用类似笔法。其甫一入燕,便通过太子丹所安排的酒宴,由夏扶"何以教太子"的两度激问,铺写荆轲的两次回答,表现出荆轲的学识谈吐、雄才大略、不凡志向;更为重要的是,还凸显其报效燕国的强烈心志,反映出田光之死对其的推动作用。这些问答,给后文对荆轲形象的进一步塑造,起到了很好的铺垫。

　　上述笔法的运用,相同处明显,当出于编者者之有意而为之。其妙处在于能自然地反映出人物的心理活动和精神状态。一般论者往往责怪古代小说在反映人物心理方面不如西方小说之集中、细腻和深刻,却不知中国小说固然不喜静态而长篇累牍地状写人物心理,但绝不阙如。书信和对话,是两种常见的反映方式,而这往往需要设置配角来完成。水遇石而激,弓回矢而远,通过配角的激发,能更好地

<hr />

① 李剑国、陈洪主编,陈洪、陶慕宁等著:《中国小说通史》(明代卷),高等教育出版社 2007 年版,第 1006 页。

反映出人物内心状态。

　　后世小说于此手法，在继承的基础上不断翻新出奇。比如，为了突出英雄人物之武艺高强，往往通过与配角的比武或决斗场面来状写；为了突出英雄人物之性格气质，往往设置若干次要人物来作对比或映衬；甚至更极端的，由配角而沿至反角，通过反角所设置之困境，来层次分明地塑造英雄人物的各方面禀赋。这些方法，着眼点在于配角或反角所具有的"激发"功能。比如拟话本《赵太祖千里送京娘》，为了反映赵匡胤年轻时的英雄气质，不惟设置了配角京娘，甚且安排了两个劫色之响马。整篇小说，便在主角逐次剿灭反角与处理配角关系中展开，从而较为完整地刻画出真龙潜隐之时义薄云天的高大形象。再如章回体"家将"系列小说中的各类"福将""莽汉"和"恶人"，也起到相同的作用。可见，此类作品，在小说史上所在多有。

　　三是通过特定的细节来塑造人物。作品五次出现"酒"字，均在荆轲入燕以后，它们是："太子置酒请轲""酒酣，太子起为寿""竟酒，无能屈""太子为置酒华阳之台""酒中，太子出美人能琴者"。前三者出现在太子丹欢迎荆轲的宴会场景，后两者则于招待樊於期之时出现，但笔锋所转，仍在表现荆轲。在前后紧接之两段，如此高频地出现"酒"字，而且荆轲均在场，显见出于编作者的有意设置，这令我们想起邹阳作于梁苑的《酒赋》。另有一处，虽未明出"酒"字，但实际上也应有酒，即"荆轲起为寿，歌曰"之易水送别场景。

　　推敲文意，或在于反映荆轲之生活喜好。由于《燕丹子》并非主要人物之完整传记，而仅着眼于叙写英雄人生之最为光耀夺目的瞬间，故而不便面面俱到地反映人物的各种情况。但是，小说在不影响故事主线推进的前提下，于适当之处插写人物之喜好习惯，也能起到丰富人物形象的作用。

　　历史人物荆轲是否好酒，这已难以查考，但之后《史记·荆轲传》却明写荆轲"嗜酒"并游于"酒人"高渐离，但《荆轲传》在叙述荆轲与太子丹相处过程中,却未见一"酒"字。这种情况,恰与《战国策·燕太子丹质于秦》一致。若由"酒"字而再度揣测三书之关系,似当如此:围绕着故事之刺秦主要部分,《战国策·燕太子丹质于秦》与《史记·荆轲传》的"源材料"相对接近或相同;而《史记·荆轲传》附缀之传记部分,当出于太史公在广泛收集和参考类似《燕丹子》作品的基础上而编写出来的。而《燕丹子》之反映荆轲好酒,或有民间传说之依据(此必非出于诸侯史官之记载),或出于编作者邹阳出于下面目的之有意虚构。

作品借"酒"来刻画荆轲性格。酒为气之媒,既能助人豪气,亦能触发沉郁悲慨之气。就前者而论,荆轲在夏扶一再追问之下,侃侃而谈,抒发理想和豪气,且能"竟酒,无能屈",真是英雄亦须好酒量。荆轲善酒,在下一场面再次得到印证。所谓"酒中,太子出美人能琴者",对太子丹而言,当出于欲酬荆轲之意。酒固然能乱性而催色心,但荆轲于清醒之际,不仅予以回绝,而且考验太子丹在"士"与"美人"之间的选择。此中情节,非于酒中场合不能出。而在易水之畔,酒宴送别,酒中起歌,则生出无尽苍茫和沉郁之感。此外,荆轲至燕的欢迎酒宴,"太子起为寿";而在此际,"荆轲起为寿",此一迎一别之互以酒"为寿",真是写尽了战国君臣之千古真情,道尽了互为知己者的无限深意。这两动作,既是对新人的欢迎,也是对老友的致意,更是对人间生命的最后告别。

如此,《燕丹子》中的"酒",较好地反映了荆轲的性格气质,并能对情节和环境起到烘托作用。这一通过特定的细节尤其是"酒"来塑造英雄人物的手法,也为后世小说家所采纳,《三国演义》之"温酒斩华雄"、《水浒传》之"武松打虎"和"醉打蒋门神"、《儒林外史》之杜少卿平居豪举和夫妇游山,均为这方面的名篇。英雄与"酒"结下关系,在小说世界中,《燕丹子》或为始创。

以上就历史、谋略和英雄题材所作之分析,其意不惟在《燕丹子》

本身,而在于从所析之蛛丝马迹中,钩稽其对后世小说之绵远而无尽的影响。若着眼于后两章所论,则《燕丹子》为中国小说的历史进程开启了一个光辉的起点,而对于中国小说史开局之认识,则亦应走出既有研究之藩篱。

参考文献

（按作者姓名音序排列）

一、古代典籍（含今人校释）

班固撰，颜师古注：《汉书》，中华书局 1962 年版。

北京大学《荀子》注释组注释：《荀子新注》，中华书局 1979 年版。

洪迈著，穆公校点：《容斋随笔》，上海古籍出版社 2015 年版。

何文焕辑：《历代诗话》，中华书局 1981 年版。

桓宽著，王利器校注：《盐铁论校注》（增订本），天津古籍出版社 1983 年版。

黄晖：《论衡校释》，中华书局 1990 年版。

何建章注释：《战国策注释》，中华书局 1990 年版。

何宁：《淮南子集释》，中华书局 1998 年版。

胡应麟：《少室山房笔丛》，上海书店出版社 2001 年版。

桓谭撰，朱谦之校辑：《新辑本桓谭新论》，中华书局 2009 年版。

贾谊撰，阎振益、钟夏校注：《新书校注》，中华书局 2000 年版。

梁玉绳撰，贺次君点校：《史记志疑》，中华书局 1981 年版。

刘尚慈译注：《春秋公羊传译注》，中华书局 2010 年版。

刘向撰，向宗鲁校证：《说苑校证》，中华书局 1987 年版。

刘向撰，赵仲邑注：《新序详注》，中华书局 1997 年版。

刘知幾撰，浦起龙释：《史通通释》，上海古籍出版社 1978 年版。

马端临:《文献通考》,中华书局 1986 年版。

马王堆汉墓帛书整理小组编:《马王堆汉墓帛书　战国纵横家书》,文物出版社 1976 年版。

缪文远:《战国策新校注》,巴蜀书社 1987 年版。

牛运震撰,魏耕原、张亚玲整理点校:《史记评注》,三秦出版社 2011 年版。

欧阳修著,李逸安点校:《欧阳修全集》,中华书局 2001 年版。

阮元校刻:《十三经注疏》,上海古籍出版社 1997 年版。

阮元撰,邓次元点校:《揅经室集》,中华书局 1993 年版。

司马迁:《史记》,中华书局 1982 年版。

孙星衍校:《燕丹子》,《平津馆丛书》甲集之六,清光绪十一年吴县朱氏刊本,(台北)故宫博物院藏本。

孙星衍校:《燕丹子》,《四部备要》,子部 351,第 53 册,(台北)台湾中华书局 1981 年版。

孙星衍校:《燕丹子》,《永乐大典》卷四九〇八,第 9 册,中华书局 1986 年版。

孙星衍校:《燕丹子传》,《丛书集成初编》,第 2691 册,中华书局 1985 年版。

王三庆辑校:《敦煌类书》,(高雄)丽文文化事业公司 1993 年版。

王先谦撰,沈啸寰点校:《庄子集解》,中华书局 1987 年版。

魏徵等:《隋书》,中华书局 1973 年版。

无名氏撰,程毅中点校:《燕丹子》,中华书局 1985 年版。

吴见思、李景星著,陆永品点校整理:《史记论文　史记评议》,东北师范大学出版社 1985 年版。

吴汝纶撰,施培毅、徐寿凯校点:《吴汝纶全集》,黄山书社 2002 年版。

萧统编,李善注:《文选》,上海古籍出版社 1986 年版。

徐锴:《说文解字系传》,中华书局1987年版。

许慎撰,段玉裁注:《说文解字注》,上海古籍出版社1988年版。

许维遹撰,梁运华整理:《吕氏春秋集释》,中华书局2009年。

姚苎田选评:《史记菁华录》,中华书局2010年版。

叶适:《习学记言序目》,中华书局1977年版。

应劭撰,王利器校注:《风俗通义校注》,中华书局1981年版。

永瑢、纪昀主编,周仁等整理:《四库全书总目提要》,海南出版社1999年版。

曾巩撰,陈杏珍、晁继周点校:《曾巩集》,中华书局1984年版。

章学诚著,叶瑛校注:《文史通义校注》,中华书局1994年版。

朱熹:《四书章句集注》,中华书局1983年版。

二、今人论著

（一）专著

班固编撰,顾实讲疏:《汉书艺文志讲疏》,上海古籍出版社1987年版。

曹道衡、沈玉成:《中古文学史料丛考》,中华书局2003年版。

常森:《二十世纪先秦散文研究反思》,北京大学出版社2002年版。

陈洪:《中国小说理论史》,安徽文艺出版社1992年版。

陈来:《古代思想文化的世界:春秋时代的宗教、伦理与社会思想》,三联书店2002年版。

陈民镇:《有"文体"之前:中国文体的生成与早期发展》,上海古籍出版社2019年版。

陈平:《燕史纪事编年会按》下册,北京大学出版社1995年版。

陈文新:《文言小说审美发展史》,武汉大学出版社2002年版。

程国赋编著:《隋唐五代小说研究资料》,上海古籍出版社2005

年版。

程千帆著,巩本栋编:《俭腹抄》,上海文艺出版社1998年版。

程祥徽:《语言风格初探》,(香港)三联书店1985年版。

程馀庆撰,高益荣、赵光勇、张新科编撰:《历代名家评注史记集说》,三秦出版社2011年版。

[英]崔瑞德、[英]鲁惟一编:《剑桥中国秦汉史》,中国社会科学出版社1992年版。

丁锡根编著:《中国历代小说序跋集》,人民文学出版社1996年版。

董乃斌:《中国古典小说的文体独立》,中国社会科学出版社1994年版。

杜贵晨:《传统文化与古典小说》,河北大学出版社2001年版。

[德]恩斯特·卡西尔著,甘阳译:《人论》,上海译文出版社1985年版。

方正耀:《中国小说批评史略》,中国社会科学出版社1990年版。

[英]福斯特著,苏炳文译:《小说面面观》,花城出版社1984年版。

葛兆光:《中国思想史》,复旦大学出版社1998年版。

顾颉刚:《顾颉刚全集》,中华书局2010年版。

郭预衡:《中国散文史》,上海古籍出版社1986年版。

韩云波:《唐代小说观念与小说兴起研究》,四川民族出版社2002年版。

韩兆琦编注:《史记选注汇评》,中州古籍出版社1990年版。

何晋:《〈战国策〉研究》,北京大学出版社2001年版。

侯外庐:《中国古代社会史论》,河北教育出版社2003年版。

侯忠义:《汉魏六朝小说史》,春风文艺出版社1989年版。

侯忠义:《中国文言小说史稿》,北京大学出版社1990年版。

胡怀琛:《中国文学八论·中国小说概论》,中国书店1985年版。

黄霖、李桂奎、韩晓、邓百意:《中国古代小说叙事三维论》,上海书店出版社 2009 年版。

　　[美]吉列斯比著,胡家峦、冯国忠译:《欧洲小说的演化》,三联书店 1987 年版。

　　江庆柏等:《孙星衍评传》,江苏人民出版社 2010 年版。

　　蒋伯潜、蒋祖怡:《骈文与散文》,上海书店出版社 1997 年版。

　　蒋庆:《公羊学引论——儒家的政治智慧与历史信仰》,辽宁教育出版社 1995 年版。

　　金春峰:《汉代思想史》,中国社会科学出版社 1997 年版。

　　赖明德:《司马迁之学术思想》,(台北)洪氏出版社 1983 年版。

　　李悔吾:《中国小说史漫稿》,湖北教育出版社 1992 年版。

　　李剑国、陈洪主编:《中国小说通史》,高等教育出版社 2007 年版。

　　李剑国:《古稗斗筲录——李剑国自选集》,南开大学出版社 2004 年版

　　李剑国:《唐前志怪小说史》,南开大学出版社 1984 年版。

　　李零:《李零自选集》,广西师范大学出版社 1998 年版。

　　李瑞良:《中国古代图书流通史》,上海人民出版社 2000 年版。

　　李水海主编:《中国小说大辞典》(先秦至南北朝卷),陕西人民出版社 1994 年版。

　　李修生、赵义山主编:《中国分体文学史》(小说卷),上海古籍出版社 2001 年版。

　　李学勤:《简帛佚籍与学术史》,江西教育出版社 2001 年版。

　　李长之:《司马迁之人格与风格》,三联书店 1984 年版。

　　梁培炽辑校标点:《花笺记会校会评本》,暨南大学出版社 1998 年版。

　　刘上生:《中国古代小说艺术史》,湖南师范大学出版社 1993 年版。

　　刘世德主编:《中国古代小说百科全书》,中国大百科全书出版社 1998 年版。

刘勇强:《中国古代小说史叙论》,北京大学出版社 2007 年版。

刘跃进:《秦汉文学地理与文人分布》,中国社会科学出版社 2012 年版。

柳诒徵:《中国文化史》,中国大百科全书出版社 1988 年版。

鲁迅:《汉文学史纲要》,《鲁迅全集》第九卷,人民文学出版社 1981 年版。

鲁迅:《中国小说史略》,人民文学出版社 1973 年版。

罗根泽:《罗根泽说诸子》,上海古籍出版社 2001 年版。

吕思勉:《先秦史》,上海古籍出版社 1982 年版。

马振方:《中国早期小说考辨》,北京大学出版社 2014 年版。

孟瑶:《中国小说史》,(台北)传记文学出版社 1986 年版。

孟昭连、宁宗一:《中国小说艺术史》,浙江古籍出版社 2003 年版。

缪文远:《战国策考辨》,中华书局 1984 年版。

[德]莫宜佳著,韦凌译:《中国中短篇叙事文学史——从古代到近代》,华东师范大学出版社 2008 年版。

南开大学古籍与文化研究所编:《文史论集二集》,天津社会科学出版社 2001 年版。

[日]内山精也著,朱刚等译:《传媒与真相——苏轼及其周围士大夫的文学》,上海古籍出版社 2013 年版。

欧阳健:《历史小说史》,浙江古籍出版社 2003 年版。

[瑞士]皮亚杰著,王宪钿等译:《发生认识论原理》,商务印书馆 1981 年版。

齐思和:《中国史探研》,中华书局 1981 年版。

齐裕焜主编,吴小如审定:《中国古代小说演变史》,敦煌文艺出版社 1990 年版。

钱存训:《中国古代书籍纸墨及印刷术》,北京图书馆出版社 2002 年版。

钱存训著,郑如斯增订:《印刷发明前的中国书和文字记录》,印刷工业出版社1988年版。

钱穆:《国史大纲》(修订本),商务印书馆1994年版。

钱穆:《秦汉史》,三联书店2004年版。

钱锺书:《管锥编》,中华书局1986年版。

裘锡圭:《古代文史研究新探》,江苏古籍出版社1992年版。

裘锡圭:《中国出土古文献十论》,复旦大学出版社2004年版。

石昌渝:《中国小说源流论》,三联书店1994年版。

石钟扬:《性格的命运——中国古典小说审美论》,安徽教育出版社1998年版。

宋常立:《中国古代小说文体论》,天津社会科学院出版社2000年版。

孙钦善:《中国古文献学史》,中华书局1994年版。

孙逊:《中国古代小说与宗教》,复旦大学出版社2000年版。

童庆炳:《文体与文体的创造》,云南人民出版社1994年版。

[美]瓦特著,高原、董红钧译:《小说的兴起——笛福、理查逊、菲尔丁研究》,三联书店1992年版。

王伯祥选注:《史记选》,人民文学出版社1957年版。

王根林等校点:《汉魏六朝笔记小说大观》,上海古籍出版社1999年版。

王国维:《观堂集林》,商务印书馆1940年版。

[美]王靖宇:《中国早期叙事文研究》,上海古籍出版社2003年版。

王齐洲:《稗官与才人——中国古代小说考论》,岳麓书社2010年版。

王汝梅、张羽:《中国小说理论史》,浙江古籍出版社2001年版,第11页。

王泗原:《古语文例释》(修订本),中华书局2014年版。

王元骧:《文学原理》,浙江教育出版社1989年版。

王枝忠:《汉魏六朝小说史》,浙江古籍出版社1997年版。

卫挺生:《穆天子传今考》,(台北)中华学术院1970年印行。

魏鸿雁:《汉代小说文献与汉代文化研究》,中国社会科学出版社2013年版。

吴汝煜:《史记论稿》,江苏教育出版社1986年版。

吴志达:《中国文言小说史》,齐鲁书社1994年版。

吴组缃:《中国小说研究论集》,北京大学出版社1998年版。

徐中舒:《徐中舒历史论文选辑》,中华书局1998年版。

熊明:《中国古代小说史论》,中国文联出版社2018年版。

徐复观:《两汉思想史》(第一、二、三卷),华东师范大学出版社2001年版。

徐君慧:《中国小说史》,广西教育出版社1991年版。

徐朔方:《史汉论稿》,江苏古籍出版社1984年版。

徐兴无:《刘向评传》,南京大学出版社2005年版。

徐震堮选注:《汉魏六朝小说选》,上海古典文学出版社1955年版。

徐中舒:《徐中舒历史论文选辑》,中华书局1998年版。

杨宽:《战国史》(增订本),上海人民出版社1998年版。

杨宽:《战国史料编年辑证》,上海人民出版社2001年版。

杨燕起、陈可青、赖长扬编:《历代名家评〈史记〉》,北京师范大学出版社1986年版。

杨义:《中国古典小说史论》,中国社会科学出版社1995年版。

应三玉:《〈史记〉三家注研究》,凤凰出版社2008年版。

于迎春:《秦汉士史》,北京大学出版社2000年版。

余嘉锡:《古书通例》,上海古籍出版社1985年版。

余嘉锡:《四库提要辨证》,中华书局1980年版。

余嘉锡：《余嘉锡论学杂著》，中华书局 2007 年版。

袁行霈、侯忠义编：《中国文言小说书目》，北京大学出版社 1981年版。

张大可：《司马迁评传》，南京大学出版社 1994 年版。

张大可：《史记研究》，甘肃人民出版社 1985 年版。

张稔穰：《中国古代小说艺术教程》，山东教育出版社 1991 年版。

张正男：《战国策初探》，(台北)台湾商务印书馆 1984 年版。

赵生群：《〈史记〉编纂学导论》，凤凰出版社 2006 年版。

赵生群：《〈史记〉文献学丛稿》，江苏古籍出版社 2000 年版。

赵生群：《太史公书研究》，陕西人民出版社 1994 年版。

郑杰文：《穆天子传通解》，山东文艺出版社 1992 年版。

郑如斯、肖东发编：《中国书史教学参考文选》，书目文献出版社1987 年版。

郑振铎：《郑振铎古典文学论文集》，上海古籍出版社 1984 年版。

中国华东修辞学会、复旦大学语言文学研究所编：《语体论》，安徽教育出版社 1987 年版。

周振甫：《文心雕龙今译》，中华书局 1986 年版。

周振甫：《周振甫文集》，中国青年出版社 1999 年版。

诸祖耿：《战国策集注汇考》，江苏古籍出版社 1985 年版。

(二)论文

安平秋、赵生群：《如何对待〈史记〉中的抵牾与疏略》，《重庆教育学院学报》2002 年第 4 期。

陈铁镔：《汉代小说发展轨迹与特质的探索》，《锦州师院学报》(哲学社会科学版)1990 年第 2 期。

陈一风：《论刘向对〈战国策〉的部属归类》，《史学史研究》2015年第 2 期。

程金造：《论〈史记〉裴骃〈集解〉司马贞〈索隐〉张守节〈正义〉三

家注解》,《文史》第七辑(1979年)。

程毅中:《中国古代小说的文献研究》,《文献》2004年第2期。

[日]大冢秀高:《从物语到小说——中国小说生成史序说》,《文学遗产》1994年第2期。

邓廷爵:《〈战国策〉研究的历史评述》,《历史教学》1985年第10期。

杜贵晨:《先秦"小说"释义》,《泰安师专学报》2000年第2期。

杜志强:《〈燕丹子〉考论》,《文献》2015年第5期。

范祥雍:《〈战国策·燕策〉荆轲刺秦王章辨疑——附辩〈战国策〉存佚》,见尹达等主编:《纪念顾颉刚学术论文集》(上),巴蜀书社1990年版。

房松龄:《纵横术揣摩和纵横家小说》,《辽宁教育学院学报》1989年第1期。

何亮:《〈燕丹子〉成书年代补议》,《昌吉学院学报》2010年第2期。

郭沫若:《〈太史公行年考〉有问题》,《历史研究》1955年第6期。

何满子:《中国古代小说发轫期的代表作家——张鷟》,《文学遗产》1988年第3期。

侯忠义:《〈燕丹子〉辨析》,《北京大学学报》(哲学社会科学版)1983年第5期。

黄东阳:《失落的英雄——由"英雄历程"解析〈燕丹子〉之文化意涵及士人心理》,(台北)《东吴中文学报》第20期(2010年11月)。

黄觉弘:《〈燕丹子〉成书与二本分行考说》,《中国文学研究》2019年第3期。

黄钧:《中国古代小说起源和民族传统》,《文学遗产》1987年第5期。

黄仁生:《论〈吴越春秋〉是我国现存最早的文言长篇历史小

说》,《湖南师范大学社会科学学报》1994 年第 3 期。

霍松林:《〈燕丹子〉成书的时代及在我国小说发展史上的地位》,《文学遗产》1982 年第 4 期。

[法]雷威安:《唐人"小说"》,《文学遗产》1994 年第 1 期。

李昌集:《中国早期小说观的历史衍变》,《文学遗产》1988 年第 3 期。

李建明:《〈燕丹子〉成书及与〈荆轲列传〉的叙事异同》,《南昌大学学报》(人文社会科学版)2016 年第 5 期。

李剑国:《小说的起源与小说独立文体的形成》,《锦州师范学院学报》(哲学社会科学版)2001 年第 3 期。

李霖:从《〈五帝本纪〉取裁看太史公之述作》,《文史》2020 年第 1 辑。

李小龙:《〈燕丹子〉的命名策略与叙事建构》,《陕西理工学院学报》(社会科学版)2016 年第 3 期。

李晓杰:《战国时期魏国疆域变迁考》,《历史地理》2003 年第 1 期。

李学勤:《论帛书白虹及〈燕丹子〉》,《河北学刊》1989 年第 5 期。

廖可斌:《中国古典小说的谐俗倾向》,《浙江社会科学》1996 年第 1 期。

刘城淮:《论我国小说产生于春秋战国》,《湖南教育学院学报》1991 年第 1 期。

刘明琪:《志怪小说:遥远的呼应与承接——论中国小说观念的觉醒和中国小说的真正成立》,《北京师范大学学报》(社会科学版)1998 年第 2 期。

刘生良:《〈庄子〉——中国小说创作之祖》,《陕西师范大学学报》(哲学社会科学版)1998 年第 1 期。

卢文晖:《师旷与〈师旷〉初探》,《辽宁师院学报》(社会科学版)

1981 年第 4 期。

　　陆学松:《中国古代小说中的尺牍》,《南通大学学报》(社会科学版) 2016 年第 4 期。

　　陆永品:《庄子是中国小说之祖》,《河北大学学报》(哲学社会科学版) 1993 年第 3 期。

　　马振方:《〈燕丹子〉考辨》,《浙江大学学报》(人文社会科学版) 2010 年第 1 期。

　　马振君:《孙星衍年谱新编》,黑龙江大学博士学位论文,2015 年。

　　宁稼雨:《关于〈燕丹子〉辑校的几个问题》,《绍兴文理学院学报》(人文社会科学) 2019 年第 4 期。

　　潘建国:《"稗官"说》,《文学评论》1999 年第 2 期。

　　裴登峰:《〈战国纵横家书〉〈战国策〉文相关辞主问题考论》,《文献》2013 年第 6 期。

　　彭卫:《论汉代的血族复仇》,《河南大学学报》(哲学社会科学版) 1986 年第 4 期。

　　沈海波:《汉代小说略论》,《上海大学学报》(社会科学版) 2004 年第 1 期。

　　孙晶:《〈燕丹子〉成书时代及其文体考》,《古籍整理研究学刊》2001 年第 2 期。

　　孙乃沅:《庄子在中国小说史上的地位和贡献》,《江淮论坛》1981 年第 6 期。

　　孙瑞:《试论战国时期人质的几个特点》,《史学集刊》1997 年第 4 期。

　　唐骥:《略论两汉杂史杂传体志怪小说》,《宁夏大学学报》(社会科学版) 1998 年第 4 期。

　　汪祚民:《〈汉书·艺文志〉之"小说"与中国小说文体确立》,《安庆师范学院学报》(社会科学版)2000年第6期。

　　王滨生:《〈燕丹子〉成书年代考》,《首都博物馆丛刊》第3辑,
1986年。

　　王富仁:《鲁迅小说的叙事艺术》,《中国现代文学研究丛刊》
2000年第3、4期。

　　王守亮:《〈燕丹子〉成书时代问题述考》,《广东技术师范学院学
报》(社会科学)2012年第3期。

　　王炜、王晓辉:《论胡应麟的小说观念》,《江汉论坛》2017年第
7期。

　　王瑶:《原始神话与汉代小说》,《东北师大学报》(哲学社会科学
版)1997年第2期。

　　王媛:《范宁〈博物志佚文〉补正》,《古籍整理研究学刊》2009年
第5期。

　　王钟麒(天僇生):《中国历代小说史论》,《月月小说》第一年第
十一号(1907年)。

　　吴欣:《从词汇史角度再论〈燕丹子〉语言的时代》,《浙江工商大
学学报》2017年第4期。

　　熊明:《刘向〈列士传〉佚文辑校》,《文献》2003年第2期。

　　徐建委:《〈史记〉春秋历史的写作实践与文本结构》,《文学遗
产》2020年第1期。

　　徐克谦:《论先秦"小说"》,《社会科学研究》1998年第5期。

　　徐克文:《司马迁作〈史记〉未采〈战国策〉说——兼简论〈史记〉
与〈战国策〉文章》,《辽宁大学学报》(哲学社会科学版)1988年第
1期。

　　许菊芳、王云路:《从词汇史的角度看〈燕丹子〉的成书年代与
〈史记·刺客列传〉比较》,《文史》2011年第2辑。

　　杨爱民:《春秋战国质子制度考论》,《昆明师专学报》(哲学社会

科学版)1997年第4期。

杨兴华:《小说史上的先秦文学》,《衡阳师范学院学报》2000年第2期。

杨义:《中国古典小说的本体论和文体发生发展论》,《社会科学战线》1995年第4期。

姚福申:《对刘向编校工作的再认识——〈战国策〉与〈战国纵横家书〉比较研究》,《复旦学报》(社会科学版)1987年第6期。

野牧:《中国小说的起源及发展——谈先秦小说》,《沈阳师范学院学报》(社会科学版)1988年第2期。

易宁、易平:《"司马谈作史"说质疑》,《北京师范大学学报》(社会科学版)2004年第1期。

袁行霈:《〈汉书艺文志〉小说家考辨》,《文史》第七辑(1979年)。

张兵:《中国小说史的研究要从最基本的问题突破》,《复旦学报》(社会科学版)2008年第4期。

张海明:《〈史记·荆轲传〉与〈战国策·燕太子丹质于秦〉关系考论》,《清华大学学报》(哲学社会科学版)2013年第1期。

张海明:《〈史记·荆轲传〉与〈燕丹子〉比较论——兼谈〈燕丹子〉的小说文体属性及意义》,《文学评论》2013年第3期。

张海明:《司马迁作〈易水歌〉献疑》,《文艺研究》2013年第4期。

张蕾:《〈史记〉与〈燕丹子〉荆轲形象塑造之比较》,《河北学刊》1999年第6期。

张宗品:《〈史记·刺客列传〉"盖聂"当为"𫓧聂"说补考》,《文献》2019年第2期。

赵辉:《从汉代"传书"看正史向历史演义的衍化》,《文学遗产》2016年第5期。

赵建明等:《基于文本分类方法识别〈史记〉的伪作》,《计算机科学》2017年第6A期。

赵逵夫：《我国最早的一篇作者可考的小说——庄辛〈说剑〉考校》，《山西师大学报》（社会科学版）1992 年第 4 期。

赵生群：《论〈史记〉与〈战国策〉的关系》，《南京师大学报》（社会科学版）1990 年第 1 期。

赵生群：《司马迁生年及相关问题考辨》，《南京师大学报》（社会科学版）2001 年第 4 期。

郑杰文：《秦至汉初时战国策文的流传》，《古籍整理研究学刊》1999 年第 1 期。

郑杰文：《人本思潮与先秦历史散文和原始小说》，《东岳论丛》1995 年第 2 期。

周楞伽：《中国小说的起源和演变》，《上海师范大学学报》（哲学社会科学版）2004 年第 2 期。

周天游：《两汉复仇盛行的原因》，《历史研究》1991 年第 1 期。

周蔚：《刘向小说的定位思考》，《南京师大学报》（社会科学版）2002 年第 3 期。

诸祖耿：《关于马王堆汉墓帛书类似〈战国策〉部分的名称问题》，《南京师大学报》（社会科学版）1978 年第 4 期。

［日］竹田晃：《以中国小说史的眼光读汉赋》，《文学遗产》1995 年第 4 期。

后　记

先贤鲁迅《中国小说史略》及其小说创作,对故乡后人影响颇深。

父兄都爱读小说。20世纪60年代,家里就有徐震堮先生选注、上海古典文学出版社1955年出版的《汉魏六朝小说选》。在我日后遍览中西说部之后,对选本首篇《燕丹子》愈益为奇。日后抚读程毅中先生的整理本,更为感佩。

我在杭州大学中文系连续接受了七年教育,各位老师对我有学业提携之恩,我也开始了最初的小说创作和研究。近三十年前作学位论文时,有心以此为题,苦无思路。入职初期,相关选题在教研室做过口头业务交流。十多年前欲专意治小说史,围绕着《燕丹子》几次索篇,惧阐发不力,恐亵渎之。之间成《〈汉志〉"小说"考》《〈汉志〉"小说家"所在的文化语境》《〈汉书·艺文志〉中的"篇""卷"问题》《中国小说史的起点问题》《论中国小说发生期的期限》《论中国古代小说文体特征的民族性》《中国小说发生期现象的理论总结》诸文,实为研究《燕丹子》而作铺垫。心中存题多年,珍之复慎之。迨及《〈燕丹子〉史志著录中的成书问题》发表之后,便在电脑中拖拉起《燕丹子》资料夹,后于得空之际拟题并幸蒙教育部社科司批准为2011年项目。然杂事和文事旋起,不觉再度延宕。

此项目的复杂之处,在于《燕丹子》与《战国策》《史记》之间的关系。若不厘清,则其成书问题和小说史地位,均无从说起。对此,前人多有议论,穿凿之言不少。为此,专辟两章,锐意力证己说。其中,于汉代相关文事,虽非中心议题,亦不敢轻忽。成书问题之编作者推测,完全是水到渠成的自然结论,至项目行进半途,于微茫幽隐之处逐渐显露而明朗起来。我始而力排此念,顽强对峙,终而于文献面前,低头顺势论证。我天性不喜"新说",故言说编作者问题,非出刻意之图,或因客观使然。《燕丹子》的文学成就及小说史地位,问题虽小但涉及面大,书中所论,对于学界之中国小说史观念,或能起纠偏补益之助;在汉初小说作品《燕丹子》面前,任何自短民族小说史历程的理论和观点,均有与事实难惬之处。

我多年锤炼而积成对文章之要求有三:言简意赅、考论结合、文气畅旺,这在书中应有所体现。字数远超计划,但问题积堆,实出于不得已,亦以此为苦,然无日不惕于穿凿失真;论证多依据事实,力避空言妄说,并追求辩证和周密;文气最难聚拢,会议、琐事甚至不在预期中的电话、不按点的晚餐,都会涣散文气。项目数次中断,均缘于人间多事而伤及文气。

《燕丹子》融英雄、策士和奇事于一炉,集壮丽、悲慨和跌宕于一体。写作多在深夜,笔端不远处,依次便是秋瑾、徐渭、鲁迅、章学诚、王阳明、蔡元培的故居。这些先贤,或于行为处显示刚劲之态,或于行文处呈现简练之风,沾溉我辈后人多矣。

此书写完,仿佛人生兜兜转转,又回到了小时光景,然人事无常,不觉感慨系之。

我仰慕李剑国先生久矣!之后的数度拜谒,更添敬佩和亲切滋味,其论著对我帮助很大。感谢李先生于百忙之中拨冗作序,我将"打深井",再努力。

项目结题已过三年,断续有修改,新冠疫情及其持续性令我萌生出版之念。在这方面,得到了中华书局的支持,高天编辑更是给予极大帮助和专业性指导。学界众多成果为项目开展提供了帮助,多家期刊发表过前期论文,学校、学院提供出版资助,许多师友指点和帮助项目的开展,对此,铭感不忘。书稿虽自存一定之则,然不免有失当之处,盼学界同仁给予教正。

叶 岗

2020 年初夏